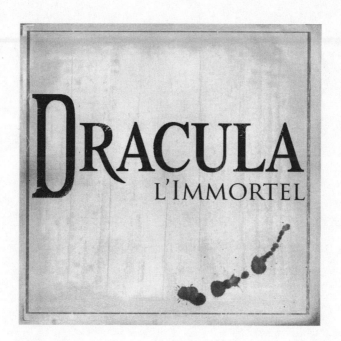

Dracula

L'Immortel

Dacre Stoker
et Ian Holt

Traduit de l'anglais (États-Unis)
par Jean-Noël Chatain

AVANT-PROPOS

Cher lecteur,

J'ai toujours admiré Dracula. *Cependant mon intérêt pour ce grand classique obéit à des raisons très personnelles... puisque Bram Stoker n'est autre que mon arrière-grand-oncle.*

J'ai grandi avec Dracula, *qui fait partie intégrante de l'histoire de ma famille. Nous avons tous lu l'ouvrage et, lorsque j'étais étudiant, j'ai même rédigé un essai en cours de littérature anglaise sur les motivations qui incitèrent mon oncle Bram à écrire son roman. En effectuant des recherches pour mon article, je me suis retrouvé littéralement submergé par les nombreuses versions de l'histoire disponibles sous formes livresques ou cinématographiques. Nul doute que mon ancêtre avait su frapper l'imagination du grand public. Ce qui me déconcerta, en revanche, était le peu voire l'absence totale de respect pour l'œuvre originale. Fort de ce constat, un seul objectif s'imposait à moi : m'employer à défendre et à préserver l'essence même du roman initial.*

Au fil du temps, j'ai fini par rencontrer Ian Holt, un jeune homme lui aussi fasciné par Dracula. *Enfant, Ian avait été séduit par le charme hypnotique du film de Tod Browning, sorti en 1931, avec Bela Lugosi dans le rôle du légendaire vampire. Plus tard, Ian consacra vingt ans de sa vie d'adulte à se documenter à la fois sur le personnage historique de Dracula et sur le roman homonyme de Bram, ce qui lui permit de donner des conférences et de publier des* articles pour des cercles d'érudits du monde entier (y compris en Transylvanie, où il passa une nuit dans le château de Dracula). Ian fut épaulé dans ses recherches par les meilleurs experts en la matière : le regretté Pr Raymond McNally et le Pr Radu Florescu, authentique descendant du prince Dracula. L'idée nous est alors venue d'allier les connaissances de Ian à mon souci de sauvegarder le patrimoine littéraire familial, en décidant d'écrire une suite au célèbre ouvrage de mon aïeul. Le fruit de cette collaboration s'intitule Dracula l'Immortel.

Afin de construire l'intrigue de notre récit, Ian et moi avons consulté les notes de Bram qui avaient précédé la rédaction de son roman, lesquelles sont disponibles au musée Rosenbach de Philadelphie. Nous avons ainsi découvert de nombreuses références à un certain inspecteur Cotford, alors que ce personnage n'existe pas dans la version publiée de Dracula. Tout porte à croire que l'éditeur d'origine l'a purement et simplement fait disparaître. Grâce à ces notes, aux recherches entreprises sur l'époque, et à notre propre imagination, nous avons redonné vie à ce policier. Désormais Cotford joue un rôle clé dans notre récit, en ce sens qu'il enquête aussi sur des meurtres antérieurs à l'histoire racontée. Mais ce n'est qu'un exemple parmi d'autres de la manière dont nous avons exploité les idées de mon oncle, parfois de simples ébauches, en tissant peu à peu la trame de Dracula l'Immortel.

Un autre élément servit de base au roman : les anecdotes qui circulaient dans ma famille depuis des générations. J'ai ainsi appris que mon oncle Bram était obnubilé par la façon dont nos actes présents se révélaient tributaires d'événements survenus dans notre passé. Sa manie de changer souvent de profession en est la parfaite illustration. Son expérience d'enfant malade, avec le sentiment d'avoir toujours la mort à ses trousses, le poussa à chercher constamment sa véritable destinée. Ce genre d'indice ne pouvait que conforter la conviction de Ian, selon laquelle la nature rigoureuse de mon oncle l'empêchait de reléguer au second plan le vécu de ses personnages emblématiques. Nul doute que si, selon lui, le passé influençait en grande partie le présent, Bram aurait souhaité éclaircir les points suivants : en quelles circonstances Mina et Lucy se sont-elles rencontrées et pourquoi sont-elles devenues amies ? Pourquoi Renfield fait-il une brève apparition dans l'histoire sans la moindre explication, sans qu'on sache qui il est au juste, ni quels sont ses liens avec Dracula et les autres protagonistes ? Comment un Texan parvient-il à nouer une amitié à vie avec le fils d'un lord anglais et un médecin de la classe moyenne qui a étudié en Hollande ? À toutes ces questions qui taraudent les lecteurs de Bram, Ian et moi apportons une réponse dans notre ouvrage.

Dracula l'Immortel, publié en français par les éditions Michel Lafon, représente bien plus que la simple suite d'un fabuleux récit. C'est un message d'amitié et de remerciements que nous transmettons aux millions de lecteurs de Dracula et d'admirateurs de Bram Stoker dans le monde entier. Sans trahir le grand classique qui l'a précédé, ce roman associe la mythologie vampirique de l'époque de Bram à une thématique actuelle communément admise, tout en restant fidèle à la réalité historique de l'époque.

C'est de surcroît le seul et unique ouvrage à avoir reçu l'approbation de la famille Stoker, et c'est la première fois depuis le film de Tod Browning que celle-ci soutient une adaptation de l'œuvre originale de Bram. Je vous invite à en tourner les pages...

Dacre STOKER

PROLOGUE

***

**Lettre de Mina Harker à son fils
Quincey Harker**

(À n'ouvrir qu'en cas de mort soudaine et suspecte de Wilhelmina Harker)

Le 9 mars 1912,

Mon cher Quincey,

Mon fils bien-aimé, toute ta vie durant tu as soupçonné la présence de secrets entre nous. Je crains que l'heure ne soit venue de te dévoiler la vérité. La nier plus longtemps ne ferait que mettre en danger ta vie et ton âme immortelle.

Ton cher père et moi avons choisi de te dissimuler notre passé, afin de te protéger des affres du monde. Nous espérions t'offrir une enfance exempte des frayeurs qui nous ont hantés tout au long de notre existence d'adultes. Tandis que tu devenais au fil des jours le jeune homme brillant que tu es aujourd'hui, nous avons préféré ne pas te confier nos secrets, de crainte que tu ne nous juges déments. Pardonne-nous. Si tu lis à présent cette lettre, cela signifie que le mal que nous avons éperdument, et peut-être à tort, cherché à t'épargner s'en est revenu. Et à l'instar des parents qui t'ont précédé, tu cours désormais un grave danger.

En l'an 1888, lorsque ton père et moi étions encore

jeunes, nous avons appris que le mal rôdait dans les recoins les plus ténébreux de notre monde, attendant son heure pour s'abattre sur tout être incrédule ou non aguerri à semblable fléau.

En sa qualité de jeune notaire, ton père fut envoyé dans les terres reculées de Transylvanie. Sa tâche consistait à aider le prince Dracula à conclure l'acquisition d'une propriété à Whitby, un ancien monastère connu sous le nom d'abbaye de Carfax.

Lors de son séjour, ton père découvrit que son hôte et client, le prince Dracula, était en vérité une créature censée exister uniquement dans les contes et légendes populaires, l'une de celles qui se nourrit du sang des vivants afin d'accéder à l'immortalité. Dracula était ce que les gens du cru nommaient *Nosferatu*, le mort vivant. Mais l'appellation de *vampire* t'est sans doute plus familière.

Craignant que ton père ne fît éclater la vérité au grand jour, le prince Dracula l'emprisonna dans son château. Puis il embarqua à bord du *Demeter*, une goélette à destination de l'Angleterre. Il passa les nombreux jours de la traversée dissimulé dans l'une des dizaines de caisses entreposées dans la coque. Il se cacha de cette étrange manière car, même s'il possède la force de dix hommes et la faculté de prendre diverses apparences, un vampire ne saurait s'exposer à la lumière du jour sans être réduit en cendres.

À cette époque, je séjournais à Whitby, en la demeure de ma plus chère et plus proche amie, Lucy Westenra. Une nuit, une tempête éclata au large et les traîtresses falaises de Whitby se couvrirent alors d'une brume épaisse. Ne trouvant pas le sommeil, Lucy aperçut de sa fenêtre le bateau secoué par la bourrasque, lequel filait tout droit vers les rochers. Elle courut dans la nuit en vue de donner l'alarme avant que la goélette ne fît naufrage, mais elle arriva trop tard. Je m'éveillai en proie à la panique, constatai que mon amie ne dormait pas à mes côtés, puis partis à toutes jambes dans la tourmente en quête de Lucy. Je la découvris au bord de la falaise, inconsciente et présentant deux petites perforations dans le cou.

Lucy avait contracté une maladie grave. Son fiancé, Arthur Holmwood, fils de lord Godalming, et son bon ami, un Texan en visite qui portait le même prénom que toi, Quincey P. Morris, étaient accourus à son chevet. Arthur avait convoqué tous les médecins de Whitby et des environs, mais aucun n'avait pu expliquer l'affection dont souffrait Lucy. Ce fut notre ami, le Dr Jack Seward, directeur de l'asile local, qui fit venir de Hollande son mentor, le Pr Abraham Van Helsing.

Homme de sciences érudit, le Pr Van Helsing lui fit une série de transfusions, sans succès.

Sur ces entrefaites, je reçus enfin des nouvelles de ton père. Il s'était échappé du château de Dracula et avait trouvé refuge dans un monastère où lui aussi souffrait d'une préoccupante affection. Je me trouvai donc contrainte de quitter le chevet de Lucy pour m'en aller le rejoindre et le soigner. Ce fut là-bas, à Budapest, que nous nous mariâmes.

Ton père me relata les horreurs dont il avait été témoin, et son récit nous permit de déduire l'identité du vampire qui avait assailli Lucy et menaçait à présent nos vies à tous : le prince Dracula.

À notre retour de Budapest, on nous apprit que Lucy avait succombé à son mal. Mais le pire allait suivre. Quelques jours après sa mort, elle ressuscita de sa tombe. Elle était désormais un vampire et se nourrissait du sang de jeunes enfants. Le Pr Van Helsing, Quincey Morris, le Dr Seward et Arthur Holmwood se retrouvèrent confrontés à une terrible décision. Ils n'eurent d'autre choix que de planter un pieu de bois dans le cœur de Lucy, afin de libérer son âme damnée.

Peu après, le prince Dracula s'en revint en pleine nuit m'attaquer. Après cet assaut, nous fîmes tous le serment solennel de pourchasser et de détruire ce vampire, afin de délivrer le monde de son esprit maléfique. Nous devînmes donc le groupe d'intrépides qui poursuivit Dracula jusque dans son château de Transylvanie. Là-bas, Quincey Morris mourut au combat mais, en vertu du courage qui le caractérisait, il était néanmoins parvenu à transpercer d'une lame de couteau le cœur de Dracula. Le prince maudit s'embrasa sous nous yeux, avant de finir en poussière à la lumière du couchant.

Nous étions donc libres, du moins le pensais-je. Mais environ un an après ta naissance, je commençai à faire d'horribles cauchemars. Dracula hantait mes songes. Ton père me rappela alors l'avertissement du prince des ténèbres et la fougue avec laquelle il l'avait proclamé : « Je prendrai ma revanche. Elle se poursuivra à travers les siècles. Le temps est mon allié. »

Depuis ce jour, ton père et moi n'avons pu trouver la paix. Des années durant, nous n'avons cessé de regarder par-dessus notre épaule. Et je crains à présent que nous n'ayons plus la force de te protéger de ce mal.

Sache, mon fils, que si tu dois devenir la proie de cet être maléfique, il te faudra saisir à bras-le-corps la vérité que j'ai divulguée au fil de ces pages. Regarde au plus profond de ton être juvénile et, comme ton père et moi en notre temps, tâche d'y trouver le héros qui sommeille en toi. Dracula est un ennemi habile et fourbe. Tu ne peux fuir et il n'existe nul endroit au monde où te cacher. Tu dois résister et combattre.

Bonne chance, mon fils bien-aimé, et n'aie crainte. Si Van Helsing dit vrai, alors les vampires sont de véritables démons et Dieu sera à tes côtés tandis que tu livreras bataille.

Avec mon amour éternel,

Ta mère, Mina

CHAPITRE PREMIER

*A*vec *toute ma tendresse, Lucy.*

L'inscription accaparait l'attention du Dr Jack Seward à mesure que l'obscurité s'abattait sur lui. Dans le noir il trouvait le répit, aucune lumière crue n'éclairait plus les misérables vestiges de son existence. Des années durant, il s'était voué à combattre les ténèbres. Désormais, il faisait corps avec elles.

Seule la nuit lui apportait la paix avec le souvenir de la douce Lucy. Dans ses rêves, il éprouvait encore la chaleur de son étreinte. L'espace d'un instant il se retrouvait à Londres, à l'époque bénie où sa place dans le monde et ses recherches avaient encore un sens à ses yeux. Telle était la vie qu'il avait souhaité partager avec Lucy.

La cacophonie matinale des laitiers, poissonniers et autres marchands se pressant avec leurs charrettes sur le pavé de Paris s'immisça dans le songe de Seward et le replongea dans la dure réalité du présent. Il s'efforça d'ouvrir les yeux, lesquels le démangeaient davantage que s'il les avait badigeonnés de teinture d'iode. Tandis que se dessinait lentement le plafond lézardé de sa minable pension à l'odeur de moisi, Seward s'attarda sur l'énorme changement qui s'était opéré dans sa vie. Il tenta de regarder sa montre, mais son bras restait engourdi. La perte de sa tonicité musculaire l'attristait. Le biceps mollissait, comparable à l'un de ces nouveaux sachets de thé en mousseline au sortir de la théière. Les veines de son bras ressemblaient aux fleuves sillonnant quelque carte ancienne, en lambeaux. Il était devenu l'ombre de lui-même.

Seward pria pour que la mort survînt sans tarder. Il avait légué son corps à la science, afin que celui-ci pût servir à son université d'origine, et il se consola à l'idée que, dans son trépas, il guiderait de futurs médecins et scientifiques.

Il se souvint alors de sa montre, toujours nichée au creux de sa main gauche, tourna son poignet. Six heures et demie ! La panique le saisit. *Fichtre !* Il avait trop dormi. Seward se leva en titubant. Une seringue vide dégringola de la table et se brisa sur le plancher crasseux. Une petite fiole de morphine en verre fumé allait subir le même sort, mais il rattrapa au vol le précieux élixir. Puis, d'un geste habile, il dénoua la lanière de cuir garrottant son biceps gauche. Le sang circula de nouveau dans son bras, tandis qu'il abaissait la manche de sa chemise de ville élimée, avant d'y replacer le bouton de manchette à ses initiales. Il ferma son gilet, puis enfila sa veste. Wallingham & Sons étaient les meilleurs tailleurs de Londres. Si d'autres artisans avaient confectionné son complet, celui-ci eût rendu l'âme depuis dix ans. *La coquetterie a la vie dure*, songea le médecin dans un gloussement sinistre.

Il devait se dépêcher s'il ne voulait pas manquer le train. Où se trouvait cette adresse ? Il l'avait mise en lieu sûr. Mais impossible de se rappeler à quel endroit. Il retourna la paillasse, inspecta sous la table bancale, puis sous les cageots à légumes qui lui servaient de chaises. Il fouilla ensuite parmi les piles de vieilles coupures. Leurs gros titres défilaient sous ses yeux : les effroyables récits de Jack l'Éventreur, 1888. Clichés d'autopsie de cinq victimes connues. Corps mutilés de femmes, jambes écartées, comme offertes à la démence de leur assassin. On surnommait l'Éventreur « le boucher de ces dames »... *Mais un boucher se montre plus clément envers les animaux qu'il abat.* Seward avait maintes fois relu les rapports d'autopsie. Ses hypothèses et théories noircissaient des pages entières, des morceaux de carton déchiré, et des boîtes d'allumettes inutilisées... le tout virevoltant pêle-mêle autour de lui comme autant de feuilles mortes soulevées par le vent.

La sueur qui coulait de son front accrut l'irritation de ses yeux injectés de sang. *Nom d'un chien, où ai-je dissimulé cette adresse ?* Le Bienfaiteur avait pris d'énormes risques pour lui obtenir cette information. Seward ne pouvait supporter de décevoir la seule personne qui croyait encore en lui. Toutes les autres – les Harker, les Holmwood – pensaient qu'il avait perdu la raison. S'ils voyaient cette chambre, songea-t-il, ils seraient confortés dans leur conviction. Son regard parcourut les murs lépreux, témoins de ses égarements sous l'emprise de la morphine... idées délirantes griffonnées çà et là, à l'encre, avec un morceau de charbon, du vin, et même son propre sang. Autant de preuves pour les autres de son aliénation. Toutefois, il en était sûr, ces écrits apporteraient un jour la preuve de sa bonne santé mentale.

Dans le capharnaüm ambiant, Seward aperçut une page arrachée à un livre, qu'un couteau de chasse à la lame souillée avait clouée au mur. On pouvait y admirer le portrait d'une élégante beauté de lignée royale, les cheveux noir corbeau et parée de bijoux. Sous la gravure, la légende précisait : *Comtesse Elizabeth Báthory, aux alentours de 1582.*

Bien sûr, c'est là que je l'ai cachée ! Se moquant de son étourderie, il retira le couteau du mur, puis s'empara de la page. Au dos, il reconnut son écriture à peine lisible et déchiffra l'adresse d'une villa à Marseille. Seward ôta le crucifix, le pieu en bois et la guirlande d'ail accrochés près du portrait de Báthory, puis récupéra par terre un couteau à lancer en argent. Il déposa l'ensemble dans le double fond de sa trousse de médecin, avant de placer par-dessus ses instruments habituels.

Le train quitta la gare de Lyon à l'heure prévue. En le voyant s'éloigner alors qu'il venait de régler son billet, Seward traversa à toutes jambes le bâtiment, dont les murs conservaient les traces de la fameuse inondation [1], pour rejoindre le

---

1. Allusion à la grande crue de la Seine de 1910, où la gare fut entourée d'eau mais continua à fonctionner. Les voyageurs s'y rendaient en barque pour prendre leur train. *(N.d.T.)*

monstre qui démarrait poussivement du quai numéro 7. Il parvint à attraper la dernière voiture Pullman et se hissa à bord avant que le train ne prît de la vitesse. Un élan de fierté envahit son cœur comme il bondissait avec audace sur le marchepied. Dans sa jeunesse, il accomplissait ce genre d'exploit en compagnie du Texan Quincey P. Morris et de son vieil ami, Arthur Holmwood. *Si jeunesse savait...* Seward sourit à part lui en songeant à l'époque téméraire de son innocence... et de son ignorance.

Le médecin prit place dans le wagon-restaurant, tandis que le train cahotait en direction du sud. Il ne roulait pas assez vite à son goût. Seward jeta ensuite un regard sur sa montre à gousset ; cinq minutes à peine venaient de s'écouler. Il se lamenta de ne plus pouvoir tuer le temps en rédigeant son journal, il demeurait incapable désormais de s'offrir un tel luxe. Or, le train n'atteindrait Marseille que dans dix heures. Là-bas, Seward récupérerait enfin les preuves permettant d'étayer ses théories et de montrer à ceux qui l'avaient banni que non seulement il n'était pas fou... mais qu'il avait raison depuis le début.

Ce seraient les dix heures les plus longues de son existence.

— *Billets, s'il vous plaît*[*] !

Le médecin écarquilla les yeux en découvrant le contrôleur debout au-dessus de lui, le regard sévère mâtiné d'impatience.

— Pardonnez-moi, dit-il.

Il tendit son titre de transport en rajustant son écharpe, afin de cacher la poche de poitrine déchirée de sa veste.

— Vous êtes britannique ? s'enquit le contrôleur avec un fort accent français.

— Eh bien... oui.

— Médecin ? ajouta l'homme en désignant d'un hochement de tête la trousse posée entre les pieds du voyageur.

— Oui.

Seward vit les yeux gris du contrôleur l'examiner en détail, s'attardant sur le complet trop grand et les souliers éculés.

---

[*] Les mots et les phrases en italique suivis d'un astérisque sont en français dans le texte original. *(N.d.T.)*

L'ensemble était loin de correspondre à l'image d'un praticien respectable.

– Je souhaiterais voir votre sacoche. S'il vous plaît...

Seward la lui tendit, il n'avait guère d'autre choix. L'employé des chemins de fer sortit méthodiquement les flacons, lut les étiquettes, puis, les laissant tomber dans un cliquetis, les remit en place. Seward savait ce que le contrôleur cherchait, et espérait qu'il ne fouillerait pas trop en profondeur.

– De la morphine ! annonça l'agent d'une voix si éclatante que tous les voyageurs regardèrent dans sa direction.

Il brandit la fiole en verre fumé.

– Il m'arrive d'en prescrire en guise de sédatif.

– Veuillez me montrer votre autorisation.

Seward fouilla dans ses poches. Le mois dernier s'était tenue la Convention internationale de l'opium qui prohibait l'importation, la vente, la distribution et l'exportation de la morphine par toute personne non détentrice d'un permis d'exercer la médecine. Seward mit si longtemps à le trouver que lorsqu'il produisit enfin le document, le contrôleur était sur le point de tirer le cordon pour arrêter le train. L'agent examina l'autorisation en fronçant les sourcils, puis posa de nouveau son regard d'acier sur la pièce d'identité fournie par Seward. Les ressortissants du Royaume-Uni étaient les seuls à disposer d'une photographie sur leur passeport. Or, depuis le jour où celle-ci avait été prise, Seward avait terriblement maigri. Ses cheveux étaient à présent plus gris, sa barbe hirsute. L'homme assis dans ce train se révélait le pâle reflet de son portrait.

– Pourquoi vous rendez-vous à Marseille, docteur ?

– J'y soigne un patient.

– Et de quoi souffre-t-il ?

– D'un trouble de la personnalité narcissique.

– *Qu'est-ce que c'est * ?*

– Il s'agit d'une instabilité psychologique qui pousse le patient à se livrer à des actes prédateurs, autoérotiques, antisociaux et parasitaires sur son entourage. De même qu'il...

– *Merci* *, l'interrompit le contrôleur en lui rendant prestement ses papiers.

Et il se tourna vers les hommes assis à la table suivante.

– *Billets, s'il vous plaît* *.

Jack Seward soupira. Il rangea ses papiers dans sa poche, puis consulta à nouveau sa montre... un réflexe qui trahissait sa nervosité. L'interrogatoire lui avait paru interminable, mais cinq autres minutes venaient seulement de s'écouler. Il abaissa le store à frange pour se protéger du jour et s'adossa au confortable fauteuil capitonné de bordeaux.

Avec toute ma tendresse, Lucy.

Il tint sa montre bien-aimée contre son cœur et ferma les yeux pour rejoindre le pays des songes.

———

Un quart de siècle plus tôt, Jack Seward tenait la même montre, à la lumière, afin d'en lire l'inscription gravée : « Avec toute ma tendresse, Lucy. »

Elle était là. Plus vivante que jamais.

– Vous ne l'aimez pas, observa-t-elle en faisant la moue.

Il ne pouvait détacher son regard de ses yeux verts, dont la douceur évoquait pour lui une prairie en été. Lucy avait la manie singulière de détailler les lèvres de son interlocuteur, comme pour deviner le mot qu'il s'apprêtait à prononcer. Elle débordait d'une telle joie de vivre. Son sourire pouvait réchauffer l'âme la plus insensible. En la voyant assise sur ce banc au jardin, en ce jour printanier, Jack s'émerveillait de l'éclat du soleil qui miroitait sur ses mèches rousses et irradiait son visage. La senteur des lilas fraîchement éclos se mêlait aux effluves marins du port de Whitby. Désormais, chaque fois qu'il respirerait un tel parfum, il se souviendrait de cette merveilleuse journée pourtant teintée d'amertume.

– Puisque vous avez fait graver : « À mon très cher ami » plutôt que : « fiancé », dit Jack en s'éclaircissant la voix avant qu'elle ne se brise, je ne puis qu'en conclure que vous avez choisi de refuser ma demande en mariage.

Lucy se détourna, les yeux à présent humides. Son silence en disait long.

– J'ai jugé plus convenable que vous l'appreniez de ma bouche, soupira-t-elle enfin. J'ai consenti à épouser Arthur.

Arthur était l'ami de Jack Seward depuis leur plus tendre enfance. Celui-ci l'aimait comme un frère, bien qu'il eût toujours envié sa réussite. Riche et séduisant, Art n'avait jamais connu le moindre souci ou la moindre épreuve dans sa vie. Ni le moindre chagrin d'amour.

– Entendu, reprit Jack d'une voix qui lui parut grinçante.

– Je vous aime beaucoup, murmura Lucy. Mais...

– Mais pas autant que vous aimez Arthur.

Bien sûr, il ne pouvait rivaliser avec le riche Arthur Holmwood, de même qu'il n'était pas aussi fringant que l'autre prétendant de Lucy, le Texan Quincy P. Morris.

– Pardonnez-moi, poursuivit-il sur un ton plus posé, craignant soudain de l'avoir froissée. Ma remarque était déplacée.

Lucy lui tapota la main comme elle l'eût fait avec un animal de compagnie.

– Je serai toujours présente pour vous.

———— ❦ ————

Seward se réveilla en sursaut. La beauté avait déserté les yeux de Lucy... La dernière fois qu'il s'y était plongé, cette horrible nuit au mausolée, il n'y avait vu que chagrin et tourment. Le souvenir des hurlements de sa bien-aimée à l'agonie imprégnait encore sa mémoire.

Après avoir quitté la gare, le médecin sillonna sous une pluie torrentielle le dédale des rues aux blanches bâtisses de Marseille en maudissant le calendrier : la malchance voulait que sa quête l'amenât au bord de la Méditerranée en mars, le seul mois pluvieux de l'année.

Se déplaçant d'un pas lourd, il s'enfonça dans la ville, puis se retourna pour jeter un regard sur le fort Saint-Jean, dressé telle une sentinelle de pierre dans le port cerné d'une mer indigo. Ses yeux vagabondèrent dans la capitale provençale, bâtie autour d'un ancien village deux mille six cents ans plus tôt. Du reste, on pouvait toujours, au hasard des pérégrinations, admirer çà et là les vestiges de ses fondateurs phocéens. Seward regrettait de se trouver en ce lieu pittoresque à des fins aussi sinistres. Encore que cette ville portuaire avait eu son lot de calamités au cours du siècle dernier, parmi lesquelles la piraterie barbaresque et les épidémies.

Il s'arrêta soudain. Devant lui se dressait une villa méditerranéenne typique à étage, dotée de barreaux en fer forgé aux fenêtres et de grands volets en bois. La lune hivernale perçant les nuages de pluie projetait une lueur spectrale sur la façade. Le toit couvert de tuiles de terre cuite rouge lui rappelait certaines vieilles demeures espagnoles qu'il avait vues en rendant visite à Quincey P. Morris au Texas, voilà bien des années. Cela prêtait un caractère menaçant, presque hostile, à la maison que la vie semblait avoir totalement abandonnée. Le cœur de Seward se serra à la pensée qu'il arrivait peut-être trop tard. Il vérifia une nouvelle fois l'adresse.

Il ne s'était pas trompé.

Tout à coup, il reconnut le bruit d'un attelage qui s'approchait à un train d'enfer, caracolant sur les pavés mouillés. Il courut se cacher dans les vignes en face de la bâtisse. Les ceps nus et dégoulinant de pluie s'entrelaçaient telle une toile d'araignée. Un fiacre sombre à garniture dorée montait la colline, tiré par deux juments à la robe noire luisante qui s'arrêtèrent net sans qu'on entendît la moindre commande. Seward se redressa et, à sa plus grande surprise, vit qu'il n'y avait pas de cocher. *Comment est-ce possible ?*

Une gaillarde silhouette descendit de l'attelage. Les juments montrèrent les dents et hennirent en arquant l'encolure. Puis, sous les yeux du médecin toujours stupéfait, elles s'éloignèrent en parfaite cadence. D'une main gantée de noir, l'inconnu tenait une canne, tandis que son autre main plongeait dans sa poche. Soudain il se figea, visiblement gêné par une présence étrangère.

– Fichtre ! marmonna Seward dans sa barbe.

Debout sur le perron, l'individu inclina la tête comme s'il

avait entendu le médecin jurer sous la pluie, puis se tourna lentement vers le vignoble. Seward sentit une vague de frayeur l'envahir et il retint son souffle. Quand la main gantée souleva le haut-de-forme de velours noir, il manqua s'étrangler en voyant de voluptueuses boucles de jais tomber en cascade sur les épaules de la silhouette.

C'est elle ! Le Bienfaiteur avait dit vrai.

La femme ressemblait trait pour trait à son portrait réalisé plus de trois siècles auparavant. La comtesse Elizabeth Báthory se tenait sur le seuil de la villa.

CHAPITRE II

———◆———

Les éclairs zébraient à présent le ciel, faisant scintiller les gouttes de pluie comme des pierres précieuses dans un écrin de velours noir. Seward savait qu'il devait se mettre à l'abri, mais il ne pouvait s'empêcher de contempler la femme, subjugué par la beauté sauvage, et dangereuse, qui s'offrait à son regard. Entre la peau claire de Báthory et ses cheveux sombres, le contraste était saisissant, et elle se déplaçait avec la grâce silencieuse d'un prédateur, ses yeux d'un bleu glacial furetant en quête du moindre mouvement dans la rue. Soudain, un nouvel éclair illumina la propriété. Lorsqu'elle se tourna vers les vignes, Seward plongea littéralement à même la terre.

Puis il retint son souffle, essaya de rester immobile malgré les crampes qui lui tiraillaient les jambes. Il mourait d'envie de redresser la tête, mais la prochaine lueur le trahirait sur-le-champ, aussi y renonça-t-il. Après ce qui lui parut une éternité, il s'autorisa enfin à se relever, s'attendant presque à découvrir la comtesse debout face à lui, tel un cobra prêt à fondre sur sa proie. Elizabeth Báthory avait disparu.

Luttant contre sa frayeur grandissante, Seward se libéra de l'emprise de la boue dans un effroyable bruit de succion. *Peine perdue pour la discrétion !* Il lança des regards furtifs ici et là. Il avait besoin de remuer, mais devait malheureusement faire avec ses jambes engourdies et ses vêtements trop amples qui lui pesaient comme s'il eût porté de la toile de jute gorgée d'eau.

Le vent gémit et il se retourna dans un sursaut. Toujours personne en vue. Déterminé à agir, il se dirigea d'un pas énergique vers la bâtisse en pierre... avant d'être violemment interrompu dans sa marche : un de ses souliers s'était embourbé. Il lâcha un juron, manqua chavirer en se rechaussant puis reprit sa route, trébucha par endroits en traversant l'allée, heurta un palmier... Il espérait que la pluie étoufferait son terrible vacarme.

Il parvint à l'arbre qui jouxtait la villa. Enfant, il était bon grimpeur, mais cinq décennies plus tard, serait-ce toujours le cas ? Quoi qu'il en fût, il n'avait guère le choix. Il prit donc une profonde inspiration et s'élança sur la branche la plus basse...

Dès lors, il put se hisser sur le toit de l'allée couverte en façade mais la pluie rendait glissants les bardeaux de terre cuite. Arrivé laborieusement au balcon, Seward recouvra l'équilibre en agrippant la rambarde en fer forgé, puis il regarda alentour en songeant, terrifié, que la comtesse riait peut-être dans l'ombre en le voyant ainsi se ridiculiser. Il repéra un auvent qui surplombait les fenêtres du premier et alla s'y abriter. Dans ce repaire de fortune, il s'accorda quelques instants pour reprendre sa respiration, tendit l'oreille... Aucun bruit. Hormis le martèlement de la pluie, écho sinistre aux battements de son cœur.

Seward scruta l'obscurité à travers les carreaux mouillés et découvrit que la fenêtre donnait sur ce qui devait jadis tenir lieu de salle de bal. La vue de cette pièce désormais sans vie et peuplée d'ombres le rendait anxieux. Comme s'il observait un musée en pleine nuit. Ou, pis encore, un tombeau.

Deux silhouettes nimbées d'une lueur blanche traversèrent la salle. On eût dit qu'elles glissaient sans effort sur le sol. Elles semblaient porter une caisse ou une malle quelconque. Craignant que demeurer trop longtemps au même endroit ne le fît repérer, Seward se cramponna à la balustrade et passa au balcon suivant.

À l'intérieur, quelques bougies éparses et les braises de la cheminée dégageaient une lumière faible, mais qui suffit au médecin pour constater que ce qu'il prenait pour des spectres n'étaient autres que deux belles jeunes femmes, une brune et une blonde. Elles étaient vêtues de robes fluides, d'un blanc immaculé. *Où est Báthory ?* La hantise de surprendre la comtesse dans son dos ne l'avait pas quitté.

Son cœur tambourina de plus belle dans sa poitrine : des portes-fenêtres s'étaient ouvertes à toute volée. La comtesse fit son entrée, plus majestueuse que jamais. Soulagé, Seward se recroquevilla dans la pénombre.

Báthory défit sa cape et la laissa tomber à terre d'un geste désinvolte pour dévoiler une silhouette sculpturale. Elle portait une veste de smoking sur une chemise blanche ajustée, à col cassé, agrémentée d'une cravate noire. En dépit de la ligne stricte du vêtement, son costume avait l'avantage de mettre en valeur ses formes généreuses, tout en lui conférant une puissance toute masculine.

À grandes enjambées, Elizabeth Báthory rejoignit les deux autres femmes.

— Mes anges... dit-elle d'une voix langoureuse où Seward détectait quelque chose de bien plus sinistre.

Il frissonna quand la comtesse embrassa fougueusement sur les lèvres chacune de ces dames blanches.

— Quel jouet m'avez-vous apporté ?

La blonde brisa à mains nues le lourd cadenas de ce que le médecin identifia enfin comme un coffre de marine. Un geste pour le moins stupéfiant de la part d'un être d'apparence si délicate. Elle souleva le couvercle non sans théâtralité, tel un serveur présentant un mets de choix. À l'intérieur de la malle gisait une jeune fille ligotée, bâillonnée... et à l'évidence terrifiée.

Báthory sortit de sa botte une lame de métal courbée, un instrument que le Dr Seward reconnut aussitôt. Un bistouri.

Les yeux écarquillés, la jeune fille observait la comtesse qui agitait à présent la lame dans sa direction, d'un geste trop vif pour que Seward pût le discerner parfaitement. Soudain le bâillon et les cordes qui lui liaient les mains tombèrent au fond du coffre. La pointe de l'instrument vint ensuite effleurer son menton tandis que le médecin agrippait fébrilement le manche de son couteau à lancer en argent.

Plutôt que de lui infliger une blessure, Báthory se servit du bistouri pour inciter progressivement la prisonnière à s'extraire du coffre. La main de Seward se détendit. La jeune fille effleura son visage et ses poignets, pour s'assurer que la lame ne l'avait pas entaillée. Elle ne trouva pas la moindre goutte de sang sur ses doigts.

La comtesse marchait autour de la jeune fille, appréciant sa toilette. La captive portait une robe de confection française en laine turquoise qui l'enveloppait chastement du cou jusqu'aux chevilles. Elle se tenait parfaitement immobile... Brusquement le bistouri fendit l'air, sa robe et ses dessous tombèrent telles les pièces d'un puzzle, révélant une peau délicate et immaculée. Malgré la frénésie avec laquelle elle s'efforça de récupérer ses vêtements, les derniers morceaux d'étoffe churent, et la jeune fille se retrouva totalement nue.

Pas une fois les yeux de la comtesse ne cillèrent tandis qu'elle s'enivrait du spectacle de la nudité. Tressaillant de peur, la prisonnière recula dans la pénombre et, de ses mains, tenta de se couvrir. Les femmes en blanc partirent alors d'un grand éclat de rire.

Seward se déplaça avec précaution jusqu'à la fenêtre voisine. De son nouveau poste d'observation, il remarqua que les yeux de Báthory se plissaient. La flamme vacillante des bougies se reflétait sur le petit crucifix en or que la jeune fille arborait autour du cou. Le bistouri de la comtesse jaillit mais disparut si vite que Seward douta même du mouvement de la lame. Le tintement de la croix heurtant le sol en marbre, puis le bruit mat de la chaîne qui s'amoncela tout autour ne laissaient quant à eux aucun doute. La proie manqua s'étrangler de frayeur ; une petite goutte de sang étincelait à présent à la base de sa poitrine... C'est alors que les femmes en blanc bondirent sur elle telles des louves en furie.

– Sainte Marie, mère de Dieu, protégez-la, psalmodia Seward, ces paroles lui échappant à la façon d'une plainte contenue au tréfonds de sa gorge.

Il vit, horrifié, les créatures blanches hisser la jeune fille nue pour la suspendre par les chevilles au plafond, à l'aide d'une poulie. La brune tendit à Báthory un chat à neuf queues de cuir noir dont chaque lanière se terminait par une griffe métallique. Les lèvres carmin de la comtesse se crispèrent en un sourire dénué d'humour tandis que ses yeux d'un autre monde se concentraient sur l'unique goutte de sang qui coulait le long du sein de sa victime. D'un vif mouvement de poignet, Báthory flagella soudain la chair avec son martinet et contempla d'un air avide le sang qui se déversa plus abondamment.

Seward détourna son regard, mais ne put échapper aux cris. Il agrippa la croix qu'il portait lui aussi autour du cou, mais n'y trouva aucun réconfort. Son instinct lui dictait d'aller porter secours à cette malheureuse... mais c'eût été sans conteste une décision suicidaire : un homme vieillissant ne saurait se mesurer à ces trois démones ; elles le mettraient en pièces.

Peu importe ce que vous voyez ou ressentez, rien ne doit vous distraire de votre devoir. Tel était le dernier message du Bienfaiteur. Alors, rassemblant tout son courage, Seward replongea son regard de l'autre côté de la vitre...

Báthory frappait à présent à un rythme soutenu, et les lanières cinglaient l'air en gémissant. Sous la force de chaque coup, la jeune victime oscillait comme un pendule et son sang coulait à flots. Entre-temps, les femmes en blanc s'étaient allongées sous elle, la bouche ouverte, afin de recueillir les précieuses gouttes écarlates qui tombaient telle une pluie diabolique.

Seward se savait le témoin d'une scène de pure démence. Au lever du soleil, ces trois créatures iraient reposer dans leurs cercueils respectifs, endormies et vulnérables, et ce serait pour lui l'occasion ou jamais de libérer le monde de leur esprit maléfique. Il leur planterait sa lame en argent dans le cœur, leur trancherait la tête, glisserait de l'ail dans leur bouche, puis brûlerait leur corps.

Mais en cet instant, il éprouvait surtout une horrible culpabilité à rester là sans pouvoir agir, pendant qu'on torturait cette innocente. Il referma la main autour de sa lame et la serra à s'en entailler la paume. S'il ne pouvait épargner la douleur à cette jeune fille, au moins ferait-il en sorte de la partager.

Les hurlements s'étaient enfin calmés. Mais leur écho résonnait encore atrocement dans la tête du médecin, réveillant le douloureux souvenir de la seconde mort de Lucy. Une mort que Seward lui-même avait aidé à provoquer. De nouveau, tout lui revenait en mémoire : la colère éprouvée à la profanation de la tombe de sa bien-aimée, le choc de la découverte de son corps encore tiède, à la carnation rosée et en apparence débordant de vie ; la vision d'Arthur lui enfonçant le pieu dans le cœur, tandis que la créature qui se cachait sous les traits de Lucy poussait des cris à glacer le sang ; et les larmes qu'il avait versées en silence alors qu'il remplissait de gousses d'ail la bouche de ce monstre dont il avait tant aimé l'image, et dont il scellait à jamais le tombeau. Pourtant, parmi tous ces sentiments, aucun n'était aussi méprisable que celui qu'il avait dissimulé durant toutes ces années, se voilant lui-même la face : la satisfaction intime d'avoir vu Arthur perdre Lucy. S'il n'avait pu la faire sienne, au moins personne d'autre ne le pourrait-il. C'était un sentiment horrible, et il justifiait amplement toutes les misères qui avaient par la suite jalonné sa vie. En acceptant cette ultime mission, Jack Seward accomplissait en quelque sorte son acte de contrition.

Le silence qui s'était subitement installé eut tôt fait de le ramener à la réalité. Dans la salle de bal, la jeune fille s'était évanouie de douleur, mais sa poitrine se soulevait encore... Báthory lâcha son martinet, aussi irritée qu'un chat qui ne peut plus s'amuser avec la souris qu'il vient de martyriser. Seward sentit son visage humide et fiévreux. Il effleura sa joue et s'aperçut qu'il pleurait.

— Préparez mon bain ! ordonna la comtesse.

Les femmes en blanc déplacèrent la jeune fille le long du rail métallique où était fixée la poulie et elles la transportèrent dans une autre pièce. La comtesse fit volte-face pour leur emboîter le pas, piétina à dessein le crucifix en l'écrasant de son talon. Visiblement satisfaite, elle poursuivit son chemin jusqu'à la pièce voisine, se dévêtant à mesure qu'elle avançait.

Seward se pencha par-dessus la balustrade pour voir si une fenêtre donnait sur l'autre salle. La pluie avait cessé de tomber. Elle ne couvrirait plus le bruit de ses pas sur les bardeaux de terre cuite. Le médecin gagna donc la fenêtre suivante avec lenteur et prudence... Des dizaines de bougies éclairaient maintenant Báthory qui retirait délicatement son pantalon. Pour la première fois, Seward la voyait distinctement... sans l'ombre d'une pièce de vêtement. La comtesse ne ressemblait en rien aux prostituées rencontrées dans les arrière-salles des bordels de Camden, à Londres. Les courbes lascives de son corps, blanc et lisse comme de la porcelaine, auraient détourné la plupart des hommes de la cruauté machiavélique de son regard... Mais pas Seward. Semblable regard lui était familier.

La jeune fille inanimée, dont la gorge n'émettait plus que de pathétiques borborygmes, était suspendue au-dessus d'un bassin vide en mosaïque évoquant les thermes antiques. Báthory se tenait debout au fond, la tête en arrière, dans sa sublime nudité. Les bras en croix, elle tendit soudain les paumes vers le ciel. C'était le signal. Au même instant, la femme en blanc aux cheveux bruns trancha de son ongle la gorge de la jeune fille et la poussa au bout du rail, au niveau de la comtesse. Rien dans le sombre passé du médecin n'eût pu le préparer à la scène dont il fut alors le témoin. Seward vit en effet Báthory ouvrir la bouche en grand et dévoiler ses canines acérées, tandis que son corps en proie à l'orgasme se baignait dans le sang de sa victime.

Qu'elles soient toutes damnées ! La colère l'envahit. Il saisit, dans le double fond de sa sacoche médicale, une petite arbalète, qu'il chargea d'une fléchette à pointe d'argent. Si cette décision irréfléchie devait l'entraîner à sa mort, eh bien qu'il en soit ainsi. Mieux valait mourir que de laisser cette dépravée poursuivre son office une seconde supplémentaire.

Seward pointa son arme entre les barreaux de fer forgé. Il se préparait à tirer lorsqu'un détail attira son attention : sur le bureau, près de la fenêtre, était posée une affiche. Celle-ci miroitait étrangement, comme retouchée par le clair de lune. Les lettres en relief annonçaient :

La Vie et la mort de Richard III
de William Shakespeare
Avec dans le rôle principal
le célèbre acteur roumain Basarab
Le 7 mars 1912
Théâtre de l'Odéon
Place de l'Odéon
Paris, VIe arr.
Tél. : 811 42
Lever de rideau à 8 h

Oubliant l'inclinaison du toit, le médecin fit par mégarde un pas en arrière. La tuile sous son pied se fendit, tomba puis alla se briser dans l'allée pavée en contrebas. Seward se figea sur place.

———✦———

De retour dans la grande salle de bal, la femme en blanc aux cheveux blonds, alertée par le fracas au-dehors, se précipita à la porte. Ses yeux inexpressifs scrutèrent l'horizon en quête du moindre signe de vie. Rien. Tout en restant prudemment dans la pénombre, elle se déplaça jusqu'à l'angle de la demeure, d'où lui avait semblé provenir le bruit. Toujours rien. Elle s'apprêtait à regagner la villa lorsqu'elle aperçut une tuile brisée à terre... maculée d'une tache de sang frais. Du sang humain. Son odeur puissante ne laissait aucun doute. Elle le goûta avidement, puis le recracha aussitôt : il était assurément contaminé par des substances chimiques.

Avec l'agilité d'un reptile, elle grimpa le long du mur pour inspecter plus avant la demeure. Sur le toit, au niveau d'une des fenêtres, elle repéra un couteau à la lame ensanglantée. Seul un chasseur de vampires inexpérimenté serait assez naïf pour se munir d'une lame d'argent !

Mais la femme en blanc savait que sa maîtresse n'était désormais plus en sécurité en ces lieux. Toutes trois devaient fuir Marseille la nuit même.

Elle s'empressa de rentrer dans la maison.

Seward n'avait aucun doute quant aux intentions de Báthory et de ses fées maléfiques : elles s'en iraient à Paris sans tarder... D'autant qu'en empruntant la voie des airs, les morts vivants se déplaçaient rapidement. Mais grâce à la découverte de l'affiche, le médecin détenait l'avantage, il le savait. Il connaissait leurs projets. La comtesse Báthory et ses compagnes seraient au théâtre le lendemain soir.

Il se surprit à esquisser un sourire lugubre. *C'est là-bas qu'aura lieu la bataille.*

CHAPITRE III

— *Je te somme de te retourner et de changer de forme*[1] *!* s'écria un jeune homme en chapeau melon, d'une voix résolue mais teintée d'effroi. *Telle est la force de la magie et de mes enchantements*[2] *!*

Un sifflement. Un écran de fumée. Puis des éclairs jaillirent comme par magie... grâce aux feuilles de nitrocellulose déposées au préalable sur les lampes à gaz alentour. Dans le jardin du Luxembourg, les spectateurs retinrent leur souffle de concert.

Dos à son auditoire, Quincey Harker n'était pas peu fier de son tour de passe-passe. Sourire aux lèvres, il troqua son couvre-chef contre un chapeau pointu, colla un impérial postiche à son menton, passa une cape sur ses épaules et *hop !*... se retrouva d'un bond sur les marches de la fontaine Médicis où il fit volte-face. Le cadre idéal pour une pantomime inspirée du *Faust* de Marlowe. Du reste, ne soupçonnait-on pas en leur temps les célèbres mécènes florentins de pactiser avec le diable ? Voilà qui décuplait chez Quincey le plaisir de jouer sur cette scène improvisée, où il évoluait tel un poisson dans l'eau.

Le jeune homme se livrait à un spectacle de *chapeaugraphie*, lequel consistait à changer de couvre-chef au gré des person-

---

1. Christopher Marlowe (1564-1593), *La Tragique Histoire du docteur Faust*, scène III, traduction de François-Victor Hugo. *(N.d.T.)*

2. *Id., ibid.*

nages qu'il incarnait. Très connu, mais rarement présenté, ce numéro de music-hall exigeait une grande maestria et n'était donc exécuté que par les acteurs les plus talentueux... ou les plus cabotins.

S'aidant des ombres projetées par les statues de la fontaine pour créer une ambiance lugubre, Quincey déploya sa cape et adopta une posture menaçante, tout en grondant d'une voix diabolique :

— *Maintenant, Faust, qu'y a-t-il pour ton service*[1] *?*

Il marqua une pause, certain d'être salué par des applaudissements. Silence dans le public. Étrange... Quincey releva la tête et découvrit avec surprise que les spectateurs ne l'écoutaient plus. Un brouhaha attirait leur attention à l'autre bout du parc. Certain de son talent, le jeune homme ne se laisserait pas déconcentrer par cette diversion. Surtout qu'il avait présenté ce numéro à l'Hippodrome de Londres, où son succès avait été tel qu'il lui avait permis de passer en lever de rideau, juste avant la vedette, Charlie Chaplin, un maître du burlesque. À en croire la rumeur, ce comédien allait quitter Londres pour chercher fortune en Amérique. Si bien que Quincey avait espéré le remplacer... Mais son despote de père, Jonathan Harker, avait fait voler son rêve en éclats en soudoyant le directeur du music-hall pour qu'il le renvoyât, et Quincey fut expédié dans une prison parisienne sans barreaux... la Sorbonne, afin d'y étudier le droit.

L'affolement s'empara du jeune homme quand son auditoire déjà bien maigre commença à se disperser pour voir de quoi il retournait du côté de la porte Odéon. Quincey vérifia à tâtons si sa fausse barbiche n'était pas de travers avant d'entamer son monologue, tout en dévalant les marches de la fontaine. Il fallait regagner coûte que coûte l'attention.

— *Je suis le serviteur du grand Lucifer et ne puis te suivre sans son congé ; nous ne devons rien exécuter en dehors de ce qu'il nous commande*[2] *!*

---

1. *Id., ibid.*
2. *Id., ibid.*

Un bref instant, il crut que la puissance de son jeu suffirait à reconquérir son public, mais perdit tout espoir quand Méphistophélès glissa sur la pierre humide et tomba sur son fondement. Un éclat de rire fusa tandis que les derniers spectateurs s'éloignaient.

Quincey frappa le sol d'un poing rageur, puis arracha son postiche... trop heureux de ne pas avoir cédé à la mode de la moustache en dépit de ses vingt-cinq printemps, auquel cas celle-ci eût subi le même sort que la fausse barbe ! Ce fut alors qu'il l'aperçut, ricanant comme à son habitude. Le plus exécrable des rebuts de l'humanité, Braithwaite Lowery, l'étudiant avec lequel il partageait son meublé. *Que fait-il là ? Cet âne bâté n'a aucun goût pour les arts.*

Braithwaite lorgna par-dessus ses lunettes les rares pièces de monnaie qui jonchaient le sol.

– Ta niaiserie me stupéfiera toujours. As-tu la moindre idée des émoluments journaliers d'un avocat, Harker ?

– Je n'ai que faire de l'argent.

– Parce que tu sais qu'un jour tu entreras en possession d'un héritage confortable. Moi qui suis descendant de pêcheurs du Yorkshire, je vais devoir gagner mon patrimoine.

Si seulement Braithwaite se doutait de tout ce à quoi Quincey avait dû renoncer afin de s'assurer le soutien financier de sa famille !

– Que veux-tu donc ? demanda-t-il en ramassant son obole.

– Ce courrier est arrivé pour toi. Encore une lettre de ton père, répondit Braithwaite d'une voix enjouée mêlée de fiel.

Ce sagouin adorait voir Quincey au supplice chaque fois que celui-ci recevait une missive dans laquelle son père n'avait de cesse de le rabrouer.

– Sais-tu ce que j'apprécie en toi, Braithwaite ?

– Je n'en sais fichtre rien.

– Moi non plus ! répliqua Quincey qui lui arracha l'enveloppe d'une main, tout en lui faisant signe de déguerpir de l'autre.

Lettre de Jonathan Harker, Exeter, à Quincey Harker, université de la Sorbonne, Paris

29 février 1912

Mon cher fils,

J'ai reçu un courrier des plus contrariants faisant état de l'évolution… ou plutôt de l'absence d'évolution de tes études, lequel m'informait par ailleurs que tu consacrais une fois de plus bien trop de temps à tes activités hors de l'université. Je ne puis l'accepter. Bien que tu sois absent de la maison depuis trois ans, pour la plus grande tristesse de ta chère mère, je me dois de te rappeler que mon argent sert toujours à payer tes études, ton gîte et ton couvert. Si tu devais échouer à tes examens trimestriels, même mes relations ne sauraient éviter ton renvoi. Ce qui, bien entendu, entraînerait l'arrêt immédiat du versement de ton allocation journalière et…

Quincey interrompit sa lecture. De plus en plus de gens se pressaient vers la sortie du jardin public. Pareille agitation le détourna sans peine de la voix condescendante de son père qu'il lui semblait entendre derrière chaque mot dactylographié. Il feuilleta le reste de la missive. *Nom d'un chien ! Treize pages !* La famille Harker se singularisait toujours par son volumineux courrier… alors que ses dîners silencieux étaient d'un ennui mortel.

On se bousculait encore pour rejoindre les grilles du parc et la porte Odéon.

– Mais que se passe-t-il donc ?

Tout en continuant de marcher d'un bon pas, un homme lui cria par-dessus son épaule :

– Basarab ! Il vient d'arriver ! Là ! Maintenant !

Basarab ? Quincey se souvint d'avoir lu quelques semaines plus tôt dans *Le Temps* que Basarab, le grand acteur shakespearien qui se présentait sous cet unique patronyme, devait jouer à Paris. Toutefois, s'il rêvait de voir sur scène ce comédien de renommée mondiale, Quincey avait abandonné l'idée, sachant qu'il ne pourrait justifier le coût d'un billet dans le compte rendu de ses dépenses transmis chaque mois à son père... pour contrôle. Il lui avait si souvent menti que Jonathan décelait la moindre de ses astuces.

Le jeune homme se dit qu'il jouait de malchance. À moins que le destin n'en eût décidé autrement... Il se sentit soudain ragaillardi, en songeant que ce n'était pas sa prestation médiocre qui avait chassé son public, mais que le grand acteur lui avait tout bonnement volé la vedette. Oubliant ses accessoires et ses costumes à la fontaine, il se joignit donc à la cohue ambiante, afin de voir de ses propres yeux le célèbre Basarab dans toute sa splendeur !

En sortant du parc, Quincey déboucha dans la rue de Vaugirard envahie par une multitude de badauds. Tous les regards se tournaient vers le théâtre de l'Odéon, un édifice en pierre de taille dont la façade se parait de colonnes néoclassiques et dont l'enseigne, en lettres de cuivre, miroitait dans la lumière crépusculaire.

Le jeune homme essaya de s'approcher, mais fut gêné par le monument érigé en mémoire du dramaturge Émile Augier. Pas découragé pour autant, il grimpa sur le piédestal pour mieux y voir.

Klaxonnant à l'envi, une automobile Benz Tourer tentait de se frayer un chemin dans la foule qui grouillait sur la place. Quincey se hissa encore plus haut sur la statue. Le véhicule s'arrêta enfin aux marches du théâtre, puis le chauffeur en descendit et fit le tour pour ouvrir la portière de son passager. À l'issue des deux ans durant lesquels Quincey avait lutté pour se faire un nom sur les planches, un amer constat s'était imposé à lui : depuis Shakespeare on considérait sa profession comme un repaire de délinquants, d'alcooliques, de prostituées et autres vagabonds. Pourtant, il avait à présent sous les yeux un comédien qu'on traitait comme un haut dignitaire. À croire que la France entière attendait sa venue avec fébrilité !

Le jeune et fringant Roumain sortit de l'automobile et se jucha sur le marchepied. Quincey reconnut la chevelure noire et le visage aux traits ciselés de Basarab tel qu'il apparaissait sur la photographie publiée dans *Le Temps*. Il portait une cape semblable à celle du prince Edward, mais coupée dans un cuir écarlate des plus audacieux. Armés de leur appareil photo sur trépied, les reporters attendaient dans l'escalier de pouvoir saisir les premières images de son arrivée. Lorsque Basarab se tourna dans leur direction, les flashes se mirent à crépiter tels des éclairs sous l'orage. Puis, le comédien s'accorda un bain de foule en tendant les mains vers son public en adoration.

Quincey s'esclaffa : une femme venait de tomber en pâmoison après qu'elle eut effleuré le bras de l'acteur. Puisse-t-il un jour lui-même susciter pareille réaction dans son auditoire féminin !

L'imposant André Antoine, directeur du théâtre, patientait en haut des marches. Non loin de lui, muni d'une caméra de cinématographe, un opérateur filmait la scène en tournant sa manivelle comme s'il eût joué de l'orgue de Barbarie, tandis que Basarab rejoignait enfin le patron de l'établissement, qui l'accueillit par une chaleureuse poignée de main. Aux côtés de la séduisante silhouette de l'artiste, Antoine arborait un sourire bonhomme qui éclairait son visage rond et jovial. Emporté par la fièvre ambiante, Quincey se surprit à scander avec la foule :

– Basarab ! Basarab ! Basarab !

Comment s'étonner d'une telle adulation ? songea le jeune homme. Même lui était impressionné par le personnage. Sans qu'il eût prononcé la moindre parole, l'acteur ensorcelait déjà tous les gens venus l'acclamer. Nul doute qu'il devait brûler les planches par sa sublime présence et donner du relief aux répliques shakespeariennes.

Basarab fit signe à Antoine et les deux hommes disparurent dans le théâtre. La foule s'attarda un peu, comme dans l'espoir d'un rappel. Un petit individu surgit alors de l'établissement et annonça que la direction prolongeait l'ouverture du guichet pour la vente des places de *Richard III*.

Et ce fut de nouveau la bousculade, cette fois vers la billetterie. Quincey se sentit gagné par le découragement. Il mourait d'envie de voir Basarab sur scène, mais n'avait pas un sou. L'allocation journalière que lui versait son père couvrait à peine ses dépenses essentielles. Il s'agissait de l'empêcher de gaspiller son argent en « pures frivolités », selon l'expression de Jonathan. *Bonté divine ! La vie vaut-elle d'être vécue sans le théâtre ?*

Quincey compta les pièces qu'il avait gagnées tantôt dans le parc. Après tout, sa jeunesse l'autorisait à prendre certains risques, même s'il devait pour cela piocher dans ses maigres subsides, dépenser jusqu'à son dernier franc... et subir ensuite les foudres paternelles. Qu'à cela ne tienne, Quincey Harker assisterait demain soir à la première de *Richard III* à l'Odéon, avec Basarab dans le rôle-titre !

CHAPITRE IV

Voilà trente ans que Seward n'avait pas effectué cette traversée, et à l'époque c'était en plein jour. Il avançait donc à la rame, dans ce canot « emprunté » à Villefranche-sur-Mer, après avoir rejoint Antibes en carriole depuis Marseille. Tout ceci ne passerait pas pour du vol... tant qu'il éviterait de se faire prendre.

Il lui fallait à tout prix regagner Paris. Même s'il avait assez d'argent pour s'offrir un billet, le prochain train ne quitterait pas la cité phocéenne avant le lendemain matin dix heures, pour n'arriver à la capitale qu'à onze heures du soir. Or Seward devait impérativement parvenir au théâtre de l'Odéon à huit heures.

Après avoir arrimé le bateau, il posa le pied sur le débarcadère. Il le parcourut d'un pas hésitant jusqu'à ce qu'il recouvrât son habitude à fouler la terre ferme. La vue du vieux village du Lazaret le réconforta.

Lorsqu'il était encore un jeune médecin idéaliste, Seward y avait participé à des recherches financées par le gouvernement français, collaborant avec de brillants scientifiques tels que Charles Darwin. Leurs études tentaient alors d'établir une corrélation entre le comportement animal des chimpanzés, rats et autres souris d'une part et celui des humains d'autre part, en vue de confirmer la théorie de l'évolution énoncée par Darwin. Pendant son séjour, Seward s'était intéressé en particulier à l'infime pourcentage de cobayes dont les actes pouvaient être considérés comme anormaux. Il chercha l'origine de ces anomalies et tenta de trouver un moyen de les corriger.

Seward sourit au souvenir des promenades sur la grève en compagnie d'autres savants résidant au Lazaret, et de leurs discussions passionnées dans lesquelles ils contestaient le point de vue de l'Église qui défendait le créationnisme. Leurs études devinrent si controversées que le gouvernement décida bientôt d'y mettre un terme et de transformer le centre de recherches en un laboratoire océanographique. Puis on acheta le silence des scientifiques en leur offrant une compensation financière. Une manne providentielle qui permit à Seward d'acquérir l'asile de Whitby.

Il poursuivit son chemin et gravit la colline surplombant le port. Tout en balayant du regard le village côtier qui lui était familier – il n'avait guère changé depuis son départ –, le médecin se souvint de ses travaux révolutionnaires sur le cas Renfield. Seward avait en effet diagnostiqué chez ce sujet la rare affection mentale de zoophagie, laquelle consistait à se nourrir d'animaux pour en « absorber la vie ». Le fait que M. Renfield eût vécu jusqu'à sa prime jeunesse dans la peau d'un individu « normal » en faisait le parfait cobaye.

À l'époque, en accueillant son patient à l'asile de Whitby, Seward avait nourri un tel espoir… Ancien juriste à l'avenir prometteur, Renfield s'était un beau jour métamorphosé en un fou furieux dévoreur d'insectes. Si Seward avait pu le guérir, il aurait alors prouvé que ses troubles mentaux étaient le fruit d'une pathologie acquise et non innée, ce qui renforçait les arguments de Darwin selon lesquels tous les mammifères évoluaient à partir d'un ancêtre commun. Mais le malheureux Renfield, tel un pion manœuvré sans vergogne sur l'échiquier des ambitions de Seward, ne fit que s'ajouter à la longue liste des revers professionnels du médecin.

Non loin du port, Seward allait bientôt revoir son vieil ami Henri Salmet, rencontré quand il avait tout perdu : son asile, son cabinet et sa famille. Leurs chemins s'étaient cependant recroisés quatre ans plus tôt en été, lors d'un événement mémorable qui avait eu lieu dans les environs du Mans : la démonstration réussie de leur formidable machine volante par les frères Wright. La série de vols n'avait duré que deux minutes, mais une nouvelle ère débutait en Europe. Seward secoua la tête en songeant avec émerveillement au monde qui changeait autour de lui. La France pâtissait sans doute d'un antique réseau de chemins de fer, mais elle ne ménageait pas les efforts financiers pour conquérir le ciel.

Le manque de drogue commençait à éprouver le médecin. D'autant qu'il se faisait vieux, et que depuis sa dégringolade du toit de la villa, la moindre ecchymose, la plus petite écorchure le faisaient souffrir. Il lutta vaillamment contre l'envie pressante de s'injecter de la morphine, certain qu'il lui faudrait garder les idées bien claires pour la bataille à venir.

Au sommet de la colline, il reconnut la ferme d'Henri, nichée au pied des Alpes maritimes. On avait défriché les vignes jadis prospères pour les remplacer par une piste d'atterrissage. L'ancienne grange transformée en hangar abritait désormais des aéroplanes et un atelier. Au-dessus de la bâtisse, la girouette avait cédé la place à une tour de radiotélégraphie.

La lumière brillait dans la cuisine d'Henri.

Dieu soit loué, mon ami est là...

— Jack Seward ! s'exclama Henri Salmet en ouvrant la porte de sa modeste demeure. Comme tu as maigri ! *Mon Dieu**, qu'est-il arrivé à ta main ?

— *Bonsoir**, Henri, répondit Seward.

Il baissa les yeux et vit que le sang avait traversé le mouchoir qui tenait lieu de pansement.

— J'ignore l'heure qu'il est, mais...

Il remarqua qu'Henri n'avait guère changé, lui. *Sa moustache en guidon est certes un peu plus longue...* Telle fut la dernière pensée du médecin avant qu'il ne s'évanouît, anéanti par la fatigue.

Le jour contraignit Seward à ouvrir les yeux. Il était en nage. Son regard se porta sur le nouveau bandage autour de sa main. *Rejoindre le théâtre...* Il s'arracha du lit et sortit de la chambre en chancelant.

– Henri ? appela-t-il. Combien de temps faudrait-il pour... ?

Seward entra dans la cuisine et découvrit Salmet en compagnie de sa femme Adeline et des trois enfants qui avaient fort grandi depuis sa dernière venue. Ceux-ci ricanèrent en le voyant... Le pauvre bougre n'était guère présentable. Il sentit le rouge lui monter aux joues.

– Regarde, Adeline, gloussa Henri. Notre ami ressuscite enfin d'entre les morts !

– Je... je dois me rendre à Paris, bredouilla Seward qui tremblait de tous ses membres à cause du manque de morphine.

Il espérait qu'Henri attribuerait cela uniquement à la fatigue.

– Tu veux t'envoler vers Paris ?

– Je sais que rejoindre la capitale est impossible, mais si ton aéroplane pouvait m'en rapprocher... jusqu'à Lyon, peut-être...

– Je crois que tu n'as aucune idée de ce que tu racontes. Toutefois, je me suis toujours promis d'aider mes amis en détresse. Pour commencer, tu vas te reposer parmi nous quelques jours. Tu nous as flanqué la frousse hier...

– J'apprécie ton hospitalité, mais je dois absolument être à Paris d'ici ce soir.

– Ce soir ! s'écria Henri en échangeant un regard incrédule avec Adeline. Tu es tellement épuisé que tes jambes te soutiennent à peine. Que dois-tu faire de si important là-bas ?

– C'est une question de vie ou de mort... Une patiente, répondit Seward dont le mensonge s'échappa de ses lèvres avec une facilité déconcertante. Si je ne lui administre pas un élixir que je détiens dans ma trousse médicale d'ici... sept heures du soir... je crains le pire.

Henri regarda de nouveau son épouse. Elle hocha la tête.

– Fort bien, dit-il. Une vie est en jeu et notre devoir de chrétiens nous commande d'agir. Assieds-toi et déjeune, reprends des forces. Nous partons dans une heure.

Soulagé, Seward s'attabla avec eux et se plia au bon sens de son hôte.

– Je ne te remercierai jamais assez, mon ami.

Adeline le fit taire et posa devant lui une assiette regorgeant de victuailles.

Henri se tourna vers ses enfants.

– Venez aider papa à préparer son vol.

Une heure plus tard, Seward entrait dans le hangar, sa trousse de médecin à la main. Il n'avait pas autant mangé depuis des années et espérait que la nourriture lui donnerait de quoi apaiser le manque de morphine de plus en plus intense.

Il vit un mécanicien sortir des bidons d'essence dans le champ, puis Henri, penché sur son télégraphe, qui leva la tête en le découvrant.

– J'envoie un câble à un ami pour qu'il nous attende sur son terrain à Vichy, expliqua-t-il. Une fois là-bas, nous ne serons qu'à mi-chemin et devrons nous ravitailler en carburant.

– Puis-je moi aussi transmettre un message ? demanda Seward.

– Bien sûr.

– Il doit parvenir à ce télégraphe privé du théâtre de l'Odéon, dit le médecin en tendant à Henri une feuille arrachée à son calepin.

Salmet composa le numéro qui y était inscrit.

– Et le message ?

TÉLÉGRAMME - Adressé par le Dr Jack Seward à Basarab, théâtre de l'Odéon - Paris

COMTESSE BÁTHORY À PARIS. PRENEZ GARDE.

Quelques instants plus tard, ils se dirigeaient vers le monoplan Blériot. De loin, Seward crut voir une des inventions de

Léonard de Vinci fabriquée à l'aide de bouts de ficelle et de morceaux de papier mâché. En s'approchant il remarqua que le fuselage de l'engin était constitué d'un contreplaqué spécial ; le cockpit surplombait deux roues de bicyclette et l'hélice se dotait de deux pales seulement.

— Admire ce petit bijou ! s'exclama Henri, rayonnant. Cinquante chevaux-vapeur et capable de voler à deux mille pieds.

Seward manqua s'étrangler de stupéfaction tandis que le fils de son ami s'emparait de sa sacoche pour l'arrimer à l'arrière du cockpit, avant de l'aider à s'installer derrière le poste de pilotage. La perspective de monter dans les airs enivrait déjà le médecin, qui regardait son ami embrasser sa femme et ses deux filles, puis rejoindre fièrement l'aéroplane.

— Protège tes yeux ! lui cria Henri en chaussant ses grosses lunettes d'aviateur.

Seward l'imita, tandis que le pilote ajoutait :

— Et tâche de garder la bouche fermée... À moins que tu n'apprécies de gober les mouches !

Son fils lança l'hélice et le moteur se mit lentement à vrombir. Le mécanicien souleva la queue de l'engin qu'Henri, au même moment, faisait avancer en cahotant. *C'est peut-être une fort mauvaise idée*, songea Seward en voyant la machine s'approcher d'un dangereux précipice. Il serra les dents d'un air épouvanté, mais à quelques centimètres du bord du ravin l'aéroplane décolla brusquement... et le médecin en eut l'estomac retourné. Toutefois, le panorama qui s'offrait à lui eut tôt fait de le revigorer. Scrutant le littoral, Seward reconnut la silhouette familière du Château d'If, la célèbre prison au large de Marseille. Et dire qu'à la rame il avait mis des heures interminables pour se rendre de la cité phocéenne à Villefranche-sur-Mer... alors qu'en quelques minutes son ami et lui survolaient la région. Si Báthory avait la faculté d'emprunter la voie des airs, eh bien lui aussi à présent !

Quatre heures plus tard, ils avaient atterri dans le champ d'un paysan près de Vichy et ils durent ravitailler l'aéroplane en carburant. Ils ne furent pas trop de trois pour faire rouler le baril d'essence depuis la grange jusqu'au terrain. Le tonneau péniblement redressé, la tâche revint à Seward de siphonner celui-ci à l'aide d'une pompe mécanique, tandis que le paysan tenait d'une main ferme le tuyau dans le réservoir de l'aéroplane en surveillant attentivement son niveau. Les vapeurs d'essence mêlées à la paraffine picotaient les yeux du médecin. Il se détourna et vit Henri faire le tour de son engin, à l'affût du moindre dégât sur le délicat fuselage. Comme le soleil de la mi-journée projetait l'ombre menaçante du mono-plan, son esprit se mit à vagabonder... On eût dit les ailes d'une énorme chauve-souris glissant à ras du sol. Seward se sentit alors de nouveau la proie des ténèbres.

– Continue de pomper ! lui lança Henri. Il nous faut décoller avant que le vent tourne. Si nous devions voler à contrevent, nous manquerions de carburant pour atteindre Paris. J'ignore ce qu'il en est pour toi, mon ami, mais je n'ai guère envie de m'écraser dans la grange d'un inconnu.

L'essence déborda du réservoir et Henri lui fit signe d'arrêter.

Seward revint à ses funestes pensées.

CHAPITRE V

———◆———

Dès que l'aéroplane eut atterri dans les pâturages d'un centre équestre, Seward se détacha puis descendit de l'engin en trébuchant... avant de s'étaler à terre de tout son long.

— Plus jamais de ma vie je ne volerai, décréta-t-il d'une voix chevrotante.

Il redressa la tête et vit Henri Salmet se trémousser sur le fuselage, tel un enfant le jour de Noël.

— Depuis notre dernière escale de ravitaillement, j'estime que nous avons parcouru quatre cents kilomètres ! s'exclama-t-il. Nous avons réussi ! À présent, voyons... si j'ajoute la même distance au départ de Paris, jusqu'où pourrais-je voler ?

— Londres, j'imagine, répondit d'une voix sombre Seward, qui songea à sa terre natale en récupérant sa sacoche médicale.

— Maintenant que je suis certain de pouvoir atteindre une telle distance, je vais m'envoler pour la Perfide Albion et la presse m'accueillera pour témoigner de mon exploit ! s'enthousiasma Henri. Je serai le premier aviateur à traverser la Manche et à relier ensuite Londres à Paris. Je vais devenir célèbre ! Dame ! Il me faut sans tarder gagner la ville pour acheter du carburant. Comment diable vais-je m'y rendre ?

— Merci pour tout, Henri, dit Seward dans un sourire contraint.

— Je te souhaite bonne chance.

« Henri embrassa le médecin sur les deux joues et lui serra vigoureusement la main.

Seward le regarda s'éloigner à toutes jambes sur la grand-route, sachant qu'il ne reverrait peut-être jamais plus son visage jovial. Incapable de trouver les mots pour exprimer sa gratitude, il se borna à agiter la main en criant :

— Adieu, mon vieil ami !

Le médecin tourna les talons et vérifia l'heure à sa montre. Il avait à peine le temps de regagner sa chambre et rassembler son attirail avant de partir au théâtre. Il y trouverait Báthory et ses harpies armées jusqu'aux dents. Le soleil se couchait, et il contempla brièvement les sublimes nuances dont se parait le ciel. À trop mener une existence solitaire et ténébreuse, il en avait oublié les merveilles de la nature. Ce soir, quoi qu'il advienne, Seward renaîtrait enfin dans toute la splendeur de la lumière divine.

———— ◆ ————

Quincey arriva tôt à l'Odéon pour acheter son billet et prit le temps de flâner dans le foyer de l'ancien théâtre. Chaque mur s'ornait de bustes, médaillons et autres portraits de comédiens. Ses yeux émerveillés ne savaient plus où se poser ; il reconnut Sarah Bernhardt sur une photographie, dans un cadre doré à la feuille. Sous le cliché était inscrit : *La reine de l'Odéon*. Quincey s'arrêta ensuite devant celui de Sir Henry Irving, immortalisé lors de sa tournée de *Hamlet*. L'artiste était considéré comme le plus grand shakespearien de tous les temps. Si la plupart de ses confrères usaient de leur talent et de leur force de persuasion pour émouvoir leur auditoire, Irving, lui, abordait son personnage sous un angle plus intellectuel, en tenant compte de l'histoire personnelle de celui-ci et des intentions de l'auteur. Et même si elle fut tournée en ridicule par d'autres comédiens, la modernité du style d'Irving n'en captivait pas moins les spectateurs. À cet égard, une grande partie de la presse louait à l'avenant le jeu de Basarab, un critique allant même jusqu'à déclarer que le Roumain se révélait le digne héritier du « plus grand acteur au monde », Sir Henry Irving.

Soudain, Quincey se rendit compte qu'il tenait toujours sa missive en main. Il avait acheté un luxueux papier à lettres et demandé à un écrivain public, moyennant quelques francs, de décorer l'enveloppe avec des masques de théâtre à l'encre rouge sang. Ensuite, il avait inscrit l'adresse de sa belle écriture calligraphiée, apprise de sa mère : *À l'attention de Basarab, de la part de M. Quincey Harker.* Compte tenu du tumulte provoqué la veille au soir par les admirateurs du comédien, nul doute que Basarab recevrait d'innombrables lettres d'encouragement. Quincey pensait donc que la sienne sortirait du lot, tout en espérant ne pas avoir péché par excès d'originalité.

Il aperçut alors un petit homme d'un certain âge, vêtu d'un uniforme, avec un gros trousseau de clés dans une main et une torche électrique dans l'autre. Probablement l'ouvreur en chef.

– Excusez-moi, dit-il en lui tendant son enveloppe. Pourriez-vous remettre ce pli en coulisses, je vous prie ?

L'individu lut le nom inscrit sur la missive, secoua la tête et répondit sans ambages :

– *Non* *.

L'esprit de Quincey entra en ébullition.

– Dans ce cas... appelez-moi monsieur Antoine sur-le-champ.

– André Antoine ? On ne peut pas le déranger.

– Je pense que le directeur apprécierait de savoir pourquoi Basarab ne pourra jouer ce soir.

L'ouvreur en chef le lorgna, intrigué :

– De quoi voulez-vous parler ?

– Monsieur Basarab attend cette lettre avec impatience. Et je crains qu'il ne soit trop troublé pour monter sur scène s'il ne l'a pas reçue...

– Fort bien, l'interrompit l'autre en tendant cette fois la main. Je m'en vais la lui porter.

– Merci.

Le jeune homme lui avait donné la lettre, mais l'ouvreur en chef garda la main tendue jusqu'à ce qu'il reçût un pourboire. Puis il s'en alla. Quincey avait menti avec une effronterie dont il s'étonnait lui-même.

Il se tourna et découvrit que la gent aisée et cultivée, parée de ses plus beaux atours, commençait à envahir le somptueux théâtre. Il savait que la plupart de ces personnes se déplaçaient moins pour voir que pour être vues. Nombre d'entre elles partageaient l'opinion de leur père, selon laquelle les comédiens n'étaient qu'un vaste ramassis de vagabonds sans foi ni loi. *Une belle bande d'hypocrites*... et Jonathan se révélait le pire : il semblait avoir oublié que son propre père était cordonnier et que lui-même, d'abord simple clerc de notaire, avait hérité de l'étude de son patron, M. Hawkins, au décès de ce dernier. L'associé principal, M. Renfield, qui aurait dû en bénéficier, s'était suicidé dans un asile d'aliénés.

Quincey sentit brusquement le froid l'envahir, comme si la température avait chuté dans l'instant. Il regarda alentour, cherchant la provenance d'un courant d'air aussi glacial... lorsqu'une apparition pour le moins stupéfiante attira son attention. Une femme venait d'entrer dans le foyer, et nul n'aurait su nier son imposante présence, qui lui valut des regards réprobateurs et offusqués sur son passage. La nouvelle venue arborait un smoking des plus seyants, comme cousu à même sa peau.

———◦———

Elizabeth Báthory avait peine à croire qu'elle se trouvait à l'Odéon. Posant la main sur la colonne dorée, elle contempla le théâtre. Sa dernière visite remontait au 18 mars 1799, la nuit du grand incendie. À présent reconstruit, l'établissement lui paraissait plus petit. Elle leva la tête et admira la fresque au plafond, dans le goût de Michel-Ange, aujourd'hui mise en valeur par la fée Électricité. La fresque représentait des danseuses éthérées, dont certaines étaient vêtues de robes blanches virginales et chastes quand d'autres s'affichaient presque en tenue d'Ève – encore qu'elles évoquaient davantage des jeunes filles en fleurs que des femmes exsudant le désir. À l'évidence, l'artiste n'avait pu les concevoir comme des êtres sexués, dotés des mêmes besoins que les hommes. *Seul un individu vivant dans la crainte de Dieu a pu dépeindre la femme avec pareil mépris.*

Le regard de la comtesse s'arrêta sur l'image d'une jeune vierge à la chevelure de jais qui courait, insouciante, sa robe flottant dans la brise légère. Báthory savait mieux que quiconque qu'une telle créature n'existait pas, son funeste passé lui en avait donné la preuve.

⸻◆⸻

Elizabeth Báthory, quinze ans, suffoqua d'épouvante lorsqu'on lui arracha violemment sa robe de mariée parée de bijoux. Terrifiée, elle leva les yeux sur son assaillant qui se mettait à lui pétrir les seins comme un rustre... cet homme qu'elle venait d'épouser, le comte Ferenc Nádasdy, un ivrogne obèse de plus de vingt ans son aîné, à l'haleine fétide empestant le vin.

– Tu es ma femme... et te dois désormais devant Dieu de consommer ces épousailles... *Bá-tho-ry* ! éructa Nádasdy.

Il détachait chaque syllabe avec dédain, tant il était ulcéré qu'on eût permis à Elizabeth de conserver son nom de jeune fille, par égard pour la puissance de sa famille, supérieure à celle des Nádasdy.

Comme elle ne réagissait pas, il la gifla avec une telle force que sa chevalière lui fendit la lèvre. Elle voulut crier, mais le scélérat lui plaqua la main sur la bouche. Elizabeth sentait les effluves de purin qui s'en échappaient, le malotru n'ayant pas pris la peine de se laver. Ce fut aussi la première fois qu'elle goûta à la saveur du sang... et c'était le sien.

Jusque-là, elle avait lu d'innombrables récits et poèmes en hongrois, en latin et en allemand. Autant de romances et de contes de fées dont l'heureux dénouement se scellait par un baiser. À quinze ans, elle ignorait tout des plaisirs charnels ou même de la perte de la virginité. Douceur, délicatesse... Toute jeune fille rêvait de ses noces, mais pour Báthory le rêve se transformait en un cauchemar dont elle ne pouvait plus s'éveiller.

Son mariage avait fait l'objet d'un arrangement. Il fallait s'assurer des alliances militaires et réunir des terres ; l'amour n'eut pas voix au chapitre. Aux yeux du comte Nádasdy, Báthory n'était rien de moins qu'une fougueuse jument à dompter, aussi ne se priva-t-il pas de la saillir à l'envi, en labourant sa chair sans vergogne, comme il l'eût fait de ses champs.

Dès que ce porc, aussi obscène que malpropre, eut enfin sombré dans son sommeil éthylique, Báthory s'éclipsa de sa chambre nuptiale et tenta de s'enfuir dans la nuit. Le château de Csejthe, offert par son époux en guise de cadeau de noces, se situait au cœur des Carpates. À mille lieues de la mirifique propriété où elle avait grandi à Nyírbátor, en Hongrie, elle vivait désormais dans un cadre rustique, caractérisé par une mosaïque de cultures où serpentaient des murets en pierre. Le manoir lui-même se dressait au milieu des roches déchiquetées où affleuraient les monts enneigés. C'était le printemps, mais à cette altitude, il régnait encore un froid hivernal.

Báthory se retrouva donc nue dans le vent glacial qui semblait apaiser ses blessures, le sang se figeant sur sa peau. Mais ne préférait-elle pas mourir de froid plutôt que de vivre avec le monstre auquel on l'avait littéralement jetée en pâture ? Dieu la priva pourtant de sa miséricorde. Les domestiques surgirent du château et l'enveloppèrent de couvertures. Elle se débattit, mais ils parvinrent à la maîtriser et la forcèrent à rejoindre son bourreau. Impossible de lui échapper... Báthory était prisonnière de sa propre existence.

———

— Que se passe-t-il, maîtresse ? s'enquit la femme blonde tout de blanc vêtue, qui effleura son bras, l'air inquiet.

Le contact de sa main ramena la comtesse à la réalité.

Báthory ne répondit rien, mais la rage bouillonnait en elle, tant l'image mensongère de l'insouciante jeune fille brune au plafond la hantait. *Le sang appelle le sang[1], mais chaque chose en son temps. Ma vengeance ne fait que commencer.*

Près de deux jours se seraient donc écoulés depuis la dernière fois qu'il avait pris son « médicament » ? Ses mains tremblaient violemment. Le temps pressait. Seward aurait bientôt besoin d'une injection, sinon il serait trop faible pour assaillir Báthory et la vaincre.

Dieu merci, le Bienfaiteur avait déposé au guichet un billet de faveur à son nom : une place d'orchestre. Il avait dû recevoir le télégramme et devancé ses besoins. Dans son état déliquescent, le médecin n'aurait pu se glisser en cachette dans le théâtre. Hélas, bien qu'il fût fort bien placé, il ne pourrait s'offrir le luxe de profiter de la pièce comme simple spectateur. Il transpirait en abondance et vacilla en s'approchant de la porte sous le panneau indiquant : *Réservé au personnel*. Elle était fermée à clé. Il allait chercher un autre moyen d'accéder aux coulisses, lorsqu'il repéra Báthory et les deux femmes en blanc dans le foyer du théâtre.

Il n'était pas prêt ! Caché derrière une colonne romane, il tenta de s'y agripper de ses mains moites pour ne pas s'effondrer. Il vit la comtesse contempler le plafond et suivit son regard jusqu'à découvrir une sublime peinture de style Renaissance, où une pâle silhouette attira son attention. Plus grande que les autres femmes de la fresque, ses yeux bleus perçants offraient un surprenant contraste avec sa crinière corbeau. Une Aphrodite aux cheveux noirs, le double parfait de Báthory. À croire que le destin avait décrété que l'immortelle trouverait enfin la mort en ce théâtre.

Un cliquetis de clés le fit sursauter. Seward se tourna et vit un homme portant une enveloppe décorée de dessins rouges.

---

1. William Shakespeare (1564-1616), *Macbeth*, acte III, scène IV. Traduction de Denis Gauer. *(N.d.T.)*

L'individu paraissait nerveux en déverrouillant la porte. Seward la retint du pied avant qu'elle ne se refermât puis, s'assurant de ne pas être vu, la franchit comme si de rien n'était.

Des artistes à demi vêtus s'affairaient ici et là. Des machinistes transportaient des bouleaux en carton-pâte, une couturière raccommodait le costume d'un acteur se livrant à des exercices de diction. Seward devait trouver un endroit sûr avant d'être découvert et expulsé *manu militari*.

— Que faites-vous là ? l'interpella une voix au fort accent évoquant la steppe et la toundra.

Seward virevolta si vite que sa vue se brouilla légèrement. Ses yeux larmoyants tentèrent de se concentrer sur le Russe, lequel toisait le petit homme au trousseau de clés. Le médecin n'avait rien à craindre... pour l'instant. Ne souhaitant pas abuser de sa chance, il se tapit dans l'ombre derrière un trône à haut dossier.

L'ouvreur leva la tête vers l'imposant Russe et lui dit :

— J'ai une lettre pour monsieur Basarab. Il l'attend, à ce qu'il paraît.

— Je vais la lui remettre, répliqua l'autre en lui arrachant l'enveloppe.

Il rejoignit à grands pas une porte présentant une plaque gravée au nom du Roumain, tandis que l'ouvreur rebroussait chemin. Le Russe frappa et glissa l'enveloppe sous la porte. Seward, près de s'évanouir à cause du manque de drogue, resta dissimulé derrière le trône. Ses forces déclinant à vue d'œil, il contempla les cintres au plafond, lesquels fourmillaient de guindes [1], poulies et autres sacs de sable en guise de contrepoids. Il attendrait là-haut le bon vouloir du destin, mais il lui fallait d'abord se faire une piqûre.

Tandis qu'il se hâtait de sortir sa sacoche cachée sous son long manteau, une citation de la pièce qui allait débuter lui traversa l'esprit, tant elle semblait convenir en l'espèce : « *Ne*

---

1. Par superstition, le théâtre proscrit l'emploi du mot *corde* (à cause de la référence à celle du pendu) et lui préfère celui de *guinde, fil, drisse. (N.d.T.)*

laissons pas effrayer nos âmes par de vains songes. La conscience est un mot à l'usage des lâches[1]. »

Toujours recroquevillé dans l'ombre, il sortit une ceinture de cuir, qu'il sangla vivement autour de son biceps avachi. Il remplit ensuite sa seringue de morphine. *Une demi-dose seulement cette fois... Juste de quoi calmer la nausée.* Seward savait qu'il jouait avec le feu, mais s'il ne se droguait pas maintenant, il perdrait ses moyens. Il sentit alors la substance s'infiltrer dans ses veines, puis quelques minutes lui suffirent pour recouvrer le contrôle de son corps. Sitôt que ses jambes purent de nouveau le soutenir, il entreprit de grimper dans les cintres.

Pendant que la guerre des Roses se déploierait sur scène à grand renfort de sabres de bois et de sang factice, Seward planterait le décor pour la seule et unique bataille réellement sanglante. Il sortit ses armes d'une poche secrète de son manteau. Les pièces étaient en place... La partie d'échecs pouvait débuter.

---

1. William Shakespeare (1564-1616), *La Vie et la mort du roi Richard III*, acte V, scène III, traduction de M. Guizot. *(N.d.T.)*

CHAPITRE VI

Il était à présent neuf heures moins vingt. Deux minutes à peine venaient de s'écouler depuis que Quincey avait regardé sa montre à gousset. La représentation devait commencer à huit heures précises et le public s'impatientait. Pour avoir passé un certain temps à œuvrer dans un théâtre, le jeune homme était forcément au fait de toutes les complications susceptibles de retarder un lever de rideau. *Et si Basarab ne peut jouer ?* songea-t-il. Certes, quelque doublure de second ordre endosserait alors son rôle. D'ordinaire, c'était pour elle un heureux coup du sort. Mais ce soir le public avait payé pour voir Basarab sur scène et un remplaçant serait fort mal accueilli.

Quincey entendit un spectateur voisin s'adresser à son épouse en maugréant :

– Ce Basarab est aussi mauvais que cette tragédienne aux intonations anglaises... cette Sarah Bernhardt. Je l'ai vue jouer une fois, et elle avait près d'une heure de retard. Un Français ne s'aviserait jamais de...

Le jeune homme allait prendre la défense des acteurs britanniques quand les lumières s'éteignirent, rangée par rangée. Le théâtre se retrouva plongé dans la pénombre. On s'attendit à voir un projecteur s'allumer. Rien. Les gens commençaient à s'agiter dans leurs fauteuils. Toujours rien... Quincey plissa les yeux en scrutant l'obscurité.

Sans qu'on eût frappé les trois coups, une voix suave de baryton résonna soudain dans la salle :

— Enfin le soleil d'York a changé en un brillant été l'hiver de nos disgrâces[1]...

Une seule lumière apparut sur la rampe, éclairant le pâle faciès de Basarab d'une lueur sinistre. Sous ses sourcils sombres, ses yeux noirs perçants se fixèrent sur l'auditoire. Stupéfait par l'impressionnante métamorphose du comédien, Quincey découvrait un Richard III des plus hideux : bossu, le bras gauche atrophié et, bien sûr, tout de noir vêtu. En dépit du lourd accoutrement et du grimage, les manières et le ton du personnage ne laissaient aucun doute quant à ses origines patriciennes.

— Mais moi qui ne suis point formé pour ces jeux badins, ni tourné de façon à caresser de l'œil une glace amoureuse[2]...

Les feux de la rampe s'allumèrent peu à peu, à mesure que Quincey discernait la douleur dans le regard de Basarab. Le comédien ne se bornait pas à réciter les mots de Shakespeare, il les faisait éclore dans toute la force de leur signification et de leur dessein.

— ... moi, qui dans ces ébats efféminés de la paix, n'ai aucun plaisir auquel je puisse passer le temps, à moins que je ne le passe à observer mon ombre au soleil, et à deviser sur ma propre difformité[3]...

Basarab s'interrompit, tandis que son attention se concentrait sur l'une des loges. Quincey suivit son regard et reconnut aussitôt la femme en smoking aperçue au vestibule.

— ... si je ne puis être amant et contribuer au plaisir de ces beaux jours de galanterie, je suis décidé à me montrer un scélérat[4]...

———

Báthory s'étonna de l'intensité avec laquelle Basarab l'observait. Était-ce un pur hasard ou la voyait-il vraiment, en

---

1. William Shakespeare (1564-1616), *La Vie et la mort du roi Richard III*, acte I, scène I, traduction de M. Guizot. *(N.d.T.)*
2. *Id., ibid.*
3. *Id., ibid.*
4. *Id., ibid.*

dépit des lumières aveuglantes de la scène ? La comtesse le fixa à son tour, plus glaciale que jamais.

– Est-ce lui, maîtresse ? murmura la dame en blanc aux cheveux bruns.

– Oui, répondit Báthory sans ciller, alors que ses ongles s'enfonçaient avec rage dans l'accoudoir de son fauteuil.

Ce fourbe d'acteur poussait le cynisme jusqu'à déclamer cette pièce affreuse dans sa version non abrégée ! Subir quatre heures durant un tel chapelet d'inepties la mettrait davantage au supplice que ses propres instruments de torture. D'autant que les faits et gestes des protagonistes de cette histoire lui rappelaient son passé...

❦

Elizabeth l'apprit assez tôt, Ferenc Nádasdy ne brillait guère par son intelligence, et la moindre de ses pensées ne dépassait pas le niveau de sa ceinture. Ce fut du reste cette faiblesse de caractère qui, à la longue, permit à la jeune mariée de déjouer sa surveillance. Elle le laissa peu à peu s'abandonner à un fallacieux sentiment de confiance en prétendant apprécier son sadisme sexuel et la violence de sa débauche.

Trois ans après leur mariage, dans l'espoir de s'en débarrasser à jamais, elle usa de la vanité du comte pour mieux retourner celle-ci contre lui, et le manipula afin qu'il prît la direction des troupes hongroises dans une guerre contre les Ottomans. En sortant victorieux du conflit, lui assura-t-elle, il allait redorer le blason familial... Le cas échéant, elle lui promettait de changer son patronyme pour devenir désormais la comtesse Nádasdy en présence de tous les membres de la famille Báthory.

Pendant l'absence du comte, ses gardes surveillèrent au début les allées et venues de la jeune femme, mais elle les dupa pareillement en leur faisant croire que son éventuelle évasion l'intéressait bien moins que la conduite des affaires du domaine. Elle prodigua assistance et soins médicaux aux paysans hongrois et slovaques, intercéda même en faveur de

{ 61 }

femmes démunies, notamment une dont l'époux avait été capturé par les Ottomans, et une autre dont la fille avait été violée et engrossée. Chaque soir, seule dans sa chambre, elle priait Dieu en secret pour que son mari mourût au champ de bataille.

Versée dans l'étude des sciences et de l'astronomie, Báthory attendait son heure. Une nuit d'éclipse lunaire, elle fit de la totale obscurité son alliée et revêtit une pèlerine noire pour s'enfuir du château. Grâce à l'aide des fermiers dont elle s'était garanti la loyauté par sa propre générosité... et les deniers du comte, Báthory put s'échapper et trouver refuge chez sa tante Karla, dont on vantait la grande piété.

À l'abri du foyer de sa parente, Elizabeth espérait à tout le moins trouver la paix dans l'amour et la protection du Seigneur.

La tante Karla arborait non sans fierté sa sombre silhouette de matrone, vêtue de noir de la tête aux pieds, hormis la grande croix en or autour de son cou. La jeune femme présuma que sa parente portait le deuil d'un de ses conjoints. Karla avait en effet été mariée quatre fois, chacun de ses époux ayant connu une mort aussi horrible qu'inexplicable. Quand Báthory ôta sa pèlerine et se présenta à elle dans une robe de velours écarlate, plutôt que de l'accueillir avec chaleur, sa tante ricana.

– Seul l'orgueil se pare de couleurs vives, et c'est l'un des sept péchés capitaux. Dieu ne saurait approuver ta toilette.

Mais si Karla paraissait froide et sévère en public, elle savait se montrer plus clémente dans le privé. Aussi écouta-t-elle avec attention le récit de sa nièce, puis la réconforta.

Les jours passant, elles se rapprochèrent et devinrent complices, à tel point qu'un soir de beuverie où les deux femmes engloutirent des litres de vin, Karla avoua assassiner ses époux dès lors qu'ils découvraient la véritable raison qui la poussait à se refuser à eux. Car ce n'était pas à cause de son amour immodéré pour Dieu qu'elle suivait à la lettre les préceptes de la Bible et considérait l'amour physique comme uniquement réservé à la conception. En vérité, le corps masculin n'éveillait en elle aucun désir... Et Karla ne trouvait le plaisir qu'en la compagnie d'autres femmes.

Offusquée par cette duplicité meurtrière, sa nièce ne put alors détacher son regard de la croix que Karla portait autour du cou. Toutefois, ces révélations permettaient à Elizabeth de comprendre enfin certains aspects de sa propre nature qui lui échappaient jusque-là. Adolescente, elle s'était livrée à certains « jeux » avec plusieurs jeunes servantes... jusqu'au jour où sa mère l'avait surprise et réprimandée avec dureté. Ses parents avaient même convoqué un prêtre afin qu'il aidât leur fille pécheresse à s'amender par la prière. Ses épousailles avec Nádasdy eurent lieu peu après.

Voyant la confusion s'afficher sur le beau visage de sa nièce, Karla l'apaisa en lui caressant les cheveux, le regard noyé dans ses yeux bleu océan... Et avant même que Báthory eût le temps de réagir, les lèvres de Karla se scellaient aux siennes.

Elizabeth la repoussa aussitôt. La seule idée d'un semblable contact avec sa tante plus âgée la répugnait.

– N'est-il donc pas écrit dans la Bible que le meurtre, comme ces désirs-là, ne sont que péchés ? N'êtes-vous pas en train de fauter devant Dieu ?

Karla se leva, pétrie de morgue et de furie.

– Tu es d'une telle naïveté, ma pauvre enfant ! Je ne pouvais courir le risque que l'un ou l'autre de mes maris m'expose au grand jour ! Au mieux, j'aurais perdu ma fortune, et me serais trouvée contrainte à errer sans le sou dans la nature, la peau marquée au fer rouge du signe des hérétiques. Au pire, on m'aurait brûlée vive sur le bûcher. Il ne s'agissait pas d'assassinats, mais d'instinct de préservation ! Du reste, tu serais fort avisée de ne pas me juger si cruellement. Tel que je conçois ton avenir, trois possibilités s'imposent à toi. Reste à mes côtés, chéris-moi, et je te protégerai de ton époux. Entre au couvent et laisse ta beauté sans égale se flétrir jusqu'à ce que tu deviennes aussi grasse, vieille et ridée que je le suis. Ou bien va-t'en retrouver la brutalité de Nádasdy. Le choix t'appartient...

Assaillie de mille et une pensées, Báthory avait besoin de temps pour réfléchir, mais la patience n'était pas la vertu cardinale de Karla. Aussi la jeune femme se retrouva-t-elle condamnée à céder en tous points aux désirs de sa tante.

Cependant, Báthory n'avait jamais connu l'acte charnel sous cette forme... Pourquoi son mari s'était-il montré inapte à lui prodiguer pareilles caresses ?

Si bien que lorsqu'elle connut pour la première fois le plaisir physique, la jeune femme s'abandonna totalement et en oublia même la personne qui partageait sa couche. Báthory avait enfin découvert sa vraie nature. Comment pouvait-on qualifier de péché une telle félicité ? N'était-ce donc pas l'amour qui dictait les actes du Seigneur ? Dès lors, Báthory commença à se rebeller contre Dieu.

------◆------

La comtesse sursauta dans son fauteuil quand un acteur poussa un cri sur scène. Décidée à ne pas assister une minute de plus à cette représentation, elle se leva.

– Maîtresse, que se passe-t-il ? s'enquit la femme blonde.

Báthory fixait du regard le personnage de Christopher Urswick, le prêtre.

– Cet endroit m'insupporte et je m'en vais.

– Qu'advient-il de Basarab ?

– Tu sais ce que j'attends de vous. Ne me décevez pas.

------◆------

Quincey ignorait la tournure insolite que le hasard allait donner à la soirée. Il n'avait jamais vu une troupe jouer *Richard III* dans sa version intégrale, pas plus qu'il n'aurait pu imaginer la tragédie sous un aspect aussi spectaculaire. Les costumes paraissaient authentiques, le décor était grandiose et soigné dans ses moindres détails. Et que dire des artistes... une pure merveille ! Basarab se révélait le plus sublime de tous, incarnant ce roi machiavélique avec une si grande conviction qu'un bref instant le jeune homme en oublia le comédien.

À croire que Basarab déclamait ses tirades comme si les mots lui venaient naturellement. Des années plus tôt, Quincey avait certes appris le texte, mais celui-ci se résumait alors à des répliques imprimées noir sur blanc. Aujourd'hui, il prenait vie et respirait littéralement sous ses yeux !

La pièce atteignit son apogée. Par sa présence, Basarab semblait tellement la proie du remords que le jeune homme crut réellement voir le souverain regretter la malveillance de ses actes. Il percevait tout le tragique du personnage découvrant qu'il était trop tard pour se repentir. Devenu le roi Richard, Basarab s'écria :

– *Un cheval ! Un cheval ! Mon royaume pour un cheval*[1] *!*

Le cœur de Quincey se mit alors à battre tel un tambour au champ de bataille. Sans s'en rendre compte, il se cramponnait si fort au fauteuil de devant qu'il faillit agripper son malheureux occupant. Sur les planches, des soldats se ruèrent sur Basarab, qui maniait l'épée avec l'agilité d'un authentique guerrier. Captivé par l'action, Quincey allait se lever et l'acclamer lorsque surgirent d'autres assaillants. On eût dit qu'une armée de cent hommes attaquait le roi Richard. Quincey restait pantois devant cette passe d'armes admirablement orchestrée. Les mots lui manquaient pour décrire la reconstitution de la cruelle bataille qui mettait fin à la dynastie des Plantagenet.

Il eut le souffle coupé quand Richmond planta son épée dans la poitrine du roi. Puis tous les personnages se figèrent en un tableau au moment où les feux de la rampe s'éteignirent, à l'exception de celui de la scène d'ouverture. Quincey savait que la mort du souverain constituait le dénouement de la pièce, mais il n'en demeurait pas moins médusé, comme les autres spectateurs. Basarab tituba et s'effondra... pour mourir avec panache.

Le public applaudit à tout rompre, si bien que le bruit couvrit le monologue final de Richmond. Nul ne hurlait plus fort que Quincey.

---

1. William Shakespeare, *La Vie et la mort du roi Richard III*, acte V, scène IV, traduction de M. Guizot. *(N.d.T.)*

Basarab revint saluer pour le dernier rappel, puis ses yeux croisèrent ceux du jeune homme qui l'ovationnait comme personne et se sentit dès lors transporté d'allégresse. Quincey suivit derechef son regard tandis que l'attention de l'acteur se détournait vers la loge de la femme en smoking et de ses deux compagnes. Vide. Qui étaient-elles ? Basarab les connaissait-il ? Lorsque les yeux de Quincey revinrent vers la scène, le rideau était tombé, séparant Basarab du public qui l'adulait. Quincey avait hâte de rencontrer cet artiste fabuleux en tête à tête.

Cela ne faisait plus l'ombre d'un doute dans l'esprit du jeune homme. Il était fait pour le théâtre, et étoufferait dans une étude de notaire. Il devait au plus vite tenter de rejoindre les coulisses pour savoir si Basarab avait reçu sa missive. Il attendit que les gens se dispersent, avant de s'engager dans l'allée centrale. Alors qu'il avançait pour quitter la rangée, il vit l'ouvreur en chef le montrer du doigt à André Antoine.

Le directeur l'intercepta au bout de la rangée.

— Venez, lui murmura-t-il. Monsieur Basarab va vous recevoir.

CHAPITRE VII

———◦———

Tandis qu'il suivait le directeur dans le dédale des couloirs de l'Odéon, Quincey se prit pour un Thésée des temps modernes... Il remarqua au passage les « hommes-chevaux » qui, affairés à ôter leur déguisement, ressemblaient à des centaures, et croisa une nuée de comédiennes au corps de nymphes, à demi nues.

Antoine frappa enfin à la porte de la loge de la vedette.

– Monsieur Basarab ? Navré de vous déranger... Le jeune homme est là.

Un long silence s'installa. Alors que Quincey se demandait s'il allait réellement rencontrer Basarab, la voix de baryton résonna de l'autre côté de la porte :

– Qu'il entre !

Quincey prit une profonde inspiration, tenta de réprimer sa nervosité et pénétra dans la pièce. Assis devant son miroir, l'acteur lisait la fameuse lettre. Sans lever la tête, continuant sa lecture, il l'accueillit d'un geste avenant.

– Approchez, je vous en prie.

Quincey se hâta de fermer la porte derrière lui et balaya du regard la vaste loge. Telle une forteresse, des malles de voyage s'empilaient dans un coin. Les affiches encadrées de précédents spectacles décoraient les murs tendus d'étoffe de cette pièce au mobilier somptueux, sans commune mesure avec les fauteuils dépareillés qu'on trouvait d'ordinaire dans une loge d'acteur. Une superbe méridienne évoquant quelque antiquité égyptienne trônait devant une élégante table basse sur laquelle était disposé un service à thé. Basarab lisait toujours. Quincey se demanda si l'artiste parcourait la lettre pour la première fois.

– Pardonnez-moi, mon jeune Harker, reprit Basarab d'un ton amical. Votre missive m'a beaucoup touché... honoré, même, et je souhaitais la relire avec soin.

À croire que Basarab lisait dans ses pensées. Quincey s'empressa de déclarer :

– Je ne peux croire que je me tiens là, debout devant vous. Je ne saurais l'expliquer, mais il me suffit de vous voir et mon existence prend tout son sens.

Le jeune homme s'en voulut aussitôt de prononcer pareilles niaiseries mais, à sa grande surprise, l'acteur le gratifia d'un sourire chaleureux.

– Pardonnez mes mauvaises manières, répliqua-t-il en riant. Asseyez-vous donc et prenez le thé avec moi.

Quincey craignait de se poser sur la fragile antiquité, mais ne voulait pas offenser son hôte. Aussi s'installa-t-il tout au bord, pendant que le comédien remplissait deux tasses. Quincey en prit une avec soin, examina le filet d'argent qui ourlait sa base et son anse, puis découvrit les initiales gravées : « I. L. » La théière, le pot à lait et le sucrier présentaient tous le même étrange monogramme...

– Ivan Lebedkin, précisa Basarab.

Quincey le regarda, sidéré. Décidément, l'acteur était devin. Puis il se rendit compte qu'il suivait d'un doigt distrait les initiales ornant sa tasse. Basarab n'était rien de moins qu'un observateur avisé du comportement humain. L'une des nombreuses raisons pour lesquelles il triomphait sur les planches.

– Il était le maître goûteur du tsar, poursuivit Basarab. Son monogramme atteste l'authenticité de ces pièces.

– Le tsar, dites-vous ?

– Absolument. Ce service et le thé lui-même, du Lapsang Souchong, me furent offerts par le tsar Nicolas. Santé ! *Nazdrovia !* s'exclama l'acteur en levant sa tasse.

Il s'apprêtait à boire lorsqu'il s'aperçut que son nez, ou plutôt celui de Richard III, allait le gêner. Il sourit et posa sa tasse.

— Excusez-moi un instant.

Tandis que le comédien rejoignait le miroir et la table de maquillage, Quincey songea à part lui à l'étrangeté du destin. La veille encore, il se sentait prisonnier de cette maudite Sorbonne... et voilà qu'il sirotait du thé – choisi par le souverain de Russie – en compagnie du plus célèbre acteur d'Europe.

— Je vous ai déjà vu, mon jeune Harker, reprit Basarab en retirant son nez factice qui semblait modelé dans de la cire d'embaumement.

— Vraiment ? dit Quincey.

Et il se demanda si le comédien l'avait aperçu la veille sur la statue.

— C'était à l'Hippodrome de Londres. Vous présentiez alors une pantomime de *Faust*.

Le jeune homme manqua s'étrangler. Le grand Basarab s'était donc trouvé un soir dans ce modeste cabaret, voilà plus d'un an ?

— Vous m'avez vu sur scène ?

— Oui, et je vous ai trouvé fort divertissant. Très original... un défi difficile à relever dans ce métier. Je me suis rendu en coulisses afin de vous féliciter, mais vous ai surpris au beau milieu d'une dispute avec un homme plus âgé.

Quincey savait exactement à quel épisode le comédien faisait allusion.

Cette nuit-là, Jonathan Harker était dans le public. Quincey s'en rendit compte bien trop tard... et voulut s'éclipser après le spectacle, mais son père s'était déjà faufilé en coulisses et hurlait aux oreilles du directeur de l'établissement :

— Ce n'est pas vous qui m'empêcherez de passer !

— Père, je vous en prie ! intervint alors le jeune homme.

– Rassemble tes affaires, Quincey ! ordonna Jonathan. Pas question que tu remettes les pieds en cet endroit !

– Tu ne peux pas rompre...

– Je ne peux pas te laisser continuer ainsi. Tu attires trop l'attention... Sur scène, tu es trop exposé...

– Exposé à quoi ? Je ne suis plus un enfant et peux mener ma vie comme bon me semble !

– Fort bien ! Si tel est ton souhait... Mais sache que si tu choisis pareille existence, rétorqua Jonathan d'une voix sombre et glaciale, il te faudra survivre comme tes congénères, sans le moindre soutien financier de ma part.

Quincey eût aimé lui tenir tête, mais ses maigres revenus ne le lui permettaient guère. Son silence le trahit.

– C'est bien ce que je pensais ! conclut Jonathan. Tant que tu vivras à mes crochets, tu te conformeras à mes règles.

Sans perdre un instant, Harker senior se rappela au bon souvenir de vieilles relations et d'anciens confrères, afin qu'ils intercèdent en sa faveur. Et la semaine suivante, Harker junior fut expédié contre son gré à la Sorbonne.

―――――⬥―――――

Quincey fronça les sourcils en contemplant le thé oriental dans sa tasse. La soirée s'était déroulée à merveille, jusqu'à ce que le souvenir de cette querelle avec son père vînt la gâcher.

– Il vous contraint de faire votre droit ? Je suppose alors que votre père exerce dans ce domaine.

– Je vous demande pardon ? Oui, certes..., répondit Quincey en s'apercevant qu'il avait dû exprimer ses pensées à voix haute.

– À présent, je comprends pourquoi je ne vous ai pas revu depuis lors. Toutefois, l'histoire du père qui souhaite voir son fils embrasser sa propre carrière est vieille comme le monde. Peut-être avez-vous un frère davantage intéressé par le droit qui pourrait l'étudier à votre place.

– Je suis fils unique. Personne d'autre ne peut partager ce fardeau.

– Alors considérez cela comme une aubaine, dit Basarab. Vous auriez pu avoir un cadet s'attirant les préférences de tout le monde. Des comparaisons entre frères jaillit toujours une rivalité.

L'idée n'avait jamais traversé l'esprit de Quincey que l'acteur pût avoir un frère. À dire vrai, on ignorait tout ou presque de la vie privée de Basarab. Le jeune homme s'éclaircit la voix et reprit prudemment :

– Le vôtre n'est pas comédien, je présume...

– Vous présumez juste. Lui et moi sommes aussi dissemblables que le jour et la nuit, confirma-t-il en désignant la couronne factice qu'il portait sur scène. À croire que le roi Richard et son frère... Que dis-je !... Abel et Caïn s'entendaient mieux que nous deux !

Quincey le rejoignit dans son éclat de rire. Puis l'acteur continua en souriant :

– Seul le destin peut susciter la rencontre entre les personnes ayant des points communs.

Il s'apprêtait à boire une gorgée de thé lorsqu'un hurlement semblable à celui des *banshees*[1] résonna dans le couloir. Basarab se leva d'un bond.

On tambourina à la porte, tandis qu'une voix masculine criait :

– Monsieur Basarab ! Mettez-vous à l'abri !

Fort peu de gens les ayant remarquées dans les coulisses, les deux femmes en blanc traversèrent discrètement le corridor, puis s'arrêtèrent à la porte de la loge de la vedette. Un sourire funeste sur les lèvres, elles salivaient déjà en sortant leur cimeterre. Leurs yeux devinrent noirs. La brune tendit la main vers la poignée ; la blonde s'accroupit tel un félin prêt à bondir.

---

1. Être légendaire issu du folklore irlandais, la *banshee* est une femme en robe blanche, à la longue chevelure hirsute et au visage très pâle. Ses hurlements (*keening*) annoncent une mort prochaine. La *dame blanche* serait la transposition de ce mythe celtique. *(N.d.T.)*

Soudain, un sac de sable dégringola des cintres et heurta celle-ci en la projetant à terre. Au même instant, Seward, accroché à l'une des nombreuses guindes suspendues, fondit sur les harpies en les aspergeant toutes deux d'eau bénite dont le flacon était gravé d'une croix. Leur peau se mit à grésiller en se couvrant de cloques. Leurs hurlements d'épouvante résonnèrent jusqu'au bout du couloir.

Alors que les femmes en blanc s'enfuyaient en gesticulant de douleur, Seward se rua sur la porte de la loge et la martela en criant :

— Monsieur Basarab ! Mettez-vous à l'abri !

L'acteur se tourna vers Quincey et désigna ses volumineux bagages.

— Par sécurité, filez vous cacher derrière ces malles !

Le jeune homme obtempéra sans demander son reste. Cavalcade et tumulte envahissaient le corridor, tandis que le comédien s'emparait d'un glaive dissimulé derrière son bureau.

Si Quincey ne s'était pas trouvé au cœur d'un théâtre, il eût juré la lame réelle. Basarab ouvrit à la volée la porte de la loge et bondit dans le couloir, épée en main, prêt à en découdre. Mais à l'exception de quelques machinistes terrifiés, celui-ci semblait hors de danger. Le comédien découvrit alors le sac de sable tombé à terre, puis leva la tête en direction des cintres.

Scrutant ensuite le corridor de part en part, il avança avec prudence, comme s'il s'attendait à une autre attaque... Les cris et les coups sur la porte étaient-ils destinés à faire diversion ?

De son côté, Quincey se demandait quels secrets le grand acteur pouvait bien lui taire.

Seward pourchassa les femmes en blanc dans le dédale des coulisses, avant de les rattraper sur scène. Voyant une ombre se profiler sur les planches, il s'abaissa au moment même où la lame du cimeterre d'une des diablesses passa en sifflant près de sa tête.

Dégainant son couteau de chasse à manche en os, le médecin le lança dans le cœur de la femme en blanc. Dotée de réflexes et d'une promptitude supérieurs à tout être humain, celle-ci s'écarta, mais la lame se planta profondément dans son épaule. L'autre vampire, la brune, saisit Seward à la gorge, tout en effleurant par mégarde la chaîne en or autour de son cou, laquelle portait de multiples symboles religieux. De la vapeur s'échappa de la main aussitôt couverte d'ampoules ; le médecin, lui, exultait. Il arborait justement la chaîne en prévision de semblables circonstances ! Le duo blessé s'enfuit en crevant le rideau. Pour l'heure, le médecin affaibli et vieillissant détenait l'avantage.

Telles des tigresses, les femmes en blanc bondirent de la scène puis sautèrent d'une rangée de fauteuils à l'autre. Seward leur emboîta le pas, mais il se foula la cheville et remonta l'allée centrale en claudiquant.

L'ouvreur apparut soudain au niveau des portes donnant sur le foyer.

— *Qu'est-ce qui se passe* * ? s'enquit-il, l'air abasourdi.

La harpie blonde le poussa violemment hors de son chemin, et le pauvre bougre alla heurter une colonne voisine. Tout en courant, elle arracha le couteau de chasse de son épaule.

Seward s'arrêta un bref instant près de l'individu, mais voyant que ce dernier ne souffrait d'aucune blessure grave, il reprit sa poursuite.

Au-dehors, le médecin s'arrêta en haut des marches de l'Odéon, sa bouche exhalant de la vapeur au contact de l'air froid. Un épais voile de brume avait envahi la nuit parisienne, et Seward distinguait à peine les silhouettes fantomatiques des dames en blanc dans la rue. Cependant, il discernait le miroitement de leurs lames sous la lumière des becs de gaz. Elles l'attendaient, tapies en embuscade derrière un monument dont le pilier central soutenait un buste de pierre. Son heure était enfin venue. Il caressa sa montre chérie pour s'armer de courage. Il allait tuer l'une de ces démones au nom de Lucy, et l'autre pour venger cette malheureuse, flagellée à mort à Marseille. Seward sortit son épée. Il redevenait le Fou de Dieu. Poussant un cri de guerre, le médecin brandit son arme et descendit la volée de marches avec une agilité surprenante, au point d'en ignorer sa cheville foulée. Les deux vampires le virent donner l'assaut, sans remuer d'un pouce. Dans l'ombre, un sourire sardonique s'afficha sur leurs visages lorsqu'il parvint au bas de l'escalier et s'élança sur la place.

Brusquement un hennissement perça la nuit et Seward virevolta, horrifié, en constatant son erreur. Dans sa hâte à éliminer les deux pions, il avait oublié la reine noire, susceptible de l'attaquer de toute part. Surgissant du brouillard, la voiture sans cocher caracolait dans sa direction. Pris de court, le médecin fut renversé à terre et aussitôt broyé par le piétinement des sabots et les roues de l'attelage.

Gisant sur le pavé, il comprit qu'il avait non seulement échoué aux yeux du Bienfaiteur, mais aussi aux yeux de Dieu. Sa honte se révélait bien plus grande que la douleur envahissant son corps meurtri. À travers les larmes qui lui brûlaient les yeux, il vit les femmes en blanc rattraper l'attelage et y grimper sans effort. La démone brune prit même le temps de se tourner vers lui en ricanant, avant de disparaître dans la berline.

Seward aperçut sa montre à quelques mètres de là. Il tenta de l'atteindre, mais le moindre mouvement lui causait une souffrance intense. Il crachait du sang, luttait pour ne pas hurler. Un passant surgit, menaçant, au-dessus de lui, et Jack Seward essaya de lui faire comprendre qu'il voulait récupérer l'objet. L'homme suivit son regard et ramassa la montre, avant de lui murmurer dans un français faubourien :

– *Là où tu vas, mon gars, t'en auras pu b'soin* *...

Comme la vie l'abandonnait peu à peu, Seward regarda, impuissant, l'individu s'éloigner dans la nuit avec ce qu'il possédait de plus précieux au monde.

CHAPITRE VIII

———◦◦◦———

Antoine fit sortir Quincey à la hâte, et le jeune homme découvrit avec stupeur le corps disloqué d'un individu qui gisait dans une mare de sang sur les pavés, en bas des marches de l'Odéon. Les passants couraient ici et là, appelant la police et un médecin.

— Mon Dieu, dit Quincey, que s'est-il passé ?

Des coups de sifflet retentirent dans le quartier, tandis que les agents se précipitaient sur les lieux. Antoine descendit prestement l'escalier avec Quincey, dans l'intention de l'éloigner au plus vite de l'horrible spectacle.

— À ce que j'ai cru comprendre, un dément s'en est pris à deux femmes qu'il avait poursuivies dans le théâtre.

Quincey aperçut un vagabond qui se penchait pour parler au blessé, et il s'indigna de le voir s'emparer de la montre de la victime avant de s'enfuir coudes au corps.

— Au voleur ! s'écria-t-il en bousculant le directeur pour se lancer aux trousses du clochard.

Trop tard. Le brigand avait déjà disparu dans la brume. Vexé, le jeune homme se vit contraint de rejoindre les badauds qui indiquaient la direction prise par le détrousseur aux policiers arrivés sur les lieux. Peu de temps après, deux d'entre eux appréhendaient le vagabond et récupéraient aussi la montre à gousset en argent.

Antoine tira Quincey par le bras.

– Monsieur Basarab m'a chargé de vous raccompagner à votre logement. Suivez-moi, je vous prie. Vous n'avez rien à faire ici.

À l'instar du directeur, Quincey n'aurait pas osé contrecarrer les désirs du célèbre acteur. Comme Antoine et lui se frayaient un chemin parmi les passants, il murmura :

– Et monsieur Basarab, qu'advient-il de lui ?

– Voyons, jeune homme... Une personnalité comme la sienne ne saurait être vue sur les lieux d'une telle tragédie. Songez à sa réputation !

Quincey hocha la tête, tout en se demandant ce qui s'était réellement passé dans les coulisses, et pourquoi le comédien y demeurait alors qu'il y courait peut-être encore un danger. À présent, les agents de police éloignaient les curieux afin que le blessé pût au moins respirer en attendant les secours. Quincey lança un regard par-dessus son épaule et put entrevoir le visage de la victime. Celui-ci lui semblait étrangement familier.

———◦———

Levant les yeux vers le ciel, Seward constata qu'il n'éprouvait plus aucune douleur. Tandis qu'il rendait son dernier souffle, un prénom s'échappa de ses lèvres :

– Lucy...

———◦———

L'attelage sans cocher traversa la Seine au trot en empruntant le pont Saint-Michel, puis s'engagea sur le boulevard du Palais dans l'île de la Cité. La Ville lumière brillait dans la brume, et même si les poètes l'avaient aussi baptisée « Ville des amoureux », Báthory avait suffisamment vécu pour savoir que ces mille et une lueurs n'étaient qu'illusion... comme la flamme de l'amour.

———◦———

La comtesse était devenue l'élève zélée de sa tante Karla, accédant à la moindre de ses requêtes par crainte que son instruction n'arrivât à terme. Toutefois, même si Elizabeth vivait en harmonie avec sa vraie nature et s'estimait plutôt satisfaite de son sort, elle comprit un jour qu'elle s'épanouirait encore davantage dans les bras d'une personne de son âge... comme Ilka, l'aide de cuisine. Ilka était jeune, belle, innocente et douce. Qui plus est, elle parlait d'avenir, à l'inverse de Karla qui se réfugiait souvent dans le passé. En compagnie de la servante, Báthory pouvait partager sa fougue juvénile et sa soif d'aventures nouvelles en folâtrant dans les champs. Ne souhaitant pas blesser sa tante, elle légitimait sa frivolité par une foi inébranlable en sa nouvelle philosophie, selon laquelle l'amour ne pouvait jamais se tromper.

Mais bientôt, tante Karla se mit à soupçonner sa nièce et affronta Ilka. Aveuglée par la colère et la jalousie, elle l'accusa d'être une voleuse et veilla à ce qu'on la pendît haut et court pour ses forfaits. Quand Báthory riposta en bannissant Karla de sa couche, sa tante se vengea à son tour en révélant à sa famille où la jeune femme se cachait.

Quelques jours plus tard, une escorte armée arriva chez la tante et, comme Báthory résistait, on la bâillonna, on la ligota, et l'on couvrit son visage, en lui annonçant que les siens la renvoyaient chez son mari. Elle y consommerait ses épousailles devant Dieu en offrant un héritier au comte Nádasdy.

La jeune femme comprit alors que l'amour n'était qu'une illusion fugace, créée par le Seigneur pour mieux alourdir finalement le fardeau des souffrances infligées à ses enfants.

Tandis qu'elle contemplait cette prétendue Ville des amoureux depuis la voiture sans cocher qui s'éloignait de l'Odéon, la comtesse jura qu'un jour elle réduirait Paris en cendres... pour avoir ensuite le plaisir de la fouler de ses bottes.

Elle referma le rideau et se détourna de la fenêtre.

– Nous devons nous hâter de conclure notre projet.

— Votre piège était ingénieux, maîtresse, observa sa compagne blonde avec une nuance d'inquiétude dans la voix.

— Le chasseur de vampires est mort à présent, et ne peut révéler à quiconque ce qu'il a vu à Marseille, ajouta la brune en plissant ses sourcils gracieux.

— Je le connaissais, déclara Báthory. Il a fait partie d'un groupe dans le passé. Maintenant, les autres vont ressurgir. Nous allons frapper en premier.

CHAPITRE IX

Mina Harker se tenait au balcon, le regard perdu dans la nuit, comme dans l'étrange attente d'un événement dont elle ignorait encore la teneur. Au bruit du carillon de la cathédrale proche, elle frissonna. Au-dessus de la bâtisse, une brume écarlate irréelle semblant descendre des nues flotta à contrevent en direction de la demeure des Harker. Les yeux écarquillés d'effroi, Mina recula dans le bureau de son époux et s'empressa de fermer les volets. En proie à la panique, elle courut de fenêtre en fenêtre et répéta son geste.

Peu après, une bourrasque heurta les carreaux avec une violence telle que Mina s'en écarta, de peur qu'ils ne volent en éclats.

Le vent gémissait avec une vigueur décuplée. Et puis... en un instant, il retomba pour laisser place à un silence assourdissant. Mina tendit l'oreille en quête du moindre bruit, du moindre mouvement. S'armant de courage, elle osa scruter le jardin au travers des persiennes et découvrit que la maison baignait dans la brume. Derrière la vitre, Mina ne voyait plus rien.

On frappa soudain à la porte d'entrée et le bruit qui se répercuta jusqu'aux solives du vestibule la fit sursauter. Un autre coup retentit, puis un autre, encore et encore... De plus en plus fort, de plus en plus véhément.

Mina demeura immobile, incapable de bouger. Elle voulait fuir, mais la crainte lugubre qu'il soit revenu la pétrifiait.

Impossible. Il était mort. Ils l'avaient tous vu s'éteindre. Tout à coup du verre se brisa sur le sol du rez-de-chaussée. Mina entendit la porte d'entrée s'ouvrir à la volée, puis une sorte de frottement sur les dalles de marbre. Jonathan était sorti, comme à l'accoutumée. Manning, le majordome, et les autres domestiques avaient leur soirée. Mais à présent quelqu'un... ou quelque chose... était avec elle dans la maison. Terrifiée, Mina se recroquevilla dans un coin, tout en se reprochant sa faiblesse ; elle n'allait tout de même pas se retrouver prisonnière en sa demeure, d'un être ou d'une chose quelconque, et encore moins d'elle-même ! Pour avoir vécu des expériences surnaturelles dans le passé, Mina savait que se tapir dans l'ombre telle une jeune fille effarouchée ne ferait nullement reculer le mal. La seule manière de combattre les ténèbres consistait à les attaquer de front.

Elle se ressaisit et décrocha du mur un couteau japonais de cérémonie, cadeau d'un des clients de Jonathan. *Moi qui ai toujours détesté cette arme !* songea-t-elle non sans ironie. S'approchant du grand escalier, Mina s'agenouilla pour épier à travers la balustrade en fer forgé. Au rez-de-chaussée, la porte d'entrée était grande ouverte. Une traînée de sang sinueuse maculait le vestibule depuis le perron jusqu'au salon. La pensée horrible que Jonathan fût rentré blessé à la maison balaya aussitôt ses peurs, et elle dévala les marches pour se ruer dans le séjour. Elle suivit les traces sur le sol et découvrit alors un homme blotti à l'angle de la pièce, sous le tableau qui masquait le coffre-fort familial. Un éclair déchira le ciel et illumina la pièce. Mina retint son souffle, stupéfaite de reconnaître l'individu en dépit de son apparence spectrale.

– Jack ?

Outre son corps ensanglanté de la tête aux pieds, Jack Seward paraissait frêle, maladif, si différent de l'homme robuste qu'elle avait connu jadis ! Il leva les yeux sur elle et essaya de parler... mais en vain. Au lieu des mots, le liquide rouge s'écoula de ses lèvres en un gargouillis sordide.

Lâchant son couteau, Mina s'agenouilla auprès de lui.

– Jack, n'essayez pas de parler. Je m'en vais quérir un médecin.

Comme elle se redressait, Seward la saisit par le bras puis désigna le sol, où il avait inscrit avec son propre sang : *A... T... T... E... N... T... I...*

– Attention ? implora Mina. Mais à qui... à quoi ?

Seward tenta de pousser un cri, sitôt étouffé dans sa gorge. Il s'écroula et mourut, le visage pétrifié par l'horreur.

Ses propres hurlements arrachèrent Mina à son cauchemar. Elle se réveilla soudain au cœur de sa chambre, le corps enchevêtré dans les draps. Durant les quelques secondes où le songe cédait place à la réalité, Mina crut bel et bien voir la brume écarlate s'échapper par le balcon, et quoiqu'elle sentît encore une présence dans la pièce, elle chassa cette impression comme le vestige fugace de son hallucination. Exhalant un soupir, elle se laissa choir sur ses oreillers et vit les rideaux claquer dans la brise nocturne. Elle avait pourtant tourné le loquet de la fenêtre avant de se coucher...

Le carillon de la cathédrale retentit et Mina regarda la pendule posée sur la cheminée. Minuit et quart.

Elle se leva et courut à la fenêtre pour la fermer, mais son geste resta en suspens... La brume écarlate de son cauchemar désertait le jardin, serpentant entre les haies et les arbres pour s'évanouir dans la nuit.

Après avoir tiré les rideaux, Mina sortit sur le palier et courut vers la chambre de Jonathan, dans l'espoir de trouver quelque réconfort entre les bras de son époux. Mais elle découvrit, la mort dans l'âme, la pièce vide... et le lit non défait. Jonathan n'était pas encore rentré.

– Qu'il aille au diable ! lâcha-t-elle.

Il aurait dû prendre le train de 18 h 31 à Paddington, pour arriver à 22 h 05 à la gare de St. David. Son regard se perdit dans le noir tandis qu'elle hésitait à téléphoner à Mark, au Half Moon, le pub en bas de la rue, au cas où Jonathan s'y serait arrêté au sortir de la gare. Mais elle se remémora aussitôt l'incident pour le moins gênant de la dernière fois, quand son époux s'était battu avec un compagnon de beuverie qui lui disputait les faveurs d'une putain phtisique et vieillissante. Mina avait dû ravaler sa honte et se rendre en ville afin de récupérer Jonathan au poste de police et payer sa caution.

Malgré cet épisode abominable, elle regrettait qu'il ne fût pas présent à ses côtés. Certes, Jonathan rentrait rarement tôt à la maison, et depuis que leur fils Quincey étudiait à la Sorbonne, Mina se retrouvait souvent seule dans cette vaste demeure. Mais ce soir, sa solitude lui pesait davantage et la maison lui semblait un tombeau.

Elle promena son regard sur les photographies alignées sur le manteau de la cheminée. Qu'étaient donc devenus tous ces gens ? Certains avaient disparu, mais la plupart s'étaient simplement éloignés. *Pourquoi toute mon existence s'en va-t-elle à vau-l'eau ?* Les yeux de Mina s'attardèrent sur l'un de ses clichés favoris, qu'elle prit dans sa main : un portrait de Lucy et d'elle-même avant que le mal n'entrât dans leur vie... avant qu'elle ne fît un choix fatidique. La naïveté et l'innocence juvéniles de leurs sourires la réconfortèrent. Elle se souvint alors de cette superbe journée d'août 1885 où elle avait rencontré l'amour de sa vie, Jonathan Harker, à la Foire d'été d'Exeter.

———

Lucy était radieuse dans sa nouvelle robe à fleurs à la coupe très parisienne. Elle avait attendu des mois pour la montrer. Mina, quant à elle, se révélait heureusement assez mince pour entrer dans celle que Lucy portait deux étés plus tôt, encore qu'elle s'y trouvât un soupçon à l'étroit, ne possédant pas la taille de guêpe de son amie, et que le corset la comprimât un peu. L'audacieux décolleté convenait davantage au style de Lucy, mais Mina en appréciait nonobstant l'effet suscité chez les jeunes gens qui la croisaient.

Lucy voulut présenter Mina à certains invités venus de Londres, en particulier Arthur Fraser Walter, dont la famille avait possédé et dirigé le *Times* au siècle dernier. Comme elles cherchaient le jeune homme, Lucy s'était soudain vue assaillie par une nuée de prétendants qui souhaitaient être inscrits sur son carnet à l'occasion du grand bal qu'on donnerait en soirée. Nul doute qu'elle incarnait son propre rôle à merveille, usant de son rire argenté et de sa cordialité feinte.

Mina était persuadée que Dieu avait doté Lucy d'une chevelure d'un roux flamboyant comme d'un fanal destiné à prévenir la gent masculine de son insatiable nature.

— Notre société périra si nous ne procédons pas sans tarder à des changements sociaux indispensables, déclara un individu non loin de Mina.

Celle-ci se tourna et découvrit un jeune homme brun hirsute, vêtu d'un costume en laine froissé, qui agitait une liasse de feuilles sous le nez de lord Henry Stafford Northcote.

Le dignitaire, ardent défenseur de la Couronne et député d'Exeter à la Chambre des Communes, paraissait se méfier de l'énergumène comme d'un chien qui montrerait les dents.

— Les maisons de correction ne sont point la réponse au problème ! poursuivit le jeune homme. Nombre d'enfants abandonnés vivent de larcins, ou pis encore... Nous devons agir pour que notre système éducatif préserve à la fois la moralité et l'ordre public.

— Monsieur Harker, grimaça lord Northcote, la loi sur l'Éducation a rendu l'enseignement obligatoire pour les enfants de cinq à treize ans.

— Mais il en coûte aux familles neuf pence par semaine et par enfant. Beaucoup d'entre elles ne peuvent débourser pareille somme.

— Les enfants ont les moyens de la gagner.

— Certes, en travaillant dans une manufacture... Ce qui, pour l'essentiel, s'apparente à de l'esclavage patenté à raison de dix heures par jour, et laisse ainsi peu de temps pour les études. Comment s'étonner alors que notre jeunesse indigente ait recours au vol ou à la prostitution ?

Lord Northcote haussa un sourcil offusqué, mais Harker enchaîna de plus belle.

– Ils n'ont pas votre chance, vous qui êtes né dans l'opulence. Et vous voudriez qu'ils vendent leur corps afin de pouvoir s'offrir ce qui vous fut accordé par Dieu !

– Comment osez-vous !

– Monsieur Harker est à l'évidence un homme passionné, intervint Mina, en pressant discrètement le bras du jeune orateur afin qu'il la laissât s'exprimer. Je suis certaine qu'il voulait dire la chose suivante : imaginez un seul instant que vous ne sachiez ni lire ni écrire. Vous n'auriez jamais pu étudier à Oxford, ni être nommé aux Affaires étrangères, ni même vous faire élire au Parlement. L'instruction gratuite pour nos enfants constituerait une forme d'investissement pour l'avenir, en donnant ainsi à chacun d'eux la possibilité de s'élever dans la société et d'améliorer le monde qui les entoure. Chaque parent souhaite ce qu'il existe de mieux pour ses enfants ; c'est à travers eux que se perpétue notre œuvre. N'êtes-vous pas de mon avis, milord ?

– Comment pourrais-je contredire une telle sagesse ? gloussa lord Northcote. Mais à dire vrai, Miss Murray, une femme aussi séduisante que vous gaspille un temps précieux à charger son esprit d'un tel fardeau. Suivez plutôt l'exemple de votre amie, Miss Westenra, en vous occupant à trouver un mari convenable.

Sans laisser au jeune Harker une occasion de répliquer plus avant, lord Northcote offrit son bras à son épouse qui n'avait pas soufflé mot de tout l'entretien, et tous deux s'éloignèrent dans la foule. Harker se tourna alors vers Mina, avec un air à la fois confus et impressionné.

– Je vous sais gré d'avoir tenté votre chance, déclara-t-il. Je n'aurais su mieux les formuler que vous, mais ces idiots refusent de voir la justesse de nos propos. Je tentais de faire comprendre à lord Northcote le besoin impératif de présenter un projet de loi aux Communes, qui s'inspire de l'exemple des États-Unis d'Amérique, où l'enseignement est gratuit depuis 1839. Faute de pouvoir relever ce défi, notre société va se retrouver à la traîne. Et nous ne pourrons faire face dans cette nouvelle ère de découvertes scientifiques qui s'annonce. Croyez-moi !

Mina ne put s'empêcher de sourire.

– Avec vos connaissances en droit, je suppose que vous êtes avocat ou que vous aspirez à faire de la politique ?

– En réalité, je suis simple clerc de notaire dans l'étude de M. Peter Hawkins. Actuellement, je tente d'inciter l'un de nos associés, M. Renfield, à prendre la défense de deux jeunes filles de treize ans arrêtées pour prostitution. À titre bénévole, bien sûr. Mais si je ne puis donner davantage d'importance à ce dossier au point que la presse s'en fasse l'écho, je doute de réussir dans mon entreprise. Et deux jeunes âmes de plus seront perdues.

Mina était saisie par la passion qui animait le jeune homme. Un vieux proverbe juif cher à son cœur lui revint alors à l'esprit : « Celui qui sauve une âme sauve le monde entier. » Et voilà que cet homme tentait d'en sauver deux !

– Avez-vous lu les articles de William Murray dans le *Daily Telegraph* ? s'enquit-elle. Il semble partager vos idées. Il pourrait devenir un allié de poids pour plaider votre cause.

– Miss Murray ! Seriez-vous par le plus grand des hasards apparentée à ce journaliste ? Voilà plusieurs semaines que je tente d'entrer en relation avec lui, mais personne n'a l'air de le connaître. Chaque fois que je passe à sa rédaction, il n'est pas à son bureau. Bref, un voile de mystère entoure son personnage. Mais si je pouvais faire sa connaissance, je serais heureux de le remercier d'aborder ces problèmes sociaux dans sa rubrique et lui serrerais volontiers la main.

Mina lui tendit la sienne, et le regard confus de Harker se transforma bientôt en un sourire d'étonnement.

– Vous êtes William Murray ?

– Wilhelmina Murray. Mais mes amis m'appellent Mina.

– Jonathan Harker, se présenta-t-il en oubliant dans sa surprise les bonnes manières pour serrer la main gantée de la jeune fille comme il l'eût fait avec un homme. C'est un réel plaisir de vous rencontrer, Miss Murray.

– Je vous en prie, appelez-moi donc Mina.

Il la couva du regard, et le respect qu'elle y vit la poussa à croire qu'elle tomberait facilement amoureuse de cet homme. Des années plus tard, Jonathan lui confierait que ce fut à cet instant précis qu'il s'était épris d'elle.

– Vous dansez, monsieur Harker ?

– Non, se hâta-t-il de lui répondre. Je crains fort d'avoir deux pieds gauches.

Il est timide, songea-t-elle.

– Bien. Au fond, j'aimerais autant bavarder de la meilleure manière de sauver de jeunes enfants des horreurs de la rue. Et si nous en discutions autour d'une tasse de thé ?

– J'en serais enchanté.

La plupart des hommes auraient refusé la proposition pour le moins hardie de Mina. L'empressement de Jonathan à se joindre à elle ne fit que le placer encore plus haut dans son cœur.

───────

Après cette vision macabre de Jack Seward, Mina fut incapable de se rendormir. Au petit matin, elle enfila une longue robe informe de matrone qui la couvrait de la tête aux pieds, puis descendit au séjour prendre son petit déjeuner.

Les domestiques rentrés aux aurores lui apportèrent du thé. Elle contempla son reflet dans le service en argent et constata que ses yeux soucieux n'étaient même pas cernés. Un philosophe dont elle avait oublié le nom avait écrit un jour : « Les ombres que l'homme projette le matin reviennent le hanter le soir. » Chez Mina, le passé semblait envelopper toute son existence d'un éternel voile de ténèbres. Ces dernières années, on lui faisait souvent observer dans les réceptions que, à l'instar du Dorian Gray de l'audacieux récit de M. Wilde paru dans le *Lippincott's Monthly Magazine*, elle devait dissimuler dans son grenier un portrait d'elle qui vieillissait à sa place. Le malheureux Jonathan n'y trouvait guère matière à plaisanter, lui. Il y voyait plutôt le souvenir constant de la trahison de Mina.

Celle-ci sentait désormais à quel point son mari détestait la regarder, bien qu'elle essayât de lui plaire en s'habillant de manière plus mûre qu'elle ne le paraissait. Hélas, même affublée d'une stricte toilette évoquant quelque vieille célibataire endurcie, son apparence juvénile resplendissait. Jonathan avait à présent cinquante ans, mais on lui en donnait dix de plus. Mina comprenait la raison de son chagrin et son besoin de le noyer dans l'alcool, tout en sachant qu'elle ne pourrait jamais connaître l'ampleur véritable des horreurs qu'il avait dû subir, voilà des années, dans ce maudit château. Parfois elle l'entendait hurler dans son sommeil, mais il ne lui confiait pas ses cauchemars. Refusait-il toujours de lui accorder sa confiance ?

Jonathan évitait de se trouver à la maison... mais son absence aujourd'hui se révélait pire que les autres. Il n'avait jamais passé autant de jours à l'extérieur sans au moins laisser un mot indiquant à quel endroit il était.

Manning déposa devant elle les éditions matinales du *Daily Telegraph* et du *Times*, et Mina s'installa pour les feuilleter. Heureusement, les journaux la distrairaient de sa nuit épouvantable... Une nouvelle faisait la une : un aviateur français du nom d'Henri Salmet venait d'établir un nouveau record mondial après avoir volé sans escale de Londres à Paris en moins de trois heures. Mina s'émerveilla de l'ingéniosité sans bornes du genre humain et se demanda quand viendrait enfin le jour où les exploits d'une femme feraient la une d'un quotidien.

À dix heures et quart, son mari fit son entrée d'un pas chancelant. Échevelé, souffrant à l'évidence d'une gueule de bois et vêtu d'un complet en tweed aussi chiffonné que sa mine de papier mâché, il s'affala dans son fauteuil en poussant un gémissement.

– Bonjour, Jonathan.

Les yeux injectés de sang, il déploya un effort surhumain pour la regarder en face.

– Bonjour, Wilhelmina.

Cordial, comme à son habitude... ce qui, d'une certaine façon, se révélait plus navrant que réellement exaspérant.

Manning revint dans la pièce, posa discrètement une nouvelle théière pleine et une corbeille de pain frais sur la desserte, puis sortit en fermant doucement la porte. Depuis qu'il était au service des Harker, il s'était habitué au fil des ans à leur couple agité et percevait la moindre de leurs tensions.

Le bruit pourtant faible de la porte fit grimacer Jonathan. Il tâcha de se redresser.

— Es-tu encore ivre ?

Il leva les yeux sur Mina, comme étonné de la découvrir ici.

— Bon Dieu, j'espère bien ! répliqua-t-il en tendant la main vers la théière.

— Où as-tu passé ces dernières nuits ? Dans quelque ruelle sordide ? Ou avec l'une de tes... dames de compagnie ?

— Ce n'était pas dans une ruelle, je puis te le garantir, répondit-il comme il se servait d'une main hésitante.

— Pourquoi es-tu devenu si cruel ?

Jonathan leva sa tasse ainsi qu'il eût porté un toast.

— Le monde est cruel, ma chère. Je n'en suis que le reflet.

Il se moquait d'elle et de l'image juvénile que lui renvoyait le miroir.

— Alors réfléchis à ce que je vais te dire, reprit-elle, résolue à ne pas flancher. Notre mariage ne comble peut-être pas toutes nos espérances. Nous dormons certes dans des chambres séparées. Mais ta présence m'est encore indispensable de temps à autre en cette demeure !

— Tu oublies, madame Harker, que la tienne l'était pour moi jadis...

Mina se mordit la lèvre.

— J'ai de nouveau eu des visions.

— Il t'est apparu en songe ? rétorqua Jonathan en s'emparant du *Times*.

— Ce ne sont pas des rêves. Mais quelque chose de différent.

— Je crois que tu souhaites les faire, ces rêves, Mina, et tu le désires toujours en secret. Tu nourris à son endroit une passion que je ne saurais jamais satisfaire.

Une passion ! Cette seule pensée faisait enrager Mina à lui en donner le vertige. Elle se ressaisit et s'apprêta à riposter.

— Un instant, je te prie...

— Pourquoi ? l'interrompit-il. Pourquoi doit-il toujours s'interposer entre nous, Mina, au point de ronger notre couple à la manière d'un cancer ?

— C'est toi, Jonathan, et non pas moi, qui le places entre nous deux. Je t'ai choisi.

Jonathan la regarda alors avec un tel désir qu'elle crut qu'il l'avait enfin entendue.

— Ma chère, chère Mina... Est-ce la raison pour laquelle, de ma chambre, je t'entends toujours prononcer son nom la nuit ? Est-ce en raison du si grand amour que tu me portes ?

Mina sentit le découragement la gagner.

— Combien de temps encore vas-tu me punir pour mes erreurs ? Je n'étais alors qu'une jeune écervelée. Incapable de voir le monstre derrière le masque.

— Que t'a-t-il donc fait ? Alors que je vieillis, tu...

Il désigna d'un geste vague son corps de jouvencelle, secoua la tête d'un air désespéré et avala son thé.

L'ardeur, le feu qui brûlait en lui, la volonté de défendre son prochain... tout cela était désormais englouti sous des litres et des litres de whisky. L'homme que Mina contemplait maintenant avait tué celui qu'elle avait épousé, l'amour de sa vie. Elle détestait cette épave, assise là en face d'elle. Ce Jonathan ne ressemblait en rien à celui dont elle s'était éprise.

S'il voulait jouer à ce jeu-là, eh bien soit. Renfermant ses émotions derrière une affabilité de façade, elle reprit sa lecture. Un titre du *Daily Telegraph* attira son attention : *« L'ancien patron de l'asile de Whitby mort à Paris. »*

Horrifiée, elle parcourut le premier paragraphe de l'article.

— Jack Seward est mort ! annonça-t-elle tout à trac.

— Qu'est-ce que tu nous chantes à présent ?

— Ma vision de cette nuit... La mort de Jack ! s'écria Mina en flanquant le journal sous le nez de son mari. Ce n'est pas un hasard !

Une lueur apparut dans les yeux de Jonathan, en lutte contre la torpeur alcoolique qui le gagnait. D'un air presque lucide, il déclara :

– Puisse son âme troublée reposer dans la paix du Seigneur.

Il se pencha pour lire le papier en entier... Et lorsqu'il redressa la tête, une question non formulée semblait rester en suspens.

Est-il revenu se venger ?

Jonathan demeura muet quelques instants, comme s'il réfléchissait à la décision à prendre. Puis ses épaules s'affaissèrent tandis que son esprit sombrait à nouveau dans le néant. Il rendit le quotidien à Mina.

– Il s'agit d'un accident, c'est écrit noir sur blanc, dit-il en tapotant de l'index la ligne citée.

Mina explosa.

– L'alcool a fait de toi un vieil abruti totalement aveugle, Jonathan !

Sitôt qu'elle eut prononcé sa phrase, elle la regretta. Elle avait tenté maladroitement de l'aiguillonner afin qu'il réagît. Mais sa dureté le blessait encore davantage dans sa fragilité.

– J'envie Jack, murmura Jonathan, les larmes aux yeux. Il est enfin délivré de son chagrin.

À ces mots, il se leva et sortit de la maison.

Mina réprima un frisson. Ses visions étaient réelles. Un événement terrible les attendait. Et cette fois, elle savait qu'elle devrait y faire face toute seule.

Affolée, elle quitta subitement le salon et retrouva son mari au-dehors.

– Pardonne-moi, Jonathan. Je t'aime. Je t'ai toujours aimé. Combien de fois devrai-je encore te le répéter ?

Sans se retourner, il monta dans son automobile puis, assis au volant, chaussa les lunettes.

– Il me faut prendre contact avec l'ex-femme de Jack et sa fille à New York, annonça-t-il. Que je sache, je suis toujours son exécuteur testamentaire et dois veiller à ce que soient accomplies ses dernières volontés.

Il démarra sans plus tarder, et Mina le regarda s'éloigner en direction de la gare. L'aspect déterminé, irrévocable de son départ l'attristait, mais elle chassa ses larmes d'un battement de paupières, subitement certaine d'être observée. Quelqu'un se cachait dans le massif d'arbustes voisin.

CHAPITRE X

L'inspecteur Colin Cotford marchait dans Fenchurch Street pour se rendre au cœur de Whitechapel, l'endroit le plus sordide au monde. Après trente ans au service de Scotland Yard, le policier avait connu le pire qui pût exister dans le genre humain et ne croyait plus aux notions d'enfer et de paradis qu'on lui avait enseignées enfant. L'enfer, il l'avait vu sur terre... Il lui suffisait d'arpenter Whitechapel. C'était l'un des quartiers les plus pauvres de l'East End de Londres, lequel attirait vers ses usines les gens à la vie dissolue qui espéraient y trouver de l'ouvrage. Mais comme la demande dépassait l'offre, il en résultait une extrême pauvreté et un surpeuplement. Par ailleurs, une odeur bien distincte flottait dans ce faubourg, mélange d'excréments, d'immondices et de chair en putréfaction.

Comme il s'engageait dans Commercial Street, Cotford essaya de ne pas respirer par le nez pour éviter la pestilence ambiante. Il était tôt, le jour se levait à peine, et les vendeurs de rue commençaient seulement à déplacer leurs carrioles de fruits, de lait et d'eau en direction de Covent Garden. Un serrurier passa devant l'inspecteur, sa charrette cahotant dans un vacarme de métal sur le pavé londonien. Cotford poursuivit son chemin en s'efforçant d'ignorer les *rampantes*, de vieilles femmes que la pauvreté et le vice avaient réduites à la misère la plus extrême. N'ayant plus la force de mendier leur pitance, elles se blottissaient les unes contre les autres pour se tenir chaud et se laissaient mourir de faim.

Cotford avait reçu de bon matin un appel téléphonique du commissaire divisionnaire, le « priant » d'enquêter au plus vite sur le décès d'un vagabond d'origine anglaise survenu à Paris. Cotford s'était ensuite entretenu avec l'inspecteur Jourdan, le policier français chargé de l'affaire, bien qu'il ne comprît pas l'intérêt d'une telle investigation. À Londres, on dénombrait chaque jour une bonne dizaine de pauvres bougres renversés par des attelages... *Pourquoi les rues de Paris ne connaîtraient-elles pas semblables accidents ?* songea Cotford.

Toutefois, Jourdan jugeait manifestement l'affaire bien plus complexe. Le défunt portait sur lui un couteau à lame d'argent et, selon les archives du ministère de l'Intérieur français, dont dépendait la Préfecture de police de Paris, il aurait reçu autrefois un financement du gouvernement français pour effectuer des recherches scientifiques. Bref, la France tenait à s'assurer que la mort du Dr Jack Seward n'était pas le fruit d'un acte criminel.

Cotford avait roulé les yeux en écoutant Jourdan jacasser à n'en plus finir dans un mauvais anglais. Son homologue parisien insinuait l'existence d'une sorte de complot bizarre et, comme Cotford ricanait devant pareilles élucubrations, il le menaça de s'en plaindre à son supérieur hiérarchique.

Cotford était arrivé à la pension située en face du vaste entrepôt de Wentworth Street. Il but une lampée de sa flasque pour se réchauffer avant de pénétrer dans la bâtisse délabrée.

Lorsqu'il était entré à Scotland Yard, il se définissait volontiers comme un fin limier. Mais ces dernières années, il se sentait davantage chien de rapport... alors qu'à ce stade de sa carrière, il aurait au moins pu espérer devenir commissaire. Après tout, vingt-cinq ans plus tôt, le grand inspecteur divisionnaire Frederick Abberline ne l'avait-il pas personnellement choisi pour travailler dans son équipe ? Mais Cotford officiait toujours comme simple inspecteur, cantonné à la division H, en charge de Whitechapel, toujours à battre le pavé en quête d'indices pour d'inutiles affaires, lesquelles aboutissaient souvent à une impasse, plutôt que d'occuper un bureau spacieux et chauffé dans l'immeuble Norman Shaw de New Scotland Yard.

Il entra dans le logement nauséabond du dernier étage, dépourvu de lumière électrique, et dont les fenêtres étaient obstruées de l'intérieur par des planches. Cotford sortit une torche de sa veste, le faisceau lumineux révéla plusieurs ouvrages éparpillés à terre. Il en lut les titres : tous traitaient d'occultisme. Des guirlandes d'ail et de houx séchés entouraient les chambranles des portes et des fenêtres ; des symboles d'une dizaine de religions différentes étaient suspendus au plafond. On avait glissé dans les coins d'un miroir des coupures jaunies de divers quotidiens londoniens, dont l'encre était si fanée que Cotford ne pouvait déchiffrer les articles sans ses lunettes. La lumière de sa torche surprit par hasard un gros insecte, qui déguerpit aussitôt sur le parquet.

Quelques minutes plus tard, le sergent Lee arriva escorté de deux agents pour rassembler les pièces à conviction, en vue de les expédier à la Préfecture de police de Paris.

– Nom de Dieu ! lâcha Lee en découvrant l'endroit.

Cotford ne savait trop si le juron était dû à l'état du logis ou à la tâche fastidieuse qui les attendait. En raison de sa stature nettement supérieure à la moyenne, Lee ne cessait de se cogner la tête aux divers artefacts qui se balançaient comme de sinistres guirlandes de Noël.

Le sergent Lee vouait à Cotford une sorte d'adulation qu'on réservait d'ordinaire aux héros, car le vieil inspecteur avait jadis travaillé sur l'affaire la plus célèbre de l'histoire du Yard. Mais si celle-ci avait offert à Cotford une notoriété certaine, elle n'en demeurait pas moins son plus gros échec... d'autant qu'elle avait terni l'image de la profession aux yeux du public. L'inspecteur jugeait donc imméritée la vénération de Lee à son endroit, ce qui ne l'empêchait pas de lui promettre un bel avenir et d'espérer le voir réussir là où lui avait échoué. Contrairement à son supérieur, Lee était père de famille...

mais Cotford n'en savait guère plus sur sa vie privée, et préférait d'ailleurs qu'il en fût ainsi.

Le faisceau de sa torche éclairait maintenant des murs tapissés de pages déchirées de la Bible. La lumière révéla une tache rouge sur celui du fond. Cotford s'approcha et lut les mots *Vivus est*[1] griffonnés dans ce qui lui parut être du sang.

— De la pure démence, observa Lee en secouant la tête, l'air incrédule. Qu'est-ce que ça peut vouloir dire ?

— Je n'en sais fichtre rien, mon garçon, répondit Cotford. Je pense que c'est du latin.

Cotford ramassa un carnet à la reliure de cuir, souffla dessus pour en ôter la poussière, et l'ouvrit. Une photographie tomba de dessous la couverture. Lee la récupéra, tandis que Cotford feuilletait les pages manuscrites. Puis le sergent montra à son supérieur l'inscription au verso du tirage : *Lucy Westenra, mon amour, juin 1887.* Cotford haussa les épaules. Aucun intérêt. Lee jeta la photographie dans une caisse que l'un des agents commençait à remplir. On l'expédierait à Paris.

Cotford referma le calepin et allait s'en détourner quand un détail lui tarauda l'esprit. Il ne pouvait croire à ce qu'il avait entrevu au fil des notes de ce journal et se demanda si l'atmosphère de Whitechapel ne lui jouait pas des tours.

— Qu'y a-t-il, monsieur ? s'enquit Lee.

Cotford rouvrit le carnet, chercha une page en particulier... C'était inscrit là, noir sur blanc, et sans même avoir relu la phrase, il la récitait déjà de mémoire : *Ce fut le professeur qui brandit sa scie chirurgicale et commença à sectionner les membres du corps de Lucy.*

Cotford s'avança vers la caisse et récupéra le portrait de Lucy Westenra. Il marqua une pause, comme par respect pour la mémoire de cette jeune inconnue. Après toutes ces années, il s'en voulait toujours. *Tel un cauchemar, le passé hante toujours le présent.*

Dans la seconde qui suivit, l'inspecteur se ruait vers la porte.

---

1. *Il est vivant. (N.d.T.)*

– Finissez de rassembler tous ces carnets et suivez-moi avec cette caisse sur-le-champ, sergent Lee !

Une heure plus tard, Cotford et Lee étaient de retour au Victoria Embankment, ce quai de la Tamise où New Scotland Yard avait élu domicile en 1890 dans un immeuble néo-gothique de pierre et de briques rouges. Sans échanger un mot, les deux policiers gagnèrent les Archives, surnommées « l'autre morgue ».

Quelques heures après, ils perdaient patience.

– Où sont passés ces satanés dossiers ? pesta Cotford.

– Il semble qu'il en manque certains, monsieur.

– Je le vois bien ! Pourquoi, bonté divine ? Toute l'affaire devrait être exposée dans le hall d'entrée afin de nous rappeler notre balourdise !

– Je vous demande pardon, monsieur, mais cette affaire se trouvait consignée dans les bureaux de Whitehall.

– Je le sais pertinemment. Je faisais partie des enquêteurs, nom d'un chien !

– Eh bien, lors de notre installation ici, les dossiers... enfin, pas tous... ont suivi. Certains demeurent introuvables.

Et Cotford de grogner de plus belle.

– Cette affaire a éclaboussé le Yard, et n'a cessé de m'empoisonner la vie. Si quiconque apprend que nous avons égaré ces maudits dossiers, on ne nous le pardonnera jamais.

– J'ai tout de même trouvé cela, monsieur, reprit Lee en présentant une grande boîte noire aux bords élimés et entourée d'un ruban rouge.

Cotford reconnut aussitôt le classeur et s'en empara comme d'une précieuse antiquité. L'étiquette, jaunie avec le temps, restait fermement collée à la gomme arabique. En lettres dactylographiées, on pouvait y lire : « Meurtres de Whitechapel, 1888 ». Au-dessous était noté de la propre main de Cotford le numéro *57825*, et au-dessous encore : *Jack l'Éventreur*.

Du 31 août au 8 novembre 1888, la terreur régna sur Londres, quand cinq femmes furent violemment assassinées par un inconnu dans l'arrondissement de Whitechapel. La police ne retrouva jamais le meurtrier. Il frappait la nuit et disparaissait sans laisser de trace. Telle fut l'affaire tristement célèbre au cours de laquelle Abberline, alors inspecteur en chef, appela le jeune et sémillant Cotford à rejoindre son équipe. Comme celui-ci œuvrait sur le secteur H – Whitechapel – et faisait l'objet de moult recommandations de ses supérieurs, le choix coulait de source. Mais Cotford ne pourrait jamais chasser de sa mémoire cette nuit fatidique où il avait manqué de justesse appréhender le tueur...

C'était à dire vrai le plus grand regret de son existence. Le 30 septembre, Cotford se trouvait par hasard à Dufield's Yard, sur les lieux mêmes où la troisième victime, Elizabeth Stride, avait trouvé la mort. Il avait vu une silhouette sombre s'enfuir... qu'il avait par conséquent suivie. Il usa de son sifflet pour appeler les autres officiers de police à la rescousse et se lança à la poursuite du suspect. Mais alors même qu'il s'approchait du fuyard, Cotford trébucha sur le rebord d'un trottoir rendu invisible par le brouillard qui s'élevait chaque soir de la Tamise pour envahir par nappes entières la capitale. En recouvrant l'équilibre, le jeune enquêteur comprit qu'il avait perdu la trace de son suspect, d'autant qu'il ne voyait plus rien à moins d'un mètre. Il s'était même perdu dans le dédale des rues, incapable de retrouver son chemin pour revenir sur les lieux où l'on avait assassiné Stride.

La nuit s'acheva avec un autre meurtre. On découvrit la quatrième victime dans Mitre Square, à un jet de pierre de l'endroit où Cotford avait chancelé... Un faux pas malencontreux qui sonna le glas de sa carrière. S'il s'était montré plus prudent, il serait devenu « Celui qui a arrêté Jack l'Éventreur ». Et sa vie aurait été bien différente ! En présence d'Abberline, Cotford n'admit jamais qu'il avait trébuché. Il idolâtrait son célèbre chef et craignait de perdre son respect. Toutefois, il devinait qu'Abberline savait, ou du moins se doutait qu'il lui cachait quelque chose, mais cela n'empêcha pas l'inspecteur de le soutenir, lui et les autres enquêteurs, quand le public manqua les lyncher pour leur prétendue incompétence. Cet acte de pure générosité d'un supérieur envers ses subalternes ne signifiait rien pour les Londoniens et précipita sans doute la disgrâce d'Abberline au sein du Yard. Mais ses hommes lui en furent à jamais reconnaissants.

———◆———

Cotford eut l'impression de remonter le temps à mesure qu'il sortait les chemises contenant les transcriptions d'interrogatoires des suspects. Le Dr Alexandre Pedachenko, un médecin russe qui utilisait aussi le pseudonyme de comte Luiskovo, était patient de l'asile de Whitby au moment du meurtre de Mary Jane Kelly, la cinquième victime. Aussi Abberline l'avait-il rayé de la liste.

L'inspecteur ouvrit un autre dossier marqué « confidentiel », tout en s'interrogeant sur la raison d'un tel libellé ; il concernait le suspect William Gull.

– Le Dr Gull ? Médecin personnel de la reine ? s'enquit Lee en lisant par-dessus son épaule.

– Celui-là même, répondit Cotford. Nous suivions alors en secret une piste qui ne nous mena nulle part. En 1888, le Dr Gull, âgé de soixante-dix ans, avait fait une attaque, laquelle l'avait laissé en grande partie paralysé du côté gauche. Ce n'était donc pas le fuyard que j'avais pris en chasse ce fameux soir.

– De quel soir parlez-vous ?

Cotford ignora la question et sortit un autre dossier. *À la bonne heure !* L'occasion de se racheter lui était peut-être offerte. Le destin redistribuait les cartes, semblait-il, et l'inspecteur en éprouvait un tel enthousiasme qu'il se mit à rire aux éclats.

L'exubérance inopinée de son supérieur plongeait le sergent Lee dans des abîmes de perplexité.

– Je ne saisis pas, monsieur...

Cotford n'avait pas besoin que Lee comprît. Le rêve de pouvoir divulguer l'identité de Jack l'Éventreur et de le traduire en justice se trouvait enfin là, à portée de main. Le professeur auquel Seward faisait allusion dans son journal n'était autre qu'un des principaux suspects d'Abberline. Bien qu'on n'eût jamais déniché la moindre preuve l'incriminant sur les différents lieux de crime, son épouvantable passé ne permettait pas qu'on l'effaçât définitivement de la liste. L'homme en question était à la fois discrédité en qualités de professeur et de médecin. Chirurgien de renom, il avait néanmoins été déchu de ses droits d'exercer et d'enseigner pour avoir pratiqué des expériences médicales sur ses patients et dérobé des cadavres à sa faculté. Cadavres sur lesquels il opérait ensuite d'odieuses mutilations inspirées de multiples rituels.

Cotford tendit triomphalement le dossier à son adjoint.

— Tenez, mon garçon, et n'oubliez pas : À chacun son heure de gloire !

Lee regarda Cotford d'un air confus, avant de lire à voix haute le nom inscrit sur la chemise.

— Professeur Abraham Van Helsing.

CHAPITRE XI

———•❧•———

Tu as l'intention de rester caché longtemps, mon chéri ? demanda Mina en fixant ses yeux sur lui comme si elle pouvait voir à travers le massif.

Craignant qu'un chardon n'accrochât ses vêtements, Quincey sortit lentement de derrière les arbustes.

— J'ai vu la voiture de papa et j'attendais qu'il s'en aille, répondit-il en époussetant sa veste. Comment as-tu deviné que j'étais là ?

— Je suis ta mère, grand dadais ! répliqua Mina en riant.

Elle l'étreignit avec chaleur, puis s'écarta pour mieux le contempler.

— Le temps m'a paru si long... Laisse-moi encore te regarder. Tu m'as manqué.

— Tu m'as tout autant manqué, maman...

Il s'interrompit, voyant qu'elle avait pleuré.

— Qu'est-ce qui ne va pas ? reprit-il. Que s'est-il passé ?

— Inutile de te faire du souci pour moi, dit-elle en ôtant les feuilles qu'il avait dans les cheveux.

— Il s'agit de papa ? Il a encore abusé de la boisson ?

— Je t'en prie, Quincey, ne lui manque pas de respect.

— Navré, maman.

— Viens, entrons... Je suis si heureuse de te revoir, mon beau jeune homme. J'ai comme l'impression que tu n'as pas avalé un repas digne de ce nom depuis des semaines.

Pendant ses trois ans d'absence, Quincey avait d'abord fait

le tour du Royaume-Uni et de l'Irlande avec sa troupe itinérante, puis, la dernière année, son père l'avait envoyé étudier à Paris. Deux mondes totalement différents.

En entrant dans la maison où il avait grandi, le jeune homme eut l'impression que le temps s'était arrêté. Il retrouvait le vestibule familier, la rampe du grand escalier sur laquelle il adorait glisser quand il était petit, malgré les mises en garde de son père qui craignait qu'il ne se blessât.

Quincey scruta le séjour... Chaque chose se trouvait à la même place qu'autrefois, à croire qu'il n'avait jamais quitté le foyer familial. Il reconnut le service à thé favori de sa mère, non loin des journaux du matin, la carafe en cristal de son père, à moitié remplie de son scotch préféré. Il se remémora la sévère réprimande qu'il avait reçue enfant après avoir brisé par mégarde le récipient d'origine... tout en se demandant à présent si son père lui avait alors reproché la perte de l'onéreux contenant ou de son précieux contenu.

Tandis que son fils promenait son regard dans la pièce, Mina s'approcha de la table et prit l'un des quotidiens laissé ouvert. Quincey crut voir sa main trembler comme elle repliait le journal avant de le glisser sous son bras.

– Es-tu certaine que tout va bien, maman ?

– Parfaitement, Quincey, répondit Mina en le gratifiant d'un doux sourire. Si tu allais te rafraîchir à présent, pendant que je te fais préparer une assiette.

Après avoir voyagé sans interruption depuis Paris, Quincey se sentit un homme neuf une fois revêtu d'habits propres. Ses yeux vagabondèrent au hasard dans son ancienne chambre... celle d'un garçonnet. Il ne s'y sentait plus à sa place désormais.

Il passa devant le bureau et surprit Mina perdue dans ses pensées, incapable de détacher son regard de ce vieux portrait d'elle et de Lucy, son amie d'enfance emportée par la maladie à un âge proche de celui de Quincey. Quelle horreur de perdre sa vie alors qu'elle commençait à peine... Chaque fois que sa mère avait l'esprit troublé, elle contemplait cette photographie comme pour se tourner vers son amie défunte, en quête de conseils.

En l'observant, Quincey se rendit compte qu'à l'instar de la demeure restée identique depuis son départ, sa mère n'avait absolument pas changé depuis trois ans. Il doutait en revanche que le temps se fût montré aussi clément envers son père acariâtre et porté sur l'alcool.

Il se rappela un épisode survenu voilà plusieurs années, lorsqu'il avait surpris trois de ses camarades de classe faisant des remarques désobligeantes sur l'apparence juvénile de sa mère ; il en avait été si outragé qu'il avait flanqué une correction à ces trois vauriens. En dépit de son renvoi temporaire de l'école, Quincey n'était pas peu fier de son acte chevaleresque. Il s'était alors souvenu de la manière dont sa mère et lui avaient coutume de mystifier les étrangers, en leur faisant croire qu'ils étaient frère et sœur. Il supposait cependant qu'elle finirait par vieillir un jour, comme son père, tout en se réjouissant que ce jour-là ne fût pas encore venu. Après une telle absence, si Quincey l'avait retrouvée âgée et souffrante, nul doute que, anéanti par la culpabilité, il eût reporté sa colère contre son père, en lui reprochant de l'avoir chassé si longtemps du foyer.

Quincey constata seulement que la faim le tenaillait en attaquant son plat. Il n'avait pas goûté meilleur hareng fumé depuis son départ de la maison ! Sitôt qu'il eut fini son assiette, Mary, la bonne, apparut dans le séjour pour débarrasser.

— À présent que tu t'es restauré comme il se doit, déclara Mina, aurais-tu la bonté de m'expliquer la raison de ta venue soudaine, au beau milieu d'un trimestre universitaire ?

— Tu me promets de ne pas te froisser, maman ?

— Tu sais que je ne fais jamais de promesse.

— Fort bien... Ce n'est guère facile à annoncer...

Il prit une profonde inspiration et enchaîna :

— J'ai rencontré quelqu'un. Quelqu'un de merveilleux.

Mina allait réagir, mais sembla soudain abasourdie. Quincey s'apprêtait à poursuivre, quand Mary s'en revint avec du thé fraîchement infusé et des biscuits Garibaldi, les préférés du jeune homme.

— Alors, dis-moi... qui est donc l'heureuse jeune femme ? demanda Mina dès que la domestique eut quitté la pièce.

— Jeune femme ?

— Tu prétends avoir rencontré quelqu'un de merveilleux...

— Certes, mais... Prépare-toi, maman. J'ai fait la connaissance de Basarab !

— Qui donc ?

— N'en as-tu jamais entendu parler ? C'est un homme brillant, maman. On le loue dans tout Paris. C'est le plus grand acteur shakespearien du monde !

— Oh, Quincey... tu ne vas pas recommencer.

— Basarab m'a suggéré d'abandonner les rêves avortés de mon père et de suivre plutôt les miens avant de prendre de l'âge.

— Ce monsieur aurait la prétention de savoir mieux que tes parents ce qui est le meilleur pour toi ?

— Je crois qu'il a perçu mes nombreuses capacités à exploiter.

— Tout comme ton père et moi. Qu'advient-il de tes études de juriste ?

— Les encouragements de Basarab m'ont convaincu de quitter la Sorbonne, afin de postuler pour une place d'apprenti acteur au Lyceum.

— Je ne sais que te dire, Quincey. Tu avais passé un accord avec ton père. Ainsi que tu l'aurais appris en demeurant à la Sorbonne, un accord verbal t'engage tout autant qu'un contrat écrit.

— Je vous en prie, mère, cet accord fut conclu sous la contrainte. Je n'avais aucune économie. Il a soudoyé ce directeur de théâtre afin qu'il me jette à la rue. Je n'ai eu d'autre choix que d'accepter, sans quoi je me retrouvais sans logis et sans le sou.

— Sache que je suis intervenue en ta faveur, mon garçon. Je lui ai donné ma parole. Ton père souhaitait t'envoyer à Cambridge, et moi, en lui promettant que tu passerais tes diplômes et te présenterais à l'examen du Barreau, j'ai pu le convaincre de te laisser aller à Paris...

— Pour que je puisse au moins demeurer au contact du monde des arts, je sais, l'interrompit-il. J'aurais été mieux loti à Cambridge. As-tu idée de ce qu'on peut ressentir en voulant à tout prix quelque chose, en y étant confronté chaque jour, tout en sachant que cela t'est refusé comme un fruit défendu ? Il y a de quoi devenir fou !

— Je comprends ce que tu éprouves, mon fils, bien plus que tu ne le penses... Mais cela ne change en rien le fait que tu as promis d'achever tes études. Une promesse est une promesse.

— Si je suis aussi talentueux que Basarab le prétend, proclama Quincey, alors on m'engagera en qualité d'apprenti au Lyceum. J'aurai donc mes propres moyens de subsistance, et le vieux fou n'aura plus qu'à aller au diable !

Mina se leva d'un bond et le gifla. Ce geste, inopiné, les laissa tous deux médusés. Jamais auparavant aucun de ses parents n'avait levé la main sur lui.

— Quincey Arthur John Abraham Harker ! répliqua Mina en maîtrisant son émotion du mieux qu'elle put, Jonathan demeure ton père et il t'aime beaucoup.

— Alors pourquoi ne le montre-t-il pas ?

— Tu es encore trop jeune et naïf pour comprendre, mais Jonathan te prouve son amour chaque jour que Dieu fait. Je connais sa vraie nature, et il n'agit jamais à la légère, crois-moi. L'enjeu se révèle en l'occurrence bien plus important que la simple satisfaction de tes souhaits égoïstes. Je ne puis te donner ma bénédiction en la matière, Quincey. Tu dois nous faire confiance car nous savons, nous, ce qui te convient le mieux.

Quincey contemplait sa mère, la mort dans l'âme. Lui qui s'était toujours senti si proche d'elle. N'était-ce pas Mina qui l'avait écouté lui confier ses rêves et ses aspirations, l'avait encouragé ? Et voilà qu'à présent elle tentait d'étouffer ces mêmes rêves comme son père l'avait fait. En définitive, quelque chose avait changé dans cette maison...

Quincey savait depuis toujours que ses parents avaient de nombreux secrets, qu'ils préféraient ne pas partager avec lui.

Quels qu'ils fussent, peu lui importait désormais. *Ego sum qui sum...*

– Je suis comme je suis, maman... et il est temps pour moi de l'être vraiment.

Les yeux baignés de larmes et le visage déformé par la peur, Mina implora son fils.

– Je t'en conjure, ne fais pas cela.

L'horloge sonna onze heures.

– J'ai un train à prendre, annonça-t-il. Je logerai à Londres. Je ne vous causerai plus l'ombre d'un souci...

Ne souhaitant pas croiser son regard, Quincey se détourna et, pour la première fois de son existence, quitta la maison sans embrasser sa mère.

CHAPITRE XII

Vêtue d'un smoking usé et d'une cape noire doublée de rouge, l'imposante silhouette du comte Dracula envahissait le poussiéreux salon anglais par sa présence menaçante. Sous son front parcouru de rides, ses yeux noirs regardaient droit devant. Son expression lugubre fit bientôt place à un sourire diabolique, tandis qu'il demandait avec un fort accent des Carpates :

– Auriez-vous l'obligeance de répéter ce que vous venez de dire, professeur ?

L'autre homme, visiblement plus âgé, soupira.

– Je disais donc... monsieur le comte, souhaitez-vous savoir ce que j'ai prescrit à notre jeune fille alitée, Miss Westenra ?

– Tout ce qui concerne ma chère Lucy se révèle pour moi du plus haut intérêt, professeur.

Van Helsing s'empara alors d'un gros crucifix en bois, puis virevolta pour se retrouver face au comte. Dracula émit une sorte de sifflement et recula en faisant claquer sa cape... Mais il se prit les pieds dans l'étoffe, trébucha contre un meuble et renversa une lampe de table. Un nuage de fumée jaillit qui les laissa tous deux pantois.

Le comte fut saisi d'une toux inextinguible.

– À présent que vous... vous et ce notaire... Jonathan Harker... croyez savoir de quoi il retourne, professeur Van... Helstock...

Van Helsing roula les yeux. Le comte poursuivit.

– Il est temps pour vous de quitter ces rivages pour...

Les mots semblèrent lui manquer un instant.

– ... pour rejoindre le pays où chacun foule la terre chaussé de ridicules sabots.

– Je m'appelle Van Helsing ! tonna l'autre homme. Et feriez-vous par hasard allusion à ma patrie, la *Hollande*, sombre idiot ?

– Impertinent grain de poussière ! s'écria le comte sans l'ombre d'un accent. Savez-vous seulement quel talent grandiose je puis déployer là devant vous ?

– Je n'ai sous les yeux qu'un ivrogne foutrement incapable de se rappeler son texte !

Outragé, le comte Dracula se tourna vers la salle.

– Stoker ! Flanquez cet abruti à la porte ! Et tout de suite !

Van Helsing saisit la cape du vampire et la lui flanqua sur la tête. Dracula agrippa alors le professeur par le col, et les deux hommes se bagarrèrent, jusqu'à ce que le comte fût pris d'une nouvelle quinte.

– J'ai avalé une de ces maudites canines ! brailla-t-il, en se dépêtrant de sa cape pour asséner un crochet du droit au professeur.

Le sang gicla des narines de Van Helsing qui, tel un taureau enragé, baissa la tête et chargea Dracula.

– Fiche le camp, crétin ! Ton sang éclabousse mon smoking !

Debout au fond du somptueux théâtre d'inspiration grecque, Quincey Harker secoua la tête, l'air dépité. C'était donc lui, le grand acteur John Barrymore venu d'Amérique, qui trébuchait sur scène dans sa misérable cape de magicien ? Quincey s'attendait à davantage de courtoise de la part de Tom Reynolds, qui incarnait Van Helsing, et qu'il avait vu jouer dans *Madame Sans-Gêne* où il interprétait Vinaigre. Souffrant visiblement le martyre, M. Reynolds en oubliait à présent tout respect envers son confrère et échangeait des coups avec un Barrymore qui tenait à peine debout.

Une vision des plus inconvenantes pour le jeune homme... Le théâtre n'était certes pas un ring de boxe, et chacun se devait de respecter les règles élémentaires du savoir-vivre. Voir des comédiens se comporter de manière aussi affligeante ne pouvait qu'accréditer les préjugés du grand public à leur sujet. Cependant, Quincey savait qu'il avait fait le bon choix en suivant le conseil de Basarab, un acteur tout ce qu'il y avait d'affable et de professionnel... à l'image de celui qu'il souhaitait devenir. Mais la vue d'un tel tohu-bohu n'était pas la seule chose qui intriguait Quincey.

Bram Stoker, un solide vieil Irlandais barbu aux cheveux roux grisonnants, était assis au premier rang et martelait le sol de sa canne en vociférant.

— Messieurs ! Cessez de vous comporter en amateurs !

À ses côtés, un homme plus jeune bondit sur les planches pour mettre un terme à l'échauffourée.

— Cela suffit maintenant ! Nous ne sommes pas dans une cour d'école !

— C'est lui qui a commencé ! renifla Reynolds, ses mains ensanglantées protégeant son nez.

Barrymore tenta de se redresser.

— Monsieur Stoker, je ne puis tolérer pareille insubordination chez ce bougre d'âne que l'on m'impose comme partenaire ! J'exige son renvoi immédiat !

— Monsieur Barrymore, soyez raisonnable, s'il vous plaît.

— Raisonnable, dites-vous ? Il y va de mon honneur !

— N'oublions pas que c'est moi qui produis cette pièce, intervint Hamilton Deane. C'est donc à moi seul qu'il incombe de décider qui doit rester ou pas, et un changement dans la distribution constituerait une dépense inutile.

— Dans ce cas, monsieur Hamilton Deane, producteur de niaiseries ayant pignon sur rue, vous venez de perdre votre vedette !

À ces mots, Barrymore quitta la scène à grandes enjambées.

S'appuyant lourdement sur sa canne, Stoker se leva pour s'interposer.

— Je vous ai fait venir de votre lointaine Amérique en raison de ma haute estime pour feu votre père, qui fit ses débuts sur ces mêmes planches... Puisse son âme tourmentée reposer en paix ! Cessez donc de traiter cette pièce à l'instar de vos petites comédies grotesques ! Vous avez la possibilité de devenir un grand acteur dramatique ici, à Londres... davantage encore que ne le fut Henry Irving, qui pour sa part sombra dans les affres de l'alcool après s'être assuré la gloire. Tel que vous m'apparaissez, vous courez droit au désastre, avant même que le public ait eu la chance d'apprécier toute la palette de votre répertoire.

— Allez-vous, oui ou non, renvoyer ce cornichon ?

— Certainement pas. Monsieur Reynolds est un membre fidèle de la troupe du Lyceum, depuis plus de trente ans.

— Je prendrai donc le premier bateau en partance pour l'Amérique, déclara Barrymore, qui tourna les talons pour s'engager d'un pas chancelant dans l'allée centrale.

— Monsieur Barrymore, réfléchissez ! l'interpella Stoker. Vous avez quitté New York car plus personne ne se risquait à engager un alcoolique dans un rôle principal !

John Barrymore s'arrêta net, vacilla un peu et virevolta pour répondre.

— Vous pensez être le seul à m'offrir un rôle à la mesure de mon talent ? Je m'en vais en Californie, figurez-vous. On m'a proposé de jouer au cinématographe. Sachez, monsieur, que vous allez regretter toute votre vie cet instant !

Quincey avait déjà vu quelques films dans des salles de projection parisiennes. C'était un divertissement populaire et il s'étonnait qu'un comédien sérieux pût y accorder un tel crédit. D'autant qu'en l'absence de sonorisation, les acteurs devaient exagérer leur jeu de scène à grand renfort de mimiques et de gesticulations.

Comme il gagnait la sortie, Barrymore manqua le heurter.

— Regardez donc où vous mettez les pieds, mon garçon, lâcha-t-il d'une voix pâteuse.

— Je vous prie de m'excuser, monsieur.

Et le grand John Barrymore franchit la porte, devant la mine déconfite de Quincey.

Deane et Stoker dévisagèrent alors le jeune homme.

— Qui êtes-vous donc ? demanda Deane. Il s'agit d'une répétition privée.

— Navré d'être en avance, mais j'ai rendez-vous avec monsieur Hamilton Deane.

— Ah oui. Vous êtes le jeune gars qui cherchez une place d'apprenti. Et vous vous appelez ?

— Quincey Harker.

Stoker manqua s'étrangler de stupéfaction.

— Du reste, poursuivit Quincey, à ce que j'ai cru entendre de la scène que vos acteurs répétaient... l'un de vos personnages n'est-il pas un notaire du nom de Jonathan Harker ?

— Oui. Et alors ? tonna Stoker.

— Mon père s'appelle Jonathan Harker... et exerce précisément cette profession.

Quelques minutes plus tard, Stoker, Deane et Quincey se retrouvaient dans l'étroit bureau du directeur. Les murs étaient tapissés d'affiches encadrées, témoins du règne d'Henry Irving sur le Lyceum. Stoker parut inquiet au moment où le producteur tendit au jeune homme un ouvrage à la couverture jaune vif. On y lisait, en lettres rouges : *DRACULA par Bram Stoker*.

— Le personnage d'un roman... Mon père ne m'en a jamais parlé, s'étonna Quincey en feuilletant le livre.

Il comprenait enfin la raison du regard hypocrite que Jonathan portait sur les arts en général. C'était pour le moins fascinant, et une multitude de questions l'assaillaient. Pourtant Quincey se mordit la langue. Pas question pour lui de partir du mauvais pied et de faillir aux convenances comme Barrymore. Un modeste apprenti ne s'avise jamais d'importuner le producteur ou le metteur en scène d'une pièce, s'il souhaite conserver son emploi... et Quincey n'était même pas encore engagé !

Stoker lui arracha l'ouvrage des mains.

— C'est ridicule ! aboya-t-il. Je me suis inspiré du nom de Joseph Harker, un décorateur avec lequel nous avons travaillé dans les années 1880. Tout lien avec votre père relèverait du hasard.

— Cela ferait beaucoup de coïncidences, ne trouvez-vous pas, Bram ? s'enquit Deane.

— *Dracula* est mon roman... et en l'espèce une œuvre de pure fiction.

— Nul n'a prétendu le contraire, reprit Deane. Mais, si mon souvenir est bon, vous insistiez pour qu'on en donne d'abord lecture sur scène afin de prouver que vous en possédiez les droits. Je ne saisis toujours pas pourquoi.

— Sachez seulement que je demeure le seul et unique ayant droit, rétorqua Stoker avec hargne, avant de diriger son ire sur la personne de Quincey. Quant à vous, mon jeune ami, je suis navré mais le Lyceum n'a pour l'instant nul besoin d'un apprenti. Merci.

— Mais, monsieur Stoker...

Le directeur tournait déjà les talons, quand Deane le retint par l'épaule en lui glissant à l'oreille :

— Bram, nous sommes déjà en retard sur le programme des répétitions. Toute contribution à ce spectacle serait la plus bénéfique. En l'occurrence, nous avons dépassé le budget et manquons de personnel. Et par-dessus le marché, nous venons de perdre notre acteur principal.

Quincey sentit son heure arriver.

— Peut-être puis-je vous aider à résoudre votre dilemme, suggéra-t-il avec une idée derrière la tête.

Les deux hommes se tournèrent vers lui. C'était le moment ou jamais d'agir.

— Et si je vous proposais le plus grand acteur de notre époque ? Un homme dont les critiques ont dit : « Quand il joue Shakespeare, c'est comme s'il vivait corps et âme le rôle qu'il incarne. »

— Vous voulez parler de Basarab, déclara Deane.

— Il se trouve que je le connais personnellement. Je suis sûr que son nom sur l'affiche décuplerait vos réservations, et justifierait ainsi toute nouvelle dépense que vous pourriez encourir.

Deane haussa un sourcil et réfléchit à la suggestion.

Stoker se remit à marteler le sol de sa canne.

– John Barrymore est la vedette de cette pièce ! Il va revenir ! décréta-t-il, tandis qu'il quittait le bureau en bougonnant dans sa barbe. Ce cinématographe n'a aucun avenir.

Quand l'auteur se fut suffisamment éloigné, Deane reprit.

– Ce que monsieur Stoker oublie, c'est que monsieur Barrymore mettra trois semaines avant d'arriver en Californie. Et même s'il se rendait alors compte de sa terrible erreur et décidait de revenir vers nous l'échine basse, nous aurions déjà fait faillite.

– Basarab se trouve à Paris... soit à une journée de voyage à peine. Votre décision me semble évidente.

L'espace d'un instant des plus embarrassants, Deane parut le sonder du regard.

– Êtes-vous un homme de parole, monsieur Harker ? Digne de confiance ?

– Soyez-en certain, monsieur Deane.

– Bien. Alors peut-être devriez-vous vous joindre à moi pour dîner. Je pense que nous avons matière à discuter.

CHAPITRE XIII

Quid verum atque decens, Tout ce qui est vrai et honorable[1]. Telle était la devise de la famille Stoker, inculquée par le père de Bram à ses sept enfants, mais ces derniers temps Bram lui-même avait grand-peine à la mettre en pratique.

T'anam an Diabhal[2] ! jura-t-il dans son gaélique natal. Il eût préféré voir ce Quincey Harker à la langue trop bien pendue quitter le bureau avant lui. Or, à son grand désarroi il l'entendit s'en aller en compagnie de Hamilton Deane. Nul doute qu'ils se rendaient au Ye Olde Cheshire Cheese, le pub favori du producteur, afin de discuter de Basarab. Tout laissait donc croire que Deane n'abandonnerait pas cette idée, contrairement à ses attentes.

Toute sa vie durant, l'auteur s'était montré fort consciencieux, quand bien même il passait pour un excentrique à changer sans répit de profession. En réalité, ses faits et gestes obéissaient à un dessein bien plus vaste et fort bien pensé. Mais un élément imprévisible tel que Quincey Harker devenait soudain le grain de sable dans les rouages d'une mécanique jusque-là bien huilée.

Dracula constituait l'ultime chance de Stoker. Nulle autre

---

1. Épître de Paul aux Philippiens, 4,8. Trad. de Louis Segond, 1910 : « Au reste, frères, que tout ce qui est vrai, tout ce qui est honorable, tout ce qui est juste, tout ce qui est pur, tout ce qui est aimable, tout ce qui mérite l'approbation, ce qui est vertueux et digne de louange, soit l'objet de vos pensées. » *(N.d.T.)*

2. Va au diable ! *(N.d.T.)*

occasion ne se présenterait à lui pour légitimer la qualité de son œuvre, tout en lui permettant de vivre son rêve et de conserver son théâtre. À présent que son fils avait grandi et pris son envol, plus personne n'attendait Bram à la maison. Même sa superbe épouse lui faisait sentir qu'il n'était pas le bienvenu. Mais peu lui importait désormais que l'amour eût déserté son lit : depuis des décennies, le Lyceum se révélait son véritable foyer et Bram, de son vivant, ne laisserait jamais quelqu'un comme Hamilton Deane prendre la relève.

Stoker grimpa sur les planches en claudiquant. Tant de spectacles avaient été présentés en ce lieu peuplé de souvenirs, pourtant tout n'était plus comme par le passé. Le magnifique plafond voûté avait disparu et deux rangées de fauteuils venaient s'ajouter au parterre. Il détestait la manière dont Deane transformait son théâtre chéri en une sorte de café-concert.

Il ne s'opposait certes pas à la nouvelle ère industrielle, mais considérait le théâtre comme un lieu classique et sacré. Oserait-on moderniser les grandes cathédrales gothiques de Venise ? Deane, lui, n'y verrait sans conteste aucun inconvénient ! Le bougre était obsédé par les dernières nouveautés en date, dont il truffait l'établissement au point de le dénaturer. Il avait ainsi fait installer une station privée de TSF Marconi, sous prétexte que celle-ci éviterait aux acteurs de constamment courir au bureau de poste récupérer les messages télégraphiés. Par ailleurs, la scène disposait désormais de projecteurs Edison à filament, et Deane avait même fait appel au célèbre architecte Bertie Crewe afin qu'il remodelât la salle en vue d'une meilleure acoustique.

Cependant, bien que Stoker déplorât la passion immodérée du producteur pour les idées neuves et le modernisme, il reconnaissait que ceux-ci pouvaient permettre de discerner toutes les qualités que renfermait son ouvrage. Il sentait bien que les récits d'horreur, jadis relégués aux romans à quatre sous et aux gazettes à sensation, commençaient enfin à conquérir un public plus vaste. Tant et si bien qu'on pouvait espérer gagner une petite fortune en montant *Dracula* sur scène. L'œuvre rivaliserait alors avec les adaptations couronnées de succès de *Frankenstein* et de *Jekyll & Hyde*. Bref, Stoker possédait le théâtre et Deane l'argent : l'association idéale. Mais le premier était dans le spectacle depuis assez longtemps pour en connaître la règle d'or : le bailleur de fonds dictait sa loi. Or Deane refusait d'écouter Stoker. Diable ! Pourquoi lui aurait-il prêté une oreille attentive ? Si Stoker détenait la vérité, pourquoi alors son théâtre était-il au bord de la faillite ?

———o———

Bram avait toujours aspiré à devenir auteur. Par respect pour son père et sa mère et fidélité à sa propre nature, il avait étudié le droit à l'université, sans jamais cesser d'écrire pour autant... dans l'espoir que ses professeurs reconnaîtraient un jour son talent. Il escomptait ensuite convaincre ses parents de lui permettre de changer de vocation. Peine perdue ! Pour la bonne et simple raison qu'il allait être éclipsé par Oscar Wilde, son ami et camarade d'études. Leur rivalité dépassa même les bancs de la faculté pour s'insinuer dans leur vie sentimentale... Bram convoitait en secret Florence Balcombe, la plus belle femme qu'il eût jamais vue, mais ce fut pourtant Wilde qui, par une cour assidue nourrie de ses poèmes d'amour, fit tourner la tête à la jeune fille.

Florence dut cependant se douter de la préférence de Wilde pour les jeunes hommes, car leur relation ne dura pas, et elle finit par accepter la compagnie de Bram. Avec le temps, celui-ci se rendit compte qu'elle l'avait davantage choisi pour être à l'abri du besoin que par amour. On avait en effet engagé Stoker comme assistant au sein d'un cabinet juridique et Florence, qui ne souhaitait pas croupir dans la médiocrité auprès d'un artiste impécunieux, se languissait d'entrer dans la haute société londonienne.

Wilde avait certes perdu la dame, mais Bram lui enviait toujours son statut d'auteur reconnu. Afin que sa rancœur ne l'entraînât pas dans la démence, Stoker garda un pied dans le monde littéraire et rédigea à titre gracieux des critiques de théâtre pour le *Dublin Mail*. Du reste, après qu'il eut fait l'éloge du *Hamlet* de Henry Irving, on l'invita à rejoindre le cercle d'amis influents de ce grand acteur shakespearien.

Bram ne tarda pas à quitter son emploi pour devenir l'associé en affaires d'Irving et le directeur de son théâtre. Un avantage sans précédent, puisqu'il lui permettait de s'accomplir au travers de la renommée d'Irving. Au début, Florence était certaine que tout cela ne mènerait qu'à un nouvel échec, mais elle changea bientôt d'avis quand l'argent afflua au foyer.

Les Stoker se mirent à fréquenter des artistes en vue, tels le peintre James McNeil Whistler, le poète Frances Featherstone, ou encore le célèbre Sir Arthur Conan Doyle. Bref, ils se retrouvaient parmi le Tout-Londres, mais Bram n'ignorait pas que pareille incursion dans l'élite intellectuelle et artistique ne lui était permise que par son association avec Irving. D'ailleurs, il eut beau l'implorer, celui-ci n'accepta jamais de produire aucune de ses pièces. Même si Bram œuvrait sans relâche pour conduire ses affaires, y compris ses rendez-vous galants, son associé dénigrait sa prose et s'en moquait comme de son premier cachet. Jusqu'au jour où le hasard permit à Stoker d'occuper l'avant-scène...

En 1890, s'éloignant de son style habituel, Oscar Wilde écrivit un récit néogothique, *Le Portrait de Dorian Gray*, lequel connut un succès immédiat. Quelques années plus tard, l'ancien ami et rival de Bram fut arrêté pour atteinte aux bonnes mœurs et son jugement fit l'objet d'un procès retentissant, qui se solda par sa condamnation à deux ans de travaux forcés.

Espérant miser sur la dernière vogue littéraire, Stoker suivit l'exemple de Wilde, et celui, plus ancien, de Mary Shelley et John Polidori. Au cours de l'été 1816, le célèbre poète Lord Byron avait lancé un défi à ses hôtes et à lui-même : la rédaction d'un récit d'horreur. On supposa que les deux auteurs établis, Lord Byron et Percy Shelley, triompheraient, mais nul ne s'attendait à ce que Mary Shelley, l'épouse de Percy, ou le Dr Polidori l'emporteraient, en écrivant respectivement le roman *Frankenstein* et la nouvelle *Le Vampire*, deux ouvrages dont les ventes se révélèrent par la suite colossales.

Bram adorait ces histoires gothiques et l'occasion d'en écrire une se présenta à lui quand l'emprisonnement de Wilde laissa en quelque sorte un vide littéraire à combler. Il décida alors que le moment était venu de sortir de l'ombre d'Irving. Bram n'était pas opportuniste... il croyait simplement que son dur labeur devait un jour le récompenser.

Cependant, il ne s'étonna guère du peu d'enthousiasme de son éditeur en le publiant, celui-ci préférant continuer à diffuser le même genre d'ouvrages de références et de biographies qui avaient fait son succès dans le passé. Il regrettait en revanche le manque total de soutien de Florence, laquelle jugeait qu'il perdait son temps à vouloir écrire des récits d'épouvante, considérant même cet acharnement indigne de leur condition. Stoker se sentait donc bien seul dans sa quête de reconnaissance.

Il comprit alors qu'il eût mieux fait de chercher un nouvel éditeur pour son roman, et acquit même la certitude que le sien souhaitait son échec. Sans doute cet homme espérait-il que Bram allait « recouvrer la raison » et revenir à la rédaction d'ouvrages strictement documentaires. Cet idiot avait non seulement changé le titre du roman *L'Immortel* en *Dracula*, mais aussi coupé de nombreux passages essentiels de l'intrigue... alors que Wilde n'avait sans doute jamais été censuré, lui, supposa Bram. Qui plus est, l'éditeur ne fit pas le moindre effort pour promouvoir *Dracula* auprès des admirateurs de Wilde qui avaient apprécié *Dorian Gray*. Et, bien entendu, il tint l'auteur pour seul responsable des maigres ventes, lesquelles n'avaient rien de surprenant, eu égard à la faible publicité.

Après tout ce temps, Wilde continuait à attirer l'attention sur lui. Même lorsque son auteur croupissait en prison, et même après la mort de celui-ci, *Dorian Gray* se vendait si bien que l'ouvrage était constamment en réimpression. Stoker avait espéré qu'Irving fît publiquement l'éloge de *Dracula*... Hélas, ce dernier le jugea « exécrable » et, par ce seul qualificatif, ruina tous les espoirs de son auteur, qui ne lui pardonna jamais son attitude.

Quelques années plus tard, Irving s'éteignait avant que l'un et l'autre aient eu l'occasion de s'expliquer. À sa grande surprise, Bram découvrit qu'Irving lui avait légué le Lyceum. Pour la première fois de son existence, l'auteur incompris devenait seul maître à bord. Néanmoins, sans le nom d'Henry Irving à l'affiche, le public ne se déplaça pas. Peu à peu, les membres les plus éminents de la troupe s'en allèrent travailler dans les théâtres avoisinants. Le Lyceum perdait de l'argent et le fardeau devint si lourd à porter que Stoker en eut une attaque d'apoplexie.

Depuis son rétablissement, Bram savait qu'il jouait le dernier acte de sa vie, et qu'il lui restait une seule et unique chance de transformer son roman en succès : la version théâtrale de *Dracula* devait faire un triomphe, et entraîner par là même les ventes du livre. Si, en revanche, la pièce faisait un four, il était certain que sa santé défaillante obligerait Stoker à tirer sa révérence. Mais il refusait l'idée que son nom et son œuvre passent à la postérité sous la forme d'une simple notule dans la longue et riche biographie d'Irving.

Lui seul devait apporter les ingrédients de la réussite, et non Hamilton Deane... encore moins Quincey Harker.

———

Bram contempla les fauteuils rouges du Lyceum. Il allait les remplir seul. Il lui suffisait de ramener Barrymore à la raison et de reprendre tant soit peu le contrôle de sa pièce.

L'ironie du sort voulut qu'il se servît de cette maudite TSF installée par Deane pour envoyer un télégramme à Southampton, lequel adjurait le capricieux comédien de ne pas embarquer pour l'Amérique. Barrymore était la vedette que Bram souhaitait voir sur scène. Il n'avait ni la volonté ni le temps de transiger.

CHAPITRE XIV

Le carillon lointain du Westertoren sonna une nouvelle heure. Il sonnait toutes les quinze minutes... si souvent que le vieil homme n'y prêtait plus attention. Ces derniers temps, pourtant, la cloche lui avait semblé retentir plus fort, comme si elle le narguait, égrenant chaque instant qui le séparait de la fin de son existence.

Il passait le plus clair de ses journées assis dans son appartement d'Amsterdam, au milieu de ses nombreux ouvrages, à regarder depuis sa fenêtre du second étage le Prinsengracht Canal. Son seul contact avec le monde extérieur se résumait à la pile de journaux qu'on lui livrait chaque fin de semaine en même temps que ses provisions.

Il chaussa ses lunettes et s'empara du *Times*, dans lequel il lut qu'un aviateur français venait de battre un nouveau record. Il secoua la tête. L'homme n'avait que faire dans les airs ! La mythologie grecque n'offrait-elle pas une mise en garde au travers de l'histoire d'Icare, qui s'était brûlé les ailes à trop vouloir s'approcher du soleil ? La morale de la fable demeurait d'actualité : *l'orgueil précède la chute*. Or, cette nouvelle ère industrielle révélait l'homme dans toute son insolence. Le vieillard retourna le quotidien et consulta la rubrique nécrologique du carnet mondain. D'ordinaire il ne s'intéressait guère à la vie et à la mort des classes aisées, mais aujourd'hui un titre attira son attention : *« L'ANCIEN DIRECTEUR DE l'ASILE DE WHITBY DÉCÈDE À PARIS ».*

La main du vieil homme tremblait à mesure que son doigt fripé suivait le texte. Son cœur se mit à battre la chamade tandis que ses soupçons se voyaient confirmés à la lecture du nom de la victime : le Dr Jack Seward.

Il y avait peu de détails concernant les circonstances de sa mort... un accident d'attelage, semblait-il. Que faisait donc Jack à Paris ? Le vieil homme relut la date. Seward était décédé voilà près d'une semaine. Le temps qu'il avait fallu au journal pour arriver entre ses mains. *Fichtre !* Il feuilleta le reste de la presse, trouva les éditions récentes du *Temps*, et dans l'une d'elles un article publié au lendemain du décès de Jack. Il le déchiffra du mieux qu'il put, car il avait en grande partie perdu son français. Ce qui n'importait guère, compte tenu du peu d'éléments nouveaux... Un voile de brume, le cocher d'un attelage qui n'avait pu retenir ses chevaux, et Jack mort renversé devant le théâtre de l'Odéon. Un accident tragique.

Le vieillard allait refermer le journal, lorsqu'un passage suscita son intérêt. Un témoin disait avoir vu deux femmes monter dans la voiture qui s'éloignait du lieu, mais la police affirmait de son côté que ledit témoin faisait erreur en prétendant qu'aucun cocher ne conduisait l'attelage. Un détail qui eût certes paru insignifiant aux autorités françaises, mais que le vieil homme vit aussitôt comme le signe annonciateur d'un danger imminent...

– *Hij leeft... Il est vivant*, murmura-t-il, son cœur déchirant sa poitrine.

Il éprouva soudain une violente douleur dans la mâchoire, comme si on la transperçait d'une lame chauffée à blanc.

Dans les secondes qui suivirent, son thorax se comprima. Le vieil homme sortit de sa poche son pilulier en laiton. Son bras gauche se raidit et ses doigts tremblèrent à nouveau comme il bataillait pour soulever de sa main valide le minuscule fermoir... et les médicaments lui échappèrent pour s'éparpiller sur le tapis. Le vieillard à l'agonie ouvrit la bouche pour crier, mais seul un gémissement étouffé s'échappa de ses lèvres parcheminées. Il glissa de son fauteuil et s'écroula à terre.

S'il mourait là, maintenant, son corps ne serait pas découvert avant le prochain passage du livreur, la semaine suivante. Il resterait étendu, inerte, à se décomposer peu à peu, seul et oublié de tous. Le vieil homme parvint à saisir une pilule de nitroglycérine, qu'il plaça sous sa langue, puis il attendit qu'elle fit effet...

Le rougeoiement du feu dans la cheminée projetait une lueur spectrale sur les yeux de verre des animaux empaillés qui parsemaient la pièce. Leurs regards morts semblaient le défier.

En quelques minutes, il sentit le sang affluer de nouveau dans ses membres. Ses yeux chassieux revinrent se poser sur le journal. Le vieil homme savait qu'il ne succomberait pas à une banale crise cardiaque. Si Dieu l'avait gardé en vie, ce n'était pas sans raison. Aussi rassembla-t-il toutes ses forces pour se hisser sur le fauteuil. Et il se mit debout, prêt à accomplir sa mission.

CHAPITRE XV

———— ◦※◦ ————

Pendant les vingt-quatre heures que dura son voyage, Quincey demeura plongé dans le roman de Bram Stoker et il ne se rendit pas compte de son trajet de Londres à Douvres, ni même de sa traversée de la Manche en ferry jusqu'à Calais. Il lisait toujours dans le train qui le menait à Paris, gare du Nord.

Il était captivé par cette œuvre épistolaire alternant missives et extraits de journal intime, et même si l'existence d'un immortel lui paraissait des plus extravagantes, il n'en demeurait pas moins intrigué par le personnage de Dracula, pétri de contradictions : héros tragique, symbole du mal à l'état pur, sombre chasseur devenu proie.

En revanche, voir son père et sa mère présentés comme les principaux protagonistes de l'intrigue dépassait son entendement. Même s'il le niait, Stoker n'avait-il pas connu ses parents ? Et si tel était le cas, pourquoi en avoir fait des personnages de son roman gothique ? Sans parler des allusions à sa demeure d'Exeter et à la manière dont Jonathan avait hérité de l'étude Hawkins. Il s'offusqua que l'auteur pût suggérer la moindre ambiguïté quant aux relations que sa mère aurait entretenues avec le vampire. Mais au fil des pages, sa colère s'évanouit : Stoker avait restauré la vertu de Mina, en ce sens qu'elle avait aidé ce groupe de jeunes gens courageux à pourchasser et à détruire Dracula. Étrange... Quincey n'avait jamais imaginé son père dans la peau d'un héros. Mais si l'auteur s'était servi du couple Harker pour créer de toutes pièces des personnages romanesques, ce n'était certainement pas sans raison. Troublé par cette stupéfiante découverte et en froid avec ses parents, le jeune homme ne pouvait s'en remettre qu'à Stoker. Il espérait que celui-ci serait plus conciliant lors de leur prochaine entrevue.

Quincey s'enthousiasmait à l'idée d'utiliser cette adaptation théâtrale du roman pour se prouver à lui-même qu'il pouvait réussir dans la profession, tout en se rendant indispensable à Stoker en sa qualité de membre de la compagnie du Lyceum.

– Bienvenue, monsieur Harker ! s'exclama le directeur de l'Odéon à l'arrivée du jeune homme, peu après quatre heures de l'après-midi.

Quincey n'en croyait pas ses yeux et ses oreilles, tant l'accueil chaleureux différait de celui qu'il avait reçu à peine une semaine plus tôt.

Antoine lui serra la main.

– Comment s'est passé votre séjour à Londres ?

– Il fut riche en événements. Monsieur Basarab est-il là ?

– Non, je crains qu'aucun de nos comédiens ne soit encore arrivé. La plupart ne seront pas là avant deux heures...

Quincey s'en doutait. Il sortit *Dracula* de sa sacoche à bandoulière, puis une enveloppe cachetée, qu'il glissa dans l'ouvrage.

– Pourriez-vous veiller à ce qu'on donne ceci de ma part à monsieur Basarab ?

– Je le lui remettrai en main propre.

Tandis qu'Antoine disparaissait dans le théâtre, Quincey tourna les talons et se mit en quête d'une chambre pour la nuit dans le Quartier latin. Puisqu'il troquait définitivement son statut de sorbonnard contre celui de comédien, il ne souhaitait pas retrouver son ancien meublé... et encore moins le camarade qu'il exécrait.

Il n'avait cependant pas fermé l'œil depuis son départ de Londres et, même s'il espérait revenir au théâtre après la représentation, il savait qu'il dormirait à poings fermés sitôt la tête posée sur l'oreiller. Du reste, il lambinait déjà sur le pavé et ne cessait de réprimer des bâillements.

Une fois dans sa nouvelle chambre, Quincey se laissa choir sur le lit et sombra aussitôt, et pour la nuit entière, dans les bras de Morphée. Son rêve le projeta dans un avenir radieux, où son nom resplendissait sur l'affiche à côté de celui de Basarab.

Le lendemain matin il s'éveilla, frais et dispos, bien qu'une question le taraudât : comment l'acteur avait-il accueilli la lettre et l'ouvrage proprement dit ? Tout dépendait de sa réaction... Il s'habilla prestement, sortit prendre son petit déjeuner dehors et passa devant le théâtre. Il savait que Basarab n'y serait pas encore, mais s'y arrêter ne fût-ce qu'un bref instant lui donna l'impression de prolonger son rêve.

Durant les heures qui suivirent, Quincey musarda au fil des rues de la capitale, alors que des passages du roman de Stoker lui revenaient sans cesse en mémoire. Il se demandait si l'auteur avait eu le génie de créer de toutes pièces le personnage du comte ou si sa description se fondait sur quelqu'un de bien réel. D'ailleurs, Stoker laissait entendre que Dracula appartenait à la noblesse roumaine, et si tel était le cas, son histoire n'était peut-être pas étrangère à Basarab. Songeant qu'en bon producteur il devait se familiariser au mieux avec le Dracula historique, afin d'impressionner la vedette qui pourrait accepter de l'incarner, Quincey arpenta bientôt le boulevard Montparnasse, où l'on trouvait pléthore d'excellentes librairies.

Deux heures et trois échoppes plus tard, pas le moindre exemplaire de *Dracula* en vue... Soit l'ouvrage était épuisé, soit il n'avait pas reçu un bon accueil et les libraires rechignaient à le proposer. Quincey craignait déjà d'avoir misé sur le mauvais cheval lorsqu'il parvint à une quatrième librairie, réputée pour son catalogue international. Le jeune homme y découvrit avec surprise deux livres sur le sujet, traduits de l'allemand. Le plus mince n'était en réalité qu'un long poème intitulé *L'histoire d'un homme assoiffé de sang appelé Dracula de Wallachie* ; l'autre annonçait en couverture : *L'effrayante et authentique histoire du prince Dracula, tyran démoniaque et buveur de sang.*

Bigre ! La mode des titres interminables sévit-elle outre-Rhin ?

Quoi qu'il en fût, les spéculations de Quincey à propos des origines de Dracula se vérifiaient : le comte-vampire de l'œuvre de Stoker avait des points communs avec un personnage de l'Histoire. Bien que vigilant dans ses dépenses, le jeune homme acheta les deux ouvrages en vue de se documenter. Il allait certes devoir rogner sur son budget alimentaire, mais c'était un sacrifice nécessaire : il tenait à tout savoir de ce mystérieux vampire.

En chemin, il s'arrêta au bureau des P. & T. du boulevard Saint-Germain, afin d'envoyer un télégramme à Hamilton Deane pour l'informer de ses découvertes. Il passa le reste de sa journée assis sur son banc favori au jardin du Luxembourg, à lire les récits historiques du prince des ténèbres. Sa lecture l'absorba tellement qu'il ne vit pas le jour décliner, jusqu'à ce qu'il pût à peine déchiffrer les caractères sur la page. Huit heures allaient sonner ! Il fila en direction de l'Odéon, où André Antoine l'accueillit avec effusion.

– Monsieur Harker, Basarab attendait votre venue ! Il m'a demandé de vous remettre un billet de faveur pour ce soir.

Quincey était aux anges de pouvoir assister à une seconde représentation d'une si grande pièce, à seulement une semaine d'intervalle. En regardant une nouvelle fois Basarab incarner Richard III, il comprit que l'acteur n'aurait aucun mal à jouer le rôle de Dracula. Les deux personnages partageaient certaines similitudes : il s'agissait de fiers guerriers, rusés, ambitieux, aussi cruels que séducteurs. Quincey ne put s'empêcher de s'imaginer au XVe siècle en présence du véritable Dracula, et l'idée lui donna la chair de poule. *Voilà un homme capable d'empaler quarante mille personnes !* Il n'osait songer à la souffrance intolérable de ces malheureuses victimes, si nombreuses, en comparaison desquelles les crimes de Richard III semblaient bien minimes, en définitive. Dracula devait être un dément sadique, comme Jack l'Éventreur... encore que ce dernier eût la « courtoisie » de trancher la gorge de ses victimes avant de les mettre en pièces.

Après la représentation, Quincey s'introduisit en coulisses. Une intense activité régnait parmi les machinistes qui rangeaient décors et accessoires. La compagnie de Basarab n'était restée à Paris qu'une semaine – d'où le prix exorbitant des billets –, et la proposition du jeune homme tomberait peut-être à point nommé. Il n'allait pas tarder à le savoir...

Quincey retrouva sans peine le chemin de la loge de l'acteur, prit une profonde inspiration et frappa à la porte.

— Monsieur Basarab ?

— Entrez !

Il découvrit le comédien en veste d'intérieur de satin noir et rouge, s'affairant à découper des articles de journaux qu'il plaçait ensuite avec soin dans un album.

— Je constate que vous collectionnez les critiques qui vous encensent.

Basarab sourit.

— N'oubliez jamais, monsieur Harker, que seuls les gens dépourvus de talent vous accuseront de vanité.

— Bien, monsieur.

Quincey sentit alors une forte odeur de nourriture, en provenance de la table où ils avaient pris le thé huit jours plus tôt. Se priver de dîner se révélait bien plus difficile que prévu.

Après avoir collé sa dernière coupure, le comédien sortit de derrière sa trousse à maquillage l'exemplaire de *Dracula*.

— J'ai fini le livre que vous m'avez fait porter.

Quincey restait confondu qu'il ait pu le lire aussi vite.

— Et qu'en avez-vous pensé ?

— Un roman pour le moins bizarre...

— Je me suis livré à quelques recherches, reprit Quincey en sortant fièrement les ouvrages de sa sacoche. L'histoire prend tout son sens dès lors qu'on découvre qu'il existait un prince roumain appelé Vlad Dracula au XVe siècle. Un fieffé scélérat !

— Je ne le qualifierais pas en ces termes. Il fut le père de ma nation.

Quincey sourit en secret. L'argent investi dans l'achat des livres allait porter ses fruits. Basarab traversa la pièce et désigna les victuailles sur la table.

– Servez-vous, je vous en prie !

Puis il disparut derrière le paravent voisin de sa malle-cabine.

– Merci.

Le jeune homme souhaitait ne pas se montrer trop impatient, encore qu'il eût tôt fait d'oublier sa gêne et s'assît. Tandis que Basarab ôtait sa veste, Quincey prit une bouchée de poulet rôti... le meilleur qu'il eût jamais goûté.

– Hmm... délicieux, commenta-t-il. Qu'est-ce donc ?

Mais il eut soudain la bouche en feu, se mit à tousser, et tendit la main vers la carafe.

– Non ! lui conseilla Basarab, l'eau ne fera qu'amplifier l'effet des épices. Prenez donc du riz.

Quincey obtempéra et remarqua avec surprise que le comédien disait vrai.

– On appelle cela *paprika hendl*, un plat très populaire dans mon pays.

– Savoureux, tout compte fait, observa le jeune homme entre deux bouchées. Maintenant que cette étape parisienne vient mettre un terme à votre tournée, je présume que vous allez prendre un peu de repos... et retourner en Roumanie ?

– Je n'ai pas encore décidé de la suite des événements, répondit Basarab qui sortit de derrière son paravent en tenue de ville. J'ai une offre permanente pour monter la pièce à Madrid, mais je ne l'ai pas encore acceptée.

Quincey se réjouissait intérieurement de sa bonne fortune.

– Dracula est donc considéré comme le père fondateur de votre nation ? reprit-il. À en croire mes lectures, il a assassiné des milliers de gens, dont il était réputé boire le sang.

– Un ancien rituel païen, précisa Basarab. Qui s'abreuve du sang de ses ennemis se nourrit de leur force.

– Et puis il y a la traduction de son nom, indiqua Quincey en reprenant un de ses ouvrages.

Il feuilleta rapidement pour retrouver le passage, qu'il montra à son hôte.

– « Fils du diable »...

– Son patronyme signifie en réalité : « Fils du dragon », corrigea Basarab. Son père était chevalier de l'ordre catholique du Dragon et avait juré de protéger la Chrétienté des Musulmans. Dans la culture chrétienne orthodoxe, le diable est symbolisé par un dragon. D'où la confusion.

Devant son miroir, Basarab bataillait avec son nœud d'Ascot. Pour avoir souvent vu sa mère aider son père, Quincey savait comment nouer la cravate. Sans réfléchir, il s'approcha et fit le nœud.

– Comme dans bien des domaines, je suppose, la vérité dépend du point de vue où l'on se place, dit-il. Ce Dracula n'en demeure pas moins un personnage intéressant, vous ne trouvez pas ?

Il lui parut attendre une éternité avant que Basarab, cravate nouée et bien en place, se retournât vers lui en disant :

– Ah, nous y voilà. Vous désirez me voir l'incarner sur les planches. Et vous-même jouerez, je présume, le rôle de votre père, Jonathan Harker ?

– Il a toujours souhaité que je suive ses traces.

Basarab eut un gloussement amusé, puis posa affectueusement la main sur l'épaule de son visiteur.

– Je suis fort impressionné par votre ambition, mon jeune ami. En une semaine, vous êtes passé de simple acteur, certes plein d'avenir, à producteur et vedette. Nul ne saurait se dispenser d'un talent comme le vôtre !

– Vous avez lu ma lettre ? Vous allez venir en Angleterre ?

Basarab s'empara de son chapeau, de ses gants et de sa canne, tandis que Quincey s'en voulait de ne pas s'être montré plus patient. Mais le fait que son hôte ne répondît pas dans l'instant le mettait au supplice.

Enfin, le grand acteur se tourna vers lui.

– Je ne vous promets rien. Je préfère jouer des personnages du répertoire anglais. Ces messieurs n'ont pas leur pareil pour mourir avec panache. J'ai bâti toute ma carrière en incarnant des Anglais s'éteignant en pleine gloire !

Quincey et Basarab rirent de concert. Toute la tension présente dans la loge parut s'évanouir, et le jeune homme regretta à part lui de n'avoir jamais pu partager une telle complicité avec son père.

– Je m'en vais de ce pas aux Folies-Bergère, reprit le comédien. Cela vous plairait-il de m'accompagner ?

Un signe encourageant ! Quincey accepta aussitôt. D'autant qu'il souhaitait de longue date connaître ce music-hall aux revues prétendues sulfureuses.

– Nous prendrons quelques verres et discuterons de votre proposition, suggéra Basarab.

À ces mots, Quincey eut bien du mal à ne pas sauter de joie.

Ils prirent à pied la direction de la rive droite et du IXe arrondissement, où se situait la célèbre salle de spectacles. Chemin faisant, Basarab voulut en savoir davantage sur la production de *Dracula*, le Lyceum, les horaires et même son cachet. Quincey se sentit alors suffisamment en confiance pour l'interroger à son tour.

– Un détail me chiffonne depuis que j'ai parcouru ces livres, dit-il. Ils font souvent référence à un mot dont je devine qu'il est d'origine roumaine... Ainsi le prince est parfois qualifié de *tepes*. Sauriez-vous ce que cela signifie ?

Basarab fit brusquement volte-face vers lui et le fustigea d'un regard glacial, empreint de colère. Puis il lui planta sa canne dans la poitrine afin d'appuyer son propos.

– Il s'agit là d'un mot abject utilisé par les ennemis politiques de Dracula dans le seul but de le discréditer. Ne le prononcez plus jamais !

Ils reprirent leur marche. Dieu merci, la colère avait quitté le comédien et il recouvrait son ton affable, comme s'il prenait conscience de sa rudesse à l'égard de la naïveté de son compagnon.

– *Tepes* signifie empaleur, déclara-t-il d'un air contrit. Hélons un fiacre, voulez-vous ?

CHAPITRE XVI

Le Dragon de Fleet Street le surveillait. Depuis la fenêtre de son bureau, Jonathan voyait bien qu'il le narguait, le jugeait du haut de son piédestal, le Temple Bar, lequel se dressait au milieu de la rue. Là se trouvait jadis une arche de pierre délimitant la partie la plus à l'ouest de la Cité. Au XVIIIᵉ siècle, on y exposait les têtes des traîtres plantées sur des piques. Au-delà, sur la route de Westminster, Fleet Street devenait le Strand. L'arche fut démolie en 1878. On érigea à la place, deux ans plus tard, le monument au Dragon. Non loin de là, on trouvait l'église, et un ensemble de bâtisses, autrefois propriété des chevaliers du Temple, qui abritaient désormais les corporations d'avocats de ce quartier surnommé le « Londres juridique ». Parmi les nombreux cabinets, l'étude Hawkins & Harker.

La mort de Jack Seward avait suffisamment dégrisé Jonathan ce matin-là pour qu'il s'en revînt à Londres. Il passa deux jours à mettre de l'ordre dans les papiers de son ami, selon les dernières volontés de celui-ci. Âpre besogne s'il en fut, car si la firme de Jonathan était jadis prospère et comptait une dizaine d'employés, elle avait peu à peu périclité au point qu'il n'avait pu conserver personne et s'était retrouvé seul. Du reste, il n'eût pu garder les bureaux de Fleet Street si Hawkins ne s'était porté acquéreur de l'immeuble dans les années 1870. L'ironie du sort voulait que sa trésorerie provînt désormais des loyers versés par les cabinets juridiques installés dans les étages. Pour s'aider à remplir la pénible tâche qui consistait à rassembler la vie éparpillée de Jack, Jonathan fit de fréquentes pauses au Mooney & Son, un pub situé à l'est dans Fleet Street.

Au vrai, il se demandait s'il ne perdait pas son temps à trier ainsi les papiers de son ami. Jack et lui ne s'étaient plus parlé depuis des années, après tout. L'esprit en délire, tourmenté par la drogue, Seward s'était présenté un jour à l'étude, persuadé que leur démon demeurait en vie, et il avait exigé de parler à Mina. C'était certes la dernière chose que son épouse avait envie d'entendre ! Aussi Jonathan l'avait-il mis à la porte sans plus de cérémonie. Harker s'était toujours attendu à recevoir le courrier d'un nouveau notaire lui annonçant qu'il n'était plus désormais l'exécuteur testamentaire de Jack. Comme il n'en fut rien, il lui incombait, en sa qualité de membre du Barreau, de respecter les dernières volontés de son ami.

Le troisième jour, Jonathan s'éveilla de sa torpeur éthylique pour découvrir qu'on avait déposé un télégramme à son étude. Le regard encore trouble, il l'ouvrit et apprit alors que Jack avait modifié son testament. Sans préciser son nom, l'expéditeur prétendait avoir été le témoin d'un amendement verbal, lequel stipulait qu'on enterrât le défunt plutôt que de donner son corps à la science. Jonathan s'en trouva quelque peu soulagé, car ce souhait de Seward l'avait toujours mis mal à l'aise. L'inconnu avait également fait déposer de l'argent par mandat télégraphique à la Child & Co, l'une des plus anciennes banques privées londoniennes, sise au bas de Fleet Street. Le message demandait à Jonathan d'utiliser la somme pour régler le rapatriement de la dépouille de Jack à Londres, ainsi que les obsèques, le solde servirait à rétribuer le notaire pour ses services. Jack devait être enterré au cimetière de Highgate, près du mausolée des Westenra. Il trouverait enfin le repos éternel auprès de la femme qu'il avait tant aimée... Toutefois, Jonathan se demanda qui pouvait bien être ce mystérieux bienfaiteur, et comment Seward avait pu faire sa connaissance. Le caractère anonyme du télégramme aurait pu lui paraître suspect, mais les dispositions financières avaient fini de dissiper ses doutes.

Harker s'était toujours senti coupable pour la manière dont il avait traité Jack lors de leur dernier entretien. Il aurait dû tenter de lui apporter son aide, mais la vision de son vieil ami l'avait tant bouleversé qu'il n'avait pas agi comme il eût fallu. Par sa présence, Jack lui rappelait ce voyage en enfer, dont aucun membre de leur groupe n'était jamais véritablement revenu.

Jonathan promena son regard dans cette étude désormais déserte, tandis qu'il se remémorait sa première rencontre avec Seward, une entrevue qui changea pour toujours le cours de son existence.

———◆———

— *Docteur* Jack Seward, rectifia l'homme petit et musclé en se levant pour serrer la main de Jonathan Harker.

— Le Dr Seward est un ami de la famille Westenra, renchérit le corpulent Peter Hawkins en se rasseyant derrière son bureau. Il est ici pour soigner M. Renfield.

— Que lui est-il arrivé au juste ? s'enquit Jonathan.

— Cela demeure un mystère, répondit Hawkins. On l'a trouvé à demi nu dans la neige, au cœur d'un cimetière de Munich.

— Munich ?

— Je présume qu'il l'a traversé en revenant de chez un client.

Le Dr Seward ajouta :

— On l'a découvert hurlant, comme en proie à une crise d'hystérie, psalmodiant des versets de la Bible.

— M. Renfield avait l'habitude de citer les Écritures, précisa Jonathan.

— Pas de la sorte, reprit Hawkins. Il beuglait des passages de l'Apocalypse et divaguait en n'ayant de cesse de répéter qu'il avait croisé le regard du diable.

— Dieu du ciel ! Quelle peut être la cause d'une telle crise ?

— Nous pourrons nous avancer dès lors que je commencerai à le traiter à ma clinique de Whitby, répondit le médecin.

D'ici là, je ne puis que supposer que M. Renfield fut le témoin d'un événement horrible et que son esprit a imaginé quelque image maléfique... Un réflexe de survie, en somme, pour occulter la réalité de sa vision. Mais ne vous inquiétez pas, je dispose du meilleur établissement de toute l'Angleterre.

— Pendant ce temps, monsieur Harker, déclara Hawkins, j'ai besoin que vous repreniez les dossiers en cours de M. Renfield.

— Moi, monsieur ? Je ne suis qu'assistant.

— Trêve de modestie, voulez-vous ? répliqua Hawkins dans un éclat de rire. Vous êtes beaucoup plus qu'un clerc dans cette étude. Depuis un an à peine que vous travaillez avec nous, vous vous êtes montré fort utile, pour ne pas dire indispensable dans bien des affaires. Notamment celle qui concerna ces deux jeunes filles. Elles vous doivent la vie, et la publicité entourant le procès nous a apporté de nombreux clients. Votre collaboration avec ce M. Murray du *Daily Telegraph* fut l'œuvre d'un virtuose du droit. Un grand avoué ne doit pas seulement maîtriser la loi, mais également la politique et la presse.

Jonathan sourit.

— Je ne sais que dire... Merci.

— Et je sais quant à moi comment vous pouvez me remercier. En étant appelé au Barreau, quand vous serez reçu à votre examen de vendredi...

— Et qu'adviendra-t-il si j'échoue ?

— Il ne fait aucun doute à mes yeux que vous l'obtiendrez. Et sitôt après, j'aurai besoin de vos compétences pour assister un ancien client de M. Renfield. Il s'agit d'un prince d'Europe centrale, voyez-vous, qui doit conclure certaines acquisitions immobilières ici, à Londres. Nous ne pouvons nous permettre de perdre un tel dossier.

Seward reprit alors la parole.

— Un prince, dites-vous, monsieur Hawkins ?

Puis, se tournant vers Jonathan :

— Je crois que des félicitations s'imposent, monsieur Harker.

Voilà qui dépassait toutes les espérances du jeune clerc de notaire. Il avait hâte d'en informer sa fiancée, Mina, laquelle travaillait de l'autre côté de la rue, au *Daily Telegraph*. Sitôt qu'il pourrait se libérer, il y accourrait et l'emmènerait dîner pour fêter l'événement. La rencontre avec ce prince serait capitale et changerait leur vie à jamais.

– Voici les papiers nécessaires que vous devez emporter avec vous, déclara Hawkins en lui tendant un dossier en cuir. Le reste a déjà été posté au prince.

À ces mots, il se leva et lui tapota l'épaule, puis revint à son bureau pour y quérir un cigare.

Tandis que Seward et Jonathan sortaient dans Fleet Street une minute plus tard, le médecin dit au jeune homme :

– Je serais très honoré si vous veniez dîner chez moi, ce soir, monsieur Harker. Il me serait fort utile que vous me parliez du comportement de M. Renfield avant sa dépression nerveuse. Et en l'honneur de l'affaire que l'on vient de vous confier, j'ouvrirai le meilleur champagne de ma cave.

– Verriez-vous un inconvénient à ce que ma fiancée se joigne à nous ?

– Je serais enchanté de faire sa connaissance, et j'espère que cette soirée marquera le début d'une longue amitié pour nous trois.

Après que Seward et Jonathan eurent échangé une poignée de mains et s'en furent allés chacun de leur côté, Jonathan ouvrit avec curiosité le dossier remis par M. Hawkins. Il lut le nom de son prestigieux client :

– Dracula...

———————

Jonathan sursauta en entendant sa propre voix résonner dans l'étude vide. Voilà vingt-cinq ans qu'il n'avait pas prononcé ce nom, et celui-ci lui laissait un goût abominable au palais. Le souvenir de Dracula n'avait pourtant cessé de le hanter, creusant un fossé entre sa famille et lui. Les yeux injectés de sang, Jonathan posa son regard sur la photographie encadrée sur son bureau, où apparaissaient Mina et Quincey encore enfant.

Quincey... Jonathan ne souhaitait pas lui donner ce prénom, mais sa femme avait insisté, en hommage à leur ami défunt. Toujours soucieux de lui faire plaisir, Jonathan avait cédé. Il n'était pas insensible au point de refuser cela à feu Quincey P. Morris, mais il désirait plutôt épargner à son fils le poids de ce terrible passé que lui-même avait tant de peine à oublier.

À la naissance de Quincey, Jonathan se sentit comblé et, pendant quelque temps, parvint à chasser de son esprit toutes les horreurs qu'il avait connues. Quincey était un don du ciel et Jonathan voulait le meilleur pour lui, si bien qu'il travailla d'arrache-pied à l'étude. Mais aujourd'hui qu'était-il donc arrivé au garçonnet qu'il chérissait autrefois ? Celui-là même qui attendait, tapi derrière les arbustes de leur propriété, que son père remontât tranquillement l'allée pour se jeter dans ses bras et l'étreindre avec force.

Au fil du temps, à mesure que Jonathan prenait de l'âge et que Quincey grandissait, une évidence avait fini par s'imposer : Mina ne prenait pas la moindre ride depuis un quart de siècle.

Nul doute que Jonathan rendait jaloux tous les hommes qui auraient souhaité voir leur épouse demeurer jeune et belle à jamais, mais cela devint un fardeau trop lourd à porter pour lui. D'autant que si l'aspect extérieur de Mina demeurait intact, quelque chose en elle avait changé. Elle devenait insatiable au lit... encore un aspect dont la plupart des hommes ne se seraient pas plaints, mais Jonathan se montra incapable d'assouvir tous les désirs de son épouse. À tel point qu'un jour, celle-ci, ulcérée, lui rappela ce qu'il avait vécu avec trois femmes vampires dans le château de Dracula... Jonathan avait toujours éprouvé une véritable honte d'avoir connu sa première expérience sexuelle en leur compagnie plutôt qu'avec sa future femme. Lorsqu'il avait épousé Mina, peu après qu'ils eurent échappé aux griffes de Dracula, sa culpabilité était si forte qu'il avait eu quelque peine à consommer leur mariage.

Puis vint cette nuit fatale, alors que leur fils devait être âgé de treize ans. En plein ébat, Mina commit un lapsus et révéla ainsi par mégarde que c'était Dracula qui lui avait pris sa virginité. Le prince l'avait donc le premier initiée aux plaisirs de la chair... en lui laissant un tel sentiment de plénitude que Jonathan aurait beau s'escrimer, jamais il ne pourrait rivaliser. Du reste n'avait-il pas maintes fois entendu Mina affirmer : « L'homme avec lequel une femme partage sa première nuit d'amour occupe à jamais une place privilégiée dans son cœur » ? Dès lors, l'amertume et la culpabilité de Jonathan ne firent que décupler, tandis que le désir de Mina grandissait, son visage demeurant aussi sublime qu'au premier jour.

Jonathan se réfugia dans la boisson, qui seule lui apportait du réconfort.

———

D'un battement de cils, il chassa une larme en contemplant la photographie. À sa manière, il avait essayé de protéger son fils, de le préserver du danger. Mais plus il resserrait son emprise, plus Quincey lui échappait. Jonathan avait pourtant détesté son propre père à cause de son éducation stricte et puritaine... et voilà que le destin, dans son ironie, le payait de retour : combien de fois n'avait-il pas décelé cette même lueur de haine dans les yeux de Quincey, ces dernières années ? Jonathan se savait un raté. Il avait échoué dans ses affaires, dans ses relations avec son épouse, son fils, et ses amis.

Il se tourna et regarda par la fenêtre l'immeuble d'en face, où les lettres *Daily Telegraph* étaient gravées dans la pierre. Quelle vie auraient-ils tous vécue, s'il avait eu la « chance » de ne pas être reçu au Barreau ? Peut-être ne serait-il jamais allé en Transylvanie...

———

Mina abandonna sa carrière de journaliste quand Jonathan hérita de l'étude de Peter Hawkins. Grâce à ses connaissances du beau monde acquises auprès de Lucy, la jeune femme n'eut aucune peine à se fondre dans son nouveau mode de vie. Elle donna des réceptions, épaula Jonathan en toute occasion, le conseilla même dans ses choix vestimentaires, et devint en quelque sorte son ambassadrice, doublée d'une épouse dévouée œuvrant sans relâche pour son ascension sociale.

Mina lui avait sacrifié ses propres aspirations. Sans elle, Jonathan n'aurait jamais eu l'éducation ni la distinction indispensables pour se hausser au-delà de sa classe moyenne d'origine. Du reste, ne disait-on pas que le véritable amour se définissait par le sacrifice consenti pour l'être aimé ? Mina avait choisi de vivre ses rêves au travers de son mari, et devint ainsi l'épouse victorienne parfaite — alors qu'elle en abhorrait l'idée —, afin qu'il pût réussir socialement. Mais quand sonna pour elle l'heure de vérité, si au dernier moment Mina lui avait préféré ce démon, que serait-il advenu de Jonathan ? Sans l'assistance de la jeune femme, leur groupe n'aurait jamais pu trouver Dracula et le détruire...

━━━◆━━━

Les dernières paroles de Mina, trois jours plus tôt, résonnaient encore dans sa tête : *Pardonne-moi, Jonathan. Je t'aime. Je t'ai toujours aimé. Combien de fois dois-je encore te le répéter ?* De rage, il lança sa bouteille de whisky contre le mur lambrissé d'acajou.

— Nom d'un chien ! Quel crétin je fais !

Il regarda sa montre... En se hâtant, il pourrait prendre le train de 22 h 31 pour rentrer à Exeter, et retrouver Mina, si toutefois elle voulait encore de lui. Il ne saurait la blâmer si elle le repoussait, mais il devait tenter de se racheter. Peut-être pourraient-ils tous les deux rendre visite à Quincey, à Paris ? Son fils lui manquait, il avait besoin de le voir. Avec l'accord de son épouse, il lui révélerait enfin tous leurs secrets de famille. Ensemble, ils joueraient cartes sur table, et s'ils parvenaient mutuellement à se pardonner leurs erreurs passées, ils pourraient avancer dans l'existence. Jonathan devait cette prise de conscience à son cher ami Jack, lequel n'était pas mort en vain, tout compte fait.

Il ferma à clé son étude, puis sortit dans Fleet Street et prit la direction du Strand, en quête d'un fiacre qui l'emmènerait à la gare de Paddington. Il ne devait pas s'attarder en ville, au risque d'être tenté... *Fichtre !* Aucune voiture de louage en vue. Cela faisait à peine vingt minutes qu'il avait brisé sa bouteille contre le mur, et la soif le tenaillait déjà. Il songea alors à celle qu'il gardait au fond d'un tiroir de son bureau, en cas d'« urgence »... Au diable sa faiblesse ! Il lui fallait héler un fiacre sans tarder.

Il remarqua un attelage noir aux parures dorées – et dépourvu de cocher – qui semblait à l'abandon le long du trottoir... Une vision pour le moins singulière à cette heure de la nuit.

Deux jeunes amoureux sortirent en titubant d'une taverne et échangèrent un baiser fougueux. Jonathan ne put s'empêcher d'observer combien la jeune fille se pâmait à la moindre caresse de son bien-aimé. Ce qui décupla sa soif. Il ne comptait plus les fois où Mina s'était comportée de la même façon avec lui, sans succès. Parfois, il reconnaissait qu'il l'aimait toujours, plus que tout au monde, et il souhaitait la rejoindre, l'implorer de l'excuser pour toutes ses erreurs, lui pardonner les siennes en retour... Et puis la dure réalité l'emportait. Tôt ou tard, ils se retrouvaient dans le même lit et ses défaillances resurgissaient. Son incapacité à satisfaire Mina, sa jalousie de la brève liaison qu'elle avait eue avec Dracula, et son épouvante devant l'éternelle jeunesse de son épouse finissaient chaque fois par l'entraîner vers la dépression... et la boisson, qui l'attendait toujours, patiente et magnanime.

– Aimeriez-vous un peu de chaleur par cette nuit glaciale, monsieur ? lança une voix dans son dos.

Il se retourna et découvrit une magnifique blonde en robe blanche vaporeuse qui jaillit du brouillard comme une apparition. Sa main tendue vers lui tenait une flasque en étain des plus séduisantes.

C'était si déloyal... Alors même qu'il s'apprêtait à retrouver Mina. La femme se passa la langue sur ses lèvres écarlates, avant de boire une gorgée. Les gouttes d'alcool luisant sur sa bouche carmin eurent raison de la volonté de Jonathan. Il se sentit faible... et indigne de Mina.

Il s'approcha, le bras tendu.

– Vous permettez ?

Seule sa courtoisie l'empêcha d'avaler d'un trait le contenu de la flasque.

– Et si nous faisions quelques pas ? suggéra la femme, en désignant le dédale de ruelles qui menaient au Victoria Embankment.

– Comme si je pouvais refuser, répondit-il en lui offrant son bras.

La femme l'accepta dans un éclat de rire, tandis qu'ils s'avançaient dans l'intimité d'une venelle pour se retrouver enveloppés d'une nappe de brume.

Ils s'embrassèrent avec voracité. Puis, comme il la plaquait violemment contre un mur suintant de crasse, Jonathan lui murmura :

– Ce soir, tu t'appelles Mina.

– À ta guise, milord.

Il déchira son corsage, lui couvrit la gorge de baisers en pétrissant ses seins lourds, gonflés de désir.

– Dis-moi ton nom...

– Je m'appelle Mina.

Jonathan releva la robe de la femme et, tout en glissant une main entre ses cuisses, défit de l'autre les bretelles de son pantalon...

– Dis-moi comment je puis te satisfaire, Mina...

– Laisse-moi te montrer, répliqua la femme en blanc dans un gémissement.

Elle le prit par les épaules et, d'un geste violent, le fit pivoter pour le pousser à son tour contre le mur. Puis elle s'agenouilla, son visage à hauteur de l'entrejambe de Jonathan. Comme elle ouvrait la bouche, il sourit avec un plaisir anticipé et sentit un souffle froid sur son membre qui durcissait.

Soudain, sous son regard épouvanté, les yeux de la femme devinrent noirs et opaques, son visage se métamorphosa en un faciès de prédateur tandis que ses canines s'allongeaient et que sa bouche s'ouvrait de manière démesurée. Dans un effroyable grognement qui n'avait rien d'humain elle allait lui planter ses crocs dans la chair...

Il lâcha un cri horrifié et la repoussa de toutes ses forces puis, profitant de ce qu'elle était à terre, remonta prestement son pantalon et tenta de s'enfuir. Dans un hurlement venimeux, la femme se redressa d'un bond, s'élança sur lui telle une tigresse, puis l'agrippa et le projeta parmi des caisses entreposées dans la ruelle.

Sous la puissance du choc, le bois vola en éclats. Jonathan gisait, immobile, le corps ravagé de douleur. Pourquoi n'avait-il pas écouté son cœur en rentrant chez lui comme prévu ?

La vampire poussa un rugissement bestial et le hissa hors des débris. Jonathan tenta de riposter, mais elle se révélait d'une robustesse ahurissante. Impossible d'échapper à son emprise d'acier. La femme en blanc le força à basculer la tête en arrière, exposant le cou de Harker à ses canines acérées.

– Non, je vous en prie ! cria-t-il.

Du coin de l'œil, il entrevit une ombre qui s'approchait à pas furtifs. Sans autre préambule, la ténébreuse silhouette vint se lover autour de la prédatrice, l'arracha à lui et la souleva pour la lancer contre le mur. Paralysé par la peur, Jonathan observa l'ombre qui n'en finissait plus de se dresser, menaçante, au-dessus de la femme en blanc.

Celle-ci poussa un cri de terreur.

– Maîtresse !

Jonathan suivit son regard... On eût dit qu'elle interpellait une sorte de brume écarlate surnaturelle qui ondoyait vers eux. Tout à coup, il sentit une substance froide et humide lui asperger le visage. Puis ses yeux revinrent se poser à l'endroit où la femme en blanc gisait à genoux. Il discerna dans la pénombre des organes sanguinolents et des membres déchiquetés qui jonchaient le sol. Le sang noir de la femme avait éclaboussé sa figure.

Une voix masculine lui cria :

– Sauve-toi, idiot ! Sauve-toi !

Jonathan ne se fit pas prier. Il courut en direction de Fleet Street, lança un regard par-dessus son épaule pour voir si l'ombre le poursuivait. Ce qu'il vit dépassait son entendement. La silhouette ténébreuse avait retenu la brume écarlate, qui bondissait sur elle comme un cobra et revenait sans cesse à la charge jusqu'à ce qu'elle la transperçât. Alors l'ombre s'éparpilla et se dissipa. Quelle que fût cette ombre, elle n'avait pu lutter contre la brume ennemie, qui filait à présent vers lui. Jonathan se tourna vers la sortie de la venelle qui débouchait dans Fleet Street, où des passants allaient et venaient. La liberté n'était plus qu'à quelques mètres.

Soudain il entendit un hennissement : l'attelage noir entrevu tantôt perça le brouillard et manqua le renverser en lui barrant le passage. La brume rouge le talonnait. Jonathan n'atteindrait jamais Fleet Street par ce chemin. Il obliqua brusquement sur la gauche et se précipita dans une autre ruelle en appelant au secours. Mais il ne tarda pas à s'essouffler, le corps perclus de douleur et dévasté par l'alcool. Il chancela et tomba violemment sur les pavés, cerné par la sinistre brume. *Qui êtes-vous ? Que voulez-vous ?*

– Mon Dieu !

La brume rouge l'assaillit. Il s'entendit crier une dernière fois. Son ultime pensée fut pour Mina.

⸺◆⸺

À trois cents kilomètres de là, à Exeter, Mina Harker s'éveilla en hurlant.

CHAPITRE XVII

Au Red Lion, l'inspecteur Cotford s'affairait à sa paperasse. Sa place préférée se situait dans le coin le plus sombre du pub. Personne n'occupait cet endroit éloigné de l'animation du comptoir. La taverne était exclusivement fréquentée par des hommes, des buveurs... La convivialité ambiante était assortie de whisky sec, de grandes claques dans le dos et de plaisanteries grivoises. Cotford appréciait les murs lambrissés de bois sombre et sévère. Les longues ombres entourant sa tanière formaient une barrière invisible entre lui et le reste des clients. Il souhaitait cet isolement, en compagnie de la seule chose qui lui restait dans la vie... son travail.

Comme le Red Lion se trouvait à proximité de la Chambre des Communes, de New Scotland Yard et de la résidence du Premier ministre au 10 Downing Street, il était infesté de politiciens, de policiers et de fonctionnaires. Tous les heureux époux et pères de famille étaient rentrés chez eux à cette heure de la nuit. Ceux qui n'avaient d'autre existence que la leur s'attardaient, noyant leur solitude dans la boisson. Cotford en faisait partie.

Tandis qu'il comparait les notes manuscrites aux transcriptions dactylographiées qui seraient remises au procureur général, il fit signe à la serveuse de lui apporter une autre bière. Ses yeux se troublaient à force de parcourir les rapports concernant le démantèlement récent d'un réseau de voleurs de bicyclettes. Cotford convenait qu'il y avait certes quelque noblesse à réparer les torts causés à ces ouvriers modestes privés de leur unique moyen de transport, mais ça ne l'empêchait pas de juger sa tâche dégradante. Et ce travail sans perspective d'avenir, accompli d'année en année, ne risquait guère de faire pencher la balance en sa faveur.

La serveuse remplaça sa chope vide par une nouvelle pinte de bière brune. Cotford fréquentait le pub depuis trente ans et avait coutume de la voir, bien qu'il n'eût jamais noué la moindre relation avec elle, pas même échangé quelques mots à l'occasion.

L'inspecteur savait que ses échecs passés l'avaient rendu tristement célèbre. Du reste, il se demandait si la serveuse ne l'ignorait pas à dessein depuis tout ce temps, pour n'avoir pas rendu justice aux victimes de l'Éventreur. Mais peut-être l'indifférence de la barmaid était-elle due, tout bonnement, à sa personnalité taciturne. Comme cette pensée affligeante lui traversait l'esprit, Cotford promena son regard sur d'autres habitués du lieu : les visages austères des portraits sur le mur, lesquels semblaient le contempler d'un air réprobateur. L'élite de Scotland Yard ! Le crime demeurait une guerre sans fin, dont on ne sortait jamais triomphant, mais plus un policier remportait de batailles, plus son existence lui paraissait utile. Et ces grands hommes qui s'affichaient autour de lui avaient beaucoup œuvré pour faire régner l'ordre et la justice. On distinguait, entre autres, l'inspecteur en chef Donald Swanson et le commissaire Thomas Arnold, qui avait démissionné pour combattre dans la guerre de Crimée avant de revenir au pays à l'issue du conflit. Toutefois, la figure la plus marquante était l'inspecteur en chef Frederick Abberline, l'ancien mentor de Cotford. *Le bougre a toujours davantage ressemblé à un banquier qu'à un policier !* songea celui-ci en ricanant, avant de lever sa chope en hommage à ses honorables confrères.

Quand Cotford était encore un jeune inspecteur idéaliste et passionné par son travail, il se demandait toujours pourquoi un homme aussi respecté qu'Abberline paraissait porter tout le poids du monde sur ses épaules. Mais à présent qu'il avançait en âge, il comprenait enfin. Aux yeux d'Abberline, il n'existait pas de plus noble vocation que de rendre justice aux victimes de crimes violents. Après la débâcle de l'affaire de l'Éventreur vingt-cinq ans plus tôt, l'immense tollé qui s'était élevé dans la population avait contraint Abberline à partir en retraite. Il avait cependant résolu un si grand nombre d'enquêtes au cours de sa carrière que ce seul échec de n'avoir pu venger les cinq prostituées assassinées n'avait sali en rien sa glorieuse réputation parmi ses pairs.

Cotford se vit réserver un sort bien différent. À la suite du départ forcé d'Abberline, on rétrograda l'inspecteur, le privant ainsi de toute affaire criminelle... et de la moindre perspective d'avancement. À l'époque, il soupçonna sa direction d'espérer le voir démissionner dans un sursaut d'honorabilité. Mais c'était compter sans son obstination. Ces cinq prostituées défuntes ne cessaient de le hanter. Tant qu'il ne serait pas parvenu d'une manière quelconque à réparer ses erreurs, il ne pourrait partir la conscience tranquille. Aussi priait-il désormais pour que les révélations du journal du Dr Seward pussent au moins atténuer son sentiment de culpabilité.

La porte du pub s'ouvrit à la volée. Tous les regards se tournèrent vers l'agent qui venait de faire irruption. Le fougueux jeune homme avait le visage en nage et les joues en feu. Il se posta au centre de la salle et s'écria :

– Y a-t-il un inspecteur Cotford, ici ?

Aussitôt les conversations reprirent parmi les clients.

– Je suis celui que vous cherchez, grogna Cotford dans l'ombre.

L'agent tout essoufflé s'approcha, le salua, et lui tendit un papier plié en deux.

– Inspecteur, le sergent m'a ordonné de vous remettre immédiatement ce billet en main propre ! Je présume qu'il s'agit d'une affaire d'importance.

Ce petit gars plaisait à Cotford. Il lui rappelait le jeune enquêteur pétri d'idéaux qu'il était en son temps. Il déplia le message, le lut... le relut... et parut ébranlé par la nouvelle. Il s'était déjà levé pour gagner la sortie, quand le jeune agent de police l'interpella.

— Inspecteur Cotford ? Je ne suis plus en service, mais je puis vous aider si vous avez besoin de moi !

Cotford réfléchit à son offre. *Pourquoi ne pas encourager cette sémillante recrue ?*

— Prenez mes notes, dit-il en lui confiant une liasse de feuilles volantes. Veillez à ce qu'elles parviennent dans les plus brefs délais au procureur de la Couronne. Ne me décevez pas, jeune homme. De votre promptitude dépend la traduction en justice de dangereux criminels !

— Bien, monsieur ! Vous pouvez compter sur moi, monsieur !

Puis Cotford se mit en route, sachant que la première étape de cette nouvelle destinée le mènerait à une confrontation avec le mal qu'il attendait depuis vingt-cinq ans.

Un éclair lumineux éblouit le sergent Lee, qui vit aussitôt des points bleus flotter devant ses yeux. Tandis que sa vision s'éclaircissait, un tableau macabre lui apparut. Le photographe rechargea son flash en poudre de magnésium, puis il prit un nouveau cliché. Cette fois Lee se détourna, regrettant l'époque où les lieux du crime étaient dessinés sur un carnet de croquis plutôt que photographiés.

Depuis son arrivée à Scotland Yard, Lee se demandait à quoi eût ressemblé son travail s'il avait enquêté sur l'affaire de l'Éventreur. En réalité, c'était sa fascination pour ces meurtres horribles qu'il l'avait poussé à sympathiser avec Cotford. Le vieil inspecteur demeurait le seul homme en activité à avoir travaillé sur ce dossier. Lee n'était encore qu'un gamin à l'époque des crimes, mais il s'en souvenait fort bien. La célèbre affaire l'avait même incité à quitter l'armée, après la deuxième guerre des Boers en 1902, pour entrer dans la police métropolitaine. À présent, dix ans plus tard, le sergent Lee se retrouvait dans cette venelle, avec sous les yeux le corps mutilé d'une jeune femme. Certes, il avait vu nombre de corps ensanglantés et déchiquetés pendant la guerre, mais il s'agissait toujours d'hommes. Si bien que la vue de cette fille massacrée l'impressionnait davantage. Une jambe gisait ici, un bras là ; la victime avait été décapitée, son cœur découpé dans la poitrine... et elle baignait dans une mare de sang. Après l'avoir éventrée, l'assassin avait exposé ses intestins et ses autres organes.

Les yeux gris acier du sergent Lee observaient l'inspecteur Huntley, auquel on venait de confier l'affaire. Mains derrière le dos, celui-ci surveillait les deux agents qui rassemblaient et classaient les pièces à conviction.

Une toux sèche résonna sur les murs en briques. Lee, Huntley et les agents se tournèrent vers la sortie de la ruelle du côté de Fleet Street. Un gaillard visiblement ivre surgit du brouillard. Huntley dirigea le faisceau de sa torche sur la silhouette qui s'avançait en traînant les pieds, et que Lee reconnut aussitôt. C'était Cotford. Il eût espéré davantage de discrétion de sa part plutôt que cette irruption, plein comme une outre, sur le lieu d'un crime. Le sergent avait pris l'initiative de dépêcher Price au Red Lion afin qu'il ramenât Cotford, mais si ce dernier se ridiculisait en présence de son collègue Huntley, il passerait lui-même pour un imbécile. Cela lui vaudrait sans conteste une réprimande de Huntley, lequel ne manquait jamais une occasion d'user de son autorité. Aussi Lee espéra-t-il ne pas avoir commis d'impair.

Huntley ne fit pas l'effort de détourner le rayon de sa torche du visage rougeaud de Cotford, qui le regardait fixement comme par défi.

– Inspecteur Cotford ? lâcha Huntley. Je crois que vous vous êtes égaré. Les pubs se situent plus haut dans Fleet Street.

Les agents gloussèrent. Connaissant Cotford, Lee se demanda si celui-ci n'allait pas réagir en jouant des poings. Heureusement, le vieil inspecteur se borna à éviter son collègue et s'avança vers le corps déchiqueté de la victime. Huntley et les deux agents échangèrent un regard : Cotford avait-il sérieusement l'intention d'enquêter sur ce crime ? Leurs gloussements eurent tôt fait de se muer en éclats de rire, que l'inspecteur parut ignorer. Lee n'en demeurait pas moins gêné pour lui.

— Vous arrivez à temps, inspecteur Cotford, reprit Huntley. J'étais sur le point de procéder au récapitulatif de ce que nous savons jusqu'ici. Si vous souhaitez rester, soyez le bienvenu. Peut-être apprendrez-vous quelque chose.

Lee eût volontiers frappé le visage arrogant de Huntley, mais Cotford réagit avec calme, toute son attention concentrée sur les restes sanguinolents dont il faisait l'inventaire au fil de ses pas.

Huntley enchaîna.

— À en juger par les perles cousues à la main sur la toilette de la victime, nous n'avons pas affaire à une putain de Whitechapel. Soit son assaillant l'a entraînée dans cette venelle, soit elle l'aura rencontré ici de son plein gré. Compte tenu du monde qui circulait dans le voisinage de Temple Bar, s'il l'avait amenée de force, les passants l'auraient sûrement entendue crier. Par conséquent, nous devons en déduire qu'elle venait retrouver son soupirant. Soudain quelque chose cloche. Peut-être refuse-t-elle ses avances. Ils se querellent. L'homme s'obstine et tente d'obtenir à tout prix ses faveurs. Ils en viennent aux mains, dégringolent dans ces caisses à l'arrière de la ruelle, lesquelles se brisent. Puis elle essaye de s'enfuir. Son galant sort alors son couteau...

Lee dut admettre qu'il était fort impressionné par la subtilité de l'interprétation des preuves laissées sur les lieux. Huntley s'étonna en revanche de constater que Cotford l'ignorait. Ce dernier avait soulevé la tête de la femme en blanc et la tournait en tous sens. Le visage de la morte était figé dans l'horreur, mais il l'examinait froidement, glissait son doigt dans la chair ensanglantée, grattait les lambeaux de peau déchirés. Puis il lança la tête en l'air, la rattrapa au vol, et planta son regard dans les yeux exorbités de la morte.

Lee ne redoutait plus seulement la réprimande, mais la perte de sa place.

Huntley vit avec stupéfaction son collègue reposer à terre son macabre objet d'étude, puis tituber vers le fond de la ruelle.

Levant les yeux au ciel, il reprit son résumé.

– Pris d'une rage folle, notre agresseur tombe à bras raccourcis sur notre malheureuse victime. Il l'assassine et la mutile avec sauvagerie. Me fondant sur la luxueuse toilette de sa bien-aimée, je suis convaincu que notre suspect est un gentleman. La boucherie hasardeuse dont il se rend auteur n'est destinée qu'à nous guider sur une fausse piste, dans l'espoir qu'un inspecteur un peu niais mettra ce crime sanglant sur le compte d'un homme du commun. Or, le quartier de Temple Bar est réputé pour ses messieurs de haut rang, avocats et banquiers. C'est donc parmi ces gentlemen que nous devons chercher notre tueur.

On entendit du vacarme. Une nouvelle fois, tous les regards se portèrent en direction de Cotford. À l'évidence, il était tombé parmi des caisses. Lee constata avec effroi que la situation s'avérait pire encore qu'il ne le craignait. Cotford se releva sans avoir brisé lesdites caisses, fit quelques pas en arrière et s'élança de tout son poids avant de choir à nouveau contre les cageots... toujours intacts. Comme il bataillait pour se remettre debout, il se rendit enfin compte que tous le regardaient.

– Excusez-moi, inspecteur. Mais ne faites pas attention à moi...

L'un des agents intervint.

– Inspecteur Huntley, vous oubliez les traces de pas ensanglantées que nous avons découvertes sur une caisse fracassée.

– Certainement pas ! Notre agresseur, après avoir accompli son épouvantable forfait, se retrouve couvert de sang. Il recule en vacillant, tandis qu'il reprend ses esprits. Prenant conscience de son acte, il s'enfuit vers Temple Bar. Nous le savons car, dans sa hâte, il a foulé ce morceau de bois, et l'empreinte est dirigée dans cette direction.

– Bravo, mon vieux ! commenta Cotford.

Huntley accepta de bonne grâce ses félicitations, mais resta sans voix lorsqu'il vit son collègue à genoux qui faisait tournoyer un éclat de bois sur les pavés, tel un enfant avec une toupie.

Sentant qu'il était temps de bondir à la rescousse de son mentor, Lee annonça :

— Inspecteur Huntley ! Le médecin légiste est arrivé.

Huntley rayonna.

— Tant mieux ! Notre travail s'achève, messieurs. Laissons le carabin faire son office et allons de ce pas au Red Lion. La première tournée est pour moi !

À ces mots, l'inspecteur enjoué s'éloigna de la venelle, ses agents dans son sillage. Le médecin de la police s'approcha, et s'efforça de rester stoïque en découvrant les restes de la victime.

Fils et petit-fils de soldat, Lee avait appris à suivre le protocole à la lettre et à respecter la hiérarchie, bien qu'il eût agi à l'encontre de ses principes en envoyant quérir Cotford. Et voilà qu'il allait devoir supporter cet ivrogne devenu un vrai fardeau !

Il prit une profonde inspiration et tourna les talons. Le vieil inspecteur ne demeurait nulle part en vue. *Où diable est-il passé ?*

Le sergent Lee s'enfonça dans la ruelle, en direction de Fleet Street. Il trouva Cotford à quatre pattes, penché au-dessus d'une substance suintant sur les pavés. L'inspecteur préleva un peu de matière, la porta à son nez et renifla. Médusé, Lee constata qu'il s'agissait de crottin de cheval.

Il s'accroupit auprès de son mentor et, tout en posant une main sur son dos, lui dit avec bienveillance :

— Inspecteur, si vous me laissiez vous raccompagner chez vous ?

Cotford se débarrassa du crottin, s'essuya les mains sur son pantalon et regarda le jeune sergent, de son œil vif totalement dégrisé de fin limier. Puis il prit la parole, tandis que tous deux se redressaient en même temps.

— Huntley est peut-être un fanfaron qui parle à tort et à travers, il n'en demeure pas moins un enquêteur foutrement compétent. Il lui manque certes un soupçon d'expérience. Ces caisses sont en chêne renforcé, construites pour transporter de lourdes charges. Comme vous l'avez sans doute noté, j'ai la corpulence d'un cachalot. Or, je me suis jeté de toute ma masse sur elles, et malgré mes efforts, elles ont résisté.

— Que sous-entendez-vous, inspecteur ?

— Que l'homme et la femme se sont certes retrouvés ici pour un rendez-vous galant, mais je crois bien qu'un troisième larron les a tout bonnement assaillis.

— Qu'est-ce qui vous fait dire cela ?

— Observez bien l'endroit où vous vous tenez, mon garçon. Vous voyez ces empreintes, à terre ? Il s'agit de mains masculines.

Lee contempla les traces sur les pavés. Huntley les avait manquées.

— Notez la position des pouces, continua Cotford. Celui qui se trouvait là est tombé et, d'instinct, a tenté d'amortir sa chute, ce qui explique qu'ils soient tournés vers l'extérieur. Cet individu battait en retraite.

— Que fuyait-il donc ?

— Regardez le crottin. Il y avait des chevaux à proximité. Sans doute un attelage. Ils entravaient sa route. L'homme courait se mettre à l'abri dans Fleet Street, déjà couvert de sang.

Lee s'en voulut d'avoir douté de Cotford.

— Il voulait échapper à la tierce personne que vous évoquez.

— Tout à fait ! Ce devait être un homme robuste, car il a poussé notre deuxième inconnue avec vigueur contre ces caisses. Par ailleurs, ce n'est pas la lame d'un couteau qui a tranché la tête de cette femme. À en juger par la chair déchiquetée sur son cou, je ne vois qu'une possibilité : deux mains fort puissantes lui ont arraché la tête.

Lee restait pantois.

— Allons, inspecteur. Vous disiez à l'instant que les caisses ont résisté... Quant à la décapitation par « arrachage », quel homme pourrait-il se livrer à un tel acte ?

– Les preuves ne mentent pas. Ne rejetons pas d'emblée ce que nous ne pouvons expliquer de prime abord. Je sais par expérience, sergent, qu'un homme enragé peut voir sa force décupler. J'ai pourchassé pareil dément dans le passé.

Cotford tourna les talons et s'engagea dans une autre venelle qui débouchait sur l'Embankment. Lee lui emboîta le pas. L'inspecteur s'arrêta soudain pour ramasser un petit objet brillant, qu'il lança à Lee. Il s'agissait d'un bouton en laiton, gravé du monogramme W & S.

– Wallingham & Sons, déclara Lee.

– Oui-da ! L'un des plus grands tailleurs de Londres.

Du sang frais maculait le bouton.

– Notre inconnu est un homme aisé.

Lee contempla l'objet.

– Qu'est-ce qui vous a poussé vers cette ruelle ?

– Vous m'avez vu tantôt faire tourner l'éclat de bois par terre, n'est-ce pas ? En marchant dessus sur ces pavés inégaux, un homme en fuite l'aura lui-même fait tournoyer comme une toupie. Quand il a vu l'empreinte de pas ensanglantée, Huntley a supposé que son suspect se dirigeait vers Temple Bar. Mais l'inspecteur s'est fourvoyé. L'empreinte était orientée dans la mauvaise direction... et elle appartient à notre homme. Le bougre ne fuyait pas son crime, mais cette tierce personne... et la poursuite s'est achevée ici.

Cotford s'accroupit et toucha du doigt les nombreuses gouttes de sang séchées sur le sol.

– J'aurai besoin d'un autre service, sergent. Il faut que vous me rapportiez avec précision ce que contiendra le rapport du médecin légiste.

Lee hésita. Encore un nouvel accroc dans le protocole... Toutefois, il savait que le vieux limier suivait la bonne piste.

– À votre service, monsieur.

Cotford hocha la tête. Il s'éloignait dans le brouillard quand Lee, resté sur place, l'interpella.

– Il n'y a plus de gouttes par ici, inspecteur. Le témoin est peut-être encore en vie.

– J'en doute fort, répliqua Cotford. Compte tenu de l'absence de sang par-delà cette limite, notre seconde victime n'a pu traverser cette venelle de bout en bout.

Il baissa la tête en ajoutant :

– Je crains, sergent, qu'aux premières lueurs du jour vous ne soyez forcé d'appeler l'inspecteur Huntley sur les lieux d'un nouveau crime. Puisse Dieu nous venir en aide.

CHAPITRE XVIII

Kate Reed détestait traverser Londres en début de matinée. Les rues grouillaient de piétons qui se hâtaient vers leur lieu de travail. La seule idée d'affronter la promiscuité d'un wagon du métropolitain avec tous ces gens agglutinés comme des sardines en boîte lui faisait horreur. Kate, qui souhaitait à tout prix finir ses commissions et rentrer chez elle avant l'heure de pointe, avait donc pris l'habitude de se lever avant son époux et réveillait ses enfants aux aurores.

Traînant son landau d'une main et son jeune fils Matthew de l'autre, elle gravit tant bien que mal les marches de la station Piccadilly. Il y avait certes quelques voyageurs ici et là, mais aucun ne proposa de l'aider à soulever sa lourde voiture d'enfant. *La galanterie est morte.* Sans compter qu'à ses yeux, le quartier était tombé en disgrâce, et le simple fait d'y venir l'accablait. Deux ans plus tôt, une brasserie célèbre avait installé au carrefour un immense panneau publicitaire éclairé par des centaines d'ampoules incandescentes, ce qui enlaidissait la superbe architecture des immeubles alentour. Kate, qui avait des enfants encore jeunes et émotifs, comptait parmi les milliers de personnes qui avaient réclamé le retrait de la réclame. Car si nombre de Londoniens prétendaient qu'une seule publicité se révélait somme toute bien inoffensive, elle savait que si une société se trouvait autorisée à vanter ses produits, d'autres suivraient. À la tombée de la nuit, cette maudite enseigne illuminait le secteur et attirait une foule de dépravés. Un comble ! À l'origine, Piccadilly était censé rivaliser avec les élégants boulevards parisiens, mais on l'associa bientôt au quartier des théâtres tout proche. *La partie vulgaire de la capitale.*

Kate s'y rendait à contrecœur, mais les souliers de son époux avaient besoin d'être ressemelés, et John Tuck de Piccadilly était le meilleur cordonnier de Londres. Il y avait bien John Lobb, bottier dans St. James's Street, mais elle ne pouvait s'en offrir les services.

Enfin sortie de la bouche de métro, elle entreprit de faire le grand tour de la place, afin d'éviter que Matthew fût obnubilé par les pernicieuses merveilles de la fée Électricité. Malheureusement, ce trajet les contraignait à contourner le Shaftesbury Memorial, dont la fontaine était surmontée d'une statue nue et ailée... encore moins convenable.

Ladite statue se révélait bien trop lascive pour rendre hommage à un pair du royaume aussi philanthrope et respectable que lord Shaftesbury. Et même si le conseil municipal avait tenté de tempérer les opposants à ce monument en le baptisant *Ange de la charité chrétienne*, les vrais fidèles comme Kate n'en étaient pas dupes pour autant. D'aucuns murmuraient même que l'ange symbolisait Éros, le dieu grec de l'amour. Autrement dit, un faux dieu érigé en mémoire d'une bonne âme... Kate détourna les yeux.

Attiré par le terre-plein central de Piccadilly Circus, Matthew lui lâcha soudain la main et lança en l'air l'aéroplane en modèle réduit que lui avait confectionné son père à l'aide de papier et de brindilles. Un coup de vent le projeta en arrière. Exalté par les mystères de l'aviation, le gamin ne sembla pas s'en inquiéter.

— J'suis Henri Salmet ! Je survole la Manche ! s'exclama l'enfant en courant récupérer son aéroplane miniature.

— Viens, Matthew ! lui cria Kate. Nous n'avons pas le temps de nous amuser. Après le cordonnier, maman doit encore se rendre à Covent Garden. Si nous y sommes trop tard, ils auront vendu les poissons les plus frais.

Elle dut attendre sur le trottoir que passent plusieurs fiacres, avant de pouvoir traverser Regent Street.

— Viens, Matthew, dit-elle en tendant la main... dans le vide.

Exaspérée, elle se retourna et trouva son fils debout au milieu de la place, le regard tourné vers le ciel.

— Allons, Matthew, presse-toi !

Le garçonnet ne bougea pas. Son aéroplane gisait à terre devant lui. Nul doute que cette indécente statue devait le laisser ahuri. Ce garnement méritait une bonne tape sur les doigts !

— Matthew ! Viens ici tout de suite !

Kate contourna des piétons avec son landau et rejoignit son fils à grandes enjambées.

— Veux-tu bien m'écouter, jeune homme ?

Matthew semblait pourtant ne pas l'entendre et tremblait de la tête aux pieds. Inquiète, Kate mit un genou à terre et le saisit par les épaules.

— Matthew, qu'as-tu, mon chéri ?

Elle vit dans ses yeux ce qu'elle n'avait jamais vu auparavant... L'épouvante. L'enfant leva un bras hésitant pour désigner...

Kate poussa alors un tel hurlement que les passants à proximité s'arrêtèrent net.

Elle prit son fils dans les bras et lui couvrit les yeux, sans cesser de crier et de pleurer. Des gens accoururent, un homme lui demanda :

— Madame, que se passe-t-il ?

Kate pointa l'index vers le ciel et, d'une voix chevrotante, répondit :

— Le diable s'est abattu sur Londres...

Les gens suivirent son regard. Les yeux s'écarquillèrent, les bouches s'ouvrirent. Puis un murmure envahit l'attroupement et s'amplifia à mesure qu'il gagnait les piétons alentour, pour se muer en un grand cri d'horreur qui envahit tout Piccadilly Circus.

Usant à qui mieux mieux de leur sifflet, des agents de police se précipitèrent vers la foule à présent rassemblée autour de... Des femmes s'évanouirent. Des automobiles freinèrent dans un crissement de pneus. Des carrioles de marchands des quatre saisons percutèrent des charrettes de laitier. Un désordre invraisemblable régnait sur le carrefour.

Surplombant l'Ange de la charité chrétienne, un pieu d'une douzaine de mètres se dressait au centre de la place. Un homme nu était empalé au sommet. La pointe avait brisé sa mâchoire et saillait de sa bouche, laquelle vomissait les viscères que le piquet avait entraînés dans sa course. Le sang dégoulinait de tous les orifices. L'homme eut un soubresaut et poussa un gémissement rauque à donner la chair de poule. Le malheureux vivait encore.

C'était indubitablement l'œuvre du démon.

CHAPITRE XIX

Lorsque Quincey avait rencontré Basarab la veille au soir, il ne savait trop quoi espérer de leur entrevue. L'acteur lui avait certes confié qu'il ne rentrerait pas en Roumanie, mais sans préciser pour autant s'il l'accompagnerait à Londres. La panique s'était emparée du jeune homme à l'idée que le comédien cherchât à se débarrasser de lui.

Mais Basarab avait ri aux éclats en sortant un contrat de sa poche. Il avait proposé à Quincey de rejoindre sa compagnie théâtrale et de devenir en quelque sorte son émissaire, en veillant notamment à ce que toutes les dispositions fussent prises avant son arrivée dans la capitale britannique.

Quincey était fou de joie. Et ce n'était pas le déluge qui tombait aujourd'hui sur Paris qui assombrirait son humeur.

Tandis que les passants cherchaient à s'abriter, il flânait le long du boulevard menant à la gare du Nord et laissait la pluie ruisseler sur son visage, un sourire insouciant sur les lèvres. Lui qui avait grandi en Angleterre n'allait pas s'offusquer d'une averse, aussi grosse fût-elle. La pluie enveloppait Londres d'un voile de grisaille, alors même qu'elle embellissait Paris de mille et une paillettes dorées. Ce jour-là, la Ville lumière scintillait plus que jamais et reflétait l'avenir radieux qui s'annonçait pour le jeune homme.

Arrivé sur le quai, Quincey bondit dans le train de Calais et s'installa dans le wagon-restaurant. Sa vie s'engageait enfin sur la voie qu'il avait choisie. En préparant ses billets et passeport pour le contrôleur, il retrouva dans la poche intérieure de son veston le télégramme qu'il avait rangé là, emporté par son exaltation.

Ne sachant pas où le joindre, Mina le lui avait envoyé à tout hasard au théâtre de l'Odéon et André Antoine le lui avait remis la veille. Depuis, Quincey l'avait gardé sur lui sans l'ouvrir. Il savait d'avance que sa mère, sans doute contrainte par son inébranlable père, l'implorerait de reconsidérer ses projets et de reprendre ses études. Le jeune homme s'en voulait certes de l'avoir quittée sitôt après leur dispute, mais n'était pas prêt à se racheter pour autant. Il souhaitait trouver sa véritable place au sein de la production avant d'échanger le moindre mot avec ses parents. Ils assisteraient à son tout nouveau succès le soir de la première du *Dracula* de Bram Stoker. Quincey espérait les voir fiers de lui au moment où ils découvriraient qu'il n'était pas seulement coproducteur, mais qu'il partageait aussi la vedette avec Basarab. Peut-être comprendraient-ils enfin qu'il n'avait pas jeté aux orties un brillant avenir, mais s'en construisait précisément un.

Dans l'intervalle, autant s'épargner toute confrontation inutile. Même si cela le peinait d'éviter sa mère, Quincey savait qu'il lui fallait tenir bon.

Le jeune homme commanda du thé et se cala confortablement dans son fauteuil pour ce trajet de retour vers les côtes françaises. Tout à sa joie de conclure un accord avec Deane et le Lyceum, il repensa à ses livres et à l'histoire du prince roumain. Pourquoi Stoker l'appelait-il « comte » au lieu d'user de son véritable titre ? Curieux... À moins que l'auteur n'eût souhaité séparer le scélérat de la fiction de son pendant historique au souvenir sanglant, dans l'espoir de lui attirer quelque estime.

Quand on lui apporta son thé, Quincey posa ses ouvrages et son calepin. Puis il se servit, tout en jetant un regard distrait sur le voyageur assis en face de lui, lequel lisait *Le Temps* dans son édition du soir.

Le jeune homme faillit lâcher sa tasse.

Il arracha le quotidien des mains du passager qui, à la vue de son regard effaré, n'éleva aucune protestation. Quincey crut avoir la berlue en lisant le gros titre : *« UN HOMME EMPALÉ »*.

Au-dessous, un dessin au trait représentait la victime. Les yeux de Quincey revinrent sur la gravure de son ouvrage... On y voyait le prince Dracula dîner, entouré des corps empalés de ses ennemis. Il sentit son cœur palpiter à mesure qu'il déchiffrait : *« Hier matin, on a découvert un homme empalé à Piccadilly Circus... »*

Comme il tremblait trop pour se concentrer, Quincey posa le quotidien à plat sur la table et reprit sa lecture. Le souffle coupé, il manqua défaillir en atteignant la dernière ligne, puis s'efforça de la relire : *« La police a identifié la victime empalée ; il s'agit de M. Jonathan Harker, important notaire londonien originaire d'Exeter, au sud-ouest de Londres. »*

CHAPITRE XX

L'inspecteur Cotford saisit le drap de coton blanc sur lequel la lampe à hydrogène répandait une étrange lueur irisée. Il se tourna vers Mina Harker et la vit prendre une profonde inspiration pour contrôler sa nervosité.

Cotford l'avait observée avec soin depuis son entrée dans la morgue de Scotland Yard. Elle n'avait pas tressailli à la porte, comme tant de veuves venues identifier la dépouille de leur époux. À sa manière de regarder droit devant elle en entrant dans la pièce, il avait deviné qu'une sorte de force tranquille l'animait, ennoblie par son élégance digne et discrète. Vêtue d'une longue robe noire qui l'enveloppait du cou jusqu'aux chevilles, elle avait relevé ses tresses blondes en un chignon qui n'était pas sans évoquer à Cotford la coiffure de sa propre mère. De même, il ne put s'empêcher de noter qu'en dépit de son allure stricte, Mme Harker se révélait d'une éclatante beauté pour une femme de son âge. Si bien qu'il jugea Jonathan bien stupide d'avoir couru les jupons au fond de ruelles sordides, quand une épouse aussi sublime l'attendait à la maison.

Le visage fermé, l'inspecteur réfléchit à l'hypothèse qu'il avait formulée à partir des indices laissés dans la venelle, mais qu'il ne pouvait pas encore totalement prouver. Lee lui avait permis de consulter le dossier du meurtre de cette femme en blanc dont on ignorait toujours l'identité. Or, les empreintes digitales ensanglantées trouvées dans la ruelle correspondaient à celles de Jonathan Harker, et les gouttelettes appartenaient à son groupe sanguin. Aux yeux de Cotford, cela ne faisait pas l'ombre d'un doute : Harker était la seconde victime. Et pour l'inspecteur, rien n'égalait l'agréable sensation d'avoir vu juste dès le début.

À la lecture du journal de Seward, il avait eu la surprise de découvrir que celui-ci contenait de véritables aveux sur l'affaire qui ne cessait de le hanter. Le médecin dénonçait d'ailleurs nommément ses complices. Jack l'Éventreur n'agissait pas seul, mais rassemblait tout un groupe d'occultistes déments. Voilà pourquoi Abberline et lui-même n'avaient pu mettre la main sur leur assassin... Puisque Seward, l'un de ses complices, était mort un couteau dans la main, on avait dû le tuer pour le faire taire. Inutile de préciser que le chef de ce complot sinistre devait commencer à craindre ses auxiliaires. Ainsi, Cotford savait que le décès de Seward entraînerait une nouvelle vague de meurtres. Pas plus qu'il ne s'étonnait de l'assassinat de la prostituée en blanc. *Sauce bonne pour l'oie est bonne pour le jars*, disait le proverbe. Dès lors que sa soif de sang était revenue l'obséder, le chef de cette cabale tuerait d'autres femmes.

Dans son journal, le Dr Seward faisait allusion à Mina Harker, mais en des termes la décrivant pour ainsi dire comme une sainte. Aussi Cotford doutait-il qu'elle fût impliquée dans les assassinats, même s'il restait persuadé qu'elle en avait eu connaissance. Il espérait donc qu'elle détiendrait la clé lui permettant de racheter son passé.

Lorsque l'inspecteur avait sollicité cette entrevue avec Mme Harker, exigeant qu'on retirât tout siège de la morgue, Lee s'était exécuté sans poser de question. Si Cotford devait prendre au pied de la lettre les écrits du Dr Seward, et non les considérer comme les divagations d'un aliéné, il lui fallait alors accepter que Mina fût une femme solide. Qui risquait de se révéler un adversaire redoutable. Ainsi, pour l'amener par la ruse à divulguer tout ce qu'elle savait du complot meurtrier, une seule possibilité s'offrait à l'inspecteur : l'ébranler fortement, et l'affronter debout. En la forçant à identifier les restes de son époux, il la mettrait d'emblée en position de faiblesse. Cotford espérait que cela suffirait. Mais dès que Mina entra, il sut qu'il allait devoir se montrer plus dur qu'il ne l'avait jamais été en présence d'une veuve.

Le drap blanc toujours en main, Cotford s'adressa à la visiteuse.

– Je dois vous prévenir, madame, que la dépouille de votre mari n'est pas dans un état très... présentable.

– Croyez-moi, inspecteur, murmura-t-elle, j'ai vu tant de choses horribles dans mon existence qu'il en reste peu susceptibles de m'impressionner encore.

Il souleva alors le linge d'un geste théâtral. Au-dessous apparut le corps dévasté de Jonathan Harker, étendu sur le chariot blanc en fonte émaillée. Quand on lui eut retiré *post mortem* le pieu de douze mètres de long et de dix centimètres de diamètre, le visage de l'homme s'était creusé, la chair s'effondrant sur les os. Cotford avait attendu deux jours avant d'entrer en relation avec la veuve, aussi le cadavre éviscéré et difforme commençait-il à se putréfier. Sa peau prenait une teinte bleu verdâtre, d'autant plus effrayante sous la lumière de la lampe à hydrogène, et une odeur pestilentielle s'était répandue dans la pièce au moment où l'inspecteur avait ôté le drap.

La plupart des femmes auraient défailli à la vue de la dépouille de leur mari aussi atrocement mutilée. Cotford remarqua que Mina se borna à observer le corps pendant quelques instants. Puis, le choc initial passé, elle sembla prendre conscience de ce qu'elle regardait et se détourna, les yeux humides, mais sans verser de larmes. Comme résolue à ne pas flancher, Mina se ressaisit. On eût dit qu'elle dictait à son esprit calculateur de dompter les élans de son cœur. L'inspecteur était impressionné par son courage. *Une volonté de fer toute masculine dans la silhouette délicate d'une femme*, ainsi que le Dr Seward la décrivait fort justement.

— Dieu du ciel, Jonathan, dit-elle, tout en cherchant alentour un endroit où s'asseoir.

N'apercevant aucun siège, son regard s'orienta vers la porte. Elle était mal à l'aise et souhaitait s'en aller. Ce faisant, elle réagissait comme Cotford l'avait prévu. Encore devait-il ajouter un peu d'huile sur le feu...

Surgissant d'un coin sombre, le médecin de la police au teint terreux s'approcha d'elle prestement avec un verre d'eau dans une main et un mouchoir dans l'autre. Mina l'accueillit avec un sourire de gratitude. Cotford, lui, l'eût volontiers giflé. L'inspecteur s'était donné tant de mal pour la mettre dans l'embarras, et voilà que cet abruti réduisait à néant toute sa stratégie ! Ce vieil imbécile sortit même un flacon de sels de sa blouse. Pauvre fou, elle ne risquait pas de s'évanouir ! Cotford lança un regard réprobateur au sergent Lee, qui ne savait que faire. L'inspecteur devait à tout prix contrer l'attitude du médecin.

— Le bougre se sera fait embrocher comme un poulet ! observa-t-il, suscitant des gloussements parmi les subalternes du sergent qui se tenaient derrière lui.

Le médecin légiste s'avança à la lumière.

— Je trouve votre remarque tout à fait inconvenante et indigne d'un officier du Yard.

Cotford décocha un nouveau regard à Lee, qui intercepta le praticien et l'intimida par sa seule stature.

— Votre tâche consiste à suivre nos ordres en vous abstenant de tout commentaire, lui glissa le sergent *mezza voce*.

Diable ! Même s'il chuchotait, la voix de Lee portait suffisamment pour que Mina l'entendît.

— Votre compassion, inspecteur, me va droit au cœur, déclara-t-elle.

Les agents cessèrent de ricaner sous cape et se raclèrent la gorge, l'air gêné. *Touché, Mme Harker !* Cotford devait profiter de son avantage pour la pousser dans ses retranchements.

— Pardonnez-moi, mais vous disiez tantôt qu'il existait peu de choses susceptibles de vous impressionner.

Mina ne réagit pas.

Cotford s'approcha du bureau en bois et claqua de sa main la pile de journaux intimes du Dr Seward.

– À en croire les écrits de feu votre ami Jack Seward, les morts prématurées n'ont rien d'inhabituel autour de vous.

Les yeux de Mina s'écarquillèrent de surprise. L'espace d'un bref instant, l'inspecteur crut qu'il parvenait enfin à la faire plier, mais une fois de plus elle se reprit pour ne pas trahir l'ombre d'une émotion.

– Qu'entendez-vous, au juste ? répliqua-t-elle d'un ton assuré.

– La mort vous a constamment tenu compagnie. À commencer par l'homonyme de votre fils, Quincey Morris. Un Américain. Texan, pour être précis...

– ... mort il y a vingt-cinq ans lors d'une partie de chasse en Roumanie, l'interrompit-elle.

– Fort bien... Savez-vous alors qui aurait pu perpétrer un tel acte sur la personne de votre époux ? Celui-ci avait-il des ennemis ?

Une étincelle brilla dans le regard de Mina.

– Mon mari était notaire. La profession juridique conduit souvent à contracter des relations qui se révèlent néfastes.

À la bonne heure ! pensa Cotford.

– Un crime de cette violence nécessiterait un mobile passionné...

– À quoi faites-vous allusion, inspecteur ?

Il devinait qu'un nom restait gravé dans la mémoire de Mina. Encore fallait-il parvenir à le lui arracher.

– On s'est donné beaucoup de peine pour ériger ce pieu en plein cœur de Piccadilly Circus et y empaler votre mari. Il ne s'agit pas d'un acte spontané, mais fortement prémédité. L'assassin devait nourrir davantage qu'une simple rancune à l'endroit de la victime. Allons, madame Harker, si vous avez connu dans le passé quelqu'un capable de commettre un crime aussi féroce, son nom ne doit pas vous être étranger.

Cela ne peut pas être lui, songea Mina. Son cœur battait si fort qu'elle s'imagina le voir jaillir de sa poitrine. Peu importe si Cotford avait peu ou prou connaissance de son passé, il en savait déjà trop. Elle sentit qu'elle ne tarderait pas à défaillir. Son prince était mort depuis longtemps et ne vivait que dans ses cauchemars. Et s'il était encore de ce monde, elle refusait de croire qu'il pût la blesser de la sorte. *Ce ne peut être lui... Mais qui d'autre pourrait faire preuve d'une telle férocité ? Pourquoi maintenant ? Après vingt-cinq ans ?*

Toutes ses pensées donnaient le vertige à Mina. Avant même de poser le pied à la morgue, elle avait déjà les nerfs à vif. La culpabilité de sa dernière conversation avec Jonathan, une querelle âpre et douloureuse, lui pesait sur le cœur. Ils ne pourraient plus jamais se réconcilier. Pas plus qu'elle n'aurait l'occasion de lui confier tout ce qu'elle avait éprouvé. Aussi se promit-elle de ne pas commettre la même erreur avec Quincey.

La pièce était froide et la lumière crue n'était pas pour y ajouter une once de chaleur. Quelque part dans la pénombre, Mina perçut le tic-tac d'une pendule. Mais le temps jouait contre elle.

L'inspecteur sortit quelque chose d'un dossier sur le bureau. Elle reconnut les bords dentelés d'une photographie et se prépara au pire.

— Connaissez-vous cette femme ? questionna Cotford.

Mina contempla le cliché. Il s'agissait d'une tête coupée. À son grand étonnement, elle lui était étrangère.

— Non, répondit-elle. Le devrais-je ?

— Eh bien, votre époux la connaissait en tout cas, si vous voyez ce que je veux dire. Nous avons trouvé des indices prouvant qu'il était présent lorsqu'elle fut assassinée.

Ce genre de questions ne mènerait ce vieil idiot nulle part. Mina sentit qu'elle recouvrait son sang-froid.

— En quoi cela pourrait-il me concerner, inspecteur ?

— On a retrouvé du sang de votre mari à proximité de la tête de cette femme. Ainsi que ce bouton...

Tenant en main l'objet de laiton gravé aux initiales W & S, Cotford s'approcha avec désinvolture du chariot. Près du corps de Jonathan était posé en tas son costume gris déchiré.

– Nous avons découvert les effets de M. Harker à quelques mètres du lieu du meurtre. Vous constaterez que le bouton correspond à celui qui manque à cette manche...

Joignant le geste à la parole, il plaça l'accessoire sur le veston déchiré de Jonathan, ce qui contraignit Mina à regarder de nouveau le cadavre. Nul doute que l'inspecteur essayait de profiter de la situation. Elle sentit le rouge lui monter aux joues, elle ne supportait plus la vue des ravages qu'on avait fait subir à son mari. L'odeur de la mort l'anéantissait. La nausée commençait à la gagner, entamant sa détermination. Elle voulait s'en aller, fuir cette morgue au plus vite.

Cotford poursuivit :

– Le sang sur ce bouton n'appartient pas à votre époux, mais à cette femme assassinée.

– Accusez-vous Jonathan de l'avoir tuée ?

– C'est précisément ce que je tente d'établir. Saviez-vous que votre mari entretenait des relations adultères ?

– Jonathan avait certes bien des défauts, mais demeurait incapable de perpétrer un meurtre. Puis-je disposer à présent ?

En guise de réponse, Cotford la regarda fixement, comme s'il cherchait à sonder son âme. Jusque-là, Mina avait esquivé ses questions. Elle devait rester prudente.

L'inspecteur brandit un bristol taché de sang.

– Selon le rapport de la Préfecture de police de Paris, mes homologues français ont trouvé une carte de visite dans la poche du Dr Seward. Nous en avons découvert une portant le même nom dans le portefeuille de votre mari.

Arthur Holmwood.

– Où voulez-vous en venir, inspecteur ?

– Lord Godalming s'appelait encore Arthur Holmwood avant votre fameuse partie de chasse en Roumanie.

Dans cette pièce pourtant glaciale, Mina sentit une vague de chaleur l'envahir. À l'évidence, Cotford en savait plus qu'elle ne l'avait imaginé. Seward avait-il décrit leurs horribles expériences dans ses journaux intimes ? Si elle révélait à la police tout ce dont elle était au courant, elle se retrouverait enfermée dans un asile semblable à celui que Seward avait dirigé.

Mina comprit qu'il lui serait impossible de se défendre. Son seul espoir résidait dans la fuite.

La voix bourrue de l'inspecteur l'arracha à ses pensées.

— La Roumanie est un endroit assez curieux pour la chasse, si je puis me permettre. Que chassiez-vous donc ?

— Les loups ! répondit-elle vivement, avant de pivoter pour gagner la porte.

Cotford laissa tomber la carte de visite sur le chariot, dont il fit le tour afin de barrer le passage à Mina. En dépit de sa corpulence, il ne manquait pas d'agilité.

— La chasse compte-t-elle parmi vos passe-temps réguliers, madame Harker ? Ou bien êtes-vous simple spectatrice des sports sanguinaires ?

Au moins avait-elle pu s'éloigner du cadavre de Jonathan, lequel se trouvait à présent derrière elle, hors de sa vue. Seule l'odeur ignoble conservait l'image macabre gravée dans son cerveau.

— Inspecteur, j'ai le sentiment qu'une question vous brûle les lèvres... et je préférerais que vous vous contentiez de...

— Ce matin, le sergent Lee a rendu visite à lord Godalming, lequel jure n'avoir jamais rencontré le Dr Seward de son vivant... ni votre mari, d'ailleurs. Auriez-vous la moindre idée de ce qui le pousse à réagir ainsi ?

— Non, répondit-elle avec sincérité.

— J'ai horreur des questions sans réponse, madame Harker. Toute cette affaire en est infestée. Nous voilà en présence de deux hommes qui se connaissaient, et qui trouvent la mort à une semaine d'intervalle. Dans mon métier, les coïncidences n'existent pas. Ces deux hommes étaient liés à lord Godalming, alors qu'il nie les avoir connus l'un comme l'autre. Vous, madame Harker, représentez le dernier lien vivant entre ces trois personnes.

Mina sentit tout son passé la submerger. Debout dans cette pièce, elle se retrouvait prise au piège. Le tic-tac de la pendule semblait s'accélérer.

— Je vous en prie, inspecteur, il me faut retrouver mon fils. Je dois lui apprendre la mort de son père.

Cotford évoquait un lion encerclant sa proie. Mina commençait à fléchir.

— Encore un détail, insista-t-il. Nous venons de recevoir ceci en provenance de Paris. Est-ce que par hasard ce bijou vous dit quelque chose ?

Mina prit la photographie qu'il lui tendait et sur laquelle on voyait une montre à gousset en argent, maculée de taches de sang. Elle ne put dissimuler le flot d'émotions qui l'ébranla à la lecture de l'inscription gravée : *Avec toute ma tendresse, Lucy.*

Elle caressa le cliché et, d'une voix tremblante répondit :

— Elle appartenait à Jack. Une vieille amie la lui avait offerte... Lucy Westenra.

— L'ancienne fiancée de lord Godalming. Savez-vous où je pourrais trouver Miss Westenra à présent ?

Un déclic se produisit alors dans la tête de Mina. Cotford attendait qu'elle se contredise ou qu'elle mente, afin de la prendre en défaut. S'agissait-il d'un interrogatoire sur la mort de Lucy ou sur celle de Jonathan ? Elle sentait bien que l'inspecteur guettait le moindre fourvoiement pour lui passer les menottes. Une seule erreur et elle se retrouvait en état d'arrestation. Or Mina ne pouvait laisser Quincey livré à lui-même, exposé au danger, pendant qu'elle se débattrait avec la justice.

Choisissant ses mots avec un soin infini, elle reprit :

— Je crois que vous connaissez déjà la réponse, inspecteur. Lucy est décédée voilà vingt-cinq ans.

— Encore une fois, je constate que le taux de mortalité se révèle pour le moins élevé dans votre entourage, madame Harker.

— La malchance n'est pas un crime.

Mina savait que ce qu'elle dirait ensuite ferait davantage peser les soupçons sur sa personne, mais elle devait à tout prix quitter ce lieu horrible.

— Je vous prie de me laisser passer, inspecteur. Si vous avez d'autres questions, veuillez me les adresser par l'entremise de mon représentant légal. Je dois par ailleurs prendre des dispositions pour les obsèques de mon mari. Au revoir, monsieur.

— À votre guise, chère madame. Nous nous reparlerons bientôt, je puis vous l'assurer.

Cotford s'écarta. Mina hésita... Mais son seul dessein, à présent, était de retrouver Quincey. Elle courut vers la sortie. Encore quelques pas et elle serait libre.

L'inspecteur l'interpella.

— Faites toutes mes amitiés à Abraham Van Helsing !

Ses paroles eurent sur Mina l'effet d'une morsure venimeuse qui la paralysa. Elle sentit ses jambes vaciller.

Cotford jubila de la voir trébucher contre une civière vide. Elle virevolta et lui décocha un regard meurtrier. Cette fois, ce n'était plus seulement l'effarement de savoir qu'il connaissait sa vie privée, mais une peur des plus tangibles qui se lisait dans ses yeux. Elle poussa le chariot de côté, puis parvint tant bien que mal à la porte.

Mina avait fini par se trahir. Elle protégeait encore son mari infidèle par-delà sa mort. Si ce n'était pas l'amour, quel était donc le lien qui avait maintenu leur couple aussi soudé ? Leur fils ? L'inspecteur en doutait. Son enquête menée sur la famille lui avait appris que Quincey avait déjà quitté le nid familial. Jonathan et Mina Harker étaient liés par quelque chose de bien plus profond. Un sombre mystère. *Un code d'honneur propre aux voleurs, criminels et autres conspirateurs.* Cotford savait désormais que ce qu'il avait lu dans le journal intime à propos de Lucy Westenra était vrai. Mina lui cachait un terrible secret... Les actes maléfiques d'Abraham Van Helsing ? Lorsqu'il avait prononcé le nom du professeur, l'expression du visage de Mina avait valu à ses yeux tous les aveux du monde.

Il allait demander aux Archives une copie de l'acte de décès de Lucy. Nul doute que le document préciserait qu'elle était disparue de mort naturelle. Mais son instinct de limier lui soufflait qu'il s'agissait d'un mensonge, concocté et financé par le riche Arthur Holmwood.

Lee l'interrompit dans ses pensées.

— Et maintenant, monsieur ?

Cotford sortit un gros cigare de sa poche, un Iwan Ries d'importation. Il le huma... Celui-ci avait le parfum de la bonne piste.

— À présent, sergent, nous laissons les vautours se rassembler autour de la carcasse.

Lee lui craqua une allumette. Cotford tira une longue bouffée. Pour la première fois, il se sentait digne de l'admiration du sergent.

CHAPITRE XXI

Tremblant de tous ses membres, Mina se hâta de rentrer chez elle sous une pluie fine et régulière, en totale discordance avec les martèlements terrifiés de son cœur. Son angoisse augmentait à chaque nouveau kilomètre qui la rapprochait d'Exeter. Jamais voyage en train ne l'avait tant accablée, et ce trajet de quatre heures lui parut interminable. Elle était si pressée de regagner sa demeure qu'aucune locomotive n'eût roulé assez vite à son gré.

Son fils la fuyait et Mina en souffrait profondément. Comme dans la plupart des familles, Quincey et elle avaient eu leur lot d'anicroches au fil des années, mais jamais à propos de sujets graves. Dès lors qu'il apprendrait la mort de son père, Mina savait qu'ils se pardonneraient l'un l'autre leurs erreurs et oublieraient leurs chamailleries. Pour autant, elle ne pouvait surmonter la peur tenace qui l'obsédait... Quincey courait-il un danger ? N'était-il pas d'ores et déjà la victime de quelque acte criminel ? Il ignorait comment se protéger, n'avait aucune idée de l'esprit maléfique qu'il aurait à affronter.

Mina devait absolument se rendre à Paris. Mais il lui fallait au préalable récupérer son passeport à Exeter. Toutes ces allées et venues lui faisaient gaspiller un temps précieux.

Contrairement à ses déclarations en présence de l'exaspérant inspecteur Cotford, elle avait décidé de renoncer à tout service funèbre pour Jonathan. Retrouver Quincey était d'une importance capitale. Son mari l'aurait compris... À dire vrai, il aurait insisté pour qu'elle agît ainsi, comme elle-même l'eût souhaité dans la situation inverse. Du reste, à quoi bon organiser des obsèques ? Qui serait présent ? Quincey avait disparu. Jack était mort. Arthur se comportait en parfait crétin, et Jonathan n'avait plus de clients susceptibles de lui rendre un dernier hommage. La seule personne qui restait n'était autre qu'Abraham Van Helsing, mais Mina ne pouvait courir un tel risque. Cet ignoble Cotford n'espérait-il pas de tout cœur le voir débarquer de Hollande ? *Faites toutes mes amitiés à Abraham Van Helsing !* Les paroles du policier ne cessaient de lui revenir en tête, comme un disque rayé sur un gramophone.

Pas question de faire ce plaisir à ce gros porc d'Irlandais en lui livrant le professeur sur un plateau. Les circonstances de la mort de Jonathan se révélaient déjà assez troubles, sans qu'une espèce de vieux limier du Yard ne tentât de se faire un nom en déterrant le passé. Mieux valait y garder enfouis certains êtres, comme sa chère et douce Lucy.

En regagnant la gare de Paddington, Mina chargea donc les pompes funèbres de procéder à la crémation des restes de Jonathan, dès que la police autoriserait l'enlèvement du corps. Elle reviendrait ultérieurement prendre possession des cendres du défunt. L'incinération offrirait au moins à son époux le repos éternel. Mina fit une prière silencieuse en mémoire de son bien-aimé et souhaita de toute son âme pouvoir effacer ce qu'elle avait dit ou fait qui eût semé le désaccord dans leur couple.

Mina arriva trempée jusqu'aux os sur les marches du perron. Cette grande demeure héritée de Peter Hawkins se révélait à présent bien trop vaste, bien trop vide. Comment pourrait-elle y vivre dorénavant ? Bien que Jonathan y eût été peu présent, l'ambiance glaciale de la maison prenait désormais un caractère irrévocable.

Cependant, Mina aurait tout loisir de s'apitoyer sur son sort plus tard. Elle ne disposait que d'une heure pour se sécher, se changer et préparer hâtivement sa valise, avant de rejoindre Portsmouth, d'où elle gagnerait Cherbourg en ferry, puis Paris par le train... Deux jours de voyage au total. Deux jours supplémentaires où Quincey demeurerait exposé au danger. Nul doute que ce goujat de Cotford allait rôder dans l'ombre pendant tout ce temps, mais au moins à Paris serait-elle hors de sa portée. Peut-être était-ce d'ailleurs la dernière fois que Mina rentrait librement chez elle. Si l'inspecteur creusait un peu trop dans son passé, elle serait bientôt recherchée pour complicité de meurtre. L'envie la tiraillait de téléphoner à Arthur pour le mettre en garde, mais elle se ravisa... Ce fourbe lui raccrocherait au nez à coup sûr.

Mina glissa la clé dans la serrure et sentit que quelque chose clochait. La porte d'entrée n'était pas verrouillée. Dans son impatience à prendre le train pour Londres, avait-elle omis de la fermer à double tour en partant ? Non, elle se revoyait distinctement le faire avant de se mettre en route. Par ailleurs, elle avait donné congé aux domestiques pour quelques jours...

Lentement, Mina tourna la poignée et ouvrit la porte, espérant que celle-ci ne grincerait pas... Elle sentait en effet comme une présence à l'intérieur. Les nerfs à fleur de peau, elle passa une tête prudente dans l'embrasure et scruta le vestibule... En voyant sur les dalles en marbre un manteau élimé et tout trempé, son cœur fut transporté de joie. Ce pardessus, Mina l'eût reconnu entre mille. *Quincey est de retour !* Elle n'avait pas sitôt souri qu'un fracas retentit dans le salon voisin. Son fils était là, certes, mais... Jamais Mina ne vola si vite à son secours.

Quincey entendit claquer la porte d'entrée et fit volte-face pour découvrir sa mère dégoulinante de pluie, debout à l'entrée du séjour. L'espace d'un instant, elle resta là, immobile, à contempler d'un air ahuri la pièce mise sens dessus dessous.

— Quincey, tu n'as rien ? Tout va bien ?

— Je me porte on ne peut mieux.

Le jeune homme tentait de rester courtois, mais sa colère transparaissait.

– Je t'ai cherché partout, reprit-elle, tandis que ses yeux s'attardaient sur le désordre ambiant. Pour l'amour du ciel, qu'est-ce... ?

Tel un avocat passant au crible les pièces de son dossier, Quincey avait mis au jour les secrets de sa famille. À l'aide d'une masse, il avait fracassé le coffre-fort, avant de le fouiller de fond en comble, n'hésitant pas à fracturer la serrure de chaque tiroir. Il en résultait des piles de lettres, carnets, journaux intimes de Mina et autres coupures de presse, qu'il avait disposés avec minutie par terre, en ordre chronologique : toute la vie cachée de ses parents avant sa naissance.

D'une main, Quincey ramassa plusieurs pages manuscrites et, de l'autre, une enveloppe dont il montra à Mina l'inscription au recto : *Lettre de Mina Harker à son fils Quincey Harker (À n'ouvrir qu'en cas de mort soudaine et suspecte de Wilhelmina Harker)*.

Le regard de sa mère hésitait entre le soulagement et le désespoir. Il lui lança les feuillets au visage.

– Même dans la mort, ta honte t'aurait incitée à me dissimuler qui tu étais en réalité. Tu m'as pris pour un imbécile... et tu avais raison, somme toute, de croire que tu pouvais cacher ta singulière jeunesse en nous faisant passer pour frère et sœur auprès d'étrangers... La belle affaire ! Tu transformais cela en une plaisanterie entre mère et fils et le tour était joué.

– Tout ce que tu dois savoir se trouve dans cette lettre, se défendit Mina d'un ton implorant. Tout ce que Jonathan et moi craignions, sans doute à tort, de te confier depuis des années.

– Tu t'enlises dans le mensonge ! rétorqua Quincey, trop furieux pour se maîtriser davantage.

Soudain sa rage se mua en un désespoir aussi profond que brutal.

– Mon père est mort, mon père a été massacré, et tu continues de nier l'évidence ?

Mina fit un geste vers lui, mais il l'en dissuada violemment et demeura un long moment ses yeux emplis de larmes fixés dans ceux de sa mère. Puis, dans un sursaut de fierté, il se ressaisit, et reprit sur un ton plus calme :

– Comment se fait-il que tu connaisses Bram Stoker ?

– Qui donc ?

Mina paraissait sincèrement confuse. Quant à Quincey, si la veille encore il eût cru aux paroles de sa mère, aujourd'hui il n'avait plus foi en elle.

– Au début, j'ai pris cela pour une fantaisie de l'auteur, mais à présent...

Quincey lança à Mina l'ouvrage à la couverture jaune et examina son visage tandis qu'elle lisait le titre à haute voix :

– *Dracula*... par Bram Stoker, articula-t-elle, le souffle coupé.

Ses doigts tremblaient en feuilletant le roman. Elle redressa la tête, effarée.

– Où te l'es-tu procuré ?

Elle incarnait son rôle à merveille, sa prestation dépassant en qualité tout ce qu'il avait vu jusque-là sur scène. Sa vie entière, il l'avait aimée, s'était confié à elle, l'avait soutenue face à son père. Mais il la découvrait aujourd'hui sous son vrai jour.

– Ne fais pas l'innocente. Ces pages renferment la seule vérité que ta lettre se refuse d'aborder, la réponse au formidable mystère qui a déchiré notre famille.

– Je te le jure, Quincey. Ce livre m'est parfaitement inconnu.

– Ta réaction ne me surprend guère. Stoker révèle précisément ce que tu as jugé bien commode d'occulter dans ta missive. L'auteur fait allusion au « lien » qui t'unissait à ce monstre, Dracula. Je crains fort que l'auteur n'ait péché par excès de galanterie...

– Quant à toi, tu es bien trop insolent !

Elle paraissait si jeune... Son visage évoquait celui d'une adolescente blessée. Il se remémora alors les trois écoliers qu'il avait corrigés pour avoir souillé l'honneur de sa mère. Regrettant subitement son acte passé, il lui arracha l'ouvrage des mains et reprit avec un regain d'arrogance :

– Cette créature sanguinaire, ce Dracula, a creusé un gouffre immense entre mon père et toi. Ose me dire le contraire !

– Tu n'en sais strictement rien !

– Tu as comploté avec Dracula à l'encontre de mon père. Tu as bu son sang !

Citant le livre de mémoire, Quincey ajouta :

— Chapitre XXI... *« John Harker, étendu sur le lit qui se trouvait à côté de la fenêtre... »*

— Assez ! hurla Mina, en larmes.

D'ordinaire, la seule pensée de faire pleurer sa mère eût horrifié le jeune homme, mais l'idée qu'elle eût pu s'abreuver du sang de ce monstre alors que Jonathan, son fiancé, dormait à proximité le révulsait.

Pendant toutes ces années, Quincey avait cru que l'alcoolisme de son père demeurait seul responsable du désastre familial. Mais il connaissait la vérité, désormais. C'était la trahison de sa mère qui avait poussé son père à se réfugier dans la boisson. Cette femme perfide avait corrompu leur foyer et anéanti son mari.

— Le roman de Stoker n'est pas une œuvre de fiction. Ton éternelle jeunesse est le fruit de ta relation avec ce démon Dracula.

— Je savais que tu ne saisirais pas. Si j'avais ton âge, cela me serait impossible, sanglota Mina. La vie est bien plus complexe qu'il n'y paraît, et le mal n'est pas noir ou blanc, mais se décline en nuances de gris...

Quincey brandit l'ouvrage en l'agitant.

— Oh, mais je saisis fort bien, détrompe-toi ! Tout est d'une clarté limpide à mes yeux. Voilà pourquoi père était si torturé et voulait à tout prix me garder sous son emprise. Pour m'éviter de découvrir un jour la vérité sur toi !

— Ton père souhaitait uniquement te voir rejoindre son univers de juristes, afin de pouvoir te protéger, en effet.

Quincey comprenait maintenant que son père n'avait pas fait allusion à sa sécurité financière mais à sa sécurité au sens propre. D'où le fait qu'il soit intervenu au moment où sa notoriété grandissante risquait de l'exposer davantage au danger.

Le jeune homme flanqua l'ouvrage sur la table et s'empara du journal *Le Temps* qu'il avait étalé pour le faire sécher. Il montra à sa mère la première page, avec le dessin au trait illustrant l'homme empalé à Piccadilly Circus.

— *Tepes*... l'Empaleur... En définitive, je crois que ce n'est pas moi qui avais le plus besoin d'être protégé... contre ton ancien amant !

Mina prit une profonde inspiration.

— J'ai aimé ton père autant que je t'aime.

L'amour... Les faits et gestes de Mina ne témoignaient en rien de ce sentiment qu'elle prétendait avoir porté à Jonathan.

— Toute ma vie durant, tu m'as laissé condamner injustement mon père. Quand je songe aux méchancetés que j'ai proférées sur son compte, et même de vive voix en sa présence... À tous ces terribles mensonges que tu m'as inculqués. Je ne puis plus me racheter désormais. Et j'ai peine à croire que tu puisses persévérer sur cette voie. Mais sache qu'à l'inverse d'Hamlet, je n'ai rien d'un indécis, maman ! Je vais venger mon père. Puisse Dieu te venir en aide !

À ces mots, il se rendit à grands pas dans le vestibule, où il récupéra son manteau.

— Non ! lui cria Mina. Quincey, je t'en prie ! Tu peux certes me détester, mais cette famille a déjà payé un lourd tribut ! S'il te reste encore un peu d'amour pour moi, évite, je t'en conjure, de te plonger dans ce terrible passé. Laisse cette vérité enfouie à jamais, ou tu risques de subir un sort bien plus effroyable que celui de ton père.

Quincey quitta la demeure en claquant la porte, sans s'être retourné une seule fois.

Après le décès de Jonathan, Mina ne pouvait croire que son cœur pût souffrir encore davantage. Cette rage et ce mépris dans le regard de son fils lui étaient insupportables. À présent, elle comprenait ce que Jonathan éprouvait quand Quincey s'emportait contre lui. Pour sa part, son seul crime était d'avoir protégé son fils, et cette même protection l'avait poussé à fuir... pour se livrer peut-être à un danger dont Jonathan et elle avaient tenté de l'écarter.

Sa main serra la petite croix en or qu'elle portait autour du cou, et plusieurs questions l'assaillirent. *Mon prince des ténèbres connaît-il le secret que je lui ai caché durant tout ce temps ? Sa fureur contre moi est-elle si grande qu'il a décrété de se venger... sur moi et sur tous ceux que j'aime ?*

CHAPITRE XXII

＊＊＊

« *Dixitque Deus fiat lux et facta est lux.* Et Dieu dit : "Que la lumière soit", et la lumière fut. Ainsi débuta la création de l'univers », songea le vieil homme qui traversait en fiacre Londres dans la nuit.

Il fronça les sourcils en découvrant Liverpool Street. Les becs de gaz à la flamme vacillante, propices aux ambiances romanesques, avaient cédé la place à ces lampes à arc à l'éclairage cru. Un voyageur solitaire ne pouvait plus se guider grâce aux étoiles, désormais occultées par ce poison d'électricité. L'homme, en recréant la lumière, s'était isolé du ciel... Le vieillard se consola à l'idée qu'il ne demeurerait plus longtemps en ce bas monde, et n'assisterait donc pas à la déchéance de son espèce. Une seule tâche lui restait à accomplir, laquelle avait déjà grandement entamé ses forces au cours de ce voyage depuis Amsterdam.

Bigre ! La pluie mettait ses articulations au supplice et cette humidité glaciale pénétrait ses os jusqu'à la moelle. Il avait mis plus de temps que prévu pour venir de Hollande. Alors qu'à une certaine époque il pouvait effectuer la traversée plusieurs fois par mois, aujourd'hui, à cause de son incapacité à marcher d'un bon pas, il avait manqué son train à Anvers et dû attendre une journée entière avant le prochain à destination de la France. Pour autant, son courage ne l'avait pas abandonné, et s'il pestait, c'était uniquement contre sa frêle constitution.

Le fiacre s'arrêta devant la familière bâtisse de briques rouges du Great Eastern Hotel. Comme tant d'autres choses, cet établissement avait changé depuis sa dernière visite à Londres. L'hôtel au charme suranné s'était agrandi en prenant possession de l'immeuble voisin.

Comme il réglait sa course au cocher, un phénomène attira son attention. De l'autre côté de la rue, plusieurs réverbères s'étaient éteints. *Un fait des plus courants de nos jours. Les becs de gaz, eux, ne faiblissaient jamais.* Voilà qui ne plaidait guère en faveur du modernisme !

Coiffé d'un chapeau melon, un jeune gars d'allure suspecte rôdait sous l'une des lampes mises hors service. Il faisait mine de lire son journal, tout en surveillant le nouveau venu.

S'appuyant sur sa canne, le vieil homme s'avança lentement vers la porte de l'établissement, plutôt satisfait que la pluie eût enfin cessé. S'imprégnant de la vue, des odeurs et des bruits alentour, il songea, nostalgique, au passé qu'il retrouvait.

Tandis que les bagagistes s'occupaient de sa malle et de ses sacs de voyage, le portier lui proposa son bras. Mais le vieil homme refusa. Pas question que son âge avancé le transforme en invalide ! Aussi foula-t-il à pas mesurés les dalles de marbre et d'onyx que la pluie avait rendues glissantes, afin de parvenir non sans peine à la réception.

— J'ai réservé une chambre, annonça-t-il d'une voix poussive au concierge.

L'employé sourit et ouvrit son grand registre noir.

— Certainement, monsieur... À quel nom, je vous prie ?

Se sachant observé, le vieillard ne répondit pas. Il se tourna vers les portes vitrées et aperçut le godelureau au melon qui l'épiait à travers les carreaux. À l'instant où leurs regards se croisèrent, la panique transparut sur le visage du jeune homme.

La pluie s'arrêtait enfin de tomber lorsque Cotford et Lee pénétrèrent dans le cimetière de Highgate par l'entrée de

Swain's Lane. Le brouillard londonien commençait à envahir les lieux. S'aidant de la torche électrique de l'inspecteur, ils cherchèrent sur le plan l'avenue égyptienne... Quand ils l'eurent trouvée, le faisceau de la lampe les guida sur le sentier que surplombaient deux énormes obélisques ornés de papyrus et de feuilles de lotus. Les policiers franchirent un portail et reçurent quelques gouttes. Une légère brise les avait fait tomber des arbres dont les branches nues se tendaient, tels des doigts décharnés, vers le croissant de lune. Anges gracieux, silhouettes éplorées et autres femmes de pierre, flambeau en main, luisaient dans la pénombre... Autant de visages dont les yeux furetaient parmi les herbes folles, le lierre et les ronces.

⁘

Cotford songea à son enfance et aux vieilles histoires du folklore irlandais que lui contait sa mère, ces récits peuplés de fées et de farfadets.

Durant son adolescence, la tuberculose et la grippe avaient fait des ravages aux quatre coins de l'Irlande. Dans le village de Cotford, les anciens affirmaient que c'était l'œuvre du démon. Les malades ne pouvaient plus respirer dans leur sommeil et prétendaient qu'un lourd fardeau leur pesait sur la poitrine. Le médecin superstitieux y vit la preuve qu'un vampire se juchait à califourchon sur leur torse afin de boire leur sang. La rumeur et la panique se propagèrent encore plus vite que l'épidémie... et le jeune Cotford se souviendrait toujours de la nuit où les villageois déterrèrent le cercueil de son frère, lequel, pour avoir été le premier à mourir, ne pouvait être, selon le prêtre, que le vampire ayant contaminé tout le bourg. Aussi l'homme d'Église avait-il enfoncé un pieu dans le cadavre. À l'époque, Cotford, encore crédule, crut bel et bien entendre gémir son défunt frère, tandis que le sang s'écoulait de sa bouche, de ses yeux, de ses oreilles. Le prêtre proclama ensuite le village sauvé. Mais cinq autres personnes moururent... et la foi de Cotford en fut durablement ébranlée.

{ 187 }

Des années plus tard, son expérience d'officier de police lui permit de comprendre ce qui s'était réellement passé ce soir-là. Les gaz qui fermentent dans un cadavre font gonfler celui-ci. Dès lors qu'on y plante un pieu, ou le scalpel d'un médecin légiste, lesdits gaz se libèrent et font vibrer les cordes vocales dans la gorge du défunt, forçant sa mâchoire à s'entrouvrir tandis qu'un « gémissement » s'échappe. Une fois débarrassé de ces émanations, le corps se creuse sur lui-même et contraint le sang à s'écouler par tous les orifices. Le frère de Cotford n'était pas un vampire, mais simplement une victime de la superstition et de l'ignorance.

Par crainte de l'inconnu, les parents de Cotford avaient laissé les villageois frustes profaner la tombe de leur enfant. Les fausses croyances prospéraient toujours au cœur de hameaux reculés, où des gens peu instruits redoutaient ce qui échappait à leur entendement. Bien sûr, après le décès de son frère, Cotford eut tôt fait de comprendre que tous ces récits traditionnels n'étaient que niaiseries, et, fort de ses idées nouvelles, il quitta le nid familial pour aller étudier à Londres. Au fil des ans, il trouva du réconfort en la science, laquelle permettait d'expliquer les mystères qui hantaient les hommes, quand le surnaturel se bornait à entretenir leurs frayeurs.

———⋆———

L'inspecteur s'arrêta net. Il avait entendu du bruit. La lune disparut derrière les nuages et le cimetière se retrouva plongé dans le noir. Cotford fit signe à Lee, qui s'immobilisa à son tour. Le policier tendait l'oreille. Un bruissement sur sa gauche... Il y dirigea le faisceau de sa torche, et crut entrevoir les sabots d'un cheval blanc spectral.

Cotford surprit Lee étouffant un cri. Il leva les yeux sur le sergent et s'étonna qu'un homme d'une stature si imposante pût se montrer à ce point émotif.

— Ce n'est qu'un monument, mon garçon.

— Je ne l'ai pas vu, voilà tout. J'aurais pu trébucher et me cogner la tête sur la pierre.

Les yeux de Cotford revinrent sur le mémorial qu'il reconnut comme celui de James Selby, le célèbre cocher qui détenait à ce jour le record de vitesse en diligence pour avoir relié Londres à Brighton, aller et retour, en moins de huit heures. Sur la tombe proprement dite étaient gravés les symboles de sa profession : le fouet et le clairon, de même que des fers à cheval, inversés en signe de deuil, ornaient chacune des pierres plantées aux angles et réunies par une chaîne.

Ils reprirent leur chemin et, après avoir erré dans ce labyrinthe de chapelles, dalles et autres sépultures grandioses, Cotford et Lee évitèrent une tombe creusée de frais, encore dans l'attente du marbre funèbre. Ils parvinrent enfin à un mausolée niché au milieu d'un bouquet d'ifs luisants de pluie, envahi de lierre à la manière d'une toile d'araignée.

Lee écarta les feuilles mortes et les branchages masquant le nom gravé.

– WESTENRA.

Il soupira, avant d'ajouter :

– Êtes-vous certain de vouloir continuer, inspecteur ?

Cotford acquiesça. Impossible d'agir autrement. Il manquait de preuves pour obtenir une ordonnance de la cour en bonne et due forme. Il prit une gorgée de sa flasque pour se réchauffer.

– Vous me demandez de commettre une grave infraction, monsieur.

– Ce n'est pas un caprice de ma part, sergent Lee, répliqua l'inspecteur en sortant de sa poche l'un des journaux intimes de Jack Seward. J'ai découvert que l'Éventreur avait commis voilà vingt-cinq ans un meurtre dont nous ignorions l'existence à ce jour. Écoutez donc le témoignage du médecin, écrit de sa main.

Ayant marqué la page, Cotford en donna lecture à haute voix sous la lumière de la torche électrique.

« Ce fut Arthur, son fiancé, qui hurla de douleur en plongeant le pieu de bois dans le cœur de ma bien-aimée. Au premier coup de marteau, la créature qui était autrefois la douce Lucy poussa un cri évoquant le râle

d'une sirène à l'agonie. Dieu du ciel, que de sang ! Une horreur indes-
criptible. Mes larmes coulaient à flots. Bien qu'Arthur aimât Lucy plus
que tout au monde, il n'hésitait pas à lui porter le coup fatal ! Que n'ai-je
revécu la scène en pensée depuis ce soir funeste... Puisque j'étais censé
aimer Lucy d'un amour plus intense que celui d'Arthur, pourquoi ne lui
avais-je pas prêté main-forte ? Toutefois, ce fut moi qui me chargeai de
la décapiter... Au fil des années, je me suis répété à l'envi que nous avions
délivré son âme. Mais si tel était le cas, pourquoi ne puis-je chasser ses
hurlements de mon esprit ? Ni oublier l'horrible vision du professeur Van
Helsing brandissant sa scie chirurgicale afin de trancher les membres de
Lucy... »

— Assez ! s'écria Lee.

— Inutile de continuer, certes... Mais sachez, mon garçon, que mon zèle est simplement le fruit d'une terrible culpabilité que, je l'espère, vous n'éprouverez jamais. L'acte de décès de Lucy Westenra indique qu'elle a succombé à une rare maladie du sang. Or, le médecin qui l'a signé, un certain Dr Langella, n'est autre que celui qui, quelques semaines plus tôt, portait son paraphe sur le certificat de publication des bans du mariage d'Arthur Holmwood. Plutôt commode, non ? Comme le journal l'indique en termes on ne peut plus clairs, Lucy n'est pas morte paisiblement dans son lit.

— Et si ce carnet ne contenait que les divagations d'un dément au cerveau rongé par la drogue ?

— Ne soyez pas idiot, Lee. Après tout ce que nous avons découvert, vous savez qu'il dit vrai. Si nous fermons les yeux et laissons une autre femme périr sous la lame de l'Éventreur, notre âme elle-même devra répondre de notre erreur.

Lee dévisagea longuement son mentor. Il ne pouvait nier la logique de son raisonnement. Désignant l'ancien mausolée, il murmura :

— Que Dieu nous pardonne si nous faisons fausse route.

— Et nous protège si nous sommes sur le bon chemin.

Ils ne furent pas trop de deux pour forcer l'ouverture de la porte en fer, dont les charnières gémirent. Quand le panneau de métal heurta le mur, le fracas retentit comme un coup de tonnerre.

Les rats chicotèrent, détalant ici et là sous le faisceau de la torche. Cotford et Lee firent glisser la dalle qui recouvrait le réceptacle en pierre. L'odeur de putréfaction les saisit, bien plus vive que celle qu'ils avaient respirée à la morgue.

Lee toussota, son bras masquant son visage pour se protéger de la pestilence.

— Comment se fait-il que ces restes dégagent encore une telle puanteur ?

Puis une pensée effroyable lui traversa l'esprit.

— Peut-être qu'on vient de les déposer...

— Nul n'a ouvert la porte de ce caveau depuis des décennies, déclara Cotford.

Le sergent hocha la tête. L'inspecteur disait vrai. Mais alors comment expliquer la présence d'une pareille infection... laquelle semblait récente ?

Pourvu qu'elle provienne d'un animal mort, songea-t-il.

Cotford dirigea le rayon lumineux à l'intérieur du sarcophage, où reposait le squelette mutilé d'une femme. Le crâne, aux longs cheveux roux, avait visiblement été séparé du reste du corps, de même que les membres, sectionnés et croisés ; la mâchoire renfermait de l'ail flétri, tandis qu'un pieu en bois demeurait fiché dans la cage thoracique. On distinguait des taches de sang séchées à côté du cadavre.

Tandis que l'inspecteur examinait la dépouille dévastée de Lucy Westenra, le souvenir des cinq prostituées sauvagement massacrées l'assaillit. Toutes avaient été mutilées à l'avenant. Nul doute qu'avec Lucy, l'Éventreur avait repoussé les limites de son infamie. Abandonnant les filles de joie, il s'en était pris à une femme fortunée, qu'il avait assassinée en un lieu où personne n'eût pu l'entendre crier, avant de lui porter l'estocade au moyen d'un pieu. Un crime qui portait le sceau de Van Helsing. Cotford voyait donc se confirmer le bien-fondé de son hypothèse, bien qu'il en éprouvât de la nausée.

— De véritables déments ! lâcha-t-il.

— Des assassins sans foi ni loi, renchérit Lee.

Cotford pouvait lire dans les yeux du sergent la même soif

de justice que lui n'avait pu encore étancher toutes ces années durant.

— Sergent Lee, je veux que l'on photographie ce mausolée dans ses moindres détails et que soient transportés à la morgue les restes de cette malheureuse. Ne faites appel qu'aux agents en qui vous avez une confiance absolue. Pour l'heure, pas question que nos supérieurs aient vent de nos intentions. Allez réveiller ce vieux barbon de médecin légiste et demandez-lui de procéder à une autopsie complète. Assurez-vous qu'il ait fini avant les premières lueurs de l'aube, afin de ne pas attirer les soupçons. Veillez en outre à ce que son rapport se trouve sur mon bureau sitôt terminé.

— Bien, monsieur.

Cotford inclina alors la tête et, portant l'index à ses lèvres, enjoignit le silence au sergent.

Quelqu'un courait en direction du mausolée.

Fidèle à ses habitudes, l'inspecteur ne portait pas de pistolet. Peut-être eût-il dû taire sa fierté ce soir-là... Il éteignit sa torche comme les pas se rapprochaient. Matraque en main, le sergent s'avança précautionneusement vers l'entrée et s'y tint embusqué. Cotford gardait quant à lui sa lourde lampe en main, prêt à la rallumer.

Le bruit de pas se précisait. À l'instant où la lune surgit d'entre les nuages, une silhouette sombre apparut sur le seuil du caveau. Un homme, apparemment... coiffé d'un chapeau melon. Cotford actionna sa torche. Le faisceau lumineux aveugla l'intrus en le prenant par surprise.

Au moment où il allait frapper, Lee s'écria :

— Agent Price ! Que diable faites-vous là en tenue de ville ?

Le policer ôta son couvre-chef pour le garder sous le bras et, se mettant au garde-à-vous, répondit :

— Vous m'avez demandé de passer inaperçu. Ai-je mal agi, sergent ?

Cotford reconnut alors le jeune agent de police venu le quérir à la hâte au Red Lion.

— Sergent Lee, reprit Price, rougeaud et pantelant, vous

souhaitiez que je vous informe... dès l'instant où l'homme sur la photographie... s'enregistrerait au Great Eastern Hotel.

– Et c'est le cas ? s'enquit Cotford, ravi que Lee eût mis Price dans la confidence.

Il appréciait ce jeune homme et son sérieux indubitable.

– Oui, inspecteur. Je l'ai constaté de visu. Il est plus âgé à présent, mais je l'ai reconnu.

Cotford prit une nouvelle lampée de sa flasque, un sourire narquois et néanmoins triomphant sur les lèvres.

– La chasse est ouverte...

CHAPITRE XXIII

———◦◉◦———

Tapie derrière l'épaisse nappe de brouillard, la comtesse Báthory attendait que les deux policiers et le jeune homme au melon sortent du mausolée Westenra.

Voilà plusieurs soirs qu'elle surveillait leurs faits et gestes. Une semaine plus tôt, juchée sur les toits en surplomb de la ruelle voisine de Temple Bar, elle avait observé avec un vif intérêt ce gros inspecteur qui tentait d'établir les circonstances de la mort de sa dame en blanc chérie. Ce fut en revanche avec un air moqueur qu'elle avait écouté l'autre policier, ce Huntley, se livrer à un fastidieux récapitulatif truffé d'âneries. C'était faire insulte à sa dame. La seule idée que ce gringalet de Harker eût pu assassiner sa bien-aimée aux cheveux d'or lui répugnait. Si elle en avait eu l'occasion, Báthory l'eût de ses propres mains mis en pièces !

Certes, le gros inspecteur ne manquait pas de perspicacité. Il avait décrit le cours des événements à peu près comme ils s'étaient produits, tout en présumant son existence. Néanmoins, comment pouvait-il imaginer une seconde que l'assassinat de Harker et celui de sa dame étaient l'œuvre de la même personne ? Jamais la comtesse n'eût été capable d'infliger à sa douce autre chose que des caresses ! Non, son meurtre était le fait de son ennemi juré, et il ne resterait pas invengé.

Le plus grand des deux policiers s'adressait au ventripotent inspecteur en l'appelant Cotford. La comtesse ignorait le patronyme, mais reconnut le visage. Des années plus tôt, elle avait vu son portrait dans les journaux, avec celui de ce crétin d'Abberline. *Mais si, le nom me revient à présent...* L'homme paraissait différent, il avait forci et pris de l'âge. Báthory s'étonnait de voir à quel point les mortels vieillissaient en un quart de siècle à peine.

Cependant, si Cotford se montrait plus astucieux que tous ceux dont la comtesse avait croisé le chemin, il manquait encore d'une certaine clairvoyance. Il avait peut-être décelé quelques pièces du puzzle, mais certaines lui avaient grossièrement échappé. En l'épiant du haut des toits, Báthory avait résisté à l'envie de fondre sur lui et de briser son crâne contre le mur. Elle imaginait la stupéfaction qui eût été celle de l'inspecteur en découvrant qu'une femme pouvait se montrer d'une force nettement supérieure à celle d'un homme.

Depuis des siècles, la comtesse restait perplexe devant la croyance selon laquelle Dieu avait créé l'homme à son image. Si tel était le cas, alors Dieu trahissait sa faiblesse. L'homme se révélait si fragile et si limité. Sans le progrès technique, il demeurerait au bas de la chaîne alimentaire. Or, Báthory détenait une vérité que même les animaux les moins évolués connaissaient depuis des millénaires : l'homme était une proie facile, et son sang un divin nectar. Elle se demandait parfois si les bêtes féroces ayant goûté à la chair humaine éprouvaient la même satisfaction qu'elle.

En vérité, le seul être auquel la comtesse témoignait le moindre respect n'était autre que Charles Darwin. *La loi du plus fort.* Selon cette logique, Báthory représentait une forme d'humanité perfectionnée. Sa vue, son ouïe, son odorat, son toucher et son goût se révélaient dix fois plus aiguisés que ceux d'un humain, sans parler de sa force décuplée d'autant. Elle jouissait même d'un sixième sens, l'esprit. Des siècles durant, l'homme s'était émerveillé que des magiciens capables de manipuler les objets pussent pénétrer et contrôler le cerveau humain. Pour ce faire, Báthory n'utilisait ni illusion ni tour de passe-passe : elle pouvait s'immiscer dans la conscience d'un être et contraindre son imagination à la voir sous la forme d'un loup, d'une gargouille, d'un rat... ou d'un voile de brume.

Au fil du temps, ses pouvoirs s'étaient tant accrus qu'elle parvenait désormais à s'introduire dans l'esprit d'un individu à des centaines de lieues de distance, pour le contraindre à agir comme bon lui semblait. Par ailleurs, la comtesse possédait la faculté de se déplacer avec une célérité inouïe. De même qu'elle pouvait léviter, fuser dans les airs et filer au gré du vent. Si l'homme avait besoin d'une machine pour voler, Báthory se révélait plus forte. En ce sens, elle représentait bien le stade supérieur de l'évolution humaine.

La comtesse s'interrogea. Devait-elle tuer Cotford à cause de ce qu'il avait déduit, ou s'en faire un allié involontaire ? Son instinct lui dictait de réduire à néant les trois hommes présents dans le mausolée, avant qu'ils ne fissent part de leurs découvertes. Elle avait éliminé Jack Seward pour des raisons moindres, et ce lieu isolé offrait un cadre idéal pour un assassinat. Elle avait beau se trouver à plusieurs mètres de distance, ses yeux aux capacités surnaturelles perçaient aisément le brouillard et l'obscurité. Le mausolée Westenra... *Ils déterrent le passé, glanant au passage d'autres pièces du puzzle.*

Báthory réfléchissait toujours au sort qu'elle allait réserver au gros inspecteur. Peut-être ses contemporains jugeaient-ils cet homme pétri d'idées fixes et passablement étroit d'esprit aussi fou que les criminels qu'il pourchassait ?

Elle adorait parier, non pas avec des cartes à jouer, ni même avec de l'argent. La vie et la mort constituaient de bien meilleurs enjeux. Encore que tout cela dépendît davantage de la volonté que de simples règles édictées... De ce genre de divertissement macabre, la comtesse sortait toujours gagnante. Cependant, elle eût juré que Cotford avait exigé des policiers la plus grande discrétion, ce qui n'était pas pour lui déplaire. Mais le fait qu'il n'ait pas reconnu la tombe de Seward à proximité du caveau de Lucy la conduisit de nouveau à penser qu'il manquait de suite dans les idées. Pouvait-elle malgré tout utiliser l'inspecteur pour servir ses propres desseins ? Certes, oui... Elle l'instrumentaliserait pour éliminer les autres. Il les lui apporterait sur un plateau. La comtesse sourit. L'Angleterre ne serait pas aussi morne que dans ses souvenirs, somme toute.

Cotford et ses subalternes vivraient donc encore quelque temps au moins. Non pas qu'elle éprouvât la moindre pitié ou compassion à leur endroit, semblables sentiments lui étaient étrangers : elle agissait en parfait prédateur. Cette nuit, elle laisserait de côté sa soif de sang pour mieux goûter au plaisir du jeu. *Tâchons d'offrir à mes nouveaux pions un autre morceau du puzzle !*

Dès qu'elle s'y fut installée, la comtesse tapota le plafond de sa voiture de sa canne à bout doré, et l'attelage sans cocher quitta le cimetière de Highgate pour s'en aller au trot en direction de Whitechapel.

———◆———

Épuisée par ses allées et venues dans Commercial Street toute la nuit durant, Kristan avait les pieds meurtris, et même les journaux fourrés dans ses bottines pour se tenir chaud ne la soulageaient pas. Celles-ci avaient d'ailleurs pris la pluie et le cuir de mauvaise facture partait en lambeaux dans de nauséabonds effluves de poisson avarié.

Tandis qu'elle rejoignait en claudiquant son logis délabré de Devonshire Square, Kristan entendit des chevaux s'approcher. Elle les eût volontiers ignorés, mais sa situation financière peu glorieuse ne lui permettait pas un tel luxe. Elle composa donc son plus joli sourire et se tourna pour voir surgir de l'épais brouillard un attelage noir. Un détail l'intriguait toutefois. *Les voitures ne se dirigent pas toutes seules*, nota-t-elle en contemplant les garnitures dorées sur la berline. Une idée lui traversa alors l'esprit. Puisque l'époque voyait naître toutes sortes d'inventions, et que les gens fortunés s'offraient ce qu'il y avait de plus beau et de plus moderne... nul doute qu'un attelage sans cocher tenait lieu de croisement entre une automobile et un cabriolet.

Tout cela fleure bon l'argent, se réjouit Kristan, gagnée par l'enthousiasme. Elle avait déjà eu cinq clients ce soir, mais leurs maigres pourboires paieraient au mieux ses repas du lende-main. Alors que pareil attelage devait transporter quelque gentleman aisé. Si elle parvenait à le satisfaire, elle pourrait lui demander largement de quoi régler son loyer pour le mois. C'était peut-être son soir de chance, en définitive.

La voiture s'arrêta tout près de ses bottines élimées. Kristan attendait que la portière s'ouvrît sur un galant de la haute société, tout en se réjouissant déjà du siège capitonné que son fondement trouverait plus confortable que les pavés glacés d'une sordide venelle. Au bout de quelques instants, elle comprit que le gentleman souhaitait qu'elle prît l'initiative. Aussi humecta-t-elle ses lèvres dans l'espoir qu'il ne vît pas les gerçures causées par le vent de mars, puis rajusta son corsage pour mettre en valeur son opulente poitrine, atout non négli-geable dans sa profession. Elle chaloupa enfin du mieux qu'elle put en s'approchant de la portière, qu'elle frappa délicatement.

– On cherche d'la compagnie, milord ?

Pas de réponse. *Fichtre ! Monsieur joue les farouches...*

– Ohé ? Y a quelqu'un ?

Kristan recula d'un pas quand une main gantée de noir portant une bague de rubis écarta le rideau rouge sang, pour lui tendre un doublon espagnol. Elle s'empara aussitôt de la pièce d'or dans un sourire vorace.

– Mazette ! Comme qui dirait qu'vous savez parler aux dames !

La portière s'ouvrit lentement. La main gantée lui fit signe de monter. À ce prix-là, le gentleman pouvait bien exiger d'elle ce qu'il voulait. En femme d'affaires avisée, Kristan n'ignorait pas qu'un monsieur de la haute société s'aventurant dans le quartier et prêt à débourser autant cherchait sans doute quelque frivolité bien particulière. S'il était violent... qu'à cela ne tienne, elle s'en accommoderait ! Avec un peu de chance, il deviendrait un habitué.

D'un geste délibérément aguicheur, Kristan glissa la pièce dans son corsage et prit la main qui s'offrait à elle.

Une fois la portière refermée, le visage de son client lui apparut enfin. Quelle ne fut pas sa surprise de découvrir non pas un gentleman... mais une superbe brune aux yeux bleus, arborant une queue-de-pie à la manière d'un dandy ! Kristan se réjouit de n'avoir pas à subir encore les assauts ravageurs d'un client en rut, tout en garnissant néanmoins son escarcelle. Si bien que son désir s'éveilla bientôt à l'idée que les caresses de cette femme sublime apaiseraient les recoins intimes de son corps endolori.

❦

L'attelage de Báthory caracolait sur les pavés de Lower Thames Street, non loin de la Tour de Londres.

Naseaux frémissant, les juments s'arrêtèrent soudain, comme si des rênes invisibles arquaient leur encolure. Il faisait nuit noire, en plein cœur de la Cité, une heure à peine avant l'aube. Dans la rue, pas âme qui vive. Et donc aucun témoin. La portière de la voiture s'ouvrit doucement. Comme s'il ne pesait guère plus qu'un ballot de vieilles hardes, la comtesse lança sans effort le corps sanguinolent de Kristan dans la Tamise.

Le corsage en lambeaux et les dessous baissés jusqu'aux chevilles, la malheureuse avait le visage figé par l'épouvante, la gorge déchirée et la bouche béante. Même dans la mort, Báthory n'épargnerait aucun outrage à cette créature du Seigneur qu'elle avait jugée à son goût le temps d'une étreinte. D'un coup de pied, elle flanqua l'aumônière de Kristan dans la rue, et son contenu se répandit sur les pavés : quelque menue monnaie, un mouchoir et un chapelet. La comtesse rit aux éclats. *Encore une hypocrite...*

Le corps de la prostituée flottait au gré du courant, ses yeux aveugles fixant les cieux. Báthory ne comprendrait jamais pourquoi des misérables comme cette catin témoignaient de l'amour envers Dieu. Qu'avait-Il donc fait pour eux ? Elle lança le doublon et sourit, tandis que Kristan et sa pièce d'or sombraient dans les eaux noires du fleuve. *Qui a dit que tu ne pourrais pas l'emporter avec toi ?*

— À vous de jouer, inspecteur Cotford... murmura Báthory, songeuse.

CHAPITRE XXIV

Le sang bouillonnait dans les veines de Quincey comme il courait dans Bonhay Road. Mille pensées fusaient dans sa tête tandis qu'il filait sous la pluie. Il entendit le sifflement familier du train qui s'apprêtait à quitter la gare de St. David... Le temps lui manquait pour acheter un billet.

Quincey devait fuir Exeter au plus vite, sinon il finirait par perdre la raison. Le prochain départ pour Londres n'était prévu que dans trois heures si bien que, sans réfléchir, le jeune homme s'élança le long des voies alors que le train prenait de la vitesse, et il bondit sur le wagon de queue. La pluie avait rendu le métal glissant et Quincey perdit prise. Il tâtonna en quête d'une chaîne quelconque puis, l'ayant trouvée, s'y cramponna de toutes ses forces comme le convoi accélérait encore. Il serra les dents et parvint à se redresser, le cœur palpitant. Quand il se retrouva enfin sain et sauf dans le train, Quincey reprit son souffle et contempla par la vitre Exeter qui s'éloignait progressivement. Il savait qu'il ne remettrait jamais plus les pieds dans sa ville natale.

Le jeune homme dénicha un siège dans un wagon confortable et tranquille... mais son esprit ne trouva pas la paix pour autant. Quel crédit pouvait-on accorder au roman de Stoker ? Un Immortel, cela paraissait absurde. La lettre de sa mère, pourtant, tendait à confirmer l'existence de ce monstre qui avait peut-être assassiné son père, en tout cas détruit sa famille. Quincey sentait grandir en lui un besoin insatiable de vengeance. *Mais comment combattre une créature aussi maléfique ?* Il allait devoir affronter un adversaire qui, voilà plusieurs siècles, dirigeait des armées entières ! D'une cruauté implacable, cet être abject se révélait l'allié des forces du démon. En songeant à cela, Quincey se sentit isolé, anéanti. Seules les personnes qui avaient combattu le mal avant lui pouvaient mesurer l'ampleur de sa tâche. Mais le lien qui les unissait tous était rompu de longue date, les membres de ce groupe d'intrépides étant presque tous décédés. Peut-être en restait-il cependant un vers lequel le jeune homme pourrait se tourner...

Il connaissait désormais son nom : Mina avait tenu un dossier complet sur ses prouesses. Véritable héros, il avait servi aux côtés de Quincey P. Morris dans la Légion étrangère française, un corps d'élite dont les aptitudes à combattre demeuraient légendaires. Il avait participé au siège de Tuyen Quang contre l'Empire chinois, échappé aux cannibales des îles Marquises, et protégé l'impératrice de Corée de la menace d'assassins japonais. Qui plus est, il avait survécu au combat l'opposant au prince Dracula. *Il me faut coûte que coûte rencontrer cet homme.*

Le soleil se couchait lorsque le fiacre s'arrêta devant les grilles de la demeure d'Arthur Holmwood, également connu sous le nom de lord Godalming. Quincey sauta à terre et régla sa course en lançant quelques pièces au cocher.

L'imposant hôtel particulier le laissa sans voix. La bâtisse se révélait à tout le moins trois fois plus vaste que la demeure des Harker à Exeter. Un homme disposant à l'évidence d'une telle fortune aurait pu se contenter de jouir de ses privilèges, mais Holmwood avait préféré risquer sa vie à maintes reprises. Un choix qui incita Quincey à l'admirer avant même de faire sa connaissance. Nul doute qu'il frappait à la bonne porte, et que cet individu lui apporterait toute l'aide nécessaire.

Le roman de Stoker ne précisait pas en quelles circonstances le groupe s'était formé. Certes, en parcourant les journaux et les comptes rendus de Mina, Quincey avait eu connaissance des liens qui unissaient ses membres de longue date. Dans leur enfance, Jack, Arthur et l'homonyme du jeune homme, Quincey P. Morris, avaient tous été élèves d'un prestigieux pensionnat huguenot des environs de Londres. Bien que catholique, Jack avait rejoint l'établissement, car son père, un éminent médecin, ne souhaitait pas l'inscrire à l'école paroissiale, jugeant l'instruction qu'on y délivrait de piètre qualité. Il l'avait envoyé dans cette école privée protestante afin qu'il se mêlât aux garçons du beau monde. Ce fut là-bas que Jack rencontra Arthur, et ils nouèrent une solide amitié.

Brutus, le père de Quincey P. Morris, était un riche fermier du Texas. Quand avait éclaté la guerre de Sécession en 1861, leur État s'était réservé le droit de ne pas se séparer de l'Union, sans pour autant rejoindre la Confédération. Dans ce dessein, une ambassade fut ouverte à Londres, et Brutus Morris nommé ambassadeur du Texas. Comme il seyait à un homme de son statut, Brutus envoya son fils dans l'école privée que fréquentaient Jack et Arthur, avec lesquels le garçon sympathisa. Mais Quincey P. Morris regrettait que son jeune âge l'eût empêché de combattre dans la guerre de Sécession, aussi retourna-t-il plus tard en Amérique pour participer aux guerres contre les Indiens qui jalonnèrent la Conquête de l'Ouest. Inspiré par l'héroïsme dont son ami avait fait preuve dans les Grandes plaines, Arthur s'engagea plus tard à ses côtés dans la Légion étrangère française. Tous deux ne parvinrent pas en revanche à persuader Jack Seward de les rejoindre, et ce dernier préféra s'illustrer dans la science en étudiant à la célèbre Vrije Universiteit d'Amsterdam, où il devint ensuite l'assistant diplômé du professeur Abraham Van Helsing.

Arrivé en haut des marches du perron, Quincey se ressaisit. Pas question de rencontrer le grand Arthur Holmwood en ayant l'air d'un garçon de courses ! Il songea non sans émotion que le groupe avait dû souvent se retrouver dans cette demeure, sans doute pour y échafauder ses plans... Mais bien qu'ils eussent un homme de la trempe d'Arthur Holmwood avec eux, ils avaient échoué.

Par réflexe, Quincey tendit la main pour actionner le heurtoir, mais il n'en vit aucun. Regardant alentour, il aperçut un cordon avoisinant la porte et comprit son erreur. *Suis-je niais ! Le maître des lieux dispose bien sûr du dernier luxe en date... une sonnette !*

Il tira donc sur le cordon et un carillon au timbre caverneux résonna dans le vestibule. Pas de réponse. Nouvelle tentative... Toujours rien. Il allait tambouriner à la porte quand celle-ci s'entrouvrit.

Un majordome passa la tête dans l'embrasure.

— Bonsoir, monsieur. En quoi puis-je vous être utile ?

— Je m'appelle Quincey Harker et souhaiterais voir...

Le jeune homme s'interrompit. Un pair du royaume devait être appelé par son titre.

— ... lord Godalming, reprit-il. Il s'agit d'une affaire extrêmement urgente.

Le majordome ouvrit plus grand la porte et lui tendit un petit plateau en argent, afin que Quincey y déposât sa carte de visite. Par chance, Basarab en avait fait préparer quelques-unes à la hâte pour son protégé, chez un imprimeur ami d'André Antoine. Fouillant dans son manteau, le jeune homme en dénicha une au fond d'une poche, puis plaça le bristol tant soit peu écorné sur le plateau.

Le domestique haussa un sourcil. Tout gentleman digne de ce nom eût transporté ses cartes dans un étui idoine !

— Un instant, je vous prie, déclara-t-il en lui refermant la porte au nez.

L'appréhension plongea Quincey dans une attente nerveuse. Il avait tant lu au sujet de Holmwood, dont les exploits en Transylvanie n'étaient que la partie visible de l'iceberg. Parmi les documents rassemblés par Mina, le jeune homme avait glané des renseignements sur l'existence antérieure d'Arthur, de même que des extraits du carnet mondain découpés dans la presse qui relataient sa vie depuis leur combat contre Dracula. Bien que Holmwood eût pris le titre de lord Godalming dès la mort de son père, il n'en avait guère fait usage durant leur expédition aux Carpates. Avait-il changé de nom parce qu'il savait le vampire toujours en vie ? Lord Godalming ne vivait tout de même pas en reclus par couardise ! Voilà un homme qui avait été champion de régates sur la Tamise, excellent joueur de polo et maître d'armes ! Il avait maintes fois défendu son honneur au pistolet comme à l'épée, tuant trois adversaires et en blessant douze autres qui l'avaient outragé. Quincey espérait beaucoup d'un individu ayant en outre bravé tous les dangers pour sauver l'âme damnée de son grand amour, Lucy Westenra. Un tempérament comme le sien allait sans conteste se dresser contre les forces du mal que le retour de Dracula avait libérées.

Certes, le jeune homme conservait la vague souvenance d'un « Oncle Arthur » dans son enfance. Toutefois, celui-ci avait rompu toute relation avec les Harker depuis près de deux décennies... pour des raisons que Quincey attribuait à la trahison de sa mère et à l'alcoolisme invétéré de son père. Holmwood parviendrait-il à dépasser ses vieilles rancœurs pour témoigner sa confiance au jeune Harker qui avait cruellement besoin de son aide ?

Au fil de ses lectures, Quincey avait également découvert qu'un ami du père d'Arthur s'était retrouvé en faillite à l'issue d'investissements hasardeux. Plutôt que de le laisser perdre ses terres et sa fortune, Holmwood avait épousé la fille de l'ami en question. Les hommes pétris d'un tel sens de l'honneur et du devoir semblaient en voie de disparition...

Et si, pour sa part, Quincey était anéanti de remords en songeant qu'il ne pourrait plus présenter ses excuses à son père pour s'être si odieusement comporté avec lui, il savait à présent que Jonathan avait tout sacrifié pour lui, et il était bien décidé à se montrer digne d'un pareil dévouement.

La porte finit par se rouvrir. Le majordome sortit sur le perron et lui annonça :

– Lord Godalming consent à vous recevoir.

Le jeune homme s'avança pour entrer, mais le domestique entravait son passage. Il l'entendit toussoter et vit qu'il lorgnait ostensiblement ses souliers crottés... À nouveau pris en défaut,

Quincey racla ses semelles sur le grattoir en fer prévu à cet effet.

On le conduisit enfin dans le bureau d'Arthur Holmwood. Le majordome prit son manteau et s'éclipsa en fermant la porte derrière lui.

Un parfum familier flottait dans la pièce, et Quincey se demanda s'il y était déjà venu dans le passé. Fleurets, rapières et autres poignards ornaient le mur. Le jeune comédien avait tenu en main moult épées factices, mais les lames qui s'offraient à sa vue n'avaient rien d'accessoires de théâtre. Certaines présentaient même des fêlures.

Soudain, un flot de souvenirs l'assaillit. Il se rappela avoir voulu les toucher quand il était petit, mais son père lui avait alors saisi la main. « Prends garde, Quincey, tu pourrais te blesser... » Il reconnut aussi la tapisserie dans les tons bordeaux, un authentique et fort onéreux motif de William Morris.

Enfin, tandis que ses yeux vagabondaient sur les meubles en chêne sculptés, les vitraux aux fenêtres et les étagères de la bibliothèque regorgeant d'ouvrages dont la lecture eût nécessité d'y consacrer plus d'une existence, Quincey se remémora le portrait d'une belle jeune femme aux cheveux roux.

Il se tourna vers la cheminée, au-dessus de laquelle le tableau était accroché à l'époque, lui semblait-il... mais il n'y vit qu'un simple paysage.

– La peinture que vous cherchez fut décrochée voilà dix ans, déclara une voix dans son dos. Par respect envers Beth, mon épouse.

Arthur Holmwood se tenait derrière lui. Il alla s'installer à son bureau, une majestueuse pièce d'acajou. Sous une lampe de table finement ouvragée reposait le plateau d'argent avec la carte de visite du jeune homme.

Quincey n'en croyait pas ses yeux : lord Godalming conservait malgré son âge une prestance hors du commun. Avec ses cheveux blonds et drus, sa mâchoire carrée et ses yeux bleu acier, comment s'étonner que Lucy l'eût préféré à ses autres prétendants ? Le pauvre Dr Seward ne pouvait rivaliser.

Quincey se redressa et s'éclaircit la voix.

— Bonsoir, monsieur... euh... lord Godalming. Pardonnez-moi, je me suis laissé aller à admirer les lieux.

— Je doute que vous soyez là pour discuter de mon intérieur.

Surpris par ce ton brusque, le jeune homme continua néanmoins sur sa lancée.

— Je suis le fils de Jonathan et Mina Harker...

— Je sais fort bien qui vous êtes, mon garçon. Un cognac ?

— Non, merci.

Quincey espérait que son refus serait interprété comme le signe qu'il ne partageait pas la faiblesse de son géniteur.

Arthur Holmwood se leva et traversa la pièce pour rejoindre un bar bien approvisionné. Du haut de son mètre quatre-vingt-quinze, sa silhouette ne pouvait laisser indifférent, d'autant que son complet-veston à la coupe irréprochable mettait sa musculature en valeur. À l'inverse des hommes de sa génération, son ventre, sous le gilet, n'accusait aucun renflement disgracieux, de même que la peau de son cou demeurait d'une fermeté quasi juvénile. Il se déplaçait avec tant d'allure que Quincey peinait à croire aux récits d'aventures lus à son sujet. Seules quelques mèches grisonnant à ses tempes trahissaient les cinquante ans passés de Holmwood, mais accentuaient sa distinction.

Comme Arthur se tournait pour saisir la carafe et le verre en cristal, un rai de lumière éclaira son visage. Quincey y remarqua aussitôt deux légères imperfections : une cicatrice sur la joue gauche, et une entaille à l'oreille. Il se demanda à quel combat lord Godalming devait de tels stigmates.

Arthur se servit un cognac.

— Quelle est donc la raison de votre venue, jeune homme ?

— Je suis sûr que vous la connaissez.

— Détrompez-vous. Je n'en ai pas la moindre idée.

— On a assassiné mon père la semaine dernière.

— Certes, je l'ai lu dans la presse, déclara Arthur sur un ton détaché. Veuillez accepter mes condoléances, ajouta-t-il en laissant l'alcool se réchauffer au contact de sa main sur le verre.

Quincey tenta de comprendre la cause d'une telle froideur, laquelle confinait au mépris.

— Les journaux vous ont-ils également appris le meurtre de Jack Seward, voilà deux semaines, à Paris ?

Arthur plissa le front et son visage s'assombrit. Il ferma les yeux, approcha son verre pour en humer l'arôme, et ne fit aucun commentaire.

Quincey haussa la voix.

— M'entendez-vous, monsieur ? Le Dr Seward est...

— Je ne suis pas sourd ! répliqua son hôte qui ouvrit les paupières en lui décochant un regard meurtrier. Jack était un vieil imbécile. À trop vouloir fourrer son nez dans... des affaires qu'il aurait mieux fait de laisser de côté.

— Jack Seward était votre ami !

Arthur plissa les yeux et fit un pas vers Quincey.

— Jack Seward était un morphinomane qui avait perdu sa fortune, sa réputation, son foyer et sa famille !

Son instinct dictait au jeune homme de cesser sur-le-champ toute provocation. Cependant, il ne devait pas lâcher prise afin de gagner le respect de son hôte. Aussi bomba-t-il le torse, ancrant ses pieds au sol pour affirmer sa détermination. Mais la colère d'Arthur s'évanouit aussi vite qu'elle avait surgi, pour se muer en une profonde tristesse.

— Ce vieux fou de Jack ne pouvait se libérer du passé, reprit-il après avoir vidé d'un trait son cognac, comme s'il voulait chasser un souvenir pénible.

— Mon père et le Dr Seward ont été assassinés à quelques jours d'intervalle... La coïncidence est troublante, ne trouvez-vous pas ? De même, votre femme et vous courez un grave danger.

Arthur partit d'un éclat de rire et s'apprêta à se resservir.

— Un grave *danger* ? Le sens d'un tel mot vous aura échappé, mon garçon !

Quincey ne pouvait croire que le même Arthur Holmwood avait donné l'assaut aux Tziganes et à Dracula. Lui plus que quiconque aurait dû mesurer l'ampleur de la menace !

La fureur s'empara du jeune homme qui, avant même de s'en rendre compte, se rua sur son hôte et le saisit par le bras.

— Dracula est revenu se venger et vous le savez !

Arthur lança un regard d'acier sur la main qui l'entravait et se dégagea d'un mouvement vif.

— Mina vous aura tout raconté, j'imagine...

— Non... j'ai découvert moi-même la vérité, répondit Quincey en maîtrisant avec peine les tremblements dans sa voix.

— Dracula est mort. Je l'ai vu s'éteindre sous mes yeux, dit Arthur comme il allait pour se rasseoir derrière son bureau. Nous en avons tous été témoins.

Quincey ne pouvait croire en un aveuglement aussi délibéré. Fallait-il donc qu'il lui explique en termes clairs ?

— Mon père a été empalé... *Tepes*... qui d'autre aurait pu agir de la sorte ?

— J'ai lutté en mon temps, monsieur Harker. J'ai connu dans la vie d'effroyables champs de bataille et traversé d'horribles bains de sang. Tout cela appartient désormais à mon passé. Plus question de m'y replonger.

À ces mots, il s'empara d'une clochette pour appeler le majordome.

— Vous n'êtes qu'un lâche ! s'écria Quincey en martelant le bureau de son poing, certain que l'insulte inciterait Arthur à réagir.

Mais les yeux bleus de son hôte demeuraient vides de toute émotion.

— Rentrez chez vous, mon garçon, soupira Holmwood, sinon vous allez finir par vous blesser...

Quincey entendit le domestique pénétrer dans la pièce.

— Je présume que notre entretien s'achève là ?

— Bonsoir, monsieur Harker, conclut Arthur, avant de reprendre la lecture d'un ouvrage resté ouvert sur son bureau.

Le majordome s'approcha avec le manteau du jeune homme.

— Par ici, je vous prie...

Quincey demeurait planté là, sous le choc. Puis il prit son vêtement et, virevoltant soudain vers le bureau, arracha le livre des mains d'Arthur qu'il regarda droit dans les yeux.

— Je ne vous plaindrai pas quand on posera une dalle mortuaire à votre nom ! vociféra-t-il dans l'espoir que Holmwood réagirait enfin.

Mais plutôt que de se défendre, celui-ci porta son regard sur le morne paysage au-dessus de la cheminée, et répondit *mezza voce* :

— Je doute que quiconque me regrette...

Après qu'on l'eut reconduit sur le perron, Quincey gagna la rue où la nuit était maintenant tombée, et il réfléchit à son entrevue. Quelle que fût la force maléfique qui avait entraîné Jack Seward dans la folie, corrompu sa mère, et emporté l'âme de son père... elle avait aussi dévoré la vigueur de lord Godalming. Si celui-ci usait désormais de son titre de noblesse, c'était parce que Arthur Holmwood avait cessé d'exister.

CHAPITRE XXV

Cotford contempla la lune basse dans le ciel, à travers les fenêtres de New Scotland Yard. Assis à son bureau, il luttait contre le sommeil. À sa gauche était ouvert le rapport du médecin légiste concernant l'autopsie de Lucy Westenra, accompagné des photographies sans complaisance de l'exhumation de sa dépouille. À sa droite étaient disposées celles de la femme massacrée, découverte dans la venelle cinq nuits auparavant.

L'inspecteur comparait les deux séries de clichés. Vingt-cinq ans plus tôt, le corps de Lucy Westenra avait été découpé à peu près de la même manière que celui de la femme assassinée récemment dans la ruelle. Un lien unissait manifestement les deux meurtres, mais Cotford ne disposait d'aucune preuve tangible pour le moment. Il ne pouvait donc pas en référer à ses supérieurs, qui n'y verraient que pure conjecture. Il parcourut une fois encore les images et les notes, en quête d'un indice, d'une information quelconque qu'il eût éventuellement négligée et confirmerait que les deux meurtres avaient été commis par la même personne. Sentant qu'il s'assoupissait, il secoua la tête pour se ressaisir. Voilà des jours qu'il n'avait pas fermé l'œil...

– Inspecteur Cotford !
La voix du sergent Lee l'éveilla en sursaut.

— Oui, que se passe-t-il ? s'écria le vieux policier.

Il sentit une raideur à sa nuque, s'étira, puis mit sa main en visière pour se protéger de la lumière matinale aveuglante qui traversait la vitre. *Fichtre ! J'ai dormi trop longtemps !*

— On a retrouvé un autre corps !

— Où cela ? répliqua l'inspecteur qui avait sur-le-champ recouvré ses esprits.

— Dans la Tamise, monsieur. Près de la Tour de Londres.

Cotford saisit son manteau posé sur le dossier de sa chaise et quitta son bureau en trombe.

Sur la rive glaciale en contrebas de Lower Thames Street, non loin de St. Katharine Docks, un petit attroupement s'était formé. L'inspecteur Huntley surveillait l'enlèvement du cadavre. On avait noué une corde sous les bras de la victime, et attaché l'autre extrémité à la selle d'un cheval. Les badauds restaient bouche bée à la vue du corsage déchiré. Une fois qu'on eut fait passer le corps par-dessus le garde-fou, on l'étendit sur le sol. Huntley ôta sa veste pour recouvrir la poitrine nue de la défunte et préserver ainsi sa dernière parcelle de dignité. Le médecin légiste s'agenouilla auprès du cadavre afin de procéder à un examen préliminaire, tout en s'entretenant paisiblement avec l'inspecteur.

Non loin d'eux, une autre jeune femme en robe suggestive quoique pour le moins défraîchie sanglotait en s'adressant à un agent, qui notait sa déposition sur un calepin.

Cotford entraîna Lee dans son sillage, et tous deux jouèrent des coudes parmi les curieux, afin d'entendre le témoignage.

— ... après quoi, j'ai vu Kristan rentrer tout' seule chez elle... du côté d'Devonshire Square. Vu qu'c'est là qu'elle habite, pardi... elle loue une chambre à douze pence la s'maine... Enfin, elle y habitait, disons...

Saisie d'une crise de larmes, la prostituée s'interrompit. Cotford remarqua qu'un mouchoir dépassait de la poche de l'agent, lequel se garda bien de le proposer à son témoin. *Elle n'en demeure pas moins une femme, pauvre abruti !*

Le vieil inspecteur sortit son propre mouchoir et s'approcha encore pour le lui tendre, mais un autre homme le devança. La fille de joie accepta l'offrande de bonne grâce, tandis que Cotford découvrait avec étonnement que le gentleman n'était autre que son collègue Huntley, lequel se tourna vers lui... d'un air amical que l'inspecteur jugea trop familier. Huntley prit Cotford et Lee par le bras et les entraîna à l'écart pour leur parler en privé.

— Que faites-vous ici, sergent Lee ? s'enquit Huntley sur un ton ferme. Je comprends maintenant que la présence de l'inspecteur Cotford l'autre soir dans la venelle n'était pas le fruit du hasard. Quel boniment vous a-t-il donc conté pour vous corrompre ? Vous associer à un homme ayant sa réputation pourrait mettre votre carrière en péril.

Puis, se tournant vers Cotford :

— Je suis certain que l'inspecteur Cotford m'approuvera.

— Comment vous désavouer ?

Lee s'éclaircit la voix pour intervenir, mais Huntley leva une main pour lui enjoindre le silence.

— Je vous en prie, ne dites rien qui puisse encore gâcher la bonne opinion que j'ai de vous.

Et avant même que le sergent pût réagir, Huntley poursuivit à l'adresse de Cotford.

— Inspecteur, permettez-moi d'abord de vous remercier pour vos observations de l'autre soir. Le sergent Lee m'a informé de la deuxième série de taches de sang et des autres empreintes. Le fait que vous lui ayez demandé de porter ces nouveaux éléments à mon attention et non point à nos supérieurs prouve que vous respectez encore les règles en vigueur et témoignez de courtoisie professionnelle envers vos collègues officiers.

Cotford opina du chef.

— Mon seul devoir consiste à faire traduire l'assassin en justice.

— Fort bien. Dans ce cas, laissez-moi vous rendre la pareille, déclara Huntley. Je vous saurai gré de ne pas tirer davantage de conclusions hâtives. Je vous connais, alors autant vous le dire tout net… Il n'existe aucune corrélation entre la femme dans la ruelle et la victime ici présente. Cette défunte n'est qu'une pauvre prostituée assassinée par un client dépravé, un fait courant dans le quartier. En revanche, la femme décapitée de la venelle était fortunée. Je concède nonobstant qu'elle fut sans doute tuée par une tierce personne, comme vous l'avez déduit, mais je maintiens qu'il s'agit d'un crime passionnel. À l'évidence perpétré par un mari jaloux. Je puis vous garantir que je vais le retrouver.

— J'en fais une affaire personnelle, voyez-vous, déclara Cotford. Je ne suis pas en quête d'une gloire quelconque, pas plus que je ne cherche à vous en remontrer. Je serais ravi de vous présenter toutes les preuves en ma possession avant de saisir la Haute Cour. Comme je vous l'ai dit, mon seul souci est de déférer l'assassin au Parquet.

— Que les choses soient bien claires, inspecteur, reprit Huntley d'un ton plus vif qui trahissait son exaspération. Si je vous surprends en train de vous immiscer dans mon enquête, ou de semer la panique dans la population en proclamant que ces derniers meurtres sont liés, vous ne me laisserez d'autre choix que de me protéger en allant en référer à nos supérieurs. Je vous prierais de ne pas m'y contraindre. Il vaudrait mieux ne pas entacher plus avant votre carrière en vous livrant à la chasse aux fantômes.

Sans attendre de réponse, il tapota son collègue dans le dos et le gratifia d'un sourire encourageant, avant de s'en aller parader devant la presse qui l'attendait.

Resté un peu à l'écart pendant le conciliabule entre les deux inspecteurs, Lee s'approcha alors, l'air inquiet, et glissa à l'oreille de Cotford :

— Quelle mouche le pique ?

— Sergent, Huntley n'a pas tort. Vous devez penser à votre famille. Si vous souhaitez vous retirer de notre enquête à présent, je ne saurais vous le reprocher.

Lee riva son regard à celui de Cotford.

— Je reste à vos côtés tant que vous êtes dans le vrai, inspecteur.

Cotford sourit puis tous deux s'en allèrent rejoindre le corps de la défunte, allongé près du garde-fou. Bien que mouillés, ses cheveux étaient à l'évidence roux, tout comme ceux de Lucy Westenra. Sans doute joli de son vivant, le visage de la morte était pétrifié en un masque d'épouvante. Ses yeux verts exorbités dans la direction de Cotford se perdaient dans le vague. Son cou portait une entaille profonde qui atteignait presque l'os. La blessure évoquait davantage la morsure d'un animal que l'acte le plus barbare qu'un être humain pût infliger. L'inspecteur songea alors qu'il pourchassait un véritable dément.

Avait-il perdu un temps précieux à chercher des preuves indubitables ? Sa méthode scientifique lente et mesurée avait-elle coûté la vie à cette femme ? Cotford comprit que chaque instant comptait désormais, et qu'il devait accélérer l'allure. Recouvrant toute son énergie, il se tourna vers Lee. Un détail le tracassait... une chose que la femme en pleurs avait déclaré. Elle avait vu la victime, Kristan, s'en retourner à sa chambre de Devonshire Square.

Devonshire Square ? Ce n'est qu'à un jet de pierre de... l'hôtel où séjourne Van Helsing.

– Cette vermine ! pesta l'inspecteur, la rage faisant battre ses tempes. Restez là, sergent. Tâchez de dénicher le moindre indice.

Sans plus tarder, il détala vers le nord.

CHAPITRE XXVI

—◆—

S'aidant de sa canne, le vieil homme se cala au fond du confortable fauteuil de velours. Assis dans le restaurant cossu qui abritait jadis la salle de bal du Great Eastern Hotel, il trouvait du réconfort dans ce cadre familier, où le temps semblait suspendu. Il venait d'achever son consommé de tomate et attendait avec impatience le steak et la *kidney pie* qui faisait de longue date la réputation de l'établissement. Le vieil homme en conservait d'ailleurs le fumet et la saveur depuis son dernier séjour, et en salivait déjà quand il aperçut le serveur avec un plateau surmonté d'une cloche. À sa grande surprise, il se rendit compte qu'il s'agissait du concierge.

— Ne voyez-vous pas que je suis en plein repas ?

— Veuillez m'excuser, monsieur, dit le réceptionniste en soulevant la cloche pour lui présenter un télégramme. Ce message vient d'arriver pour vous. Transféré depuis Amsterdam.

Le vieil homme lorgna l'enveloppe jaune à son nom. D'ordinaire, les télégrammes étaient porteurs de mauvaises nouvelles... et il devinait que la chance ne lui sourirait pas.

— Merci, soupira-t-il, tandis qu'il prenait l'enveloppe d'une main et, de l'autre, déposait une demi-couronne sur le plateau.

Le concierge s'inclina et s'en alla, glissant la pièce dans sa poche d'un geste rompu aux us et coutumes de son métier.

À l'évidence, Maajicke, le garçon de courses de l'épicerie,

lui avait transmis le message, conformément à leur accord pour toute la correspondance arrivant en son absence.

Le vieillard ouvrit l'enveloppe à l'aide de son couteau.

Télégramme - De Mina Harker, Exeter
au Pr Abraham Van Helsing, Amsterdam

QUINCEY POSE DES QUESTIONS. VENEZ TOUT DE SUITE. NOUS AVONS BESOIN DE VOUS. MINA.

Il avait toujours reconnu la force et la volonté de Mina Harker, deux traits de caractère qui avaient fait d'elle un atout non négligeable lors de leurs aventures passées. Même si cet esprit libre la rendait parfois imprévisible, voire dangereuse. Hormis ses pulsions charnelles, un homme agit avec sa tête et suit sa logique. Alors qu'une femme écoute son cœur, et seules ses émotions lui dictent ses décisions... Le vieil homme le savait par expérience.

Mina avait été tentée par le démon, et elle lui avait même cédé à un certain moment. Par loyauté envers son mari, elle avait choisi néanmoins la voie de la lumière. Mais à présent que Jonathan n'était plus, nul ne la contraignait à lui demeurer fidèle... Et si le mal la séduisait à nouveau, Mina s'abandonnerait-elle à ses désirs ?

On venait de lui servir son plat. Son estomac grondait, mais le vieil homme se surprit à relire le télégramme. *Quincey pose des questions...* Comment s'en étonner, après avoir caché tant de choses à ce garçon ? Les secrets sont comme des fleurs en boutons ensevelies sous la neige... Aux beaux jours, ils finissent toujours par éclore.

Toutefois, le vieil homme s'interrogeait : Quincey parviendrait-il à supporter ces révélations si tardives ? Avec un peu de chance, il aurait hérité de la foi inébranlable que Jonathan possédait jadis... et, qui sait, de l'opiniâtreté de Mina ? Quoi qu'il en soit, si Quincey était confronté au démon, comme sa mère avant lui, il allait devoir faire un choix. La jeunesse se montrait parfois imprudente et rebelle. Et, le cas échéant, Quincey pourrait représenter une menace encore plus grande.

Le vieil homme fronça les sourcils en imaginant le pire... Il lui incomberait peut-être de détruire Quincey. Dieu lui donnerait-il la force de tuer l'enfant qu'il avait tenu jadis sur ses genoux ? Il espérait n'y être jamais contraint.

Décrétant que ces mauvaises nouvelles exigeaient qu'il se dispensât de son repas, Van Helsing se leva de table, saisit sa canne et rejoignit le hall d'entrée en claudiquant. Il songea alors qu'il n'aurait peut-être plus jamais l'occasion de goûter à ce délicieux plat du Great Eastern Hotel et poussa un soupir en arrivant à l'ascenseur. La vie était faite de ces petits bonheurs fugaces... *Combien d'entre eux nous sont-ils offerts en une seule existence ?* Pour sa part, il lui en restait fort peu, et le professeur se surprit à maudire les Harker de lui en avoir dérobé un. Comment diable Jonathan et Mina avaient-ils pu être assez stupides pour taire aussi longtemps la vérité à leur fils ? L'ignorance engendrait la violence, et dans leur volonté malavisée de protéger coûte que coûte leur enfant, ils lui avaient fait courir un grave danger. Le démon était aux abois, et le vieil homme devait de prime abord trouver le jeune Harker.

— Les vautours se rassemblent enfin ! clama un homme en arrachant Van Helsing à ses pensées.

Il connaissait cette voix, bien qu'il ne l'eût pas entendue depuis fort longtemps.

— Cotford ! s'écria le vieux professeur, pivotant sur sa canne.

Debout au milieu du hall se dressait un fantôme du passé. L'inspecteur avait considérablement vieilli, et pris de l'embonpoint... mais le limier grognait toujours. Dans sa jeunesse Cotford se comportait en rustre et ne s'encombrait guère de bienséance. Visiblement le temps ne l'avait pas amélioré. Ce malotru n'avait pas même eu la décence d'ôter son chapeau en entrant dans l'hôtel !

— Vous traînez la mort dans votre sillage, comme le cochon la puanteur de sa bauge, Van Helsing.

Cotford le regarda s'avancer avec peine. La canne apportait la touche finale au personnage de vieillard fragile qu'il composait afin de détourner les soupçons.

L'inspecteur tâcha de ne pas avoir l'air trop essoufflé, après avoir couru tout du long depuis la Tamise jusqu'au Great Eastern. Le fait que Van Helsing eût apprécié l'établissement ne relevait pas du hasard. Avant de devenir un grand hôtel en 1884, l'immeuble abritait un asile d'aliénés, assez semblable à celui que le Dr Jack Seward, son ancien assistant, avait dirigé à Whitby.

Au fil de ses années de service au Yard, Cotford avait appris que les prédateurs se plaisaient à agir dans le voisinage de leur port d'attache. Le Great Eastern Hotel se situait dans Liverpool Street, à l'ouest de Bishopsgate Street qui, dans sa partie est, débouchait sur Devonshire Square, où l'on avait vu Kristan, la prostituée, pour la dernière fois. Le professeur fou n'était pas sitôt inscrit sur le registre qu'il avait déjà fait une victime. Bien qu'il ne tînt aucune preuve irréfutable l'autorisant à arrêter Van Helsing, Cotford ne pouvait se permettre d'attendre que celui-ci s'emparât d'une nouvelle vie innocente. Comme pour Mme Harker, le policier espérait que cette confrontation fortuite ferait flancher son suspect et lui arracherait des aveux. Le regard interloqué de Van Helsing laissait deviner qu'il ne s'attendait pas à le revoir. Jusque-là, la stratégie de Cotford s'avérait payante. L'effet de surprise lui donnait l'avantage.

— Toujours sur l'affaire, inspecteur ? s'enquit le vieil homme.

— Je suis inspecteur *principal*, à présent.

— C'est si britannique de camoufler un échec derrière une promotion.

La remarque de Van Helsing l'avait piqué au vif, mais Cotford évita d'en prendre ombrage et répliqua du tac au tac.

— On vient de découvrir deux autres femmes odieusement assassinées dans Whitechapel... et vous voilà. En 1888, vous avez échappé à la justice, mais cette fois je compte bien mettre la main sur vous et votre bande de meurtriers.

— Ouvrez les yeux, Cotford. Vous seriez bien en peine de traduire en justice le mal que vous pourchassez, déclara Van Helsing en s'éloignant pour rejoindre l'ascenseur.

L'inspecteur lui lança un regard rageur. Il détestait les individus tels que Van Helsing, lesquels se targuaient d'être des hommes de science mais se tournaient vers le surnaturel sitôt qu'ils butaient sur une question insoluble. Le professeur se révélait le pur produit d'une période révolue.

Ce dernier pressa le bouton d'appel, alors que la voix de Cotford, éraillée par l'abus de whisky, résonnait dans le hall.

— J'ai ouvert le cercueil de Lucy Westenra !

Van Helsing se figea sur place, puis se tourna lentement. Derrière ses lunettes, la colère se lisait dans ses yeux, comblant ainsi tous les espoirs du policier.

La mâchoire crispée, le vieillard rétorqua :

— Vous menez une vie dérisoire à vous vautrer dans la suffisance, rassuré par votre monde moderne de machines et d'inventions oublieuses du passé. Vous ignorez jusqu'aux anciens rites païens qui pourrissent sous vos pas, car vous refusez de leur accorder le moindre crédit.

Tous les clients qui traversaient le hall s'étaient à présent arrêtés pour observer les deux hommes. Cotford s'en moquait. *Tant mieux s'ils nous écoutent !* Il était temps de révéler au grand jour la folie de Van Helsing.

— On vous a renvoyé de la Vrije Universiteit pour avoir volé des cadavres dans leurs tombes ! tonna l'inspecteur. Ces autopsies exploratoires n'avaient d'autre but que de leur planter un pieu dans le cœur avant de les mutiler !

Le policier était bien trop furieux pour entendre sa voix vibrer et susciter ainsi la frayeur de l'assistance. Il avait vu de ses yeux comment d'imprudents individus pouvaient souiller un cadavre. À l'instar de Van Helsing, le prêtre de son ancien village d'Irlande avait cru lui aussi faire œuvre divine en profanant la tombe de son frère.

— C'est bien vous, poursuivit-il, qui vous êtes vu retirer le droit d'exercer la médecine pour vous être livré à des transfusions de sang expérimentales qui ont tué vos patients. Vous ignoriez comment associer les groupes sanguins et prétendiez que ces malheureux avaient été mordus par des vampires...

– Pauvre imbécile ! Avant 1901, aucun médecin ne savait répertorier les groupes sanguins ! J'ai agi dans l'intérêt de mes malades. J'ai tout fait pour les sauver.

Cotford le fustigea d'un regard méprisant. Si le professeur avait consacré ses recherches à la science plutôt qu'à la mythologie, il aurait pu sauver des vies et non précipiter la mort de ses patients. La panique se lisait dans les yeux du vieillard tandis qu'il devinait le jugement des clients présents autour de lui. L'inspecteur sentait les battements de son cœur s'accélérer. Il était temps de donner le coup de grâce à ce vieux dément.

– C'est bien vous et ces pauvres âmes égarées, manipulées par vos soins, qui avez assassiné ces infortunées jeunes femmes voilà vingt-cinq ans ! Ce mal, dont vous parliez tantôt, Van Helsing... il se trouve là, sous mes yeux ! Je vous vois bel et bien, Jack l'Éventreur !

Un murmure s'éleva parmi les gens présents. D'instinct, les messieurs protégèrent leurs épouses, faisant barrage de leur corps. On éloigna sur-le-champ les enfants, et tout le monde s'écarta de Van Helsing... qui se retrouva seul, exposé aux regards, vulnérable.

Cotford espérait que l'amour-propre du vieil homme l'inciterait à justifier ses actes criminels devant les badauds. Peine perdue ! Le professeur baissa les épaules et regarda Cotford avec une immense compassion, mâtinée de pitié.

– Vous ne voyez rien, vous dis-je. Et c'est précisément ce qui échappe à vos yeux qui vous tuera.

Le ton employé par le vieillard glaça le sang dans les veines de l'inspecteur, lequel n'était pourtant pas homme à s'émouvoir facilement. Van Helsing avait inversé les rôles... au tour de Cotford d'être ébranlé. *Dois-je prendre cela pour une menace ?*

La porte de l'ascenseur s'ouvrit. Van Helsing fit signe au liftier de la lui tenir. Cotford voulut répliquer, mais les dernières paroles du professeur tourbillonnaient encore dans sa tête. Et le vieil homme disparut, laissant l'inspecteur planté au beau milieu du hall, tous les regards rivés sur lui.

– Foutaises ! lâcha-t-il.

Cette confrontation était pure folie. Il ne parviendrait jamais à lui arracher des aveux, et devrait user d'autres moyens s'il souhaitait traduire Van Helsing en justice.

CHAPITRE XXVII

Le passé était comme une prison dont personne ne s'évadait jamais. Ces derniers jours, Mina sentait sa propre cellule se refermer sur elle. Son bien-aimé Jonathan était mort, Quincey avait pris la fuite, et la paranoïa la gagnait peu à peu... Elle se surprenait à guetter constamment par la fenêtre. Son geôlier invisible se montrait d'une cruauté impitoyable. Cotford, ce grand policier, et tous les loups affamés du Yard pouvaient hurler d'un instant à l'autre à sa porte. Pour les tenir à distance, il lui faudrait former un nouveau dessein.

Dans les heures qui suivirent le départ en trombe de son fils, elle s'était plongée dans les carnets, lettres et autres coupures de journaux éparpillés au salon. Assise au milieu d'un cercle qui n'était pas sans évoquer Stonehenge, bien qu'il fût de papier et non de pierre, elle parcourut les vestiges de sa vie passée. Mina s'en voulait de n'avoir pas su retenir Quincey. À présent, elle devrait imaginer ce qu'il allait faire ensuite. Qu'il le veuille ou non, elle devait le retrouver et le protéger. Il faisait nuit noire et Mina se sentait défavorisée, car leur prédateur détenait toutes les cartes en main.

Elle ouvrit alors l'épais classeur contenant les dossiers qu'elle avait préparés. Celui d'Arthur Holmwood se trouvait en haut de la pile, et son adresse lui sauta aux yeux. À la place de Quincey, c'est là qu'elle se dirigerait de prime abord. Malheureusement, son fils ignorait à quel point Arthur avait changé. Même s'il parvenait à obtenir une entrevue avec lord

Godalming, Mina était certaine que celle-ci n'aboutirait à rien. À l'inverse des Harker, qui avaient tenté de recouvrer une vie sociale après leur équipée en Transylvanie, Arthur s'était retiré à Ring, sa demeure familiale londonienne. Au fil du temps, rongé par la colère et l'amertume, il était de moins en moins sorti, jusqu'à ce que le jeune homme qu'elle avait connu disparût à jamais. Son esprit tourmenté avait fini par déformer la réalité, au point qu'Arthur en était venu à mépriser ses anciens compagnons.

Il nous reprochait la mort de sa Lucy bien-aimée. Ignorait-il qu'elle était aussi chère à mon cœur ? Il considérait Mina davantage responsable que les autres, et reportait sur elle toutes ses rancœurs. Si Quincey se rendait chez lui, au moins pourrait-il s'estimer heureux de ne pas y trouver un ennemi mortel...

Où son fils irait-il ensuite ? Allait-il suivre les traces de ses parents jusqu'aux Carpates ? Se lancerait-il à la recherche de Van Helsing ? Mina tentait d'évoquer toutes les possibilités, bien qu'elle eût du mal à se concentrer... Depuis le décès de Jonathan, elle avait à peine dormi. Elle perdait la notion du temps, et celui-ci jouait contre elle.

Mina se pencha à nouveau sur son passé, tout en se demandant pourquoi elle avait conservé tous ces documents. Si elle les avait détruits, peut-être qu'en ce moment même Quincey n'aurait rien à craindre... et peut-être qu'elle-même aurait pu se libérer plus facilement de ses souvenirs. Sans réfléchir plus avant, elle jeta l'ensemble des papiers dans la cheminée voisine et regarda les feuilles se racornir, dévorées par les flammes.

Cotford pouvait bien se présenter chez elle avec un mandat de perquisition... il ne trouverait que des cendres. Désormais, nul ne parviendrait à prouver que le roman de Stoker n'était autre qu'une œuvre de fiction totalement démente.

Mais qui diable était ce Bram Stoker ? Comment avait-il eu connaissance de leur histoire ? Le groupe était lié par le serment solennel de ne jamais divulguer les horreurs qu'il avait vécues. Était-ce Jack Seward qui les avait trahis au profit du romancier ? Malheureusement, la réponse s'imposait comme une évidence.

Mina était épuisée. Les interrogations s'amassaient telles des briques dans son esprit, emmurant peu à peu ses pensées. Il lui fallait dormir, ne fût-ce que quelques instants, afin d'avoir les idées plus claires. Elle se souvint que lorsque ses cauchemars avaient repris, quelques mois plus tôt, Jonathan lui avait apporté un flacon de laudanum, en affirmant que son manque de sommeil l'inquiétait et que le sédatif pourrait aider Mina. Elle avait refusé de le prendre et soupçonné son époux d'essayer de la droguer pour qu'elle cessât de se languir toutes les nuits de son prince des ténèbres.

Mina sortit la fiole d'un placard de l'office. Elle était si fatiguée que ses yeux pouvaient à peine lire le dosage indiqué sur l'étiquette. Comme elle versait le liquide dans un gobelet, elle se souvint que c'était précisément son refus de prendre le médicament qui avait éloigné Jonathan du lit conjugal... marquant ainsi la première étape de la détérioration inéluctable de leur couple. Elle but rapidement le laudanum, dans l'espoir qu'il effacerait tous ces pénibles souvenirs.

La boisson ne tarda pas à produire son effet. Mina revint au salon en titubant. Elle se laissa choir dans un fauteuil, en regrettant que l'amour que Jonathan et elle avaient partagé jadis se fût transformé à la fin en un sentiment aussi amer. Mais peu lui importait, somme toute, de revoir le Jonathan de sa jeunesse ou l'épave qu'il était devenu dans ses derniers jours, Mina souhaitait simplement se retrouver une dernière fois dans ses bras.

Elle saisit la photographie de son époux posée sur un guéridon voisin, laquelle datait du jour de son admission au Barreau de Londres. Elle était si fière de lui à l'époque. L'homme de sa vie se préparait à un avenir plein d'espoir et de promesses...

Une larme coula sur le verre qui recouvrait le portrait souriant de Jonathan, et Mina l'essuya d'un geste tendre en caressant l'image. Elle s'enfouit petit à petit dans le fauteuil, tandis que ses paupières s'alourdissaient.

– J'ai besoin de toi, Jonathan. Je ne puis agir seule...

Dans ses dernières secondes de veille, elle crut voir une brume écarlate s'infiltrer sous les portes-fenêtres...

Mina ignorait combien de temps elle s'était assoupie quand elle sentit un souffle sur sa cheville. Elle s'efforça d'ouvrir les yeux mais ne vit rien. Elle eut l'impression de divaguer, quelque part entre rêve et hallucination.

C'était comme un frôlement, comme si une main glissait en remontant sur son mollet, sa cuisse, le long de son bas... avant de s'introduire sous sa robe pour effleurer la peau douce de son entrejambe. Mina se mordit la lèvre au moment où une vague de chaleur l'envahissait. *Mon Dieu, je vous en prie, faites que ce soit Jonathan...*

Une autre main écarta ses cuisses pour le plus grand bonheur de Mina, qui aspirait tant à être désirée, aimée, devenir femme à nouveau. Un gémissement s'échappa de sa bouche. Sa poitrine palpitait au rythme des battements de son cœur.

Les mains invisibles ôtèrent ses dessous, tandis que son dos se cambrait sous les caresses de plus en plus hardies. Mina allait s'abandonner corps et âme à la passion, quand une effroyable pensée traversa son esprit en délire. *Il ne peut s'agir de Jonathan. Jamais il ne s'est permis de telles audaces*, songea-t-elle, pantelante. Nul n'avait percé les mystères de son désir... *Hormis mon prince...*

– Non ! Pitié ! s'écria Mina en sanglotant. Jonathan est mon seul amour.

Une voix résonna dans sa tête : *J'ai pris soin de le faire disparaître. Tu es mienne à présent.*

Elle tenta de hurler, mais aucun son ne sortit de sa gorge. En assassinant Jonathan, son prince noir avait trahi l'amour qu'ils avaient partagé jadis.

Pendant ce temps, les mains spectrales convergeaient pour explorer les mille et un secrets de son intimité. Mina frissonna, incapable de résister davantage. *Pour l'amour de Dieu, épargne-moi ce tourment ! Ne me contrains pas à choisir !* Trop tard... Submergée de plaisir, elle pencha la tête en arrière et entrouvrit les lèvres, tandis que ses yeux se fermaient...

Tout à coup, un courant d'air glacé lui fouetta la peau. Elle se savait allongée, mais avait la sensation d'être debout. Avec une violence assourdissante, le souffle froid rugissait dans ses oreilles. Elle voulut les protéger de ses mains, mais ne pouvait bouger... comme si son corps était paralysé alors que tous ses sens demeuraient en éveil. Transie, elle respirait un parfum où se mêlaient le feuillage, la terre et l'eau.

Mina ouvrit les yeux. D'ordinaire, pareille vision lui eût arraché un hurlement, mais son corps restait figé. Debout derrière un rempart détruit, elle contemplait des terres enneigées en contrebas. Les flocons voltigeaient, tandis qu'elle reconnaissait les sommets déchiquetés des Carpates.

Mina se trouvait en Transylvanie, dans la plus haute tourelle du château de Dracula.

Elle perçut un bruit de sabots caracolant dans la neige et découvrit une vingtaine de cavaliers qui galopaient en direction de la forteresse. Les Tziganes. Parmi eux, une charrette se frayait un chemin tel un serpent, cahotant et glissant sur les bosses qui jalonnaient la route verglacée. La carriole contenait un cercueil. Une fois parvenus à la porte en ruine du château, dont les débris obstruaient le passage, les Tziganes se placèrent de part et d'autre du tombereau et dégainèrent leurs armes.

Une scène bien trop familière aux yeux de Mina. Elle revivait l'événement le plus sombre de son passé, celui-là même qu'elle tentait d'oublier depuis vingt-cinq ans.

Toutefois, la scène ne se déroulait pas comme dans son souvenir. Toujours incapable de se mouvoir, elle lança un regard vers la droite et aperçut une femme blonde sur un cheval blanc, dont les rênes étaient tenues par l'homme qui galopait à ses côtés sur un étalon gris.

Cette femme n'était autre... que son double ! Et le cavalier qui la guidait le professeur Van Helsing.

Se voir ainsi à distance procura à Mina une sensation étrange. Puis elle commença à comprendre qu'elle revivait la scène en l'observant d'un autre point de vue. Elle n'avait jamais pénétré dans le château. *Suis-je morte ?* Mina était horrifiée à l'idée que le jugement de Dieu la contraignît à revivre sans cesse au Purgatoire le moment le plus horrible de son existence.

Un clairon militaire retentit. D'instinct, elle tourna la tête, et les Tziganes l'imitèrent. Mina reconnut les cavaliers qui donnaient l'assaut par l'ouest. Il y avait cette adorable fripouille de Quincey P. Morris, le Dr Seward à ses côtés. La vue de ses amis la rasséréna. Peut-être la sagesse populaire disait-elle vrai : à sa mort, chacun retrouvait ses êtres chers. Elle sentait la peur grandir parmi les Tziganes, lesquels n'avaient jamais connu de pistolero de la trempe du fougueux Texan. Quincey Morris et Seward n'étaient pas sitôt apparus à l'horizon que des coups de feu retentirent en provenance du sud. Chevauchant leurs destriers, Jonathan et Arthur tiraient sur le groupe de Bohémiens.

Mina se souvint de leur plan, qui consistait à se séparer en utilisant différents moyens de transport pour traverser la Transylvanie, avant de se retrouver pour assaillir les Tziganes en les encerclant de toute part. L'idée venait de Quincey Morris, lequel avait appris cette tactique lorsqu'il avait servi en qualité d'officier de cavalerie pendant les guerres contre les Indiens.

Le groupe d'intrépides était à nouveau réuni, débordant de vie et d'enthousiasme. Naseaux frémissant et sabots martelant le sol enneigé, leurs montures filaient au grand galop sous le soleil couchant.

À leur tour, Quincey Morris et le Dr Seward ouvrirent le feu sur les Tziganes, dont les chevaux se cabrèrent et tournoyèrent, affolés. Les Bohémiens ripostèrent en tirant.

Mina se rendit alors compte que les gravats qui barraient l'entrée du château provenaient de la tourelle en ruine où elle se tenait. Une fois de plus, en dépit de sa volonté, elle observa la bataille qui faisait rage en contrebas, bien qu'elle eût peine à voir son double s'approcher avec ses compagnons. Elle retint son souffle en découvrant le jeune Jonathan... Mina avait oublié quel superbe cavalier il faisait. Contrairement à Arthur et à Quincey Morris, son époux n'avait jamais cherché l'aventure. Plus tard, il lui confierait combien la peur l'avait paralysé ce jour-là. Il avait risqué sa vie pour une seule et unique raison : offrir une victoire à la femme qu'il aimait.

Les intrépides convergèrent vers la charrette transportant le cercueil, tandis qu'un groupe de Tziganes venait à leur rencontre. Ceux-ci manquaient de discipline et certains tiraient à tout-va, tandis que d'autres restaient en retrait pour garder le tombereau.

Quincey P. Morris, dont l'expérience ne faisait aucun doute, tenait les rênes de son cheval entre les dents et tirait sur les adversaires avec sa Winchester. La poitrine d'un premier Bohémien, puis celle d'un deuxième explosèrent dans des effusions de sang. Une balle adverse ricocha dans un bruit métallique et des étincelles jaillirent du fusil du Dr Seward, lequel poussa un cri quand l'arme lui échappa des mains. Arthur tira encore et défigura un Tzigane. Les adversaires restants chargèrent Quincey Morris et Seward. Jouant de la crosse de sa carabine comme d'une matraque, le Texan mit à terre un autre Bohémien, tout en hurlant à Seward sans défense :

– Sortez votre fichue épée, que diable !

Du haut de la tourelle, Mina regardait, stupéfaite, Jack Seward, d'ordinaire doux comme un agneau, manier sa lame avec une rage folle et rugir comme un lion tandis qu'il taillait les Tziganes en pièces. Elle eût juré entendre le cœur du médecin battre la chamade.

Soudain, la crosse d'un fusil adverse s'écrasa sur le nez de Seward. Mina pouvait respirer l'odeur du sang qui s'en échappa à grands flots.

Elle tourna la tête et constata que Van Helsing et son double juvénile avaient mis pied à terre. Le professeur coucha son fusil en joue avec le calme et la patience d'un chasseur aguerri. Il tira et abattit l'homme qui avait broyé le nez de Seward. Le coup de feu alerta les Tziganes. Un second groupe s'éloigna de la carriole pour s'élancer sur Van Helsing. De son poste d'observation, Mina comprit la stratégie du professeur : il cherchait à réduire le nombre de Bohémiens autour du cercueil. Elle vit son double bondir derrière Van Helsing pour se protéger, tandis que le professeur dégainait deux revolvers à six coups.

Tout en continuant de tirer sur les Tziganes, le Hollandais vociféra :

– La nuit tombe ! Le temps va nous manquer ! Jonathan, Arthur, à la charge !

Du haut du château, Mina suivit son double qui récupéra le fusil de Van Helsing pour se joindre au combat.

Elle entendit un nouveau tir de barrage. Jonathan et Arthur s'étaient précipités sur les gardiens du cercueil. Chaque coup tiré par Harker manquait sa cible, alors qu'Arthur faisait toujours mouche malgré les cabrioles de son étalon. Deux autres Tziganes tombèrent sous ses balles. Le reste des défenseurs concentraient leurs tirs sur Arthur, dont la tête partit soudain en arrière dans un jet de sang, tandis qu'il dégringolait de sa monture.

Jack Seward dégaina son pistolet et fit feu à bout portant. D'un coup d'éperons dans les flancs de son cheval, Quincey Morris se rua sur un Tzigane et heurta sa monture qui, sous la force du choc, virevolta et projeta son cavalier au sol. Après qu'il eut vidé ses revolvers, Van Helsing saisit de la main droite le cimeterre à sa ceinture et, de la gauche, brandit une petite lame courbe. Il croisa le fer en combattant trois Bohémiens à la fois.

Mina vit son double se crisper. En contrebas, les ordres de son prince noir pénétraient l'esprit de la jeune femme. À présent elle se rappelait l'avoir entendu lui murmurer des mots d'amour, l'invitant à diriger le fusil sur Van Helsing pour l'abattre dans le dos. Elle se souvenait de la lutte qu'elle dut alors mener au plus profond d'elle-même... Elle finit par se débarrasser de l'arme et se prit la tête dans les mains, afin de se protéger de la douleur atroce qui la gagnait chaque fois que Dracula s'appropriait ses pensées.

Van Helsing planta son cimeterre dans la poitrine d'un Tzigane et trancha la gorge d'un autre adversaire avec sa courte lame. Puis le double de Mina regarda le professeur s'éloigner et, en proie à la fièvre et au délire, agrippa la croix en or autour de son cou.

Du haut de la tourelle, Mina Harker vit Jack Seward bondir à terre, au milieu des corps mutilés. Il récupéra le fusil d'un adversaire tué et se mit à tirer sur ceux qui défendaient encore le cercueil.

Arthur se redressa en chancelant, le sang s'écoulant de sa profonde entaille à la joue. La balle l'avait frôlé en lui arrachant un lambeau de peau à l'oreille. Il arma sa Winchester et se joignit à Seward. Leur tir de couverture laissa le champ libre à Jonathan et à Quincey Morris.

Poussant un cri de guerre, le Texan sortit son couteau kukri et bondit de sa monture sur la charrette. L'espace d'un instant, Jonathan sembla pétrifié de frayeur. Mina le vit se tourner vers sa jeune épouse qui se tordait de douleur dans le sillage de Van Helsing. De son poste d'observation, elle assista à une scène qu'elle n'eût jamais pu voir à l'époque. La vue de sa femme au supplice transforma l'effroi de Jonathan en fureur. Fustigeant le cercueil du regard, il sortit son épée, pourfendit un Tzigane et grimpa d'un bond sur la carriole, auprès de Quincey Morris.

Ensemble, ils arrachèrent le couvercle du coffre et révélèrent alors l'épouvantable contenu : une créature squelettique aux oreilles en pointe et aux dents acérées, néanmoins vêtu d'un élégant costume à la coupe irréprochable.

– Bonté divine, Harker ! s'écria le Texan, interloqué. Qu'est-ce donc ?

– Le mal à l'état pur.

Un Tzigane avait saisi le professeur à la gorge. Van Helsing parvint toutefois à se pencher et sortit de sa botte un couteau, qu'il planta sauvagement dans l'entrejambe de son assaillant. La main de ce dernier desserra son emprise, tandis qu'il hurlait de douleur. Van Helsing lui asséna un coup de tête et les yeux du Bohémien se révulsèrent comme il s'écroulait, inconscient. Le Hollandais fit volte-face et aperçut Quincey Morris et Jonathan qui contemplaient le coffre ouvert.

– Ne le regardez pas ! Frappez maintenant !

Trop tard. La créature ouvrit les yeux. Deux globes noirs opaques et luisants, dénués de toute expression humaine hormis celle de la cruauté la plus abjecte, se mirent à fixer Quincey Morris et Jonathan. Les deux vainqueurs demeuraient paralysés. Depuis la tourelle, Mina vit son double recouvrer ses esprits. Elle comprenait que l'attention de son prince noir la délaissait pour hypnotiser à présent les deux jeunes gens.

Ses yeux suivirent ensuite Van Helsing qui reprit son fusil et courut vers la charrette, tout en faisant signe à Jack et à Arthur de le rejoindre. Holmwood continuait à tirer en vue de garder les Tziganes à l'écart de ses amis ensorcelés par le démon. Un seul adversaire franchit son tir de barrage et une lame surgit tout à coup de la poitrine de Quincey : le Tzigane l'avait poignardé dans le dos.

Le hurlement du Texan arracha les deux amis à leur torpeur hypnotique.

– Quincey ! s'écria Jonathan en découvrant le Bohémien qui retirait froidement le couteau du dos de Morris, lequel se cramponna au cercueil tandis que le sang jaillissait de son torse.

Le Tzigane brandit de nouveau sa lame et s'apprêtait à trancher la tête du Texan. Du haut du château, Mina entendit le sifflement du métal cingler l'air. Jonathan avait levé son épée et para le coup. Sous la force du choc des deux lames, Harker fut projeté à terre. Mina entendit son double s'exclamer :

– Jonathan !

Arthur, Jack et Van Helsing firent feu comme un seul homme. Leurs balles conjointes abattirent le Bohémien et sauvèrent la vie de Jonathan.

Mina vit son double croiser le regard de son époux, alors que Van Helsing beuglait à celui-ci :

– Achevez-le, mon garçon ! D'ici peu, il va faire nuit !

Le soleil atteignait presque l'horizon dans une éblouissante lumière orangée.

De la vapeur s'éleva du cercueil, à l'intérieur duquel la créature commençait à se consumer sous les rayons du couchant.

Le visage de Jonathan trahissait le chagrin, tandis que Mina, en proie à la confusion et à la panique, se détournait de son mari pour contempler le sarcophage fumant.

Quincey Morris, maculé de son propre sang, plongea en avant et enfonça son couteau dans la poitrine de la créature. Mina lâcha un cri tandis que le monstre poussait un hurlement surnaturel.

Quincey Morris s'effondra, épuisé, mais les mains couvertes d'ampoules de la créature le repoussèrent avec une puissance inouïe. Le Texan se retrouva alors projeté en l'air, puis s'écroula dans la neige. Rugissant de douleur, le démon parvint à se mettre debout, du sang noir s'écoulant de sa blessure. Le soleil darda ses ultimes rayons mortels sur Dracula. Des flammes jaillirent de son corps, alors qu'il tendait la main à Mina.

– Aide-moi, mon amour !

Les regards de Jonathan et de Mina se croisèrent de nouveau. Elle devait faire un choix, et son hésitation ne fit qu'accroître la fureur de son époux. S'emparant de son épée, il grimpa sur le tombereau. Les yeux noirs sans âme du monstre qui se consumait fixèrent ceux du jeune homme, où se lisait la démence.

– Puisses-tu périr en Enfer, prince Dracula !

Jonathan abaissa son épée et tenta de trancher la tête de la créature... mais, par manque de force, la lame se logea seulement dans le cou du monstre. Dracula riposta et lui asséna un violent coup de poing enflammé en pleine figure, qui l'envoya voltiger à la renverse.

Le vampire arracha la lame de sa gorge, d'où le sang noir gicla en cascade. Puis, le feu rongeant son corps, il tomba à genoux, gesticulant et beuglant à l'agonie.

Jonathan se releva, dégaina son couteau de chasse et se rua sur lui, fermement décidé à en découdre. Au même moment, sous l'œil de Mina, un Tzigane blessé bondit en avant, un fusil pointé sur son mari.

Du haut de la tourelle, Mina observait son double qui s'apprêtait à faire un choix implacable. Dans quelques instants, le soleil disparaîtrait derrière les Carpates... et son prince serait sauvé. Mais l'homme qui avait risqué sa vie pour elle, son époux adoré, aurait été abattu par le Bohémien. Mina opta pour la seule solution possible, qui la hanterait néanmoins pour le restant de ses jours. Elle ramassa un pistolet à terre, le pointa sur le Tzigane blessé et tira... La balle l'atteignit entre les yeux et il mourut aussitôt.

Jonathan brandit à nouveau son couteau de chasse. Cette fois, il allait trancher la tête du démon. Mais il n'en eut jamais le temps. Le monstre avait vu Mina lui préférer son rival et ne pouvait en supporter davantage. Jonathan recula, effrayé, tandis que le vampire gémissait atrocement sous les lambeaux de chair calcinée qui se décollaient de ses os. Mais Dracula déplorait davantage la trahison de sa chère Mina que son propre trépas.

Dévoré par les flammes, son corps s'effondra sur lui-même, le couteau kukri planté dans la poitrine, avant de se muer en un tas de cendres.

C'en était fini.

Mina contemplait, médusée, la scène en contrebas. Elle se surprit à plonger son regard dans le cercueil. Ignorant au juste si elle éprouvait réellement semblables émotions, elle sentit la fureur et l'amertume grandir en elle. Un léger voile de brume blanche s'éleva des cendres et s'insinua parmi les débris de l'entrée pour pénétrer dans le château. À présent, Mina s'exprimait d'une voix qui n'était plus la sienne.

– Pas maintenant...

En un instant, elle fut soulevée dans les airs. Elle traversa les murs en pierre de taille du château et les cloisons lambrissées ornées de tableaux à une telle vitesse que sa vision se brouilla. Ensuite, elle dévala un escalier sinueux, tout en sachant au fond d'elle-même où elle se rendait. Elle perçut le vent qui gémissait et sentit toute sa violence glacée, puis se retrouva au-dehors dans la neige.

Mina se tenait à présent au milieu des ruines d'une chapelle profanée. Le plafond s'était effondré de longue date et les bancs de bois s'étaient désagrégés au fil des siècles et des intempéries. La statue du Christ, qui se dressait jadis au-dessus de l'autel, était brisée en morceaux sur le sol en pierre.

Un phénomène étrange attira son attention au pied de l'autel. La brume blanche s'y agrégea, tourbillonna et, sous son regard stupéfait, le corps de Dracula se reconstitua. Il était étendu à terre, calciné, la gorge entaillée, et le couteau kukri transperçait encore sa poitrine. Son sang noir coulait toujours abondamment. Et pourtant, il était encore en vie, se tordant et hurlant sa souffrance.

Dracula est vivant. Son prince des ténèbres se révélait soudain fin stratège et avait transformé le groupe d'intrépides en une confrérie de héros stupides.

Les mains squelettiques du démon empoignèrent le manche du couteau et tentèrent de l'extraire de sa poitrine. Mina voulut se précipiter vers lui pour l'aider, mais la force qui la contrôlait lui permit seulement de marcher, le lent cliquetis du talon de ses bottes résonnant sur la pierre. La lune, qui brillait à présent dans le dos de la jeune femme, projeta l'ombre de Mina qui vint envelopper la silhouette de son prince. Dracula sentait sa présence. Les yeux caves de son crâne calciné se tournèrent vers elle et il tendit la main, en l'implorant.

– *Sânge !*

Si Mina ne parlait pas roumain, elle devina néanmoins qu'il lui réclamait son sang. Elle s'entendit partir d'un rire cristallin, moqueur et victorieux, tandis que le talon de sa botte se posait sur le manche du couteau.

Les yeux de la créature lançaient des éclairs de rage. Mina s'exprima malgré elle d'une voix qui n'était pas la sienne et dans une langue qu'elle ignorait.

– Tu joues les parangons de vertu et me dédaignes pour une vulgaire traînée adultère !

Ses propres paroles tournoyaient dans sa tête... *Qui donc s'exprime à ma place ?*

Elle s'entendit rugir.

– Sacrilège !

Sa botte appuya davantage sur le couteau. Cette fois, on agissait pour elle. Mina aurait voulu protester, mais un cri de joie lui échappa.

Le démon au supplice gémit de plus belle. Puis sa tête s'affaissa brusquement en arrière, les yeux perdus dans le vague, tandis que ses lèvres que Mina avait jadis embrassées rendaient un ultime soupir. L'instant d'après son prince s'éteignait enfin. Jamais plus elle n'aurait à supporter le fardeau de ce choix cruel.

Toutes ces années durant, Mina avait aspiré à connaître la vérité... elle l'avait pourtant vu se réduire en cendres, mais la question ne cessait de la tarauder. Peut-être eût-il mieux valu pour elle ne rien savoir. Si elle était restée dans l'ignorance, l'espoir de son éventuelle survie aurait subsisté.

D'un geste vif, une main gantée de noir et ornée d'une bague en rubis s'empara du manche en ivoire du couteau. Avec un plaisir manifeste, elle arracha la lame du monstrueux cadavre, avant d'essuyer celle-ci sur la manche de Mina.

L'espace d'un instant fugace, cette dernière vit une image se refléter dans l'acier. Pas son visage, non, mais celui d'une étrangère à la somptueuse crinière corbeau, au regard bleu glacial et sans âme. L'inconnue frémit de délice en humant l'odeur du sang de la proie qu'elle venait d'abattre.

Mina en eut un haut-le-cœur et ferma les paupières, alors que chaque muscle de son corps se contractait comme si elle entrait en transe.

***

Mina ouvrit les yeux, surprise de se retrouver dans le fauteuil de son salon d'Exeter. Son corps était encore parcouru de spasmes, non plus de victoire mais de ravissement. Enfouies sous sa robe, mille et une mains caressaient la moindre parcelle de sa peau... Son extase atteignit un paroxysme d'une intensité telle qu'elle hurla de plaisir et lança le portrait de Jonathan qu'elle tenait sur sa poitrine à l'autre bout de la pièce, où il se brisa contre la bibliothèque. Anéantie de

volupté, elle recouvra son souffle, tandis qu'un sour...
ses lèvres. Au fond d'elle-même, la culpabilité la ronge...
son corps n'avait jamais connu semblable plénitude. ..
savait depuis le début, un seul être pouvait lui apporter ...
félicité. *Est-il devenu un fantôme, à présent ?* Mina s'apprêtai...
prononcer son nom, quand une pestilence venue d'outre-
tombe l'assaillit soudain.

Jaillissant de dessous son corsage, une brume écarlate s'éleva
en volutes et la silhouette spectrale d'une femme lui apparut.
À mesure que les traits se définissaient, Mina reconnut la
beauté dont elle avait aperçu le reflet sur la lame du couteau...
La meurtrière de son prince. Mina sentit une nouvelle vague
de nausée la saisir.

Elle remua pour tenter d'échapper à la brume, mais son
assaillante la repoussa au fond du fauteuil et se jucha à califourchon sur elle. Puis elle se pencha et scella ses lèvres à celles
de Mina. Elle passa sa langue sur ses canines acérées et le
sang s'écoula dans la bouche de Mina qui, luttant de toutes
ses forces pour détourner la tête, hurlait, crachait... Mais son
cri d'épouvante mourut au fond de sa gorge tandis que des
visions effroyables, inimaginables déferlaient dans son esprit :
des jeunes filles nues, suspendues par les pieds, la gorge tran-
chée, leur sang se répandant à flots...

La femme se retira dans un sourire. Sa voix curieusement
familière brisa le silence.

— Tout ce qui subsiste de ton amant, ton prince des ténèbres, n'est plus que le pâle reflet de son personnage d'antan.
Tu es seule désormais. Ton heure est venue, ma douce...

À ces mots, elle fondit dans la brume écarlate et se volatilisa
hors de la demeure.

Mina tomba à genoux, les mains serrant la croix en or qui
pendait à son cou. Tremblant de tous ses membres, elle rampa
vers la bibliothèque au pied de laquelle gisait le cadre en morceaux. Elle y dénicha maladroitement une bouteille de whisky
qui roula à terre sans se briser. Elle la déboucha et prit une
gorgée, la brûlure de l'alcool sur sa langue meurtrie lui arrachant un gémissement de douleur. Saisie d'une quinte de toux,

le whisky gouttant aux commissures de ses lèvres, elle tâcha de recouvrer peu ou prou le contrôle d'elle-même.

Des souvenirs confus qui ne lui appartenaient pas virevoltaient dans sa tête. Mina et son assaillante avaient échangé leur sang, et elle comprenait à présent que les pensées, les désirs, la haine et la dépravation de cette démone devenaient les siens. Cette femme était toujours restée tapie dans l'ombre de cette funeste histoire. La comtesse Elizabeth Báthory avait assassiné Dracula et pourchassait désormais le groupe d'intrépides. Elle en tuerait tous les membres.

CHAPITRE XXVIII

Quincey se tenait sur le vaste quai désert. Un brouillard bas flottait au-dessus de la Manche, les vaguelettes lapaient les pilotis en bois. Le cadre paisible désavouait l'amertume que le jeune homme éprouvait au fond de lui. Il piétina dans l'espoir de se réchauffer tant soit peu. Son manteau encore humide de l'averse précédente ne l'y aida guère. Pas plus que ses pensées rageuses ne pouvaient lui mettre du baume au cœur.

Une semaine plus tôt, sa voie semblait toute tracée. En suivant son cœur, en décidant de devenir acteur et producteur, il avait jeté une fois pour toutes les souhaits de son père aux orties. À présent que ce dernier était décédé, et que sa mère se révélait une menteuse, un seul et unique désir animait Quincey : la vengeance. Il lui fallait débusquer le démon qui lui avait pris son père, puis le détruire de ses mains. Quincey se retrouvait à la croisée des chemins. Mais ses rêves allaient devoir attendre...

Il jeta un coup d'œil à sa montre et se dit que la goélette avait du retard. Tout en songeant qu'il devrait prendre une décision dès l'accostage du bateau, il scruta la mer... Mais comment entrevoir la moindre embarcation à travers cette brume sinistre qui épousait la surface de l'eau ? Même la lumière du fanal solitaire ne pouvait percer le brouillard. Basarab avait affrété un schooner afin de débarquer en Angleterre la nuit, à l'insu de ses admirateurs et des journalistes. De fait, personne ne flânait sur les docks. Même le capitaine du port s'était retiré pour la soirée. Quincey était seul.

Il regarda par-dessus son épaule les falaises de Douvres, qui surplombaient les nappes de brume, et dont la blancheur crayeuse et irréelle miroitait sous la lune. Le bruit étouffé d'une cloche de bateau retentit enfin et l'épais brouillard s'écarta peu à peu en volutes à l'approche de la goélette du comédien.

Quincey ne perçut aucun mouvement dans le nid-de-pie du grand mât. Il avait beau tendre l'oreille et plisser les yeux... le bateau semblait abandonné et à la dérive.

Comme la silhouette du schooner devenait plus distincte, le jeune homme songea à part lui à la description du *Demeter*, qui avait transporté Dracula de la Transylvanie aux Îles britanniques. Dans le roman, le comte maudit souhaitait lui aussi débarquer en secret, et pour ce faire assassinait toutes les personnes à bord jusqu'à ce qu'il ne restât plus que le capitaine. Encore qu'on eût retrouvé celui-ci ligoté au gouvernail, un chapelet dans les mains, mort. Stoker décrivait la découverte macabre du bateau, échoué sur les rives rocheuses de Whitby, et celle d'un chien qui *« avait la gorge véritablement déchirée et le ventre ouvert comme par des griffes sauvages »*.

La goélette de Basarab ne paraissait pas ralentir, de même que Quincey ne discernait toujours aucun mouvement sur le pont supérieur.

Vlan !

Un bruit sourd derrière lui le fit se retourner sur-le-champ. Ne voyant rien dans l'obscurité, il se remémora alors les dernières paroles de sa mère : *Laisse cette vérité enfouie à jamais, sinon tu risques de subir un sort bien plus effroyable que celui de ton père.*

Une horrible pensée lui traversa l'esprit. Au fil de ses lectures, il avait appris que certains tyrans, non contents de tuer leurs adversaires, exécutaient aussi les enfants de ces derniers, pour les empêcher de se venger en grandissant. Quincey pressentait que l'assassin de son père comptait parmi ce genre de despotes. Et lui qui se trouvait là, tout seul sur ce quai désert, sans avoir prévu la moindre échappatoire... alors que le brouillard paraissait l'encercler de plus en plus. Stoker n'avait-il pas écrit que les morts vivants pouvaient se métamorphoser en brume ?

Vlan !

Quincey mourait d'envie de prendre ses jambes à son cou. Il recula du bord du quai, ses pas s'accélérant au rythme des battements de son cœur.

Une flamme s'alluma quelque part au-dessus de l'eau.

Vlan !

Une bouée de sauvetage s'était détachée et heurtait le quai par intermittence. Quincey poussa un soupir. Il n'avait certes plus rien à craindre, mais ne se sentait pas tranquillisé pour autant.

Lorsqu'il se retourna en direction du bateau, il distingua enfin une silhouette solitaire sur le pont supérieur, laquelle brandissait une lanterne.

Il avait été fou de croire qu'il aurait la moindre chance de vaincre un monstre tel que Dracula. Si, de son vivant, celui-ci s'était montré capable d'autant de carnages que l'Histoire lui prêtait, s'il possédait désormais les pouvoirs d'un vampire, ce démon était invincible ! Et le jeune homme ignorait si les méthodes préconisées par Stoker pour tuer un mort vivant se révélaient efficaces. Comme son père avant lui, il n'avait aucune expérience de la guerre et du combat. En revanche, Jonathan était jadis entouré d'amis valeureux... ce qui n'était pas le cas de Quincey aujourd'hui.

Toutefois, si sa mère disait vrai, il ne pourrait se contenter de fuir : partout où il irait, Dracula le retrouverait.

Le sifflet d'un maître d'équipage l'arracha à ses pensées. Le schooner ralentit et vira le long du quai. Quincey reconnut la silhouette familière de Basarab, toujours aussi élégamment vêtu, qui se tenait à la proue. Une question le tarauda soudain. Qu'allait-il dire à son mentor qui avait accompli tout ce chemin à grands frais pour lui ? Quelle explication pourrait-il donc lui fournir pour justifier sa décision subite d'abandonner la production ? Impossible cependant de tout révéler à Basarab. Le comédien tenait le prince de l'Histoire en haute estime et n'accepterait pas qu'on le décrivît à présent comme un monstre, mort vivant qui plus est. Pour la première fois, Quincey comprenait le dilemme auquel Hamlet était en proie dans la pièce de Shakespeare... Un homme face à deux voies opposées de la destinée. S'il avait eu à incarner dans le passé ce rôle sur les planches, Quincey l'eût interprété sans grande conviction, compte tenu de son manque d'expérience... Mais si l'occasion se présentait dans l'avenir, le jeune homme serait assurément un Hamlet plus vrai que nature, supportant tout le poids du monde sur les épaules, conduit aux confins de la folie par l'ampleur de la décision qui se présentait à lui. Pour l'heure, Quincey s'interrogeait sur l'attitude à adopter.

Il perçut le grincement des chaînes tandis qu'on abaissait la passerelle sur le quai. La haute silhouette de Basarab surgit de la brume, nimbée d'un halo lunaire. *Quelle prestance !* On eût dit un souverain à la parade devant sa cour. Mais Quincey n'avait plus une minute à perdre.

— Bienvenue en Angleterre, monsieur Basarab, bredouilla-t-il en tendant la main à l'acteur.

— J'ai reçu votre télégramme, dit le comédien d'une voix compatissante. Eu égard au décès de votre père, je puis comprendre que vous choisissiez de ne pas poursuivre votre collaboration dans la production de la pièce.

Une fois de plus, Basarab avait lu dans les pensées du jeune homme. Quincey était touché par une telle marque de sympathie de la part du grand acteur. Basarab se révélait digne de confiance. Peut-être était-il même la seule personne sur laquelle Quincey pouvait encore compter.

— J'y ai beaucoup réfléchi, reprit-il enfin dans un doux euphémisme. En toute honnêteté, je ne sais que faire au juste.

— Que vous dicte votre cœur ?

Le simple fait de se retrouver en la présence de Basarab rassérénait Quincey. Il comprit ce que lui signifiait le comédien : celui-ci se posait véritablement en allié, peu importait la voie empruntée par le jeune homme.

Quincey n'était pas belliqueux. Toutefois, avec Basarab à ses côtés, peut-être parviendrait-il à éveiller en lui une éventuelle âme de guerrier. Le comédien se montrait fort et brave. Quincey ne l'avait-il pas vu s'emparer d'une arme sans hésiter, lorsqu'il avait été attaqué à l'Odéon ?

Le jeune homme prit donc sa décision : il poursuivrait ses activités théâtrales, et profiterait du temps passé en compagnie de l'acteur pour tâcher de le convaincre de la malveillance de Dracula l'Immortel. Dès lors que Basarab serait acquis à sa cause, Quincey se lancerait dans la lutte. Par ailleurs, il prendrait tout le temps nécessaire pour que le comédien fût davantage qu'un mentor... et devînt un frère d'armes dans ce combat qu'il appelait de ses vœux.

Quincey se rendit alors compte, non sans allégresse, qu'il n'avait en définitive aucun choix à faire.

— Je vais poursuivre ce projet de pièce en hommage à mon père, déclara-t-il, c'est le moins que je puisse lui offrir. Je vais lui témoigner dans la mort l'amour que je lui ai refusé de son vivant.

Basarab le gratifia d'un sourire empreint de fierté.

— Dans ce cas, nous veillerons à ce que votre entreprise soit couronnée de succès.

Quincey eut l'impression qu'on le soulageait d'un énorme fardeau. Il songea alors à toutes ses querelles passées avec son père. Dans sa colère et sa confusion, il n'avait pas pris le temps de pleurer sa disparition. Mais il se refusait à le faire maintenant... Aussi se détourna-t-il afin que Basarab ne vît pas les larmes lui monter aux yeux.

Basarab le prit affectueusement par l'épaule et, de sa douce voix de baryton, déclara :

— Il n'y a pas de honte à s'épancher. Je me souviens encore du jour où j'ai moi-même perdu mon père.

— En quelles circonstances ?

— J'étais fort jeune. Fidèle à son tempérament de guerrier, il mourut assassiné par ses compatriotes.

Une singulière expression s'afficha sur le visage de l'acteur. Sans qu'il eût besoin de le préciser, Basarab connaissait le sens du mot « vengeance ».

– Votre père sera fier de vous, continua-t-il en le prenant par le bras tandis qu'ils cheminaient le long du quai. Pour le meilleur comme pour le pire, il existe des liens entre un père et un fils que nul ne saurait briser.

Pour la première fois depuis des jours, Quincey se surprit à sourire à travers ses larmes. Basarab lui offrait ce que son père ne lui avait jamais accordé de son vivant : la confiance.

CHAPITRE XXIX

———◦◉◦———

Devant l'entrée du Red Lion, le sergent Lee leva les yeux et regarda le cadran de Big Ben, récemment doté d'un éclairage à l'électricité. Le soleil se couchait derrière les Chambres du Parlement, tandis que l'ombre de la célèbre horloge s'allongeait sur la Tamise. Cotford aurait dû se trouver là depuis quinze minutes, et Lee ne pourrait en supporter une de plus à l'intérieur du pub. Cet établissement le mettait mal à l'aise. Certes, il commençait à avoir soif et eût volontiers profité de la convivialité ambiante, mais il était en service. Afin d'éviter la tentation, il avait donc préféré sortir dans la rue... et ne s'en portait pas plus mal. Si son épouse découvrait qu'il se trouvait au pub – surtout ce soir, pour leur anniversaire de mariage –, elle en serait plus que fâchée.

Lee fronça les sourcils en observant une nouvelle fois l'horloge à la dérobée. Voilà une semaine qu'il ne rentrait plus à temps chez lui pour border les enfants et leur souhaiter bonne nuit. Il espérait cependant que sa femme comprendrait qu'il ne cherchait pas à doubler ses torts d'un affront en travaillant ce soir en particulier.

Lorsqu'elle l'avait épousé, Clara savait qu'il demeurait avant tout un homme de devoir. Manquer un dîner aux chandelles en amoureux se révélait somme toute un sacrifice bien faible, si son absence devait lui offrir la possibilité de sauver la vie d'une innocente.

– Sergent Lee ?

Le jeune policier virevolta et découvrit Cotford qui s'approchait de lui en se dandinant.

— Vous êtes en retard, inspecteur.

— À qui avez-vous confié la surveillance de notre suspect ? s'enquit Cotford. Au jeune Price ? ajouta-t-il en souriant.

Lee ne put s'empêcher de rire. Lui aussi appréciait Price.

— Non, le pauvre ne tenait plus sur ses jambes. Il n'a pas fermé l'œil de la semaine. Je l'ai renvoyé chez lui.

Il vit le regard inquiet de l'inspecteur et jugea bon de clarifier la situation.

— Ne vous faites pas de souci. Notre suspect donne un dîner. Ce qui l'occupera plusieurs heures. Vous connaissez la musique, inspecteur... Ce sera cigares et cognac jusqu'au petit jour.

— Bien. Je tiens à ce que vous l'ameniez au poste, déclara Cotford, visiblement soulagé.

— En êtes-vous certain, monsieur ? Si je viens le chercher en présence de ses invités, nous révélerons alors notre enquête au grand jour.

— Ils ne s'adressent la parole qu'entre eux. Nous allons devoir courir ce risque, sergent. Il nous faut l'ébranler tant soit peu.

Lee hocha la tête et tournait les talons pour exécuter les ordres, quand Cotford le saisit par le bras.

— Tâchez de le faire passer par l'entrée qui donne sur Derby Gate, dit-il en désignant la ruelle qui reliait Parliament Street à Victoria Embankment. Personne ne vous verra si vous prenez une porte dérobée.

Lee eut un sourire en coin. Nul ne pourrait reprocher à l'inspecteur de ne pas avoir tout prévu.

— Van Helsing est trop rusé pour se compromettre, continua Cotford avec gravité. Notre seule solution consiste à pousser ses complices à le dénoncer.

À ces mots, Lee se mit en route. À l'instar de son supérieur, il savait que le suspect leur donnerait du fil à retordre. Quelle que soit son issue, la nuit s'annonçait longue...

Arthur Holmwood observa d'un air sardonique le gros inspecteur lui flanquer les journaux de Seward sous les yeux. Il était certain que Cotford bluffait. Impossible que ces carnets soient l'œuvre de Jack. Mais quand il lut le passage marqué par le policier, il reconnut l'écriture du médecin et s'offusqua du fait que celui-ci eût rompu leur serment et relaté les événements de cette nuit tragique. Il réprima une grimace, se refusant à se trahir de quelque manière que ce fût devant l'inspecteur.

Holmwood referma le journal dans un bruit sec.

– Dieu sait quelle folie provoquée par la drogue aura poussé Jack à écrire de telles fadaises.

Certes, tout le monde savait que le scientifique jadis estimé avait non seulement perdu la raison, mais s'adonnait à la morphine. Aussi compromettants qu'ils pussent se révéler, les journaux intimes de Jack ne sauraient être admis comme preuves à charge au tribunal. Holmwood examina le policier. Cet homme était sans doute bien plus intelligent que son attitude négligée ne le laissait supposer. Il remarqua d'ailleurs que l'inspecteur n'avait pas hésité à utiliser les grands moyens pour le mettre mal à l'aise. La salle d'interrogatoire était nue, à l'exception d'une table et de quelques chaises en bois peu confortables. Suspendue au-dessus d'eux à une soixantaine de centimètres, la lampe dégageait une lumière crue désagréable. On étouffait de chaleur. Or la pièce était dépourvue de patères, et personne n'avait eu la courtoisie de lui proposer d'ôter son manteau. Holmwood fut donc contraint de le garder par-dessus son smoking. Cotford disposait d'un verre d'eau. Quant à lui en offrir un...

Cependant, rien de tout cela n'eut l'effet désiré par l'inspecteur. Arthur Holmwood avait été autrefois prisonnier de l'Empire du Milieu, après le siège de Tuyen Quang. Les Chinois conduisaient leurs interrogatoires avec maestria, infligeant à leurs détenus une souffrance physique et mentale inégalable. Comparé à leurs méthodes, ce Cotford se révélait d'un amateurisme achevé.

— Peut-être que ceci suscitera davantage votre intérêt, reprit l'inspecteur dans un sourire espiègle, tandis qu'il ouvrait un dossier vert pâle qu'il soumit à Holmwood.

Après avoir parcouru quelques lignes manuscrites, le pair du royaume releva la tête.

— Un rapport d'autopsie ? s'enquit-il.

— Sur la personne de Lucy Westenra.

Cette fois, l'homme ne put masquer son émotion. Cotford se fendit d'un rictus.

Holmwood était confus. Aucun examen *post mortem* n'avait été pratiqué à l'époque. De nombreux praticiens s'étaient penchés sur son cas sans pouvoir la guérir, si bien qu'une autopsie eût été superflue.

— Ne vous attardez pas sur les termes cliniques, précisa Cotford en tournant les pages pour arriver à la dernière. Seule la conclusion compte.

Il désigna alors la ligne en question. Holmwood se pencha pour examiner le mot que lui indiquait l'index de l'inspecteur.

— Un meurtre ? lâcha Holmwood. C'est tout à fait absurde. Lucy a succombé à une rare affection du sang.

Le simple fait de prononcer ces paroles le mettait au supplice. Les pénibles souvenirs de la maladie de Lucy resteraient à jamais gravés dans sa mémoire. Le sang qu'elle perdait de manière inexplicable, les transfusions inutiles en vue de la ranimer, tout l'argent dépensé auprès des spécialistes, dont aucun n'avait pu diagnostiquer la cause du mal. Hormis le Dr Van Helsing... bien qu'il fût lui-même incapable d'empêcher sa mort. *La mort...* Mot galvaudé s'il en est... L'image de sa fiancée morte vivante, gisant dans son cercueil, avait meurtri le cœur de Holmwood.

— Miss Westenra était issue d'une famille aisée, reprit Cotford comme s'il faisait une révélation, la voix lourde de sarcasme. Peu avant son décès, à la veille de votre mariage, la jeune fille a fait modifier son testament... faisant de vous son légataire.

— Ce qui vous donne un excellent mobile, intervint Lee, qui se tenait debout au fond de la pièce et tentait d'avoir l'air le plus imposant possible. Avec le témoignage écrit du Dr Seward, nous avons largement de quoi solliciter un mandat d'arrestation.

La mâchoire de Holmwood se crispa, tandis qu'il serrait les poings. Retenant son souffle un bref instant, il s'en voulut de ne pas pouvoir retenir la colère qui montait en lui. D'instinct, il leur eût tous deux volontiers brisé le crâne, mais donner libre cours à sa fureur eût servi le jeu pervers de Cotford. Ce policier malveillant cherchait à l'intimider. Aussi Holmwood préféra-t-il répliquer :

— C'est une plaisanterie de bien mauvais goût. Je n'avais nullement besoin d'hériter du patrimoine des Westenra... un détail qui, je suis sûr, ne vous aura pas échappé.

— Je vous garantis qu'il n'y a pas matière à rire en l'occurrence, dit Cotford qui sortit une photographie de sa poche et la posa sur la table.

Le visage de Holmwood devint livide.

Il avait sous les yeux un effroyable cadavre. La longue chevelure tombait du crâne en cascade, lequel était détaché du corps. Un pieu en bois était fiché dans la cage thoracique. L'étoffe mûre d'une robe de noces ivoire se désagrégeait, souillée de terre et de sang séché. À en juger par la qualité du cliché, on avait pris la photographie récemment. *Cette crapule d'Irlandais a profané la tombe de Lucy !* Holmwood essaya de détourner le regard de cette épouvantable image, en vain. Son effroi l'empêchait même de battre des paupières. Il évita à dessein de prendre le tirage en main, car il savait que Cotford remarquerait ses tremblements.

Holmwood perdait ses moyens. Avec le temps, il avait tenté d'oublier cette maudite nuit, comme si elle n'avait jamais existé... Pourtant elle ne cessait de le tourmenter.

———

Van Helsing l'avait forcé à se rendre au mausolée où Lucy était censée avoir trouvé le repos éternel... Quelle ne fut pas sa joie en la découvrant aussi belle et vivante qu'elle l'était encore quelques jours plus tôt ! Au début, il avait cru à une hallucination, jusqu'à ce qu'il se tournât et vît le visage horrifié de Jack Seward. Et Lucy qui l'appelait, de sa voix douce et mélodieuse... *Viens vers moi, mon époux. Embrasse-moi. Nous pouvons être réunis... à jamais... ainsi que nous nous le sommes promis.*

Il se voyait offrir une seconde chance d'être auprès de son amour... Le sourire de Lucy le réchauffait par cette nuit glaciale. Il tendait la main vers celle qui l'accueillait à bras ouverts, impatient de poser ses lèvres sur les siennes. Il savait que dès lors qu'il partagerait son étreinte, tout le chagrin qu'il éprouvait depuis les obsèques s'évanouirait.

Mais lorsque ses doigts se retrouvèrent à quelques centimètres de ceux de Lucy, Van Helsing surgit entre eux et brandit un crucifix sur la jeune fille. Sous les yeux épouvantés de Holmwood, Lucy se mit à feuler, montrant ses canines acérées et crachant du sang au visage du professeur. Ses yeux se muèrent en globes noirs et opaques, tandis que son corps s'arquait et s'effondrait dans son cercueil.

Holmwood avait certes essayé de témoigner sa reconnaissance à Van Helsing qui lui avait sauvé la vie, mais au fil des années il avait fini par lui en vouloir d'être intervenu en cet instant fatidique. La jeunesse éternelle en compagnie de sa Lucy chérie n'eût-elle pas mieux valu que l'existence qui était devenue la sienne ? Le professeur avait essayé de lui expliquer que cela lui eût coûté son âme... mais Van Helsing ne comprendrait jamais que les vingt-cinq années qui venaient de s'écouler lui avaient coûté bien davantage.

———◦———

La voix de Cotford le ramena à la réalité.

– Admettez donc vos crimes. Témoignez contre le professeur Van Helsing, et je vous épargnerai la potence.

Le policier pensait-il vraiment qu'il craignait la mort ? Holmwood avait connu bien pire... Pour avoir traversé l'enfer, il accueillerait son trépas comme une bénédiction.

Durant les dix années qui suivirent cette nuit maudite, à chaque date anniversaire de la véritable mort de Lucy, Arthur s'enfermait dans son bureau et contemplait le portrait de sa bien-aimée, tout en nettoyant ses pistolets de duel. Il plaçait ensuite le canon sur sa tempe et tentait de mettre un terme à ses souffrances en s'obligeant à tirer. Mais chaque fois, les paroles de la Bible qu'on lui avait enseignées enfant lui revenaient à l'esprit, pour lui rappeler que quiconque commettait un suicide était voué à la damnation. Holmwood savait au fond de lui que l'âme de Lucy était au paradis. C'était du reste son désir de la libérer qui l'avait incité à convaincre Van Helsing de le laisser planter lui-même le pieu dans le cœur de la morte vivante. Malgré tout, cette pensée ne le réconfortait guère, car il se rappelait aussitôt ses mains tremblantes et les hurlements de Lucy tandis qu'il donnait des coups de marteau pour lui enfoncer le pieu dans la poitrine. Existait-il destin plus cruel que celui du fiancé auquel on demandait de tuer sa promise le jour même où tous deux étaient censés fêter leurs épousailles ? Lucy n'avait jamais exprimé le souhait de devenir une créature des ténèbres. Seul Dracula en avait décidé ainsi.

Holmwood remarqua le regard attentif de Cotford. L'heure était venue de le forcer à abattre ses cartes, afin de découvrir ce que ce limier irlandais savait au juste. Il repoussa photographie et compte rendu d'autopsie vers le policier, puis s'adossa non sans arrogance à sa chaise.

– Votre offre est généreuse, inspecteur, reprit-il, mais vous ne disposez que de preuves indirectes. Si vous aviez obtenu un mandat à mon encontre, on m'aurait déjà mis aux fers.

– Vous jouez un jeu dangereux, rétorqua Cotford en désignant les journaux. Seward était miné par la culpabilité. Il prévoyait de dénoncer Van Helsing, et le professeur l'a tué.

– Avec tout le respect que je porte à un représentant de Scotland Yard, c'est la chose la plus grotesque qu'il m'ait jamais été donné d'entendre. Jack Seward n'était autre que l'étudiant préféré de Van Helsing, presque le fils qu'il n'avait jamais eu. Ce genre de liens n'aboutit jamais à un assassinat. Vous vous raccrochez à un semblant d'espoir...

– Quand Jonathan Harker a découvert la vérité, ajouta Lee, peu soucieux des arguments de Holmwood, le professeur l'a également tué.

– Van Helsing couvre ses arrières, insista Cotford, qui se pencha en avant et choisit sciemment d'adopter un ton plus affable.Vous êtes le prochain sur sa liste.

– Permettez-moi d'en douter ! lâcha Holmwood dans un éclat de rire. Van Helsing est un frêle vieillard de soixante-quinze ans.

– Je ne prétends pas qu'il ait agi seul. Autrefois, Van Helsing a joué les Svengali[1] auprès de vous et de vos amis. Il vous a envoûtés pour vous forcer à tuer vos semblables.

Arthur Holmwood ne riait plus et le fustigeait d'un regard qu'il réservait jadis aux champs de bataille. Un lourd silence envahit la pièce, que seuls troublaient le tic-tac de la pendule et leurs respirations respectives. Quiconque prononcerait la prochaine parole perdrait le bras de fer qui s'était engagé...

L'inspecteur rappelait à Holmwood un capitaine de vaisseau en retraite qu'il avait rencontré autrefois lors de vacances en Écosse. Le vieux marin chassait le prétendu monstre du Loch Ness. Il consacrait tout son temps et ses ressources à la quête de cette chimère. Comme le capitaine, Cotford ne disposait d'aucune preuve hormis une hypothèse fondée sur l'imaginaire et le mythe. Il agissait à l'avenant, dans l'espoir manifeste que, sous couvert de le protéger d'une menace fictive, il parviendrait à intimider suffisamment Holmwood pour lui arracher des aveux qui accréditeraient sa théorie.

---

1. Personnage du roman *Trilby*, de George Du Maurier (1834-1896), paru en 1894. Archétype de l'illusionniste maléfique, le patronyme de Svengali est entré dans l'anglais courant pour désigner ce genre de manipulateur. *(N.d.T.)*

Bonté divine, l'inspecteur ignore à qui il s'adresse !

La tension dans la pièce ne cessait de grimper, jusqu'à ce que Cotford finît par battre des paupières en déclarant :

– Qui sait si Van Helsing n'a pas réuni un nouveau groupe de jeunes gens vulnérables prêts à tuer pour lui ?

Arthur Holmwood secoua la tête devant ce babillage inutile. Cotford ne représentait donc pas le danger qu'il avait cru au début.

Une lueur brillait dans les yeux de l'inspecteur. Celle-là même qui s'était reflétée dans ceux de Van Helsing lorsqu'il avait parlé pour la première fois du mort vivant, du *Nosferatu*. C'était le regard d'un fanatique. Même si Cotford avait perdu cette partie, Holmwood savait que le policier ne lâcherait jamais prise. Si cela pouvait alléger sa formidable souffrance, il avouerait volontiers n'importe quel crime inventé par l'inspecteur, et accepterait même de se voir passer la corde au cou.

Cependant, il devait songer à la place de son épouse Beth dans la société, à celle de sa famille, et de tous ceux qui pâtiraient de l'opprobre que Cotford jetterait alors sur le nom des Godalming. Or, si la potence lui permettrait de rejoindre sa chère Lucy au paradis, Holmwood s'était déjà suffisamment couvert de honte.

Il avait jadis épousé Beth par amitié, afin de sauver la famille de la jeune fille d'une faillite éclatante. Beth l'aimait, il le savait, mais lui n'éprouvait pas un sentiment aussi profond à son endroit. Afin de s'épargner le tourment d'un amour non réciproque, Beth se noyait dans les frivolités de la vie mondaine. Elle avait ainsi organisé depuis des semaines la réception d'aujourd'hui, en veillant à ce que la fine fleur de la société londonienne pût y assister. Le fait qu'on eût arrêté son mari devant leurs invités avait gâché leur soirée, et alimenterait durablement les conversations. Mais bien qu'Arthur n'aimât pas Beth à la manière dont le devrait un époux, elle n'en demeurait pas moins sa plus fidèle amie, la seule. Les larmes d'embarras qu'elle avait versées ce soir avaient même failli briser son cœur de glace. Aussi Holmwood ne pouvait-il laisser une condamnation mettre davantage en péril la place de sa femme dans la société. C'était toute sa vie...

Il se leva donc et, face à ses accusateurs, enfila ses gants blancs, en déclarant comme par défi :

– J'en ai suffisamment entendu, messieurs. Je suis un pair du royaume et vous n'avez aucune raison de me détenir ici. Si d'aventure vous me harceliez à nouveau, sachez que j'userai de mes appuis pour vous faire retirer vos insignes.

Sans s'attarder davantage, il se dirigea vers la porte. Cotford déclara :

– Vous et Van Helsing vous plaisez sans doute à excuser vos crimes en vous persuadant que le mal existe sous la forme de je ne sais quel démon tout-puissant. Or, je connais la vérité pour avoir vu le mal. Celui-ci existe dans l'âme humaine... et viendra s'en prendre à vous.

– Il s'en prendra à nous tous, conclut Arthur Holmwood en les quittant.

———

Van Helsing avait beaucoup à faire. Sitôt achevée la lecture du télégramme de Mina, il prévoyait de regagner sa chambre pour y récupérer manteau et chapeau, et se lancer à la recherche de Quincey. Mais comme il avait écourté son repas et dépensé son énergie à cette confrontation dans le hall avec Cotford, il se sentait à présent trop faible pour commencer sa quête. Il s'y attellerait demain, à la première heure. Que de temps gaspillé à essayer de raisonner cet inspecteur... *principal...* Cotford ! Après tant d'années passées à faire œuvre divine en combattant le mal pour que des ignorants comme ce policier pussent dormir en parfaite quiétude, voilà donc toute la gratitude qu'on lui témoignait à l'automne de sa vie ! *M'accuser de meurtre, franchement !* Cotford était aussi dément qu'un inquisiteur espagnol du XVe siècle ! Toutefois, Van Helsing devait s'efforcer de le chasser de ses pensées ; sa venue à Londres relevait d'un dessein bien plus important. *Pourvu que Quincey soit à l'abri une nuit encore !*

Sur les murs de sa chambre d'hôtel, Van Helsing avait épinglé les portraits du Dracula de l'Histoire, le prince roumain, Vlad l'Empaleur, et des dessins où figuraient ses exploits sanglants. Au centre de ces documents trônait la fameuse gravure représentant Dracula en train de dîner parmi des milliers d'ennemis embrochés... la forêt des Empalés.

Van Helsing considéra ces images. Il savait qu'une ultime confrontation avec le monstre l'attendait, de même que lui incombait la destruction de cette créature diabolique. Si d'aventure Cotford entravait sa route, il le tuerait aussi.

— Ma vie en ce bas monde s'achève bientôt, démon, déclara le professeur en contemplant le portrait de Vlad Dracula.

Sur une table voisine, il avait disposé des crucifix, des hosties, de l'eau bénite, un pieu en bois, ainsi qu'un couteau de chasse et une arbalète chargée.

— Viens vers moi et nous mourrons ensemble au champ d'honneur !

Sa poitrine se serra soudain. Il sentit la main glaciale de la mort l'effleurer.

Non ! Pas maintenant ! Laisse-moi encore quelques jours !

Van Helsing s'appuya à la table. D'une main tremblante, il s'empara de son pilulier. Prenant soin de ne pas le laisser choir, il déposa un précieux comprimé de nitroglycérine sous sa langue.

Le professeur recouvra peu à peu ses forces. Le Seigneur lui avait envoyé un message : le temps imparti se révélait encore plus court qu'il ne le croyait. Van Helsing regarda une nouvelle fois le visage de son ennemi mortel, puis il se redressa, bras tendus vers le ciel, et il le défia en hurlant :

— DÉMON, JE T'ATTENDS !

CHAPITRE XXX

Ils avaient pris la direction du nord et cheminaient vers Londres. Quincey était assis en face de Basarab, dont l'attitude chaleureuse céda la place à un silence glacial dès lors que le jeune homme lui eut rapporté sa dernière conversation téléphonique avec Hamilton Deane. Bram Stoker avait fait son choix. Pas question pour lui d'engager le Roumain... Du reste, il avait même pris contact avec Barrymore en Amérique, afin de le convaincre de revenir. Quincey espérait toutefois que Stoker changerait d'avis quand il aurait constaté de visu le talent considérable de Basarab.

Alors qu'ils s'approchaient du théâtre, le comédien sombra dans une sorte de mutisme songeur, et Quincey jugea prudent de ne pas le déranger. Dehors, le mauvais temps s'aggravait et le brouillard s'épaississait. Le cocher n'avait pas encore arrêté l'attelage que Basarab s'apprêtait déjà à sauter à terre. Il s'adressa au jeune homme, mais son esprit était manifestement ailleurs et ses yeux demeuraient fixés sur la porte de l'établissement.

— Je vais m'entretenir en privé avec Stoker, décréta-t-il d'un ton sec. Veillez à ce qu'on ne nous dérange pas.

— Et si Deane refuse de coopérer ? répliqua le jeune homme en lui saisissant le bras comme pour le retenir.

Un éclair de rage passa dans les yeux de Basarab. Aussi Quincey s'empressa-t-il de retirer sa main en se rappelant la réaction d'Arthur Holmwood au même geste. Mais ce fugace accès de colère se mua dans l'instant en un sourire paisible, et Basarab se rassit auprès de Quincey.

– Un jour, le prince Vlad Dracula conduisit quarante mille soldats contre une invasion turque de trois cent mille hommes, la plus grande armée jamais réunie pour détruire un seul individu. Mais lorsque Dracula apparut à la tête de ses troupes, avec trente mille prisonniers musulmans empalés derrière lui, ses ennemis quittèrent le champ de bataille, terrorisés.

Gêné de l'entendre faire l'éloge de celui qu'il savait être l'assassin de son père, Quincey s'agita nerveusement sur son siège, tandis que lui revenait en mémoire l'abominable illustration du journal. Mais il eut tôt fait de se souvenir que son mentor admirait le Dracula de l'Histoire, et non le démon mort vivant que celui-ci était devenu en reniant Dieu. Quincey savait que, le moment venu, Basarab l'aiderait à combattre ce monstre.

L'acteur poursuivit :

– En ce jour mémorable, Dracula sauva son pays... et la chrétienté ! Il utilisa la seule arme à sa disposition : la peur... La peur peut s'avérer d'une puissance phénoménale, mon garçon. Encore vous faut-il la dompter pour vous en faire une précieuse alliée !

Le cocher leur ouvrit la portière, et Basarab sortit calmement. Quincey le suivit jusqu'aux marches du perron, les paroles du comédien tournoyant toujours dans sa tête. Basarab insinuait-il qu'il fallait user d'intimidation pour réussir ? Et quelle intimidation ! Jonathan et Mina n'avaient certes pas élevé leur fils dans cet esprit. Mais, qui sait ? En autodidacte n'ayant plus rien à prouver, Basarab cherchait peut-être à lui enseigner une leçon fort utile pour l'avenir...

Le gardien de nuit les attendait à l'entrée principale. Les yeux de Quincey mirent quelque temps à s'habituer à la pénombre du vestibule. Une odeur rassurante de maquillage de scène flottait dans l'atmosphère. On leur ouvrit ensuite la porte de l'auditorium. Ils s'y engagèrent, Basarab passant le premier.

Dans la salle, l'éclairage avait visiblement été réduit de moitié. Ils descendaient la sombre travée quand Hamilton Deane surgit de l'ombre, la main tendue vers eux.

— Quincey ! Monsieur Basarab ! Soyez les bienvenus !

Deane salua d'abord Basarab, dont la poigne parut le faire tressaillir, puis il se ressaisit, donna l'accolade à Quincey et enchaîna, sourire aux lèvres :

— Parlons affaires, voulez-vous ?

Le jeune homme emboîta le pas à Deane qui les invitait à le suivre, mais Basarab ne bougea pas... et son regard inquiétant arrêta Quincey. À l'évidence, le comédien espérait le voir défendre ses intérêts et le mettait à l'épreuve.

— Sauf votre respect, intervint Quincey, monsieur Basarab voudrait d'abord s'entretenir avec l'auteur en privé.

Surpris par son audace, Deane rétorqua sèchement :

— La décision d'engager monsieur Basarab n'appartient qu'à moi. Aussi monsieur Stoker devra-t-il s'en accommoder.

C'était sans appel... et Quincey ignorait comment réagir. Sachant que son mentor tenait à ce tête-à-tête avec Stoker, il devait à tout prix favoriser cette entrevue. Il était comédien, après tout... Eh bien, il jouerait la comédie ! Il fit un pas en avant et regarda Deane droit dans les yeux. Comme s'il eut incarné un scélérat, il reproduisit l'expression glaciale et impérieuse de Basarab. Il perçut une hésitation chez Deane. *Mon mentor a raison. La peur est une arme puissante !*

Quincey allait continuer sur sa lancée, quand le Roumain lui posa la main sur l'épaule pour l'obliger à reculer.

— S'il vous plaît, monsieur Deane, intervint-il. Je souhaiterais avoir l'occasion de convaincre monsieur Stoker, par mon interprétation unique de son merveilleux personnage, ce en dehors de toute considération financière. Me le permettez-vous ?

Quincey restait médusé par les propos subitement doucereux de Basarab. L'acteur l'avait-il manipulé pour qu'il tînt le mauvais rôle ? Non, comprit-il : il avait fait office de bâton, et Basarab de carotte. Préalablement heurté, Deane accéderait plus volontiers à la requête polie du comédien. Décidément, cet homme était un génie !

Deane esquissa un sourire en désignant la porte des coulisses.

– Je vous en prie...

En parfait gentleman, Basarab le remercia d'une discrète inclinaison de la tête, puis disparut.

Quincey embrassa la scène du regard avec exaltation. La chance lui souriait ! Nul doute que ce grand acteur savait comment triompher de toutes les situations. Plus il passerait de temps en sa compagnie, plus il serait à même de déterminer la meilleure stratégie pour la vengeance qu'il avait en tête.

CHAPITRE XXXI

S'aidant de sa canne, Bram Stoker s'assit à son secrétaire dans ce bureau qui lui tenait lieu de sanctuaire. S'il voulait convaincre John Barrymore de revenir à Londres, il n'avait plus une minute à perdre. L'acteur américain avait répondu à son dernier message en l'informant qu'il ne pourrait changer d'avis : Ethel Barrymore, sa sœur, s'était arrangée pour que John intégrât la troupe de *A Slice of Life* de James Barrie, que l'on jouait au Criterion Theatre de Broadway. Étant donné le peu de représentations, le spectacle s'achèverait à la fin du mois, après quoi Barrymore s'en irait en Californie.

Fort de son expérience avec Henry Irving, Stoker savait que le meilleur moyen de séduire un artiste consistait à user de grands mots et de phrases bien troussées. Il allait donc rédiger pour le personnage de Dracula un monologue d'une puissance telle que n'importe quel acteur rêverait de le réciter. Cabotin comme l'était Barrymore, il se précipiterait ventre à terre au Lyceum, ne fût-ce que pour empêcher un autre comédien de lui voler la vedette ! L'urgence, pour Stoker, était donc d'envoyer sa prose à son ami George Boldt, le gérant du Waldorf Astoria de New York où John Barrymore avait coutume de descendre lorsqu'il se produisait à Broadway.

Dans le bureau encombré de Stoker, le souvenir d'Irving était omniprésent. Des prospectus et des affiches tapissaient les murs, et un mannequin grandeur nature se dressait dans un coin, vêtu du costume de Méphistophélès qu'Irving avait porté lors de leur célèbre production de *Faust*. Le regard de Bram s'attarda sur un portrait de l'acteur dans ce même costume. *C'est Irving qui aurait dû jouer Dracula, et non pas Barrymore.* Encore moins ce Basarab que Deane avait engagé derrière son dos. Mais Irving était un sot. S'il avait écouté Stoker, il eût tiré sa révérence dans un dernier grand rôle, plutôt que de se noyer dans l'alcool. À l'époque, Stoker avait comme toujours sacrifié ses propres ambitions aux désirs d'autrui. Aujourd'hui, en revanche, plus question de se trahir : lui seul choisirait la vedette de sa pièce.

Gagné par l'enthousiasme, il se sentit pris d'une frénésie d'écriture. C'était le moment ou jamais de la mettre à profit. Nul doute que sa prose atteindrait son apogée. Stoker s'assit donc à son bureau et trempa sa plume dans l'encrier...

Il n'avait pas sitôt commencé qu'il fut interrompu par des coups frappés à la porte. Deane savait pourtant qu'on ne devait pas le déranger ! Avant qu'il eût le temps de réagir, la porte s'ouvrit sur un homme de haute stature, aux yeux perçants et aux cheveux de jais. Bien que le visage du visiteur demeurât dans l'ombre, Bram crut un instant discerner le spectre d'Irving. Celui-ci était-il revenu le hanter et le maudire pour avoir ruiné son théâtre ? Mais à mesure que la silhouette pénétrait dans la pièce, ses craintes se dissipaient.

Il était mince et son long visage aux traits patriciens n'était pas sans évoquer un type propre aux dynasties d'Europe centrale. Ses yeux charbonneux et caves se posèrent sur Stoker, lequel eut soudain l'impression d'être observé par un oiseau de proie. Oui, il y avait quelque chose d'insolite dans le visage de cet homme, car si le regard semblait empreint de malveillance, ses lèvres souriaient avec une affabilité non feinte. Stoker reconnut celui dont on lui avait fait parvenir des photographies. Basarab. Il se souvint alors d'un avertissement d'Ellen Terry, une des actrices qui avaient partagé la tête d'affiche avec Irving : *Ne faites jamais confiance à un acteur qui sourit, ce n'est qu'un masque.*

— Repentirs de dernières minutes ? s'enquit d'emblée le Roumain.

– Je vous attendais.

Stoker posa sa plume et couvrit la page qu'il était en train d'écrire. Il redoutait cet instant depuis sa rencontre avec le jeune Harker. Que savait ce garçon, en vérité ?

Stoker songea que cette visite ne pouvait être le fruit du hasard. Aussi longtemps que Deane s'associerait à Quincey et Basarab, le secret risquait d'être levé sur les origines du roman. Une fois de plus, l'auteur tenta de chasser ce sentiment de culpabilité qui le rongeait. Qu'avait-il donc fait de répréhensible, après tout ? Hormis s'inspirer d'un conte fantastique entendu dans un pub ?

Après avoir besogné en vain sur un roman vampirique de son cru, Stoker s'était mis à vouer aux gémonies les nombreuses années qu'il avait passées dans la jurisprudence, le droit ayant terni son imagination. Jusqu'au soir où il rencontra cet homme étrange, fort disposé à lui conter un récit pour le moins extravagant tant qu'on lui offrirait à boire. Les élucubrations de ce fou inspirèrent Stoker, lequel changea le nom du scélérat de l'histoire... et le comte Wampyre devint comte Dracula.

Ce patronyme lui rappelait le mot *droch-fhoula*, qui en gaélique signifie « mauvais sang ». Il réprima un frisson. Comment avait-il été assez perspicace pour donner à son personnage le nom d'une créature qui existait bel et bien ? Mais l'heure n'était plus à s'interroger sur un éventuel effet de sorcellerie ; dans l'immédiat, le théâtre ne pouvait se permettre une telle publicité ! *Maudit soit ce Quincey Harker qui entre en scène à un moment on ne peut moins opportun !*

Le sourire de Basarab s'évanouit.

– Je vois que vous n'avez pas le cœur à plaisanter, j'irai donc droit au but.

– Comme il vous plaira.

– Votre livre ne se vend pas. Cette pièce vous permettrait d'en faire un succès. Pourquoi refuser de m'engager ? Je puis vous aider, croyez-moi.

Pour Stoker, ces paroles avaient valeur de violent camouflet. Inutile que ce comédien, pétri de suffisance, vînt lui flanquer son échec littéraire au visage !

— Si Deane veut la guerre, il l'aura, affirma-t-il, tout en veillant à garder son sang-froid. Je suis le directeur de ce théâtre et préfère encore le fermer que de vous laisser le premier rôle. Du reste, il est déjà attribué.

Basarab s'esclaffa, puis retira ses gants et son manteau. Stoker fronça les sourcils devant l'impudence de cet intrus qui débarquait en terrain conquis.

— Bien sûr, poursuivit Basarab, si j'accepte de devenir la vedette, la pièce devra subir quelques modifications, de même que le roman... avant sa réédition.

— Vous êtes décidément aussi arrogant qu'on le prétend ! rugit Stoker.

Il voyait clair dans le jeu de Basarab. Pour le convaincre, l'acteur se livrait à une sorte d'audition improvisée en se comportant comme le personnage qu'il devrait incarner. Peine perdue ! Dracula eût essayé de le piéger par la peur, non par l'insolence. Ce qui finit de conforter le directeur dans la conviction que Basarab n'était pas taillé pour le rôle.

— Votre roman regorge d'incohérences, de fausses présomptions et d'un manque essentiel d'imagination, rétorqua sèchement le comédien en s'emparant de l'ouvrage à la reliure jaune posé à côté de la lampe du bureau.

Stoker se leva pour lui faire face.

— Outre votre arrogance légendaire, je découvre à présent votre démence !

Mais alors qu'il s'attendait à lire de la colère dans les yeux d'aigle de Basarab, il n'y décela que de l'exaspération et de la tristesse... voire une lueur de sincérité. À moins que le Roumain ne fût encore meilleur acteur qu'il le pensait...

— Pourquoi me provoquer ? demanda Basarab. Je n'ai nullement l'intention de me battre avec vous.

— C'est bien regrettable. Pour ma part, je n'ai qu'un désir... vous voir déguerpir sur-le-champ !

Stoker se rassit et fit pivoter son fauteuil pour lui tourner le dos. Il avait perdu assez de temps avec cet imbécile.

Alors le comédien se glissa derrière lui et ses mains se posèrent délicatement sur les épaules du directeur, tandis qu'il se penchait pour lui glisser à l'oreille :

– Je ne saurais trop vous conseiller la plus grande vigilance. Vous commettez une énorme erreur...

L'auteur ne se retourna pas, afin de masquer sa crainte. Mais un frisson lui parcourut le dos, qui n'échappa guère à Basarab. Stoker s'était trahi.

———

Depuis leur échange pour le moins tendu, Quincey sentait que Deane affichait une certaine distance, tandis que celui-ci lui montrait les nouveaux aménagements de la scène. Le producteur éteignit soudain les lumières et le théâtre se trouva plongé dans le noir. Mais Quincey distinguait encore la silhouette de Deane en quête d'un autre interrupteur...

Subitement une étincelle se produisit, suivie d'un grésillement au moment où le producteur actionnait un nouvel éclairage.

– Admirez la splendeur du vingtième siècle ! s'exclama-t-il.

Les feux de la rampe fonctionnaient désormais à l'électricité ! Quincey s'émerveilla des trois couleurs : blanc, rouge et vert.

– Maintenant, regardez !

Deane fit alors varier la luminosité des ampoules. Quincey n'en croyait pas ses yeux. Pareil exploit n'eût jamais pu être accompli avec des lampes à gaz. Voilà qui ajouterait sur scène une dimension diabolique inédite. Éberlué, il en riait comme un enfant dévorant des yeux l'étal d'un confiseur.

Dans les profondeurs du théâtre, on reconnut soudain l'accent irlandais de Stoker, qui vibrait jusque dans les cintres. Il vociférait.

– Il est temps pour moi d'intervenir ! s'écria Deane.

Veillez à ce qu'on ne nous dérange pas. Les paroles de Basarab résonnaient encore dans la tête de Quincey. Aussi, alors que le producteur se dirigeait déjà vers les coulisses, le jeune homme fit-il un bond sur scène et lui barra le passage. Deane s'arrêta net, interloqué par une telle vélocité.

– Je suis désolé, mais monsieur Basarab ne souhaite pas être importuné.

– J'ai beaucoup investi dans cette histoire... Pas question de laisser Stoker tout gâcher !

Il tenta de repousser Quincey, mais celui-ci résista. Comme les cris s'intensifiaient, Deane revint à la charge en tentant à nouveau de s'imposer.

– Bonté divine ! Allez-vous me laisser passer, à la fin ?

– Navré d'insister, dit Quincey, tout en avançant la main pour l'arrêter.

Bien qu'il l'eût seulement effleuré, Deane tomba à la renverse. Dans les yeux du producteur se lisaient à la fois la surprise et l'effroi. Il se redressa tant bien que mal, adressa un regard, noir cette fois, à Quincey, puis redescendit dans la salle.

Le jeune homme demeurait figé, abasourdi. *Je l'ai à peine touché*. Il regarda ses mains, effrayé de son propre geste. Était-ce vraiment celui-là que Basarab souhaitait le voir devenir ?

———◆———

Stoker flanqua un coup de pied dans son secrétaire, repoussa son fauteuil en arrière et, tout en pivotant, retira les mains de Basarab de ses épaules.

– Je me moque de ce que vous représentez ! Pensez-vous vraiment pouvoir obtenir le rôle en m'intimidant ?

Basarab éluda la question.

– Vous n'êtes qu'un niais et votre ouvrage mériterait la censure. Votre Dracula se déplace comme bon lui semble en plein jour. Vous l'accusez à tort du meurtre de la mère mourante de Lucy, et de donner en pâture un nourrisson vivant à ses épouses. Vous l'appelez comte, il est prince. C'est faire insulte à ma nation tout entière !

– Votre nation vit encore au Moyen Âge, et je présume que nombre de vos compatriotes sont parfaitement illettrés !

Un éclair de fureur traversa le regard de Basarab qui jeta violemment le roman sur la tablette du secrétaire.

– Vous décrivez avec désinvolture des choses qui vous échappent ou auxquelles vous n'accordez aucun crédit, de même que vous évoquez des personnes que vous n'avez jamais vues. Bref, vous n'êtes qu'un mufle dénué de talent !

– Je... je ne vais pas me justifier devant vous ! bredouilla Stoker. Dracula n'est que... n'est que le fruit de mon imagination !

– Si ce prince maudit se révèle aussi cruel, pourquoi alors épargne-t-il Harker, qu'il tient prisonnier dans son château ?

– Il s'agit d'une fiction, au cas où cela vous aurait échappé ! s'exclama Stoker sans que Basarab prêtât la moindre attention à son intervention.

– Si vous aviez vérifié vos sources auprès du capitaine du port de Whitby, poursuivit le comédien, vous auriez découvert qu'un bateau nommé *Demeter* s'était échoué contre des écueils, lors d'une tempête survenue en 1888... et non en 1897, comme vous le prétendez dans votre livre.

C'en était trop ! Stoker se leva d'un bond.

– Je vous somme de partir...

– L'équipage de ce bateau a succombé à une épidémie de peste, transmise par des rats. Les marins sont devenus fous et se sont entretués. Contrairement à ce que vous avez écrit, il n'y avait pas plus de chien terrifié à bord que de gorge déchirée par des griffes sauvages !

Stoker sentit sa paupière gauche cligner nerveusement, tandis qu'il désignait la porte.

– ... immédiatement !

Basarab parut soudain plus grand que jamais tandis qu'il se penchait sur l'écrivain, le forçant à reculer davantage vers son bureau.

– C'est Van Helsing qui a tué Lucy Westenra, et non Dracula. Il a commis une erreur médicale au moment de la transfusion et empoisonné par là même le sang de Lucy. Dracula l'a transformée en vampire pour la sauver.

— Mais que diable savez-vous donc du professeur Van Helsing ? rebondit Stoker en sentant un courant glacé envahir son corps.

À la lueur vacillante des bougies, des ombres vivantes paraissaient se former sur le visage de Basarab.

— L'arrogance de Van Helsing n'a d'égale que votre ignorance.

Le courage de Stoker pâlit sous le regard méprisant du Roumain. Il avait le souffle court et ses menaces demeuraient manifestement sans effet. Basarab sentit son malaise et poursuivit :

— Vous êtes comme tous les hypocrites qui peuplent votre roman. Croyez-vous qu'il suffit de se dresser contre le mal pour le faire disparaître ?

Pour Stoker, prisonnier dans son fauteuil, la pièce sembla s'assombrir. Basarab se tenait si près qu'il emplissait totalement son champ de vision. *Ces yeux ! Ces yeux si noirs !* Au bord des larmes, il sentit son bras droit devenir inerte et froid.

— Dracula est un monstre issu de mon imagination, vous dis-je...

— Foutaise ! C'est un héros qui agit au mieux pour survivre ! contra Basarab dont la voix, empreinte de fierté, allait crescendo. Le prince Dracula fut ordonné capitaine des Croisades par le pape en personne ! Il s'est dressé, seul, au nom du Seigneur, contre l'Empire ottoman. Un poltron comme Van Helsing ne l'aurait pas impressionné au point qu'il aille se réfugier en Transylvanie. Ne vous rendez pas coupable de calomnie, monsieur !

Stoker avait le front en sueur. Soudain pris de vertige, il détourna les yeux du regard perçant de Basarab. Une douleur remontait le long de son bras vers son cou tandis qu'il peinait à reprendre son souffle.

— Qui... qui êtes-vous donc ? articula-t-il non sans mal.

Basarab le saisit à la gorge et serra progressivement sa prise.

— Je suis là pour vous mettre à l'épreuve, prononça-t-il dans un étrange murmure. Je suis votre jugement devant Dieu !

Puis il relâcha Stoker dans une grimace de dégoût.

Comme si la main de Basarab avait contenu jusque-là le flot de douleur, une abominable brûlure s'insinua alors dans le cou de Stoker, traversa sa mâchoire, et se logea dans son cerveau. L'auteur eut l'impression qu'un tisonnier chauffé à blanc lui transperçait l'œil... Au supplice, il se prit la tête dans les mains et s'écroula à terre.

Basarab lui tournait le dos. Stoker voulut appeler au secours, mais sa paralysie réduisit sa voix à un râle inaudible.

Impuissant, il vit le Roumain s'emparer de son bien le plus précieux : le manuscrit de la pièce *Dracula*.

Puis un voile noir obscurcit sa vision.

※

Quincey sentait peser sur lui le regard de Deane, assis dans la première rangée de fauteuils. Ils n'avaient pas échangé un seul mot. Sur la scène, le jeune homme contemplait toujours ses mains, interdit devant les conséquences de son acte.

Des pas résonnèrent sur les planches. Le verdict allait tomber : Basarab surgit des coulisses, un livret sous le bras.

Il posa son regard sur Deane et lui lança :

— Faites venir un médecin. Je crains que monsieur Stoker n'ait eu une attaque.

Le producteur se leva alors d'un bond et cria à l'adresse de Quincey :

— Qu'attendez-vous donc ? Allez quérir un médecin !

Ses yeux croisèrent ceux de Basarab, puis il disparut dans les coulisses. L'acteur demeurait impassible. Quincey se tourna vers son mentor, qui lui répondit d'un signe de tête. Une fois de plus, il était à ses ordres. Il bondit dans la salle et s'engagea dans la travée. Si Stoker mourait, le jeune homme n'aurait jamais l'occasion de le questionner ni sur son roman, ni sur les secrets de ses parents, ni sur Dracula. Il devait se hâter.

— *Que de niais ! Que de sots !*

La voix de baryton de Basarab résonna dans l'auditorium.

Quincey se retourna et le vit, au milieu de la scène, qui lisait le manuscrit de la pièce.

— *Quel démon ou sorcière fut jamais aussi grand qu'Attila, dont le sang coule dans ces veines ?*

Quincey savait que le temps pressait, mais il restait là, captivé. Basarab était *devenu* le personnage du comte Dracula. Sa voix caverneuse, d'outre-tombe, son accent d'Europe de l'Est étaient plus marqués qu'à l'ordinaire. De même qu'il perdait son port altier pour adopter l'attitude d'un loup aux abois. La transformation se révélait si spectaculaire qu'elle confinait au surnaturel. Son interprétation se démarquait de celle, ô combien burlesque et caricaturale, de Barrymore.

— *Mais le temps de la guerre est révolu*, grogna le comédien. *Le sang est trop précieux en ces années de paix infamante, et la gloire de Dracula n'est désormais qu'une histoire effrayante que l'on conte à la veillée.*

Basarab se tenait à l'avant-scène, et les projecteurs éclairaient son visage de manière terrifiante. Dans ses yeux, on lisait des siècles de tourment. À lui seul il incarnait la rage et le sang.

Ne lisant plus, mais récitant de mémoire, Basarab laissa glisser le manuscrit de ses mains. Le loup en colère se métamorphosa... Des larmes se formèrent dans ses yeux, ses muscles s'étirèrent, et sa tête se courba dans la lumière. Tant de chagrin ! Tant de désespoir ! Quincey demeurait figé d'émerveillement.

— *Le temps m'a définitivement rattrapé*, déclama Basarab, transperçant Quincey de son regard. *En cette ère nouvelle dominée par la machine, l'intellect et la politique, le monde n'a que faire des monstres qui battent la campagne. Choisissez d'évoluer, ou choisissez la mort !*

Les pieds comme ancrés dans le sol, Quincey contemplait toujours Basarab qui avait transformé Dracula en un héros tragique. À tel point qu'il se demanda s'il parviendrait à convaincre son mentor de l'aider à se dresser contre ce démon.

Soudain le jeune homme se rappela l'urgence de trouver un médecin pour Stoker. Il se précipita dans la rue en appelant à l'aide. Un individu se présenta à lui qui se dit praticien. Quincey le conduisit à la hâte au Lyceum.

CHAPITRE XXXII

Arthur Holmwood entra dans le hall de sa demeure, surpris de constater que personne ne l'attendait. Grâce à la diligence des domestiques, la réception appartenait déjà au passé et la maison était d'une propreté immaculée. Il y régnait un silence de cimetière.

Après le désastre de cette soirée préparée de longue date par son épouse, Arthur s'attendait à trouver au salon une Beth à l'expression sévère. Son absence était plus éloquente encore. Plus curieuse, celle de Wentworth, son majordome, lequel avait pour instruction d'attendre son maître jusqu'à ce qu'on lui permît de partir ; il aurait dû, en conséquence, se tenir à la porte pour prendre son manteau, son chapeau et sa canne... À l'évidence, Beth l'avait libéré pour la nuit, laissant ainsi Arthur livré à lui-même. Une façon de lui rendre la pareille après l'humiliation qu'elle avait subie par sa faute.

L'effroyable photographie du cadavre de Lucy ne cessait de le hanter. Songeant que l'alcool l'aiderait peut-être à la chasser de sa mémoire, il abandonna son pardessus et son couvre-chef sur le banc du vestibule, et gagna son bureau, où il se servit un cognac. Quelques instants après, il lâchait son verre de cristal, paralysé de stupeur.

Le portrait de Lucy se trouvait de nouveau au-dessus de la cheminée.

Sans doute l'œuvre de Beth ! Holmwood sentit la colère jaillir en lui. Quelle que fût l'injustice dont sa femme avait été victime, il ne méritait pas de telles représailles.

Un bruit de pas à l'extérieur lui fit dresser l'oreille.

– Beth ?

N'obtenant pas de réponse, il se reprit :

– Wentworth ?

Toujours rien.

Derrière la porte, une ombre passa sur le sol de marbre. On marchait dans le couloir.

Des bruits de pas, à nouveau...

Holmwood se précipita dans le corridor.

– Qui est là, nom d'un chien ?

Silence. Manifestement Arthur était seul. Il sentit un courant d'air froid, puis perçut comme une respiration. Il regarda autour de lui, rien. Il remarqua alors la fenêtre ouverte. *Le mystère est résolu.* Il alla pour la fermer, souriant de sa paranoïa, et pensa à ses anciens camarades légionnaires qui se seraient volontiers moqués de lui.

Une fois le loquet baissé, Arthur revint au bureau, quand il huma une odeur familière. *Du lilas ?* Sûrement pas en cette saison. *Le parfum préféré de Lucy...* Cette seule pensée lui donna la chair de poule. À l'époque, il le faisait venir de Paris spécialement pour elle.

– *Ar-thur...*

Une voix suave et féminine avait brisé le silence. Holmwood fit volte-face.

– Beth ?

Le son de sa propre voix semblait plus fort qu'à l'ordinaire et résonnait jusqu'au plafond. Il entendit alors un rire cristallin, qui paraissait provenir des quatre coins de la pièce. Il le reconnut aussitôt... *Mais non, impossible. Je divague.*

– *Arthur*, répéta la voix.

Elle semblait juste au-dessus de lui à présent. Holmwood se tourna vers l'escalier principal et ce qu'il vit lui glaça le sang. Une silhouette spectrale descendait vers lui, son corps se déplaçant avec la souplesse d'un chat. Une crinière de cheveux roux tombait en cascade sur ses épaules ; sa peau d'une blancheur de porcelaine reflétait les rayons de la lune qui traversaient la fenêtre. Sa poitrine se soulevait à chaque mouvement, ses yeux étaient vides et noirs, et ses pulpeuses lèvres carmin s'ourlaient en une moue espiègle. Sa robe, tel un linceul, était déchirée, flétrie et légèrement transparente.

— Lucy ? s'étrangla Holmwood.

Il n'en croyait pas ses yeux.

Elle répondit avec le même rire argenté, dévoilant ses fines dents brillantes, puis descendit d'un mouvement fluide l'escalier en spirale.

Il pantelait. Toutes les fibres de son corps le poussaient à la serrer dans ses bras. *Mais Lucy est morte. Et mon amour aussi.*

Comme si elle devinait ses désirs les plus intimes, elle le contempla, les yeux emplis de compassion et de tristesse.

— Je sais que tu souhaites être avec moi, mon bien-aimé, murmura-t-elle.

La voix de Lucy lui fit l'effet d'un bain de jouvence. Le temps s'était arrêté, balayant comme par miracle tout le chagrin de ces vingt-cinq dernières années. Lucy écarta les mains. Une brume blanche s'en échappa et rejoignit le sol en ondoyant. Puis elle s'amoncela à ses pieds et s'éleva à nouveau dans les airs.

— La mort n'est qu'un commencement, mon amour, dit la jeune femme en flottant vers lui. La vie dans l'autre monde transcende les frontières de la chair et du sang.

— Non ! C'est impossible !

Le choc de la photographie de la dépouille de Lucy devait encore troubler ses sens.

— Il fait noir, Arthur. Je suis si seule. Mes bras sont au supplice et se languissent de t'enlacer.

Non ! Van Helsing avait promis que planter le pieu dans son cœur libérerait son âme afin qu'elle échapppât aux ténèbres et rejoignît la lumière...

Lucy s'approcha, les bras tendus. Arthur se sentit tiraillé... Il avait tant envie de l'étreindre. Comme lors de cette nuit funeste au mausolée. Mais Van Helsing ne pourrait pas le retenir, cette fois.

Il ferma les yeux et sentit soudain les lèvres de Lucy se poser sur les siennes. Le contact était si doux, si exaltant qu'Arthur eut l'impression de revivre les premiers instants de leur idylle. Son cœur battait avec une vigueur juvénile qui n'était plus la sienne depuis fort longtemps. Lucy s'éloigna brusquement. *De grâce, non ! Je voudrais que ce baiser dure une éternité.*

— Lucy, tu ne seras plus seule à présent... Laisse-moi te rejoindre dans les ténèbres.

Il ouvrit les yeux, et crut que son cœur allait cesser de battre : sous son regard épouvanté, le sublime visage de Lucy se décomposa subitement. La carnation de porcelaine se mua en un teint violacé, tandis que la peau se désagrégeait en lambeaux pour ne laisser que le squelette, et que les suaves effluves de lilas s'évaporaient dans une pestilence d'outre-tombe... Les yeux avaient disparu et deux canines acérées dépassaient des lèvres parcheminées. Les vers grouillaient de toute part dans la chair putréfiée de Lucy et jaillissaient maintenant à flots de sa bouche.

Holmwood recula vers le mur, transi de peur. Son amour s'était métamorphosé en une vision cauchemardesque.

— Aie pitié de moi ! implora-t-il.

Une boue noirâtre s'écoulait à présent du corps squelettique de Lucy, qui répliqua d'une voix caverneuse :

— Pitié ? La même pitié dont tu fis preuve en transperçant mon cœur à l'aide d'un pieu... mon amour !

Bondissant comme un fauve, elle le plaqua au mur. Ses ongles ensanglantés lui percèrent les poignets comme elle écartait ses bras, le crucifiant contre le lambris en palissandre. Holmwood hurla de douleur.

La mâchoire de Lucy s'ouvrit de manière démesurée, puis elle planta ses crocs dans la gorge d'Arthur. Lorsqu'elle pencha ensuite la tête en arrière, il contempla, ahuri, sa bien-aimée en proie à l'extase qui baignait dans son sang.

———✦———

— Lucy ! hurla-t-il dans le noir.

Tandis que ses yeux s'habituaient à l'obscurité, Arthur palpa son cou à tâtons... Aucune plaie, aucune goutte de sang.

Il perçut alors un sanglot étouffé non loin de lui, et se retourna, affolé. Beth pleurait dans le couloir, plus seule que jamais... Sans doute l'avait-elle entendu crier à plusieurs reprises le nom de Lucy dans son sommeil.

Sans un mot, sa femme avait fui leur chambre pour se réfugier sur le palier. Bien qu'étouffés par la porte, ses sanglots n'en demeuraient pas moins douloureux pour Arthur.

Il savait qu'aucun mot ne pourrait la réconforter et se méprisait de ne pouvoir rendre à Beth l'amour sincère et profond qu'elle lui avait toujours témoigné... Malgré lui, il semblait n'avoir de cesse de la repousser, incapable de trahir sa chère Lucy, même par-delà la mort.

Lucy... Il l'avait aimée dès le premier jour.

———

Quand Jonathan eut passé son examen du Barreau et qu'il partit en Transylvanie à la rencontre du comte Dracula, client de l'étude Hawkins, Mina chercha un moyen de combler sa solitude. Lucy, sa meilleure amie, organisa alors une soirée de bienfaisance chez elle, à Whitby, afin de secourir les pauvres et les sans-logis de Whitechapel. Ce fut au cours de cette réception que Jack, Quincey Morris et Arthur se retrouvèrent sur le carnet de bal de Mlle Westenra.

Tous les trois succombèrent dans l'instant au charme de la jolie rousse. Fidèles à leur éducation de gentlemen, Arthur Holmwood et ses deux amis scellèrent alors un pacte : ils courtiseraient Lucy à tour de rôle... *Et que le meilleur gagne !*

Quelle ne fut pas la joie de Holmwood lorsqu'elle lui annonça qu'il était l'heureux élu ! Beaux joueurs, ses amis portèrent un toast à leurs futures épousailles, et Arthur demanda à Jack Seward et à Quincey Morris d'être ses témoins pour le mariage... qui n'eut malheureusement jamais lieu.

———

Arthur s'approcha péniblement de la coiffeuse de Beth et regarda son reflet dans le miroir. Tout en effleurant sa cicatrice à la joue, puis l'entaille à son oreille, il se souvint des paroles de Quincey Harker : *Dracula est revenu se venger et vous le savez !*

Au matin de cette nuit funeste au cimetière, en se recueillant devant le Christ de la chapelle familiale, puis devant le mausolée des Westenra, Arthur s'était promis de détruire le démon qui avait pris la vie de sa bien-aimée.

Par l'entremise de cet abominable songe où Lucy lui était apparue, Dieu venait de lui rappeler sa promesse.

CHAPITRE XXXIII

Sitôt qu'on eut emmené Bram Stoker à l'hôpital, Quincey regagna son meublé, tout en prenant conscience de la sinistre réalité. L'accident de l'auteur retirait le seul obstacle qui séparait Basarab du rôle de Dracula. Compte tenu de ses nombreuses dettes, Deane ne commettrait jamais la folie d'annuler la pièce. Il lui incomberait donc de reprendre la direction du projet... Mais qu'adviendrait-il de lui, Quincey ?

Bien qu'impressionné par le monologue de Dracula interprété par Basarab, il n'en demeurait pas moins embarrassé. Il ne pouvait permettre à l'acteur de donner autant d'humanité au personnage. D'instinct, le jeune homme envisagea de révéler la vérité à son mentor... Mais que pouvait-il lui dire ? *« Votre héros national est un monstre qui a détruit ma famille et tué mon père. Et j'ai juré sur l'honneur de le poursuivre et de l'anéantir »* ? Inutile de prononcer ces mots à voix haute pour en saisir l'absurdité. Et puis quelles preuves détenait-il, en l'occurrence ?

Perdu dans ses pensées, il faisait les cent pas dans sa chambre. En premier lieu, il devait retourner au Lyceum afin de s'excuser auprès de Deane pour son comportement. Autant s'attirer les bonnes grâces du producteur s'il tenait à mener à bien son dessein.

Le jeune homme arriva au théâtre en milieu de matinée. Les journaux ne mentionnaient ni les événements de la veille ni l'état de santé de M. Stoker. Ce qui n'étonna guère Quincey, l'accident ayant eu lieu trop tard dans la soirée pour figurer dans l'édition du matin. En revanche, il constata avec surprise que Deane n'était pas là, de même qu'aucun des employés n'avait eu vent du malaise cardiaque de Stoker. Alors qu'il s'installait pour attendre patiemment l'arrivée du producteur, M. Edwards, le gardien, s'approcha de lui.

D'habitude, Edwards était un gaillard enjoué et souriant. Aussi Quincey pressentit-il un problème quand il vit l'air sombre qu'il arborait ce matin. L'estomac noué, il s'imagina le pire. *Deane est tellement furieux qu'il a annulé la production.*

Le gardien lui tendit un message déposé plus tôt à l'entrée des artistes. Quincey grimaça. Il avait pourtant laissé des instructions précises au personnel : se méfier d'une femme d'allure juvénile qui se présenterait comme sa mère ; personne, en aucune circonstance, ne devait lui permettre d'entrer ni lui indiquer où il se trouvait. Après tout, il ignorait à quel camp appartenait Mina.

Sur un ton un peu gêné, Edwards lui expliqua :

– Un homme âgé est arrivé tôt ce matin. Il prétendait être votre grand-père. À cause d'une urgence familiale, m'a-t-il dit, il devait vous voir immédiatement. Il a laissé ce mot pour vous. J'espère avoir bien agi mais, compte tenu des circonstances, j'ai pensé qu'il serait judicieux de lui indiquer votre adresse qui figure dans le carnet du régisseur. Ai-je commis une erreur ?

Quincey rassura Edwards et le remercia de sa prévenance. Il avait échappé au pire – quant à ce « grand-père », il ne pouvait être qu'un imposteur, sa mère demeurant désormais sa seule et unique famille.

Il ouvrit l'enveloppe et trouva une feuille blanche. Brillante astuce pour obtenir son adresse ! La méfiance resurgit.

À la nuit tombée, Quincey se retrouva devant le dragon de Fleet Street. Il avait passé la journée à errer dans les rues, peu rassuré à l'idée de regagner le théâtre ou son meublé. Grâce à Edwards, le mystérieux étranger savait où il habitait et l'y attendait peut-être. S'il venait à perdre patience, il s'en retournerait assurément au Lyceum. Or, Quincey sentait qu'il devait à tout prix éviter ce vieil homme.

Mais de qui pouvait-il donc s'agir ? Il envisagea trois possibilités...

Sachant qu'elle n'obtiendrait aucune information sur son fils si elle se présentait en personne au théâtre, Mina avait pu dépêcher l'inconnu à sa place. Première éventualité.

La deuxième... Un officier de Scotland Yard ? Peut-être la police voulait-elle l'interroger à propos de l'attaque de Stoker ? Ou bien l'informer d'un terrible événement dont sa mère eût été la victime ? Il songea alors à passer outre à sa défiance et à envoyer un télégramme à Exeter pour s'enquérir de la santé de Mina.

Mais la troisième possibilité l'empêcha d'agir ainsi...

À en croire l'œuvre de Stoker, la première fois que Jonathan Harker avait aperçu Dracula dans son château de Transylvanie, le démon lui était apparu sous les traits d'un vieil homme. Quincey n'était certes pas un personnage du roman mais, plus que jamais, prudence était mère de sûreté...

Épuisé par les pensées incohérentes qui s'enchevêtraient dans sa tête, le jeune homme contempla la statue du dragon sous la lumière vacillante du lampadaire. *Bigre ! Je ne vais tout de même pas passer la nuit dans la rue !* Il leva la tête en direction de la fenêtre du bureau obscur que son père occupait il n'y avait pas si longtemps, et songea qu'il n'avait plus rien à faire dans le voisinage. Pour l'heure, il n'existait à sa connaissance qu'un seul endroit sûr...

Quincey tourna les talons et se dirigea vers le Mooney & Son, l'ancien repaire de Jonathan. Anonyme parmi tant d'autres, il se fondrait dans la clientèle. Que cet homme fût un policier ou qu'il œuvrât pour le compte de Mina, il ne penserait pas à le quérir là. Au pire, si ce vieil inconnu n'était autre que Dracula, Quincey serait ici en sécurité : jamais le démon ne s'exposerait à la vue de tous.

Le brouillard enveloppait déjà la capitale. Encore quelques centaines de mètres et le jeune homme serait à l'abri. Comme il s'approchait de la ruelle débouchant dans Fleet Street, il s'interrogea : si quelque chose d'aussi anodin que le fallacieux message d'un étranger l'ébranlait autant, comment pouvait-il alors espérer vaincre Dracula ?

Une main surgit de la brume et le saisit par le col pour l'entraîner dans la pénombre de la venelle.

Seigneur ! Une silhouette se dessina dans l'épais brouillard. *Une canne ?* Avant qu'il pût réagir, Quincey vit scintiller l'éclat du métal. Il allait crier au secours quand une lame se posa sur sa gorge.

— Sais-tu qui je suis ? demanda une voix à l'accent appuyé.

L'agresseur s'approcha de la lumière du réverbère. Il était maigre et fébrile, des cheveux blancs bouclés lui tombaient sur le visage. Visiblement âgé, maladif, il flottait dans ses vêtements. Quincey aurait dû se sentir rassuré à l'idée qu'il pouvait à tout moment lui arracher son arme, mais une étrangeté dans les yeux du vieillard, comme une force incroyable mâtinée de folie, l'en empêchait. Bien qu'il ne fût certes pas Dracula, cet homme n'en demeurait pas moins dangereux.

— Vous devez être Van Helsing, déclara Quincey.

— Si tu connais mon nom, alors tu sais que rien ne m'arrête, dit le vieillard. Cesse donc de te préoccuper de la mort de ton père, mon garçon.

Après l'accueil glacial d'Arthur Holmwood, comment s'étonner que ce membre éminent de l'ancien groupe d'intrépides tentât de l'écarter du chemin de la vengeance ? Jamais, toutefois, Quincey n'eût imaginé le vieux professeur arpentant les rues la nuit, et encore moins à Londres. Au vrai, il avait lâché ce patronyme au hasard, sans doute incité par une forme de peur. Las de l'attendre à son meublé, Van Helsing avait dû se lancer à sa recherche...

— C'est ma mère qui vous envoie, je présume, dit-il en écartant la lame.

Van Helsing pressa à nouveau la pointe de sa canne-épée sur le cou de Quincey, en le poussant cette fois contre le mur de briques. À en juger par son expression pleine de rage, le jeune Harker comprit qu'il n'était pas homme à perdre son temps en paroles futiles. Et il le prouva aussitôt en lui enfonçant la lame dans la chair. Du sang goutta le long du cou de Quincey. Le vieillard se montrait plus robuste qu'il n'en avait l'air.

— Il n'existe aucune réponse à tes interrogations, déclarat-il. Il n'y a que les ténèbres.

— Quels secrets êtes-vous tous si résolus à me cacher ? demanda Quincey qui peinait à masquer le tremblement de sa voix.

Un éclair de folie traversa alors les yeux de Van Helsing. Le jeune homme retint sa respiration, tant il doutait soudain de pouvoir quitter en vie cette ruelle. Mais l'instant d'après, le regard du vieillard se radoucit...

— La plupart d'entre nous traverseront la vie, sûrs de leur foi, reprit Van Helsing en recouvrant le ton docte du professeur. D'autres, qui n'ont pas cette chance, voient un beau jour leur foi mise à l'épreuve. Ils doivent alors choisir entre la lumière et les ténèbres. Mais tout le monde n'a pas la force ou la sagesse de procéder au bon choix.

Van Helsing glissa son épée dans sa canne.

— Regagne la Sorbonne, je t'en conjure. Pour l'amour de Dieu et de ta mère.

À ces paroles, le vieux professeur s'éloigna dans le brouillard.

CHAPITRE XXXIV

Dracula était mort. Cela ne faisait désormais plus l'ombre d'un doute pour Mina, qui avait vu le prince s'éteindre à travers les yeux de Báthory. Certes, elle eût souhaité les pleurer tous deux, Dracula et Jonathan, mais le temps lui était compté... Elle se savait traquée, en sursis.

Si d'aventure Mina survivait à l'affrontement qui s'annonçait, elle disposerait alors de longs jours, et de longues nuits de solitude pour faire le deuil des êtres chers qu'elle avait perdus. Mais rares étaient les raisons susceptibles de l'inciter à s'accrocher elle-même à la vie, avec son époux disparu, et un fils dont la rage n'avait d'égale que son inexpérience du mal qui régnait en ce bas monde. Or, elle seule était encore à même de lui fournir une arme avec laquelle le plus précis des fusils ou la plus tranchante des lames ne sauraient rivaliser : la connaissance.

Aussi Mina décida-t-elle de commencer par se documenter sur Elizabeth Báthory, sa nouvelle adversaire. À présent qu'elles avaient toutes deux échangé leur sang, le cerveau de Mina était en quelque sorte relié à celui de la comtesse, comme il l'avait été à celui de Dracula vingt-cinq ans plus tôt, et son esprit palpitait sous des siècles de souvenirs.

Dans une librairie spécialisée d'Exeter, Mina dénicha de nombreux renseignements sur l'histoire de la comtesse. Elle s'attendait à moult abominations, mais ce qu'elle découvrit se révéla à la fois surprenant et attristant. Comme beaucoup de créatures du mal, Báthory n'était pas née monstre, mais l'était devenue avec le temps... Si, en ce début de siècle, la femme ne jouissait certes pas d'une grande liberté, au XVIe siècle sa condition n'était guère plus enviable. Et bien plus pénible, en vérité.

Báthory avait été mariée de force à un homme accusant le double de son âge. En déchiffrant son nom, *Ferenc Nádasdy*, Mina fut soudain saisie d'un profond sentiment de haine. Des images de violence physique et sexuelle, et d'écœurants effluves l'assaillirent. Elle referma aussitôt l'ouvrage pour mettre fin à ces visions.

Pourtant, telles d'infimes lueurs perçant les ténèbres, à mesure qu'elle entrevoyait le passé douloureux de la comtesse, un ensemble d'impressions se formait dans son esprit. Elle apprit que Báthory parlait hongrois, latin et allemand, ce qui était peu commun. Toujours méticuleuse dans ses notes, Mina écrivit et encercla : « excellente instruction ». Ce qui rendait Báthory d'autant plus dangereuse. Sans parler de ses talents pour l'équitation et l'escrime.

Au fil de ses lectures, un détail attira l'attention de Mina... Pendant que son mari était parti guerroyer, Báthory s'était réfugiée chez sa tante, la comtesse Karla. Le visage de cette parente se matérialisa dans la tête de Mina, accompagné d'une autre vision, celle d'une jeune servante blonde, qu'on avait pendue. *Qu'est-ce que cela signifie ? Qui est cette fille ? Pourquoi l'a-t-on exécutée ?* Elle essaya de se concentrer sur ces souvenirs, mais les images s'évanouirent. Mina lut ensuite que la relation entre Elizabeth et Karla s'était brutalement terminée quand la famille de Báthory avait envoyé des gardes armés récupérer la comtesse.

À en croire les historiens, Báthory avait eu des enfants, élevés par une gouvernante, comme le voulait la coutume de l'époque. Cependant, et bien que Mina eût peine à l'imaginer, Elizabeth fut pour eux une mère dévouée... Malheureusement, sa fille Ursula et son fils Andrashad moururent de maladie à un âge fort précoce.

Une vague de rage et de chagrin submergea alors Mina, qui vit Ferenc rouer Báthory de coups en vociférant, hors de lui :

– Je n'ai pas d'héritier ! Dieu te punit pour tes péchés !

Le corps meurtri et la mâchoire brisée, en sang, la comtesse tomba à genoux et, plutôt que de répondre à son bourreau, invoqua Dieu à mi-voix :

– Tu m'as pris les deux êtres qui m'étaient les plus chers au monde. *« Laissez les petits enfants venir à moi, ne les empêchez pas ; car c'est à leurs pareils qu'appartient le Royaume de Dieu. »* N'est-ce pas ce qu'il est écrit dans la Bible ? Eh bien, sache que désormais mes amis deviendront tes pires ennemis.

Si Mina comprenait certes la douleur de cette mère, elle-même n'aurait jamais éprouvé autant de haine en semblables circonstances. Mais la rage de Báthory à l'endroit de Dieu et des hommes ne cesserait jamais de la consumer... Comment s'étonner, dès lors, qu'elle s'attaquât de prime abord à son ennemi le plus proche ?

En janvier 1604, Nádasdy fut gravement blessé par une prostituée qu'il avait, semblait-il, refusé de payer. Une brève image de Ferenc dormant dans sa chambre apparut à Mina. Elle vit les mains de Báthory soulever délicatement le pansement du torse de son mari, duquel se dégageait une odeur infecte. La comtesse y déposa un peu de purin avant de replacer le bandage... La plaie s'infecta et Ferenc mourut quelques jours plus tard dans d'atroces souffrances. Mina grimaça de dégoût devant pareille cruauté, dont elle-même n'aurait su faire preuve, même à l'encontre d'un être aussi abject que Nádasdy.

Une fois libérée des chaînes du mariage et faisant fi des lois de Dieu édictées dans la Bible, Báthory épousa alors sa vraie nature et étala sans vergogne ses préférences en engageant des relations avec les femmes du voisinage. Les villageois, qui l'avaient autrefois soutenue, commencèrent à redouter que le paganisme éhonté de la comtesse n'attirât le mauvais œil sur leurs terres et se mirent à l'éviter. Certains allèrent jusqu'à la dénoncer aux autorités et exigèrent son emprisonnement. Une plainte fut déposée auprès de la famille Báthory, laquelle diligenta des prêtres pour faire entendre raison à Elizabeth, mais la comtesse les renvoya les uns après les autres.

De crainte que le nom des Báthory ne fût à jamais sali, sa famille finit par la faire enfermer dans son château quatre années durant. Mina perçut alors l'image d'un « ténébreux étranger » qui vint la voir pendant sa captivité. *Est-ce pour sauver son âme ?* Elle se concentra et tenta de mettre un visage sur cet inconnu, en vain. Elle ferma les yeux et, un bref instant, l'image de Dracula lui traversa l'esprit. Étaient-ce les souvenirs de Báthory ou les siens propres ? Mina ne parvenait pas à le déterminer...

Elle poursuivit sa lecture. Curieusement, les archives ne fournissaient aucun détail sur les trois années suivantes. Comme si Báthory avait disparu de la surface de la Terre. Toutefois, à l'approche de la quarantaine, la comtesse revint comme par miracle dans son château en Hongrie. Presque aussitôt, on assista à une série de meurtres violents dans les familles Báthory et Nádasdy, et de jeunes paysannes furent portées disparues. La peur planait comme une ombre sinistre sur la campagne environnante, et Elizabeth Báthory en était la cause. Les images qui hantaient à présent l'esprit de Mina devenaient obscènes. Elle entrevit des scènes d'orgie et de débauche, des rituels païens, des cérémonies diaboliques. La comtesse s'était totalement éloignée de Dieu... et ces visions en témoignaient.

Dans des murmures effrayés, les habitants du voisinage prétendaient que le ténébreux étranger ayant enlevé Elizabeth Báthory n'était autre qu'un sorcier qui l'avait initiée à la magie noire. Báthory n'acceptait désormais que des femmes pour la servir, si bien que les domestiques masculins avaient fui la forteresse. Le nombre de meurtres ne cessa d'augmenter et le sang coula à flots, tandis que la comtesse se transformait en véritable boucher, menant un combat sans merci contre les chrétiens.

Les autorités pénétrèrent de force au château, et l'arrêtèrent au milieu d'une orgie en compagnie de trois servantes ; toutes prenaient un bain dans le sang de leur victime, une jeune femme odieusement suppliciée. Mina comprit alors que la comtesse était devenue vampire. Dans le donjon de Báthory, les autorités découvrirent les instruments de torture les plus ignobles qu'on eût jamais conçus. De nombreuses paysannes d'âge tendre furent retrouvées nues, couvertes de plaies, violées, et pour certaines déjà mortes. En fouillant le sol autour du château, on déterra une dizaine de squelettes. Pour leurs crimes, les servantes de Báthory furent condamnées à mort, leurs corps brûlés, et leurs cendres éparpillées. La comtesse fut certes jugée, mais l'influence de sa famille lui épargna le bûcher et lui obtint l'emprisonnement à vie.

Les siens prièrent pour le salut de son âme. Mais à quoi bon ? Cette femme née dans l'opulence et les privilèges, considérée comme la plus belle de son époque, était déjà damnée, pour l'éternité.

De nouveau, les souvenirs épars de Báthory assaillirent Mina. Elle sentait désormais la présence d'un autre homme venu secourir la comtesse. Cet étranger échafaudait un plan pour la faire évader de la geôle où elle avait été emmurée. On n'avait laissé qu'une faible ouverture dans le mur de briques, à travers laquelle la prisonnière recevait ses repas. Et un jour, ce second inconnu y glissa un message. Mina vit que le texte était écrit en hongrois. Grâce au sang de Báthory qui coulait dans ses veines, elle réussit néanmoins à le déchiffrer.

La lettre indiquait précisément à Báthory que son sang avait subi une mutation. Dès lors que celui d'un vampire contaminait du sang humain, le corps résistait au venin jusqu'à la mort. Au-delà, le poison recouvrait toute sa vigueur pour métamorphoser le corps en le rendant bien plus puissant. Le sang du vampire circulait alors dans les veines et les artères, et transformait le défunt en immortel. L'ancien cœur humain absorbait peu à peu le venin du vampire, et le corps renaissait, doté d'un pouvoir immense. Seul un pieu planté dans le cœur pouvait détruire le mort vivant. En conclusion, la lettre indiquait que le cœur des vampires battait si lentement qu'aucun humain n'était apte à en percevoir le rythme.

Mina comprenait enfin les changements qui s'opéraient en elle. Alors que le sang de Dracula coulait dans ses veines, son corps toujours vivant empêchait le poison de le dominer.

Cependant, il avait déjà agi en lui octroyant une éternelle jeunesse. À la fois curieuse et inquiète, elle se demandait quel autre effet le sang de Dracula, et maintenant celui de Báthory, allait avoir sur elle. Mina se réconforta néanmoins à l'idée que tant que son cœur battait, rien d'autre ne devrait se produire. Puis elle continua sa lecture.

Comme Báthory ne s'alimentait pas depuis plusieurs jours, on alla quérir un médecin. Celui-ci s'agenouilla, puis regarda par le trou dans le mur et vit la comtesse gisant à terre, immobile. On fit abattre la cloison de briques et, en l'auscultant, le praticien constata que son cœur ne battait plus, qu'elle avait cessé de respirer. Selon toute vraisemblance, Báthory était morte. On attendit qu'il fît nuit noire pour enlever sa dépouille à l'abri des regards indiscrets, puis on la déposa dans un cercueil scellé, avant de l'enterrer... pour l'oublier à tout jamais.

Mina eut alors la vision de Báthory qui lacérait son sarcophage de ses ongles puissants comme des griffes, creusait la terre... et surgissait de sa tombe. Depuis, ce monstre sanguinaire se déchaînait sur le monde.

Mina avait certes été confrontée au mal dans le passé, mais Báthory se distinguait de Dracula qui ne tuait jamais sans raison. Incapable d'éprouver la moindre pitié, la comtesse assassinait par plaisir, ce qui la rendait d'autant plus terrifiante.

Mina allait refermer ces livres, lorsqu'une image suscita son intérêt : l'arbre généalogique de la famille Báthory. Le grand-père s'appelait Stephan... *Stephan Báthory, où ai-je entendu ce nom ?* Elle suivit du doigt le tracé de plusieurs ramifications jusqu'à ce qu'elle parvînt à Helen Szilagy. Les mains de Mina se mirent alors à trembler. Le goût du sang n'était pas le seul point commun entre Dracula et la comtesse !

Le mari d'Helen Szilagy n'est autre que... Vlad Dracula III.

Stephan Báthory avait combattu aux côtés du prince Dracula, l'aidant notamment à recouvrer son trône à la mort de son père. Le prince noir de Mina avait pris la cousine de Stephan pour épouse dans le but de s'assurer une alliance avec le Saint Empire romain. S'imposant en guerrier divin, Dracula pensait que son mariage permettrait d'unifier deux branches de la chrétienté en une seule force contre les Ottomans.

Le ténébreux étranger. Mina n'avait pas entrevu le visage de Dracula par hasard. Cousin éloigné d'Elizabeth Báthory, il était venu la sauver, et son « initiation » à la magie noire s'était conclue par... le baiser du vampire. Cependant, Mina ne comprenait pas ce qui avait incité Dracula, lequel se disait soldat de Dieu, à libérer à jamais un monstre aussi sanguinaire que sa cousine. Quelle que fût la relation entre Báthory et Dracula, le prince noir avait sauvé la comtesse d'une vie infernale... tout en lui permettant de créer son propre enfer.

Comme elle repensait à son rêve, Mina revit Báthory porter le coup fatal à son cousin. *Mais à quelles fins ?* Elle entendit à nouveau la voix de la comtesse s'adressant à Dracula, alors qu'elle lui enfonçait le couteau dans le cœur : *Tu joues les parangons de vertu et me dédaignes pour une vulgaire traînée adultère !*

Mina comprit alors qu'elle était à l'origine de l'hostilité entre Báthory et Dracula... lesquels ne pouvaient avoir été amants, même si un lien très fort les unissait. À l'époque, Dracula prévoyait de s'enfuir avec Mina. Se sentant trahie, Báthory éprouva une jalousie grandissante envers la femme *adultère* de Jonathan...

La comtesse voulut donc la détruire, elle et tout le groupe d'intrépides qui l'avaient, dans son esprit, écartée de son cousin.

Une question taraudait cependant Mina : pourquoi Báthory avait-elle attendu tant d'années pour agir ?

Le nom de Jack Seward s'imposa alors... C'était la seule explication possible. Puisque ses amis avaient ignoré ses mises en garde, le médecin s'était lancé en quête de la comtesse de son propre chef. Mais, en faisant cavalier seul, le malheureux avait échoué et payé de sa vie... tout en entraînant Báthory sur la voie de sa vengeance.

Celle-ci n'était rien de moins qu'une opportuniste. Elle avait patiemment attendu son heure pour s'attaquer aux membres du groupe... que les années et la dure réalité de l'existence avaient éloignés. Héros vieillissants s'il en était, nul doute qu'ils représentaient à ses yeux des fruits bien mûrs, prêts à être cueillis sans le moindre effort.

À présent, Mina saisissait dans toute leur horreur les propos de la comtesse : *Laissez les petits enfants venir à moi...*

Elle se sentit prise de vertige en songeant à la formidable démence de celle qui n'avait pas hésité à détourner un verset de l'Évangile pour justifier sa vengeance destructrice.

Mina devait coûte que coûte retrouver son fils avant Báthory.

CHAPITRE XXXV

Quincey monta d'un pas lourd les trois étages qui menaient à sa chambre dans Archer Street, à Soho. Le loyer était raisonnable, et le quartier foisonnait d'acteurs et de peintres, entre autres saltimbanques.

Il suivit le long couloir jusqu'à son meublé, dont la porte jouxtait celle des toilettes communes. Les mots de Van Helsing résonnaient toujours dans sa tête. Pourquoi ne lui faisait-on jamais confiance ? Ni ses parents ni Arthur Holmwood. Peut-être que cette confrontation était une mise à l'épreuve, à laquelle Quincey avait échoué... vaincu par un vieil homme muni d'une canne-épée !

Il inséra la clé dans la serrure et constata que la porte n'était pas fermée. Il se souvenait pourtant de l'avoir verrouillée en partant. À ce stade, fuir serait inutile. Si Dracula l'attendait, il avait forcément entendu le bruit de la clé. Et le jeune homme ne pourrait lui échapper. Il était temps pour Quincey de se prouver à lui-même, et de prouver aux membres de l'ancien groupe d'intrépides, vivants ou défunts, qu'il était digne de respect.

La porte grinça lorsqu'il la poussa du coude et il entra dans l'obscurité. À l'autre bout de la pièce, une longue silhouette masculine se découpait dans la lueur de la fenêtre.

Quincey rassembla tout son courage.

– Qui êtes-vous ? Que faites-vous là ? demanda-t-il.

Une flamme jaillit dans un craquement d'allumette. Quincey

aperçut le bout incandescent d'un cigare et les volutes de fumée qui s'en échappèrent. Son instinct lui dictait de fuir, mais c'était exactement ce que sa mère et Van Helsing attendaient de lui. Aussi réprima-t-il sa peur et il s'avança vers l'interrupteur. L'ampoule s'alluma dans un grésillement. L'homme se tenait de dos et contemplait la rue à travers la vitre.

– Bonsoir, mon jeune ami, dit-il sans se retourner.
Quincey reconnut la voix et les épais cheveux blonds.
– Lord Godalming ?
Arthur Holmwood fit volte-face et désigna la malle de voyage au centre de la pièce, sur laquelle trônait la carte de visite que Quincey lui avait remise. Celle-ci comportait l'adresse du Lyceum, où le lord avait dû, comme Van Helsing avant lui, se renseigner.

Son visiteur avait l'air pâle et fatigué, et ses yeux bleus, perçants l'autre soir, étaient hagards. Quincey se demanda ce qui avait pu à ce point le bouleverser, Holmwood n'étant pas homme à s'effrayer d'un rien.

Le lord jeta son allumette dans l'âtre, passa son doigt ganté de blanc sur la cheminée, puis le retira maculé de poussière. Nul doute qu'il n'approuvait guère les conditions de vie du jeune homme.

– Ma mère vous envoie vous aussi me menacer ?
Holmwood parut surpris.
– Van Helsing n'a pas mâché ses mots, ajouta Quincey, qui ôtait son écharpe, révélant ainsi l'égratignure à sa gorge.
– J'ai longtemps considéré le professeur comme quelqu'un d'irréprochable. À présent, j'avoue nourrir des doutes à son sujet...

Il semblait si différent de l'individu rencontré quelques jours plus tôt.
– Vous êtes venu m'aider ? demanda Quincey.
Le visage de Holmwood se crispa, puis il détourna la tête.
– Lucy m'est apparue en rêve... et m'a ouvert les yeux.

Aussi insensés que ses propos pussent paraître, Quincey ne douta pas une seconde de leur véracité.

Par la fenêtre, Holmwood observait à nouveau Piccadilly Circus.

— D'une façon ou d'une autre, le moment est venu pour moi de terminer ce que j'ai commencé il y a vingt-cinq ans.

Il se redressa, prit une grande inspiration, tandis que l'étoffe de son manteau se tendait sur les muscles puissants de son dos. Puis il pivota sur ses talons à la manière d'un militaire. Son visage affichait cette fois un regard féroce et déterminé.

— Si vous dites vrai, mon garçon, et que Dracula est toujours en vie, alors en cet instant précis, vous et moi devons faire le serment solennel de détruire ce monstre définitivement, et quoi qu'il nous en coûte ! déclara-t-il, catégorique.

Pour la première fois, Quincey disposait d'un véritable allié dans sa bataille contre Dracula. L'heure était à l'action. Sans hésiter, il répliqua :

— Je jure devant Dieu de venger mon père et de veiller à ce que la mort emporte Dracula à jamais, dussé-je le tuer de mes propres mains.

———

Arthur flanqua un grand coup de pied dans la porte, qui s'ouvrit à la volée. Des rats chicotèrent dans l'ombre. Quincey chercha sur le mur un interrupteur, mais son compagnon posa la main sur son épaule et, de l'autre, alluma une torche électrique. Ensemble, ils s'avancèrent dans la pièce délabrée.

— Nous sommes à Whitechapel, mon garçon. L'électricité n'est pas encore installée dans le district.

Holmwood approcha sa torche d'une lampe à pétrole posée à même le plancher. Puis il lança sa boîte d'allumettes à Quincey, qui alluma la lanterne. À nouveau, une multitude de rats détalèrent en quête d'un coin sombre.

— Comment le Dr Jack Seward pouvait-il vivre dans un endroit pareil ? observa le jeune homme, interloqué.

— Ainsi que je vous le disais tantôt, le pauvre avait perdu tout sens commun.

Holmwood désigna le plafond, où étaient suspendus les symboles de toutes les religions connues au monde. Quincey identifia au-dessus de sa tête celui de la Rose-Croix. Des pages arrachées de l'Ancien et du Nouveau Testament, ainsi que de la Torah et du Coran, tapissaient également le plafond. Quincey devina que le Dr Seward tenait à s'attirer les bonnes grâces et la protection de tous les cultes.

Le jeune homme examina ensuite les murs. Il découvrit que les pages de la Bible provenaient de différentes éditions, en plusieurs langues. Ses yeux furent attirés par des mots écrits avec... *du sang ?*

« *Vivus est.* »

— *Il est vivant*, traduisit Quincey. Vous le prétendez fou. *Terrifié* conviendrait davantage.

Holmwood ne laissait transparaître aucune émotion. Il se dirigea vers la paillasse de Seward et frappa du bout de son talon les lattes du plancher. L'une d'elles sonnait creux.

— Que faites-vous donc ? demanda Quincey.

— Passez-moi le scalpel accroché au mur, voulez-vous ?

Le jeune homme regarda dans la direction que lui indiquait Arthur. Le couteau chirurgical de Jack fixait sur la cloison la page jaunie d'un vieux journal. Il le retira, lisant au passage le titre de l'article : « JACK L'ÉVENTREUR A ENCORE FRAPPÉ ».

Seward était peut-être fou, mais en observant les autres coupures de presse plus attentivement, Quincey s'aperçut qu'elles abordaient toujours les mêmes thèmes : Dracula, Jack l'Éventreur, les vampires, la religion, et les productions de *Richard III...*

Un craquement l'obligea à reporter son attention sur Holmwood. Son compagnon avait glissé la pointe du bistouri entre les lattes et tentait à présent de soulever le bois. Quand il en eut délogé une, il se pencha...

... et en sortit un coffret métallique.

— Comment saviez-vous qu'il se trouvait là ? s'enquit Quincey qui s'était approché.

Holmwood frappa la boîte contre le mur, ce qui fit sauter la serrure. Le coffret s'ouvrit dans un bruit sourd. Des fioles de morphine et de chloroforme, une ceinture en cuir et des seringues roulèrent sur la paillasse.

— Nul ne saurait abandonner un frère d'armes, quand bien même le malheureux serait en proie à la folie ! Qui payait donc pour tout cela, selon vous ? Qui réglait le loyer de cette chambre ? répliqua Holmwood.

Il examina l'intérieur de la boîte, sans succès. Furieux, il la lança en travers de la pièce.

— Bonté divine ! Si Cotford avait manqué un indice, j'étais certain de le dénicher là-dedans !

Il entreprit de fouiller l'endroit, retournant tous les meubles et les tiroirs du bureau. Quincey le regarda faire, non sans admiration. Arthur Holmwood n'avait-il pas prouvé par son mariage qu'il était un homme d'honneur ? Afin de lui prêter main-forte, le jeune homme baissa sa lanterne et scruta la cachette sous le plancher. Les cafards grouillaient sur un objet d'apparence blanchâtre.

— Attendez ! J'ai trouvé autre chose !

Quincey martela le sol afin de disperser les insectes. D'un geste vif, il se pencha et saisit une liasse de papiers. Impatient de voir de quoi il retournait, il tendit le paquet à Holmwood. Celui-ci se dirigea vers le bureau pour ôter la ficelle qui entourait leur découverte. Quincey approcha sa lampe.

Il s'agissait d'une pile d'enveloppes affranchies – des lettres – posées sur un objet d'une certaine épaisseur, rectangulaire, et recouvert de papier blanc. Arthur mit la correspondance de côté et déchira l'emballage, révélant un ouvrage à la couverture jaune. Quincey en avait deviné le titre avant même que son compagnon ne retournât le livre.

Holmwood blêmit en déchiffrant : *DRACULA, PAR BRAM STOKER*.

D'un geste écœuré, il jeta l'ouvrage sur la table de travail, incapable d'en lire davantage.

— Comment Jack a-t-il pu faire une chose pareille ? Nous étions pourtant tous liés par le secret. Et si je payais son logis et sa morphine, ce n'était évidemment pas seulement par amitié... Il n'avait pas à trahir sa promesse.

Holmwood frappa le bureau d'un poing rageur, tandis qu'il se remémorait le serment que les survivants de leur groupe avaient prêté sur la Bible, à l'issue du combat contre les Tziganes. Tous s'étaient alors engagés à ne jamais relater, à quiconque, les péripéties de leur traque sanglante de Dracula.

– Comment pouvez-vous affirmer que Jack Seward a tout révélé à Stoker ?

Arthur désigna le livre et les enveloppes.

– Jack avait à l'évidence besoin de se confier, et nous sommes restés sourds à ses appels.

Ne sachant quoi répliquer, Quincey trouva plus judicieux d'examiner les missives. Il s'arrêta un instant sur une feuille déchirée, différente des autres. L'écriture était élégante et féminine... Le ton froid et direct. C'était une lettre de l'ex-épouse de Seward. *« Ne viens pas en Amérique. Ne t'approche pas de notre fille... »* pouvait-on lire. La signature était en partie effacée. Sans doute les larmes du destinataire... Quincey se demanda si cette fille apprendrait un jour la mort de son père.

Holmwood se remit à ouvrir les tiroirs du bureau. Il lui semblait bien que... Il y dénicha enfin une bouteille de whisky, laquelle lui arracha un éclat de rire.

– Ce vieux Jack avait toujours de quoi boire sous la main !

Il souffla la poussière sur un verre et se servit un double, puis leva la tête et vit pâlir Quincey. Le jeune homme battait des paupières, médusé par la signature au bas de la nouvelle missive qu'il avait sous les yeux.

– Que se passe-t-il, mon garçon ?

– Celle-ci est de...

Il révéla le nom d'une voix chevrotante.

– Ba... sarab.

– L'homme dont vous m'avez parlé, l'acteur roumain ? Faites voir.

Holmwood prit la lettre des mains de Quincey, qui entreprit aussitôt d'ouvrir le reste des enveloppes.

– Celle-ci aussi, dit-il en lui tendant un deuxième feuillet.

Le lord était manifestement aussi surpris que lui. Il le rejoignit et, tout en l'aidant à classer les lettres, étudia les signatures.

— Encore une ! s'exclama-t-il.

Quincey compara la missive que tenait son compagnon à celle qu'il avait dans la main.

— Et de quatre ! Seward et Basarab entretenaient donc une correspondance !

Holmwood classa les courriers dans l'ordre chronologique.

— Comment l'acteur pouvait-il connaître Jack ?

Troublé, Quincey se souvint alors de la voix entendue à travers la porte, le soir où il avait rencontré le comédien dans sa loge. *Monsieur Basarab ! Mettez-vous à l'abri !* C'était sans doute Seward qui criait dans le couloir et tentait de le prévenir. Et l'attelage ne l'avait certainement pas renversé par accident. Que savait Basarab, au juste ? Le comédien manipulait-il Quincey depuis le début ? Quelle que fût la vérité, la réponse se trouvait assurément dans les lettres de Seward...

Le Ring, la demeure de Holmwood, se situait à East Finch-ley, mais ils s'exposeraient au danger en s'y rendant tous les deux. Quincey proposa donc de se réfugier chez Hawkins & Harker. Quelle meilleure cachette que le dernier endroit où l'on s'attendrait à vous trouver ? L'étude paternelle, le jeune homme l'avait pourtant fuie comme la peste, ces dernières années... Il se souvenait encore du jour où son père lui avait tendu la clé des bureaux, en lui déclarant, non sans fierté dans la voix : « Un jour, tu dirigeras cette étude. »

Et Quincey, loin de le remercier, n'avait cessé de lui témoigner son antipathie...

Le soleil se couchait sur la capitale quand Holmwood et Quincey achevèrent enfin de reconstituer le puzzle de la correspondance entre Basarab et Jack Seward. Ils y œuvraient depuis la veille au soir.

Le jeune homme punaisa une des lettres sur un tableau en liège.

— Dans cette missive, Basarab affirme avoir eu vent de vos exploits par l'un des Tziganes ayant survécu à la bataille aux portes du château de Dracula. Mais pourquoi a-t-il pris contact avec Seward, et personne d'autre ?

Holmwood fixa une autre lettre sur le tableau.

— Si j'en juge par la date, celle-ci est la suivante de la série. Basarab demande l'aide de Seward pour chercher celui qu'il soupçonne d'être Jack l'Éventreur.

Quincey se rappela le vieil article accroché au mur, dans la chambre du médecin. Dans les enveloppes, ils avaient par ailleurs trouvé de nombreuses coupures de presse, en provenance de divers pays, à propos de meurtres dont les victimes étaient toujours de jeunes femmes.

Ces articles remontaient à une dizaine d'années. Holmwood les éparpilla sur la table et les classa, tout en essayant de trouver un lien entre eux, plus pertinent. Les illustrations montraient toutes des scènes effroyables, des femmes sauvagement lacérées. Autant de crimes apparemment similaires à ceux de Jack l'Éventreur.

Soudain, Holmwood se redressa.

— Mais c'est évident ! s'exclama-t-il.

Il entraîna Quincey jusqu'à la table et, tout en agitant l'index, poursuivit :

— Ces articles impliquent que les meurtres de Jack l'Éventreur ont continué après 1888. Ils décrivent des crimes semblables à travers toute l'Europe. L'Éventreur a simplement quitté Londres. Depuis vingt-cinq ans, il est à l'œuvre dans d'autres pays. Tant qu'il se déplace de ville en ville et d'une contrée à l'autre, les différentes juridictions et la barrière du langage empêchent les autorités de rassembler les éléments. D'après ce que je puis traduire, chaque ville aura connu une série de cinq ou six meurtres. Dans tous les cas, les victimes étaient des prostituées, et, chaque fois, les crimes ont cessé brusquement... sans qu'on puisse expliquer pourquoi. Alors que c'est tout bonnement parce que l'Éventreur était parti !

Quincey arracha une lettre du tableau, à l'en-tête marqué

des initiales *MKHAT*, le théâtre d'Art de Moscou. Il la montra à Holmwood.

— Voici la première missive de Basarab à Seward, envoyée par l'acteur lors de son séjour à Moscou pour la tournée de *Richard III*.

Le jeune homme s'empara d'une autre lettre. Celle-ci portait l'en-tête du théâtre de l'Odéon. Certains articles correspondaient à la date du courrier.

— Il a envoyé celle-ci lorsqu'il était à Paris. Et regardez, d'autres coupures, d'autres meurtres. À Paris !

— Basarab se serait ainsi servi de sa tournée comme d'une couverture afin de pourchasser l'Éventreur...

Quincey allait renchérir, mais Holmwood jugea bon de tempérer la fougue de son jeune compagnon.

— Non ! Nous n'avons aucune preuve pour l'instant !

— Mais pour quelle autre raison Basarab serait-il entré en relation avec Seward ? Pourquoi aurait-il sollicité son aide ? L'Éventreur est un vampire. Cela me paraît indéniable. Et Basarab, grâce au Tzigane, aura eu vent des exploits passés du médecin face à la plus terrible de ces créatures...

Holmwood revint vers les lettres, les examina une nouvelle fois.

— Quincey, nous ne pouvons nous permettre de nous tromper. Cette correspondance ne renferme aucune preuve tangible. Nous devons en savoir plus. La seule chose dont nous soyons certains, c'est que Seward tentait de nous prévenir au sujet de Jack l'Éventreur. Il est mort alors qu'il essayait de nous ouvrir les yeux sur ce que nous refusions de voir.

Quincey comprenait la position de Holmwood, mais il ne la partageait pas. Pour lui, la réponse coulait de source.

— « *VIVUS EST* ». Jack l'Éventreur, c'est Dracula. C'est forcément lui. Seward l'a écrit avec son sang. À qui d'autre pouvait-il faire allusion ?

— Vous allez trop vite en besogne, mon garçon. Encore nous faut-il prouver l'identité de l'Éventreur. Dès lors que nous serons sûrs de la pertinence de notre hypothèse, nous pourrons établir le lien entre nous et toute cette histoire.

Quincey sentait son sang bouillir. Basarab avait défendu le prince en tant que héros de sa nation, allant jusqu'à susciter la compassion pour le personnage de la pièce. Toutefois, le fait qu'il ait pris contact avec Seward afin de pourchasser le monstre brouillait les pistes quant au camp dans lequel il se situait.

Le jeune homme regarda l'heure. *Bigre !* Il n'avait pas vu le temps passer et l'après-midi touchait déjà à sa fin. Il se précipita dans le couloir, en attrapant son manteau au passage.

– Vous disiez vouloir des preuves ! lança-t-il à Holmwood par-dessus son épaule. Eh bien, suivez-moi !

– Mais où cela ?

– Je suis en retard pour la répétition. Il est temps que j'interroge mon mentor, en tête à tête. Je crains d'avoir été dupé par ses belles paroles, et maintenant, je veux savoir la vérité !

Ils se précipitèrent vers le West End, le quartier des théâtres. Au coin de Wellington Street, un vendeur du *Daily Telegraph* beuglait à la cantonade :

« La France établit un protectorat au Maroc ! Des explorateurs portés disparus au pôle Sud ! Bram Stoker, le directeur du Lyceum, à l'article de la mort ! »

Quincey acheta le journal. Il lut rapidement l'article sur Stoker, lequel confirmait simplement que l'écrivain avait été victime d'une attaque. Il froissa le quotidien et le jeta. *Aucun intérêt !*

Arrivés au Lyceum, ils furent accueillis par le responsable du guichet, Joseph Hurst. Quincey allait entrer dans la salle quand Holmwood l'arrêta et attira son attention sur l'affiche dans le foyer, posée sur un chevalet :

RÉPÉTITION EN COURS : UNE HISTOIRE D'ÉPOUVANTE
AVEC EN VEDETTE BASARAB, LE CÉLÈBRE ACTEUR ROUMAIN.
LA NOUVELLE PIÈCE DE BRAM STOKER,
PRODUITE PAR HAMILTON DEANE ET QUINCEY HARKER.

– Produite par Quincey Harker ? Comment pouvez-vous agir de la sorte, compte tenu de ce que vous savez ? Il est hors de question que vous transformiez la mort de Lucy en une farce macabre, en salissant mon nom de surcroît !

— Votre nom ne figure pas dans la pièce.

— Allons bon ! Que voulez-vous dire ?

— Par mesure d'économie, Deane a jugé plus judicieux de vous fondre, Morris, Seward et vous-même, en un seul et unique personnage...

— Quel affront !

Quincey secoua la tête. L'extravagance de l'aristocratie n'en était plus à une contradiction près.

Comme à point nommé, Deane surgit dans le hall. Surpris par la présence de Quincey, il trahit une certaine réserve.

— La répétition a été annulée par respect pour monsieur Stoker, annonça-t-il.

— Pourquoi ne m'a-t-on pas prévenu ? s'enquit le jeune homme.

Il connaissait pourtant parfaitement la réponse. Aux yeux de Deane, il était devenu indésirable.

— Et où se trouve Basarab ? ajouta-t-il.

L'allusion au comédien suscita une grimace de la part du producteur.

— Je lui ai annoncé que monsieur Stoker était sorti de l'hôpital, et que j'avais l'intention de lui rendre visite, afin de prendre des nouvelles de son état de santé. Basarab a eu l'audace de m'en dissuader, en m'imposant des modifications dans la pièce qui m'obligent à reconstruire le décor. Mon équipe va donc travailler sans relâche afin que tout soit prêt pour la répétition de demain soir. Dans l'intervalle, et pour répondre à votre question... j'ignore où peut se trouver ce sagouin !

Quincey s'avança vers lui. Deane recula d'un pas craintif.

— Je vous prie de m'excuser, monsieur... marmonna le jeune homme, visiblement embarrassé. Je me suis fourvoyé et j'ai honte de mon comportement envers vous. À présent, s'il vous plaît... j'ai besoin de parler à Basarab au plus vite. C'est très urgent.

Le producteur parut soulagé par les excuses de son apprenti, bien que Holmwood sentît qu'une vague tension subsistait entre les deux hommes...

— Basarab a seulement dit qu'il souhaitait répéter demain soir à six heures trente, précisa Deane. Je suppose qu'il ne réapparaîtra pas avant.

Quincey lui tendit la main, puis quitta le théâtre, Holmwood à ses côtés.

— Que diable avez-vous donc fait à ce malheureux ? s'enquit Arthur. Le bougre semblait presque effrayé par votre présence.

Quincey nota une once d'admiration dans la voix du lord. Bien qu'il détestât l'admettre, l'enseignement de Basarab, une fois encore, portait ses fruits.

— Si Deane a peur de moi, alors sachez que Basarab le terrifie. Mais nous ne saurons pas avant demain soir si cette frayeur est justifiée.

Tout à ses pensées, Holmwood ne l'écoutait plus.

— Nous avons une autre énigme à résoudre, mon garçon... Pourquoi Van Helsing vous a-t-il attaqué ? Que peut-il bien manigancer ?

Dans sa chambre d'hôtel, allongé sur son lit, Van Helsing songea à Quincey. Le fils de Mina Harker était un enfant qui jouait avec des allumettes, et le professeur devait veiller à ce qu'il ne mît pas le feu aux poudres. Il espérait s'être montré assez menaçant pour inciter le gamin à reprendre le chemin de la Sorbonne.

Mina avait transmis le sang de Dracula à son fils. Si celui-ci choisissait la voie du prince, il deviendrait un dangereux ennemi. Or, Van Helsing était décidé à empêcher que cela se produisît... en mettant, au besoin, ses menaces à exécution. Il tuerait en effet ce garçon avant qu'il ne tombât dans les griffes du vampire.

Ce n'était pas son grand âge mais cette interminable attente qui empêchait Van Helsing de dormir. Dracula savait sans doute que le professeur séjournait à Londres. Ce monstre avait déjà tué Jack et Jonathan... Lui n'était plus très jeune et constituait une proie facile. Quand viendrait donc son tour ?

Il regarda les armes posées sur la table à l'autre bout de la pièce. Dracula savait que Van Helsing se tenait prêt pour le combat. Mais le professeur craignait aussi que ce démon le considérât comme un vieux fou bien trop frêle, ne méritant pas qu'on s'y attaquât.

Il sentit soudain quelque chose se frotter contre sa jambe. Une bosse apparut sous les couvertures, qui glissa ensuite sur le matelas. Puis une autre. Et une autre encore. Il les contempla, médusé. Son heure était-elle enfin venue ?

Quand il sentit la première morsure, Von Helsing hurla, mais il ne trouva hélas pas la force de s'extirper de son lit. Il se contorsionna de douleur sous les multiples coups de dents qui suivirent. Quelle que fût cette bête invisible, elle mettait sa chair en lambeaux !

Van Helsing rejeta les couvertures et découvrit une nuée d'horribles rats, chicotant et grouillant à l'envi, qui lui déchiraient la peau. Il gesticula comme un fou dans l'espoir de s'en débarrasser. Toutes dents dehors, un rat blanc aux yeux d'un rouge brillant courut alors sur sa poitrine en direction de son cou. Le professeur attrapa la vermine et la lança contre le mur.

Le vieil homme trouva enfin l'énergie de sortir du lit, mais son cœur fragile était à bout de forces. Il plaqua une main contre sa poitrine et s'écroula à terre. La souffrance intense contractait ses mâchoires et l'empêchait de crier. Van Helsing tenta de saisir le pilulier sur sa table de chevet. Une nouvelle vague de douleur le submergea et il retomba. La mort ne tarderait pas à le cueillir, cette fois.

Après plusieurs minutes qui lui parurent interminables, le professeur constata que les rats avaient disparu, de même que les morsures sur ses jambes. Toutefois, des ombres ondoyaient à présent dans sa chambre... *Les rats n'étaient qu'un prélude.*

Malgré la douleur, Van Helsing éprouva une sorte de joie macabre. L'heure de la dernière bataille avait enfin sonné. Au prix d'un effort surhumain, il se redressa et se pencha vers le pilulier, mais ses lunettes glissèrent. Alors les ombres se réunirent et s'élevèrent en une énorme spirale qui fendit en deux la table de chevet. La boîte de pilules tomba sur le plancher. Van Helsing entendit soudain une meute de loups venus de nulle part hurler aux quatre coins de la pièce.

Il se retrouvait face à l'ultime choix de son existence. *Mes pilules ou mes armes ?*

À présent, l'ombre noire tournoyait en direction du plafond, tout en enveloppant une silhouette qui se dessinait peu à peu, en relief. Le temps pressait... Puisant dans ses dernières forces, le vieux professeur prit appui sur le montant du lit et se rua sur la table où étaient exposées ses armes. S'il devait mourir, il entraînerait son démon avec lui !

La silhouette de l'ombre avait pris forme humaine. Van Helsing, lui, n'était plus qu'à quelques centimètres de l'arbalète chargée... mais, avant qu'il pût s'en emparer, une main jaillit et souleva la table dans les airs. Les armes s'éparpillèrent, désormais hors de sa portée.

Le vieil homme se laissa choir et roula sur le dos, en attendant la fin. Son cœur autrefois si vaillant avait eu raison de sa volonté.

Comme pour saluer la victoire de leur maître, les loups hurlèrent de plus belle, tandis que l'ombre se penchait sur Van Helsing.

– Pardonnez-moi, mes amis, murmura-t-il. Je vous ai abandonnés.

L'ombre s'approcha encore... Le vieil homme espérait que son cœur s'arrêterait enfin pour lui épargner la douleur, mais la mort poussa la cruauté à son paroxysme. Van Helsing était toujours en vie lorsqu'il sentit les canines s'enfoncer dans son cou.

CHAPITRE XXXVI

Mina devait à tout prix revoir son fils. Peut-être était-elle désormais seule à le chercher, car ses télégrammes à Van Helsing restaient sans réponse. Alors que Quincey se retrouvait plus que jamais vulnérable, livré à lui-même dans ce monde hostile. Et avec Báthory tapie dans l'ombre, qui se révélait une ennemie bien plus coriace que tous ceux qu'elle avait affrontés jusqu'ici.

Ayant saisi la clé en métal qu'elle cachait au fond du tiroir de sa coiffeuse, Mina descendit à la hâte au sous-sol et se dirigea vers la pièce voisine du garde-manger. Elle glissa la clé dans la serrure rouillée qu'on n'avait pas fait fonctionner depuis vingt-cinq ans. Rien d'étonnant, dès lors, à ce que celle-ci résistât. Mina essaya encore, en vain. *Maudite porte !* Comme en réponse à cette exclamation, un énorme craquement se produisit... et la serrure céda enfin. Mina s'aperçut avec surprise que le chambranle avait sauté. Un instant effrayée par sa propre force, elle découvrit que l'humidité avait en réalité pourri le bois.

Mina ramassa la lanterne qu'elle avait apportée, puis pénétra dans la pièce sombre. Sur l'étagère, à côté de souvenirs poussiéreux et moisis, trônait le coffret que Jonathan et elle avaient jadis transporté pour livrer bataille en Transylvanie. Après avoir constaté les dégâts que le temps avait infligés à la porte, elle ne s'étonna pas de l'état de la boîte. Mais lorsqu'elle souleva le loquet, son cœur se mit à battre plus fort. La bible était détrempée, l'ail et l'aconit moisis et décomposés, le contenu des fioles évaporé de longue date, les couteaux rouillés, les marteaux et les pieux en bois, ornés de croix dorées, fendillés, désagrégés. Autrefois, ce coffret et ce qu'il renfermait leur avait sauvé la vie. À présent, vu sa dégradation, il disparaîtrait bientôt... à l'instar de l'ancien groupe d'intrépides.

Mina se précipita au premier et gagna le bureau afin de récupérer toutes les armes encore utilisables dans la maison. Elle ne possédait certes pas la force physique de Báthory, aussi Quincey et elle en auraient-ils besoin s'ils voulaient avoir la moindre chance de vaincre ce monstre. Sa main saisit alors le katana, le sabre de cérémonie japonais que Jonathan avait reçu en cadeau de la part de ses clients. On pouvait y lire l'inscription gravée :

Jonathan Harker
L'Alliance anglo-japonaise
30 janvier 1902

Dans sa hâte, Mina sortit le katana de son fourreau en tirant d'un coup sec. Par mégarde, elle se cogna le coude contre la bibliothèque en acajou et elle lâcha la lame. Elle se retourna et constata que son coude avait transpercé le bois d'une étagère, puis releva sa manche pour examiner son bras. Elle ne souffrait pas vraiment, mais la plaie enflait et bleuissait déjà. Mina s'était aussi entaillé la main et saignait, sans que, là encore, la douleur ne fût significative. Après toutes ces années, le sang de Dracula la rendait-il plus robuste ? À moins que ce ne fût l'œuvre de Báthory ? L'ironie du sort voudrait que le sang de la comtesse lui donnât le pouvoir de transformer leur inévitable combat en un affrontement d'égale à égale.

Mina regarda alentour et aperçut le presse-papiers en verre posé sur le bureau. C'était un moyen de mesurer sa force. Elle le saisit, le serra... Rien. Elle réitéra son geste, toujours rien. L'étagère ne s'était tout de même pas brisée par miracle !

Exaspérée, elle laissa choir le presse-papiers sur la table. Il éclata violemment, en morceaux. Mina ouvrit la main et vit des éclats de verre plantés dans sa paume ensanglantée. La douleur demeurait supportable, quasi absente.

Pour la première fois depuis des semaines, Mina esquissa un sourire. Par quelle extravagance ce pouvoir ne s'était-il pas manifesté plus tôt ? Elle songea alors qu'elle avait jusque-là été peu encline à de tels accès de colère... Mais quelles que fussent ses capacités, encore lui fallait-il bien les utiliser pour en faire une arme efficace contre Báthory.

Mina plaça ses mains de chaque côté du bureau en chêne massif, prit une profonde inspiration, et tenta de le soulever. Ses bras tremblèrent, mais le meuble colossal refusa de bouger.

Fermant les yeux, elle songea à la manière dont cette maudite comtesse l'avait violentée après s'être introduite en sa demeure. Sa fureur grandit, mais Mina ne put déplacer le bureau. *Laissez les petits enfants venir à moi...*

D'un geste rageur, elle repoussa le meuble et s'en détourna. Il y eut alors grincement strident : le bureau s'éloignait d'elle en glissant sur le parquet. Mina prit la mesure du phénomène, interloquée. Il lui fallait apprendre à maîtriser cette force, et sans tarder.

Des coups frappés à la porte l'arrachèrent à ses pensées.

– Je vous prie de bien vouloir m'excuser, madame, dit Manning derrière le battant, mais il y a un gentleman à l'entrée qui souhaiterait vous parler.

Mina devait à tout prix prendre le prochain train à destination de Londres, l'heure n'était plus aux visites de condoléances.

– Je suis vraiment désolée, Manning, mais je vais devoir vous demander de le renvoyer. Dites-lui que je n'ai pas le cœur à partager la compagnie d'autrui. Je suis certaine qu'il comprendra.

– Je lui ai certes annoncé que vous ne vouliez pas être dérangée, mais il m'a remis sa carte en m'assurant que vous feriez une exception pour lui.

Peu désireuse que Manning vît le désordre dans la pièce, Mina entrouvrit la porte et s'empara du bristol ivoire que lui tendit le majordome. Elle faillit lâcher la carte en voyant le nom qui y était inscrit.

— Dois-je le congédier ?

— Non ! répondit Mina, faites-le patienter au salon...

Mais comment peut-il être au courant de tout cela ?

— ...Je l'y rejoindrai sitôt que je serai présentable.

Lord Godalming, alias Arthur Holmwood, avait quitté Quincey. Le jeune homme souhaitait rester seul et prendre le temps d'assimiler les multiples informations glanées au fil de la lecture du courrier et des coupures de journaux trouvés dans l'appartement de Seward.

Dracula pouvait-il réellement être Jack l'Éventreur ? Holmwood se souvenait à peine de cet automne 1888, où Londres vivait dans la terreur de ce criminel. Il était à l'époque la proie de ses propres frayeurs...

Certes, ces assassinats en Europe de l'Est ressemblaient étrangement aux meurtres perpétrés par l'Éventreur... au point qu'il était peu probable qu'il se fût agi de simples coïncidences.

Arthur n'avait donc aucun argument à opposer à l'hypothèse de Quincey. Du reste, qui d'autre que ce monstre de Dracula aurait pu empaler Jonathan en plein cœur de Piccadilly, sans que cela lui coûtât l'ombre d'un effort... et sans attirer le moindre témoin ? Si en effet le démon était de retour en Angleterre, tous couraient un grave danger, et devaient par conséquent en être avisés.

Il avait cependant rechigné à reprendre contact avec Mina Harker. Dans le passé, la jeune fille était pétrie de contradictions à tel point qu'il ne pouvait présager ce que serait sa réaction lorsqu'elle apprendrait que Dracula vivait toujours.

En dépit de ses réticences, Arthur emprunta la voie que lui dictait son sens profond de l'honneur et de la justice. Il allait donc mettre Mina au courant, le choix qu'elle ferait ensuite n'appartiendrait qu'à elle... même s'il devait en subir les conséquences.

Le majordome débarrassa Arthur Holmwood de ses effets, puis le conduisit au salon.

— Monsieur souhaite-t-il quelque rafraîchissement ?

— Non, merci.

Tandis que Manning quittait la pièce, le regard du lord vagabonda sur les photographies alignées sur la cheminée, puis s'arrêta sur une image des Harker lors d'un Noël où Quincey était encore petit. La colère le saisit en songeant au bonheur familial qu'il aurait pu connaître avec Lucy. Après leurs aventures en Transylvanie, Mina, elle, avait recouvré une vie normale, vécu avec un homme qu'elle aimait, élevé un enfant, fondé une famille.

Les yeux d'Arthur s'attardèrent ensuite sur un portrait de Lucy et de Mina. Quelle audace de l'avoir posé là ! Après tout, Jonathan et son étude avaient contribué à la venue de Dracula en Angleterre. De même que Mina avait, à dessein ou non, conduit le démon à sa chère Lucy...

La porte s'ouvrit derrière lui. Il se retourna, et resta sans voix : malgré toutes ces années écoulées, Mina demeurait semblable à la jeune femme qu'elle était quand il l'avait vue pour la dernière fois. Si bien qu'un court instant, Holmwood s'attendit presque à découvrir Lucy emboîtant le pas à son amie, comme elle le faisait toujours autrefois...

La robe de deuil de Mina le ramena à la réalité. Mais, aussi discrète fût-elle, cette toilette échouait à atténuer sa provocante jeunesse.

— Le temps ne semble pas avoir eu d'emprise sur vous, madame Harker, observa Arthur avec une ironie ostensible.

— Je constate que vous n'avez pas changé non plus, lord Godalming, rétorqua Mina sur le même ton.

— Ce n'est certes pas de gaieté de cœur que je reviens en ces lieux, croyez-moi.

— Si vous êtes venu me présenter vos condoléances, considérons que c'est désormais chose faite. Vous êtes donc libre de prendre congé... Je ne vous retiens pas.

Mina fit mine de regagner la porte.

– Attendez.

Elle hésita.

S'il la provoquait ouvertement, Holmwood savait que Mina pouvait se montrer assez bornée pour s'opposer à lui.

– Je suis venu vous mettre en garde, ajouta-t-il sur un ton plus modéré. Aussi incroyable que cela puisse paraître, j'ai tout lieu de penser que celui que nous avons cru détruire jadis est toujours en vie...

Mina pencha la tête de côté, sans trahir le moindre signe de surprise.

– Mon cher Arthur, vous ne cesserez donc jamais de vous battre pour les causes les plus nobles... Quand bien même votre ardeur viendrait à flancher en pleine action !

À quoi joue-t-elle ?

– Ne me traitez pas comme Jack Seward, risposta-t-il. Vous savez que je suis peu enclin aux théories fantasques.

– Et moi je sais que vous me haïssez toujours. Je l'entends dans votre voix. Je ne puis rien y faire... Mais ne vous défiez pas de moi. Souvenez-vous que je vous ai mené à Dracula. Je n'ai jamais trahi mon serment.

– C'est la raison même de ma présence. Je suis coupable à maints égards, Mina, mais par-dessus tout d'avoir ignoré les mises en garde de Jack, que j'ai prises pour les divagations d'un pauvre dément.

Avant de confier son manteau au majordome, Arthur avait pris soin de conserver le paquet de lettres par-devers lui. Il en sortit une coupure de presse et s'approcha pour la tendre à Mina. Quand elle s'en empara, il remarqua sa main bandée.

– Que vous est-il arrivé ?

– J'ai cassé un verre, affirma-t-elle, laconique.

Mina concentra son attention sur l'article puis, après quelques instants, releva la tête, l'air perplexe.

– Cela concerne Jack l'Éventreur, s'étonna-t-elle.

– Observez les meurtres dans le détail. Le premier a eu lieu le 31 août 1888 à Londres. À peine une semaine après que le *Demeter* a fait naufrage sur les côtes de Whitby. Le dernier date du 9 novembre 1888, la veille du jour où Dracula nous a échappé pour s'enfuir en Transylvanie.

Mina l'écoutait sans sourciller.

Holmwood sortit alors les lettres du médecin.

— Seward pressentait que l'Éventreur était un vampire, dit-il. Il était prêt à risquer sa vie pour nous le prouver, et c'est pour cette raison que l'Éventreur l'a tué. Oubliez ce que vous avez vu, Mina. Laissez de côté vos émotions. Tous les indices sont là pour nous amener en toute logique à la conclusion que Dracula et Jack l'Éventreur ne sont qu'une seule et même personne.

— Mon cher Arthur, s'esclaffa Mina, vous étiez le plus courageux d'entre nous... mais aviez la sagesse de laisser la réflexion à Van Helsing !

Holmwood serra les poings en froissant les missives.

— Je viens vous prévenir du danger qui vous guette et vous avez l'audace de railler mes propos ?

Tout en prononçant ces mots, il songea qu'elle cherchait peut-être à le détourner de Dracula. *Qui sait si elle ne se prépare pas à rejoindre son ancien amant ?*

Comme si elle avait lu dans ses pensées, Mina cessa de ricaner et redevint sérieuse.

— Il y a un vampire à Londres, admit-elle. Mais ce n'est pas Dracula.

Holmwood en resta coi. *Un autre démon ?*

— L'heure n'est plus à la plaisanterie. Des vies sont menacées.

— J'ai été attaquée ici même, en cette demeure. J'aurais pu y laisser la vie.

— Je constate en effet que vous avez survécu, de même que la maison est à l'évidence intacte...

Mina plissa les yeux, agacée.

— J'ai prêté l'oreille à votre théorie. Écoutez la mienne à présent. Avez-vous déjà entendu parler de la comtesse hongroise Elizabeth Báthory ?

— Non, le devrais-je ?

— Il y a quatre siècles, Elizabeth Báthory a violé et massacré six cent cinquante jeunes paysannes, et s'est baignée dans leur sang, dans l'espoir que cela préserverait sa jeunesse. D'un point de vue strictement historique, n'est-ce pas là le comportement d'un vampire ? Et si les suppositions de Seward se vérifient, cela ne correspond-il pas, aussi, à la manière d'opérer de l'Éventreur ?

— C'est grotesque. Chacun sait que Jack l'Éventreur était un homme. Vous ne me ferez pas croire que de tels crimes aient pu être commis par...

— Vos préjugés vous aveuglent, Arthur. L'Éventreur a toujours échappé à la police. Pourquoi ne serait-ce pas une femme ?

Une veuve noire. Intéressant... Un détail alertait néanmoins Holmwood.

— Jonathan a été empalé. Un procédé propre à Dracula...

— Báthory aura utilisé ce subterfuge pour nous faire croire que le prince n'est pas mort.

— Supposons que vous disiez vrai, et que cette Báthory soit Jack l'Éventreur. En quoi serions-nous concernés ? Pourquoi voudrait-elle notre mort ? Non, cela n'a aucun sens.

Mina s'approcha de la table, s'empara de l'ouvrage qu'elle y avait laissé, puis l'ouvrit à la page où figurait le fameux arbre généalogique. Sous le regard d'Arthur, elle suivit à nouveau du doigt les lignes qui reliaient Elizabeth Báthory à Vlad Dracula III...

— Elle vient venger sa mort ! lâcha Holmwood, les yeux écarquillés par la révélation.

Tout était devenu limpide dans son esprit. Quels que fussent les sentiments de Mina à l'égard de Dracula, Báthory traiterait à l'avenant tous les anciens membres du groupe. Seul lui importait de venger la mort de son cousin.

— Nous devons entrer en relation avec Van Helsing, décréta Arthur.

— J'ai déjà essayé, dit Mina. Mais il ne répond pas à mes télégrammes.

Holmwood allait l'informer de la rencontre entre le professeur et Quincey, quand il se remémora un autre élément non négligeable.

— Basarab ! lâcha-t-il.

Mina se rembrunit.

— Que dites-vous ?

Il lui flanqua les lettres dans les mains, en désignant les signatures.

— Jack Seward œuvrait de conserve avec le célèbre acteur roumain pour retrouver l'Éventreur. Votre fils, qui le connaît bien, a prévu de parler à Basarab, demain soir au Lyceum.

Le visage de Mina trahit soudain une immense panique.

— Si Báthory était au courant pour Seward, et qu'elle l'a tué, alors elle doit aussi savoir pour Basarab ! s'exclama-t-elle. À quelle heure est leur rendez-vous ?

— Six heures et demie.

Mina lorgna la pendule au-dessus de la cheminée et ne put réprimer un cri.

— Un train part d'Exeter dans vingt minutes ! Nous arriverons à la gare Waterloo à six heures dix. Nous n'avons pas une seconde à perdre... Quincey est en danger !

À ces mots, elle quitta le salon en trombe et monta quatre à quatre la volée de marches menant au premier, tandis que Holmwood s'activait pour rassembler ses documents.

Elle redescendit avec un sac à main, tout en enveloppant dans un châle un objet qu'Arthur identifia comme un sabre dans son fourreau.

— Cessez de rouler des yeux pareils ! Je suis capable de me défendre et vous le savez fort bien !

En effet, il ne l'ignorait pas. Mina ne s'était jamais conformée aux prérogatives du sexe faible et n'était en aucune manière ce qu'on appelait une « femme délicate ». Au vrai, Arthur Holmwood n'en connaissait pas de plus déconcertante.

Mais qui savait au juste ce qu'elle manigançait ? Certes, elle l'avait convaincu, mais hormis sa main, elle ne portait aucune trace de l'attaque dont elle disait avoir été victime. Si cette comtesse Báthory s'en était réellement prise à elle, quelle sorte de combat avait bien pu les opposer ? Dans le cas contraire, si elle lui avait menti, Arthur serait sans doute le jouet d'un dessein machiavélique fomenté avec Dracula !

En tout état de cause, Holmwood veillerait à ne jamais tourner le dos à Mina Harker. De même qu'il tenait à s'adresser en personne à ce Basarab.

Comme ils ouvraient la porte, Manning intercepta la maîtresse de maison.

– Dieu merci, vous n'êtes pas encore partie, madame ! Ce télégramme vient d'arriver à l'office. Encore des condoléances...

– Merci, Manning.

Elle fourra le pli dans son sac et dévala les marches du perron.

CHAPITRE XXXVII

Hamilton Deane ne put réprimer un renvoi qui jaillit de sa bouche en une éructation sonore, laquelle fit sourciller un membre de la troupe.

Depuis l'attaque de Stoker, il souffrait d'aigreurs d'estomac, et les incessants problèmes de production qu'il avait à régler lui laissaient peu de temps pour soigner ces troubles dus à sa nervosité. Or, plus la situation empirait, plus sa santé en pâtissait.

Deane savait pertinemment qu'il marchait sur des œufs. En réalité, il ne possédait pas l'autorisation légale pour produire *Dracula*. Si l'auteur venait à mourir, il devrait négocier les droits avec la revêche Mme Stoker. Il frissonna à cette pensée. Outre ses commanditaires à ne pas décevoir, Deane avait déjà son lot d'ennuis.

Basarab avait exigé qu'on remplaçât le traditionnel salon par un décor mobile sur plusieurs niveaux, lequel se transformerait tour à tour en château de Transylvanie, en asile de Whitby et en abbaye de Carfax. Écœuré par ce changement de dernière minute, le maître charpentier avait démissionné. Aussi Deane devait-il lui-même superviser le travail des ouvriers. Stoker étant convalescent, la pièce se voyait privée de metteur en scène, et le producteur avait pensé prendre la relève... Mais Basarab s'était octroyé cette fonction sans même le consulter. Furieux, Deane n'osa cependant pas affronter l'impressionnant Roumain. Il n'avait certes pas envie de finir comme Stoker...

Échevelé, épuisé et le ventre criant famine, il était à bout de nerfs. Plus qu'une petite heure avant la première répétition... et il restait encore tant à faire ! Le malheureux producteur était sollicité de toute part : la costumière sortait de la loge de Basarab en pleurs, les commanditaires exigeaient des comptes rendus réguliers, les journalistes réclamaient des interviews, et un groupe d'admirateurs tentait de s'immiscer dans le théâtre, espérant entrevoir Basarab. Travailler au Lyceum se révélait bien moins glorieux que Deane ne l'avait imaginé le jour où il avait effectué son maudit investissement avec Stoker.

À six heures, la troupe presque au complet se tenait prête, trente minutes avant l'horaire prévu. Le phénomène était courant à la première répétition, chaque nouvelle production suscitant l'enthousiasme. Dans un joyeux brouhaha, les comédiens se retrouvaient en petits groupes et échangeaient les derniers potins avant de monter sur scène.

Pendant ce temps-là, Deane s'entendait à peine parler, et il avait d'autant plus de mal à comprendre ce que lui disait l'éclairagiste écossais, perché dans sa cabine au fond de la salle. Tripotant à qui mieux mieux ses nouveaux jouets électriques, celui-ci tentait d'utiliser sa lampe à arc Kliegl numéro 5 afin de simuler le clair de lune en Transylvanie pour les besoins d'une scène du premier acte. Deane jugeait la lumière bien trop vive et essayait de le convaincre d'en réduire l'intensité. L'éclairagiste opina du chef, mais lorsque le producteur, planté au centre de la scène, vit le halo lumineux redoubler d'éclat, son estomac protesta.

— Plus sombre, espèce d'idiot ! hurla-t-il pour couvrir le tapage des acteurs.

Tous les regards se tournèrent vers lui. Son ventre gronda de plus belle tandis qu'il passait unanimement pour le Père Fouettard de la troupe. Deane chercha désespérément un subterfuge pour tourner sa colère en dérision, puis se ravisa. L'incident avec Quincey Harker lui avait appris que la peur servait davantage ses intérêts que le respect. L'éclairagiste s'empressa d'exécuter les ordres, mais dans sa hâte se trompa, et le décor devint bleu.

– Non, non, et non ! Il faut davantage de rouge ! Combien de fois devrai-je vous le répéter ? C'est la scène où le comte Dracula raconte ses exploits guerriers.

Derrière lui, un groupe de comédiens retint son souffle.

– Et que savez-vous donc de la guerre, monsieur Deane ?

Basarab... Chacun se tut. Le Roumain captait tous les regards. Artistes et machinistes étaient suspendus à ses lèvres. Le comédien ne manquait certes pas d'allure. Vêtu d'un long manteau de satin noir et or, il brandissait avec une facilité déconcertante un glaive dont le lourd métal n'avait rien de factice. La lame étincelait sous les projecteurs.

Bien que Deane cumulât les rôles de directeur suppléant, de producteur, et – pour l'heure – de responsable de la production, l'arrivée de Basarab en cet instant précis était tout sauf un soulagement pour lui. Il répondit d'une voix chargée de dédain :

– La guerre, dites-vous ? À l'évidence, vous maîtrisez bien mieux le sujet que moi.

La pointe de la lame du Roumain se retrouva soudain sur la gorge de Deane, lui imposant le silence et suscitant une vague d'effroi dans l'assistance.

– Une bataille, monsieur Deane, ne saurait être recréée sur les planches par un simple jeu de lumières.

Les paroles glaciales de Basarab masquaient une rage contenue.

– Une lame nue dans votre poing, reprit-il, le sang coulant dans vos veines tandis que vous prenez la vie de votre ennemi : voilà la réalité d'un combat !

La mélancolie avait pris le pas sur sa fureur, et Deane en déduisit que le Roumain croyait dur comme fer aux niaiseries qu'il énonçait sur un ton sentencieux.

Le comédien laissa tomber le glaive à ses côtés. Par réflexe, Deane se tâta la gorge, laquelle ne saignait heureusement pas. Devait-il son salut à sa bonne étoile ou à l'habileté de Basarab ? En tout état de cause, ce dernier frisait la démence.

Les portes de la salle s'ouvrirent à toute volée dans un vacarme épouvantable. Tous se tournèrent vers l'entrée. Gêné par les feux de la rampe, Deane plissa les yeux pour mieux discerner l'intrus. *Qui ose interrompre ma répétition ?*

Au moment où l'inconnu s'avança dans la lumière, il découvrit qu'il s'agissait d'une femme. Magnifique de surcroît, avec ses cheveux de jais qui rehaussaient son teint de lys. Son smoking à la coupe irréprochable soulignait sa silhouette élancée comme une seconde peau. Deane était sidéré par l'audace de cette Amazone des temps modernes qui arborait, sans vergogne, un pantalon.

Elle remonta l'allée en applaudissant le Roumain avec dédain.

— Bravo ! Bravo ! La puissance de votre jeu de scène atteint les sommets de la grandeur shakespearienne !

La nouvelle venue salua de son haut-de-forme un groupe de jeunes actrices, puis leur sourit en leur lançant une œillade.

— Bonsoir, mesdemoiselles !

Revenu de sa fascination, Deane s'avança vers l'intruse.

— Pardonnez-moi, mais j'ignore qui vous êtes. Or, vous faites irruption dans une répétition privée, madame...

Vif comme l'éclair, Basarab leva son glaive pour empêcher le producteur de s'approcher davantage.

— Pour votre sécurité, monsieur, je ne saurais trop vous conseiller de ne pas ajouter un mot.

Les yeux de Deane croisèrent ceux de la femme, laquelle le jaugea de la tête aux pieds. Il sentit son sang se glacer, puis se tourna vers le comédien, dont l'attitude visiblement sincère le troublait d'autant plus.

Basarab planta son regard froid comme la pierre dans celui de l'inconnue, qui le gratifia d'une grimace sardonique.

Ces deux-là se connaissent de longue date, devina Deane. *Et leur histoire a une odeur de soufre...*

— Je vous attendais, comtesse.

— Le vieil adage dit vrai... déclara-t-elle en s'avançant vers la scène, tandis que sa canne martelait le sol comme une épée.

Puis elle secoua la tête en détaillant Basarab.

— ... Le temps guérit vraiment toutes les blessures.

— Les plus profondes ne cicatrisent jamais.

Deane entendit sourdre une terrible colère dans la voix du Roumain.

La femme émit de petits gloussements. Elle ne se moquait plus, elle se *délectait* de la situation.

— Vous ne vous fatiguez donc jamais de vos pitoyables reparties ?

Alors Basarab brandit son sabre.

— Peut-être préférez-vous l'escrime aux joutes oratoires ?

Ladite comtesse s'immobilisa brusquement, telle une vipère qui s'apprêterait à mordre.

— Pourquoi pas ? roucoula-t-elle.

Ses yeux s'écarquillèrent et étincelèrent de volupté à l'idée du combat qui allait commencer.

— À nous deux... mon cher cousin.

———◆———

Profitant d'un court arrêt à Salisbury, Arthur Holmwood descendit sur le quai et gagna l'une des cabines téléphoniques récemment installées. Il paya l'opérateur pour composer le numéro de son domicile londonien. Le train siffla une première fois. Lorsqu'il obtint la communication, l'employé lui tendit le combiné et le laissa en toute intimité dans le réduit en bois.

— En voiture ! cria le contrôleur.

Holmwood ordonna à son majordome Wentworth de veiller à ce que son attelage vînt les chercher, Mina et lui, à la gare Waterloo, à six heures dix.

— Ne soyez pas en retard !

Un deuxième sifflement. Sans prendre le temps de donner un pourboire ni de raccrocher l'appareil, Holmwood courut jusqu'au train au moment où celui-ci s'ébranlait, et s'élança à bord de justesse.

Aux alentours de Basingstoke, un troupeau de moutons sur les voies avait retardé le convoi, et la locomotive arriva à quai à six heures quinze. Comble de malchance, la gare de

Waterloo subissait de constants réaménagements depuis vingt ans et l'entrée nord-est était fermée. Arthur et Mina durent rebrousser chemin et faire le tour vers le sud pour rejoindre la voiture de Holmwood qui les attendait. Le temps jouait contre eux. Quincey serait au Lyceum dans cinq minutes, et il leur en faudrait dix autres pour y arriver.

Malgré l'urgence, Holmwood ne perdait pas ses manières de gentleman. Il tint la portière à Mina et lui tendit la main pour l'aider à monter. Mais elle refusa son aide. Arthur aurait certes dû se souvenir qu'elle percevait la galanterie comme une insulte.

— Cocher ! Au galop, je vous prie !

Le conducteur fit démarrer la voiture à vive allure, mais pas suffisamment au gré d'Arthur, qui se pencha par la fenêtre et frappa le toit de sa canne.

— Plus vite, je vous en conjure !

— Du calme, mon ami... Nous devons raison garder.

Le ton de Mina l'irrita au plus haut point. À croire qu'elle le gourmandait comme un enfant qui eût abusé de friandises !

Dans leur précipitation à monter dans le véhicule, le contenu du sac de Mina s'était en partie renversé sur la banquette. C'est ainsi qu'elle découvrit, en rangeant ses affaires, le télégramme que lui avait confié Manning...

Elle eut un cri étouffé. Le visage en proie à la panique et les larmes aux yeux, elle dévisagea Holmwood.

— Van Helsing est... à Londres, finit-elle par balbutier. Il affirme avoir été attaqué dans sa chambre par...

Elle s'interrompit.

— Par qui donc, pour l'amour du ciel ?

— Par Dracula...

— Je le savais !

Holmwood s'empara vivement du télégramme afin de lire la nouvelle de ses propres yeux. Elle était là, la preuve qu'il cherchait !

— Van Helsing souhaite que nous lui rendions visite, murmura Mina, le visage de marbre et les mains immobiles, comme si celles-ci tenaient toujours le billet.

Pour Arthur Holmwood, le temps parut s'arrêter. Voilà vingt-cinq ans qu'il n'avait pas éprouvé cette peur à l'état pur, devant laquelle il oubliait tout ce qu'il savait ou ce qu'il croyait savoir. Mais il se sentait tout autant exalté. Étrangement, il se réjouissait aussi à la perspective du sang, de la mort qui le guettait. En temps de guerre, les choix à faire se révélaient d'une simplicité biblique. Bien ou mal... Noir ou blanc... Vivre ou mourir. En temps de paix, tout se confondait dans la grisaille ambiante.

Arthur Holmwood passa à nouveau la tête par la fenêtre, et cria à l'adresse du cocher :

– Plus vite, que diable !

Puis il se laissa choir sur son siège dans un immense sourire de satisfaction. À l'évidence, Mina ne partageait pas son enthousiasme. Bouleversée, elle était plongée dans un mutisme songeur.

Arthur tenta de deviner les pensées de sa voisine. Dracula était en vie et avait sans nul doute empalé Jonathan. Mina se retrouvait confrontée au plus cruel des dilemmes : ce même Dracula qui l'avait séduite jadis avait certainement assassiné son mari. Le prince noir et Báthory faisaient-ils cause commune ? D'ailleurs, la comtesse existait-elle vraiment ? De nombreuses interrogations sans réponses... et une seule certitude : la mort les attendait.

Le journal de Seward et un paquet de preuves en main, Cotford passa comme une tornade devant une rangée d'autres inspecteurs et d'agents de police assis à leurs bureaux respectifs. La mine renfrognée, il soufflait bruyamment et tapait des pieds comme un enfant en colère. Il avait de bonnes raisons de l'être, en colère : on venait de rejeter ses hypothèses, remettant en question son intégrité et sa santé mentale ! Personne ne daigna lever le nez sur lui. Dans le service, aucun collègue ne s'intéressait aux vieilles affaires... encore moins à son besoin viscéral de défier le Yard.

Cotford flanqua la pile de documents sur son bureau. Eh bien *lui* s'y intéressait, bien qu'il jouât de malchance avec les autorités.

– Quelle bande d'abrutis, de poules mouillées ! pesta l'inspecteur.

Il dévissa le bouchon de sa flasque en argent et calma sa fureur avec quelques lampées de whisky. Les autres remarquèrent seulement la présence de ce gros Irlandais qui brisait une autre règle d'or en buvant alors qu'il était en service.

Lee s'avança vers lui et posa la main sur la flasque, l'empêchant de prendre une autre gorgée.

– Inspecteur, un peu de discrétion, je vous prie...

– Le procureur de la Couronne refuse de délivrer un mandat d'arrêt au nom de Van Helsing et Godalming ! rugit Cotford. *« Les écrits d'un morphinomane dément ne constituent pas une preuve suffisante. »* Voilà leurs arguments !

Lee l'observa un long moment. Il s'était engagé à suivre Cotford tant que celui-ci était dans le vrai. À présent, les grosses légumes de Scotland Yard affichaient publiquement leur désapprobation, et Huntley ne manquerait pas de faire une déclaration officielle.

– Je rentre chez moi, monsieur. Je dois parler à ma femme. J'ai le sentiment que les répercussions de notre mésaventure ne vont pas tarder à se faire sentir.

Cotford s'écroula dans son fauteuil. Il lui fallait maintenant évaluer les dégâts causés autour de lui. Autant se rendre à l'évidence : cette dernière folie ferait resurgir le passé et serait relayée dans les journaux. Ses supérieurs ne lui pardonneraient pas d'avoir, une fois de plus, ridiculisé le Yard. On le mettrait sûrement à la retraite.

– Qu'ils aillent tous au diable ! aboya-t-il en récupérant sa flasque.

– À propos... j'allais oublier, reprit Lee en sortant de sa poche une enveloppe écrite à l'encre rouge. Elle est arrivée ce matin par la poste.

Il la tendit à l'inspecteur, et quitta le bureau.

— Sûrement la lettre enfiévrée d'une admiratrice... minauda Cotford non sans ironie.

Les collègues qui avaient observé l'échange se détournèrent et reprirent leur travail. L'inspecteur déchira l'enveloppe. Avant même d'avoir lu un seul mot, il reconnut l'écriture sanglante...

Il se leva brusquement et sortit comme un fou en hurlant :

— Lee ! Lee !

Cotford rattrapa le sergent au milieu de l'escalier, haletant.

— C'est de lui !... Vingt-cinq ans après... il écrit des lettres ! Il nargue Abberline... Il me nargue ! À l'époque, il avait même envoyé une missive maculée du sang d'un rein de sa victime !

L'inspecteur brandit l'enveloppe.

— C'est la même écriture, la même signature, les mêmes tournures... C'est lui ! Nous avons réussi, sergent ! Nous avons fait sortir ce monstre de son antre !

Lee l'interrogea du regard. Cotford souriait jusqu'aux oreilles et lui flanqua la missive sous le nez.

— Ne faites pas cette tête, mon garçon. Lisez-la donc !

Le sergent obtempéra, avec prudence.

— Elle émane sans doute d'un farceur qui connaît les lettres de l'Éventreur, contra-t-il. Un imposteur.

— Impossible ! Notre enquête actuelle n'est pas encore parue dans la presse. Je n'en ai parlé au procureur que ce matin. Or, cette lettre a été postée voilà plusieurs jours, regardez le cachet !

Les arguments de Cotford semblèrent avoir raison du scepticisme de Lee.

Le sergent lut la lettre à haute voix :

« CHER MONSIEUR,

QUINCEY HARKER DÉTIENT LES RÉPONSES QUE VOUS CHERCHEZ. VOUS LE TROUVEREZ MERCREDI SOIR AU LYCEUM, ET TOUT S'ÉCLAIRERA.

SINCÈRES AMITIÉS DE L'ENFER. »

Lee leva les yeux vers Cotford.

– C'est ce soir !

L'inspecteur sourit de plus belle. Le jeune sergent était de nouveau à ses côtés. Il ignorait à quel jeu se livrait l'Éventreur, mais celui-ci reprenait enfin contact après un quart de siècle. Cette fois, Cotford ne ferait aucun faux pas. Plus question de se faire devancer par ce monstre ! D'une façon ou d'une autre, il mettrait fin à toute cette affaire le soir même.

– Sergent Lee, rassemblez vos hommes.

CHAPITRE XXXVIII

En coulisses, l'atelier constituait le cadre idéal pour leur ultime combat. Véritable capharnaüm, il abritait pêle-mêle costumes, accessoires, pièces de décor et toiles de fond. Cette partie du théâtre ne jouissait pas de la lumière électrique, la troupe n'ayant pas l'usage d'un tel luxe. Suspendues dans les coins, des lampes à pétrole faisaient apparaître de longues ombres mobiles.

Báthory riait sous cape en l'attendant. Elle le jugeait si prévisible... *Ce benêt s'imagine encore bénéficier du soutien de Dieu !* Elle le regarda marcher droit vers elle, sabre au clair, tel un farouche guerrier. Il avait tort de ne pas la craindre. Il semblait n'avoir toujours pas compris que le Seigneur ne récompensait jamais la loyauté.

Oui, approche... viens retrouver la mort.

Báthory se plaisait à jouer au chat et à la souris. Elle entrevit les yeux de son cousin qui la cherchaient parmi des rangées de costumes. À l'instar des autres hommes, il ne pouvait se mesurer à elle. Si Dieu lui-même ne parvenait à l'anéantir, comment lui en serait-il capable ?

Cinglant l'air de son épée, il renversa l'un des portants, puis pointa sa lame d'un geste vif. Mais Báthory, grâce à sa célérité surnaturelle, s'était déjà déplacée.

— Si tu es si puissante, rugit-il, cesse donc de m'esquiver et affronte-moi, sorcière !

Báthory voulait savourer l'instant, et elle préférait d'abord le tourmenter à sa guise... Elle seule déciderait du moment où la partie s'achèverait.

— Je me doutais que tu viendrais me chercher ! ricana-t-elle, tapie dans l'ombre. Seules ta vanité et ton arrogance guident tes actes. Crois-tu réellement qu'après tout ce temps Dieu demeure de ton côté ?

Il suivit du regard sa silhouette qui se faufilait parmi les rayonnages d'accessoires. Lui aussi attendait le meilleur moment pour la surprendre, et frapper.

— J'ai cru pouvoir te sauver des ténèbres où tu t'étais enfermée.

Báthory s'arrêta, elle leva la tête afin qu'il pût la voir dans le reflet d'une étagère.

— Tu avais juré d'être mon compagnon. De rester à mes côtés !

Il tressaillit. La douleur du passé n'était pas effacée.

— Certes, il fut un temps où j'eus la naïveté de croire que nous pouvions joindre nos forces et défendre la même cause, avoua-t-il. J'ai même dû éprouver de l'amour pour toi, jadis.

Il s'exprimait avec tant de sincérité que Báthory faillit se laisser convaincre. Mais elle se ressaisit.

— Pourtant tu savais que c'était impossible, rétorqua-t-elle.

— C'est toi qui as choisi de transgresser les lois de Dieu et celles des hommes, souligna-t-il.

— C'est donc la raison pour laquelle tu as tenté de me tuer.

Sur ces paroles, Báthory se réfugia à nouveau dans l'ombre. La partie débutait à peine. Pas question de gâcher son plaisir.

Il brandit son sabre et brisa en deux l'étagère sur laquelle venait d'apparaître le visage de sa cousine.

— Je n'avais plus le choix dès lors que j'ai compris à quel point le mal dévorait ton âme.

Báthory surgit de derrière un portant à l'autre bout de la pièce. Il attendit qu'elle attaquât, mais le jeu plaisait trop à la comtesse et elle répugnait à l'écourter.

— Ton Dieu m'a pris tout ce que j'avais de plus cher. Ses fidèles m'ont persécutée pour des sentiments que je ne pouvais contrôler. Je n'avais d'autre choix que de me venger de Lui et de ses enfants. Ne t'approche pas !

Il abaissa son arme en signe de paix.

– Va-t'en, je t'en conjure ! Et cesse de tourmenter Quincey et sa famille.

Báthory murmura dans l'ombre :

– Quand tu as entraîné Seward et ses amis sur mes traces, tu aurais dû te douter que le chemin serait maculé de leur sang.

Il se dressa alors de toute sa hauteur, bomba le torse et rugit :

– Si tu ne cesses pas de tuer des innocents, sache que je vais te détruire !

– Laisse-moi te rappeler ce jour où tu as singé ta propre mort pour échapper à ma colère ! rétorqua Báthory.

Il devinait son sourire. Pour elle, le moment était venu d'en finir.

Alors ses yeux se révulsèrent pour se muer en globes noirs, opaques. Elle eut un grognement bestial et retroussa les lèvres, révélant ses canines pointues. Il leva son sabre et tenta de la frapper, mais Báthory bondissait déjà dans les airs.

D'une main, elle saisit la lampe à pétrole et la lança dans sa direction. La lanterne voltigea puis se brisa sur le plancher. La comtesse se posa alors avec légèreté, tandis que le bas du long manteau de satin de son cousin prenait feu. Il gesticula, hurla comme les flammes dévoraient son vêtement, projetant des étincelles aux quatre coins de la pièce. Les costumes sur les portants s'embrasèrent à leur tour. En quelques instants, l'atelier se transforma en brasier. Torche vivante, l'illustre Roumain se roula à terre dans l'espoir d'étouffer les flammes, sa peau commençait à roussir.

Báthory partit d'un éclat de rire démoniaque. Puis elle ouvrit calmement la porte, et laissa son passé brûler derrière elle.

Arthur Holmwood soupira. Voilà des années, ses partenaires du conseil municipal de Londres avaient sollicité de sa part une donation pour la reconstruction du Waterloo Bridge. Le granit s'effritait, et la structure souffrait de nombreuses malfaçons. À l'époque, ne voyant pas l'intérêt de financer pareils travaux, il avait rejeté la requête, invitant le conseil à puiser dans les fonds publics. Mais les contribuables étaient déjà lourdement imposés, et le service municipal des ponts et chaussées se trouvait en difficulté financière. Aussi la mairie n'eut-elle d'autre choix que de fermer le pont périodiquement pour des réparations d'urgence. C'était le cas aujourd'hui.

Mina et lui roulaient au pas, agacés. Le théâtre ne se trouvait qu'à un jet de pierre, une fois ce maudit pont franchi. Au lieu de cela, leur attelage, comme des centaines d'autres, était dévié par le Westminster Bridge.

Dès qu'ils eurent enjambé le fleuve, le cocher s'engagea dans Victoria Embankment et rebroussa chemin vers le Lyceum. Ils avaient pensé pouvoir couper par Savoy Street, mais la rue était depuis peu en sens unique... Si bien que leur voiture dut continuer vers l'est sous le Waterloo Bridge, passer devant King's College, puis poursuivre vers le nord et le Strand. Bref, leur trajet dura une demi-heure quand dix minutes auraient pu suffire. Tout cela ne fit qu'accroître leur contrariété, au point que Mina, d'ordinaire plutôt calme, exprima elle-même son exaspération. Quincey serait déjà à la répétition, et ils arriveraient trop tard !

Alors que leur voiture roulait désormais à bonne allure, ils perçurent à distance une sorte de rugissement sourd. Pourtant la rue semblait déserte... Sans doute de nouveaux encombrements sur la chaussée.

Ils atteignirent l'angle de Wellington Street, quand un attelage sans conducteur surgit de nulle part et leur barra la route.

Leur cocher tira de toutes ses forces sur les rênes, les chevaux hennirent d'effroi. Les deux voitures se percutèrent de plein fouet et le conducteur de Holmwood fut projeté dans les airs. Leur attelage se renversa.

À l'intérieur, Arthur entendit une sorte de craquement... Puis plus rien.

Dans Wellington Street, on faisait la chaîne pour se passer des seaux d'eau. Au loin, des cloches se mirent à sonner. Divers attelages tentaient de se frayer un passage parmi la foule. Des cris fusaient de toute part, tandis qu'une poussière lugubre voltigeait dans le ciel telle une neige ténébreuse.

Quincey joua des coudes dans la multitude de badauds et lui apparut une vision d'horreur : une fumée noire s'échappait du Lyceum, les fenêtres brisées crachaient des flammes...

L'incendie embrasait le crépuscule londonien d'un flamboiement rouge orangé, l'air se chargeait d'émanations nauséabondes où se mêlaient la cendre et la chair calcinée. Quincey n'en croyait pas ses yeux. Il aperçut alors la silhouette élancée d'Hamilton Deane qui surgissait du rideau de fumée. Il courut le rejoindre et le saisit par le bras.

— Deane ! Que s'est-il passé ?

Le producteur répondit comme il put.

— Une femme est arrivée, une certaine comtesse.... Basarab s'en est allé en coulisses avec elle... puis... des flammes ont jailli... de tous côtés !

— Basarab ? hurla Quincey, puis secouant Deane par les épaules : a-t-il réussi à s'enfuir ?

— Je n'en sais fichtre rien, mon garçon... Je ne crois pas...

Quincey le repoussa violemment et se rua vers le théâtre.

— Quincey ! Non !

La chaleur infernale du brasier fit reculer le jeune homme. Une partie de lui souhaitait sauver l'ami et le mentor, l'autre voulait retrouver l'homme qui avait abusé de sa confiance. En tout état de cause, Quincey devait sauver Basarab... autrement comment obtiendrait-il les réponses à ses questions ? À l'aide de son manteau, il se protégea le visage, prit une grande inspiration, gravit les marches quatre à quatre et s'engouffra dans le Lyceum en flammes.

***

Combien de temps était-elle restée évanouie ? Mina n'en avait aucune idée... Mais quand elle recouvra ses esprits, Holmwood se tenait penché au-dessus d'elle.

– Comment allez-vous ?

– Il faut croire que j'ai survécu, constata-t-elle, éberluée.

Arthur lui tendit la main et l'aida à passer par la fenêtre, sa longue jupe entravait ses mouvements.

– J'ai entendu quelque chose craquer... N'avez-vous rien de cassé ?

Holmwood désigna sa canne, brisée en deux sur le pavé. Mina retourna à la voiture et saisit le châle qui enveloppait le sabre japonais.

Un gémissement de leur cocher attira leur attention. Le pauvre homme gisait tel un pantin au milieu de la chaussée. Encore sous le choc, Mina et Holmwood se dirigèrent vers lui en claudiquant. L'os fracturé de sa jambe jaillissait de la chair et le sang coulait de la plaie béante.

– Une artère a peut-être été transpercée, observa Mina.

Elle retira le katana de son étole, et noua fermement celle-ci autour de la jambe du chauffeur, afin d'arrêter l'hémorragie. Arthur n'était déjà plus auprès d'elle.

Il s'était approché de Wellington Street d'où montait une clameur. Mina n'eut pas à attendre que Holmwood le lui hurlât pour découvrir que le Lyceum était en feu. *Quincey...*

Elle resserra le garrot de fortune autour de la jambe du cocher, mais sa place n'était plus auprès du malheureux.

Elle aperçut des gens aux fenêtres de la bâtisse voisine.

– Quelqu'un peut-il nous venir en aide ? Cet homme est gravement blessé ! Il a besoin d'un médecin !

Mais les curieux disparurent lâchement derrière leurs volets. Alors Mina se tourna à nouveau vers le blessé. Horrifiée à l'idée que son fils pût être la proie des flammes, la mort dans l'âme, elle abandonna l'homme qui gisait sur le pavé, et s'en fut rejoindre Holmwood de son pas vacillant.

Comme elle passait devant la berline noir et or, la portière de celle-ci s'ouvrit brusquement et révéla une manne de cheveux bruns, une peau pâle comme de la porcelaine... et de longues canines acérées. Mina comprit aussitôt.

CHAPITRE XXXIX

Dans la cohue ambiante, Arthur Holmwood força les badauds à s'écarter sur son passage. Bien que la fumée le fît cligner des yeux, sa haute stature lui permettait de voir pardessus la multitude de têtes. Hélas la foule semblait de plus en plus dense à mesure qu'on s'approchait du Lyceum.

Tirées par des chevaux, trois voitures-pompes à vapeur parvinrent à se frayer un chemin. Sachant que l'infanterie suivait la cavalerie, Arthur s'engagea dans le sillage de la brigade attelée. Il longea la chaîne des bénévoles qui acheminaient des seaux d'eau vers le théâtre, puis se retrouva au cœur de l'attroupement qui s'était formé au bas des marches. L'air ahuri, les badauds paraissaient hypnotisés par les flammes.

— Faites place, que diable ! vociféra-t-il en emboîtant le pas à deux pompiers armés de lances à incendie qui essayaient d'atteindre l'entrée.

C'était une telle fournaise qu'à l'évidence il n'y aurait pas de rescapés à l'intérieur. Du reste, aucun pompier ne s'aventurait dans la bâtisse, dont Holmwood voyait les murs s'effondrer par les fenêtres brisées. Le Lyceum étant perdu, les soldats du feu se bornaient à asperger la façade de part et d'autre... en vue d'empêcher l'incendie de s'étendre à tout le quartier.

Arthur gagna l'escalier et gravit quelques marches. Il reconnut immédiatement Hamilton Deane, couvert de suie, qui s'adressait aux pompiers :

– Quincey Harker se trouve toujours à l'intérieur ! Vous devez l'aider, je vous en prie !

Holmwood crut défaillir lorsqu'il entendit l'homme en uniforme répliquer :

– S'il n'est pas ressorti, c'est qu'il est mort, pardi !

Arthur avait éprouvé le même sentiment d'impuissance en regardant mourir sa chère Lucy, puis plus tard Quincey P. Morris. Pas question de revivre une telle horreur !

Aussi s'élança-t-il en haut des marches pour s'enfoncer dans le théâtre en feu.

– Vous êtes fou ! Revenez ! lui cria un pompier.

Les flammes s'atténuèrent une fraction de seconde, et Holmwood voulut en profiter. Mais au moment de franchir le seuil, le brasier redoubla de vigueur et l'obligea à reculer. Il crut se trouver aux portes de l'enfer.

– Quincey ! appela-t-il, au comble du désespoir.

Les poumons en feu, aveuglé par la fumée, Quincey, son manteau sur le visage, cheminait vers les coulisses.

– Basarab, où êtes-vous ? Basarab ? Répondez-moi !

Il poussa une porte du pied, provoquant ainsi un appel d'air qui le projeta à terre. Des flammes s'échappèrent de la pièce pour se répandre au plafond du couloir. Quincey se retrouvait dans le ventre de la bête et la mort le guettait...

Il rampa sous la fumée et atteignit la porte suivante, puis, se plaquant contre le mur, effleura la poignée et se brûla les doigts. Le battant, dont le bois se dilatait, se mit à grincer. Quincey se recouvrit intégralement le visage, tandis que la porte se dégondait et volait en éclats dans une gerbe de feu. La bâtisse s'écroulait peu à peu alentour. Le jeune homme devait fuir sur-le-champ, sans quoi il mourrait enseveli sous les décombres.

Il se redressa, prêt à s'échapper, quand il entrevit, parmi les débris, la lame d'un glaive et...

– Basarab !

Ignorant la fournaise, Quincey accourut vers lui. Le visage de l'acteur était si brûlé qu'il en devenait méconnaissable. Le jeune homme comprit alors que ses questions resteraient à jamais sans réponses. Basarab était mort.

Même si son mentor l'avait dupé, pensait-il, Quincey ne put retenir les larmes qui aveuglèrent ses yeux déjà rougis par la fumée... Il avait perdu sa bataille contre Dracula.

Un sinistre craquement retentit et, avant même qu'il eût le temps de se déplacer, le plafond céda. De lourdes solives s'effondrèrent sur lui ; l'une d'entre elles heurta sa cage thoracique.

Quincey était pris au piège.

Toute de blanc vêtue, la femme brune surgit de la berline noir et or, le visage farouche, les yeux sombres et les crocs brillants. Elle frappa Mina violemment à la poitrine, et toutes deux basculèrent en roulant sur le pavé.

Dans Wellington Street, personne ne prêta attention à leur combat, tous les regards étant rivés sur le Lyceum en feu. Juchée à califourchon sur Mina, la femme en blanc jubilait déjà à l'idée de lui planter ses canines dans la gorge. Tandis que la vampire la prenait par la tête, Mina se débattit de toutes ses forces, mais son adversaire se révélait d'une puissance surhumaine.

– Ma comtesse vous transmet son amour éternel, grogna la morte vivante en enfonçant ses crocs dans son cou.

Si elle avait jadis connu le baiser d'un vampire, Mina devina que cette furie allait en outre lui déchiqueter la gorge.

– Non ! hurla-t-elle, refusant de mourir quand Quincey avait plus que jamais besoin d'elle.

Animée d'un regain de colère, Mina sentit resurgir ses pouvoirs surnaturels récemment découverts. On eût dit que la bête féroce qui couvait en elle se déchaînait soudain. Le sang de Dracula affluant dans ses veines offrait à ses muscles une puissance et une célérité prodigieuses.

Avant que son assaillante eût le temps de réagir, Mina la repoussa vivement en la projetant contre un réverbère voisin, qui se brisa en deux dans un jaillissement d'étincelles et écrasa la vampire de tout son poids.

Mina releva la tête au moment précis où la femme en blanc se redressait en soulevant la lourde pièce de métal. Elle allait pour la lui lancer, comme s'il s'agissait d'un simple couteau, mais Mina esquiva le projectile avec une facilité déconcertante, et courut récupérer son katana laissé à terre.

Elle le sortit de son fourreau, le fit tournoyer dans les airs. Tandis que son adversaire se jetait sur elle, Mina brandit la lame... et la femme hurla de douleur : du sang noir s'écoulait à flots de la plaie béante entre ses seins.

Fichtre ! Je visais sa tête ! Fermement décidée à ne pas la manquer, elle mania le sabre japonais avec une dextérité sans égale en le pointant sur le cou de son assaillante.

Dans un rugissement de tigresse, la harpie brune empoigna la lame à s'entamer la paume jusqu'à l'os, puis la tordit avant de la rompre en deux. En arrachant le manche de ses mains, elle avait soulevé Mina pour la propulser contre la roue de l'attelage renversé, lequel, sous le choc, se disloqua. Son dos percuta l'essieu métallique, puis Mina dégringola, pantelante, sur le pavé.

— Vous vous battez comme un homme ! ricana la femme en blanc. J'ai peine à croire qu'un prince ait pu s'amouracher d'une mégère telle que vous !

Recouvrant son souffle, Mina répliqua :

— Certaines femmes ne sauraient s'accomplir dans la servitude !

Piquée au vif, son adversaire s'apprêta à lui porter l'estocade. Elle s'abattit sur elle à une vitesse telle que sa silhouette se brouilla en une image floue sous les yeux ébahis de Mina.

— *Riposte, je t'en conjure !*

Elle reconnut la voix de son prince noir qui l'implorait, en proie à la panique. Puis, dans la seconde qu'il fallut à son assaillante pour l'atteindre, Mina sentit Dracula prendre le contrôle de son corps... Elle se vit ramasser la canne brisée de Holmwood et la diriger sur la vampire qui la chargeait comme une bête fauve.

Emportée par son élan, la femme en blanc ne put dévier sa trajectoire et s'empala sur la pointe déchiquetée. Son sang glacé éclaboussa le visage et les mains de Mina, dont le corps fut aussitôt parcouru de frissons.

– Comment... est-ce possible ? balbutia la brune qui s'effondra dans un gémissement d'agonie.

– Votre maîtresse ne vous a donc pas mise en garde ? Je suis la traînée adultère de Dracula !

À ces mots, Mina la souleva sans le moindre effort et la lança contre un immeuble. Les briques s'ébréchèrent sous le choc, tandis que les yeux de la vampire se fermaient à jamais, et que son visage reprenait forme humaine.

En rebroussant chemin, Mina vit le cocher de Holmwood étendu mort sur le pavé... *Ne suis-je pas aussi barbare et sanguinaire que mon prince ?* songea-t-elle, bouleversée.

La clameur de Wellington Street l'arracha à ses pensées troubles. *Quincey !* Elle détacha un étalon de l'attelage, retroussa sa jupe – *Au diable les convenances !* –, et monta le cheval à cru.

Le saisissant par l'encolure, elle frappa de ses talons les flancs du destrier et partit au galop en direction du Lyceum.

Rien ne l'arrêtait et les badauds affolés s'écartaient sur son passage. À l'approche des flammes, le cheval se cabra, mais la force surnaturelle de Mina l'empêcha d'être désarçonnée. Apaisant la bête, elle trotta vers l'escalier, mais à quoi bon ? Le feu dévorait le toit et les braises tombaient en une pluie diabolique.

En haut des marches, elle aperçut des pompiers qui tentaient de maîtriser un homme.

– Arthur !

Holmwood se dégagea et descendit à sa rencontre. Son visage trahissait la défaite et la rage. *Comme autrefois...*

– Que s'est-il passé ? Où est mon fils ?

Arthur, qui ne reculait jamais devant l'épreuve, ne pouvait à présent la regarder dans les yeux. Sa voix se brisa lorsqu'il répondit :

– Je suis navré, Mina. Quincey a disparu...

CHAPITRE XL

Il n'existe, dit-on, pas de douleur plus grande pour un parent que de perdre son enfant. N'ayant pas d'héritier, Arthur Holmwood pensait ne jamais être confronté à un tel chagrin.

Il contemplait Mina qui, à l'instar de la femme de Loth [1], semblait figée sur place, incapable de détourner son regard du théâtre en feu. La lumière qui brillait auparavant dans ses yeux avait disparu, et Holmwood s'imagina son cœur transformé en pierre. Quel que fût son ressentiment, il n'eût jamais souhaité à sa vieille amie de vivre une telle tragédie. Du reste, n'avait-il pas lui-même appris à aimer son fils, ces derniers jours ? Quincey était un garçon aussi téméraire que lui en son temps. Arthur avait même espéré que le destin épargnerait au jeune homme le sort qui avait frappé son père et Jack Seward. Le sort auquel ils étaient, semblait-il, tous voués...

Les sapeurs-pompiers dispersèrent la foule à présent silencieuse. Ils avaient remisé leurs lances et chacun attendait la fin inévitable.

Holmwood prit l'étalon par le licol et éloigna Mina. Au bout de quelques pas, celle-ci désigna l'entrée en s'écriant :

— Quincey !

Certain qu'elle déraisonnait, Arthur se tourna dans la direction indiquée... et découvrit, stupéfait, Quincey Harker qui titubait derrière le rideau de flammes !

---

1. Allusion à la Genèse, 19, 26 : « Or la femme de Loth regarda en arrière, et elle devint une colonne de sel. » *(N.d.T.)*

Alors retentit un effroyable vacarme en provenance du toit. Les murs du théâtre se fissurèrent à vue d'œil, puis la bâtisse s'effondra de toute sa hauteur. Mina mit aussitôt pied à terre. Holmwood bondit sur les marches et rejoignit Quincey, hébété, couvert de suie, le manteau roussi.

– Filez, mon garçon !

Il le saisit par les pans de son vêtement et l'écarta du danger. Puis il le poussa dans l'escalier et courut dans son sillage, au moment même où le reste du toit cédait. Un hurlement parcourut la foule tandis qu'un immense nuage de fumée noire s'élevait des décombres. Seule la façade néoclassique du bâtiment demeurerait intacte.

– Quincey, es-tu blessé ? s'enquit Mina en le débarrassant de son manteau.

Encore sous le choc, son fils ne répondit pas... mais il n'avait aucune marque, aucune brûlure visible.

Holmwood secoua la tête, interloqué... Cela relevait du miracle.

– Partons d'ici ! leur enjoignit-il.

Les yeux baignés de larmes, Quincey balbutia :

– Il est mort... Basarab est mort.

Sans perdre un instant, Arthur entraîna le jeune homme loin du théâtre en flammes, pendant que Mina récupérait l'étalon. Si les badauds alentour demeuraient perplexes devant l'extraordinaire survie de Quincey, Holmwood, lui, avait compris : en ayant bu le sang de Dracula jadis, Mina avait conservé une apparence juvénile... et ce même sang s'était mêlé à celui de Quincey quand il était dans le ventre de sa mère.

Comme ils s'éloignaient, Arthur entrevit pour la première fois une lueur d'espoir. Dracula avait commis une erreur tactique... Si son sang permettait à Quincey d'échapper à la mort, le jeune homme avait peut-être hérité de la force du vampire... et représentait ainsi une arme susceptible d'anéantir Dracula.

Cotford jura dans sa barbe. La caserne de Waterloo étant fermée depuis deux ans, la brigade des pompiers de Scotland Yard œuvrait seule, d'arrache-pied ; ses attelages sillonnaient les rues en permanence, leurs exaspérantes cloches sonnant à l'envi.

Alors que les deux voitures de police cheminaient dans Whitehall en direction du Strand, le cocher de Cotford devait tout le temps s'écarter pour céder le passage aux soldats du feu.

L'inspecteur ignorait où ce maudit incendie avait lieu, mais nul doute qu'il attirait du monde. À croire que tous les Londoniens s'étaient déplacés pour assister au spectacle ! Outre les pompiers, une multitude de badauds s'y précipitait, encombrant la chaussée. Si Cotford, Lee et les autres agents armés qui les accompagnaient souhaitaient arriver à temps pour appréhender l'Éventreur, ils devaient à tout prix trouver un moyen de se rendre plus rapidement au Lyceum.

Nerveux et impatient, Cotford se pencha par la fenêtre et interpella l'autre voiture de police, bloquée derrière la leur. Puis il hurla à l'adresse des passants :

— Circulez ! Laissez-nous passer !

Lee imita son supérieur et se pencha par l'autre fenêtre.

— Police ! Faites place !

Lâchant un juron lorsqu'il découvrit le Waterloo Bridge encore fermé pour travaux, l'inspecteur beugla au cocher :

— Tournez dans King William Street. Prenez la direction de St. Martin pour fuir la cohue, puis repliez-vous vers le théâtre !

Cotford se laissa choir sur son siège et reconnut cette sensation trop familière au creux de l'estomac, celle-là même qu'il avait éprouvée lorsqu'il avait trébuché sur le trottoir vingt-cinq ans plus tôt... Si la situation leur échappait ce soir, l'inspecteur savait qu'il n'aurait sans doute plus jamais l'occasion de faire pencher la balance en sa faveur.

———

Ballottée par la cohue, Mina essayait de retenir ses larmes. Elle avait failli perdre son fils, et mourait à présent d'envie de l'étreindre et de le consoler.

— Que fait-elle là ? demanda Quincey à Holmwood, en tête de la marche. Je croyais pourtant pouvoir vous faire confiance !

— Le moment me paraît mal choisi pour le règlement de vos brouilles familiales, rétorqua Arthur. Nous devons retrouver Van Helsing au plus vite !

Quincey allait protester, mais Holmwood le poussa vivement devant lui. Wellington Street se situait certes assez près du théâtre, mais l'intersection était obstruée. Ils durent faire demi-tour. Soudain l'étalon hennit d'effroi et faillit renverser Mina. Holmwood dénoua sa cravate pour couvrir les yeux de l'animal, qu'il empoigna résolument par le licol. Puis ils se dirigèrent vers le nord.

— Vous dites que c'est une comtesse qui a mis le feu et tué Basarab ?

Quincey acquiesça.

Arthur lança un regard sévère à Mina, qui devina ses pensées. La comtesse Báthory, la mort de Jonathan et de Seward, et surtout le télégramme de Van Helsing... autant d'éléments qui conduisaient à une même conclusion : Dracula était de retour en Angleterre, et, par conséquent, toujours en vie. *Et si mon prince était venu réclamer son dû ?* songea Mina, terrifiée.

— Que se passe-t-il ? demanda Quincey en voyant sa mère perdue dans ses réflexions.

— Dracula vit toujours. Et il est ici, à Londres...

— Madame Harker ! Lord Godalming ! appela soudain une voix familière.

Mina leva la tête et découvrit deux voitures de police qui débouchaient de Tavistock Street. Cotford bondit de l'un des attelages, Lee sur ses talons.

— Nous devons vous interroger, déclara le sergent. Plus un geste, je vous prie.

D'autres policiers surgirent. Lee marchait en tête, usant de sa haute stature pour se frayer un chemin dans la bousculade.

Il n'y avait pas une seconde à perdre. Mina poussa Quincey vers Holmwood en criant :

– Prenez le cheval !

Arthur sauta sur l'étalon et lui ôta ses œillères de fortune. Quincey demeurait interdit. Holmwood l'empoigna alors vigoureusement par le col et le fit grimper sur la monture.

– Arrêtez-les ! cria Cotford. Ne les laissez pas s'échapper !

Arthur sortit un pistolet de sa poche, tira en l'air au-dessus de la foule. Des cris de panique fusèrent ici et là tandis que les passants détalaient, coudes au corps. Un agent épaula sa carabine et allait presser la détente, quand le sergent Lee détourna le canon.

– Ne tirez pas dans la foule, imbécile !

Holmwood fit feu une nouvelle fois et dégagea le passage.

– Vous perdez la raison ? hurla Quincey.

– Depuis des années, mon garçon ! répondit Holmwood, une lueur espiègle dans le regard, tandis qu'il donnait un grand coup de talons dans les flancs de leur cheval.

L'animal s'élança au galop en direction de Bow Street.

– Arrêtez ! rugit Cotford en visant le dos de Quincey.

Maintenant que la foule s'était dispersée, l'inspecteur pouvait tirer. À en juger par son regard de marbre, il en avait la ferme intention.

– Non ! Pas mon fils !

Mina s'interposa aussitôt entre l'arme et Quincey, occultant la ligne de mire de Cotford.

– Nom de Dieu ! lâcha-t-il, excédé.

Puis il cria à ses hommes :

– Suivez-les !

Deux policiers partirent en courant, alors que Lee sautait dans la voiture la plus proche.

Cotford arrêta Price et un autre agent, Marrow.

– Attendez ! Vous, restez avec moi !

Puis l'Irlandais, rouge de colère, se tourna vers Mina.

– Grâce à vous, madame Harker, nous savons à présent qui est votre fils. Et où s'en vont ces messieurs, je vous prie ? ragea-t-il.

– Je n'en ai aucune idée, rétorqua-t-elle en se redressant avec morgue. Et en quoi mon fils vous intéresse-t-il ?

Cotford contracta la mâchoire, prêt à libérer sa fureur, quand un cri strident les cloua au sol. Tous se retournèrent vers une femme qui courait dans la rue.

– Au meurtre ! Au meurtre ! hurlait-elle.

Cotford, Price et Marrow entraînèrent Mina jusqu'à l'endroit où la voiture de Holmwood s'était renversée.

Londres n'oublierait jamais semblable nuit. Un feu specta-culaire, un miraculeux rescapé, et à présent une femme assas-sinée, le cœur transpercé. L'inspecteur examina le morceau de canne qui saillait de la poitrine de la victime.

– L'arme du crime porte le sceau des Holmwood ! triompha-t-il, trop heureux d'éblouir son auditoire.

Puis il saisit le bras de Mina et le leva bien haut, afin que tout le monde vît le sang dont il était maculé.

– Pouvez-vous expliquer la présence de toutes ces taches ?

– Mon fils a été blessé dans l'incendie alors qu'il se trouvait à l'intérieur du théâtre.

– Monsieur, regardez ! s'exclama l'agent Price en ramassant le katana ensanglanté.

Cotford confia Mina à l'agent Marrow, puis examina le sabre brisé.

– *Jonathan Harker. L'Alliance anglo-japonaise...* Comme c'est judicieux de votre part d'utiliser une arme portant le nom de votre mari !

Elle voulut réagir, mais ne trouva aucune explication plau-sible.

– Sachez, madame Harker, assura l'inspecteur, que nous allons procéder aux analyses idoines, afin de prouver que le sang présent sur cette arme est le même que celui qui souille vos vêtements.

Puis, se tournant vers l'agent Marrow :

– Faites venir le médecin légiste. Cette fois, je ne laisserai rien au hasard. Je vais surveiller en personne la collecte des pièces à conviction.

Mina tentait de conserver son flegme, mais elle savait qu'au-dessus d'elle se dressait l'ombre de la potence.

—————

La comtesse Elizabeth Báthory se tenait sur le dôme vert-de-gris, en face des ruines du Lyceum. La fumée s'élevait, chargée de l'odeur enivrante de chair humaine calcinée. De son poste d'observation, elle pouvait discerner les faits et gestes de tous les acteurs de son petit jeu macabre.

Arthur Holmwood et le jeune Harker semblaient avoir sacrifié la traînée pour couvrir leur fuite. *Les goujats !* L'inspecteur Cotford avait suivi les miettes de pain qu'elle avait semées à son intention.

En somme, son plan fonctionnait comme elle l'avait espéré. Báthory s'émerveillait de la naïveté de l'esprit humain. Les hommes étaient si faciles à manipuler ! Comment s'étonner dès lors que Dieu leur accordât une place privilégiée parmi toutes Ses autres créatures ?

Nul doute qu'elle était un être supérieur, songea-t-elle en laissant échapper un rire féroce. Avant le lever du jour, la partie prendrait fin. Les perdants seraient morts, et elle l'emporterait une nouvelle fois contre Dieu. Sa survie était garantie.

La comtesse jeta un dernier regard sur les vestiges fumants du Lyceum, et savoura sa victoire contre son cousin.

– Bonsoir, mon doux prince...

À ces mots, elle disparut dans la nuit pour achever son œuvre funeste.

CHAPITRE XLI

Brimbalé sur l'étalon qu'ils montaient à cru et craignant à chaque instant d'être projeté à terre, Quincey se cramponnait de toutes ses forces au manteau d'Arthur Holmwood. Ils traversaient au galop le dédale des rues de la capitale, poursuivis par les sifflets des agents.

Ils dépassèrent une voiture de pompiers, lesquels firent retentir leur cloche pour les signaler à la police. Sans hésiter, Holmwood tira sur la bride et changea brusquement de direction... Quincey manqua chuter sur le pavé. Loin du farouche guerrier pourfendeur des ténèbres qu'il rêvait d'incarner, le jeune homme se sentait plus vulnérable que jamais.

Il jeta un regard par-dessus l'épaule d'Arthur : une automobile de la police roulait vers eux à vive allure. Une nouvelle fois, Holmwood resserra les rênes et leur destrier franchit l'Alexandra Gate pour s'engouffrer dans Hyde Park. L'automobile ne pourrait les suivre dans Buck Hill Walk, une allée bien trop étroite pour un tel engin. Le modernisme avait ses limites.

Holmwood arrêta l'étalon au bord de la Serpentine, sentit Quincey relâcher son emprise, et regarda alentour, en quête du meilleur itinéraire...

— Nous devons trouver le moyen de rejoindre Van Helsing à l'insu de Scotland Yard.

— Ce fou furieux m'a menacé de mort ! répliqua le jeune homme. Pas question que je m'approche de lui.

– Ne faites pas l'enfant. Van Helsing a vu Dracula. Son aide nous est précieuse.

– La police est partout. Et nous ignorons où le professeur se cache !

Holmwood sortit de sa poche un télégramme.

– Il séjourne au Great Eastern Hotel. Tout ce dont nous avons besoin se trouve dans ce...

Il s'interrompit soudain, alerté par un bruit.

Quincey éprouva la même sensation qu'au moment où il avait survécu à l'effondrement du toit. Comme si son corps et ses sens avaient subi des transformations, il identifia le bruit avant son compagnon.

– Des chiens !

– Des limiers, précisa Holmwood après quelques secondes.

À la stupéfaction de Quincey, Arthur descendit de la monture et le contraignit à en faire autant.

– Qu'est-ce qui vous prend ? À pied, nous n'avons aucune chance !

– Un cheval est certes rapide, mais guère courageux. Sitôt qu'il entendra la meute, il se cabrera, et nous aurons alors encore moins de chances !

Ce disant, il poussa un cri et frappa le flanc de l'étalon qui s'éloigna au grand galop.

– À présent, suivez-moi, dit-il.

Ils quittèrent Hyde Park, traversèrent Bayswater Street et se dirigèrent vers la gare Paddington. Quincey ne s'étonna pas de voir toutes les entrées de celle-ci gardées par la police. Ils remontèrent leur col avant de traverser Praed Street. La sonnerie d'un téléphone dans une cabine bleue attira l'attention des agents ; aussitôt l'un d'entre eux sortit une clé de sa poche et déverrouilla la porte. Le progrès technique jouait contre eux cette fois, se dit Quincey, et la nouvelle de leur fuite ne tarderait pas à faire le tour de la ville.

Des aboiements lointains l'arrachèrent à ses pensées. Les limiers étaient toujours sur leurs traces. Alors Holmwood le prit par le bras et l'entraîna vers des terres plus hospitalières, gageant que passants et voyageurs seraient trop préoccupés pour remarquer deux fugitifs se faufilant parmi eux. L'instinct du jeune homme lui dictait de prendre ses jambes à son cou, mais Arthur, qui le sentait nerveux, l'agrippa fermement et lui enjoignit le calme en marmonnant, les dents serrées :

– N'en faites rien, restez à mes côtés !

– La police envahit les rues, nous ne pourrons pas lui échapper.

– Dans ce cas, nous allons passer *au-dessous*, répondit son compagnon en esquissant un sourire narquois.

Quincey faillit glisser dans une nappe d'eau nauséabonde. Il se retrouvait au bord d'un petit canal de drainage. Holmwood descendit après lui, et, sans la moindre hésitation, avança dans l'eau fétide, peu soucieux d'abîmer ses souliers de cuir fin. Il regarda le jeune homme qui lorgnait le boyau empestant les ordures et les déjections humaines.

– L'odeur des égouts va les détourner de notre trace. Ne lambinez pas, que diable ! Ils approchent !

Quincey se couvrit le nez et la bouche, puis obtempéra en grimaçant... En fait de héros intrépides combattant le mal, ils pataugeaient dans les immondices, des chiens à leurs trousses.

La chance sembla enfin leur sourire. Au détour du chenal, ils découvrirent une barque abandonnée sur la berge. Peinte au pochoir sur la coque, l'inscription indiquait : *Services municipaux de la ville de Londres.* Ils la poussèrent dans l'eau, y prirent place. Holmwood en saisit l'unique rame puis commença à pagayer.

À l'abord du passage souterrain de Warwick, Quincey s'étonna de le voir obliquer à droite, ce qui les éloignait de l'ouest et des faubourgs...

– Vous prenez la mauvaise direction, observa-t-il.

– Dans son télégramme, Van Helsing affirme que Dracula l'a attaqué dans sa chambre du Great Eastern Hotel. Vient ensuite cette phrase énigmatique : *Renfield est mon refuge dans la grande maison du saint patron des enfants. À proximité de la croix du roi.* Autrement dit, le professeur est toujours à Londres.

Alors Quincey saisit le bras de son compagnon pour l'empêcher de ramer.

— Fuyons tant qu'il est encore temps ! insista-t-il. Nous reviendrons sur nos pas quand la voie sera libre.

Une lueur de folie transparut dans les yeux d'Arthur, semblable à celle que Quincey avait vue briller dans le regard du professeur. Il ne réagit pas quand Holmwood repoussa sa main et se remit à pagayer vers le centre de la capitale.

Ils passèrent sous plusieurs artères, au fil du canal qui poursuivait sa route vers Regent Park. Puis, non loin de l'usine à gaz, Arthur s'éloigna du tunnel et rejoignit la rive.

De retour sur la terre ferme, Quincey le suivit : il partait d'un bon pas en direction du sud. Son cœur se serra à la vue des volutes de fumée s'élevant dans le ciel nocturne. Elles s'échapperaient encore pendant plusieurs jours... En détruisant le Lyceum, le feu avait détruit ses rêves et ses espoirs, songea le jeune homme. À présent la mort les guettait, c'en était presque palpable.

Il comprit qu'Arthur l'entraînait vers la gare St. Pancras.

— Vous disiez que Van Helsing était toujours à Londres, reprit-il en brisant l'insupportable silence.

— Le télégramme indique : *la grande maison du saint patron des enfants*. Le professeur se trouve maintenant au Midland Grand Hotel, voisin de St. Pancras. Sachez que Pancrace était le protecteur *des enfants*... L'hôtel est également proche de la gare de King's Cross, *la croix du roi*...

Impressionné par la judicieuse déduction, Quincey ne put toutefois masquer son inquiétude à l'idée qu'avant de rejoindre l'hôtel, ils devraient passer devant deux gares sans doute grouillantes de policiers.

Comme ils s'approchaient du Midland Grand Hotel après un trajet étonnamment sans encombre, Quincey resta sans voix devant l'imposante bâtisse, véritable splendeur de l'architecture gothique victorienne, dont la silhouette menaçante se dressait dans la nuit. Holmwood l'entraîna soudain sous une des arcades : une automobile de la police s'arrêtait. Un officier de haute taille en sortit et montra un dessin des deux fugitifs aux agents de garde.

– Lee... murmura Holmwood en reconnaissant le sergent.

Il sortit un cigare et lança sa boîte d'allumettes à Quincey, qui marqua sa surprise. Mais rapidement le jeune homme saisit la ruse et craqua une allumette en protégeant la flamme de ses mains. Les policiers passèrent, scrutèrent le visage de chaque passant, sans prêter attention à Holmwood et à Quincey. Quoi de plus naturel que deux hommes se tournant à l'abri du vent pour allumer un cigare ? Holmwood tira une bouffée et posa sa main sur le bras de son jeune compagnon afin que celui-ci gardât son calme. Ils attendirent que Lee remontât dans son véhicule puis reprirent leur chemin.

– Vous croyez vraiment que ce vieux fou détient la clé de notre survie ? s'enquit Quincey.

Arthur s'arrêta devant la porte et lui lança un étrange regard.

– Notre survie ? Du moment que Dracula meurt, quelle importance ?

Sans en dire plus, il pénétra dans le hall du Midland Grand Hotel.

CHAPITRE XLII

Ici repose Bram Stoker, ancien directeur du théâtre de Sir Henry Irving, le plus grand comédien de tous les temps.

Bram Stoker tenta de chasser de ses pensées cette épitaphe imaginaire, mais elle lui apparaissait chaque fois qu'il fermait les yeux. Le rideau allait retomber sur sa vie, et il n'y aurait pas de rappel. L'ironie du sort voulait qu'il débutât son existence en enfant alité et la terminât en vieillard grabataire. Prisonnier de son propre corps, paralysé du côté gauche, incapable de se déplacer ni même de se nourrir, il subissait aussi l'humiliation d'être lavé et changé comme un nourrisson.

Lui qui pouvait sans conteste se targuer d'avoir mené la vie d'un honnête homme, sans jamais rechigner devant la besogne, en quoi avait-il offensé Dieu pour avoir connu autant d'échecs en une existence ? En outre, il s'attristait à l'idée qu'en l'absence d'adaptation théâtrale, son roman *Dracula* disparaîtrait dans les oubliettes de la littérature, tandis que *Le Portrait de Dorian Gray* d'Oscar Wilde entrerait sans doute dans la postérité comme le plus grand roman gothique de son époque.

De là où il était, Henry Irving devait se moquer de lui. Au vrai, en lui léguant le Lyceum, l'acteur lui avait fait un cadeau empoisonné, alors que Bram avait cru, par ce biais, pouvoir réaliser ses rêves. Il se le figurait déjà, le Irving ivre qui l'accueillerait au paradis, un whisky à la main et une femme à chaque bras. Stoker l'entendait même ricaner : *Je t'avais prévenu, pauvre imbécile. Tu n'as aucun talent... Plumitif un jour, plu-mitif toujours.*

Non loin de là, Big Ben se mit à sonner. Chaque coup de carillon rapprochait Bram de la fin. Neuf heures... Sa femme avait regagné sa chambre, son infirmière aussi. C'était le moment qu'il redoutait le plus, celui où il se retrouvait seul, immobile, en proie à ses funestes pensées.

Le froid l'envahit soudain, comme si la température de la pièce avait chuté de plusieurs degrés. *Le feu s'est-il éteint dans l'âtre ?* Stoker se redressa tant bien que mal et appela l'infir-mière. Sa bouche était à moitié paralysée, il pouvait à peine tourner la tête... mais il vit que les ombres de la pièce s'étaient mises à flotter. Bram réitéra son appel, qui se réduisit à un grognement étouffé.

Il scruta la chambre en quête d'une éventuelle présence, en vain. Il tendit l'oreille, mais ne perçut que le bruit de sa res-piration.

Subitement, un étrange frottement. Il retint son souffle. De prime abord, il songea à une souris qui gratterait sous le plan-cher, mais le son s'amplifia, jusqu'à évoquer un burin creusant le bois. Sa peur grandit d'autant. *Il y a quelqu'un dans la pièce.*

Une ombre se détacha du mur et masqua le clair de lune en passant devant la fenêtre, puis vint se placer au pied de sa couche. Stoker martela de son poing la tête de lit, et s'efforça de crier, observant, terrifié, l'ombre qui prenait forme humaine...

De son bras droit valide, Stoker tenta de saisir le fauteuil roulant placé à son chevet. Il touchait presque l'accoudoir quand il sentit un puissant courant d'air. Puis une force invi-sible le repoussa sur les oreillers et le laissa pantelant. Venu de nulle part, un hurlement féroce assaillit ses tympans. À croire qu'une meute de loups encerclait son matelas... Il se débattit sous la masse d'ombres noires qui l'enveloppait, pesait sur lui et le clouait au lit.

Au prix d'un immense effort, il lâcha enfin un cri comme quelque chose de pointu s'enfonçait dans son cou. Bien qu'il n'éprouvât aucune douleur, il comprit qu'on le vidait de son sang. L'ombre était vivante, et lui s'éteindrait bientôt.

Voilà des années, il avait écouté ce fou lui conter son histoire d'épouvante, espérant la transformer plus tard en succès de librairie. Il comprenait maintenant que l'homme avait tenté de le mettre en garde... *Les vampires existent bel et bien.*

L'ombre s'éloigna, et le rayon de lune qui traversait la fenêtre inonda Stoker de sa lueur blafarde. L'auteur découvrit sur sa poitrine un exemplaire de son roman. Sur la couverture, comme lacérée par quelque griffe sauvage, on pouvait lire : *MENSONGES !*

CHAPITRE XLIII

———◦◉◦———

Quincey n'aurait jamais pu imaginer plus impressionnant que la cathédrale Notre-Dame de Paris et pourtant la splendeur monumentale du Midland Grand Hotel le laissait pantois. Gêné par ses vêtements déchirés, malodorants et couverts de suie, il se tint à l'écart des clients et s'adossa à une colonne de marbre vert avec l'espoir de se fondre dans le décor.

Holmwood, en revanche, traversa le hall la tête haute, martelant le sol de ses talons tandis qu'il se dirigeait vers le somptueux bureau d'acajou sculpté de la réception. En dépit de son allure dépenaillée, il n'en demeurait pas moins pair du royaume et imposait le respect.

Le concierge, un peu nerveux, accourut vers lui.

— Lord Godalming ! Quelle agréable surprise ! Si j'avais su... je vous aurais envoyé un valet de pied... un tailleur, peut-être ?

Holmwood ne se départit pas de son flegme.

— Un tailleur ? Pour quelle raison, grand Dieu !

— Je puis vous faire préparer une suite en moins de...

Arthur leva la main pour l'interrompre.

— Ce ne sera pas nécessaire. Je cherche un homme du nom de M. Renfield.

Renfield est mon refuge. Quincey comprenait enfin la phrase sibylline. Peut-être Van Helsing pourrait-il les aider, après tout...

Malgré sa magnificence, le Midland avait perdu de son attrait pour la clientèle en séjour à Londres. Comment s'en étonner ? En 1912, la direction refusait toujours d'y installer un ascenseur. Bien entendu, Van Helsing, M. Renfield en la circonstance, avait choisi une chambre au dernier étage, afin de pouvoir, le cas échéant, s'échapper par le toit.

L'ascension du grand escalier parut interminable. Holmwood le gravit d'une traite, contrairement à Quincey qui s'accorda deux pauses, dont il profita pour admirer la fresque au plafond : un ciel bleu cobalt avec des étoiles dorées à la feuille. À croire qu'Arthur et lui montaient au paradis ! Dans une alcôve surplombant le palier, il contempla également une tapisserie murale qui représentait saint Georges terrassant le dragon, et il la jugea des mieux appropriées à leur quête.

Au milieu du couloir, Holmwood s'interrompit pour s'assurer qu'ils n'étaient pas suivis, sortit discrètement son revolver et vérifia qu'il était chargé.

– Jusqu'ici rien ne nous prouve que ce télégramme émane de Van Helsing. Au cas où il s'agirait d'un piège, autant se tenir prêts.

– Ne devriez-vous pas user de balles en argent ? s'enquit Quincey. D'après monsieur Stoker...

– Monsieur Stoker se sera trompé de légende, mon garçon, l'interrompit Arthur.

Puis il se dirigea vers la porte la plus proche de l'accès au toit.

– Nous y sommes.

Quincey allait frapper, mais il l'en empêcha et lui indiqua l'interstice entre le sol et la porte. Le jeune homme s'en voulut de sa balourdise : s'il s'approchait, quiconque se trouvait à l'intérieur pourrait entrevoir l'ombre de ses pieds. Holmwood désigna le chambranle : la porte était à peine entrebâillée. *Mauvais présage...*

Le jeune Harker sentit la panique le gagner, mais fit en sorte de contenir sa peur. Arthur s'avança à pas feutrés, puis ouvrit brutalement la porte et bondit dans la pièce, pistolet au poing. On avait tiré les rideaux et la chambre était plongée dans la pénombre.

Quincey referma derrière lui.

– Non, attendez ! grogna Holmwood.

Le jeune homme tenta de rattraper le battant... Trop tard. *Deuxième bévue.*

Ils se retrouvèrent dans le noir. À leur gauche, le plancher grinça. Des bruits de pas...

– Qui que vous soyez, prévint Arthur, sachez que je suis armé !

Les pas se rapprochèrent. Il pointa son pistolet, tout en repoussant Quincey dans son dos.

Le jeune homme retenait son souffle. Il tressaillit quand une main surgie de nulle part se posa sur son épaule.

– Bonsoir, messieurs...

La voix, grave, résonnait aux quatre coins de la pièce.

CHAPITRE XLIV

Compte tenu du temps qu'il avait mis lui-même pour arriver au théâtre, Cotford n'aurait pas dû s'étonner que le médecin légiste tardât à rejoindre le lieu du dernier crime en date. Ne souhaitant pas courir le moindre risque avec les preuves, l'inspecteur suivrait le chariot-ambulance jusqu'à l'établissement où serait pratiquée l'autopsie : l'hôpital de Carey Street, voisin de la Cour royale de Justice.

De nouveau dans un attelage de la police qui obliquait vers le sud, Cotford savourait son cigare, sous l'œil réprobateur de Mina Harker, assise en face de lui. L'inspecteur n'allait pas bouder son plaisir. Il effleura le sabre ensanglanté, tout en s'accordant un sourire de triomphe. D'ici peu, il démontrerait la culpabilité de sa suspecte. Le Parquet exigeait des preuves tangibles ? Qu'à cela ne tienne ! Cotford lui en fournirait... et se verrait du même coup réhabilité.

La voiture passa non loin de la ruelle où l'on avait assassiné la première femme en blanc et Jonathan Harker. Cotford observa la veuve à la dérobée, mais le visage de Mina ne trahit pas l'ombre d'une émotion... comme lorsqu'elle était venue identifier le corps. *Duplicité ou innocence pure ?*

Au fond de lui, le policier était persuadé que Van Helsing avait orchestré la mort de Jonathan Harker. Il songea alors aux caisses fracassées retrouvées dans la venelle. Selon toute vraisemblance, le Hollandais, qui se révélait trop vieux pour agir seul, avait recruté du sang neuf pour perpétrer ses meurtres. Quant à la lettre de l'Éventreur, qui émanait sans conteste du professeur batave, elle indiquait clairement que Quincey était la clé de l'énigme.

En enquêtant sur la famille Harker, Cotford avait d'ores et déjà découvert que le fils, acteur raté, avait été contraint par son père de s'inscrire dans une université parisienne. Il avait déniché l'adresse de la logeuse du jeune homme, laquelle disposait fort heureusement du téléphone. N'hésitant pas à puiser dans ses propres deniers, l'inspecteur s'était ensuite offert le luxe d'un appel international... et avait ainsi pu joindre Braithwaite Lowery, l'ancien colocataire de Quincey, qui lui avait décrit ce dernier comme un « énergumène dépourvu de la moindre jugeote ». Lors de leur dernière conversation, Quincey aurait même annoncé à Lowery qu'ayant rencontré quelqu'un de « fascinant », il quittait la Sorbonne pour « suivre sa nouvelle destinée ». Quelques jours plus tard, on retrouvait son père empalé à Piccadilly Circus... Aux yeux de Cotford, cela ne faisait aucun doute : le jeune homme était le nouveau complice de Van Helsing. D'autant qu'il possédait la vigueur nécessaire pour accomplir les crimes à la place du vieux professeur. *La haine de son père l'aura poussé à empaler ce malheureux, ne serait-ce que par fidélité envers son mentor.*

Oui, les pièces du puzzle s'imbriquaient à merveille, et Cotford n'aurait aucune peine à convaincre le procureur de la Couronne.

Comme la voiture tournait dans Fleet Street, il observa le dôme familier de la cathédrale Saint-Paul surgissant de la brume, puis se tourna vers Mina Harker, toujours aussi flegmatique. Elle ne le resterait pas longtemps : l'inspecteur, dès lors qu'il aurait la loi de son côté, se montrerait implacable dans son interrogatoire. *Le limier irlandais est de retour !* Il la harcèlerait jusqu'à ce qu'elle fléchît et lui révélât tous les crimes de Van Helsing.

Cotford soupçonnait de longue date le professeur d'utiliser ses croyances occultes pour manipuler ses adeptes, lesquels devaient se charger ensuite des sales besognes. Par ailleurs, il était fort probable que le Dr Seward, rongé par le remords, ait menacé Van Helsing de le dénoncer. En suivant cette logique, l'identité du conducteur de la voiture qui avait renversé Seward à Paris coulait de source.

Seuls trois témoins restaient : Jonathan, Mina et lord Godalming. On pouvait raisonnablement conjecturer que le Hollandais ait entrepris de les éliminer à tour de rôle, après que la mort de Jack les eut à nouveau réunis.

Cotford supposait que Quincey était à l'origine de l'incendie du Lyceum. *Peut-être une tentative pour tuer sa mère et Godalming ?* Le jeune Harker s'était « enfui » avec ce dernier, et la nouvelle recrue de Van Helsing ne manquerait pas de se débarrasser du lord sitôt qu'ils se trouveraient tous deux loin des regards indiscrets...

Le sergent Lee devait donc coûte que coûte retrouver Godalming avant que Quincey ne commît un nouveau meurtre ! La police bloquait toutes les sorties de la capitale et, tôt ou tard, Cotford mettrait la main sur ce jeune fou sanguinaire. *Mais peut-être est-ce là le dessein de Van Helsing ?* Son nouveau complice pendu haut et court, le professeur pourrait une fois encore échapper à la justice...

Quoi qu'il en fût, Cotford voyait enfin la situation se renverser en sa faveur. Un seul élément lui manquait pour transformer son coup de filet en un véritable triomphe... *Où diable est passé Van Helsing ?*

Tandis que l'attelage de la police cahotait dans Fleet Street, l'agent Price, qui tenait solidement les rênes, vit surgir à distance le célèbre dragon de pierre dont le piédestal se noyait dans le brouillard. Cela donnait l'illusion que le monstre flottait, les ailes déployées. Price jeta un regard à l'agent Marrow assis à ses côtés, fusil en main. À la manière dont son collègue contemplait la statue, il comprit que celui-ci éprouvait la même sensation.

Comment s'étonner que leur imagination leur jouât des tours après la tournure inhabituelle qu'avait prise la soirée ?

Pour la première fois de leur jeune carrière, Price et Marrow portaient des armes à feu, ce qui n'était pas l'usage dans la police londonienne. Puis il y avait eu ce formidable incendie du Lyceum, et cette femme sauvagement assassinée.

Price avait entendu l'inspecteur Cotford et le sergent Lee faire allusion à l'Éventreur... Il se retrouvait donc au cœur de la plus grande énigme irrésolue de l'histoire de Scotland Yard. Voilà qui dépassait ses espoirs les plus fous !

À mesure que la brume s'épaississait, l'agent Price peinait à distinguer la route. Il plissa les yeux et eut soudain la désa-gréable sensation que leur voiture était suivie. L'agent Marrow aussi, car il se tourna vers lui. Or, Fleet Street était singuliè-rement déserte... pas une âme en vue. Price cligna des yeux en regardant alentour. *Bigre !* Il devait avoir la berlue : dans son dos le brouillard semblait se teinter de rouge sang. *Sans doute ces nouveaux réverbères électriques...*

Son cœur manqua flancher lorsqu'il entendit un bruit aussi irréel qu'inquiétant, semblable au battement d'ailes d'un oiseau de proie. Mais un aigle ou un vautour d'une envergure gigantesque, à en juger par le vacarme.

Le rapace planait au-dessus d'eux. Il s'approchait.

CHAPITRE XLV

Dans la pénombre, Holmwood se tenait prêt à faire feu.

— Je vous attendais, dit la voix à l'accent prononcé.

Curieusement, Quincey sentit son compagnon se détendre. *Pourquoi ne tire-t-il pas ?*

Tout à coup, les appliques au mur s'allumèrent. Devant eux se tenait Abraham Van Helsing, une main sur l'interrupteur, l'autre sur sa canne.

— Professeur ! s'exclama Holmwood en fourrant le pistolet dans sa poche. Bonté divine, j'aurais pu vous tirer dessus !

Il se précipita vers son vieil ami pour l'étreindre affectueusement.

— J'ai toujours eu un faible pour les apparitions théâtrales, déclara Van Helsing, un sourire en coin.

Quincey grimaça, comme si l'égratignure infligée l'autre soir par l'épée du professeur le démangeait à nouveau.

Arthur alla droit au fait.

— Comment Dracula vous a-t-il retrouvé ? Comment, surtout, lui avez-vous échappé ?

— J'ai fait appel à mon intelligence, répondit Van Helsing de façon sibylline.

Il s'interrompit et jeta un regard en direction de Quincey, comme s'il hésitait à s'ouvrir en sa présence. Alors Holmwood adressa un signe de tête au vieillard : le jeune homme avait été mis dans la confidence. Néanmoins, le professeur ne poursuivit pas son explication.

– Je suis heureux que vous m'ayez retrouvé, reprit-il sur un ton posé. J'espérais que madame Mina vous eût fait part de mon télégramme.

Aux yeux de Quincey, Van Helsing semblait singulièrement calme pour quelqu'un qui avait survécu à une attaque de Dracula et, à dire vrai, il paraissait très différent du vieillard hystérique qui l'avait agressé dans la venelle.

Le jeune homme remarqua alors une table jonchée d'armes diverses. Une série de crucifix reposaient près d'un sac de voyage, un pieu en bois, un couteau de chasse et des fioles qui, supposa-t-il, devaient contenir de l'eau bénite. Ni ail ni aconit cependant. La pièce maîtresse était une arbalète, chargée et prête à l'usage.

Dans la discussion, Holmwood fit allusion à la comtesse Báthory et Van Helsing n'eut pas l'air surpris d'apprendre son existence. Il s'avança jusqu'à la table en claudiquant et, de ses doigts tremblants, déboucha une bouteille de cognac. Puis il s'adressa au jeune homme.

– Tout porte à croire, mon garçon, que tu as décidé de ne pas suivre mon... conseil.

Le ton employé déplut grandement à Quincey, qui riposta aussitôt.

– Avec mon père s'est éteinte ma volonté de me soumettre à l'autorité d'autrui.

Le professeur remplit deux verres d'alcool.

– En vérité, ta présence tombe à point nommé.

– Et pourquoi donc ?

Van Helsing ne répondit pas. De sa main noueuse, il tendit un verre à Arthur qui examinait le couteau de chasse.

– Que n'ai-je eu la sagesse d'écouter Seward ! pesta celui-ci en reposant l'arme blanche avec hargne.

Puis, comme pour dissiper ses remords, il but une gorgée avant d'ajouter :

– Peut-être que Jonathan, Basarab et lui seraient toujours en vie à l'heure qu'il est...

– Basarab, dites-vous ? lâcha le vieillard sur un ton étrangement désinvolte.

– L'acteur roumain...

Avec sa canne Van Helsing se redressa et tendit l'autre verre à Quincey.

– Non, merci, répondit le jeune homme.

Le professeur reposa le verre sans plus de commentaires.

– C'est la correspondance entre Basarab et le Dr Seward qui nous a conduits à Dracula et à Báthory, renchérit Quincey.

– Basarab... répéta lentement Van Helsing, comme s'il se délectait de chaque syllabe du patronyme.

Il se tourna subitement vers Arthur.

– N'avez-vous donc rien appris lors de nos aventures passées ?

Holmwood parut désarçonné.

– Que voulez-vous dire ?

– Ce Basarab, l'avez-vous rencontré ?

– Non. Mais Quincey et lui étaient très proches. Pourquoi ?

– Ingénieux... observa le professeur dans un gloussement.

Au comble de l'exaspération, Quincey eût volontiers secoué le vieillard pour le faire parler. Il se contenta de se planter devant lui en clamant :

– Professeur, cessez de jouer aux devinettes, voulez-vous ?

Van Helsing le dévisagea un long moment, puis répondit en soupirant :

– Votre combat contre les ténèbres est déjà perdu, messieurs. Son chemin est le seul qu'il nous reste à suivre.

– De qui parlez-vous ? demanda Quincey.

Comme s'il eût délivré un cours *ex cathedra*, le vieux professeur plaça une main sur le revers de sa veste et, ménageant ses effets pour tenir son auditoire en haleine, riva son regard sombre sur celui du jeune homme.

– *Dracula* fut le patronyme qu'il choisit de porter en devenant prince. Mais son véritable nom n'est autre que... Vladimir Basarab.

CHAPITRE XLVI

— Vous entendez ce bruit ?

Price scrutait le ciel, juché sur son banc de l'attelage de police qui caracolait à folle allure.

À ses côtés, l'agent Marrow n'écoutait pas, obnubilé par la brume écarlate qui se formait dans la rue.

— Diable, qu'est-ce donc ?

— Regardez !

Price désigna les nuages noirs, bas dans le ciel, qui convergeaient en une seule masse menaçante.

Marrow arma son fusil.

— Tout cela est anormal. Et on n'a jamais vu du brouillard rouge !

La peur grandissante de Price transparaissait dans sa voix chevrotante.

— Non, il s'agit forcément d'autre chose... Il y en a aussi derrière nous ! C'est presque...

Il n'eut pas le temps de finir sa phrase. Les chevaux s'arrêtèrent brutalement et les deux agents durent s'agripper à leur banc pour ne pas être projetés à terre.

Devant eux, le chariot du médecin légiste était également à l'arrêt. Les chevaux hennirent et mâchèrent leurs mors, flairant le danger.

Price fit claquer les rênes.

— Hue, sales bêtes !

Mais les montures soufflèrent, ruèrent, refusant d'aller plus loin.

Le brouillard rouge sang formait à présent un mur devant la voiture du médecin. Son cocher sollicita tellement son attelage que celui-ci finit par s'ébranler.

Marrow saisit Price par le bras.

— Quittons cette rue.

Alors ils virent la brume écarlate engloutir le chariot-ambulance. Price, qui retenait son souffle, s'en voulut de céder à la panique. *Ce n'est jamais que du brouillard… non ?*

— Déguerpissons, vous dis-je ! insista Marrow.

— Nom d'un chien, ressaisissez-vous ! Je vous rappelle que nous avons des ordres !

Price s'exprimait sur le ton de celui qui cherche à se convaincre lui-même.

Ils perçurent soudain un rugissement de bête sauvage qu'on eût dit provenir du gouffre des enfers, puis ils virent l'attelage du médecin jaillir du brouillard rouge tandis qu'une tête de cheval sanguinolente atterrissait à leurs pieds.

— Filons ! hurla Marrow.

Cette fois, Price obtempéra sans sourciller. Au premier claquement de rênes, leur attelage bifurqua dans la rue la plus proche et s'y engouffra au galop.

Dans la voiture lancée à un train d'enfer, Cotford et sa suspecte furent bousculés si violemment que Mina se cogna la tête à en saigner.

— Mais que se passe-t-il, bon Dieu ? jura l'inspecteur sans qu'il parvînt à regarder par la fenêtre.

Comme elle effleurait sa plaie au front, Mina se fia à son instinct qui lui enjoignait de rester sur ses gardes. Son arrestation avait au moins eu le mérite de détourner Cotford de Quincey et Arthur. Cramponnée à son siège, elle se demandait si ceux-ci avaient déjà retrouvé Van Helsing.

Son cœur se serra à la pensée du vieux professeur. Elle était certes heureuse qu'il eût survécu, mais demeurait troublée par son télégramme. À travers les yeux de Báthory, elle avait pourtant vu son prince noir mourir dans la chapelle en ruine. Le message était-il une ruse de la comtesse ? *Impossible...* Mina refusait de croire que Dracula pût se rallier à la cause d'une femme aussi démoniaque. *Mais si mon prince est en vie et a eu vent de mon secret, qui sait de quoi il peut être capable...*

La seule idée que Quincey et Arthur pussent tomber entre les mains de Báthory aiguillonna sa détermination. Elle devait à tout prix échapper à Cotford et voler à leur secours.

Le cahotement de la voiture redoubla.

— Mais que diable se passe-t-il ? répéta l'inspecteur.

Il se glissa vers la portière puis, comme ses yeux croisaient ceux de sa suspecte, posa la main sur le katana brisé qu'il avait enveloppé dans son mouchoir et placé dans la poche de son manteau.

Mina réprima un sourire narquois devant ce geste absurde. En la circonstance, elle était bien la dernière personne dont il devait se méfier : dans la bousculade, elle avait pu jeter un coup d'œil à travers la fenêtre... et avait reconnu la brume écarlate.

Soudain un cri retentit. Par-dessus l'épaule de Cotford, Mina vit l'un des agents de police chuter de l'attelage, puis une main invisible lui arracher son fusil.

— Price, mais que faites-vous, nom d'un chien ? hurla l'inspecteur. Je vous ordonne de vous arrêter sur-le-champ !

Aucune réponse. Cotford sortit sa clé et allait l'introduire dans la serrure quand Mina, sans réfléchir, le retint par le bras.

— Si vous tenez à la vie, n'ouvrez pas cette portière.

— Comme si j'allais accorder foi à vos propos, madame Harker.

Elle aurait beau dire et faire, elle ne saurait le convaincre de l'ampleur du mal qui rôdait dans les ténèbres. Alors elle lâcha son bras, indifférente. Mina avait elle-même des décisions à prendre, la vie de son fils étant plus que jamais menacée.

Marrow entendit de nouveau le battement d'ailes, mais avant qu'il pût voir d'où le bruit émanait, il sentit une piqûre violente sur le côté gauche de sa tête et se retrouva projeté dans les airs. Quand il s'effondra dans la terre boueuse, son épaule se déboîta sous le choc. Il parvint néanmoins à se relever. *Grâce au ciel, je suis vivant !* La partie de sa tête qui avait reçu la piqûre était froide, humide, et surtout vrillée par une douleur intense. Il porta la main à la plaie : un épais morceau de son cuir chevelu avait été arraché, du sang chaud lui coulait sur la joue.

L'agent de police tituba, pris d'un haut-le-cœur. Il se trouvait dans Temple Gardens, juste au nord de la Tamise. Il regarda la voiture qui s'éloignait à toute vitesse, poursuivie par le nuage écarlate. Marrow souffrait terriblement, son bras gauche était paralysé. Mais vu le sort réservé au chariot-ambulance et à ses chevaux, il s'estimait heureux de demeurer en vie. Price, Cotford et sa suspecte pouvaient-ils en dire autant ?

Son répit fut de courte durée. Quelques instants plus tard, la brume rouge sang revenait vers lui, accompagnée de son battement d'ailes. Ayant toujours son arme sur lui, il la dégaina et s'apprêtait à viser quand il sentit un courant d'air sur son visage et une forte secousse sur son bras. Il tenta de faire feu, mais son doigt refusait d'obtempérer. Portant son regard à terre, il découvrit une main coupée tenant un revolver. Le temps que l'image parvînt à son cerveau... et l'agent Marrow poussait un hurlement épouvanté.

Cette fois il crut entrevoir les serres du grand oiseau. Puis il fut projeté en arrière et il lui sembla reconnaître le bruit d'un seau d'eau qu'on déverserait. Soudain transi de froid, il baissa à nouveau les yeux... et vit ses organes déborder de son corps éventré. Saisi d'une formidable nausée, le malheureux tomba à la renverse sans même avoir eu le temps de vomir.

— Asseyez-vous et ne bougez pas ! aboya Cotford à Mina alors qu'il ouvrait la portière de l'attelage toujours en mouvement.

Ce tohu-bohu n'a que trop duré ! songea l'inspecteur qui sortit le marchepied et agrippa le toit. Le vent soufflait si fort qu'il faillit tomber à terre. Il distingua l'agent de police sur le banc du conducteur, lequel fouettait sans relâche les chevaux.

— Price ! Êtes-vous devenu fou ? Arrêtez tout de suite cette voiture ! C'est un ordre !

Si l'agent l'avait entendu, il n'en laissa en tout cas rien paraître. Cotford tenta de s'avancer et se cramponna si fort à la main courante que ses phalanges en bleuirent. L'attelage vira subitement à droite, le pied de l'inspecteur glissa et se balança dans le vide. Au prix d'un effort surhumain, Cotford parvint à se redresser puis, tout en se plaquant au flanc de la voiture, se hissa face au vent et réussit à retomber lourdement sur le banc. Une fois assis, il découvrit les nuages bas et noirs qui tournoyaient avec ardeur au-dessus de sa tête.

— Cette brume revient sans cesse ! Nous ne pouvons pas y échapper ! lui cria Price, le visage éclaboussé de sang, le regard comme possédé.

Cotford considéra que l'agent avait perdu l'esprit. Il se pencha pour prendre les rênes que le jeune homme terrifié refusait de lâcher. Dans son mouvement, l'inspecteur aperçut un brouillard écarlate surgi de dessous l'attelage. Ce phénomène, il ne l'avait vu qu'une fois dans sa vie, et il n'en avait jamais soufflé mot à quiconque.

Price poussa un cri à glacer le sang. Cotford le découvrit alors enveloppé par la brume qui le soulevait du banc. Sous ses yeux ahuris, l'agent Price s'envola, comme aspiré dans un maelström de nuages noirs.

CHAPITRE XLVII

Éberlué, Arthur Holmwood se tourna vers Quincey Harker. La mine scandalisée du jeune homme lui confirma qu'il n'avait pas rêvé en entendant la terrible révélation de Van Helsing.

— Basarab ? C'est impossible, fit Quincey en secouant la tête.

— Pauvres fous ! ricana le professeur. Acceptez donc la vérité ! Comme Seward il y a bien longtemps, qui l'a même gratifié du titre de Bienfaiteur. Comme moi-même aujourd'hui. Dracula n'est pas notre ennemi.

Comme Seward ? Holmwood recula, consterné. Si son ami médecin avait rallié la cause de l'assassin de Lucy, c'était donc qu'il les avait tous trahis, eux qui avaient risqué leur vie à ses côtés en Transylvanie ! En rendant son dernier souffle, Quincey P. Morris avait pourtant enfoncé le couteau dans la poitrine de Dracula...

— Je ne peux croire que Quincey Morris soit mort pour rien ! s'écria-t-il.

— Báthory demeure la véritable puissance maléfique, répondit solennellement Van Helsing. Après avoir eu connaissance de ses horribles meurtres, les prétendus crimes de Jack l'Éventreur, Dracula a débarqué en Angleterre en 1888, pour une seule et unique raison : la détruire. En nous immisçant, nous avons gêné le prince dans sa traque de Báthory, laquelle savait que nous agirions ainsi. Elle nous a tous mystifiés ! Par ailleurs, les blessures que nous avons infligées à Dracula l'ont affaibli, permettant ainsi à la comtesse de lui porter ce qu'elle crut être le coup de grâce. Quincey Morris est mort en luttant contre celui qu'il prenait à tort pour un démon.

– Dracula a assassiné ma Lucy. Il méritait de mourir !

– La haine vous égare et trouble votre jugement.

Van Helsing tourna le dos à Arthur, comme écœuré par la réaction de son ancien disciple. Celui-ci saisit brutalement le professeur par le bras.

– Jamais je ne m'allierai à Dracula ! Si Báthory est l'Éventreur, eh bien soit, nous les tuerons tous les deux !

– Vous avez l'esprit faible et impétueux, répliqua Van Helsing qui se débattait pour se libérer de sa poigne.

Las des paroles acerbes du vieillard, Holmwood le relâcha avec violence. Van Helsing vacilla, et tomba face contre terre.

– Professeur ! s'exclama Quincey.

Il se précipita pour lui porter secours, le secoua... Aucune réaction.

– Professeur Van Helsing ?

Il lui palpa le poignet, et lança un regard affolé en direction d'Arthur.

– Je ne sens plus son pouls.

– Bonté divine...

Holmwood s'agenouilla pour constater de lui-même la terrible vérité.

– Aidez-moi à le retourner ! implora Quincey.

Un murmure s'échappa alors des lèvres de Van Helsing qui pétrifia le jeune homme. Puis un léger mouvement du vieillard força Holmwood à se relever et à reculer, sous le choc. Pourtant son cœur ne battait plus, il l'aurait juré !

S'aidant de ses bras frêles, Van Helsing se remit debout. Ses longs cheveux blancs en désordre dessinaient une ombre sur son visage.

– Si vous ne vous joignez pas à nous... commença-t-il d'une voix qui semblait provenir d'outre-tombe.

Le vieil homme n'était manifestement pas aussi faible qu'il leur avait laissé croire. D'une main noueuse, il repoussa sa chevelure en arrière. Ses yeux étaient d'un noir opaque, ses canines longues et acérées.

— ... alors vous êtes contre nous !

Il était trop tard pour fuir.

CHAPITRE XLVIII

— Vous ne pourrez pas le distancer ! C'est un combat perdu d'avance ! lui cria Mina depuis l'intérieur de la berline.

Cotford savait qu'elle disait vrai. Après avoir emporté Price, le brouillard rouge était resté en retrait, mais il s'en revenait à présent et lapait déjà les roues arrière de l'attelage qui filait dans la nuit. Les chevaux écumaient, ruisselant de sueur, et ne supporteraient plus longtemps ce train d'enfer. L'inspecteur cherchait un subterfuge quelconque pour retourner la situation à son avantage.

Il tira sur les rênes pour changer de direction et revenir vers une grande artère où il espérait trouver la foule. *Nous verrons comment ce fléau écarlate réagit en présence d'une multitude de témoins !*

Soudain, l'inspecteur aperçut les serres d'un immense rapace qui descendait du ciel, et il tenta de les esquiver. En vain. Il grimaça de douleur quand une griffe acérée pénétra dans sa chair, au-dessous de son épaule.

Cotford porta une main à sa blessure. L'entaille était profonde et sa souffrance intense. Il traversa au plus vite un dédale de ruelles sombres et parvint curieusement à se libérer du nuage cramoisi.

Surgissant d'une venelle, tel un coureur qui découvre enfin la ligne d'arrivée, l'inspecteur aperçut son refuge : les lettres noires « PICCADILLY RLY [1] » se détachaient sur la façade

---

1. *PICCADILLY RLY* est l'abréviation de *PICCADILLY RAILWAY*, l'ancêtre de la

d'un immeuble en briques. Puisant dans ses ultimes forces, il contraignit les chevaux à s'arrêter au milieu du carrefour d'Aldwych. Les rares attelages et automobiles qui circulaient encore freinèrent devant la voiture de police qui barrait la chaussée. Cotford sauta à terre. Il se retourna pour vérifier que la brume écarlate ne les avait pas suivis dans la grand-rue, se hâta d'ouvrir la portière de la berline et tendit sa main ensanglantée.

— Sortez !

Mina hésita un moment, puis obtempéra. Elle découvrit la blessure sous l'épaule du policier.

— Vous avez besoin d'un médecin.

Mais Cotford se souciait peu de son propre sort. Il observait le ciel, où les nuages noirs s'agrégeaient, masquant maintenant la lune et les étoiles.

— Venez !

Il l'attrapa par l'avant-bras et courut avec elle jusqu'à l'entrée de la station Strand. Tous deux s'arrêtèrent net en entendant les bruissements d'ailes au-dessus de leur tête, par-delà la sombre masse nuageuse.

— Le métro est votre seul espoir !

Cotford hurlait pour couvrir le gémissement du vent, puis il sortit une poignée de pièces de sa poche, qu'il flanqua dans la main de Mina.

— Dites à Van Helsing que j'avais tort... sur tous les points.

— C'est moi que cette brume réclame ! Mettez-vous à l'abri !

Elle voulut lui rendre sa monnaie.

— J'étais si aveuglé, reprit-il, que je vous ai tous fait courir un grave danger... vous-même, votre famille, et vos amis ! Je le comprends trop tard. Puissiez-vous me pardonner, madame Harker.

Au-dessus d'eux, le bruit s'intensifia.

— Filez, maintenant !

Piccadilly Line du métro londonien. Ouverte en 1907, la station Strand fut renommée « Aldwych » en 1915, puis définitivement fermée en 1994. *(N.d.T.)*

Il poussa Mina dans l'escalier, se retourna et sortit le katana brisé de la poche de son manteau. Colin Cotford se retrouvait maintenant face à son destin.

Il la revivait, cette fameuse nuit où il avait poursuivi l'Éventreur. Il l'avait à nouveau sous les yeux, ce nuage rouge sang qui l'avait enveloppé au point de l'égarer et de le faire trébucher sur le trottoir.

Le monstre qui revenait vers lui allait sceller son sort. S'il avait pu sauver ne fût-ce qu'une vie ce soir, au moins eût-il fait œuvre utile une fois, une seule, dans sa misérable existence.

Une gargouille surgit d'entre les nuages et se mit à rugir, dévoilant une rangée de dents acérées. Ses yeux rouges luisaient dans la nuit. Sa peau couverte d'écailles évoquait celle d'un lézard, et des cornes saillaient de son front. Ses immenses ailes, comme en cuir épais, se déployaient de part et d'autre de son échine, et sa longue queue puissante, hérissée de piquants, cinglait l'air en effritant les pierres des bâtisses alentour.

La bête ouvrit ses serres et fondit sur Cotford, prête à l'étouffer sous son étreinte. Dans la rue, les passants coururent se mettre à l'abri en hurlant.

L'inspecteur se retrouvait seul. Il pria pour que Dieu lui accordât un regain de courage et le salut de son âme. Il empoigna le manche du katana et brandit la lame en direction du cœur. Mais son geste fut trop lent et il ne parvint qu'à planter l'arme dans la patte du monstre. Il l'entendit rugir de douleur en tombant derrière lui.

Cotford allait faire volte-face quand il aperçut du coin de l'œil la queue mortelle qui balayait le sol dans sa direction.

Les paroles de Van Helsing lui revinrent une dernière fois en mémoire. *Ce qui échappe à vos yeux vous TUERA.*

Mina se précipita sur le quai. Les voyageurs qui attendaient s'écartèrent sur son passage. Elle regarda ses mains, couvertes du sang de Cotford, sa robe maculée de celui de la femme en blanc. Premier coup de sifflet... Elle allait se précipiter dans le dernier wagon quand, dans son dos, elle entendit un bruit étrange.

Elle se retourna. Une tête coupée dévalait l'escalier et vint heurter le quai dans un craquement sinistre, à quelques centimètres d'elle. Chez Mina la stupeur le disputa à l'épouvante : l'inspecteur Cotford lui parut plus serein dans la mort qu'elle ne l'avait jamais vu de son vivant.

Un nouveau vacarme la fit tressaillir, un rugissement effroyable, accompagné du fracas des briques qui volaient en éclats. L'ombre d'un monstre ailé se profilait le long des marches de la station...

Second coup de sifflet. Mina était lasse de fuir, de repousser indéfiniment un combat qu'elle savait inéluctable. Mais faire se prolonger la poursuite, c'était laisser du temps à Quincey, Arthur et Van Helsing. Les portières métalliques du dernier wagon se refermèrent devant elle. Mina s'élança et parvint à les rouvrir.

Puis elle sauta dans la rame qui s'ébranlait.

En arrivant sur le quai, en partie détruit et totalement désert, le Dr Max Windshoeffel et son épouse virent une créature ailée aux allures de dragon s'engouffrer dans le tunnel. Eux qui pensaient jusque-là que semblable chimère n'existait que dans les contes se crurent en proie à une hallucination. Aussi se promirent-ils de ne jamais plus évoquer cette scène dont ils venaient d'être témoins. Ni entre eux. Ni devant quiconque.

— Éloignez-vous ! cria Mina aux rares passagers.

Elle brisa le premier siège à sa portée, et en arracha un morceau de bois. *Le cas échéant, il pourra faire office de pieu...* Ses gestes fous, ses vêtements souillés chassèrent les voyageurs dans le wagon suivant. Et d'où provenait ce bruit effroyable qui résonnait dans le tunnel ?

En observant par la vitre arrière la gargouille qui la poursuivait, Mina éprouva une sensation qu'elle n'avait pas connue depuis vingt-cinq ans. *C'est lui. Il est venu me sauver !*

– Continue d'avancer, le temps n'est plus ton allié ! lâcha-t-elle dans un regain de confiance, les yeux fixés sur la créature.

Un poing griffu s'abattit alors sur la portière qui s'effondra lourdement sur le plancher du train. Mina s'attendait à voir surgir la bête immonde mais, à sa grande surprise, n'aperçut que la brume écarlate qui se répandit dans le wagon. Le brouillard rouge sang s'accumula, puis se mit à tourbillonner ; une forme humaine se dessinait peu à peu...

Mina songea de nouveau à Dracula. L'idée de revoir son visage après tant d'années l'exaltait, malgré tout le mal qu'il avait pu commettre cette nuit.

La brume se dissipa et apparut une grande silhouette vêtue de noir.

– Navrée de vous décevoir, ce n'est que moi.

Báthory... Alors que la comtesse s'approchait d'elle, Mina remarqua le katana de Jonathan planté dans sa jambe, mais cela ne semblait guère l'handicaper.

– Cette fois je ne me laisserai pas violenter, comtesse, déclara-t-elle en brandissant le pieu. Je suis prête à combattre !

Báthory partit d'un éclat de rire sardonique.

– Dracula vous a peut-être transmis un semblant de pouvoir, mais ne vous imaginez pas pour autant capable de vous mesurer à moi. Je suis absolument invincible.

– Vous n'êtes rien d'autre qu'une horrible dépravée doublée d'une meurtrière sadique, répliqua Mina. Je jure devant Dieu de voir ce monde libéré de votre diabolisme ou de mourir en le combattant.

– Oh, mais vous mourrez, ma chère. Cependant, soyez sans crainte : votre fils vous rejoindra bientôt.

L'allusion à Quincey ne fit qu'attiser la rage de Mina qui, s'appropriant le cri de guerre que Quincey P. Morris avait prononcé des années plus tôt, fondit sur la maudite comtesse. Báthory gémit de plaisir comme Mina abaissait son bras pour lui transpercer le cœur, et intercepta le pieu en plein mouvement. Elle le tira avec une force surhumaine qui fit tomber Mina à genoux entre ses griffes.

L'empoignant par les cheveux, elle l'obligea ensuite à pencher la tête en arrière en étirant son cou d'albâtre. Alors elle sortit une lame que Mina reconnut... En 1888, ce bistouri d'amputation incurvé avait fait couler le sang et l'encre des journaux.

– L'heure est venue de saluer l'Éventreur... chuchota Báthory en léchant avec gourmandise l'oreille de sa prochaine victime.

Dracula absent, il ne restait plus à Mina qu'à s'en remettre au Seigneur.

CHAPITRE XLIX

Il était si près d'eux qu'il voyait sa silhouette se réfléchir dans leurs yeux. Les vampires pouvaient donc bel et bien contempler leur propre image. *Encore une théorie erronée...*

En devenant un mort vivant, Van Helsing était loin d'imaginer qu'il gagnerait une telle force. Il ne tremblait plus, et possédait même désormais la puissance d'un robuste guerrier. Ne venait-il pas de les plaquer au mur ?

Il ne put s'empêcher de rire aux éclats devant la mine éberluée de Holmwood.

– C'est moi qui ai raconté notre histoire à Bram Stoker. Ce fut mon premier pas vers l'immortalité...

– C'est *vous* qui avez trahi notre pacte ?

Van Helsing secoua la tête, l'air consterné. Ce pauvre Holmwood ne témoignait décidément d'aucune subtilité dans son raisonnement, à l'instar d'un chien de garde bien dressé seulement capable de comprendre des ordres simples.

Le professeur le saisit par le col et, d'un geste désinvolte, le jeta à l'autre bout de la pièce. Arthur alla s'effondrer dans une méridienne en velours.

– Demander à Stoker d'écrire ma biographie n'était pas une trahison, reprit Van Helsing. À travers lui, je souhaitais transmettre les connaissances que j'avais acquises. Afin de les léguer aux générations futures... C'eût été une sorte de guide pour combattre les créatures surnaturelles contre lesquelles j'avais lutté toute ma vie durant. Malheureusement, Stoker a brossé un portrait caricatural de la vérité...

Holmwood se releva d'un bond et sortit de sa poche un crucifix en or qu'il brandit dans la direction du professeur.

– Et dire que tous les jours de ces vingt-cinq dernières années j'ai regretté de ne pas avoir rejoint Lucy dans l'immortalité ! vociféra Holmwood, les mâchoires crispées. C'est vous qui m'avez contraint de lui planter un pieu dans le cœur, pour mettre fin à son « existence diabolique », disiez-vous !

– Lucy, Lucy... toujours et encore Lucy, railla Van Helsing. Eh bien oui, je le reconnais. Votre fiancée est morte par ma faute. Une erreur de transfusion... À l'époque, on ignorait tout de l'existence des groupes sanguins. En transformant Lucy en vampire, Dracula a cherché à la sauver.

– Vous...

Arthur demeurait pétrifié. Alors Van Helsing tendit le bras et referma sa main sur le crucifix que tenait Holmwood. *Il est temps de donner une leçon à cet idiot !* La croix n'avait aucun effet répulsif sur lui. En ralliant le camp des immortels, on ne rejoignait pas nécessairement celui du diable.

– Vous vous demandez certainement pourquoi le crucifix ne produit aucun effet sur moi ? Pour la même raison qu'il n'en a aucun sur Dracula. Seule une créature qui craint Dieu peut craindre ses symboles. Votre chère Lucy, elle, redoutait le Seigneur.

Dans un ricanement, Van Helsing arracha la croix de la main de Holmwood et la lança à l'autre bout de la chambre.

– Si Dracula s'était présenté à vous à l'instant même où vous alliez rendre votre dernier souffle, quel choix auriez-vous fait ?

Sans prendre la peine de répondre, Arthur se précipita vers la table jonchée d'armes.

L'imbécile ! D'un bond, Van Helsing lui barra le passage.

– Il n'est pas nécessaire que cela se termine ainsi. Vous pouvez me rejoindre.

Puis il se tourna et planta son regard dans celui de Quincey qui assistait à l'échange, médusé.

– Vous pouvez *tous les deux* me rejoindre !

– Jamais ! se défendit le jeune homme.

Holmwood voulut en profiter pour s'emparer d'un couteau de chasse, mais le professeur le fit tomber à la renverse, puis virevolta pour empoigner Quincey sans le moindre effort.

– Affronter la mort au champ de bataille et la voir vous narguer à l'automne de votre existence sont deux choses ô combien différentes, reprit le professeur, qui contraignit le jeune homme à renverser la tête en arrière en exhibant sa gorge. J'ai essayé de te prévenir, mon garçon...

Van Helsing ne souhaitait pas meurtrir un être qu'il avait jadis tenu sur ses genoux. Quant à Arthur, il était trop aveuglé par vingt-cinq ans de haine pour être ramené à la raison. Cependant le professeur avait espéré pouvoir convaincre Quincey de le rejoindre...

Il entendit alors une détonation et ressentit une vague douleur dans le dos. Le pistolet de Holmwood tira une seconde balle qui traversa l'épaule de Van Helsing et toucha le bras de Quincey. Le jeune homme poussa un cri et le professeur le laissa glisser à terre tandis qu'une troisième balle le transperçait.

– Vous étiez notre ami... lâcha Holmwood, accablé.

– Je puis l'être encore, rétorqua le professeur. Et Dracula aussi. Il n'est pas trop tard.

– Je ne trahirai pas ma foi.

Sa foi ? Ce fut en ouvrant les yeux sur le mal qui rôdait sur terre que Van Helsing avait trouvé la sienne. Du reste, si Arthur était si dévot, il aurait dû savoir que les vampires étaient aussi des créatures de Dieu. Et le Seigneur avait accordé aux immortels la même liberté de choix qu'aux hommes : suivre le chemin du bien, ou celui du mal.

À une vitesse inouïe, le professeur tenta de désarmer Holmwood. Dépourvu de pistolet, peut-être celui-ci l'écouterait-il enfin. Mais à la stupéfaction du vieil homme, Arthur ne se délesta pas de son arme.

Deux coups retentirent. Le corps de Holmwood eut un soubresaut. Une lueur de stupéfaction traversa son regard bleu pâle comme du sang jaillissait de sa poitrine.

– Arthur ! s'écria Quincey.

D'une voix empreinte de tristesse, Van Helsing murmura :

– À présent que c'est la fin, comprenez-vous qu'on puisse redouter la mort ?

De prime abord, Quincey crut le voir hocher la tête, mais les yeux de Holmwood se révulsèrent.

Et le héros d'autrefois s'écroula.

CHAPITRE L

Francis Aytown jouait de malchance. Le pauvre bougre ne se trouvait jamais où il fallait au bon moment. Photographe de son état, il avait travaillé au côté de cet infâme John Thomson, dont les superbes clichés avaient su saisir la vie londonienne dans sa réalité.

Thomson avait voulu réitérer l'expérience en Chine, mais Aytown avait refusé de l'accompagner aussi loin. Son confrère s'en était donc allé seul et était devenu le photographe officiel de l'Empereur de Chine, puis celui de la famille royale britannique. Si seulement Aytown avait su prendre ce risque, il eût mené une vie bien différente !

Et cette soirée ne faisait que lui rappeler amèrement son erreur. Il gagnait désormais sa vie en photographiant des touristes à la sortie des théâtres du West End, moyennant un shilling le cliché. Comme il œuvrait devant le Globe et l'Olympic, Aytown eut à peine vent de l'incendie du Lyceum que celui-ci était déjà réduit à un tas de cendres. Nul doute que le *Daily Telegraph* ou le *Times* auraient payé cher pour une photo de la salle de spectacle en feu !

Il venait de s'installer à l'angle de Wych Street et de Newcastle Street quand il entendit des cris fuser quelques rues plus loin. Appareil au poing, Aytown courut voir de quoi il retournait.

Des véhicules de police avaient bloqué l'entrée de la station de métro Strand, où régnait une grande agitation.

– Que se passe-t-il, mon vieux ? demanda le photographe à un agent en faction.

– Un meurtre a eu lieu. Un animal sauvage s'est échappé du zoo et a tué un homme.

Bizarre... Le zoo de Londres se situait bien plus au nord, vers Regent's Park. Comment une bête avait-elle pu parcourir une telle distance sans que la police ne la capturât ? Une ombre de l'autre côté de la rue l'arracha à ses réflexions. Puis il vit des nuages de tempête masquer la lune et l'ombre inquiétante se déplacer, pour s'évanouir à l'entrée de la station de métro.

CHAPITRE LI

Sous la poigne de Báthory, son cou était comme pris dans un étau, et elle entendit le bistouri cingler l'air dans un sifflement sinistre. Elle referma les mains sur l'avant-bras de son assaillante... et arrêta la lame mortelle à quelques centimètres de sa peau. Les lèvres rouge sang de la comtesse se figèrent en un sourire grimaçant tandis qu'elle approchait davantage le scalpel.

Plus elle résistait, plus Báthory jubilait. À bout de forces, comme pour lui lancer un ultime défi, elle choisit de ne plus satisfaire ainsi son bourreau. Elle ferma les yeux et desserra son étreinte.

Tout à coup, un claquement de tonnerre résonna dans le tunnel, qui ébranla la rame du métropolitain. Mina rouvrit les paupières. Le bistouri pendait à présent au bout du bras ballant de la comtesse. Éclats de bois et étincelles se mirent à pleuvoir autour d'elles. Un bruit sourd résonna dans le wagon comme un objet chutait lourdement sur le plancher.

Médusées, les deux femmes levèrent la tête et constatèrent qu'on avait arraché le toit. En baissant les yeux, Mina découvrit une silhouette masculine accroupie au milieu de la voiture, la tête courbée sous une épaisse chevelure corbeau. Son cœur se serra tandis qu'elle reconnaissait ces longues mains fines. Elle les avait vues tuer et se couvrir de sang, elle avait également senti leur douce caresse sur sa peau...

L'homme se releva lentement, et Mina éprouva un sentiment de plénitude. Elle n'était plus seule. Il revenait vers elle au moment où elle avait le plus besoin de lui.

Il redressa la tête et ses boucles noires retombèrent de chaque côté de son visage. Ses yeux de loup se plissèrent, malveillants, en se posant sur Báthory. Son expression farouche demeurait fidèle au souvenir de Mina. Mi-ange, mi-démon, d'une douceur ineffable et d'une violence implacable, il était à la fois l'amour et la haine. Mina murmura enfin le nom qu'elle gardait silencieux, au plus profond de son être depuis un quart de siècle :

– Dracula...

La comtesse resserra aussitôt ses griffes sur la gorge de sa victime et, reportant toute sa hargne sur l'intrus, lui lança de sa voix venimeuse :

– Ton habileté à jouer les trompe-la-mort est pour le moins déroutante !

Malgré la douleur, Mina se réjouit de lire dans le regard de son prince le même désir que celui qu'elle éprouvait pour lui. Cela confirmait la conviction secrète qu'elle entretenait depuis si longtemps : Dracula était certes un assassin, mais dénué de cruauté. Celui qu'elle chérissait ne saurait cautionner le sadisme effréné de sa cousine perverse.

Un rictus de rage déforma le visage de Dracula.

– Approche, comtesse, commença-t-il d'une voix rauque. La mort n'attend pas...

Báthory lâcha sa captive en la projetant contre la paroi métallique du wagon.

Elle contempla l'homme qui se tenait devant elle. Par quel miracle le prince des ténèbres était-il encore en vie ? Elle l'avait tué à deux reprises ! Pourrait-elle jamais assouvir son désir de vengeance ? Elizabeth Báthory ne reculerait devant rien pour détruire définitivement Dracula, le guerrier divin. Elle les vouait, lui, tous les fidèles de Dieu et le Seigneur lui-même, à la damnation éternelle.

Armée de son scalpel, Báthory s'élança dans les airs et visa les yeux de son cousin. Avant que la lame ne pût atteindre sa cible, le prince des ténèbres décolla du sol pour l'affronter, dans un combat qui défierait les lois de la physique.

Il flanqua un coup de genou dans l'abdomen de Báthory qui, dans un jaillissement de bris de verre, alla s'écraser contre une vitre. Il voulut en profiter pour la pousser dans le tunnel, mais la comtesse s'envola à l'autre bout du wagon et revint le frapper en plein torse.

À la grande surprise de son adversaire, Dracula rugit de douleur en s'effondrant sur le long banc latéral, dont le bois se fendit sous le choc. Sans perdre une seconde, Báthory lui planta la lame dans le ventre et le sang précieux du prince coula en abondance, tandis qu'elle s'enivrait déjà du parfum létal qu'elle prisait tant. Elle tourna et retourna le couteau à l'envi dans la chair de Dracula qui hurlait sous l'intolérable supplice. Elle reprit confiance en le voyant faiblir.

Ne se considérait-elle pas depuis toujours comme invincible ? Elle le serait doublement sitôt que la mort viendrait cueillir son rival, lui laissant la voie libre pour accomplir ses desseins les plus inavouables.

Báthory se montrerait bienveillante envers tous ceux qui échappaient à la miséricorde divine. Qu'ils fussent impécunieux, dépravés, déments, habités par la rage ou victimes de la maladie, humbles parmi les plus humbles, uniques héritiers de leur sordide existence, elle les arracherait à leur sinistre condition pour les élever aux plus hauts titres de noblesse, en comblant leurs espoirs et leurs rêves. En retour, ils deviendraient ses loyaux serviteurs. Quant à ceux qui demeureraient fidèles à Dieu et à ses enseignements, elle leur briserait l'échine au nom de sa nouvelle Inquisition, se nourrirait des riches et des puissants comme eux-mêmes s'étaient nourris des faibles et des indigents. Des armées entières seraient décimées sur son passage. Elle détruirait les églises de ses mains nues et ferait couler son propre sang dans la gorge du pape. Báthory était déterminée à remodeler le monde à son image, et la mort de Dracula constituait le premier pas vers sa gloire future.

La comtesse saisit le cou du prince qui n'opposa aucune résistance. Elle enfonça ses canines au plus profond de sa gorge. À présent, elle allait puiser tout son sang, sa force, son savoir.

Quand elle était encore humaine, Dracula ne l'avait certes pas saignée jusqu'à la dernière goutte. Ils appartenaient à la même famille, il l'aimait et n'avait pu se résoudre à la tuer. Báthory, en revanche, ne s'embarrassait pas de tels scrupules. Elle boirait le sang de son cousin jusqu'à ce qu'il rendît son ultime souffle.

———

Mina recouvra ses esprits et discerna deux silhouettes, sombres et floues, qui luttaient de l'autre côté du wagon. À l'évidence, l'une dominait l'autre. Mina n'était pourtant pas de celles qui se repaissent de la vision d'un meurtre, mais la victoire, cette fois, aurait un goût exquis.

Rapidement elle prit conscience du désastre : Báthory avait les crocs enfouis dans le cou de Dracula qui, les entrailles lacérées, se débattait à peine pour échapper à la morsure.

Mina chercha une arme quelconque. Un fil électrique long et épais pendait du plafond éventré. Elle tira d'un coup sec, et le câble vint à elle. *Comment l'utiliser à présent ?* Elle aperçut la portière arrachée sur le plancher, y noua une extrémité du fil, puis rejoignit les combattants.

Dans un dernier sursaut d'énergie qui confinait au désespoir, Dracula agrippa le visage de Báthory et enfonça son pouce dans une de ses orbites. Un liquide visqueux suinta de la cavité oculaire. La comtesse retira aussitôt ses canines de son cou et hurla à l'agonie. Dracula, qui la cramponnait toujours, fit basculer son crâne sur le côté et, en grognant comme une bête, tenta de lui briser les vertèbres.

Báthory, l'œil crevé, se libéra de l'emprise de son cousin et poussa un nouveau cri de douleur en rejetant la tête en arrière. Mina en profita pour passer l'autre bout du câble électrique autour du cou de la comtesse.

Cette dernière fit volte-face et lui cracha au visage.

– Sale traînée adultère !

D'un coup de pied, Mina poussa la portière qui glissa sur le plancher et s'échappa par le trou béant à l'arrière du train. Le panneau métallique alla se fracasser bruyamment dans le tunnel obscur, brasillant au contact des rails, puis s'ancra sur la voie ferrée. Mina savoura la lueur d'épouvante qu'elle perçut dans l'œil unique de Báthory quand le câble se tendit soudain pour l'expulser hors du wagon sur la voie de chemin de fer.

Elle courut ensuite vers l'ouverture, s'attendant à voir la comtesse retomber sur ses pieds, se libérer du fil et les pourchasser, mais celle-ci glissa le long des rails. Au contact de la ligne électrifiée, le katana, toujours logé dans sa cuisse, provoqua un flamboiement d'étincelles.

Alors, secoué de convulsions, le corps de Báthory se mit à briller d'une lueur bleue de plus en plus intense, avant de s'enflammer d'un seul coup. La comtesse au supplice laissa échapper un cri bestial.

Mina avait-elle accompli l'impossible ?

———

Il ne restait à Francis Aytown qu'une seule pellicule. Dans l'espoir qu'un nouvel événement à photographier se présenterait, il installa son appareil sur le trépied en bois. Il avait remarqué que le drap recouvrant le corps était taché de sang à hauteur de la tête, et il se demanda si la victime n'avait pas été décapitée. La chance lui souriait-elle enfin ?

Aytown se plaça le plus près possible de l'entrée de la station Strand. Nul doute qu'un cliché du cadavre sans tête se vendrait un bon prix. Malheureusement, la police allait devoir déplacer la victime... À en croire les agents dont il avait surpris la conversation, le médecin légiste demeurait cependant introuvable.

Un son rauque résonna depuis les profondeurs de la station. À mesure qu'il se rapprochait de la surface, le bruit s'intensifiait. Bientôt, toutes les personnes présentes dans la rue se virent contraintes de se boucher les oreilles.

Des flammes rouge orangé s'échappèrent de l'entrée du métro et, sous les yeux ébaubis d'Aytown, apparut la créature. Ignorant sa frayeur et les hurlements qui faillirent lui crever les tympans, le photographe déclencha l'obturateur. La photo vaudrait une fortune.

CHAPITRE LII

— Professeur, au nom du ciel, arrêtez, je vous en prie !

Van Helsing couva le jeune homme d'un regard empreint de tristesse.

— Je te le demande une dernière fois. Rejoins-nous.

— Je ne le peux pas, répondit Quincey d'une voix tremblante. Dracula est le monstre qui a souillé ma mère et massacré mon père.

Le professeur secoua la tête, l'air navré.

— Tu ne me laisses guère le choix...

Ce disant, il mordit profondément la gorge de Quincey.

Le jeune homme regarda ses mains. Il venait de pousser Van Helsing en travers de la chambre avec une force qui l'avait déjà surpris face à Hamilton Deane.

Je commence à comprendre pourquoi Dracula tient tant à se rallier ce garçon... songea le professeur en se redressant. *Il serait un atout précieux dans son combat contre Báthory...* Mais si Quincey Harker était à ce point incapable de discernement, sa présence pourrait devenir au contraire un handicap. Van Helsing se retrouvait face à un dilemme... qu'il eut néanmoins tôt fait de résoudre. Faisant fi de la promesse qu'il avait faite à Dracula de ne jamais s'en prendre à Quincey, il ramassa le couteau de chasse sur le plancher et fondit tel l'éclair sur le jeune homme, qu'il saisit à la gorge, souleva du sol et cloua contre le mur.

Van Helsing entendit alors une détonation sourde. Son couteau resta un instant en suspens, puis lui échappa des mains. Quincey lui paraissait si lourd, subitement ! Il reconnut l'emprise familière de la mort qui revenait le cueillir...

– Non ! *Nog niet !* s'étrangla-t-il. Pas maintenant !

Le professeur baissa les yeux et vit qu'une flèche de bois saillait de sa poitrine. Il se tourna et aperçut un Arthur Holmwood sanguinolent, adossé au mur d'en face, l'arbalète au poing.

Touché en plein cœur, le vieil homme adressa un regard de détresse à Holmwood.

– J'ai encore tant de choses à faire, à apprendre, à voir. Je ne puis mourir maintenant...

– Soyez maudit, professeur ! vociféra Arthur.

Puis il lâcha l'arbalète et se précipita sur Van Helsing.

– Arthur ! Attendez ! hurla Quincey.

Trop tard. Dans son élan, Holmwood entraîna le vieillard. Tous deux franchirent la barrière des rideaux et basculèrent par-delà la fenêtre ouverte.

CHAPITRE LIII

La rame entrait dans la station Finsbury Park. Mina se hâta de rejoindre Dracula, fragile et à demi conscient, appuyé au banc latéral du wagon. Même s'il avait perdu beaucoup de sang, elle le savait toujours en vie. Tout autre humain eût succombé à de telles plaies au ventre et au cou, mais ses blessures guérissaient déjà.

Dracula ouvrit les yeux. Son profond regard sombre véhiculait une telle passion qu'une âme devait nécessairement l'habiter, songea Mina. Elle s'agenouilla auprès de lui ; il lui tendit la main pour solliciter son aide. Elle crut alors être revenue dans le passé, aux portes du château en Transylvanie... Consumé par la lumière du soleil, le couteau kukri planté dans le cœur, Dracula s'était avancé vers elle, mais Mina s'était détournée des ténèbres pour choisir Jonathan. À présent son époux était mort, et cette pensée la fit tressaillir.

— Tu l'as tué...

Dracula la contempla d'un air attristé, comme si ces paroles le blessaient davantage que toutes les souffrances qu'il venait d'endurer.

— Si tu le penses vraiment, alors c'est que tu ne me connais pas.

Elle se rappela soudain avoir entendu sa voix en combattant la femme en blanc. Ne l'avait-il pas sauvée ? Elle s'en voulut aussitôt d'avoir douté de lui qui, quels qu'eussent été les actes effroyables qu'il avait commis autrefois, ne lui avait jamais menti.

Elle prit ses mains dans les siennes. Leur contact glacial provoqua des frissons dans tout son corps, et Mina eut la sensation de revivre ses premiers émois. Elle se souvint des caresses qu'il lui avait prodiguées cette nuit-là, voilà bien long-temps, et l'envie de retrouver cette fièvre dévorante la saisit. Jonathan avait été l'amour de sa vie mais, avec Dracula, elle avait connu la passion.

Un grincement sur la voie. Ce n'était que le train qui frei-nait... Elle leva la tête et découvrit les passagers du wagon voisin qui les observaient, bouche bée. Il était temps de fuir.

Avant que la rame ne s'arrêtât totalement, Mina en força les portes, son prince et elle les franchirent en sautant sur le quai. Dracula parvenait à se mouvoir, mais ses jambes flageo-laient encore. Aussi Mina décida-t-elle de le soutenir, en pas-sant son bras autour de ses épaules.

Après avoir gravi l'escalier non sans peine, tous deux sor-tirent de la station. Mina contempla le ciel nocturne et lut dans les pensées de son prince.

– Je sais où tu veux aller. Mais nous n'arriverons jamais à destination avant le lever du jour.

Dracula se contenta d'acquiescer. Elle repéra de l'autre côté de la rue un sulky attelé à un cheval. Aucun conducteur en vue... seule une épaisse couverture de laine, pliée à l'arrière. Mina traversa et s'empara du plaid. Elle s'apprêtait à aider son prince à monter quand une violente lumière les aveugla : une automobile approchait.

De nouveau, elle devina ses pensées. *Ce genre d'engin serait plus rapide.*

Elle laissa Dracula appuyé au sulky, lui tendit la couverture et se rua devant la voiture à moteur qui s'arrêta brutalement.

– Holà, madame ! hurla le chauffeur. Regardez donc où vous allez ! J'ai failli vous...

Il n'avait pas achevé sa phrase que Mina l'expulsait de son siège pour le jeter sur le pavé avec une puissance qui n'avait rien d'humain. Le chauffeur, éberlué, s'enfuit coudes au corps, criant au secours. Mina se tourna vers son compagnon. Il souriait. Un instant après, Dracula se laissait choir sur le siège du passager.

Mina s'installa au volant, desserra le frein à main, puis démarra en trombe dans Seven Sisters Road qui les conduirait au nord-ouest... et loin de la capitale.

Elle regarda son prince, certaine désormais d'avoir fait le bon choix en venant à son secours. Elle songea alors à Quincey. La destination décidée par Dracula relevait d'une brillante stratégie. Là-bas, ils auraient l'avantage de se retrouver en terre familière. Mina devait à tout prix y faire venir son fils, car c'était le seul endroit où tous pourraient se sentir en sécurité.

En sécurité... Pour l'heure, cette notion était encore bien illusoire.

CHAPITRE LIV

Quincey se pencha par la fenêtre du dernier étage du Midland Grand Hotel. C'en était fini : Arthur Holmwood et Van Helsing gisaient, l'un sur l'autre, sur le trottoir. Ironie ultime : la tête de Holmwood reposait sur la poitrine du vieillard comme si, dans la mort, les deux hommes avaient retrouvé leur complicité d'autrefois.

Les larmes de Quincey se teintaient d'amertume à mesure qu'il prenait conscience de la victoire de Dracula. Il demeurait persuadé que le vampire, grand stratège, était parvenu à diviser pour mieux régner. Le jeune homme avait sous-estimé son ennemi, commis une erreur de jugement qu'Arthur avait payée de sa vie. Candide et écervelé, il restait pour Dracula le dernier adversaire à vaincre.

Dans Euston Road, des badauds se rassemblaient déjà autour de la scène macabre. Quincey éprouva l'envie de décamper au plus vite. La police, qui le recherchait toujours, soumettait chaque immeuble, de chaque rue, à une fouille méthodique. L'attroupement attirerait à coup sûr les forces de l'ordre vers l'hôtel.

En descendant l'escalier, il sentit la douleur l'élancer à l'endroit où la balle avait éraflé son bras. Mais il n'était pas affaibli pour autant...

Dans la rue, il écarta les curieux, tomba à genoux et prit la tête de Holmwood dans ses mains. Le mot « meurtre » circulait parmi les gens, plusieurs badauds s'en allaient en courant, sans doute dans l'intention d'avertir la police... Quincey n'aurait guère de temps devant lui.

Le visage d'Arthur était pâle et tuméfié, mais il inspirait la sérénité et un léger sourire semblait s'y dessiner. Holmwood n'avait-il pas enfin atteint son but ?

Incapable de ravaler ses larmes, Quincey s'exprima comme si son ami pouvait encore l'entendre.

— Je ne maîtrise plus mon corps, Arthur. Vous avez vu ce dont je suis capable. Je suis maudit. Je suis damné. Si le sang de Dracula coule dans les veines de ma mère, il coule aussi dans les miennes ! Que puis-je faire ? Arthur, par pitié... ne m'abandonnez pas !

Mais le noble guerrier d'autrefois avait quitté la vie et ses tourments. La mort lui avait peut-être permis de réaliser son vœu le plus cher : rejoindre à tout jamais son grand amour.

— *Là où tout a commencé...*

Quincey tressaillit. Croyant entendre sa mère lui chuchoter à l'oreille, il regarda autour de lui. Uniquement des badauds...

— *Là où tout a commencé, mon fils.*

Aucun doute, cette fois. Il eût reconnu cette voix entre mille ! Quincey reposa avec soin la tête d'Arthur Holmwood... Mais où aller, à présent ?

— *Là où tout a commencé, mon fils, mon amour...*

Le roman de Stoker ne faisait-il pas allusion à un lien télépathique entre Dracula et Mina ? Celle-ci devait donc pouvoir également entrer ainsi en relation avec son fils.

Désormais, la voix de Mina ne déversait plus seulement des paroles, mais aussi des images dans l'esprit de Quincey... À proximité d'un cimetière et d'un banc en pierre, un monastère séculaire en ruine, niché au sommet d'une falaise battue par le ressac...

Tout avait commencé à Whitby, dans l'abbaye de Carfax. Mina s'y trouvait auprès de Dracula. Et tous deux l'attendaient.

Des cloches donnèrent l'alerte alentour, tandis qu'il percevait le vacarme des roues et des sabots martelant le pavé. Les curieux qui s'étaient éloignés revenaient en courant de part et d'autre d'un attelage de police qui s'arrêta devant l'hôtel. Quincey reconnut alors le grand policier qui descendait du fourgon. Celui-là même qui présentait tantôt leurs portraits aux agents en faction.

En tout état de cause, Quincey n'avait d'autre choix que la fuite. Il se rendrait donc à Whitby. Avec le Seigneur à ses côtés, il affronterait le démon. Et qui sait ? S'il parvenait à tuer Dracula, le jeune homme pourrait alors déjouer la malédiction et les sauver, sa mère et lui, de la damnation éternelle. S'il devait mourir en combattant les forces du mal, il caressait le secret espoir que Dieu lui pardonnerait.

Le grand policier fendait la foule dans sa direction. Alors Quincey prit ses jambes à son cou et, tandis que des cris de surprise fusaient dans son dos, que le sergent restait cloué sur place de stupéfaction, il fila comme le vent, infiniment plus vite que n'importe quel être humain.

Sa métamorphose maléfique s'opérait. Il était enfin libre.

CHAPITRE LV

Le soleil montait dans le ciel. Ils avaient passé la nuit à rouler. Tout au long du trajet silencieux, l'esprit tourmenté de Mina avait été la proie de mille et une pensées, encore qu'elle parvînt toujours à la même conclusion : le fanatisme et l'obsession ne pouvaient mener qu'à une issue fatale. Du reste, les nombreux événements ayant jalonné sa vie le lui avaient prouvé.

Les scènes de violence de la veille ne cessaient de la hanter. Au fil des siècles, Báthory n'avait fait que semer la mort et tout détruire dans son sillage. Écrasant la pédale de l'accélérateur, les mains serrées sur le volant, Mina écumait de colère. Cependant, pour la première fois, elle prenait conscience que son sang humain, mêlé à celui du vampire, pourrait faire merveille pour anéantir la comtesse. Certes, elle avait vu Báthory s'électrocuter sur les rails, mais elle savait également qu'elle pouvait se régénérer...

Elle songea qu'au XVe siècle, le moindre hobereau, s'il souhaitait être obéi de ses gens, devait prouver sa bravoure. Toutefois, ce n'était ni plus ni moins que la peur qui maintenait les paysans sous le joug seigneurial, dès lors que se profilait la saison des tailles, dîmes et autres gabelles. Le noble se devait de se montrer cruel pour inspirer la crainte à son peuple, et brutal pour décourager ses rivaux de l'attaquer.

À cette époque, on n'accordait guère de valeur à la vie humaine, et les meurtres se révélaient monnaie courante. Le recours à la violence était une façon communément admise d'exercer le pouvoir. Un souverain aimé se distinguait d'un tyran par une forme de cruauté qu'on jugeait, dans son cas, justifiée. Báthory et Dracula constituaient les derniers vestiges de cet âge des ténèbres et de l'obscurantisme.

Un attelage immobile surgit soudain au milieu de la route. Comme Mina pilait pour l'éviter, la voiture fit une embardée et quitta la chaussée en évitant un arbre de justesse.

Après avoir coupé le moteur et repris son souffle, la conductrice hasarda un regard sur sa gauche. Enveloppé dans le plaid et pelotonné sur le plancher à l'abri du soleil, Dracula n'avait pas sourcillé. Elle contempla cet homme capable de courage et d'amour, ce cœur loyal et généreux qui pouvait néanmoins se montrer d'une violence implacable, et elle trembla à la pensée de ce qui risquait de se produire si elle le laissait influencer son fils. Sans doute protégerait-il Quincey de Báthory. Mais ce serait alors au prix de l'âme de son enfant.

Mina fouilla son esprit en quête d'une image de la comtesse... mais seuls les nuages et le ciel lui apparurent, dont elle ignorait la signification. Báthory et elle avaient sans doute échangé trop peu de sang pour que Mina pût avoir une vision précise des faits et gestes de la vampire. L'inquiétude la taraudait...

Elle redémarra et passa la marche arrière pour regagner la route.

Mina avait appris la mort de Lucy en retrouvant l'Angleterre après son mariage. À l'issue de sa pénible épreuve en Transylvanie, Jonathan était trop souffrant, et elle trop accablée par la perte de sa meilleure amie pour que tous deux eussent le cœur de consommer leurs épousailles.

Jonathan trouva toutefois la force de se joindre au groupe d'intrépides qui réussit à détruire les cercueils de Dracula. Cette nuit-là, le prince des ténèbres apparut pour la première fois à Mina, laquelle découvrit, stupéfaite, qu'il pleurait autant qu'elle la disparition de Lucy. Il accusa Van Helsing d'être responsable de la mort de la jeune fille, et Mina ne sut que penser. Elle ne pouvait croire que ce séduisant prince des Carpates venu la consoler était en réalité le monstre décrit par le professeur. Aussi préféra-t-elle ne pas relater à Jonathan la visite du vampire, et lui dit seulement que Dracula lui était apparu en songe pour lui expliquer la cause véritable du décès de Lucy.

Craignant qu'elle ne subît l'influence de celui qu'il qualifiait de démon, Van Helsing avait insisté pour ne pas mettre Mina au courant de leurs desseins. À l'époque, elle écrivit dans son journal : *« C'est une impression assez étrange pour moi que d'être tenue dans l'ignorance de tout comme je le suis aujourd'hui. Pendant tant d'années, Jonathan m'a témoigné une telle confiance, et pourtant aujourd'hui il n'a de cesse d'éviter certains sujets de conversation... les plus importants de tous ! »*

Mina en voulut à son époux et une certaine tension s'insinua dans leurs rapports. Jonathan et elle étaient alors hébergés chez le Dr Seward, en sa demeure de Whitby.

Une autre nuit, Dracula vint la trouver pour lui déclarer sa flamme et lui offrir de combler tous ses rêves et tous ses désirs. Alors que Jonathan dormait auprès d'elle, Mina se laissa séduire par le prince qu'elle suivit à l'abbaye de Carfax...

Seule en compagnie de Dracula dans les ruines du monastère, elle s'était sentie, pour la première fois depuis des mois, sereine, en sécurité, et aimée d'un véritable amour.

———

— Je n'osais retourner à Whitby, dit-elle soudain à voix haute. Je ne suis pas revenue à l'abbaye depuis cette nuit où nous...

Mina ne pouvait se résoudre à prononcer les mots, submergée d'émotions contradictoires. Elle croyait Dracula endormi, aussi s'étonna-t-elle d'entendre la voix de son compagnon à travers l'épaisseur de la couverture.

— La boucle sera ainsi bouclée... Tout s'achèvera là où tout a commencé.

Des paroles dignes d'un guerrier farouche. Si Báthory avait survécu pendant des siècles grâce aux intrigues et aux dérobades, Dracula, lui, n'avait jamais reculé devant le combat. Toutefois, son courage avait un prix, et il incombait à ses proches de s'en acquitter. *Le sang appelle le sang...* Or, nul ne pouvait passer sa vie en d'incessants assauts, et Mina ne souhaitait pas une telle existence pour son fils.

Quincey représentait l'avenir. Il devait leur survivre à tous, et elle y veillerait. Le sang qui coulait dans les veines du jeune homme lui donnait certes la force de se défendre contre Báthory, mais Quincey, qui ignorait les réels pouvoirs d'un vampire, avait plus que jamais besoin d'être protégé.

Mina sentait qu'il avait reçu son message télépathique et s'était mis en route pour les rejoindre. Si Báthory n'avait pas encore recouvré ses forces, il avait une chance de lui échapper. S'il parvenait à Carfax avant que la comtesse ne le retrouvât, elle s'enfuirait avec lui et ils pourraient peut-être embarquer pour l'Amérique. Une fois Quincey sain et sauf, et surtout hors d'atteinte de Báthory, elle pourrait revenir en Angleterre et aiderait Dracula dans sa chasse acharnée. Mais il lui faudrait d'abord abandonner son prince au seuil d'un combat sans merci. Ce dilemme déchirait Mina...

***

Le sergent Lee ouvrit l'armoire et en scruta prudemment l'intérieur sombre. Rien que des vêtements suspendus à des cintres... En refermant la porte, il jeta un coup d'œil par la fenêtre, contempla le ciel nocturne balayé par la pluie et traversé d'éclairs. Puis il tira les rideaux en déclarant :

– Rien à signaler. Tu n'as rien à craindre.

Une voix chuchota dans son dos.

– Sous le lit...

Sous le lit, bien sûr ! Lee était si grand qu'il détestait s'accroupir, mais il obtempéra, ne fût-ce que pour avoir la paix. Toujours rien, pas même une chaussette orpheline.

– Aucun monstre dans les parages, annonça-t-il.

Il se releva sous le regard soulagé de son fils de cinq ans, puis se tourna en souriant vers sa fille de quatre. Les deux enfants étaient pelotonnés dans leurs lits respectifs. Lee n'aimait pas leur mentir. Oui, les monstres existaient bel et bien. Pas seulement ceux qui peuplent l'imagination enfantine, comme l'ogre et le croquemitaine, mais de vrais monstres, qui rôdaient dans les rues ténébreuses de Londres, et que Lee s'était juré de traduire en justice.

Il borda ses enfants et les embrassa chacun sur le front.

– Bonne nuit, faites de beaux rêves...

– N'oublie pas la porte, papa, murmura sa fille, inquiète.

– Je la laisserai entrouverte, comme d'habitude. Dormez bien, mes trésors...

Sa femme l'attendait en chemise de nuit dans le vestibule. Voyant son air préoccupé, il l'entraîna au salon afin de s'assurer que les petits n'entendissent pas.

– Que vas-tu leur dire ? s'enquit-elle sur un ton anxieux.

– Ne t'affole pas, ma chérie. Tout va finir par s'arranger...

Depuis qu'il avait reçu le télégramme de Scotland Yard un peu plus tôt dans la soirée, Lee était accablé et sa femme au bord de la panique. Le message confirmait officiellement la nouvelle tragique dont il avait eu vent par l'inspecteur Huntley, lequel s'était rendu à l'entrée de la station Strand dans la matinée. L'inspecteur Cotford, le médecin légiste, l'agent Price et les policiers qui les accompagnaient étaient tous décédés, dans d'abominables conditions. Les grosses légumes du Yard se retrouvaient désormais face à de nombreuses questions sans réponses, et Lee allait devoir entamer son service de nuit par un rapport au commissaire adjoint, afin d'éclaircir son rôle dans les actions entreprises en solitaire par son mentor.

En apprenant que le vieux limier avait péri pour avoir défendu ses convictions, Lee voulut, d'instinct, reprendre le flambeau laissé par Cotford. Toutefois, après mûre réflexion, il se ravisa : même s'il peinait à l'admettre, Van Helsing et l'inspecteur représentaient les deux faces d'une même médaille, tous deux ayant été dévorés par une sombre quête qui les avait conduits à la mort. Huntley lui avait appris le décès de Cotford, et d'après ce que lui-même avait pu observer sur le lieu du crime, devant le Midland Grand Hotel, Van Helsing avait été transpercé par une flèche avant d'être défenestré. Si Cotford ne s'était pas trompé et si le professeur était bien Jack l'Éventreur, alors l'affaire était close !

Le sergent ne compromettrait pas non plus sa carrière en divulguant à ses supérieurs des faits que ceux-ci n'avaient pas envie d'entendre. S'il perdait son emploi, comment nourrirait-il sa famille ? Un homme digne de ce nom devait subvenir aux besoins des siens, et son courage ne se mesurait pas au nombre de criminels qu'il prenait au collet.

Lee se tourna vers la chambre des enfants, sise au bout du couloir, et les imagina sombrant doucement dans un sommeil paisible. Il n'éprouva aucun sentiment de culpabilité en décidant de la marche à suivre : il trahirait Cotford, tromperait ses supérieurs et consignerait dans son rapport que l'inspecteur, fou à lier, avait perdu tout sens des réalités. Après tout, il ne mentirait qu'à demi.

Fort de cette résolution, il rentra sa chemise blanche empesée dans son pantalon, qu'il épousseta d'un geste vif. Puis il enfila sa veste, vissa son casque sur la tête et, après avoir embrassé sa femme, lui conseilla d'aller se coucher sans plus tarder.

La porte de la chambre conjugale refermée, il se rendit à la hâte dans son bureau, déverrouilla le tiroir du bas de son secrétaire. Il en sortit l'ancien dossier que Cotford avait soustrait à Scotland Yard. La seule lecture du titre lui fit froid dans le dos : *Pr Abraham Van Helsing*.

Alors Lee retourna au salon, tisonna le feu dans la cheminée et jeta le dossier dans les flammes. Il en avait fini avec Jack l'Éventreur. *Pardon inspecteur*, songea-t-il en regardant le classeur se consumer. À tort ou à raison, le sergent abandonnait la partie.

Les nuages qui roulaient en volutes masquèrent le clair de lune, plongeant la lande dans l'obscurité. Le cheval de Quincey galopait ventre à terre le long de la côte. Le mors écumant et la robe luisante de sueur, il tressaillait à chaque grondement de tonnerre dans le lointain.

Un éclair zébra le ciel. La monture s'arrêta net dans son élan et se cabra en hennissant d'effroi. Quincey plaqua ses talons aux flancs de la bête et serra fort les rênes afin de ne pas tomber. Une fois le cheval de nouveau en main, il lui flatta l'encolure d'un geste rassurant.

À croire que les éléments prennent un malin plaisir à dresser des obstacles sur mon chemin ! Il se souvint que Stoker, quelque part dans son roman, indiquait que Dracula maîtrisait les intempéries. Mais à qui pouvait-il bien s'adresser désormais pour vérifier la véracité de ces propos ? Il repartit au grand galop.

Dracula sait que je me rapproche de lui.

Grâce au sang transmis par Mina, tout ce que Quincey savait, Dracula le savait aussi. Prendre le vampire par surprise n'était pas même envisageable, mais rien ne saurait arrêter le jeune homme à présent. Dracula devait mourir.

Pour la première fois, il se sentait libéré de toute mauvaise conscience, de tout remords, de tout scrupule... Quincey était résolu. Ne disait-on pas que ceux qui se détournaient de leur destin couraient droit à l'échec ? Lui avait voulu embrasser une carrière d'acteur... et les conséquences de son choix se révélaient dramatiques.

Absorbé par ses pensées, il manqua heurter de plein fouet une branche d'arbre mais, averti par ses sens surdéveloppés, il baissa la tête juste à temps. L'orage menaçant attisait sa soif de sang. Il se remémora la fin de *Macbeth*, un rôle dont il savait désormais qu'il n'aurait jamais l'occasion de l'incarner sur scène : *« ... je tenterai un dernier effort. Je couvre mon corps de mon bouclier de guerre. Attaque-moi, Macduff, damné soit celui de nous deux qui criera le premier : Arrête, c'est assez*[1] *! »*

---

1. William Shakespeare (1564-1616), acte V, scène VIII, traduction de M. Guizot. *(N.d.T.)*

De l'autre côté de la Manche...

Báthory descendit d'un mouvement fluide les marches de la basilique Saint-Denis alors que le ciel nocturne commençait à se fondre dans la transparence bleue de l'aube. Un étranger aurait pu croire qu'une gargouille avait pris forme humaine, tant la pèlerine que Báthory arborait pour dissimuler sa peau carbonisée se confondait avec la pierre.

La comtesse se dirigea vers l'entrée de l'église, rongée par la douleur de ses profondes brûlures, ses muscles tendus jusqu'à la contracture. Chaque geste lui donnait l'impression que sa chair se déchirait et ne se régénérait que trop lentement. Elle aspirait par-dessus tout au repos, et à l'étreinte amoureuse de ses femmes en blanc, lesquelles eussent pansé ses plaies avec une dévotion sans pareille. Or, toutes deux étaient mortes désormais. Deux raisons supplémentaires de faire souffrir Dracula et sa traînée.

Son unique œil valide scrutait le bas-relief de la Trinité au-dessus du portail. Báthory eût facilement pu franchir le seuil comme n'importe quel visiteur, mais s'agissant de la maison du Seigneur, elle souhaitait y faire une entrée fracassante, qui ne manquerait pas de Lui rappeler combien elle était puissante. De sa main brûlée, elle défonça la lourde porte en bois, puis abaissa sa capuche et traversa d'un pas provocant l'immense nef de la nécropole royale. Son regard s'arrêta sur la statue du Christ agonisant sur la croix. Même lui était plus faible qu'elle !

De vives couleurs scintillèrent sur les vitraux que le soleil venait caresser de ses premiers rayons. Oubliant la souffrance qui lui vrillait le corps, elle chemina devant les monuments des derniers Bourbons pour gagner les dalles funéraires en marbre qui ornaient le sol. Sur l'une d'elles, en lettres d'or sur onyx noir, était inscrit : *Marie-Antoinette d'Autriche 1755-1793.* La comtesse se tourna vers la dalle suivante et y enfonça son poing noirci, créant une brèche assez grande pour qu'elle pût y passer son bras. De sa main griffue, elle saisit un coffret en ivoire surmonté d'une croix.

Báthory sentit des larmes de sang baigner son œil unique, et sa peau encore embrasée se mit à fumer. Cette cassette lui avait été autrefois offerte par un être cher. Dracula l'avait traitée de monstre incapable d'amour. *S'il savait...* En vérité, une passion si intense avait animé la comtesse qu'elle était prête à mettre le monde à feu et à sang aux seules fins de venger sa perte. Le coffret contenait ce que Báthory tenait jadis pour son bien le plus précieux. La dernière fois qu'elle avait pénétré dans cette basilique, elle avait soulevé cette même dalle d'onyx pour déposer délicatement son trésor au-dessous. C'était son cadeau à sa bien-aimée, Ilka, la preuve que sa mort avait été vengée. La servante que sa tante Karla avait fait pendre n'avait jamais quitté son cœur. C'était aussi la promesse que le monde entier, et Dieu lui-même, paieraient pour ce crime.

Báthory ouvrit la cassette en ivoire. Son contenu miroita sous la lumière vacillante des cierges de la crypte. Elle caressa délicatement l'objet à l'intérieur : un couteau kukri maculé de sang séché. Celui-là même qu'elle avait enfoncé jusqu'à la garde dans la poitrine de Dracula vingt-cinq ans plus tôt. Afin de sceller la promesse qu'elle s'était faite à elle-même, elle lécha le sang sur la lame au fil encore tranchant. *Le sang de Dracula...* Et s'en délecta.

La comtesse replaça le coffret, tout en songeant à l'erreur qu'elle avait commise lors du dernier combat qui l'avait opposée à son cousin. Elle avait sous-estimé la force du prince, et celle de Mina. Mais on ne l'y reprendrait plus. À l'évidence, le sang de Dracula coulait dans les veines de Mina Harker. Báthory esquissa un sourire, désormais indifférente aux élancements violents qui lui déformaient le visage. Elle aussi avait bu le sang du prince. Bientôt, elle embrocherait celui-ci sur son couteau kukri, puis l'obligerait à la regarder décapiter Mina. Oui, avant de mourir, Dracula verrait Báthory se baigner dans le sang de sa traînée !

Néanmoins, elle devait agir vite. Son cousin était encore affaibli, mais elle devinait qu'il tenterait, sitôt rétabli, de persuader Mina de le rejoindre dans l'immortalité. La comtesse devait donc coûte que coûte les rattraper avant que cela ne se produisît. Il lui fallait frapper fort, et sans tarder.

Elle pivota sur ses talons et se dirigea vers la sortie, songeant qu'il existait un autre mortel dans les veines duquel coulait le sang de Dracula : Quincey Harker. Il devait mourir, lui aussi.

– *Que faites-vous ?*

Une voix masculine. Elle se retourna vivement. Un jeune sacristain tenait une lanterne à la main. L'épouvante traversa son regard quand il vit Báthory. À l'autre bout de la nef, la comtesse sentit l'odeur de la peur sourdre par tous ses pores tandis qu'il clamait :

– *C'est le diable !*

Pas tout à fait, corrigea-t-elle en son for intérieur. Même si elle admirait Lucifer qui avait eu le courage de rompre avec le Ciel, elle, en revanche, n'échouerait pas.

Tandis que la comtesse se rapprochait de lui, le sacristain brandit la croix à son cou en s'écriant :

– *Sacrilège !*

Elle se jeta sur lui telle une bête fauve.

– *Antéchrist !*

Báthory étouffa le cri en enfonçant ses crocs dans la gorge du jeune homme. Après le divin nectar de Dracula, celui-ci lui parut aussi insipide que du vin de messe.

Ayant vidé le malheureux de tout son sang, elle jeta son cadavre de l'autre côté de la nef. Le corps alla s'écraser au milieu des cierges votifs. Elle rabattit ensuite la capuche de sa pèlerine sur son crâne calciné, puis sortit de la basilique.

Les passants étaient peu nombreux en cette heure matinale, et les rares personnes à l'apercevoir ne virent qu'une ombre furtive. Avant que l'astre diurne ne brillât au zénith, Báthory aurait rejoint la Perfide Albion. Ses pieds décollaient déjà du sol et, tandis qu'elle s'élevait sous la couche de nuages, la comtesse vit la terre ferme disparaître pour laisser place aux flots de la Manche.

Encore quelques secondes, et elle serait à l'abri dans sa berline noire. Le sommeil achèverait ensuite de la guérir, pendant que son attelage de juments sans cocher traverserait la campagne jusqu'à Whitby. Là-bas, dans l'abbaye en ruine, elle pourrait enfin assouvir une obsession qui atteignait son paroxysme.

Le guerrier divin serait condamné à mourir dans les vestiges d'un monastère. Puis elle s'approprierait l'étincelle avec laquelle Lucifer avait jadis tenté d'enflammer le ciel, pour la transformer cette fois en un immense brasier qui anéantirait le monde.

CHAPITRE LVI

❧

En passant devant l'ancienne résidence secondaire des Westenra, Mina ralentit...

❧

Lucy et elles s'étaient rencontrées très jeunes. Les parents de Mina possédaient l'une des deux boutiques de Whitby, et la petite fille fut contrainte d'y travailler après l'école et pendant les vacances d'été, pour aider sa famille à joindre les deux bouts... si bien qu'elle ne goûta jamais véritablement aux joies insouciantes de l'enfance.

Lucy, en revanche, appartenait à la classe aisée et vivait dans la belle demeure qui se dressait sur la colline. Solitaire, elle aussi, quoique non dépourvue d'amies, Lucy était animée d'une curiosité insatiable. Par une chaude matinée d'été où elle avait réussi à échapper à la vigilance des domestiques, elle se mit à explorer le bourg afin de voir de ses propres yeux comment vivaient ceux que sa mère qualifiait de *gens du commun*. Au fil des rues, ses pas la conduisirent, la main remplie de menue monnaie, à la boutique des parents de Mina, où elle avait l'intention de se gaver de friandises.

Au début, Mina avait cru que seule la pitié avait poussé Lucy à lui offrir son affection, mais celle-ci avait un cœur bien plus noble, et amitié rima avec sincérité tout au long de sa courte vie.

Tandis que l'automobile reprenait de la vitesse, Mina porta son regard vers la falaise qui surplombait la ville. Au sommet de ces rochers déchiquetés se nichait l'abbaye de Carfax. Elle reconnut le promontoire rocheux où elle avait trouvé Lucy marchant telle une somnambule avec ce que Mina avait pris alors pour deux trous d'épingle dans la chair de son cou. C'était la nuit effroyable où le *Demeter* avait échoué sur la côte... et où Dracula était entré dans leurs vies.

Un roulement sourd l'arracha à ses pensées. Des nuages noirs s'amoncelaient au sud. La mer s'agitait. L'orage grondait. Mina devait atteindre le sommet de la falaise avant que la pluie ne vînt grossir les eaux de la rivière et n'inondât la route. L'automobile passa devant les cent quatre-vingt-dix-neuf marches qui menaient au sommet de la falaise. Lorsqu'elles étaient jeunes, Mina et Lucy s'amusaient à se poursuivre jusqu'en haut. Bien qu'elle se prît souvent les pieds dans ses jupons, Lucy gagnait toujours. Plus tard, alors qu'elles étaient assises sur leur banc de pierre, celle-ci lui avait parlé de ses trois prétendants. Aussitôt Mina songea à Quincey Morris et au Dr Seward. *Puissent-ils désormais reposer en paix.*

Elle passa ensuite devant l'hôtel qui abritait autrefois la maison de vacances des Holmwood. Tandis que les premières gouttes tombaient, Mina engagea son véhicule sur le pont de bois qui franchissait l'Esk River dont les eaux commençaient à tourbillonner. Elle se rappela l'arrivée nocturne de Dracula à Whitby, et des images éparses lui revinrent brusquement en mémoire...

Avant de rencontrer Lucy par hasard, Dracula était resté enfermé à bord du *Demeter*, sans se nourrir : les marins avaient le sang empoisonné par la peste, tout comme les rats, porteurs de la maladie. Après un tel jeûne, un homme affamé, un vampire qui plus est, était enclin à la voracité, et Dracula aurait pu saigner Lucy à mort. Mais il n'avait consommé que le strict nécessaire à sa survie et laissé Lucy sur le banc où Mina l'avait ensuite trouvée. À sa manière, Dracula avait fait preuve de mansuétude, songea-t-elle.

Un sinistre craquement l'avertit que le vieux pont moisi construit pour le passage des chevaux supportait mal le poids d'une voiture à moteur. Mina envisagea de rebrousser chemin au moment où le pont redoubla de protestations et se mit à tanguer... Il ne résisterait guère plus longtemps. Elle était sur le point d'enclencher la marche arrière quand Dracula sortit la main de dessous la couverture et appuya à fond sur l'accélérateur. L'automobile partit comme une flèche. Les roues arrière touchaient à peine le sol tandis que le viaduc cédait.

Le véhicule gravit poussivement la pente escarpée de Greene Lane. Quand ils atteignirent enfin l'embranchement, Mina ralentit et tourna dans Abbey Lane. *Pauvre Jack*, songea-t-elle en longeant la bâtisse qui avait été autrefois l'asile du Dr Seward. *Il était le meilleur d'entre nous...*

À l'approche de l'abbaye, Mina fut frappée par la disparition des arbres, comme si ce domaine, maudit de longue date, était condamné à rester infertile.

Ils arrivaient enfin à destination. Les ruines de l'abbaye de Carfax frangeaient le haut de la falaise en surplomb de la ville de Whitby encore assoupie. Ses tours gothiques s'élançaient vers le ciel et, telles des sentinelles silencieuses, ses longues fenêtres à meneaux contemplaient le cimetière dans la brume. La dernière fois que Mina avait pénétré dans le monastère, elle venait dire adieu à son prince des ténèbres.

Elle avait longuement hésité, mais son choix était fait. Elle laisserait Dracula affronter la colère de Báthory, ce qui lui permettrait de gagner du temps pour embarquer avec Quincey vers le Nouveau Monde, où son fils serait enfin en lieu sûr. Elle savait que Dracula ne s'opposerait pas à cette décision, mais elle avait aussi conscience qu'en combattant seul il courait à sa perte. *Suis-je devenue à ce point froide et calcu-latrice ?* Pour l'amour de son fils, elle s'en savait capable.

Elle arrêta l'automobile devant le portail ouest.

– Nous y sommes, annonça-t-elle tandis que le moteur s'éteignait en toussotant. Le soleil s'est couché.

Dracula se hissa sur le siège, ouvrit la portière et, lentement, déplia son grand corps. La couverture glissa de ses larges épaules. Renversant la tête en arrière, les paupières closes, il laissa la pluie ruisseler sur son visage, et prit une profonde inspiration, comme pour s'imprégner de la nuit. Un éclair stria le ciel et illumina un bref instant ses traits puissants, les-quels ne semblaient porter aucune trace de blessure malgré les quantités de sang qu'il avait perdues. Il redevenait lui-même : majestueux et menaçant.

Un hibou solitaire hulula dans le lointain. Dracula se tourna dans la direction du cri... Était-ce pour le prince un signe de bienvenue ou, au contraire, de mise en garde ? Son regard de marbre ne laissa rien paraître.

La pluie tomba soudain à verse. L'heure de la décision que Mina redoutait avait sonné. Elle prit la main de Dracula et ils coururent se réfugier dans l'abbaye.

———◦———

L'attelage noir cheminait à vive allure. Báthory se pencha par la fenêtre pour scruter les ténèbres qui drapaient le pay-sage. Le martèlement de la pluie s'harmonisait avec le rythme des sabots de ses juments. La comtesse avait dormi des heures durant... Elle contempla son reflet dans son miroir : le sang du sacristain lui avait certes redonné de l'énergie, mais n'avait pas encore guéri ses plaies. *Tant mieux !* se dit-elle. À la vue de ses horribles blessures, Dracula aurait l'impression trompeuse de pouvoir la dominer. Dans la bataille qui s'annonçait, ce leurre jouerait à son avantage... et elle se délectait déjà à la perspective de mystifier son adversaire. De toute façon, la veille au soir, elle avait eu la confirmation de ce dont elle s'était toujours doutée : Dracula était plus faible qu'elle.

Vingt-cinq ans plus tôt, en ne buvant qu'en partie le sang de Lucy Westenra, celui-ci avait livré un témoin encore vivant à ce groupe de prétendus intrépides. La leçon avait failli lui être fatale. Désormais, il ne s'accordait que rarement ce nectar fortifiant. C'était là son principal défaut : Dracula vivait dans le déni de sa condition, un vampire qui s'imaginait encore simple mortel. Après cinq siècles d'existence, il n'avait toujours pas appris à user sans remords des pouvoirs que lui conférait l'immortalité.

Tandis que l'attelage longeait le littoral à un train d'enfer, Báthory rêvait déjà de son règne sans partage. Cette époque approchait... Elle le sentait de toutes les fibres de son être.

CHAPITRE LVII

———◦◦◦———

Devant l'abbaye de Carfax, Mina Harker eut la sensation que le lieu était à l'image de sa vie. Il avait connu son époque de gloire, parée de toutes les vertus, chargée d'espoirs et de promesses. À présent, l'usure du temps l'avait transformé en une sorte de vieux vaisseau à l'abandon, où même les araignées avaient délaissé leurs toiles. Un vent de tempête s'engouffrait dans les couloirs en gémissant, à croire que les esprits du passé suppliaient qu'on les libérât. Ces murs n'avaient-ils pas été le théâtre de nombreuses effusions de sang : le combat des Celtes contre les Romains, les invasions vikings, les guerres entre Normands et Saxons ?

Mina se tenait à présent dans l'immense salle en pierre qui abritait jadis la bibliothèque où les moines étudiaient en silence. C'était la première pièce que le prince Dracula avait tenté de s'approprier en débarquant à Whitby. Sous leurs draps de protection, les meubles abandonnés prenaient des allures spectrales. Des ouvrages écrits dans toutes les langues s'entassaient sur les rayonnages en bois vermoulu. La poussière qui les tapissait était si épaisse que Mina distinguait à peine la couleur de leurs couvertures, et encore moins leurs titres. Elle leva les yeux vers le miroir craquelé au-dessus du manteau de la cheminée. Une jeune femme lui rendit son regard. Pourtant, au fond d'elle-même, Mina se sentait aussi vieille et dévastée que les ruines de l'abbaye.

Elle reconnut son coffre de mariage, celui-là même qu'elle avait fait transporter à Whitby depuis son appartement londonien en 1888. Cette année-là, elle avait passé l'été en compagnie de Lucy, pendant que Jonathan séjournait en Transylvanie. À l'issue de sa liaison adultère avec Dracula, elle avait secrètement fait livrer la malle à l'abbaye de Carfax, dans l'intention de fuir l'Angleterre avec son amant. Ce meuble, Mina l'avait oublié, comme elle s'était efforcée d'oublier sa trahison conjugale. Il y avait de la tristesse et de l'ironie à songer qu'elle retrouvait aujourd'hui Dracula et cette fameuse malle. Comme si la fatalité l'avait devancée d'une étape.

Elle sortit du coffre une robe que Lucy lui avait offerte, mais qu'elle n'avait jamais portée, jugeant le style trop provocant. Puis elle considéra sa sombre toilette de veuve, la déboutonna et la laissa choir à ses pieds, sur le sol jonché de gravats. Alors elle s'empara de la robe d'adolescente, l'enfila. L'étoffe douce et fluide qui glissait sur elle la rendait plus belle que jamais. Mina eut un pincement au cœur. *Si seulement j'avais pu me vêtir ainsi pour Jonathan...*

Elle observa son reflet dans le miroir. La petite croix en or posée sur sa pâle poitrine scintilla dans les lueurs du feu qu'elle avait allumé plus tôt.

Supportant difficilement sa propre image, Mina se dirigea vers la fenêtre en ogive voisine. Ses pas martelaient le sol avec lenteur comme si quelque cloche invisible avait sonné le glas. Elle scruta la nuit orageuse. Des éclairs illuminaient de temps à autre le cimetière en contrebas et projetaient des ombres gigantesques parmi les pierres tombales. Elle sentait Quincey se rapprocher et espérait qu'il atteindrait l'abbaye avant que la tempête ne se déchaînât. Sitôt qu'il serait là, Mina mettrait en œuvre le plan qu'elle avait préparé.

— Cette robe te va à ravir, déclara une voix dans son dos.

Elle ne l'avait pas entendu entrer et hésitait à se tourner vers lui, par crainte de flancher. Elle percevait le désir dans son intonation alors qu'il ajoutait :

— Tu es un vrai régal... pour les yeux.

— J'ai retrouvé mon vieux coffre, balbutia Mina, qui baissa son regard sur ses courbes voluptueuses et constata que la toilette en dévoilait bien plus qu'elle n'en dissimulait. J'ai laissé tant de souvenirs ici...

À en croire le silence qui suivit, l'allusion à leur intimité d'autrefois n'avait pas échappé à Dracula.

— Ce lieu et moi-même... nous t'appartenons, reprit-il.

Cette voix, Mina en savourait le pouvoir lénifiant. Elle était aussi mélodieuse et envoûtante que par le passé.

Mais elle eut tôt fait de se ressaisir. À présent, seul Quincey comptait ! Il devait à tout prix pouvoir s'enfuir, loin.

Mina eut soudain une vision de son fils à cheval, les vêtements recouverts de sang... *Est-il blessé ?* Une rage subite s'empara d'elle, tandis qu'elle virevoltait vers son prince avec la célérité d'une lionne qui défendrait farouchement sa progéniture.

— Comment as-tu pu laisser Quincey courir un tel danger ?

— La confrontation avec Van Helsing était inévitable.

— Que dis-tu ? réagit-elle, incrédule.

— Van Helsing a tenté de passer à la postérité en faisant de moi un être maléfique sous la plume de Stoker, expliqua-t-il. Et surtout, c'est lui qui a causé la mort de Lucy, ton amie, en se trompant dans les transfusions. Je n'ai pu, en dernier recours, que lui offrir l'immortalité. C'est ce que j'ai tenté de te faire comprendre, cette fameuse nuit, quand je te suis apparu...

Il avança d'un pas. Mina se détourna. *Comment le professeur a-t-il pu faire preuve d'autant de duplicité ? Et nous, être aussi aveugles ? Lucy...*

— Je n'ai jamais souhaité me venger de ton mari ni de ceux qui voulaient me tuer, poursuivit Dracula. Même s'ils ne luttaient pas pour la bonne cause, celle-ci n'en demeurait pas moins chevaleresque, puisqu'ils tentaient de te protéger. Je suis même intervenu pour essayer de sauver ton mari, lorsqu'il a été attaqué dans une ruelle... Mais Van Helsing, lui, est allé trop loin. L'immortalité que je lui ai conférée lui aura donné un sursis pour réfléchir. Car il a compris, maintenant.

Sa voix s'adoucit tandis qu'il s'arrêtait derrière elle. Mina le regarda par-dessus son épaule. Puis ses yeux se fixèrent sur l'horizon sombre et opaque à l'instant où le faisceau lumineux du phare passait sur la fenêtre.

– Par ailleurs, reprit Dracula, je ne pouvais admettre que le professeur disparaisse sans avoir assumé sa terrible responsabilité. Devant Arthur Holmwood, qu'il a privé de sa bien-aimée. Et devant Quincey. Ton fils aura contribué à châtier Van Helsing pour les transgressions qu'il a commises.

Le sang de Mina se glaça dans ses veines. À la manière dont il avait prononcé le nom de son fils, elle devina que le prince vampire envisageait pour Quincey un dessein bien précis.

– Tu me prendrais mon fils unique ?

– S'il tient à la vie, Quincey doit assumer la vérité. Il doit faire face à ce qu'il est.

Mina sentit son cœur bondir dans sa poitrine.

Quincey galopait le long de Robin Hood's Bay. De grosses vagues se brisaient sur les rochers. Le vent avait redoublé d'intensité. Le tonnerre grondait et les éclairs déchiraient toujours la nuit. Les cieux avaient lancé leur signal... L'heure de la bataille avait sonné.

Soudain son cheval se cabra, rua puis s'effondra sur la grève boueuse en le projetant à terre. Le jeune homme réussit à se relever, tituba vers l'animal épuisé et s'agenouilla auprès de lui.

Un nouvel éclair illumina les ruines de l'abbaye, au sommet de la falaise. Quincey était tout proche de son but.

Le cheval tenta de se redresser, en vain. Ne pouvant attendre que sa monture recouvrât ses forces, et n'ayant pas le cœur d'exiger de son destrier le sacrifice de sa vie, le jeune homme lui caressa l'échine dans un dernier geste d'affection. Puis, sans perdre un instant, il poursuivit à pied le chemin glissant et rocailleux qui le menait à son destin.

CHAPITRE LVIII

— Le temps est révolu où les enfants servaient d'otages entre belligérants. Laisse mon fils en paix.

En ravivant chez le prince le souvenir de son enfance malheureuse, Mina avançait en terrain mouvant. Voilà plusieurs siècles, Vlad Dracula et son frère cadet, Radu, avaient été les prisonniers du sultan turc jusqu'à ce que leur père mourût au champ d'honneur. Toutes ses années de jeunesse passées loin de sa famille avaient laissé à Dracula de profondes cicatrices. Dès lors qu'il avait hérité du trône de Valachie, il était devenu un soldat de Dieu et avait passé le reste de son vivant à vouloir étancher sa soif insatiable de vengeance. Dans son existence d'immortel, Dracula, persuadé d'être un guerrier divin, avait continué à se battre contre les êtres semblables à Báthory, ses ennemis déclarés.

— Quincey mérite de vivre une existence normale, reprit Mina. Je vais l'emmener loin d'ici, loin de l'Angleterre et de cette maudite comtesse.

Dracula demeura imperturbable. Bien entendu, il connaissait ses plus secrètes pensées et avait senti venir cet instant. Tout en la regardant droit dans les yeux, il effleura la cicatrice à son cou. Il ne restait plus rien de la plaie béante laissée par les crocs de sa cousine.

— Elizabeth a bu mon sang... à moi aussi, reprit-il. Nous sommes tous liés les uns aux autres. Où que nous allions, elle nous retrouvera, et Quincey ne peut lui échapper. L'heure de l'ultime combat est venue.

– Tu n'es pas assez puissant pour vaincre Báthory. Elle a déjà failli te tuer.

Le prince, jusque-là de marbre, fronça les sourcils. Puis il se détourna, inspira profondément, parut vouloir dire quelque chose... mais se ravisa. Il ferma les paupières et, comme s'il rassemblait ses forces, parvint enfin à murmurer :

– Il y a vingt-cinq ans, j'ai presque été anéanti. D'abord par Morris et Harker, puis par Elizabeth. Mes blessures sont encore vives...

À ces mots, il fit volte-face et déchira sa chemise.

– Oh, mon Dieu !

Mina manqua s'étrangler d'horreur : Dracula était d'une maigreur squelettique, sa chair scarifiée tendue sur ses os. Elle distinguait parfaitement les endroits où Morris et Jonathan l'avaient poignardé. Ainsi que les traces de l'attaque à laquelle elle avait assisté à travers les yeux de Báthory. Elle se rappela la scène où la comtesse avait enfoncé d'un coup de botte le couteau kukri dans sa poitrine. Incapable de s'arracher à la contemplation de ce spectacle morbide, elle sentit ses larmes couler.

Pour la première fois, Dracula lui dévoilait ses faiblesses. Elle devinait combien il lui était pénible de confesser pareille vulnérabilité. N'était-ce pas une véritable preuve de confiance, et d'amour ? Désormais, il n'y aurait plus de secrets entre eux, se dit Mina. La passion qui les unissait n'avait certes jamais cessé, mais cette révélation rendait Dracula d'autant plus cher à son cœur.

D'une main tremblante, elle caressa le buste meurtri de son prince des ténèbres.

– Je comprends maintenant pourquoi l'aide du Dr Seward t'était si précieuse...

Tout se faisait jour en elle, désormais. Elle sentit la main glacée de Dracula se poser sur la sienne et leurs doigts s'entre-mêlèrent.

– J'ai fait tout ce qui était en mon pouvoir afin de vous protéger d'Elizabeth, toi et Quincey, dit-il. Mais il n'est plus de dérobade possible, à présent. Elle nous tuera tous les trois. À moins que tu ne reviennes à moi, Mina...

La voilà qui était mise face à un choix cornélien... mais elle ne saurait renier sa foi. C'était tout ce qui lui restait. Encore lui fallait-il lutter contre ses propres pulsions.

– Je ressemble peut-être à la jeune fille dont tu gardes le souvenir, répliqua-t-elle sans esquiver son regard, mais je me suis assagie au fil des ans. Si douces soient tes paroles, si tendres tes caresses, tu n'en demeures pas moins un monstre. Un assassin.

Alors Dracula se redressa et, sur un ton pétri d'orgueil, rétorqua :

– Je suis chevalier du Saint Ordre du Dragon. Stoker et Van Helsing ne m'ont guère laissé d'autre possibilité que de...

– Nous ne sommes plus au Moyen Âge, l'interrompit-elle. Nous ne tuons plus notre semblable sous prétexte qu'il nous a diffamés.

– De mon vivant, j'étais la main de Dieu, se défendit Dracula. Je me suis battu pour protéger la chrétienté. La barbarie et la mort constituaient mon univers. J'aspirais à une seconde vie, à une seconde chance. Quand l'occasion s'est présentée, je l'ai saisie, sans songer aux conséquences. Certes, je suis revenu d'outre-tombe, mais je n'ai jamais tué par plaisir. Le sang nécessaire à ma survie, je le prends aux animaux, aux assassins, aux violeurs et aux bandits. Je tiens encore le glaive de la justice au nom de notre Seigneur.

Il écarquilla les yeux. Mina reconnut ce regard hypnotique et sentit son propre sang affluer à son cerveau, y charriant un océan d'images. Dracula lui permettait de voir à travers lui tous les actes qu'il avait commis au nom du Créateur : les monstres mis hors d'état de nuire, les innocents sauvés...

– Dieu m'a façonné à son image, mais je suis pourtant d'un ordre supérieur, continua-t-il. Le loup ne se nourrit-il pas du mouton ? Et comme tous les grands chasseurs, je demeure livré à moi-même. Il n'existe pas de hurlement plus triste que celui du loup solitaire, honni par les hommes, traqué sans relâche... jusqu'à ce que son espèce finisse un jour par disparaître.

Les lèvres de Dracula étaient si proches de son oreille que Mina sentait son souffle froid. Elle était partagée entre le désir qu'il les scellât aux siennes, et celui de s'extraire de son emprise, et de s'enfuir.

— Comprends-moi, je t'en supplie, Mina... Sans toi, je suis perdu. Mon seul crime serait donc de n'avoir jamais su m'adapter aux mœurs des temps modernes ? Comment un homme qui t'aime autant que je puis t'aimer pourrait-il être le mal incarné ?

Mina se détourna, incapable de soutenir plus longtemps son regard noir.

— Il fut un temps, autrefois, où j'aurais volontiers quitté Jonathan pour te suivre. Aujourd'hui, ce temps est révolu... et seul m'importe le salut de mon fils.

Tout en prononçant ces paroles, elle avait conscience de manquer de conviction. *Il le sait ! À quoi bon mentir et se voiler la face ?*

Alors il la prit par les épaules et la força à l'affronter, les yeux dans les yeux.

— Cesse donc cette comédie ! Tu nies l'évidence. Je sais pertinemment que tu m'aimes encore. Laisse parler ton cœur, donne libre cours à ta passion. Viens à moi. Rejoins-moi. Instruis-moi des mœurs nouvelles. Joignons nos forces et nous pourrons sauver le monde des sombres desseins d'Elizabeth.

— Tu me demandes d'accepter tes ténèbres en guise de présent ? De devenir ton égale ?

— Si tu t'enfuis vers le Nouveau Monde avec Quincey, nous diviserons nos forces. Or, cette nuit, il nous faudra les unir, et nous aurons le dessus. Même si Báthory gagne cette bataille, elle en sortira cruellement affaiblie. Quoique nouvelle, tu seras un vampire né de mon sang ancestral. Tu posséderas alors le pouvoir de protéger Quincey.

Mina agrippa la croix à son cou.

— Non, je ne peux pas.

Les traits de Dracula se durcirent tandis qu'il reprenait les mains de Mina dans les siennes.

– Alors le diable peut d'ores et déjà se réjouir de son triomphe.

Il pivota sur ses talons et sortit. Jamais Mina ne s'était sentie aussi seule.

Par la fenêtre, elle regarda la nuit sans lune. *Où es-tu, mon fils ?* Elle devait prendre une décision... et celle-ci lui serait d'autant plus aisée si elle savait Quincey en lieu sûr.

Un énorme coup de tonnerre ébranla le sol. Même enfant, Mina n'avait jamais eu peur de l'orage. Pourtant, à présent, elle était terrifiée, comme si la foudre représentait une menace qui ne s'adressait qu'à elle.

La seconde d'après, elle perçut une présence. Aussitôt elle sut ce que cela signifiait.

<hr />

La comtesse sourit à la vue de deux baleiniers s'escrimant à entrer dans le port de Whitby alors que la tourmente faisait rage. Des trombes d'eau inondaient la terre. Des vents furieux annonçaient son arrivée. Les habitants du bourg se ruaient vers des abris de fortune ou se calfeutraient dans leurs foyers. Tandis que son attelage caracolait entre les modestes maisons en pierre, elle reconnut ces cris d'horreur. À croire que même les plus humbles flairaient son pouvoir maléfique. Par la vitre de sa voiture, Báthory croisa le regard d'une vieillarde édentée, et se réjouit d'y déceler de l'effroi. La comtesse aimait se nourrir des peurs des hommes. Leur épouvante la revigorait, l'enivrait.

L'attelage de juments s'étant brusquement arrêté, elle se pencha à sa fenêtre. Le pont en bois de l'Esk River s'était effondré... Impossible de traverser la rivière en furie. Si elle prenait la voie des airs jusqu'à l'abbaye, l'effort nécessaire saperait une partie de son énergie, or elle avait besoin de toutes ses forces pour la bataille à venir. Elle entra donc en télépathie avec ses juments qui piaffèrent et secouèrent leurs crinières en signe de compréhension. Báthory emprunterait un chemin plus long, qui la déposerait au bas de l'escalier de la falaise. La nuit venait à peine de tomber.

L'œil unique de la comtesse contempla son lieu de destination : l'abbaye haut perchée sur la roche. À une fenêtre de l'aile ouest, elle distinguait la silhouette d'une femme nimbée d'une lumière vacillante.

Ses canines acérées saillirent à la pensée qu'elle goûterait bientôt à la chair de cette traînée, et baignerait dans son sang avant l'aurore.

CHAPITRE LIX

Mina avait pris sa décision. Elle sacrifierait son âme pour sauver son fils.

Elle descendit le petit escalier en pierre qui menait aux anciennes cellules des moines. Plusieurs portes s'alignaient dans un étroit corridor. Elle passa devant chacune d'elles jusqu'à ce qu'elle parvînt à celle, en chêne massif, qui ouvrait sur les appartements de l'abbé.

Maintes fois, Dracula avait affirmé qu'un vampire n'était pas maléfique par nature, de même qu'il ne croyait pas l'âme d'un immortel nécessairement vouée à la damnation. Les notions de bien ou de mal ne relevaient que des choix personnels de chacun. Dans le passé, Mina s'était rendu compte que cette insatiable soif de sang pouvait corrompre un vampire nouvellement métamorphosé. Lucy n'avait-elle pas chassé de jeunes enfants ? N'étant pas préparée à sa mutation, elle n'avait eu d'autre choix que de devenir un monstre. Mina espérait ne pas subir le triste sort de son amie.

Forte de sa résolution, elle posa sa lanterne à terre et ouvrit la lourde porte en chêne. Dracula se tenait debout devant une monumentale cheminée où crépitait un feu de bois. Il se tourna vers elle. Les flammes de l'âtre et des douzaines de bougies enveloppaient la pièce humide d'une exquise tiédeur. Le prince couva Mina d'un regard pétri d'espoir. Elle franchit le seuil.

– Le destin de Quincey repose entre ses mains. Tu ne peux décider à sa place du chemin qu'il doit suivre, déclara-t-elle sur un ton qui ne souffrait aucune discussion.

– Si tel est le prix à payer, je l'accepte, dit Dracula.

Il s'avança lentement. Le cœur de Mina s'emballa à la pensée qu'il allait poser les mains sur elle. Tremblante, elle empoigna vivement sa petite croix en or... et la fine chaîne se brisa. La croix tomba. Dans les yeux du prince, le désir grandissait.

Quand ses doigts glacés entrèrent en contact avec les épaules de Mina, celle-ci réprima un frisson. Il l'embrassa ensuite avec une ineffable douceur, la prit dans ses bras, puis la souleva sans la quitter du regard.

– Ensemble, murmura Dracula en lui caressant l'oreille de ses lèvres, nous allons présider à la naissance et à la chute des nations. Ensemble, nous serons les témoins de l'éternité.

Il porta Mina jusqu'à sa couche et l'étendit sur le matelas. Il usait de ses mains comme Jonathan ne l'avait jamais fait, explorant la moindre parcelle de son corps voluptueux. Il fit glisser sa robe et contempla sa nudité avec une exaltation mâtinée d'anxiété. Bien que vivant dans le monde des ténèbres, Dracula ne souffla pas les bougies. Il souhaitait la voir dans toute sa pureté. Le cœur de Mina battit plus fort encore quand il baisa son cou. Elle ne lui offrait plus aucune résistance, elle le désirait de toute son âme.

– Nous saisirons le monde à la gorge et y boirons notre content, lui chuchota-t-il.

Mina avait passé sa vie à réprimer son instinct et ses pulsions charnelles. En acceptant le baiser éternel de Dracula, elle briserait à jamais ses chaînes, ne serait plus contrainte par aucune loi, aucune règle, sinon celles qu'elle déciderait de faire siennes.

La main de Dracula s'insinua entre les cuisses de Mina, qui l'enlaça et l'attira à elle. Et, soudain, dans le feu de la passion, tout s'éclaircit en son esprit : ses conflits intérieurs, toutes ses contradictions s'effacèrent dans l'instant. Les nuages s'écartaient en elle pour révéler un ciel limpide. Elle aimait Dracula, comme jamais elle n'aurait pu aimer Jonathan. Son prince et elle ne faisaient plus qu'un, désormais.

– Mon désir pour toi ne s'est jamais éteint... Puisse Dieu me pardonner...

Dracula ouvrit la bouche et découvrit ses crocs. Elle leva la main avant l'ultime morsure. Son prince s'interrompit sans sourciller, souhaitant qu'elle prît sa décision en son âme et conscience.

– Je dois encore te faire une confidence, déclara-t-elle. Je garde en moi un secret... depuis de nombreuses années.

Il secoua lentement la tête et lui dit :

– Je sais... je sais depuis toujours.

Mina sourit, libérée enfin du poids du remords. Elle exposa alors l'artère de son cou à son amant.

Dracula mordit et se mit à boire avec avidité. Le corps de Mina fut parcouru de spasmes délicieux, où le plaisir se mêlait à la douleur. Elle s'abandonna corps et âme tandis que s'écoulait son sang.

Subitement, le prince porta la main à sa poitrine et fut pris de convulsions. Il s'écarta, haletant. Puis poussa un cri et arracha sa chemise. Son buste jusque-là malingre et scarifié recouvrait force et vigueur sous les yeux de Mina.

– Mon sang pur, celui-là même que tu m'as pris voilà des années, me régénère et me guérit ! s'écria-t-il, émerveillé.

Elle l'avait sauvé, et elle songea que ce sang qu'elle tenait jadis pour maudit pourrait également sauver Quincey et provoquer la défaite de Báthory.

– Le sang est la vie. Le sang est *notre* vie.

Mina soupira d'aise et, l'invitant à terminer son festin princier, prit la tête de Dracula entre ses mains afin qu'il enfonçât ses canines au plus profond de sa chair. Le moment était venu pour elle de mourir dans ses bras... pour mieux renaître. Dans un dernier souffle d'extase, Mina baissa à jamais les paupières sur son existence de mortelle.

———

Quincey interpella un pêcheur occupé à amarrer sa barque.

– L'abbaye de Carfax ! Quel chemin faut-il prendre ?

— Tu veux sûrement parler d'celle de Whitby, mon gars ?

— De Carfax, vous dis-je ! Vous connaissez ? rugit Quincey, fou d'impatience.

Le pêcheur opina du chef.

— Oui-da ! Mais t'en es encore loin, pardi !

— Le chemin, s'il vous plaît...

Le pêcheur fit le signe de croix, la crainte se lisant dans son regard. Quincey prit alors conscience de son allure. Trempé par la pluie, couvert de boue, de sang et de Dieu sait quoi d'autre.

— Pardonnez-moi, reprit-il, mais c'est une question de vie ou de mort ! Je dois à tout prix me rendre à l'abbaye de Carfax !

Tout en secouant sa tête de vieux loup de mer, l'individu désigna un sentier qui s'enfonçait dans la forêt.

— Que l'Seigneur te protège, mon garçon !

Quincey partit en courant dans la direction indiquée. Mais le vent violent et la pluie cinglante ne lui facilitaient guère la tâche. Il se demanda si Dracula avait déclenché la tempête afin de le ralentir. Il ne percevait plus les pensées de sa mère, et cette seule idée le terrifiait.

La boue s'évertuant sans cesse à le faire glisser, il remonta avec peine le layon qui serpentait dans le bois de Stainsacre. Il parvint enfin devant la bâtisse à l'abandon qui abritait jadis l'asile du Dr Seward. Un enchevêtrement de mousse, de lierre et d'herbes folles recouvrait les vestiges de l'édifice, comme si la nature s'était efforcée d'effacer les supplices endurés entre ces murs.

Selon le roman de Stoker, Renfield s'était enfui par le champ voisin pour trouver refuge à l'abbaye de Carfax... Les tourments du pauvre clerc ayant accéléré sa mort, celle-ci avait contribué indirectement à la fortune des Harker puisque, au décès de Hawkins, il n'était guère resté que Jonathan pour hériter de l'étude londonienne et de la demeure d'Exeter. Alors que les parents de Quincey maudissaient Dracula, ils avaient en l'occurrence bénéficié de ses crimes. Si bien que le jeune homme se demanda s'il ne fallait pas voir l'œuvre de la justice divine dans les malheurs qui s'étaient, depuis, abattus sur sa famille.

Carfax se dressait majestueusement dans la nuit, et Quincey s'étonna de la taille imposante du monastère. Une lueur éclaira un instant une fenêtre, tandis que le phare de la côte balayait à intervalles réguliers les murs en ruine, rendant les ombres plus gigantesques et lugubres que jamais.

Le vent et la pluie s'intensifièrent alors qu'il traversait le pré à ciel ouvert. Résolu à ne pas se laisser décourager, il rassembla son courage et avança avec un regain de vigueur.

En atteignant la lourde porte en bois sculpté, Quincey s'y appuya, épuisé. À sa grande surprise, elle était ouverte, et il tomba tête la première dans le vestibule. Il se releva pour fermer derrière lui. Désormais à l'abri de l'orage, il scruta l'obscurité par les fenêtres, au cas où quiconque l'eût suivi ou épié, mais il n'y avait pas âme qui vive au-dehors... Seulement des pierres tombales.

Alors Quincey se hasarda dans le dédale des couloirs de l'abbaye. Il finit par arriver devant une série de portes. Au bout de l'étroit passage, l'une d'elles était entrouverte. Un filet de lumière filtrait par l'embrasure. Le jeune homme prit son courage à deux mains, poussa l'épais panneau de bois et déboucha dans une vaste salle.

Vide.

Des bougies par dizaines avaient fondu, créant des flaques de cire ; un lit défait occupait un coin de la pièce, non loin de vêtements posés en tas. Des braises rougeoyaient encore dans l'âtre. Il se tourna et sentit un objet sous ses pieds. Il crut défaillir en reconnaissant le pendentif de sa mère. *Jamais maman n'aurait ôté sa croix sans y avoir été forcée !* Fou de rage, il ramassa le bijou en or et rebroussa chemin sans trop savoir où ses pas le mèneraient. Il poussa les portes une à une. Toutes étaient scellées par la rouille.

Il finit par trouver l'escalier principal. La volée de marches empestait le moisi et le bois vermoulu. Il se retrouva alors dans une immense crypte, mais sitôt que ses yeux se furent habitués à l'obscurité, il comprit qu'il s'agissait plutôt d'une nécropole. Les murs étaient creusés de nombreuses alcôves, dont chacune accueillait un squelette. L'endroit devait en abriter des centaines.

Une vieille lampe à huile était posée à l'entrée. Quincey la souleva. Le verre était encore chaud. Quelqu'un l'avait précédé de peu. Il retourna ses poches en quête des allumettes que lui avait données Arthur Holmwood, priant le ciel qu'elles ne fussent pas trop mouillées... Il fut exaucé. Alors le jeune homme approcha la petite flamme de la mèche et la lanterne s'alluma.

Il avança vers le milieu de la salle et leva la lampe au-dessus de trois grands sarcophages en pierre. Sur le premier était gravé en latin : *Abbé Carfax.*

Un peu plus loin, une caisse portait ces mots : *Propriété de Vladimir Basarab.*

Basarab ! Un nom désormais maudit. Comme pris de frénésie, Quincey explora le mausolée à l'aide de sa lanterne, repéra une pelle rouillée contre un mur. Posant la lampe sur les sarcophages, il saisit le vieil outil et donna des coups sur la paroi en pierre. Le manche se brisa et Quincey l'utilisa comme levier pour faire sauter le couvercle de la caisse. Ayant réussi, il poussa un cri de triomphe.

Il se rappela l'erreur terrible commise par son homonyme en Transylvanie, et prit soin de garder les yeux fermés, de crainte que le regard hypnotique de Dracula ne le clouât sur place. Alors il brandit son pieu, prêt à transpercer le cœur du prince vampire, entrouvrant à peine les paupières pour être certain de frapper au bon endroit.

Quincey crut alors que le sol se dérobait sous ses pieds. Sa mère gisait, morte, au fond de la caisse !

Il lâcha son pieu de fortune et tendit les mains vers le visage qui lui avait si souvent souri, les lèvres qui l'avaient si souvent embrassé. Celles-ci demeuraient à présent inertes et glacées. Mina et lui n'auraient plus jamais l'occasion de se réconcilier, de se repentir. Dracula avait gagné.

En ouvrant la caisse, le jeune homme s'était blessé aux doigts. Sans qu'il y prît garde, quelques gouttes de son sang tombèrent sur les lèvres pâles de Mina. Dans un adieu silencieux, il posa la main sur le cœur de celle qui lui avait donné la vie.

Tout à coup, la poitrine se souleva. Saisi d'effroi, Quincey vit sa mère lécher les gouttes, puis battre des paupières... Ses doux yeux bleus avaient cédé la place à des orbites d'un noir charbonneux. Ses lèvres s'ourlèrent sur de longues canines acérées, tandis qu'elle poussait un hurlement épouvantable.

Avant que Quincey eût le temps de réagir, les mains de Mina, semblables à des serres, le saisirent à la gorge.

CHAPITRE LX

Les larmes du paradis se déversaient à flots sur la terre, comme si Dieu savait que son règne prenait fin cette nuit.

L'attelage de Báthory traversait le déluge à la vitesse du diable et cahotait dangereusement sur les pavés disjoints de Church Street. La boue rendait les routes de l'abbaye de Carfax impraticables. La voiture s'arrêta devant les cent quatre-vingt-dix-neuf marches que la comtesse devrait gravir à pied, à flanc de colline.

Elle descendit de sa berline sous des trombes d'eau qui, en dégoulinant sur son crâne chauve, lui rappelèrent amèrement la perte de sa somptueuse crinière noire, tandis qu'une fine vapeur se formait sur ses chairs encore à vif.

Son œil unique discerna, debout sur un énorme rocher, une sombre silhouette masculine qui lui tournait le dos et contemplait la mer du Nord déchaînée. L'homme semblait indifférent à la tourmente, comme à la présence de la comtesse derrière lui.

Báthory découvrit ses crocs et grimpa dans sa direction le plus silencieusement du monde. *L'orage couvrira le bruit de mes pas...*

Cette pensée ne lui avait pas sitôt traversé l'esprit que la pluie cessa dans l'instant. Les nuages s'écartèrent et la lune baigna la silhouette de sa lumière.

— L'heure est venue de répondre de tous tes péchés, *Erzsébet* ! entonna la voix de baryton portée par le vent.

Elle détestait entendre son prénom prononcé dans sa langue natale, surtout par Dracula qui le crachait comme une insulte. Cependant, elle pouvait bien le laisser s'adonner au plaisir de la narguer... Que représentaient ces brefs instants, comparés à l'éternité qui s'offrirait à elle ?

Comme elle s'avançait sous le clair de lune, Báthory vit l'inquiétude transparaître subitement dans le regard de Dracula. Son apparence hideuse le prenait à l'évidence au dépourvu. Si elle avait possédé encore ses lèvres charnues, nul doute qu'elle eût souri. Mais à l'instar de son nez et de ses paupières, celles-ci avaient été brûlées sur les rails électrifiés du métropolitain.

— Avec des mots d'amour trompeurs, tu m'as ouvert la gorge et laissée pour morte, murmura-t-elle. Mais à présent, grâce au pouvoir des démons qui m'assistent, je viens t'affronter... et puis t'assurer que tu ne me mystifieras jamais plus.

Dracula la contempla du haut de son rocher, et lui rétorqua avec la même morgue :

— Sache dans ce cas que Dieu combat à mes côtés.

— C'est ta fidélité aveugle à ton Dieu qui signera ton arrêt de mort !

D'une main, le prince repoussa sa cape sur ses épaules ; de l'autre, il lança deux objets. Le clair de lune fit scintiller un instant deux épées qui décrivirent une courbe dans les airs avant de se planter dans la terre.

— Combattons à l'ancienne, veux-tu ?

Báthory considéra les deux lames.

— Celle de ton père ? dit-elle en désignant d'un hochement de tête l'épée qui lui était la plus proche.

— Oui, confirma Dracula. Et l'autre est une des nombreuses épées que possédait mon frère.

— C'est trop d'honneur...

Báthory se rapprocha des armes pour mieux les examiner. Toutes deux étaient magnifiquement ouvragées dans le goût du XVe siècle. Au vu des encoches sur le tranchant, elles avaient connu leur lot de batailles et de bains de sang. Trop d'événements se dressaient entre eux pour qu'ils pussent faire usage d'un acier virginal.

La comtesse souleva les épées de ses mains rongées jusqu'à l'os. L'une était dotée d'une poignée en bois dont le pommeau pointu pouvait en soi tenir lieu de coutelas. L'autre d'une poignée en ivoire au pommeau rond, la garde étant formée de deux quillons courbés en V, lesquels permettaient à l'escrimeur aguerri de mieux parer les coups adverses. C'était l'arme de Radu... Báthory la ferait sienne.

Sans autre préambule, elle lança la première épée à Dracula, tout en se ruant sur son cousin.

À la vitesse de l'éclair, celui-ci saisit au vol l'arme de son père et esquiva le coup. Le visage ravagé de la comtesse se déforma alors en une horrible grimace et, d'un geste théâtral, le prince fouetta l'air de son épée.

Báthory soupira en songeant à son mentor. *Si seulement il était là pour assister à la défaite de Dracula...*

— Tu ne t'es jamais demandé, Vlad, reprit-elle, incapable de résister à la tentation de rouvrir de vieilles blessures, qui te déteste encore plus que moi ?

Le prince parut un instant décontenancé.

— S'agissant d'humains comme d'immortels, qui sait combien d'ennemis s'amoncellent en une si longue existence ?

— Depuis tout ce temps, Vlad, insista-t-elle, après m'avoir abandonnée pour morte, tu n'as jamais cherché à savoir qui m'avait guidée sur le sentier de la vengeance ? Qui m'avait transmis le pouvoir des ténèbres ?

La comtesse sentit Dracula pénétrer ses pensées, en quête de l'identité de son mentor, celui-là même qui l'avait transformée en vampire. Elle ne résista pas, car elle voulait saper l'assurance de son cousin, voir la colère le consumer. Cet instant de vérité la réjouissait.

— Je ne suis pas seule dans ce combat contre Dieu, mais une simple guerrière dans la multitude. Tu te juges sans doute d'une bravoure sans pareille à te dresser, solitaire, contre l'assaut qui se prépare. Mais si tu crois pouvoir détourner le monde de son destin, ta naïveté n'a d'égale que ton arrogance !

Dracula poussa un grognement. Il venait d'apercevoir, dans son esprit, le visage du mentor de Báthory. Il ne connaissait que trop bien cet individu, ils se vouaient l'un l'autre une haine légendaire. Le héraut du bien contre l'ange du mal...

Un éclair de fureur traversa son regard. Il invoqua le ciel en levant son épée au-dessus de sa tête, puis bondit du rocher pour entamer enfin le combat. À son tour, Báthory brandit sa lame, stupéfaite de la férocité soudaine de son adversaire. Ils croisèrent le fer avec une violence telle qu'il en jaillit des étincelles, dans un tintement qui évoquait le douzième coup de minuit... lequel marquait la fin de toutes choses.

Mina reconnut l'odeur du sang humain. Elle ouvrit les paupières et fut éblouie par la lumière de la lampe à huile. Jamais ses yeux n'avaient été aussi sensibles. Avant de devoir les refermer, elle eut à peine le temps de discerner une vague silhouette masculine.

Heureusement, l'arôme du sang se révélait si capiteux, si enivrant, qu'elle parvint à s'emparer sans effort de sa première victime, bien qu'elle ne la vît pas. Elle salivait d'avance. *Le sang est la vie !* Elle en boirait à satiété. Elle ouvrit la bouche en grand, et effleura de sa langue la pointe de ses crocs nouvellement formés. Elle s'entendit pousser un grognement bestial, tout en percevant les battements de cœur de sa victime qui allaient guider son attaque. Tel un cobra prêt à mordre, elle renversa la tête en arrière.

– Maman ?

Un murmure, tout au plus, mais pour son ouïe d'immortelle, il résonnait comme le tonnerre. Elle se figea, certaine d'avoir entendu son fils... La lumière de la lampe l'éblouissait toujours, mais elle ouvrit les paupières en dépit de la douleur. En quelques secondes, ses yeux s'accommodèrent. Tout lui paraissait plus éclatant, plus distinct. Elle *voyait* la chaleur qui émanait de la silhouette jusque-là floue, et en reconnaissait à présent les traits chéris. Quincey, enfin à ses côtés, sain et sauf ! Hélas, l'heure n'était pas à la joie des retrouvailles. Le visage de son fils s'était changé en un masque d'épouvante, et Mina fut aussitôt saisie d'un immense sentiment de culpabilité, mêlé de honte.

— Quincey, pardonne-moi... Je suis ta mère...

Alors qu'elle recouvrait peu à peu ses esprits, elle sentit ses canines se rétracter. Elle avait le cœur meurtri à voir l'expression de son enfant, qu'elle eût tant voulu consoler. Ainsi Dracula disait vrai : si elle était encore capable de s'émouvoir, d'éprouver de l'amour, du chagrin, du remords, alors elle possédait toujours son âme, elle n'était pas un démon.

— Ma mère est morte, murmura Quincey.

— Non ! C'est certainement ce que Van Helsing aurait prétendu. Mais c'est faux... gémit Mina, qui cherchait désespérément les mots justes.

Elle vit son fils tressaillir au nom du professeur. Quincey était au supplice, mais il fallait pourtant qu'il comprît.

— Van Helsing s'est trompé. Je suis toujours ta mère, insista-t-elle en écartant les bras dans l'espoir qu'il lui pardonnerait.

Mina vit le halo bleuté qui irradiait du corps de son fils passer subitement au rouge profond. Son visage s'altéra à l'avenant, tandis que sa raison prenait le pas sur ses émotions.

— Non ! s'écria Quincey en la repoussant.

La violence du geste la fit basculer dans la caisse dont un côté céda. Elle chuta sur les dalles froides et humides, encore affaiblie par sa métamorphose et le besoin urgent de sang.

Elle se releva tant bien que mal. Quincey continuait à reculer en secouant la tête, l'air à la fois incrédule et écœuré. L'aura du jeune homme avait maintenant viré au noir. Mina vit la résolution de son fils se concrétiser dans son regard. Une seule pensée l'obsédait... *Tuer !*

— Quincey, non ! hurla Mina en titubant vers lui. Non ! Ne fais pas ça !

Il se détourna et saisit à nouveau le manche brisé de la pelle. Il agrippait si fort ce pieu de fortune que ses blessures aux doigts se remirent à saigner en abondance. Mina avait peine à résister au parfum enivrant, mais elle s'efforça de reculer.

Les yeux noyés de larmes, le jeune homme tourna les talons sans un mot et s'enfuit sur-le-champ.

– Quincey, attends ! J'ai choisi en connaissance de cause ! lui cria Mina. Nous avons agi ainsi pour te sauver de Báthory !

Elle trébucha encore avant de s'écrouler. Dans son état, jamais elle ne pourrait rattraper son fils, ni arrêter sa main dans un geste qui serait une erreur fatale. Pour recouvrer ses forces, il lui fallait du sang. Elle devait rejoindre Quincey avant qu'il ne trouvât Dracula. Elle avait fait jurer à celui-ci de ne pas lui prendre son fils. Le prince ne trahirait jamais sa parole, même pour se défendre. Mais elle craignait la naïveté de Quincey. Par ignorance, il était capable de se joindre à Báthory, en espérant se venger de Dracula.

Ses sens exacerbés empêchaient Mina de se ressaisir pour courir après son fils. Elle sentait avec une acuité surnaturelle la décomposition des cadavres dans les tombes, le moisi sur la pierre, les déjections des animaux, la moiteur de l'air, et l'écho des pas de Quincey qui remontait l'escalier. La moindre gouttelette éclaboussant une flaque dans un coin de la salle produisait un tapage assourdissant.

Elle comprenait que Lucy fût devenue folle sous cette avalanche de sensations poussées à leur paroxysme. La jeune fille avait sombré dans le coma après la transfusion de sang opérée par Van Helsing, puis s'était soudain réveillée dans son cercueil, dévorée par une inexplicable soif de sang. Personne ne l'avait guidée. Fuyant le groupe d'intrépides, Dracula n'avait pas eu le temps de l'instruire des mœurs des vampires. Aussi Mina comprenait-elle pourquoi son amie s'était repue de la première victime venue : un enfant. Malgré son besoin de boire, Mina était résolue à ne pas céder. Son prince l'avait préparée et elle était consciente des mutations qui s'opéraient en elle... De même qu'elle savait comment agir pour arrêter Quincey.

Son besoin de sang, il lui faudrait pourtant le satisfaire. Le venin qui l'avait transformée alimentait ses cellules, mais dans le même temps la quantité de poison faiblissait dans son cœur.

Autrement dit, le sang de vampire était absorbé par son propre corps. Il lui fallait se nourrir, sans quoi elle se détruirait elle-même.

Mina tourna la tête et repéra un groupe de rats. Oubliant sa répugnance, elle bondit sur eux, les agrippa de ses griffes, puis leur déchira la gorge avec ses crocs. Leurs cris suraigus lui vrillèrent les tympans. N'ayant pas d'autre choix, elle se reput de leur sang.

Le sang est la vie !

CHAPITRE LXI

La violence de l'attaque de Dracula la prit de court. Chaque passe d'arme la repoussait davantage. Sitôt que l'acier heurtait l'acier, la vibration se transmettait à son corps tout entier. La comtesse parvenait tout juste à parer la lame adverse, si bien qu'elle se retrouva sans le vouloir en train de gravir à reculons les marches à flanc de falaise. Elle se félicita néanmoins d'avoir voyagé en attelage afin de ménager ses forces. Toute son énergie lui était à présent nécessaire pour affronter Dracula.

Les yeux exorbités, la mâchoire crispée, son cousin incarnait trait pour trait un Fou de Dieu. Tandis qu'il l'entraînait peu à peu en haut de l'escalier, elle montra les crocs, mais n'était pas prête à trahir pour autant la douleur qu'il lui infligeait. Les paroles de son mentor lui traversèrent l'esprit : *La souffrance engendre la connaissance.* Le Dracula qu'elle avait en face d'elle ne ressemblait en rien à son adversaire du métropolitain. Celui-là se révélait bien plus coriace. *Mina a dû l'aider à guérir.* La comtesse s'occuperait d'elle plus tard...

Les forces de Báthory déclinaient à chaque attaque, son adversaire prenant de plus en plus d'assurance. Redoublant de violence, il la dominait certes pour l'instant, mais ne pourrait soutenir encore longtemps une telle cadence. Se sachant plus rapide que lui, elle concocta un plan de son cru...

Dracula enchaîna une série de passes d'une violence inouïe. Les coups étaient si puissants que Báthory parvenait à peine à lever les bras pour les parer. L'expression de triomphe qui se dessinait sur les traits du prince semblait exaspérer sa cousine, laquelle n'avait plus d'autre solution que de tourner les talons et de courir jusqu'au prochain palier, en traînant son épée derrière elle, apparemment épuisée et sans défense.

La comtesse attendit que Dracula s'avançât lentement vers elle, se délectant de voir combien il était persuadé que chaque pas le rapprochait de la victoire. Il se sentait si sûr de lui qu'il ne prenait même pas la peine de lever son épée pour se protéger, la laissant pendre le long de son corps comme si son opposant ne représentait plus aucune menace.

Approche... Viens à moi...

Lorsque Dracula atteignit le palier où se tenait Báthory, il sembla marquer une pause. La comtesse observa que la colère de son adversaire cédait la place à une profonde tristesse. Elle en savait la raison : en la tuant, le prince détruirait également une partie de lui-même. N'étaient-ils pas taillés dans la même étoffe, l'un comme l'autre immortels et solitaires ? Ils auraient pu être des alliés, des compagnons de route. Mais Báthory ayant préféré s'éloigner de Dieu, Dracula s'était déclaré son ennemi.

Elle vit dans ses yeux qu'il se résignait enfin à refermer le livre de leur sempiternel combat. Il avait décidé que l'heure était venue de lui ôter la vie. *Pauvre imbécile !*

Dracula leva son épée, s'apprêtant à décapiter sa cousine d'un seul geste. Toujours magnanime, il lui épargnerait les douleurs d'une lente agonie.

Mais à la dernière seconde, Báthory mit son plan à exécution. Avant que la lame de Dracula ne lui tranchât le cou, elle bondit. Avec une célérité époustouflante, elle s'accroupit et se courba en arrière. L'arme du prince fouetta l'air au-dessus de son nez, mais comme il n'atteignit pas sa cible, Dracula bascula en avant, emporté par son élan. La comtesse se déplaçait si rapidement qu'elle en devenait invisible à l'œil nu. En un dixième de seconde, elle bloqua l'épée de son cousin avec la garde de la sienne, et obligea son adversaire à enfoncer sa lame dans la terre détrempée à côté des marches de pierre. Elle fit volte-face et, d'un revers du poignet, découvrit la poitrine de Dracula avec la pointe de son épée. Puis elle plongea la main sous sa cape et en sortit le couteau kukri. Il était pris au piège.

Avec la lame courbe elle transperça son corps, puis, tout en la maintenant enfoncée, remonta vers le haut, du ventre jusqu'à la gorge. Dracula poussa un hurlement et bascula en arrière. Il dut user de ses deux mains pour endiguer le flot écarlate qui jaillissait sur Báthory.

Alors la comtesse laissa choir son épée et brandit le kukri sous les yeux de son cousin.

— Tu te souviens ? lui lança-t-elle.

La lueur d'épouvante qui traversa le regard de Dracula lui tint lieu de réponse.

— Ton heure a sonné, poursuivit-elle. La bataille est terminée, et je t'ai vaincu ! Je vais enfin pouvoir étendre sur le monde mon pouvoir suprême. Les hommes tomberont à mes pieds en suppliant Dieu de les aider. Et comme Il s'est détourné de moi quand j'ai eu besoin de Lui, Il se détournera des hommes. Dieu m'a privée de tout ce que j'aimais. La loi du Seigneur a dressé les miens contre moi. Elle a poussé mon mari à me torturer, et ma famille à me bannir. Eh bien, je crache sur Lui et sur Sa loi. Ainsi que sur toi, suppôt de Dieu ! Tu es certes venu à mon secours, mais dès lors que tu as compris que je ne pourrais changer ma nature et cherchais à assouvir ma vengeance, tu as tenté de me tuer. Je méritais pourtant d'être vengée, non ? Eh bien, c'est désormais chose faite.

Le kukri de Quincey P. Morris était forgé dans un métal ordinaire, mais n'en demeurait pas moins associé à d'horribles souvenirs. Báthory fit miroiter la lame au clair de lune. Dracula la contempla, fasciné.

— Cette fois, la lame du Texan va achever son œuvre, persifla-t-elle.

Les deux mains sur sa blessure sanguinolente, le prince battit en retraite. Ce n'était pas seulement la peur de Báthory qui le faisait reculer. Ses yeux scrutaient l'horizon derrière la comtesse...

Elle se tourna. L'aube allait naître. Pour l'un comme pour l'autre, le sablier avait presque fini de s'écouler.

Soudain, un cri strident perça les tympans de Báthory : son ennemi s'élançait sur elle. D'un coup d'épaule dans la poitrine, il la projeta contre les marches en pierre. Dracula ramassa l'épée qu'elle venait de lâcher, et bondit dans les airs par-dessus sa tête, le sang de sa blessure l'éclaboussant au passage. Le talon de sa botte claqua sur une marche, alors qu'il abaissait sa lame dans une vaine tentative pour lui trancher le crâne.

N'a-t-il donc rien appris ? songea Báthory en roulant sur le côté tandis que la lame du prince se fissurait en heurtant violemment la pierre. Les nombreuses passes avaient fragilisé l'épée. La comtesse plongea en avant pour s'emparer de celle de Dracula encore fichée dans la terre. Ils avaient échangé leurs armes. Sa lame brandie devant elle, Báthory s'apprêta à fondre sur son cousin, certaine de tenir enfin la victoire.

Alors les yeux du prince se fendirent tels des yeux de reptile. Sa peau prit une nuance vert-de-gris et ses oreilles s'allongèrent en pointe. Sous son nez métamorphosé en groin hideux, sa bouche s'élargit et découvrit des crocs sanguinolents. Il se transformait ainsi quand il voulait effrayer ses ennemis ou se sentait en danger. Mais cet effroyable faciès laissa la comtesse de glace, elle-même ne possédant plus la dernière once d'humanité.

Elle frappa la créature, l'obligeant à reculer sous la violence et la vitesse des coups. Elle conduisit ainsi Dracula jusqu'au sommet et ils surgirent de derrière le bouclier rocheux. Le prince aurait bientôt le dos exposé au soleil levant. Ses rayons le frapperaient en premier. Báthory resterait dans son ombre, afin de se protéger de la lumière du jour. Et la nuit prochaine, elle renaîtrait. Le guerrier divin, lui, n'existerait plus.

Mina suivit en titubant le dédale de couloirs plongés dans l'obscurité. En dépit du noir ambiant, elle y voyait parfaitement. Elle n'était plus une créature de la lumière, mais une prédatrice de la nuit.

Son corps avait subi un bouleversement total. Son envie irrépressible de sang était entrecoupée de vagues de nausée. Soudain prise de vertige, Mina s'effondra contre le mur glacé. Un spasme souleva sa poitrine, et elle vomit du sang. *Celui des rats ? Un jeune vampire doit-il se nourrir uniquement de sang humain ?*

Elle n'avait guère le temps de s'interroger, encore moins de se reposer. Elle se redressa tant bien que mal et trouva la force de courir en se guidant au son à travers les catacombes. Sur son passage, mille odeurs violentes continuaient de l'assaillir. Et puis celle de Quincey... Son fils était passé par là. Elle comprit enfin les propos de Dracula, selon lesquels les vampires occupaient une autre dimension, plus élevée que celle des simples mortels. En dépit de sa vulnérabilité physique, Mina se révélait supérieure... quoique sa crainte pour la survie de son fils fût tout à fait humaine, elle.

L'odeur de Quincey la conduisit à la grande porte d'entrée. Elle l'ouvrit à toute volée, mais fut saisie de douleurs si vives qu'elle recula aussitôt dans l'ombre. *Le soleil !* Il commençait à poindre à l'horizon. Son instinct lui dictait de regagner l'obscurité, de fuir à tout prix la lumière, mais son désir de sauver son fils prenait le pas. Les premiers rayons de l'astre diurne lui perçaient la peau comme autant de minuscules aiguilles. *Une souffrance supportable si le salut de Quincey en dépend !*

Mina courut aveuglément, jusqu'à ce que sa vue s'habituât à l'éclat du jour. Elle se sentait à nouveau faible, et nauséeuse. Elle trébucha, chuta. Quand elle leva les yeux, elle aperçut Quincey, debout au milieu des tombes, et perçut, non loin, un cliquetis d'épées...

Deux silhouettes se découpaient dans la pâleur de l'aube, elles croisaient le fer sur les marches de pierre. Mina sentit que Quincey hésitait à intervenir. Elle se releva en plissant les paupières. Elle devait rejoindre son fils avant qu'il ne se décidât.

Quincey était obnubilé par le duel qui faisait rage sous ses yeux. Dracula reculait. La créature squelettique qui menait l'attaque se déplaçait à une vitesse folle, le poussant impitoyablement vers le sommet de la falaise. Quincey n'avait plus qu'à bondir. Mais le courage lui manquait, il était comme paralysé.

La silhouette calcinée qui luttait contre son ennemi mortel ne pouvait être que la comtesse évoquée par Van Helsing... « Jack l'Éventreur » en personne ? S'il se joignait à elle, Dracula étant déjà affaibli, le jeune homme pourrait sortir victorieux du combat. Mais si sa raison lui criait : *L'ennemie de mon ennemi est mon amie,* son instinct lui enjoignait la prudence.

Báthory siffla comme un crotale entre ses lèvres rongées. Des siècles d'obsession l'avaient menée en ce lieu, à cette heure précise. La victoire était à portée de main. Elle frappa l'épée de Dracula, heureuse de sentir les forces du prince décliner à mesure que le soleil s'élevait dans le ciel. Il avait le souffle rauque, des flots de sang s'échappaient de sa blessure. Le moment était venu de porter l'estocade. Báthory rassembla son énergie tout en se remémorant les souffrances endurées au fil de sa longue vie. Alors qu'ils atteignaient les dernières marches qui les séparaient du sommet, elle puisa dans sa rage ancestrale la force d'infliger le coup de grâce.

L'acier fendillé de la lame de Dracula finit par céder. L'épée de Báthory la brisa et elle envoya le prince rouler à terre. L'œil unique de la comtesse semblait saillir de son crâne, tant elle se réjouissait de la mise à mort qui se profilait. Elle respirait la peur de Dracula, et eût volontiers versé des larmes de félicité si elle en avait eu le loisir. Le kukri toujours dans la main gauche, elle leva de la droite l'épée au-dessus de sa tête, puis, la tenant à la manière d'une lance, visa le cœur de son ennemi.

Dracula ne pourrait guère esquiver le coup. Sa mort était assurée. Mais tandis qu'elle s'apprêtait à frapper, Báthory vit l'expression du monstre passer de la peur à un sourire narquois. La lame se trouvait à quelques centimètres seulement de son cœur quand il tendit la main pour arracher à la comtesse l'épée à double tranchant, ralentissant ainsi le coup porté. Ses doigts furent sectionnés mais il parvint à écarter d'un geste l'arme de sa rivale.

Des étincelles jaillirent à l'endroit où l'épée s'enfonça dans la pierre de la dernière marche. Entraînée par son élan, la comtesse plongea sur son ennemi mortel. Le prince arqua son corps en prenant appui sur ses talons et, de sa main valide, enfonça profondément son arme brisée dans le ventre de Báthory. La lame déchiquetée laboura les chairs calcinées de celle-ci, lui transperça le dos, tandis que la garde amortissait sa chute.

La comtesse avait joué et perdu. En proie à une abominable douleur, elle leva son œil unique vers le visage souriant de Dracula, lequel avait retrouvé sa forme humaine. Le maître lui avait damé le pion. Il avait scruté le fond de son âme et compris sa colère, sa morgue... et sa fameuse obsession. Dracula n'avait pas ramassé son épée fêlée par hasard, de même qu'il avait feint la peur à dessein. Il avait interprété son rôle avec la perfection du grand acteur qu'il était. Báthory avait oublié la règle d'or du combat telle que la lui avait enseignée son mentor : *ne jamais sous-estimer son adversaire.*

Dracula retira la lame du ventre de sa cousine et jeta l'épée à terre. Il posa ensuite sur sa victime un regard qui n'était ni moqueur ni triomphant.

– Provoqué en duel, un chevalier de Dieu ne saurait perdre face devant la fourberie et le mal incarnés.

À l'évocation du nom du Créateur, la rage de Báthory ne connut plus de bornes. Dans un hurlement jailli du tréfonds des enfers, la comtesse se redressa sur son séant et, d'un coup de kukri, trancha la gorge de Dracula. Un jet de sang l'inonda. Oubliant alors sa douleur insoutenable, elle partit d'un rire démoniaque devant la mine éberluée du prince qui portait à son cou un moignon.

Dracula grimaça de colère. Il referma sa main valide et, d'un formidable coup de poing, déchira le ventre de Báthory. Un horrible bruit se produisit tandis que la chair de celle-ci se craquelait et partait en lambeaux. La comtesse sentait à l'intérieur de son corps le poing de Dracula lui broyer les organes en traçant un sillon entre ses côtes.

– Dieu t'aimait, grogna-t-il. Tu as choisi de tuer parce que tu t'es montrée incapable d'accepter Son amour. Tu es seule responsable de tes actes criminels.

La main du prince se referma sur le cœur de sa cousine. Et le serra très fort. Puis il retira vivement son bras. Báthory vit alors son cœur noir comme de l'encre qui battait encore dans la paume de son ennemi.

Dans un long râle d'agonie, elle réussit à plonger le couteau kukri dans la poitrine de Dracula. Avec tout le sang qu'il avait perdu, celui-ci ne résisterait plus longtemps aux rayons du soleil levant. Leur duel s'achevait sans que l'un ou l'autre en sortît vainqueur ou vaincu.

Comme elle allait exhaler son dernier souffle, Báthory, qui refusait de mourir aux pieds de son ennemi, se hissa maladroitement sur les bras, bascula à la renverse et, entraînée par le poids de son corps, dévala l'escalier de pierre. Elle entendit ses os se briser dans sa chute, mais ne ressentait plus la moindre douleur.

Dracula ne tarderait pas à s'éteindre lui aussi et, même si la comtesse ne serait plus sur terre pour en faire son royaume, le meurtre du soldat de Dieu laisserait le champ libre pour un nouvel ordre universel.

Sa dernière pensée fut pour elle-même, pour la comtesse Elizabeth Báthory qui, après qu'on l'eut traînée dans la boue, flouée, méprisée et terrorisée, s'était relevée d'entre les morts pour s'employer à mettre en œuvre la destruction du monde. Une épitaphe *ad hoc* pour celle dont Dieu s'était détourné.

———

Quincey regarda Báthory tomber sous les yeux de Dracula, encore debout, la lame courbe du kukri plantée dans la poitrine, la gorge sectionnée. D'ici quelques instants, les rayons du soleil le frapperaient de plein fouet.

Prêt à entrer en scène, le jeune homme serra le poing sur son pieu de fortune. Dracula devait mourir.

Il s'élança vers le prince...

— Quincey, attends ! s'écria Mina derrière lui.

La voix de sa mère ne fit qu'accroître sa soif de vengeance. Il fallait à tout prix que justice fût rendue et que mourût enfin celui qui avait anéanti sa famille.

CHAPITRE LXII

L e soleil n'avait pas encore franchi la ligne d'horizon, mais Mina sentait déjà sa peau brûler. Son esprit ordonna à son corps de se lever et d'arrêter Quincey, en vain. Alors, en s'appuyant sur les pierres tombales du cimetière, elle se traîna jusqu'à lui... Le manque de sang avait sapé toutes ses forces.

– Quincey ! Arrête, je t'en prie !

Il poussa un cri de guerre, leva le pieu au-dessus de sa tête et fila vers Dracula à une vitesse extraordinaire. Mais le prince ne daigna pas faire volte-face. Perplexe, Quincey s'arrêta net, ayant trop le sens de l'honneur pour frapper un adversaire dans le dos.

Oh, et au diable l'honneur ! C'est une question de vie ou de mort. Il recula le bras et s'apprêtait à frapper quand une douleur fulgurante interrompit son geste. *Peux-tu vraiment me tuer, Quincey ? Alors que tu affirmais tant m'apprécier ?*

Pétrifié, le jeune homme sentit mille et une pensées l'assaillir, et il eut l'impression de perdre tout contrôle sur son esprit et sur son corps. Dans le ciel, des nuages convergèrent et occultèrent le soleil levant. Il comprit soudain pourquoi son ennemi ne s'était pas retourné : Dracula concentrait ses pouvoirs sur les éléments et sur son cerveau.

Enfin, le prince se tourna vers lui. Dans sa hâte à en découdre, Quincey avait omis qu'en découvrant Dracula il reverrait le visage de Basarab. Le cou tranché, l'abdomen béant, une de ses deux mains réduite à l'état de moignon, la poitrine perforée par le couteau kukri, le vampire paraissait si affaibli que Quincey éprouva malgré lui de la compassion. Pas à l'endroit de Dracula, qui avait assassiné son père et abusé de sa mère, mais pour Basarab.

– C'est donc vous ! Van Helsing m'avait prévenu mais j'espérais que...

Sous l'emprise des pensées contradictoires qui le tiraillaient, Quincey lâcha le pieu à contrecœur et recula, battu d'avance.

– Cela m'est impossible...

La voix dans sa tête se fit plus forte, plus impérieuse. *Dracula ou Basarab... Je n'en demeure pas moins celui qui t'aime.*

Le vampire était au supplice.

– Pardonne-moi de t'avoir dupé, mais Elizabeth devait me croire mort. Je suis devenu Basarab pour me soustraire au monde et lui échapper.

Le jeune homme fut alors submergé par un flot d'images qui lui montraient la vérité, ou, du moins, une version de celle-ci. Báthory se révélait le seul personnage malveillant de toute l'histoire. Quant aux actes perpétrés par Dracula, à tort ou à raison, ils n'obéissaient qu'à un unique dessein : les protéger, lui et sa mère. Quincey ne savait plus à quel saint se vouer, mais la révélation du mensonge de Basarab le laissait fou de rage.

– Je vous ai accordé ma confiance, mon amitié ! Vous vous êtes servi de moi et m'avez trahi !

Dans le ciel les nuages se dissipèrent. Le soleil brillait à présent sur le prince des ténèbres. Sa peau commença à se dessécher et à se plisser. Ses os perçaient déjà sa chair. À mesure que son corps se décomposait, Dracula perdait ses pouvoirs.

– Demande-toi plutôt pourquoi tu ne peux m'assassiner, rétorqua-t-il d'une voix rauque. Tu es ce que je suis. Tu ne saurais me tuer sans te tuer toi-même.

Le jeune homme secoua la tête comme pour chasser cette pensée. Qu'importait que Báthory fût ou non une scélérate :

si Dracula n'avait pas débarqué en Angleterre, et laissé son maléfice se propager tel un cancer dans la famille Harker, la comtesse ne serait jamais intervenue. Qu'importait que ce fût Dracula ou Báthory qui avait assassiné son père avant de l'empaler de manière si odieuse : le prince était à l'origine de toute cette tragédie.

Ce n'était plus le Basarab qu'il aimait que Quincey avait sous les yeux, mais un mort vivant, l'incarnation du mal. Le jeune homme se sentait enfin libéré de ses doutes. Il empoigna Dracula par sa cape et l'attira à lui en le regardant droit dans les yeux. Seul les séparait le manche du kukri planté dans la poitrine du prince.

— Vous avez assassiné mon père !

Il s'attendait à une riposte, mais Dracula lui sourit. Des lamelles de chair calcinée tombèrent des commissures de ses lèvres.

— Quincey, tu n'es pas sot, lui dit-il d'une voix calme pétrie de sincérité. Ne vois-tu pas la vérité ? Je n'ai pas tué l'homme que tu prends pour ton père, mon garçon... Car ton père, c'est moi.

Aucun mot n'aurait su exprimer le choc que Quincey ressentit alors. Il lâcha aussitôt Dracula. Le vampire tituba en arrière contre les marches de pierre. Dans la seconde qui suivit, le jeune homme plongea sur lui et s'empara à deux mains du manche du kukri.

— Vous mentez !

Dracula n'opposa aucune résistance. Il se contenta d'écarter les bras, laissant Quincey agir à guise... et décider ni plus ni moins de son sort.

— Fais-le, si tu en as l'audace ! le défia-t-il.

Cette ultime parade eut raison des dernières forces de Dracula. Le jeune homme contempla celui qu'il avait pris pour son ennemi et qui se prétendait à présent son père. De la vapeur s'éleva de ses vêtements, de la peau nue de ses membres...

— Tu voulais savoir la vérité, n'est-ce pas ? Le secret que tous se sont évertués à te dissimuler... J'ai partagé le lit de ta mère bien avant qu'elle ne consomme ses épousailles avec Jonathan Harker. Tu es le fruit de ma semence. Mon sang coule dans tes veines !

Quincey se sentit pris d'un violent vertige et tomba à la renverse en lâchant le couteau. La voix qui résonnait dans sa tête était celle de Mina, cette fois. *Pardonne-moi, mon fils. Il dit la vérité.*

Sa vie n'était donc qu'un tissu de mensonges. Il regarda fixement Dracula, l'air égaré. La peau du vampire fondait à vue d'œil, mais lui n'était pas affecté par les rayons du soleil. Il demeurait humain... et jouissait toujours de son libre arbitre.

– Je suis le fils de Jonathan Harker, déclara-t-il, et une créature à l'image de Dieu.

Alors Dracula se tourna vers Mina avec une expression résignée.

Puis il se souleva de terre, s'élança dans le vide du haut de la falaise, et se métamorphosa en une boule de feu.

Le soleil avait accompli son œuvre. La lumière avait détruit les ténèbres.

Quincey regarda, impuissant, le corps en flammes de Dracula tomber dans la mer écumante. Derrière lui, il entendit sa mère crier. Il n'éprouvait aucun regret.

───※───

Mina hurla en voyant son prince se précipiter dans le vide. L'instant d'après, il avait disparu, laissant dans son sillage une traînée de fumée noire. Elle avait si longtemps réprimé sa passion pour lui, elle avait perdu tant d'années... Ces dernières heures, elle s'était prise à rêver d'un amour éternel, et à présent il n'existait plus.

Ses mains dégageaient de la vapeur. Les rayons du soleil frappaient son corps, lui infligeant d'atroces souffrances. Mina avança d'un pas chancelant dans le cimetière, puis finit par s'effondrer, à bout de forces. Elle continua en rampant, s'aidant de ses mains griffues qu'elle enfonçait dans la terre. Il lui fallait parler à Quincey. Peut-être qu'en connaissant désormais la vérité, il comprendrait son choix et lui accorderait le pardon auquel elle aspirait.

Mais son fils refusait de se tourner vers elle. Il restait là, debout, à contempler l'horizon, perdu dans ses pensées.

– Viens vers moi, mon amour, l'implora-t-elle. J'ai tant de choses à te dire, tant de choses auxquelles je dois te préparer...

Quincey baissa les yeux sur ses mains ensanglantées. Les mots qu'il prononça alors furent pour Mina plus douloureux qu'un pieu qu'il lui aurait planté dans le cœur.

– Ma mère est morte.

Sur ces paroles, il s'enfuit à toutes jambes, sans se retourner.

Mina le suivit du regard, saisie d'une horrible sensation de vacuité. Elle avait sauvé son fils, mais au prix d'un énorme sacrifice. Toutefois, elle ne regrettait rien... Quincey pouvait encore choisir sa destinée.

Elle se retrouvait seule, à présent. Les êtres qu'elle avait aimés n'étaient plus. Cependant, elle n'avait pas choisi d'affronter l'éternité en solitaire. À quoi lui servirait l'immortalité sans personne avec qui la partager ?

Les flammes léchèrent ses pieds tandis qu'elle gagnait péniblement l'extrémité de la falaise. Elle n'éprouvait plus la moindre douleur, seulement le sentiment que sa vie arrivait à son terme. Si seulement elle pouvait revoir Jonathan, Lucy, tous ses amis... et son prince des ténèbres.

Le chemin avait été long et semé d'embûches. L'heure était venue de rentrer... Wilhelmina Harker leva les bras au ciel et confia son âme à Dieu, dans l'espoir qu'Il discernât la vérité au plus profond de son cœur, et, dans Son infinie sagesse, lui accordât Sa miséricorde.

Elle vacilla quelques secondes au bord du précipice, puis se pencha et se laissa choir dans le vide.

Les écueils s'approchaient, battus par les flots où elle entrevit un bref instant le reflet de son corps en flammes.

Puis les ténèbres l'enveloppèrent, et elle trouva le repos.

CHAPITRE LXIII

John Coffey tenait à peine sur ses jambes. Il avait passé une bonne partie de la nuit à boire avec ses camarades d'équipage, et le malheureux en payait à présent le prix.

Le ciel était couvert, et le soleil tentait en vain de percer les nuages. La mer clapotait sous la brise. Coffey se dit que sa gueule de bois passerait peut-être si le vent tournait. Le gigantesque paquebot transatlantique mouillait à Roches Point, à deux milles marins au large de Queenstown, le mastodonte se révélant bien trop imposant pour accoster au port. *À quoi bon construire des vaisseaux foutrement énormes ? Qui essaie-t-on d'impressionner ?* Certes pas les équipages... À bord de ce géant des mers, un marin s'échinait deux fois plus pour des émoluments aussi maigres qu'ailleurs !

Quand le bateau était embossé au large, l'usage voulait que l'équipage profitât de la navette au même titre que les passagers pour se rendre au port. Comble de malchance, par ce matin frisquet, Coffey était de service à bord du *P.S. America*, l'un des ferries à vapeur chargés du transport des voyageurs. Queenstown était sa ville natale, mais il n'aurait guère l'occasion d'y poser le pied, car il avait ordre d'effectuer l'aller-retour au plus vite ! Il s'agissait de la traversée inaugurale du paquebot, et les armateurs comme le commandant avaient la ferme intention de battre tous les records de vitesse pour rejoindre New York. Donc, pas question de lambiner...

Voilà plus de deux ans que Coffey avait pris la mer, et suait sang et eau pour un salaire de misère. Ce poste était certes le meilleur qu'il ait jamais eu, mais s'il ne gagnait pas de quoi mettre un penny de côté...

Le *P.S. America* leva l'ancre et s'éloigna du paquebot avec sept passagers à bord. Tandis qu'il traversait Cork Cove en direction du débarcadère, Coffey posa ses yeux injectés de sang sur la cathédrale Saint-Colman, en construction depuis plus de quarante ans, qui se dressait en haut d'une colline. À en juger par les échafaudages grimpant le long des clochers, elle était presque achevée. Coffey sourit. Depuis que le *S.S. Nevada* avait emmené en 1891 son premier groupe d'Irlandais vers une nouvelle vie, Queenstown était devenu l'un des ports de prédilection pour les gens désireux d'émigrer en Amérique. Le marin s'était maintes fois rendu à New York, mais il gardait toujours dans son cœur la nostalgie de sa ville natale.

Pour couronner le tout, le *P.S. America* devait déposer ses sept passagers au quai numéro 13. *Un chiffre qui porte malheur...* Une fois encore, Coffey regretta de ne pouvoir aller à l'église dire une prière avant que n'appareillât le géant des mers. Il soupira et porta son regard vers le débarcadère, où plus de cent passagers de troisième classe patientaient pour monter à bord. Ces hommes et ces femmes venaient des quatre coins de l'Europe dans l'espoir de se construire une vie meilleure au-delà de l'océan. Dieu sait ce qu'ils trouveraient en débarquant sur l'autre rive !

Lorsque Coffey eut fini de vérifier chaque billet et de cocher les noms sur le manifeste, les autres marins et lui se mirent à charger les marchandises.

Une voix s'éleva alors sur le quai :

– Attendez !

Il vit un jeune homme mal fagoté se précipiter sur la vieille passerelle branlante du ferry. À son allure dépenaillée, Coffey eût parié qu'il s'agissait d'un trimardeur tentant de passer clandestinement en Amérique.

– Holà, mon gars ! Tu crois aller où comme ça ? l'interpella-t-il.

– Je vous prie de m'excuser, bredouilla l'autre.

Stupéfait de ses bonnes manières et de son accent de la gentry, Coffey remarqua aussi les yeux étranges de son interlocuteur qui semblait revenir d'outre-tombe. À dire vrai, le marin avait déjà vu ce regard perdu chez son propre père, un homme qui avait combattu à la guerre et commis les pires actions. Pour compléter l'effet de surprise, le vagabond lui tendit un document familier, où s'inscrivait en lettres rouge vif : *CARTE D'EMBARQUEMENT*.

— Pont B, première classe ? s'enquit Coffey en lorgnant le loqueteux d'un air méfiant.

Il déchiffra le nom inscrit sur la carte.

— Z'êtes le Dr Fielding, alors ?

Il avait aussi noté que ce miséreux paraissait très jeune... bien trop jeune en tout cas pour être médecin. Ce gars avait dû dérober ce billet au vrai docteur. Coffey baissa les yeux sur la sacoche que le jeune homme portait en bandoulière.

— Et ce serait comme qui dirait vot' trousse de méd'cin ?

— Je... J'ai eu un accident... comme vous pouvez le constater à mon apparence, et j'ai perdu ma trousse, répliqua le jeune homme en serrant sa sacoche contre lui.

— Perdue ? En même temps qu'le reste de vos bagages ? s'étonna Coffey.

Il s'attendait à ce que ce blanc-bec prît la fuite, à présent qu'il était démasqué. Mais celui-ci lui décocha un regard à glacer le sang.

— Faites donc voir vot' licence et vot' passeport, ajouta le marin.

Le vagabond sortit un portefeuille de sa poche et le lui tendit. Coffey l'ouvrit et eut la surprise d'y trouver un billet de banque de couleur verte, dont il eut tôt fait de reconnaître la provenance américaine. Le chiffre « 20 » était imprimé en jaune vif, ainsi que les mots *EN PIÈCES D'OR*. Coffey papillota des paupières. De ses doigts tremblants, il retourna le billet pour vérifier qu'il n'était pas faux... et s'aperçut qu'il n'y en avait pas qu'un seul, mais cinq au total. *Bigre ! Cent dollars ! C'est plus que ce que je gagne en une année !*

Coffey releva le nez sur le vagabond. *Nom d'un chien, une aubaine pareille ne se représentera pas de sitôt !* Il ne tergiversa pas davantage.

– Ma foi, vos papiers m'ont l'air parfaitement en ordre, conclut-il en empochant discrètement les billets. Z'êtes arrivé comme qui dirait à temps, docteur Fielding. Par ici...

Une pile de caisses s'entassait sur le quai. Tandis qu'avec les autres matelots Coffey finissait le chargement, il se promit d'aller confesser ses péchés à la cathédrale Saint-Colman avant la fin de la journée.

⁂

Le Dr Fielding débarqua du ferry *P.S. America*, puis monta à bord du paquebot géant. Il gravit l'escalier majestueux qui menait au pont-promenade, puis longea le garde-fou du gaillard d'arrière. Ces messieurs et dames de la haute société le dévisagèrent, interloqués, dans un concert de murmures narquois. Il s'étonna même que personne ne signalât sa présence, le prenant pour un passager de troisième classe qui se serait égaré en terre interdite.

La paix, enfin... Le patronyme de Fielding en valait bien un autre quand on ne savait plus qui on était. Il portait autrefois le même prénom que Morris, un héros intrépide qui avait trouvé la mort en combattant les forces du mal pour le bien de l'humanité. Mais Quincey Harker estimait ne plus mériter cette homonymie.

Il se rappelait avoir couru pendant des heures après sa fuite de l'abbaye de Carfax, lorsqu'il avait compris que sa mère était définitivement morte. Seul, il avait erré des jours durant. Que faire ? Où aller ? Et puis, comme par miracle... ou par hasard, il avait croisé le cheval qu'il avait dérobé à Whitby après être arrivé de Londres par le train. Il avait eu la bonté de ne pas achever l'animal lorsque celui-ci s'était effondré. Comment le cheval l'avait-il retrouvé ? Quincey ne le saurait jamais.

Son regard avait été attiré par la sacoche de selle qu'il n'avait pas remarquée jusqu'alors, sans doute trop concentré sur son voyage. Et voilà que Dieu lui montrait le chemin ! En ouvrant la besace, il avait trouvé le portefeuille du médecin contenant trois cents dollars et un billet de première classe pour New York. D'instinct, Quincey voulut se mettre en quête de ce brave docteur, afin de lui rendre son bien et sa monture. En dépit de sa filiation avec Dracula, il eût souhaité témoigner d'une parfaite intégrité... mais découvrit qu'il n'était rien de moins qu'un lâche.

À présent qu'il se tenait sur le pont du majestueux paquebot, il songeait toutefois que la grande aventure de son existence ne faisait que commencer...

***

Ayant permis à cent nouveaux passagers d'entrepont de passer du *P.S. America* au paquebot, Coffey s'apprêtait à attaquer sa dernière corvée de la matinée. Suivant les ordres qu'il avait reçus, il devait transférer la cargaison du ferry à la cale du gros vaisseau.

Ensuite, sitôt le paquebot sur le point d'appareiller, il se cacherait à bord du *P.S. America* et s'en retournerait à Queenstown. Il tenait à aller se confesser avant de disparaître... pour débuter une nouvelle vie.

Coffey enroula une drisse autour des deux caisses qui restaient à charger sur le bateau, et tira sur le cordage tandis que ses compagnons et lui franchissaient la passerelle avec leur cargaison. Ils s'engouffrèrent dans une écoutille menant à la soute. Sur le côté des caisses, on pouvait lire ces mots imprimés au pochoir : *PROPRIÉTÉ DE VLADIMIR BASARAB. QUEENSTOWN, IRLANDE. DESTINATION : NEW YORK, ÉTATS-UNIS D'AMÉRIQUE.*

L'équipage ferma l'écoutille. Pour Coffey, la liberté était enfin à portée de main. Il s'éloigna de ses compagnons et se glissa subrepticement dans l'entrepont du *P.S. America*. Il y trouva un vieux sac en toile sous lequel il se cacha. Il palpa l'argent dans sa poche... *Toujours là !* Coffey souleva le bord du sac et jeta un coup d'œil par le hublot. Il suivit des yeux les matelots qui remontaient la passerelle en courant pour grimper dans l'énorme vaisseau.

Puis le *P.S. America* se détacha du paquebot et retourna vers Queenstown. Coffey était quasiment rentré chez lui.

Tandis que le ferry mettait le cap sur le quai numéro 13, le marin lança un dernier regard sur le nom peint à la poupe du navire qui prenait le large, puis il rabattit le sac sur sa tête et se résolut à rester dessous jusqu'à la nuit tombée.

Une étrange frayeur l'envahit alors. Coffey eut le sombre pressentiment que l'avenir du vagabond, et celui de toutes les âmes à bord du paquebot géant, étaient compromis. Aussi pria-t-il pour que le *Titanic* se révélât aussi insubmersible que les capitaines d'industrie le prétendaient.

Pour en savoir plus
sur l'élaboration
de
Dracula l'Immortel

POSTFACE
de
Elizabeth Miller

Abraham (Bram) Stoker naquit à Clontarf, aux environs de Dublin, le 8 novembre 1847. Son père, John Abraham Stoker, était fonctionnaire dans l'administration britannique irlandaise. Sa mère, Charlotte Thornley, originaire de Sligo (dans l'ouest de l'Irlande), militait pour l'avènement de réformes sociales. Les Stoker étaient des protestants pratiquants au sein de l'Église d'Irlande. Troisième enfant d'une fratrie de sept, Bram avait quatre frères (William, Thomas, Richard et George) et deux sœurs (Margaret et Matilda).

Bram était un enfant maladif, mais aucune explication ne fut jamais fournie sur l'affection mystérieuse dont il souffrait. Au cours de ses premières années, sa mère, pour le distraire, lui racontait les contes et légendes de sa Sligo natale, parmi lesquels des histoires surnaturelles et des récits d'épidémies. Quelle qu'eût été la nature de son mal infantile, quand vint pour lui le moment d'entrer au Trinity College de Dublin, en 1864, Bram Stoker était devenu un jeune homme robuste qui excellait dans de nombreux sports, notamment le football, la course à pied et l'haltérophilie. Plus tard, il reçut aussi des récompenses pour ses talents d'orateur, et devint président de la Société philosophique.

Son diplôme en poche, il suivit les traces de son père et commença une carrière dans l'administration. Il rédigeait aussi des critiques de théâtre pour un journal local. Un de ses papiers sur *Hamlet* l'amena à rencontrer Henry Irving, qu'on surnomma ensuite « le plus grand acteur shakespearien de l'époque victorienne ». Les deux hommes se lièrent d'amitié.

En 1878, peu après son mariage avec Florence Balcombe (une beauté dublinoise qu'Oscar Wilde avait aussi courtisée), Stoker accepta le poste d'administrateur du nouveau théâtre d'Irving, le Lyceum, à Londres, poste qu'il conserva jusqu'à la mort de l'acteur en 1905. La plupart des ouvrages de Bram Stoker – dont *Dracula* – furent rédigés pendant les rares moments de liberté que lui laissait son emploi du temps. Il était avant tout responsable de l'organisation des tournées de la troupe dans les provinces et à l'étranger. Il tenait également les livres de comptes et servait à Irving de secrétaire. Il se trouva au cœur des huit déplacements du Lyceum en Amérique du Nord, à l'occasion desquels il devint l'ami de Walt Whitman (dont il admirait la poésie depuis de nombreuses années) et de Mark Twain. En travaillant au Lyceum avec le grand Henry Irving (qui fut anobli par la reine Victoria en 1895), Stoker fréquenta de nombreux personnages de premier plan. Parmi ses amis et relations, citons : lord Alfred Tennyson, sir Richard Burton et William Gladstone. Mais l'influence la plus marquante demeure celle d'Irving lui-même ; son *Personal Reminiscences of Henry Irving* (1906) est un vibrant hommage à l'homme envers lequel sa loyauté se doublait d'une véritable affection.

Bien qu'il reste surtout connu comme l'auteur de *Dracula*, Bram Stoker a écrit plusieurs autres romans et recueils de nouvelles. Il est mort le 20 avril 1912 (cinq jours après le naufrage du légendaire *Titanic*) des suites d'une insuffisance rénale chronique et de deux attaques. Ses cendres sont conservées dans le quartier londonien de Golders Green. L'annonce nécrologique du *Times* de l'époque mentionnait qu'il resterait dans les mémoires pour sa collaboration étroite avec Henry Irving. Mais ce ne fut pas le cas, comme nous le savons bien.

Dracula fut publié à Londres en 1897. Les *Notes*[1] de Bram Stoker nous apprennent qu'il a travaillé sur le roman durant plus de six ans, par intermittence, y compris pendant ses vacances et les tournées du Lyceum en Amérique du Nord. Le titre original du roman était *The Un-Dead (Le Non-mort)*. Le 18 mai, quelques jours avant la sortie du livre, on organisa une lecture publique au Lyceum afin de protéger les droits d'exploitation théâtrale. Sous le titre *Dracula Or the Un-Dead (Dracula ou le Non-mort)*, la lecture se déroula devant un public réduit d'employés de la salle et de curieux. Elle comprenait plusieurs longs passages du roman regroupés à la hâte par Stoker et dura quatre heures. La décision finale de ne retenir que *Dracula* pour le titre fut également prise à la dernière minute.

Que Bram Stoker ait eu éventuellement l'intention d'écrire une suite à son *Dracula*, je laisse à chacun le soin d'en juger... D'après une rumeur encore persistante, l'écrivain aurait « projeté d'amener Dracula en Amérique dans une autre histoire[2] ». Aucune preuve à ce jour n'est venue confirmer ces dires.

La fin du roman demeurait toutefois assez floue pour qu'on puisse envisager une suite où réapparaîtrait le comte. La méthode employée pour détruire Dracula diffère des procédures indiquées pendant tout le début du texte : un pieu planté dans le cœur, suivi d'une décapitation. Ici, le vampire est tué au moyen de deux lames : un kukri et un couteau de chasse. En outre, il n'est pas dit clairement que le couteau de Harker (le kukri) a tranché la tête de Dracula. L'ambiguïté se poursuit dans la déclaration de Mina qui affirme que le corps du vampire est « tombé en poussière ». Cela indique-t-il sa mort définitive, ou bien cette poussière est-elle une nouvelle manifestation du pouvoir de métamorphose du comte ?

---

1. Voir *Bram Stoker's Notes for Dracula : A Facsimile Edition*, notes transcrites et annotées par Robert Eighteen-Bisang et Elizabeth Miller (McFarland, 2008).

2. Roger Sherman Hoar, tel qu'il est cité in David J. Skal, *Hollywood Gothic*, Faber and Faber, 2004.

Autre détail qui laisse le champ libre à moult suppositions : Stoker (ou son éditeur) a changé la fin, laquelle devait voir le château de Dracula réduit à néant par une énorme explosion naturelle. Ce changement avait-il pour but de renforcer l'ambiguïté de la fin ? Nous n'en savons rien. Bien entendu, étant donné que le texte est truffé d'incohérences, on pourrait attribuer celles-ci à de la négligence, comme au fait que Stoker était sans doute pressé d'achever son œuvre. Quoi qu'il en soit, son livre a engendré tout un lot d'histoires, ce qui témoigne pour le moins de sa puissance et de son attrait au fil du temps.

Dracula l'Immortel est la suite à multiples facettes d'un roman donnant lieu à diverses interprétations. Dacre Stoker et Ian Holt ont embrayé sur la vie et la destinée des personnages survivants de l'histoire originale : le Dr John Seward, Arthur Holmwood (lord Godalming), Abraham Van Helsing, Jonathan et Mina Harker. Pour avoir jadis croisé le chemin de Dracula, tous ont souffert de préjudices irréparables dans leur existence personnelle et professionnelle. Seward a succombé à une dépendance totale à la morphine. Arthur a cherché en vain à se consoler de la perte de sa chère Lucy dans un autre mariage, et s'est ainsi isolé de ses anciens amis. Van Helsing, à présent un vieillard, est encore obsédé par l'idée de traquer à tout prix le monstre. Quant à Jonathan et Mina, leurs souvenirs respectifs de Dracula auront irrémédiablement souillé leur union.

Au travers des vies actuelles de ces protagonistes, nous revivons les événements clés de leurs expériences antérieures, telles qu'elles furent consignées dans le roman de Stoker : la mort de Lucy, la folie de Renfield, le « baptême du sang » de Mina, la traque en Transylvanie, et la confrontation finale avec Dracula. L'élément fédérateur n'est autre que Quincey Harker, fils de Jonathan et de Mina, dont Jonathan dit : « Nous lui avons donné les noms de tous ceux de notre petit groupe, mais nous l'appelons Quincey. » Mentionné brièvement dans la « Note » de Jonathan Harker à la fin du roman, Quincey n'en demeure pas moins le premier représentant de la nouvelle génération.

L'intrigue de *Dracula l'Immortel* se déroule en 1912, une année dont le choix n'est pas le fruit du hasard. Elle permet aux auteurs de faire apparaître Bram Stoker en personne (mort le 20 avril 1912), et de clore le récit par le départ du *Titanic* (qui eut lieu en avril de cette même année). Ce lien essentiel trace le sillon d'un deuxième tome, avec l'éventualité que Dracula finisse en effet par débarquer en Amérique.

Ce parti pris aura nécessité un changement de dates par rapport au récit initial de Bram Stoker. L'histoire de Dracula a été établie en 1893, d'après les éléments fournis dans les *Notes* de Stoker (*Bram Stoker's Notes for Dracula* d'Eighteen-Bisang et Miller) et dans le texte original lui-même. Afin que Quincey Harker adulte devienne un catalyseur (et pour établir l'année à 1912), Stoker et Holt ont jugé nécessaire de transposer l'intrigue de *Dracula* à une date antérieure. Le choix s'est fixé sur 1888 et, comme pour 1912, les auteurs ont eu de bonnes surprises. Ce fut en effet à cette période, d'août à novembre 1888, que Jack l'Éventreur assassina cinq femmes dans le quartier de Whitechapel à Londres. Que Stoker ait eu connaissance de ces meurtres, cela tombe sous le sens ; d'ailleurs, il en fait mention dans la préface de l'édition islandaise de *Dracula*, publiée en 1901. La révélation de l'identité de l'Éventreur devient ainsi une intrigue secondaire de *Dracula l'Immortel*.

Le Dracula qui traverse les pages de ce livre est un personnage bien plus complexe que le comte vampire de Bram Stoker. De prime abord, il est identifié comme étant Vlad l'Empaleur, le voïvode (seigneur de guerre) roumain connu pour ses actes cruels. Cette relation étroite entre Dracula et Vlad n'a rien de nouveau, puisqu'elle a été popularisée par Raymond McNally et Radu Florescu dans leur best-seller *À la recherche de Dracula – l'histoire, la légende, le mythe*[1] avant d'apparaître dans la littérature et au cinéma. Mais, dans

---

1. Robert Laffont, 1973.

Dracula, ce lien se révèle beaucoup plus ténu. À aucun moment le nom de « Vlad » n'est cité dans le roman de Bram Stoker (ni dans ses *Notes*). Il n'existe en outre aucune référence aux atrocités qui l'ont rendu célèbre. Des travaux récents ont montré que Stoker savait en réalité très peu de chose sur le véritable Dracula, hormis son sobriquet, sa traversée du Danube pour aller combattre les Turcs et le « frère indigne [1] » dont il était affligé. Pour beaucoup de gens, le fait que Vlad a tant imprégné l'histoire de Dracula rend les deux personnages souvent inséparables, et l'on s'attend presque à voir surgir l'Empaleur dans cette suite.

Cela dit, Dacre Stoker et Ian Holt ne manquent certes pas d'imagination dans leur manière d'utiliser leur Vlad/Dracula. Dans leur roman, il débarque en Angleterre sous le patronyme de Basarab (le nom de la famille royale à laquelle appartenait Vlad l'Empaleur), et incarne un acteur roumain dont la célébrité se répand aux quatre coins de l'Europe. C'est Quincey qui l'emmène en Angleterre, tout comme son père a préparé la route pour le comte Dracula lors d'un voyage similaire. L'intention première de Stoker, comme le révèlent ses *Notes*, était que le comte débarque à Douvres, le port d'arrivée de Basarab. Le choix de Whitby s'imposa à lui après un séjour sur la côte nord-est de l'Angleterre. Il avait décidé d'en faire le cadre principal de son roman.

Il saute tout de suite aux yeux que le personnage de Basarab est une allusion à sir Henry Irving, dont la mort en 1905 l'exclut de tout rôle actif dans le récit. Mais la présence d'Irving n'en est pas moins palpable. Quincey Harker est attiré par Basarab comme Stoker l'était par Irving. Quincey espère que Basarab interprétera le personnage de Dracula dans la version théâtrale du roman... Stoker avait peut-être aussi caressé ce rêve. Et la révélation identifiant Basarab au comte Dracula de Stoker joue habilement sur le point de vue répandu (quoique contesté) parmi les spécialistes, selon lequel

---

1. Voir Elizabeth Miller, *Dracula : Sense & Nonsense*, chapitre 5, Desert Island Books, 2006.

Stoker se serait inspiré de son autoritaire patron pour créer son vampire.

Si tous les personnages de ce roman ne sont pas tirés du *Dracula* de Bram Stoker, les aficionados ne manqueront pas de repérer de multiples et fascinants liens entre les deux œuvres. Certains d'ordre mineur, comme pour Braithwaite Lowery, le colocataire de Quincey. Son nom apparaît dans *Dracula* sur l'une des pierres tombales désignées par M. Swales dans le cimetière de Whitby. C'est d'ailleurs là que Stoker l'a déniché. Autre exemple : un personnage figurant dans un des premiers projets de *Dracula* (et par la suite écarté), un certain détective Cotford. Dans *Dracula l'Immortel*, ce personnage ressurgit sous les traits de l'inspecteur du même nom, lequel a participé à l'enquête concernant l'affaire Jack l'Éventreur jamais élucidée (sous la direction de l'inspecteur en chef Frederick Abberline, qui a laissé son nom dans l'histoire de Scotland Yard), et demeure obnubilé par l'idée qu'il doit réparer son échec et trouver enfin le coupable.

Stoker et Holt intègrent d'autres personnages historiques au fil de leur récit, le plus évident étant Bram Stoker lui-même. À cause des contraintes imposées par le choix de la date, les auteurs ont dû prendre en revanche certaines libertés avec la biographie de l'écrivain. Dans leur roman, il est le propriétaire d'un Lyceum toujours en activité et s'occupe de la production d'une adaptation théâtrale de son propre roman. Il admet que *Dracula* mêle le fruit de son imagination concernant les vampires à un conte fantastique rapporté par un vieil homme dans un pub. Lors de sa confrontation avec le personnage éponyme de son roman (un épisode qui précipite sa crise cardiaque), Stoker défend, face à Basarab, certains « faits » de son œuvre, alors que l'acteur roumain décrie ses incohérences et ses hypothèses fallacieuses.

Autre personnage historique à se frayer un chemin dans cette suite : Elizabeth Báthory, la comtesse hongroise tristement célèbre pour avoir pris des bains dans le sang de jeunes filles assassinées. À l'instar de Vlad l'Empaleur, son nom est désormais étroitement associé à celui de Stoker et de son roman. En fait, dans le cas de Báthory, le lien avec le personnage historique est encore moins évident que pour Dracula. Toutefois, sa prestation contribue largement à l'impact de *Dracula l'Immortel*, puisqu'elle permet aux auteurs de déplacer une partie du « mal à l'état pur » de Dracula sur une autre créature.

Parmi les nombreuses pépites que renferme ce roman, je citerai les brèves apparitions de personnages qui sont de toute évidence des clins d'œil à des individus (parfois seulement cités) ayant compté dans la vie théâtrale et/ou l'histoire de Dracula tout au long du XXe siècle : par exemple, Hamilton Deane, Tom Reynolds, John Barrymore, Raymond Huntley, Vincent Price et Louis Jourdan. D'autres, sans lien avec Stoker ou le roman, ancrent le texte en 1912. Il y a, par exemple, Henri Salmet, l'aviateur qui a réussi la traversée de la Manche en mars de cette année-là. Mais la plus habile de ces intégrations se révèle sans aucun doute celle du matelot John Coffey. Bien qu'aucunement lié à Stoker ou à son œuvre, il est entré dans l'histoire pour avoir déserté le *Titanic* à Queenstown, en raison de sa crainte superstitieuse au sujet de la traversée.

En écrivant une suite s'enracinant dans le texte original, Stoker et Holt ont pris des libertés avec les faits comme avec la fiction, depuis l'incendie du Lyceum jusqu'à l'emplacement de l'asile de Seward à Whitby. Ils ont aussi inventé un passé à plusieurs personnages du roman de Stoker, tels le passage de Renfield dans le cabinet d'affaires Hawkins, l'histoire d'amour de Jonathan et Mina à Exeter, et la fondation de l'établissement de Seward. Ils ont été jusqu'à manipuler une date clé du roman original : en retardant la fuite de Dracula de Londres et son retour en Transylvanie de quelques jours, de sorte que sa présence dans la capitale britannique le 9 novembre le fasse figurer sur la liste des suspects pour les meurtres de l'Éventreur.

Un puriste pourrait certes s'offusquer ici ou là de l'introduction d'« erreurs » de cette nature dans le texte original. Et même si l'on peut penser que les coauteurs se bornent à sacrifier la précision à des fins artistiques (un choix des plus légitimes), on peut également y voir une autre intention. À savoir qu'ils rétablissent en fait le « vrai » texte de *Dracula*, lequel à son tour constitue la base même de cette suite au grand roman ; ils reconnaissent par là même qu'il n'existe pas un seul *Dracula*, mais de nombreux *Dracula*, depuis les premières *Notes* de Stoker jusqu'à la dernière adaptation hollywoodienne, et que les frontières entre eux se révèlent pour le moins floues. Cette volonté de se réapproprier et de refaçonner l'œuvre initiale témoigne véritablement de son pouvoir évocateur et de son influence. Pour citer le professeur Abraham Van Helsing dans le roman de Bram Stoker de 1897 : « De sorte que le cercle va toujours s'élargissant, comme les cercles qu'une pierre jetée dans l'eau forme à la surface. »

Elizabeth MILLER
Toronto, février 2009

Elizabeth Miller, professeur émérite à la Memorial University of Newfoundland (Université de Terre-Neuve et du Labrador), est une spécialiste internationale de Dracula, s'agissant du roman et du personnage historique. Coauteur avec Robert-Eighteen Bisang de Bram Stoker's Notes for Dracula : A Facsimile Edition, *elle a aussi publié* A Dracula Handbook *et un ouvrage primé :* Dracula : Sense & Nonsense.

Elle donne régulièrement des conférences en Amérique du Nord et en Europe, et a participé à de nombreux documentaires radiophoniques et télévisuels. En 1995, lors du Congrès mondial de Dracula en Roumanie, le professeur Miller a reçu le titre honorifique de « Baronne de la Maison de Dracula ». Ses sites web – page d'accueil de Dracula et du Dracula Research Center – sont l'un et l'autre accessibles par ce lien : www.blooferland.com

NOTE DES AUTEURS

L'histoire de Dacre

Comme je suis un Stoker, personne ne s'étonnera de mon intérêt constant pour l'œuvre de mon ancêtre Bram, dont je suis l'arrière-petit-neveu. Quand j'étais étudiant, j'ai d'ailleurs rédigé un essai sur l'œuvre de mon arrière-grand-oncle, dans lequel je tentais d'analyser ses diverses sources d'inspiration pour la rédaction de *Dracula*. Mes recherches m'ouvrirent alors les yeux sur l'histoire de l'ouvrage, dont la publication a pris une tournure dramatique pour ma famille.

Bram Stoker s'est éteint bien avant que *Dracula* ne connaisse la popularité que l'on sait. À sa mort, le roman s'était si peu vendu que Florence, sa veuve, pensait ne jamais tirer le moindre profit des sept ans que Bram avait « gâchés » en travaillant sur le projet. Les autres livres de son défunt mari (œuvres de fiction ou documents) étant épuisés, Florence croyait finir ses jours avec de très faibles revenus.

Il fallut attendre dix ans après le décès de Bram pour que son imagination d'écrivain trouve enfin un écho favorable auprès du public. L'engouement naissant pour le fantastique et les récits de vampires parvint à faire décoller les ventes de *Dracula*. Et Bram se vit donc attribuer, à titre posthume, la paternité du roman d'épouvante moderne.

En 1922, Florence découvrit qu'un film adapté de l'ouvrage de Bram venait d'être produit sans son consentement. Ayant hérité des droits d'auteur de son mari, elle n'aurait pas dû être dépossédée dans cette version cinématographique ni dans toute autre à venir, d'autant qu'elle était financièrement dépendante du succès de *Dracula*.

Florence engagea donc des poursuites judiciaires à l'encontre de la société allemande Prana Films pour non-respect des droits d'auteur et adaptation illicite de l'œuvre *Dracula* sous une forme cinématographique ayant pour titre *Nosferatu*. L'affaire se révéla d'une grande complexité et le jugement fit l'objet de nombreux appels sur une période de trois ans et demi. Mon arrière-grand-tante obtint finalement gain de cause en 1925... mais découvrit dans la foulée que la société Prana Films était en faillite. Si bien que Florence fut certes remboursée de ses frais de justice, mais ne reçut jamais les moindres dommages et intérêts.

À l'issue de ce cauchemar juridique, elle put toutefois se satisfaire de la décision du juge ordonnant la destruction de toutes les copies du film *Nosferatu*... ou du moins le pensait-elle. Pour sa plus grande consternation, Florence ne tarda pas à apprendre qu'un exemplaire du film avait survécu, lequel fut projeté à Londres en 1928, puis aux États-Unis l'année suivante. La nouvelle la contraria tellement qu'elle abandonna le combat... en tout cas pour cette adaptation cinématographique.

Florence s'employa néanmoins à faire valoir son droit moral et apporta sa contribution à des adaptations théâtrales du *Dracula* de Bram au Royaume-Uni. Plus tard, elle perçut un pourcentage sur la vente des droits d'adaptation cinématographique aux Studios Universal en 1930, mais les versements tardèrent à arriver.

Après l'accord signé avec Universal, il apparut que, pour une raison quelconque, Bram n'avait pas respecté une formalité mineure requise par le Bureau américain des droits d'auteur... ce qui signifiait que depuis 1899 *Dracula* était tombé dans le domaine public aux États-Unis. Florence allait donc devoir se satisfaire uniquement des royalties britanniques, alors que Hollywood, et n'importe quel individu ou société vivant sur le territoire de l'oncle Sam étaient libres d'utiliser comme bon leur semblait l'histoire et les personnages de Bram. Tant et si bien qu'on ne sollicita plus jamais la contribution ou l'approbation de la famille Stoker pour les centaines d'adaptations de *Dracula* qui virent le jour dans le siècle suivant.

Ayant grandi en Amérique du Nord, j'ai pu être le témoin privilégié des effets dévastateurs de toute cette affaire de copyright sur ma famille. La génération de mon père ne voulait pas entendre parler de Hollywood et de *Dracula*... hormis l'œuvre originale de Bram, bien sûr. Je trouvais inconcevable que ma famille ne puisse exercer le moindre contrôle sur le patrimoine littéraire de mon arrière-grand-oncle, ni revendiquer la paternité du personnage de Dracula, compte tenu de sa place de plus en plus prépondérante dans la culture populaire. Malheureusement, j'ignorais comment renverser la situation.

La chance me sourit bien des années plus tard, lorsque je fis une rencontre capitale en la personne de Ian Holt. Ian est un scénariste passionné depuis l'enfance par tout ce qui concerne de près ou de loin Dracula. Il m'a alors présenté un projet qui m'a enthousiasmé : reprendre tout simplement le contrôle du roman et des personnages créés par mon arrière-grand-oncle en inventant une suite dont la signature porterait le nom des Stoker. À ma grande surprise, aucun membre de ma famille n'y avait songé. Je décidai donc de m'embarquer avec Ian dans la grande aventure de la coécriture !

En participant à la rédaction de *Dracula l'Immortel*, je pris toutefois conscience de mon devoir et de mes responsabilités envers ma famille, et j'espérais que Ian et moi pourrions faire renaître les thèmes et les personnages de l'ouvrage d'origine aussi fidèlement que Bram les avait conçus plus d'un siècle auparavant. Tant de livres et de films s'étaient éloignés de la conception initiale de mon aïeul que nous souhaitions redonner à notre manière leurs lettres de noblesse à l'auteur et à son héros.

Je suis très fier d'avoir obtenu le soutien de toute ma famille dans cette entreprise visant à nous réapproprier *Dracula*. Je pense également que Bram serait honoré d'apprendre qu'un de ses descendants a pris l'initiative de rendre enfin justice au patrimoine littéraire qu'il nous a légué.

L'histoire de Ian

Autant l'avouer d'emblée... J'ADORE les films d'horreur ! Enfant, celui que je préférais, c'était le *Dracula* de Tod Browning avec Bela Lugosi en vedette, sorti sur les écrans en 1931 et devenu depuis un grand classique. Quand j'avais dix ans, ma mère m'a offert pour Halloween un disque enregistré par Christopher Lee qui racontait la célèbre histoire écrite par Bram Stoker. La simple lecture de la pochette a changé ma vie, car j'ai soudain découvert que la Transylvanie existait réellement et que Dracula était un personnage historique. Et le gamin que j'étais alors s'est juré de se rendre un jour dans cette contrée lointaine et de partir sur les traces du fameux comte, authentique prince au regard de l'Histoire.

L'écoute du disque me donna envie de lire le *Dracula* de Bram Stoker, et je compris combien le roman différait de ses adaptations pour le grand écran... que j'avais toutes vues. L'ouvrage présentait selon moi des personnages bien plus complexes et bien plus passionnants que je ne l'aurais cru. Me sentant floué par Hollywood, je me promis de venger l'auteur !

Quinze ans plus tard, l'occasion se présenta à moi. Alors que je zappais d'une chaîne à l'autre devant mon téléviseur, je tombai sur un documentaire concernant le tournage du *Dracula* de Francis Ford Coppola, où le réalisateur présentait l'ouvrage des professeurs Raymond McNally et Radu Florescu (authentique descendant du prince) : *À la recherche de Dracula – l'histoire, la légende, le mythe*[1]. Coppola s'était inspiré de leurs recherches menées sur la véritable existence du prince pour la scène d'ouverture de son film.

---

1. Robert Laffont, 1973.

Je n'avais pas sitôt éteint ma télévision que je m'envolais déjà pour Boston afin de rencontrer ces érudits. Je leur ai montré quelques notes griffonnées pour le scénario que j'avais l'intention d'écrire en me basant sur leur ouvrage : les professeurs me cédèrent les droits contre un dollar symbolique et devinrent mes associés, mes mentors et de grands amis.

Cette amitié avec McNally et Florescu me permit de voyager en leur compagnie et de donner des conférences sur les influences du roman de Bram Stoker dans notre culture. Ce qui me valut aussi une invitation à prendre la parole lors du premier congrès mondial sur Dracula à Bucarest, en 1995... lequel rassemblait des experts en épouvante venus des quatre coins du globe. Je mettais enfin les pieds en Transylvanie ! Je passai une soirée dans les ruines de la forteresse de Dracula à Poenari, et me rendis dans son palais de Tirgoviste, où je me tins sur le balcon de sa tour de Chindia (littéralement : *crépuscule*) depuis lequel il avait contemplé la tristement célèbre forêt des Empalés. Je visitai aussi son lieu de naissance à Sighisoara et le monastère de l'île de Snagov, qui abritait sa tombe présumée. Autrement dit, j'avais réalisé mon rêve de gosse.

Grâce aux relations nouées pendant ce congrès, on me demanda de rejoindre la Société transylvanienne de Dracula, qui se consacrait à l'étude du personnage et à son histoire. Je rencontrai à cette occasion le Pr Elizabeth Miller, une autorité mondiale dans le domaine du vampirisme, de Dracula et de Bram Stoker.

Le Pr Miller me demanda ensuite d'intervenir à la Dracula Convention de Los Angeles en 1997, où fut célébré le centième anniversaire de la publication du roman de Stoker. L'événement dura quatre jours et combla tous les rêves des fanatiques de l'épouvante. L'idée me vint alors de concevoir une suite au *Dracula* initial. Ce n'était certes pas très original en soi, mais jusque-là aucune suite n'avait été écrite en collaboration avec un membre de la famille Stoker. Dès lors, mon but consisterait à obtenir cette contribution !

J'entrai en relation avec le patriarche. Encore blessés par l'affaire *Nosferatu*, et toutes ces années durant lesquelles Hollywood les avait ignorés et escroqués, les membres de cette génération de Stoker ne voulurent rien savoir. Mais pas question pour moi d'abandonner ! J'ai continué à enrichir à la fois mes relations en rapport avec Dracula et mon CV par la rédaction de scénarios, tout en me préparant pour le jour où la nouvelle génération de Stoker occuperait l'avant-scène...

Cinq ans plus tard, je fis la rencontre de Dacre Stoker, l'arrière-petit-neveu de Bram. Je lui racontai en deux mots mon projet de suite à *Dracula*, que je prévoyais à l'époque sous une forme scénaristique. L'idée l'enthousiasma et il me suggéra de commencer par la rédaction d'un roman. Je donnai aussitôt mon accord pour une coécriture de l'ouvrage.

Dacre prit contact avec les nombreux membres de sa famille et leur présenta notre projet. Dès lors que chacun comprit qu'il s'agirait d'un travail de passionnés, que nos intentions étaient parfaitement honorables, et que nous voulions réhabiliter aux yeux du monde entier l'histoire et les personnages tels que Bram les avait conçus à l'origine, le soutien du clan Stoker nous fut acquis... enfin.

Dracula l'Immortel vient consacrer le rêve de toute ma vie et des années de dur labeur. Je le dédie à tous les passionnés d'horreur du monde entier. J'espère de tout cœur avoir su donner naissance à un ouvrage fidèle à la conception initiale de Bram... avec quelques touches de modernité. Croyez-moi, cher lecteur, je sais la chance qui est la mienne, d'avoir pu associer modestement mon nom à celui de mon héros, Bram Stoker, le père du roman d'épouvante.

L'écriture du roman

DACRE :

Au début, quand Ian m'a proposé de collaborer avec lui, j'ai éclaté de rire. *Comment vais-je pouvoir écrire un ouvrage de cette ampleur ?* me suis-je dit. Ian m'a alors rassuré en m'affirmant que j'en serais capable, que nous allions coopérer et nous partager les tâches de manière équitable, sans compter que nos éditeurs nous prêteraient main-forte. Par ailleurs, Ian connaissait Alexander Galant, un réalisateur et scénariste plusieurs fois récompensé, spécialisé dans les recherches historiques, qui nous aiderait à éviter les anachronismes quant à l'époque où se déroulerait notre récit.

Prochain obstacle à franchir : écrire une bonne histoire. Avec enthousiasme, Ian entremêla ses idées aux miennes, et cette tâche se révéla bien plus facile que lui ou moi ne l'aurions cru… pour la bonne raison que nous puisions tous deux notre inspiration dans celle de Bram Stoker.

À en croire les écrits laissés par mon ancêtre, lui-même ou son éditeur avaient toujours eu l'intention de concevoir une suite à *Dracula*. J'en veux pour preuve le manuscrit dactylographié de Bram récemment vendu aux enchères chez Christie's, et dont la fin diffère de celle de l'œuvre publiée. Dans cette variante, l'histoire s'achève sur une éruption volcanique et l'effondrement du château de Dracula dans une rivière de lave. Cette scène fut supprimée dans la version définitive, dont le dénouement se révèle bien plus ambigu. Ian et moi y avons vu les indices que mon aïeul envisageait une suite.

Comme je suis un Stoker, Bram devait selon moi apparaître dans notre intrigue, afin qu'il puisse enfin profiter des feux de la rampe. Ian avait lu la préface de l'édition islandaise de *Dracula* parue en 1901, dans laquelle l'auteur prétendait que les événements décrits dans son ouvrage avaient « réellement eu lieu ». Cette lubie de mon arrière-grand-oncle nous a tellement emballés que nous l'avons placée au cœur même de l'ouvrage. Elle servirait de pierre angulaire à la construction de notre récit.

Vous devez à présent vous demander : pourquoi introduire Jack l'Éventreur dans la suite de *Dracula* ? Une fois de plus, Ian et moi nous sommes inspirés de mon aïeul. Voici ce qu'il écrit dans la préface de l'édition islandaise : « *Cette série de crimes [perpétrés par Dracula] demeure gravée dans les mémoires… et elle semble émaner de la même source, d'autant qu'elle suscita à l'époque la même aversion du public que les meurtres de l'Éventreur.* » Bram laissait donc plus ou moins entendre que les assassinats du tristement célèbre Jack étaient de même nature que ceux de Dracula. Ce fut l'un des points de départ de notre roman, et dès lors les pièces du puzzle commencèrent à s'imbriquer à merveille.

Une fois que nous avions décidé que notre crapule serait Jack l'Éventreur, Ian et moi devions encore identifier le tueur en série qui échappait à la police. Mon coauteur avait lu la nouvelle de Bram intitulée *Dracula's Guest* (*L'Invité de Dracula*) que Florence, sa veuve, avait fait publier en 1914. De nombreux érudits pensent que cette histoire faisait partie du roman initial et avait été supprimée par l'éditeur. D'aucuns prétendent même que cette nouvelle aurait servi de base à une suite éventuelle au roman. Dans ce récit, on découvre un mausolée avec un pieu en fer sur le toit, et sur la porte duquel est inscrit en allemand : « Comtesse Dolingen de Gratz, en Styrie, qui chercha et trouva la mort en 1801. » Au dos du tombeau, il déchiffre l'inscription suivante en russe : « Les morts se déplacent rapidement. » Ce qui indique clairement que la sépulture abrite un vampire. Certains spécialistes affirment que Bram se serait également inspiré de la comtesse « sanglante » Elizabeth Báthory pour le personnage du comte Dracula. D'autres experts avancent que ladite comtesse Dolingen de *L'Invité de Dracula* ne serait autre que Báthory. L'hypothèse nous a séduits et nous avons décidé de l'exploiter.

Selon l'une des sources d'information de Ian, la comtesse était une parente éloignée de Dracula. Voilà qui servirait aussi notre propos... aussi avons-nous intégré ce détail dans l'histoire. Selon des récits transmis par des scribes saxons, le prince Dracula se révélait coupable d'une quantité phénoménale de crimes sanglants, à l'instar de Báthory qui se baignait dans le sang de ses victimes. Nous trouvions intéressant que ces deux personnages historiques les plus communément associés (à tort ou à raison) au vampirisme aient pu avoir une relation de parenté. Ainsi, à l'instar de Bram en 1897 qui s'inspira d'un authentique personnage de l'Histoire pour créer son comte maudit, Ian et moi avons utilisé le même procédé en 2009 pour la comtesse Báthory.

Tandis que nous continuions à construire notre intrigue, Ian me suggéra de me rendre au musée Rosenbach de Philadelphie, afin d'y consulter les notes prises par mon ancêtre pour la rédaction de *Dracula*. Une fois sur place, je découvris un personnage que Bram avait prévu d'insérer dans l'histoire, mais qu'il élimina assez tôt en cours de rédaction. Il s'agissait d'un enquêteur du nom de Cotford. Le fait que Bram n'ait pas inclus une investigation policière dans son roman m'avait toujours intrigué. Nous avons donc décidé de nous réapproprier le personnage sous les traits d'un inspecteur de Scotland Yard, et de nous en servir pour guider nos lecteurs au cœur du mystère.

Ian :

Alors que Dacre et moi concentrions à présent nos efforts sur le personnage du comte Dracula, nous nous sommes retrouvés face à un dilemme... et non des moindres. À l'époque où Bram écrivait son roman, soit la fin du XIXe siècle, le prince Dracula était peu connu en Occident et tombé dans les oubliettes de l'Histoire. Bram avait associé certains faits réels concernant le prince pour les mêler à son œuvre de fiction. Agissait-il ainsi en vue d'établir une distinction entre son comte Dracula et le prince authentique ? Ou bien n'avait-il pas été en mesure de retracer l'histoire complète de ce dernier et avait donc comblé ses lacunes par les fruits de son imagination ?

Pour nous éclairer sur ce point, nous nous sommes reportés à ses écrits. Le personnage de Dracula, créé en 1897 par Bram, se révèle un être complexe, mystérieux, aux goûts raffinés. Il nous est décrit tantôt comme un aristocrate cultivé, fidèle aux traditions de son pays, et tantôt comme un animal sauvage n'écoutant que son instinct de survie. En d'autres termes, il s'agissait d'un homme du XVe siècle qui tentait de s'adapter à ce XIXe siècle finissant, si bien qu'il adhérait parfois au modernisme mais le repoussait à d'autres moments. Ses principes moraux le tiraillent néanmoins quand il tente de justifier son besoin de prendre une vie humaine. Il ne tue que contraint et forcé, et, dans son esprit, pour le bien de tous.

Je sentis aussitôt que le personnage, voire le passé, du comte Dracula de Bram s'apparentait plus ou moins aux descriptions du prince ayant existé. À savoir que ce dernier, en lutte contre l'évolution des mœurs, souhaitait ramener le monde à l'obscurantisme des Croisades. Par ailleurs, le prince Dracula n'avait pas son pareil pour justifier ses sombres méfaits en prétendant n'avoir pas eu d'autre choix, quand il n'affirmait pas que le sort de ses victimes était tout simplement tributaire de leurs actes.

Si Bram avait voulu rendre son comte semblable au prince de l'Histoire, il aurait eu toutes les peines du monde à le faire à l'époque où il rédigeait son histoire. Toutefois, Dacre et moi sentions bien que les similitudes entre les deux personnages n'étaient pas uniquement le fruit du hasard.

Depuis la parution, en 1972, de *À la recherche de Dracula*, la frontière séparant le prince réel du comte fictionnel semblait définitivement floue aux yeux du grand public. Pour la culture populaire, les deux ne faisaient désormais plus qu'un dans la scène d'ouverture du *Dracula* de Francis Ford Coppola. Aussi Dacre et moi n'avions d'autre possibilité que de fusionner une bonne fois pour toutes le comte et le prince. D'ailleurs, si Bram devait écrire son roman à notre époque, compte tenu de la richesse de la documentation dont il disposerait, nul doute que sa nature scrupuleuse et son souci du détail le pousseraient à créer un protagoniste à l'image de son pendant historique.

En lisant notre roman, certains ne manqueront pas de remarquer que notre personnage de Dracula n'est pas, à l'inverse de celui de Bram, un parfait scélérat. Dans l'œuvre originale, il est uniquement décrit du point de vue de ses ennemis, à travers les journaux ou la correspondance du groupe d'intrépides qui le pourchassent. Dans notre suite, nous avons décidé de lui donner la parole, ce qui nous a permis d'amalgamer histoire et fiction pour concocter un antihéros complexe. D'autres personnages le perçoivent toujours comme le mal incarné, mais en le laissant s'exprimer sur son passé, nous le présentons sous un angle différent... et sans avoir pour autant changé la conception initiale de Bram. Ce qui offre, par ailleurs, un regain de vitalité à notre récit.

Comme vous le savez, l'une des principales raisons qui nous poussèrent à écrire cette suite résidait dans notre volonté d'enrayer le pillage et la dégradation de l'œuvre de Bram par Hollywood et divers adaptateurs. Ce qui ne signifie pas que nous détestons ces différentes versions. Simplement, d'un point de vue littéraire, aucun de ces films ou de ces ouvrages n'a su véritablement rendre la quintessence du roman et des personnages de Bram. Même dans le grand classique de Tod Browning avec Bela Lugosi en vedette – seule et unique adaptation cinématographique qui reçut l'aval de la famille Stoker –, le personnage d'Arthur Holmwood est laissé de côté, et Renfield se rend dans la scène d'ouverture au château du comte, à la place de Jonathan Harker.

Les problèmes ont réellement surgi quand Hollywood a voulu produire une suite à ce film, basée sur *L'Invité de Dracula*. D'après la petite histoire, il semblerait que Florence Stoker ait refusé de céder le copyright si on ne lui garantissait pas un droit de regard plus étendu sur la création. Ce fut d'ailleurs au beau milieu de ces négociations que le Bureau américain des droits d'auteur déclara nulle et non avenue la revendication de la propriété artistique de l'œuvre d'origine. Ce qui laissait à Hollywood toute liberté d'adapter la suite à sa guise. Comme Florence exigeait davantage de contrôle et Bela Lugosi un cachet plus conséquent, les Studios décidèrent d'engager John Balderston pour écrire le scénario de *La Fille de Dracula*, en éliminant dans la foulée Bela et Florence. Le film se solda par un flop, mais les dés étaient jetés. N'importe qui pouvait désormais écrire un roman ou produire un film de Dracula. Et Dieu sait que beaucoup ne se sont pas gênés !

C'est aussi là que le bât blesse. Car nous savions qu'un grand nombre de fans de Dracula ne connaissaient l'histoire qu'à travers le cinéma et n'avaient jamais lu le livre, et bien entendu nous souhaitions inciter ces passionnés à découvrir l'œuvre originale de Bram. Notre désir le plus cher étant que tous les fans de Dracula – du roman comme des films – lisent et apprécient notre suite. À cette fin, nous sentions que nous ne pouvions ignorer certains éléments de la légende enracinés depuis toujours dans l'esprit des cinéphiles. Les puristes voudront bien nous excuser, mais nous nous sentions obligés de faire certaines concessions afin de pouvoir contenter tout le monde.

Lesdites concessions portent sur les éléments suivants : l'idylle entre Mina et le comte ; la faculté qu'ont les vampires de se déplacer en plein jour, de voler et de se métamorphoser ; les armes utilisées pour les détruire ; et enfin l'emplacement et les noms de certains sites.

Concernant l'histoire d'amour entre Mina et Dracula, Dacre et moi partagions l'idée de la traiter avec davantage de délicatesse que cela n'avait été le cas dans les films, tout en sachant que Bram n'a jamais clairement précisé dans le roman initial qu'une idylle s'était nouée entre ces deux personnages. Nous nous sommes donc reportés à un passage du journal de Mina que nous jugions particulièrement équivoque, juste après qu'elle pense avoir vu Dracula en songe : « *C'est une impression assez étrange pour moi que d'être tenue dans l'ignorance de tout comme je le suis aujourd'hui. Pendant tant d'années, Jonathan m'a témoigné une telle confiance [...].* »

Dacre et moi trouvions pour le moins bizarre que Jonathan et Van Helsing réagissent au rêve de Mina en la tenant à l'écart de leur projet de combattre le comte, puisqu'elle demeurait jusqu'alors un membre à part entière de leur groupe d'intrépides. L'épisode se déroule avant qu'elle boive le sang de Dracula. À nos yeux, c'était le moment idéal d'insérer l'idylle Dracula/Mina sans remanier le récit de Bram. Selon nous, pendant ce « songe », Dracula apparaît à Mina pour lui raconter l'histoire de son point de vue, dans l'espoir d'inciter le groupe à cesser de le poursuivre. Mina, ne souhaitant pas admettre en présence de ses compagnons qu'elle a parlé à Dracula en raison de sa relation privilégiée avec lui (strictement romanesque pour l'instant), prétend ne l'avoir vu qu'en rêve. Jonathan et Van Helsing trouvent évidemment cela suspect et l'écartent donc de leurs projets. En réaction à cet affront, Mina se jette dans les bras de Dracula et finit par se donner à lui. Ainsi, en entrelaçant l'idylle dans la trame narrative de l'auteur, nous restions fidèles à Bram et à nos aficionados littéraires, sans pour autant nous mettre à dos les cinéphiles.

Dans l'œuvre originale, le comte Dracula peut se déplacer en plein jour, encore qu'il se révèle physiquement affaibli à ces heures-là. Le vampire détruit par la lumière du soleil est une invention de F. W. Murnau dans son *Nosferatu*. Toutefois, cela fait tellement partie des légendes vampiriques actuelles que bon nombre de nouveaux lecteurs du roman de Bram déclarent que l'auteur se « trompe » sur ce sujet précis.

Ce détail, à l'instar de bien des aspects du mythe, aura donc évolué en un siècle, et nous avons tenté d'en tenir compte dans notre suite. Par conséquent, nous avons décidé de nous tourner vers la science expérimentale en vue de moderniser, avec moult précautions, les vampires de l'époque de Bram afin qu'ils soient en accord avec la vision actuelle du public. Cela dit, nous n'avons rien inventé que l'auteur n'ait prévu ou espéré voir se produire un jour. J'en veux pour preuve, une fois encore, la préface de l'édition islandaise de son ouvrage, en 1901 : « *Et je suis même convaincu que [ces événements] doivent demeurer dans une certaine mesure incompréhensibles, même si les recherches en cours dans le domaine de la psychologie et des sciences naturelles peuvent apporter dans les années à venir des explications logiques à des faits aussi étranges qui, à l'heure actuelle, dépassent encore l'entendement des scientifiques et de la police.* »

Dacre et moi avons donc décidé que si le vampire se réduisait en cendres à la lumière du soleil, c'était dû à une réaction allergo/chimique de la charge virale dont son sang est porteur et qui modifie son ADN. Bien sûr, en 1912, on ne parlait pas encore d'*ADN* ou de *charge virale*, aussi avons-nous utilisé les termes de *venin* ou de *poison*. Le virus vampirique transforme donc notre ADN humain, ce qui lui permet de contrôler les soixante-dix pour cent de notre cerveau que nous n'utilisons pas et qui nous sont encore inconnus, et de nous octroyer des pouvoirs surnaturels. Nous avons expliqué la métamorphose des vampires en brume, en gargouille, etc. par le biais d'une illusion télépathique. Quant à la faculté vampirique de « se déplacer rapidement », en particulier par la voie des airs, nous nous sommes tournés vers les études portant sur la télékinésie ou la lévitation. Grâce aux pouvoirs accrus du cerveau dus à l'absorption du venin de vampire, on comprend d'autant mieux comment de tels événements sont plausibles dans une œuvre de fiction.

Nous avons également clarifié le type d'armes en usage contre les vampires. Une fois de plus, nous nous sommes adressés à la science, en la mêlant selon les cas aux croyances religieuses. Afin d'expliquer pourquoi, dans notre roman, certaines représentations religieuses telles que le crucifix parviennent à repousser les vampires, et d'autres non, nous nous sommes tournés vers la psychologie. Les vampires qui, de leur vivant, croyaient en Dieu tout en ayant commis des actes maléfiques se sentiront forcément coupables et craindront telle ou telle image religieuse comme le symbole de leur damnation. En revanche, ceux qui ont mené une existence d'athées y resteront insensibles. Le fait que la peau d'un vampire « qui n'a pas la conscience tranquille » se consume au contact d'une croix ou de l'eau bénite correspond en quelque sorte à une réaction psychosomatique exacerbée.

Quant au fait que les vampires ne se reflètent pas dans les miroirs, impossible de trouver la moindre justification scientifique au phénomène, aussi avons-nous utilisé notre suite pour le discréditer. Pour ce qui est de l'ail, nous pensons qu'un vampire pouvait y être allergique. Idem pour l'aconit. En ce qui concerne l'argent, la culture populaire ayant réservé depuis longtemps ce métal aux loups-garous qui y seraient vulnérables, nous avons donc respecté cette croyance.

La dernière concession avait trait aux lieux et aux noms de certains sites. L'intrigue de Bram se déroulait à plusieurs endroits, de la Transylvanie à Londres, en passant par Exeter et Whitby. Quand Deane et Balderston ont écrit leur pièce, autant de changements s'avéraient impossibles d'un point de vue pratique. Ils choisirent donc de se limiter à deux lieux : la Transylvanie et Whitby. Cette simplification se retrouve dans de nombreuses adaptations pour le grand écran, ce qui plongea toute une génération de fans dans des abîmes de perplexité. Dans le roman de Bram, il n'y a pas d'abbaye de Carfax, ce qui choque moult cinéphiles. Bram précise seulement que Dracula s'est porté acquéreur d'une demeure appelée Carfax et la situe à Purfleet, à une trentaine de kilomètres de Londres. Pour ajouter à la confusion, il existe en effet les ruines de l'abbaye de Whitby, dont l'auteur s'est inspiré pour les passages de l'intrigue se déroulant dans cette localité. Une fois de plus, en vue de fondre toutes les versions (cinéma, théâtre et roman) en une seule et unique, nous avons fusionné Carfax et l'abbaye de Whitby en abbaye de Carfax à Whitby.

Nous avons procédé au même genre de compromis pour le méli-mélo qui subsistait depuis toujours sur les emplacements respectifs de la résidence d'été des Westenra et de l'asile du Dr Seward. Nous les avons donc tous les deux situés à Whitby, comme c'est le cas dans la pièce et dans beaucoup de films. Dans notre histoire, si Bram a décidé de placer l'asile à Purfleet, c'est parce qu'à l'époque il ignorait que les événements qu'il relatait avaient réellement eu lieu. Il pensait que c'étaient les divagations d'un vieux fou croisé dans un pub. Aussi Bram s'était-il senti libre de procéder à tout changement utile pour son œuvre de fiction. Dans la nôtre, Bram découvre que le récit est authentique et les libertés qu'il a prises avec la réalité reviennent le hanter. Littéralement...

DACRE :
En parcourant les notes de mon ancêtre au musée Rosenbach, je suis tombé sur mille et une perles que nous avons décidé d'insérer dans notre roman. Pour commencer, Bram avait griffonné plusieurs idées de titres avant de se fixer sur *The Un-Dead* (*Le Non-mort, L'Immortel*). Plus tard, sans doute à la suggestion de son éditeur peu avant la publication, le titre

s'est limité à *Dracula*. Nous avons donc fusionné les deux : *Dracula l'Immortel*.

Parmi les fameuses notes, je dénichai aussi toute une série de noms de personnages dont Bram ne s'est curieusement jamais servi. Ian et moi avons décidé de les attribuer à certains protagonistes secondaires, parmi lesquels : Kate Reed, qui découvre le corps empalé de Jonathan Harker ; le Dr Max Windshoeffel, témoin de l'attaque de la gargouille dans le métro ; et Francis Aytown, le photographe qui immortalise sur la pellicule le « dragon volant » au sortir de la station.

En écrivant notre roman, nous avons aussi glissé quelques clins d'œil en référence à l'ouvrage initial et à certaines de ses adaptations, en espérant faire plaisir aux vrais admirateurs de Dracula et aux spécialistes de l'épouvante.

Pour commencer, le colocataire de Quincey, un certain Braithwaite Lowery. Il s'agit du nom inscrit sur une pierre tombale que désigne M. Swales dans le cimetière de Whitby. Le nom du sergent Lee, coéquipier de Cotford, est un hommage à l'acteur Christopher Lee. L'inspecteur Jourdan, notre coup de chapeau à Louis Jourdan, qui incarna Dracula dans l'excellente minisérie télévisée produite par la BBC en 1978, dont Ian et moi pensons qu'elle reste à ce jour l'adaptation la plus fidèle au roman d'origine. Le Dr Langella fait référence à l'excellent Frank Langella, qui interpréta un comte maudit débordant de sex-appeal dans le *Dracula* de John Badham en 1979. L'inspecteur Huntley est une allusion au comédien Raymond Huntley, qui fut le premier à jouer Dracula dans la pièce produite et écrite par Hamilton Deane.

Beaucoup de protagonistes qui apparaissent dans notre suite sont aussi des personnages historiques, parmi lesquels : Henri Salmet, un aviateur français qui accomplit le premier vol de Londres à Paris en mars 1912 ; lord Northcote, qui fut élu en 1880 à la Chambre des Communes en qualité de député d'Exeter ; Frederick Abberline, qui dirigea l'enquête policière concernant les meurtres de Jack l'Éventreur en 1888 ; Ivan Lebedkin, qui fut le goûteur du tsar de Russie de 1899 à 1900. Bien sûr, John Barrymore est le célèbre acteur de cinéma et de théâtre, par ailleurs grand-père de Drew Barrymore également actrice. Tom Reynolds fut un comédien britannique de renom qui incarna Van Helsing dans la production de Hamilton Deane. Le matelot Coffey faisait effectivement partie de l'équipage du *Titanic* ; ayant pressenti le danger quand le paquebot mouillait encore au large de Queenstown, le marin Coffey sauta à l'eau et eut son quart d'heure de gloire, avant de disparaître dans les brumes de l'Histoire. Par ailleurs, nous sommes restés fidèles à Bram en ce qui concerne les itinéraires et les horaires des trains, les noms de rues et de lieux, dont la plupart demeurent en vigueur à l'heure actuelle.

Avant de nous atteler à la rédaction proprement dite de l'histoire, Ian et moi devions encore décider si nous allions répondre aux nombreuses questions laissées en suspens par Bram dans son roman. Comme celui-ci est fait de journaux intimes, de notes, d'échanges de courrier, etc., Bram disposait d'une marge de manœuvre relativement réduite pour explorer le passé des personnages. Ce qui a laissé des tas de lacunes dans l'intrigue, lesquelles alimentent les débats entre aficionados depuis des décennies.

Ian et moi avons jugé impératif de répondre aux interrogations suivantes : en quelles circonstances Mina et Lucy se sont-elles rencontrées et ont-elles pu forger leur amitié ? Par quel miracle un Texan est-il devenu l'ami d'un fils de lord et d'un médecin issu de la gentry ? Comment ces hommes se sont-ils cordialement retrouvés en rivalité dès lors qu'ils devinrent tous les trois les soupirants de Lucy ? À quelle occasion Mina et Jonathan ont-ils fait connaissance et sont-ils tombés amoureux l'un de l'autre ? Comment le personnage de Renfield a-t-il pu tomber sous l'influence de Dracula ? Et pourquoi Renfield revêtait-il une telle importance aux yeux de Seward et du groupe d'intrépides ? Nous espérons avoir résolu toutes ces énigmes dans *Dracula l'Immortel*.

Pour finir, l'objectif principal de cette suite consistait à réparer les préjudices causés à l'œuvre culte de Bram pendant près d'un siècle. Nous y avons travaillé d'arrache-pied et espérons y être parvenus, tous les deux ; Ian en sa qualité de fan incontestable de Dracula, et moi-même en tant qu'arrière-petit-neveu de l'auteur.

Est-il besoin d'ajouter que les effroyables événements que nous relatons dans notre histoire ont fort bien pu avoir lieu, comme Bram l'a laissé entendre jadis ?

À présent, faites de beaux rêves...

Dacre STOKER & Ian HOLT

REMERCIEMENTS

Ian Holt

Pour commencer, j'aimerais remercier mes parents Dolores et Sonny. Sans leur soutien et leurs encouragements constants, je n'aurais pu traverser les épreuves qui jalonnèrent ma vie.

J'aimerais dédier cet ouvrage à la mémoire de Ruth et Bob Kaufman, J. Boyce Harman Junior, et au Pr Raymond McNally. Leur tendresse, leur amitié, leur soutien et leurs conseils au fil des années ont rendu possible l'écriture de ce livre.

Je remercie également :

Le Pr Radu Florescu. Vous avez donné sa chance à un inconnu. Grâce à votre génie, votre dévouement, votre confiance et votre amitié, j'ai pu m'accomplir pleinement.

Mes vieux amis John Florescu et sir David Frost, grâce auxquels j'ai compris que le courage et l'audace portaient leurs fruits lorsqu'on s'aventurait en terre inconnue.

Le Pr Elizabeth Miller, qui nous a gentiment ouvert ses portes afin que ce rêve puisse devenir réalité.

Laura Stoker et feu Nicolae Paduru, fondateur et président de la Société transylvanienne de Dracula, dont je salue l'érudition et les qualités de gentleman. Vous étiez tous deux les premiers à croire en ce projet.

Jenne Stoker, qui a battu le rappel et nous a tous réunis.

Dacre Stoker, mon coauteur, mon associé, mon frère et

mon ami. Tu es mon Dr « Bones » McCoy. Notre vaisseau Enterprise est arrivé à destination. On a réussi !

Bela Lugosi, Tod Browning, Hamilton Deane, John Balderston, Bud Abbott et Lou Costello... qui ont peuplé les cauchemars d'un jeune garçon avant de constituer la formidable quête de sa vie.

Bela Lugosi Junior, qui m'a fait partager l'histoire de la souffrance de son père, et des difficultés de sa propre enfance.

Frank Langella, W. D. Richter et John Badham. Votre film a incité un jeune adolescent à prendre des risques, et m'a encouragé à réinventer Dracula sous les traits du héros romanesque et du preux chevalier qu'il était à l'origine.

Christopher Lee, vous qui avez enregistré ce fameux disque qui a changé le cours de mon existence. Vous apportez de la noblesse au film d'épouvante, monsieur. Mais je ne saurais louer les exploits de M. Lee sans saluer le talent de Peter Cushing et les œuvres produites par Hammer Horror.

Jan de Bont, dont les conseils, l'audace et les qualités de visionnaire m'auront permis de me dépasser comme jamais.

Chris Stanley de Blue Tulip Productions, qui n'a pas son pareil pour dénicher les excellents projets et a pu donner le coup d'envoi au nôtre.

Ernest Dickerson, qui compte parmi les êtres les plus agréables et les réalisateurs les plus chevronnés de ma connaissance.

Ken Atchity, Chi-Li Wong et Mike Kuciak d'AEI Entertainment, mes producteurs et amis, pour leur travail opiniâtre, leurs conseils avisés, leur expérience et leurs relations.

Danny Baror de Baror International, notre agent pour les droits étrangers, qui a fait pleuvoir les contrats.

Toute l'équipe talentueuse, patiente, compréhensive, équilibrée et dévouée des éditions Dutton, notamment Brian Tart, notre chef téméraire, et notre mère poule, conseillère, psychologue, amie et éditrice incomparable, Carrie Thornton.

Ron Gwiazda et Amy Wagner d'Abrams Artists, mes agents et amis, les meilleurs de tous.

Shannon Mullholand de MODA Entertainment, notre adorable Bat-Lady chargée du marketing.

Peter Fields, notre ange gardien. Avec toi et ton équipe à nos côtés, je ne suis jamais inquiet.

Un grand merci à Alexander Galant, mon associé et co-scénariste, frère et ami, qui m'aura accompagné tout au long de cette tumultueuse aventure. Tes recherches approfondies, ton dévouement sans relâche et ton incroyable talent se sont révélés inestimables pour la mise en œuvre de ce projet.

Carmen Gillespie qui aura apporté sa touche féminine dans la création de notre logo, en faisant renaître l'art victorien du tressage ornemental.

Cynthia Galant, qui m'a permis de lui emprunter son père quelques heures par jour.

Le Dr Dre, mon frère et meilleur ami, pour ton soutien, tes encouragements, ta sagesse et toutes les heures que tu as consacrées à écouter patiemment mes confidences dans mes périodes les plus sombres.

Graig F. Weich, l'un de mes plus proches et plus vieux amis, dont le travail artistique sur la couverture n'aura malheureusement pas été retenu en raison de délais inhérents à la publication de l'ouvrage. Vous pourrez toutefois admirer ses dessins en visitant notre site www.draculatheun-dead.com et www.beyondcomics.tv

Dacre Stoker

J'aimerais dédier *Dracula l'Immortel* à tous les membres de la famille Stoker, originaires d'Irlande et désormais disséminés aux quatre coins du globe.

Un grand merci à mes enfants Bellinger et Parker, qui un jour se féliciteront de porter en eux les gènes des Stoker.

À mon défunt père Desmond, et à son frère, l'oncle Paddy, le dinosaure du clan Stoker.

À mon regretté parrain, mon homonyme, Henry Hugh Gordon Dacre Stoker qui, aux commandes de son sous-marin, aura influencé le cours de l'Histoire à Gallipoli, pendant la Première Guerre mondiale.

Je n'aurais pu mener à terme la rédaction de cet ouvrage sans l'étroite collaboration de mon épouse Jenne, dont les recherches ont permis de mettre au jour des trésors de tradition familiale.

Je tiens aussi à exprimer ma gratitude à la Bram Stoker Society, dont les efforts ont su mettre en valeur le patrimoine littéraire de Bram ; à Douglas Appleyard, notre généalogiste, et à tous ceux qui soutiennent la Dublin Irish Gothic Society et continuent de porter le flambeau des Stoker ; à John Moore qui m'a donné libre accès à la Bram Stoker Dracula Collection ; à John Stokoe de la *Whitby Gazette*, et aux Suttcliff Studios, dont les photos de lieux historiques m'auront inspiré pour certaines descriptions ; à John Stoker qui m'a ouvert des tas de portes et présenté de nombreuses personnes ; et à Elizabeth Miller, véritable experte en vampirisme et « gardienne du temple Dracula ».

Un grand coup de chapeau au groupe d'intrépides du XXIe siècle : Ian Holt, dont l'enthousiasme demeure inégalé, Alexander Galant, qui connaît mieux que personne l'époque victorienne, et Carrie Thornton, dont la patience et la bienveillance nous ont accompagnés tout au long du processus éditorial.

Une mention spéciale pour le personnel du musée et de la bibliothèque Rosenbach de Philadelphie, qui m'a permis de consulter les notes de Bram.

NOTE DE L'ÉDITEUR

Les pages suivantes sont extraites de la collection de notes manuscrites de Bram Stoker sur *Dracula*. Dacre Stoker et Ian Holt ont eu accès à ces annotations personnelles alors qu'ils effectuaient leurs recherches pour le livre *Dracula l'Immortel*. Si vous regardez la deuxième page, vous comprendrez l'origine du titre de la suite de *Dracula* : *The Un-Dead*. La page 1 montre le premier brouillon de Bram Stoker : l'établissement de la liste des personnages. Beaucoup d'entre eux n'apparaissent pas dans la version originale mais sont présents dans *Dracula l'Immortel*, y compris le fameux inspecteur Cotford. La page 3 recense les traits caractéristiques de la race des vampires selon Bram Stoker.

Count Dracula

Dracula **Historic Personal** Dracula

o Doctor of mad house ~~sick~~ *?* Seward
  Girl engaged to him Lucy Westenra Schoolfellow of Mrs Murray
o Mad Patient (*theory of getting life — instinctively goes for Count & follows*
  of idea with mad cunning.
o Lawer ~~Arthur Abbott~~ John Peter Hawkins Exet.
o His clerk —————— Jonathan Harker
o Fiancee of above ~~kept & taints~~ Wilhelmina Murray (called Mina)
~~Lawyer~~ ~~Diferary~~
~~his sister~~
o ~~Nautionury~~ ~~keeper~~
  Friend or Schoolfellow of above ———— Kate Reed
The Count ————— Count ~~Wampyr~~ Dracula
A ~~Deaf~~ Mute woman ⎫ Night
               ⎬ Servants of
A Silent Man ⎭ the Count
o A Detective ——————— Cotford
o A Psychical Research Agent ———— Alfred Singleton
~~An American Inventor from Texas~~
o A German Professor ———— Max Windshoeffel
o A Painter ——— Francis St Aytoun
o A Texan ——— Brutus M. Marix

o makes dinner of 13
                     Mem
      secret room — coloured like blood

Count Dracula
Peter Hawkins
Jonathan Harker
Mina Murray
Sir Robert Parton
John Seward
Quincey P. Adams
Hon Arthur Holmwood _ son of Viscount Godalming
Dr Van Helsing
Mrs Westenra
Lucy Westenra
Dr Vincent i North Hospital

Memo.
novel. He Un-Dead
or
He Dead Un-Dead.

Vampire

memo(i)

~~No looking glasses in touch house~~

Never can see him reflected
in one — no shadow?

light arranged & give no
shadow —

~~Never eat, nor drink~~

Carried or led over threshold

Enormous strength —

see in the dark

Power of getting small or Large

Money always old gold — trace it to
Salzburg banking house

At Munich Dead house see face among

I.2   flowers — think corpse — but is alive

III. +   (afterwards when white moustache grown is
same as face of Count in London

Doctor at Austin house sees him
as Corpse —

Coffins celestial file taken over — one
wrong we thought —

Poursuivez l'aventure sur

www.dracula-limmortel.com

(compléments historiques, notes exclusives de Bram Stoker,
photos, actualités des auteurs...)

Composition PCA
44400 – Rezé

Imprimé au Canada
Dépôt légal : octobre 2009
ISBN : 978-2-7499-1109-0